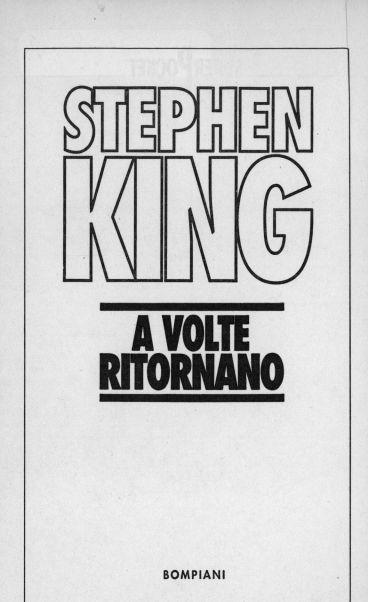

STEPHEN KING

A VOLTE RITORNANO

BOMPIANI

STEPHEN KING

A VOLTE RITORNANO

SUPER**P**OCKET

Titolo originale:
Night Shift
Traduzione di Hilia Brinis

© 1976, 1977, 1978 by Stephen King
© 1981 RCS Libri & Grandi Opere S.p.A., Milano
I edizione Sonzogno: gennaio 1981
I edizione Tascabili Bompiani: ottobre 1986

Edizione su licenza di RCS Libri & Grandi Opere S.p.A
Superpocket © 1997 R.L. Libri s.r.l., Milano

ISBN 88-462-0004-7

Prefazione

Parliamo, voi e io. Parliamo della paura.

La casa è deserta, mentre scrivo; fuori cade una gelida pioggia di febbraio. È sera. A volte quando il vento soffia come sta soffiando ora, la luce se ne va. Ma per ora c'è, perciò parliamo molto francamente della paura. Parliamo molto razionalmente di come si arriva all'orlo della follia... e forse al di là del baratro.

Mi chiamo Stephen King. Sono un uomo adulto con moglie e tre figli. Amo la mia famiglia, e credo che il sentimento sia ricambiato. Il mio mestiere è scrivere, un mestiere che a me piace molto. I miei lavori (*Carrie*, *Le notti di Salem* e *Una splendida festa di morte*) hanno avuto abbastanza successo da permettermi di scrivere a tempo pieno. È piacevole poterlo fare, A questo punto della mia vita, ritengo di essere ragionevolmente in buona salute. L'anno scorso sono riuscito a ridurre il fumo, passando dalle sigarette senza filtro che fumavo fin dall'età di diciotto anni a una marca con basso tasso di nicotina e catrame, e spero ancora di riuscire, col tempo, a smettere completamente. Vivo con la mia famiglia in una bella casa vicino a un lago relativamente non inquinato del Maine; l'autunno scorso, mi sono svegliato una mattina e ho visto un cervo fermo sul prato dietro la casa, accanto al tavolo da picnic. È una bella vita, la nostra.

Sì, ma... parliamo della paura. Non alzeremo la voce e non ci metteremo a urlare. Parleremo razionalmente. Voi e io. Parleremo del modo in cui il solido tessuto delle cose si disfa, a volte, con una subitaneità che ci lascia scossi.

La sera, quando mi corico, sento ancora il bisogno di assicurarmi che le mie gambe siano sotto le coperte, una volta spenta la luce. Non sono più un bambino ma... non mi va di dormire con una gamba che sporge dal letto. Perché se una

mano gelida si protendesse per caso da sotto il letto ad afferrarmi la caviglia, potrei anche urlare. Sì, potrei cacciare un urlo
da svegliare i morti. Sono cose che non succedono, naturalmente, e lo sappiamo tutti. Nei miei racconti incontrerete esseri notturni di ogni genere: vampiri, amanti di demoni, una cosa che vive nell'armadio, ogni sorta di altri terrori. Nessuno di
essi è reale. L'essere che, sotto il letto, aspetta di afferrarmi la
caviglia non è reale. Lo so. E so anche che se sto bene attento a
tenere i piedi sotto le coperte, non riuscirà mai ad afferrarmi la
caviglia.

A volte, quando parlo davanti a gruppi di persone che sono in-
teressate allo scrivere o alla letteratura, prima che lo scambio di
domande e risposte sia terminato, c'è sempre chi fa questa domanda: perché ha scelto di scrivere su argomenti così macabri?
   Di solito, rispondo con un'altra domanda: pensa forse che
io abbia una possibilità di scelta?
   Scrivere è un'occupazione da prendere un po' alla· "come
viene, viene". Penso che ognuno di noi abbia un filtro nel
fondo della propria mente. A seconda del filtro cambiano la
dimensione e le maglie della rete. Quello che nel mio filtro resta preso può scorrere via attraverso il vostro. Quello che il vostro filtro trattiene, può scivolare via attraverso il mio. Insito in
ognuno di noi pare ci sia l'obbligo di setacciare la fanghiglia
che si ferma nelle rispettive menti-filtro, e ciò che troviamo si
sviluppa di solito in una sorta di attività sussidiaria. Il contabile
può essere anche un fotografo. L'astronomo può raccogliere
monete. L'insegnante può fare iscrizioni a carboncino per lapi-
di. La melma trattenuta dal filtro, la sostanza che rifiuta di
passare, diventa spesso l'ossessione personale di un individuo.
Nella società civile, abbiamo tacitamente convenuto di chiamare questa ossessione "hobby".
   A volte, l'hobby diventa un lavoro a tempo pieno. Il contabile può scoprire che, facendo fotografie, riesce a guadagnare
abbastanza denaro per mantenere la famiglia; l'insegnante può
diventare così esperto nella tecnica d'incisione da tenere delle
conferenze. E ci sono professioni che cominciano come un hobby e rimangono un hobby anche quando chi le esercita è in
grado di guadagnarsi da vivere dedicandosi al suo hobby; ma
poiché "hobby" è una paroletta banale, priva di sussiego, per un
altro tacito accordo chiamiamo i nostri hobby "le arti".

Dipingere. Scolpire. Comporre. Cantare. Recitare. Suonare uno strumento. Scrivere. Sette argomenti, sui quali sono stati scritti tanti volumi da affondare una flotta di transatlantici. E l'unica cosa sulla quale sembra che siamo tutti d'accordo è questa: coloro che esercitano queste arti con onestà continuerebbero a esercitarle anche se nessuno li pagasse; anche se venissero criticati, o anche insultati; anche a costo di sfidare la prigione o la morte. A me questa sembra una discreta definizione di comportamento ossessivo. Vale per gli hobby semplici come per quelli più complessi che chiamiamo "le arti"; i collezionisti di armi ostentano sul paraurti dell'auto etichette adesive con la scritta PER TOGLIERMI IL MIO FUCILE DOVRAI ASPETTARE CHE IO SIA MORTO e, nei sobborghi di Boston, massaie che avevano scoperto l'attivismo politico al tempo dello scottante problema del trasporto scolastico, appiccicavano etichette analoghe sul paraurti posteriore della loro giardinetta: MI PORTERETE IN PRIGIONE PRIMA DI TOGLIERE IL MIO BAMBINO DALLA SCUOLA DEL VICINATO. Allo stesso modo, se domani far collezione di monete venisse dichiarato illegale, molto probabilmente l'astronomo si guarderebbe bene dal buttare i suoi tesori; li avvolgerebbe con cura nella plastica e li nasconderebbe dentro la vaschetta del water, per contemplarseli durante le ore notturne.

Può sembrare che ci stiamo allontanando dall'argomento "paura", ma in realtà non siamo andati molto lontano. La sostanza che la rete del mio setaccio trattiene è spesso a base di paura. La mia ossessione è il macabro. Nessuno dei racconti che seguono io l'ho scritto per denaro, sebbene alcuni siano stati acquistati da riviste, prima di apparire qui, e io non abbia mai restituito un assegno senza incassarlo. Sarò ossessionato, forse, ma non *matto*. Eppure, ripeto: non li avevo scritti per denaro; li avevo scritti perché mi era venuto in mente di scriverli. Ho un'ossessione smerciabile. Ci sono pazzi e pazze, chiusi dentro celle imbottite sparse in tutto il mondo, non altrettanto fortunati.

Non sono un grande artista, ma ho sempre sentito il bisogno di scrivere. Così, ogni giorno torno a frugare la fanghiglia, riesaminando frammenti, scartati in precedenza, di ossessione, di ricordo, di riflessione, cercando di cavare qualcosa dal materiale che non è passato attraverso il filtro per perdersi poi giù per lo scarico del subconscio.

Io e Louis L'Amour, lo scrittore di western, potremmo starcene insieme in riva a un piccolo stagno del Colorado, ed entrambi potremmo avere un'idea nel medesimo istante. Entrambi potremmo sentire il bisogno irresistibile di metterci a tavolino e tentare di renderla in parole. La storia che lui butterebbe giù potrebbe riguardare i diritti d'utilizzazione dell'acqua durante un periodo di siccità; la mia, molto probabilmente, parlerebbe di qualcosa di enorme e di spaventoso che, emergendo dalle acque immobili, rapisse pecore... cavalli... e alla fine persone. L'"ossessione" di Louis L'Amour si accentra sulla storia dell'Ovest americano; io tendo più verso cose che strisciano al lume delle stelle. Lui scrive western; io scrivo racconti dell'orrore. Siamo entrambi un po' mattoidi.

Le arti sono ossessive e l'ossessione è pericolosa. È come un coltello nella mente. In alcuni casi (mi viene in mente Dylan Thomas e anche Ross Lockridge e Hart Crane e Sylvia Plath) il coltello può ferire selvaggiamente il corpo della persona che lo brandisce. L'arte è un tumore ben localizzato, quasi sempre benigno (gli artisti tendono a essere longevi), a volte invece terribilmente maligno. Usa il coltello con cautela, perché sai bene che a lui non importa molto dove va a finire la sua lama. E se sei furbo setacci minuziosamente il fango... perché un po' di quella melma può anche non essere morta.

Una volta esaurito il problema del *perché scrivi questa roba*, sorge la domanda successiva: *perché la gente legge roba simile? come mai si vende?* Questa domanda nasconde in sé un presupposto, e il presupposto è che una storia sulla paura, una storia sull'orrore, è di gusto malsano. La gente che mi scrive spesso comincia così: "Forse lei penserà che sono un po' strano, ma a me *Le notti di Salem* è piaciuto davvero." Oppure: "Avrò gusti morbosi, ma mi sono goduto dalla prima all'ultima pagina *Una splendida festa di morte*..."

Penso che la spiegazione di questo fenomeno si trovi in un paio di righe di una critica cinematografica apparsa sulla rivista *Newsweek*. Era la recensione di un film dell'orrore piuttosto scadente, e diceva più o meno così: "...un film meraviglioso per gente alla quale piace rallentare e guardare gli incidenti d'auto." È una buona battuta, molto secca; ma, se ci si riflette un momento, vale per tutti i film e i racconti dell'orrore. *The Night of the Living Dead*, con le sue macabre scene di cannibalismo e di matricidio, era certamente un film che piaceva a chi rallenta e guarda gli incidenti di macchina; e che dire della bambina che vomitava zuppa di piselli addosso al prete, nell'*Esorcista*? *Dracula* di Bram Stoker, spesso un termine di paragone per il racconto dell'orrore moderno (ed è giusto che sia così; è il primo con sottintesi sfacciatamente psico-freudiani), mostra un pazzo di nome Renfield che ingoia mosche, ragni e, alla fine, un uccello. Rigurgita l'uccello, avendolo mangiato con le penne e tutto il resto. Il romanzo descrive anche l'impalatura (la penetrazione rituale, diremo così) di una giovane e bella vampira e l'uccisione di un neonato e della mamma del neonato.

La grande letteratura del soprannaturale contiene spesso la stessa sindrome del "rallentiamo e guardiamo l'incidente": Beowulf che massacra la madre di Grendel; il narratore di *The Tell-Tale Heart* che fa a pezzi il suo benefattore colpito dalla cataratta e lo nasconde sotto l'assito del pavimento; la truce battaglia di Hobbit Sam con Shelob il ragno nell'ultimo libro della trilogia di Tolkien.

Qualcuno si opporrà strenuamente a questo ragionamento, sostenendo che Henry James non ci sta mostrando un incidente d'auto nel *Giro di vite*; affermerà che i racconti del macabro di Nathaniel Hawthorne, come *Young Goodman Brown* e *The Minister's Black Veil*, sono certamente più di buon gusto di *Dracula*. Non è vero. Ci mostrano ugualmente degli incidenti d'auto; i cadaveri sono stati rimossi ma possiamo ancora vedere le lamiere contorte e osservare il sangue sulle imbottiture. Sotto alcuni aspetti la delicatezza, la mancanza di tinte drammatiche, il tono sommesso e studiato di razionalità che pervade un racconto come *The Minister's Black Veil* è anche più terribile delle mostruosità di Lovecraft o dell'auto-da-fé del *Pozzo e il pendolo* di Poe.

La verità (e la maggior parte di noi lo sa, in cuor suo) è che sono pochissimi quelli che possono astenersi dallo sbirciare, con un senso di disagio, i rottami illuminati dai riflettori e attorniati da macchine della polizia che appaiono all'improvviso sull'autostrada, dal buio. Il mattino seguente, persone anziane afferrano il giornale e si affrettano a consultare gli annunci mortuari per vedere a chi sono sopravvissuti. Capita a tutti di rimanere impietriti, per un attimo, nel sentire che è morto Tizio o che è morto Caio. Proviamo terrore misto a una strana sorta di giubilo nel sentire, alla radio, che in un piccolo aeroporto, durante un tremendo acquazzone, una donna è andata a cacciarsi tra le

pale di un'elica in movimento, o che in un gigantesco miscela-
tore industriale un operaio è rimasto vaporizzato sull'istante
perché un suo compagno di lavoro era inciampato, finendo sopra i comandi. Inutile negare ciò che è ovvio: la vita è piena di
orrori piccoli e grandi, ma poiché sono i piccoli quelli che siamo in grado di comprendere, sono loro che vanno a segno con
tutta la forza della mortalità.

Il nostro interesse per questi orrori tascabili è innegabile,
ma lo è anche la nostra ripugnanza. Le due cose si mescolano
penosamente, e il risultato è la colpa... un senso di colpa forse
non molto diverso da quello che un tempo accompagnava il
rapporto sessuale.

Non tocca a me dirvi di non sentirvi in colpa, proprio come
non tocca a me giustificare i miei romanzi o i racconti che leg-
gerete qui. Ma esiste un interessante parallelo tra il sesso e la
paura. A mano a mano che diventiamo capaci di avere rapporti
sessuali, il nostro interesse per quei rapporti si desta; e l'interesse, a meno che non sia deviato in qualche modo, tende naturalmente verso l'accoppiamento e la continuazione della specie. Via via che diveniamo consapevoli della nostra inevitabile
scomparsa, diveniamo consapevoli della paura. E penso che,
come l'accoppiamento tende all'autoconservazione, così la paura tende alla comprensione della scomparsa finale.

C'è una vecchia favola su sette ciechi che agguantavano sette parti diverse di un elefante. Uno di loro pensava di avere un
serpente, un altro pensava d'avere una gigantesca foglia di palma, un terzo era convinto di toccare un pilastro di pietra.
Quando si ritrovarono, scoprirono di avere un elefante.

La paura è lo stato d'animo che ci acceca. Di quante cose
abbiamo paura? Abbiamo paura di spegnere la luce con le mani bagnate. Abbiamo paura di conficcare un coltello nel tosta-
pane per tirar fuori la fetta rimasta incastrata senza staccare prima la spina. Abbiamo paura di quello che può dirci il medico
quando la visita è finita; o quando l'aereo precipita improvvisamente in un vuoto d'aria. Abbiamo paura che il petrolio
possa esaurirsi, che possa esaurirsi l'aria buona, che possa finire
il nostro benessere, o l'acqua. Quando nostra figlia promette di
essere a casa per le undici ma è ormai mezzanotte e un quarto
e la pioggia batte come pietrisco contro i vetri, fingiamo di
guardare tranquillamente la televisione ma ogni tanto l'occhio
corre al telefono muto e avvertiamo quell'emozione che ci rende ciechi, che furtivamente manda in rovina i processi mentali.

Il bimbo è un essere senza paura soltanto fino alla prima volta che la mamma non è là per ficcargli il capezzolo in bocca appena lui piange. Il pargoletto scopre ben presto le penose e brusche verità della porta che sbatte, del fornello che scotta, della febbre che sale quando ha l'influenza o il morbillo. I bambini imparano in fretta la paura; la leggono sulla faccia del padre o della madre quando il genitore entra nel bagno e li sorprende con in mano la boccetta di pillole o il rasoio.

La paura ci rende ciechi e noi tocchiamo ciascuna paura con l'avida curiosità dell'interesse personale, cercando di ricavare un intero da cento parti, come i ciechi con il loro elefante.

Captiamo la forma. I bambini l'afferrano facilmente, la dimenticano, tornano a impararla da adulti. La forma è là, e tutti arriviamo presto o tardi a comprendere che cosa è: è la forma di un cadavere sotto un lenzuolo. Tutte le nostre paure assommano a una sola, grande paura, fanno tutte parte di quell'unica paura: un braccio, una gamba, un dito, un orecchio. Abbiamo paura del cadavere sotto il lenzuolo. È il nostro cadavere. E il grande significato della narrativa dell'orrore, in tutte le epoche, è che essa serve da prova generale per la nostra morte.

È un campo che non ha mai goduto di molta considerazione; per lungo tempo, i soli amici di Poe e di Lovecraft sono stati i francesi, i quali bene o male sono venuti a un accordo con il sesso e con la morte, accordo per il quale i compatrioti di Poe e di Lovecraft non avevano tempo da perdere. Gli americani erano occupatissimi a costruire ferrovie, e Poe e Lovecraft morirono in miseria. L'opera di Tolkien è stata soppesata per vent'anni prima di diventare un successo riconosciuto, e Kurt Vonnegut, i cui libri così spesso trattano l'idea della prova generale della morte, ha dovuto affrontare una continua serie di critiche, che a volte rasentavano l'isterismo.

Sarà perché chi scrive storie dell'orrore porta sempre cattive notizie: un giorno morirai, afferma; e raccomanda di non dare ascolto a Oral Robert e al suo "ti accadrà qualcosa di bello", perché ti accadrà sicuramente anche qualcosa di brutto, e potrà essere un cancro, o una paralisi, oppure un incidente in macchina, ma ti accadrà. Ti prende la mano, la imprigiona nella sua, ti accompagna nella stanza, ti fa mettere le mani sulla forma che sta sotto il lenzuolo... e ti dice di toccarla qui... qui... e *qui*...

Naturalmente, gli argomenti morte e paura non sono territorio esclusivo di chi scrive racconti dell'orrore. Molti dei cosiddetti autori della "corrente principale" hanno affrontato questi temi, e in tanti modi diversi: da *Delitto e castigo* di Fëdor Dostoevskij a *Chi ha paura di Virginia Woolf?* di Edward Albee, alle storie di Ross MacDonald che hanno per protagonista Lew Archer. La paura è sempre stata qualcosa di grosso. Anche la morte è stata sempre qualcosa di grosso. Sono due delle costanti umane. Ma soltanto chi scrive dell'orrore e del soprannaturale offre al lettore l'occasione di una identificazione totale e di una catarsi. Chi lavora nel genere e ha un'idea anche pallidissima di quello che fa, sa perfettamente che l'orrore, il soprannaturale costituiscono una specie di schermo, un filtro tra il conscio e il subconscio; nella psiche umana, la narrativa dell'orrore è come una stazione centrale della sotterranea tra la linea azzurra di ciò che possiamo interiorizzare senza pericolo e la linea rossa di quello di cui dobbiamo sbarazzarci in un modo o nell'altro.

Davanti a un racconto dell'orrore, non riusciamo a credere realmente a quello che leggiamo. Non crediamo nei vampiri, nei lupi mannari, nei camion che improvvisamente si mettono in moto e si guidano da soli. Gli orrori ai quali tutti crediamo sono quelli descritti da Dostoevskij, Albee, MacDonald: l'odio, l'alienazione, la vecchiaia senza amore, l'avanzare in un mondo ostile sulle gambe malferme dell'adolescenza. Siamo spesso, nella quotidiana realtà, come le maschere della Commedia e della Tragedia, sorridiamo di fuori, facciamo una smorfia di dentro. C'è un punto centrale di scambio dentro di noi, un trasformatore, dove i fili che partono dalle due maschere si collegano. Ed è quello il punto dove così spesso il racconto dell'orrore colpisce nel segno.

L'autore di storie dell'orrore non differisce molto dal mangiatore di peccati gallese di cui si credeva che, mangiando il cibo del caro estinto, se ne assumesse i peccati. Il racconto di mostruosità e di terrore è come un cesto riempito alla rinfusa di fobie: quando l'autore passa accanto a voi, prendete dal cesto uno dei suoi orrori immaginari e deponete al posto di quello uno dei vostri orrori reali... almeno per un po' di tempo.

Negli anni cinquanta c'è stata una tremenda ondata di film su insetti giganteschi: *Them, The Beginning of the End, La mantide religiosa* e così via. Quasi immancabilmente, a mano a mano che il film si svolgeva, scoprivamo che quegli orrendi e giganteschi esseri erano il risultato di esperimenti sulla bomba A fatti nel New Mexico o su atolli deserti del Pacifico (nel più

recente *Horror of Party Beach* il colpevole era invece un reatto-
re nucleare). Presi insieme, i film sugli insetti giganteschi for-
mano innegabilmente uno schema, l'inquieta raffigurazione
del terrore di un intero paese davanti all'era nuova iniziata con
il progetto Manhattan. Più tardi, verso la fine degli anni cinquanta, c'è stato il ciclo di film dell'orrore sugli "adolescenti",
a cominciare da *I was a Teen-Age Werewolf* fino ai film epici
come *Teen-Agers from Outer Space* e *The Blob*, in cui uno
Steve McQueen imberbe combatteva una sorta di gelatinoso
mutante con l'aiuto dei suoi giovanissimi amici. In un'epoca in
cui ogni rotocalco conteneva settimanalmente almeno un articolo sulla crescente marea della delinquenza minorile, quei
film esprimevano l'inquietudine di un intero paese per la rivo-
luzione giovanile già allora in fermento; quando vedevi Michael Landon trasformarsi in un lupo mannaro liceale, si stabi-
liva un nesso tra la fantasia sullo schermo e le tue fluttuanti
ansie a proposito del "ragazzo" di tua figlia, indecifrabile e
motorizzato. Agli stessi adolescenti (ero uno di loro, parlo per
esperienza) i mostri generati negli studi cinematografici davano
la possibilità di vedere qualcuno anche più brutto di come loro
stessi si sentivano; che cosa era qualche foruncolo a paragone
della *cosa* goffa che corrispondeva a un liceale in *I Was a Teen-
Age Frankstein*? Quello stesso ciclo esprimeva inoltre la sensazione propria degli adolescenti d'essere ingiustamente umiliati
e angariati dai genitori che "non capivano". I film sono a formula (come lo è tanta parte della narrativa dell'orrore, scritta e
filmata), e ciò che la formula esprime nel modo più chiaro è la
paranoia di un'intera generazione: una paranoia causata in parte, senza dubbio, da tutto quello che i genitori leggevano. Nei
film, un essere orrido e verrucoso minaccia Elmville. I ragazzi
lo sanno, perché il disco volante è atterrato vicino a un sentiero
frequentato dagli innamorati. Nella prima parte, l'essere tutto
verruche uccide un vecchio a bordo di un camioncino (il vecchio era immancabilmente interpretato da Elisha Cook, Jr.).
Nelle parti che seguono, i ragazzi cercano di convincere gli a-
dulti che l'orrore verrucoso si aggira realmente nei dintorni.
"Fuori di qui, prima che vi sbatta dentro tutti per avere violato
le norme del coprifuoco!" minaccia il capo della polizia di
Elmville poco prima che il mostro, strisciando lungo la strada
principale, cominci a seminare rovina dappertutto. Alla fine
sono i ragazzi, con le loro menti sveglie, ad avere la meglio
sull'orrore verrucoso, dopo di che se ne vanno al loro solito po-

sto di ritrovo a succhiare frappé con la cannuccia e a ballare al ritmo di un motivetto senza storia, mentre cominciano a scorrere i titoli di chiusura.

Sono, perciò, tre diverse occasioni di catarsi in un unico ciclo di film: niente male per poche pellicole a basso costo girate più o meno in una decina di giorni. Ma non è stato così perché autori del copione, produttori e registi volevano che così fosse: è accaduto perché il racconto dell'orrore vive per sua natura nel punto di congiunzione tra il conscio e il subconscio, il luogo dove immagine e allegoria vengono alla mente nel modo più naturale e con l'effetto più straordinario. C'è una linea diretta di evoluzione tra *I Was a Teen-Age Werewolf* e *Arancia meccanica* di Stanley Kubrick, e tra *Teen-Age Monster* e il film di De Palma *Carrie*.

La grande narrativa dell'orrore è quasi sempre allegorica. A volte l'allegoria è voluta (come nella *Fattoria degli animali* o in *1984*), altre volte è casuale: J.R.R. Tolkien giura e spergiura che il signore di Mordor non era Hitler in versione fantastica, ma tesi e saggi scolastici continuano ad affermarlo... forse perché, come dice Bob Dylan, se hai un certo numero di coltelli e forchette, devi pure tagliare qualcosa.

Le opere di Edward Albee, di Steinbeck, di Camus, di Faulkner, trattano di paura e di morte, talvolta con orrore; ma in genere questi scrittori della corrente principale lo fanno in modo più normale, più realistico. Il loro lavoro si colloca entro la cornice del mondo razionale: sono storie che "possono accadere". Viaggiano lungo quella linea sotterranea che corre attraverso il mondo esterno. Ci sono altri autori (James Joyce, di nuovo Faulkner, poeti come T.S. Eliot, Sylvia Plath, Anne Sexton) la cui opera si colloca nella terra dell'inconsapevolezza simbolica. Viaggiano sulla sotterranea che corre attraverso il paesaggio interno. Ma chi scrive racconti dell'orrore, quando coglie nel segno, è quasi sempre al terminal dove le due linee fanno capo. E, quando ci dà il meglio di sé, abbiamo spesso la strana sensazione di non essere né addormentati né svegli. Il tempo si altera e si deforma, udiamo voci ma non riusciamo a distinguere le parole, il sogno sembra reale e la realtà è simile a un sogno.

È un terminal strano e meraviglioso. La Casa sulla collina è là, in quel punto dove i treni corrono in entrambi i sensi di marcia; e c'è la donna, nella stanza con la tappezzeria gialla, intenta a strisciare sul pavimento con la testa premuta contro la striscia leggermente unta che corre lungo la parete; c'è la modella di Pickman; c'è Norman Bates e la sua terribile madre. Né sogno né risveglio in questo terminal: soltanto la voce dell'autore, bassa e razionale, che parla del modo in cui il solido tessuto delle cose comincia talvolta a sfilacciarsi con inaspettata subitaneità. Vi dice che volete vedere l'incidente di macchina, e sì, ha ragione: lo volete. C'è la voce di un morto al telefono... c'è qualcosa, dietro le pareti della vecchia casa, che dal rumore sembra più grosso di un topo... vengono strani rumori dal fondo delle scale della cantina. Vuol farvi vedere tutto questo, e non basta; vuole che mettiate le mani sulla forma nascosta dal lenzuolo. E voi volete toccare quella forma. Sì, certo.

Fa tutto questo, secondo me, un racconto dell'orrore, ma sono fermamente convinto che debba fare anche un'altra cosa che è al disopra di tutte: deve narrare una favola che tenga il lettore o l'ascoltatore affascinato, almeno per un poco, perduto in un mondo che mai fu, mai potrebbe essere. Per tutta la mia vita di scrittore ho sempre sostenuto che, nella narrativa, la storia domini qualsiasi altro aspetto dell'arte dello scrivere; caratterizzazione, tema, atmosfera, nessuna di queste cose ha importanza se la storia è noiosa. Se invece la storia vi prende, tutto il resto può essere perdonato. La mia citazione preferita viene, in tal senso, dalla penna di Edgar Rice Burroughs, non certo un candidato al titolo di Grande Scrittore Mondiale, ma uno che comprendeva a fondo l'importanza della storia. A pagina uno di *The Land That Time Forgot*, il narratore trova un manoscritto in una bottiglia; il resto del romanzo è la presentazione di quel manoscritto. Il narratore dice: "Leggi una sola pagina, e io sarò dimenticato". È un impegno che Burroughs mantiene: molti scrittori con più talento di lui non ci riescono.

Per finire, gentile lettore, ecco una verità che fa digrignare i denti anche al più forte degli autori: fatta eccezione di tre piccoli gruppi, nessuno legge la prefazione. Le eccezioni sono: i parenti più stretti dell'autore (in genere la moglie e la madre); chi rappresenta l'autore (l'editore, il personale di redazione e via dicendo), il cui principale interesse è di scoprire se l'autore, nel corso delle sue divagazioni, non abbia per caso diffamato qualcuno; e infine coloro che, in qualche modo, hanno dato una mano all'autore. A loro interessa sapere se per caso non gli abbiano fatto una testa così, al punto da fargli dimenticare che non è tutta farina del suo sacco.

Altri lettori sentono, ed è perfettamente giustificabile, che la prefazione dell'autore è una volgare imposizione, una forma di pubblicità che egli fa a se stesso. Quasi tutti vogliono assistere allo spettacolo, e non guardare il direttore di scena che viene a fare inchini alla ribalta. Ripeto: è più che giusto.

Allora vi lascio. Lo spettacolo sta per cominciare. Stiamo per entrare nella stanza e toccare la forma sotto il lenzuolo. Ma, prima, voglio rubarvi ancora due o tre minuti per ringraziare le persone dei gruppi nominati in precedenza... e di un quarto gruppo. Lasciate, vi prego, che dica perciò un grazie...

A mia moglie, Tabitha, il mio migliore critico nonché il più tagliente. Quando sente che il lavoro è buono, lo dice; quando sente che non va, me lo spiattella sul muso con tutta la dolcezza e l'affetto di questo mondo. Ai miei figlioli, Naomi, Joe e Owen, che si sono mostrati molto comprensivi verso il loro padre e le sue peculiari attività nella stanza del piano di sotto. E a mia madre, morta nel 1973, alla quale questo libro è dedicato. Il suo incoraggiamento era sempre fermo e incrollabile, trovava sempre il modo di far saltar fuori i quaranta o cinquanta centesimi per l'obbligatoria busta di ritorno, autoindirizzata e affrancata, e nessuno — me compreso — era più felice di lei quando "riuscivo a sfondare".

Nel secondo gruppo, un grazie particolare lo devo al mio editor, William G. Thompson della Doubleday & Company, che ha collaborato pazientemente con me, che ha sopportato le mie telefonate quotidiane con costante buona grazia, che alcuni anni fa accolse con gentilezza un giovane scrittore privo di referenze e che, da quel momento, non l'ha mai abbandonato.

Del terzo gruppo fanno parte le persone che per prime acquistarono lavori miei: il signor Robert A.W. Lowndes, il quale pubblicò i miei primi due racconti; i signori Douglas Allen e Nye Willden della Dugent Publishing Corporation, i quali acquistarono un gran numero di quelli che seguirono per *Cavalier* e per *Gent*, ai tempi eroici in cui gli assegni arrivavano a volte appena in tempo per evitare quella che la società dell'energia elettrica chiama con un eufemismo "interruzione del servizio"; a Elaine Geiger, Herbert Schnall e Carolyn Stromberg della New American Library; a Gerard Van der Leun di *Penthouse* e ad Harris Deinstfrey di *Cosmopolitan*. Grazie, a tutti.

C'è infine un ultimo gruppo che vorrei ringraziare, ed è composto da ogni singolo lettore o lettrice che mai abbia alleggerito il proprio portafoglio per comperare qualcosa che io avevo scritto. Sotto molti aspetti, questo libro è vostro, perché senza di voi ora non esisterebbe. Perciò, grazie.

Qui è ancora più buio e piove. È la serata ideale. C'è qualcosa che voglio mostrarvi, qualcosa che voglio farvi toccare. È in una stanza non lontano da qui: anzi, vicinissima, quasi quanto la pagina successiva.

Vogliamo andare?

Bridgton, Maine
27 febbraio 1977

Jerusalem's Lot

2 ottobre 1850

CARO BONES,

Che piacere, per me, mettere piede nell'entrata gelida e piena di correnti d'aria, qui a Chapelwaite, con tutte le ossa doloranti per colpa di quell'abominevole carrozza, con l'urgenza di dare immediato sollievo alla mia povera vescica... e riconoscere la tua inimitabile zampa di gallina sulla lettera indirizzata a me e appoggiata sopra l'orribile tavolinetto di ciliegio accanto alla porta! Stai pur sicuro che mi sono affrettato a decifrarla non appena soddisfatte le necessità corporali (in un bagno gelidamente ornato del piano terreno, dove potevo vedere il mio alito levarsi davanti agli occhi).

Sono contento di sentire che sei guarito dal *miasma* che per tanto tempo ti ha insidiato i polmoni, sebbene comprenda, te l'assicuro, il dilemma morale con il quale la cura ti ha afflitto. Un abolizionista sofferente risanato dal soleggiato clima della schiavista Florida! Tuttavia, Bones, te lo chiedo come uno che ha a sua volta camminato nella valle dell'ombra, *abbi la massima cura di te* e non azzardarti a tornare nel Massachusetts finché il tuo corpo non te ne darà licenza. La tua bella mente e la tua penna incisiva non possono servirci se sei cenere, e se la zona meridionale ha virtù risanatrici, non ti pare che in questo ci sia una giustizia poetica?

Sì, la casa è tanto bella quanto sono stato indotto a credere dagli esecutori di mio cugino, ma piuttosto sinistra. Sorge in cima a una grande e sporgente punta di terra forse tre miglia a nord di Falmouth e nove miglia a nord di Portland. Dietro ci sono circa quattro acri di terreno, tornato allo stato selvaggio nel modo più spaventoso che sia dato immaginare: ginepri, viti selvatiche, cespugli e svariate forme di piante rampicanti scavalcano selvaggiamente le pittoresche mura di pietra che separano la proprietà dal suolo demaniale. Orribili imitazioni di statue greche scrutano con i loro occhi ciechi attraverso tanta rovina dalla sommità di svariate alture: sembrano, nella maggior parte dei casi, sul punto di slanciarsi sul passante. Pare che i gusti di mio cugino Stephen percorressero tutta la gamma dall'inaccettabile all'orrido senza scampo. C'è uno strano, piccolo padiglione che è letteralmente sommerso dalle tamerici e una grottesca meridiana al centro di quello che un tempo doveva essere un giardino. Aggiunge il tocco finale di follia.

Ma la vista, dal salotto, fa dimenticare tutto questo. Si domina una veduta da capogiro delle rocce ai piedi di Chapelwaite Head e dell'Atlantico. Un'immensa, panciuta finestra ad arco si affaccia su tale spettacolo e accanto a essa vi è una enorme, tozza scrivania. Andrà a meraviglia per dare inizio a quel romanzo di cui ho parlato così a lungo (e senza dubbio noiosamente).

La giornata di oggi è stata grigia, con occasionali acquazzoni. Mentre guardo fuori, mi sembra di contemplare uno studio in ardesia: le rocce, antiche e logore come il tempo stesso, il cielo, e naturalmente il mare, che si abbatte contro le zanne di granito, giù in basso, con un fragore che non è precisamente suono ma vibrazione: anche mentre scrivo, mi pare di sentire le onde sotto le piante dei piedi. La sensazione non è del tutto sgradevole.

So che disapprovi le mie abitudini solitarie, caro Bones, ma ti assicuro che sto benissimo così. Calvin è con me, capace, silenzioso e degno d'affidamento come sempre, e verso la metà della settimana sono certo che tra tutti e due avremo sistemato i nostri affari e preso accordi per le necessarie consegne a domicilio dalla città, nonché per un plotone di donne delle pulizie, tanto per cominciare a soffiar via la polvere da questa casa!

Ora concludo: ci sono tante cose ancora da vedere, stanze da esplorare, e senza dubbio almeno un migliaio di mobili esecrabili che questi poveri occhi dovranno contemplare. Ancora una volta, grazie per il tocco familiare recatomi dalla tua lettera e per il tuo continuo ricordo.

Un caro saluto a tua moglie, poiché entrambi avete il mio affetto.

CHARLES

6 ottobre 1850

CARO BONES,
   Che posto è mai questo!
   Continua a stupirmi... e così le reazioni della gente del più
vicino villaggio al fatto che io abbia preso possesso della casa. È
uno strano paesino dal pittoresco nome di Preacher's Corners.
È là che Calvin è andato a contrattare per le provviste settimanali. L'altra commissione, quella per assicurare una provvista di
legna da ardere sufficiente per l'inverno, è stata ugualmente
sbrigata. Ma Cal è ritornato con l'aria molto turbata e quando
gli ho domandato che cosa lo preoccupasse ha risposto in tono
piuttosto truce: "La credono pazzo, signor Boone!"
   Ho riso e ho risposto che forse avevano sentito parlare del-
l'attacco di meningite di cui avevo sofferto dopo la morte della
mia Sarah: indubbiamente sragionavo a quel tempo, come tu
potresti testimoniare.
   Ma Cal ha assicurato che nessuno sapeva niente di me se
non attraverso mio cugino Stephen, il quale contrattava per gli
stessi servizi che io ora ho fatto in modo di assicurarmi. "È stato detto, signore, che chiunque decida di vivere a Chapelwaite
dev'essere pazzo, oppure corre il rischio di diventarlo."
   La cosa mi ha lasciato incredibilmente perplesso, come potrai immaginare, e ho domandato chi gli avesse fatto quella
sorprendente comunicazione. Mi ha spiegato che gli avevano
detto di rivolgersi a uno scontroso e piuttosto istupidito forni-
tore di legna di nome Thompson, il quale possiede quattrocen-
to acri a pino, betulla e abete, e fa il tagliaboschi con l'aiuto
dei suoi cinque figli, per rifornire le industrie di Portland e le
case private delle immediate vicinanze.
   Quando Cal, del tutto ignaro dei curiosi pregiudizi del
Thompson, ha comunicato a quale indirizzo avrebbero dovuto
portare la legna, l'altro l'ha guardato a bocca aperta e ha risposto che avrebbe mandato i suoi figli a consegnarla, nella piena
luce del giorno e dalla strada lungo il mare.
   Calvin, scambiando evidentemente per sgomento la mia
meraviglia, si è affrettato a dire che l'uomo sapeva di whisky
scadente e che si era poi messo a biascicare cose senza senso a
proposito di un villaggio abbandonato, dei parenti del cugino
Stephen... e di vermi! Calvin ha concluso la trattativa con uno
dei ragazzi Thompson, il quale, m'è parso di capire, era un tipo scorbutico e nemmeno lui molto lucido o profumato di fre-

sco. Ma se non sbaglio una reazione simile a questa vi è stata anche a Preacher's Corners, all'emporio dove Cal ha parlato con il negoziante, sebbene in questo caso si sia trattato più che altro di pettegolezzi.

Niente di tutto questo mi ha scosso, in verità; sappiamo come i villici amino arricchire la loro esistenza con l'odore dello scandalo e del mito, e immagino che il povero Stephen e il suo ramo della famiglia fossero una facile preda. Come ho detto a Cal, un uomo che trova la morte precipitando quasi dal portico di casa, non può non suscitare chiacchiere.

La casa in sé è fonte di costante stupore. Ventitré stanze, Bones! Il rivestimento a pannelli di legno dei piani superiori e della galleria dei ritratti è un po' muffoso ma ancora molto solido. Mentre mi trovavo nella camera da letto del mio povero cugino, di sopra, sentivo i topi scorrazzare dietro le pareti, e devono essere enormi, dal rumore che fanno: sembrava quasi di sentire camminare gente. Non ci terrei a incontrarne uno nel buio; e nemmeno con la luce, tutto sommato. Eppure, non ho visto né buchi né escrementi. Strano.

Nella galleria, di sopra, c'è una serie di brutti ritratti, in cornici che devono valere un patrimonio. Alcuni mostrano una rassomiglianza con Stephen, per quello che io ricordo. Credo d'avere identificato con esattezza mio zio Henry Boone e sua moglie Judith; gli altri non mi sono familiari. Immagino che uno di loro debba essere il mio famoso nonno, Robert. Ma il lato della famiglia cui Stephen apparteneva mi è del tutto sconosciuto, il che mi dispiace sinceramente. Lo stesso buonumore che traspariva dalle lettere di Stephen a Sarah e a me, la stessa luce di grande intelligenza, splende in questi ritratti, per brutti che siano. Per quali sciocche ragioni le famiglie si disperdono! Un *secrétaire* manomesso, parole dure tra fratelli ormai defunti da tre generazioni, e i discendenti senza alcuna colpa si ritrovano forzatamente estranei. Non posso fare a meno di riflettere quale fortuna sia stata il fatto che tu e John Petty riusciste a mettervi in contatto con Stephen quando sembrava che potessi seguire la mia Sarah nell'al di là... e nel contempo sulla sfortuna che il caso ci abbia privati di un incontro a faccia a faccia. Quanto avrei avuto caro ascoltarlo difendere le statue e il mobilio ancestrali!

Ma non devo eccedere nel denigrare la casa. Stephen non aveva i miei gusti, d'accordo, ma sotto la patina delle aggiunte fatte da lui ci sono pezzi (un numero dei quali ricoperto da fo-

dere nelle camere dei piani superiori) che sono autentici capo-
lavori. Ci sono letti, tavoli e altre suppellettili scolpiti, scuri e
pesanti, di mogano e di tek, e molte delle stanze da letto e di
ricevimento, lo studio e un salottino del piano superiore, hanno un fascino austero. I pavimenti sono di solido pino, che ha
un suo lustrore intimo e segreto. C'è dignità, qui; dignità e il
peso degli anni. Non posso ancora affermare che mi piaccia,
ma m'ispira rispetto. Sono ansioso di vedere come cambierà
con l'avvicendarsi dei mutamenti di questo clima settentrionale.

Dio, quanto mi dilungo! Scrivi presto, Bones. Dimmi quali
progressi fai, e quali nuove hai di Petty e degli altri. E ti prego, non commettere l'errore di voler convincere qualche nuova
conoscenza meridionale delle tue vedute in modo *troppo ener-
gico*: mi risulta che non tutti si accontentano di rispondere u-
nicamente con la bocca, come il nostro prolisso *amico*, signor
Calhoun.

Tuo affezionato
CHARLES

16 ottobre 1850

CARO RICHARD,
   Salve, come va? Ho pensato spesso a te da quando ho stabilito la mia residenza qui a Chapelwaite, e m'aspettavo anzi
d'avere tue nuove... ma ora ricevo una lettera da Bones in cui
mi dice che avevo dimenticato di lasciare il mio indirizzo al
club! Stai pur sicuro che avrei finito per scriverti, a ogni modo,
perché a volte ho l'impressione che i miei cari e fedeli amici
siano tutto quello che di sicuro e di completamente normale
mi sia rimasto al mondo. Ah, Signore, quanto ci siamo disper-
si! Tu a Boston, a scrivere puntualmente per il *Liberator* (al
quale anche ho mandato il mio indirizzo, tra parentesi), Hanson in Inghilterra per un altro dei suoi benedetti *viaggi*, e il
nostro povero Bones proprio nella *fossa dei serpenti*, a curarsi i
polmoni.

Nel complesso le cose vanno bene qui, caro Dick, e non
dubitare che ti farò un resoconto completo quando non sarò,
come ora, pressato da certi eventi che si stanno verificando: la
tua mente legale, penso, sarebbe molto incuriosita da determi-
nati avvenimenti di Chapelwaite e dintorni.

Ma nel frattempo ho un favore da chiederti, se vorrai prenderlo in considerazione. Ricordi lo storico al quale mi presentasti al pranzo offerto dal signor Clary per raccogliere fondi per la causa? Il suo nome se non sbaglio era Bigelow. A ogni modo, disse, tra l'altro, d'essersi fatto un hobby del raccogliere frammenti di erudizione storica aventi attinenza proprio con l'area in cui sono venuto ad abitare. Il favore, perciò, è questo: potresti metterti in contatto con lui e domandargli di quali fatti, brandelli di folklore, o *voci di popolo* (se ve ne sono) è per caso al corrente a proposito di un piccolo villaggio abbandonato chiamato JERUSALEM'S LOT, nei pressi della cittadina di Preacher's Corners, sul fiume Royal? Il fiume è un affluente dell'Androscoggin, e si getta in esso circa undici miglia più su della foce di quel fiume, vicino a Chapelwaite. Saperlo mi farebbe un vero piacere e, quel che più conta, potrebbe essere di una certa importanza.

Nel riguardare questa lettera, mi accorgo d'essere stato un po' sbrigativo con te, Dick, del che sono sinceramente mortificato. Ma sii certo che mi spiegherò meglio al più presto, e fino a quel momento mando i miei più cari saluti a tua moglie, ai tuoi bei due figli e, naturalmente, a te.

Tuo affezionatissimo
CHARLES

16 ottobre 1850

CARO BONES,

Ho da raccontarti una storia che sembra un po' strana (e perfino inquietante) tanto a Cal che a me: vedi che cosa ne pensi. Se non altro, potrà servire a divertirti mentre combatti con le zanzare.

Due giorni dopo che t'avevo spedito la mia ultima, un gruppo di quattro giovani donne arrivò da Corners sotto il controllo di una donna anziana d'aspetto così competente da incutere timore, di nome signora Cloris, per mettere in ordine la casa e togliere parte della polvere che minacciava di farmi starnutire quasi a ogni passo. Sembravano tutte un po' nervose, mentre si dedicavano alle loro incombenze; al punto che una di quelle sciocchine mandò un grido quando io entrai nel salotto di sopra dove lei stava spolverando.

Chiesi spiegazioni in proposito alla signora Cloris (stava spolverando l'atrio del piano terreno con una cupa determinazione che t'avrebbe lasciato sbalordito, i capelli protetti da un vecchio fazzolettone stinto), e lei, girandosi verso di me, rispose con fare che non ammetteva replica: "Mal sopportano questa casa, signore, e non piace nemmeno a me, perché è sempre stata una *cattiva* casa."

Rimasi a bocca aperta a quel commento inaspettato, e lei continuò in tono più mite: "Non intendo dire che Stephen Boone non fosse un uomo come si deve, perché lo era; venivo a fare le pulizie per lui ogni quindici giorni, per tutto il tempo in cui visse qui, così come le facevo per suo padre, il signor Randolph Boone, finché lui e la moglie non scomparvero nell'ottocentosedici. Il signor Stephen era un uomo buono e gentile, così come sembra lei, signore (e deve perdonare la mia franchezza: non conosco altro modo di parlare), ma la casa è *malvagia* e lo è sempre stata, e nessun Boone è mai stato felice qui, da quando suo nonno Robert e il fratello Philip litigarono per certi oggetti rubati (qui la donna fece una pausa, quasi con fare colpevole) nel settecentottantanove."

Che memoria ha questa gente, Bones!

La signora Cloris continuò: "La casa è stata costruita nell'infelicità, è stata abitata nell'infelicità, è stato versato sangue sui suoi pavimenti (non so se lo sai, Bones, mio zio Randolph rimase coinvolto in un incidente sulle scale della cantina che costò la vita a sua figlia Marcella; in seguito si uccise, per una crisi di rimorso. L'incidente è riferito in una delle lettere di Stephen a me, in una triste occasione: ricorreva il compleanno della sorella morta), ci sono state sparizioni e incidenti.

"Ho lavorato qui, signor Boone, e non sono né cieca né sorda. Ho udito rumori orribili nelle pareti, signore, suoni orribili: tonfi, schianti, e una volta uno strano lamento che sembrava una mezza risata. So che mi fece gelare il sangue. È un luogo misterioso, signore." E là s'interruppe, forse timorosa d'avere parlato troppo.

Quanto a me, non sapevo neanch'io se mostrarmi offeso o divertito, curioso o semplicemente sbrigativo. Temo che il divertimento prevalesse, in quel momento. "E che cosa sospetta che siano, signora Cloris? Spettri che scuotono le catene?"

Ma lei si limitò a fissarmi in modo strano. "Può darsi che esistano gli spettri. Ma non sono spettri, quelli nelle pareti. Non sono gli spettri a gemere e a disperarsi come dannati, e a fare fracasso e ad allontanarsi senza meta nel buio. Sono..."

"Andiamo, signora Cloris," la sollecitai. "È arrivata fin qui. Non potrebbe finire, visto che ha cominciato?"

Un'espressione stranissima di terrore, dispetto e — lo giurerei — di timore religioso, passò sul suo volto. "Alcuni non muoiono," bisbigliò. "Continuano a vivere nelle ombre crepuscolari intermedie, per servire... Lui!"

E il discorso finì. Per diversi minuti continuai ad assillarla, ma lei non faceva che mostrarsi anche più ostinata e non volle dire altro. Alla fine preferii desistere, temendo che potesse prendere cappello e andarsene.

Questa è la conclusione di un episodio, ma la sera seguente se ne verificò un secondo. Calvin aveva acceso il fuoco da basso e io me ne stavo seduto nel soggiorno, a sonnecchiare sopra una copia dell'*Intelligencer* e ad ascoltare il suono della pioggia spinta dal vento contro la grande finestra panoramica. Mi sentivo a mio agio come accade soltanto in una serata così, quando tutto è tristezza all'esterno e tutto è tepore e conforto all'interno; ma qualche istante dopo apparve Cal sulla soglia, e sembrava agitato e un po' nervoso.

"È sveglio, signore?" chiese.

"Quasi," dissi. "Che c'è?"

"Ho trovato qualcosa di sopra che penso lei dovrebbe vedere," mi rispose, con la stessa aria di agitazione dominata a stento.

Mi alzai e lo seguii. Mentre salivamo l'ampia scalinata, Calvin disse: "Stavo leggendo un libro nello studio di sopra, un libro piuttosto strano, quando ho sentito un rumore nella parete."

"Topi!" sentenziai. "Tutto qui?"

Si fermò sul pianerottolo, fissandomi con aria solenne. Il lume che reggeva gettava strane ombre danzanti sui tendaggi scuri e sui ritratti in penombra che ora sembravano sogghignare invece che sorridere. Fuori, il vento salì fino a un breve urlo per poi placarsi, quasi di malavoglia.

"Non erano topi," disse Cal. "Veniva un suono sordo ed errante, da dietro gli scaffali dei libri, seguito da un orribile gorgoglio: orribile, signore. E un grattare, come se qualcosa stesse tentando di venir fuori... per aggredirmi!"

Ti lascio immaginare la mia meraviglia, Bones. Calvin non è tipo da abbandonarsi a voli isterici di fantasia. Cominciavo a temere che ci fosse davvero un mistero, in casa: e forse tutt'altro che bello.

"E poi?" chiesi. Avevamo ripreso ad avanzare lungo il corridoio e potevo vedere la luce riversarsi dallo studio sul pavimento della galleria. La scrutavo con una certa trepidazione: la serata non aveva più niente di confortevole.

"Il rumore raschiante è cessato. Dopo un momento, sono ricominciati quei suoni come di tonfi e di qualcosa che strisciasse, e stavolta sembrava che si allontanassero. C'è stata una pausa, e giuro d'avere udito una risata strana, quasi impercettibile! Mi sono avvicinato alla libreria e ho cominciato a spingere e a tirare, pensando che potesse esservi un divisorio, o una porta segreta."

"Hai trovato qualcosa?"

Cal si fermò un istante sulla porta dello studio. "No... ma ho trovato questo!"

Entrammo e vidi una buca nera e quadrata nello scaffale a sinistra. I libri, in quel punto, erano volumi finti, e quello che Cal aveva trovato era un piccolo nascondiglio. Proiettai all'interno la luce del lume e non vidi altro che un denso strato di polvere, polvere che doveva essere vecchia di decenni.

"C'era soltanto questa," disse sommessamente Cal, e mi porse una pergamena ingiallita. Era una mappa, disegnata con tratti sottilissimi in inchiostro nero: la mappa di un paese o di un villaggio. C'erano forse sette edifici, uno dei quali, nitidamente contrassegnato da un campanile, recava al disotto la scritta: *Il Verme Che Corrompe*.

Nell'angolo in alto a sinistra, cioè a nordovest di quel piccolo villaggio, una freccia puntata. Sotto c'era scritto: *Chapelwaite*.

Calvin disse: "In paese, signore, qualcuno ha accennato, in tono superstizioso, a un villaggio abbandonato che si chiama Jerusalem's Lot. È un luogo da cui stanno alla larga."

"Ma... e questo?" chiesi, seguendo con l'indice la strana legenda sotto il campanile.

"Non saprei."

Il ricordo della signora Cloris, adamantina e al tempo stesso timorosa, mi passò per la mente. "Il Verme..." mormorai.

"Lei sa qualcosa, signor Boone?"

"Forse... potrebbe essere divertente dare un'occhiata a questa località, domani. Che cosa ne pensi, Cal?"

Assentì, illuminandosi. Dopo di che, passammo quasi un'ora a cercare qualche apertura nella parete dietro il recesso che Cal aveva scoperto, ma inutilmente. Né ci fu alcun ripetersi dei rumori che Cal aveva descritto.

Ci ritirammo senza altre avventure, per quella sera.

Il mattino seguente, Calvin e io ci mettemmo in cammino per la nostra passeggiata attraverso i boschi. La pioggia della sera prima era cessata, ma il cielo era basso e cupo. Vedevo che Cal mi guardava un po' dubbioso e mi affrettai a rassicurarlo che, qualora mi fossi stancato, o il tragitto si fosse rivelato troppo lungo, non avrei esitato a rinunciare a tutta la faccenda. Ci eravamo equipaggiati con colazione al sacco, una bella bussola Buckwhite e, naturalmente, la strana e antica mappa di Jerusalem's Lot.

Era una giornata strana e tetra; sembrava che non un uccello cantasse né un animale si muovesse mentre procedevamo attraverso la grande e cupa distesa dei pini verso il sud e l'est. Gli unici suoni erano quelli dei nostri stessi passi e il battere uniforme dell'Atlantico contro il promontorio. L'odore del mare, di un'intensità quasi innaturale, era il nostro costante compagno.

Avevamo percorso non più di un paio di miglia quando trovammo, invasa dalle erbacce, una strada pavimentata di tronchi d'albero, come se ne facevano un tempo; si snodava più o meno nella nostra direzione, così prendemmo a seguirla, procedendo più spediti. Parlavamo poco. La giornata, così immobile e minacciosa, gravava pesantemente sullo spirito.

Verso le undici, sentimmo un rumore di acqua che scorre. L'ultimo tratto di strada descriveva una brusca svolta a sinistra, e dall'altro lato di un torrentello grigio e ribollente, c'era, simile a un'apparizione, Jerusalem's Lot!

Il torrente, largo forse due metri e mezzo, era attraversato da un ponte ricoperto di muschio. Sul lato opposto, Bones, sorgeva il piccolo villaggio più perfetto che tu possa immaginare, comprensibilmente segnato dalle intemperie ma preservato in maniera sorprendente. Diverse case, costruite con quella forma austera e al tempo stesso imponente per la quale i puritani erano giustamente famosi, stavano raggruppate presso la ripida riva. Più in là, lungo un'arteria stradale ingombra di erbacce, sorgevano tre o quattro edifici che facevano pensare a una sorta di centro degli affari sia pure un po' primitivo e, al di là di quelli, il campanile della chiesa segnata sulla mappa, che si levava contro il cielo grigio e appariva così cupo che non saprei descriverlo, con il suo intonaco scrostato e la sua croce annerita e pendente.

"La città ha un nome adatto," osservò sottovoce Cal accanto a me.

Attraversammo il ponte e cominciammo ad aggirarci tra le case: e qui la mia storia diventa piuttosto sorprendente, Bones, perciò preparati!

L'aria sembrava di piombo mentre camminavamo tra gli e- difici; era pesante, se preferisci. Le costruzioni erano in uno stato di abbandono: imposte mezzo staccate, tetti in parte crol- lati sotto il peso di pesanti nevicate ora dissoltesi, finestre pol- verose e sogghignanti. Da angoli strani e da spigoli distorti, le ombre sembravano addensarsi in sinistre pozze.

Entrammo prima in una vecchia taverna mezzo diroccata: non so perché, non sembrava giusto che invadessimo qualcuna di quelle case in cui la gente usava un tempo ritirarsi quando desiderava trovarsi nell'intimità. Un'antica insegna scolorita e cancellata dalle intemperie annunciava che quella era stata la taverna *Alla testa del cinghiale, vitto e alloggio*. La porta man- dò un cigolio infernale, girando su uno dei cardini superstiti e avanzammo nell'interno in penombra. L'odore di marciume e di muffa era come un vapore che quasi stordiva. E al disotto di quello sembrava stagnare un tanfo anche più profondo, un lez- zo melmoso e pestifero, di secoli e della decomposizione dei secoli. Un miasma quale potrebbe uscire da bare marcite o da tombe violate. Mi tenevo il fazzoletto al naso e lo stesso faceva Cal. Ci guardavamo intorno.

"Mio Dio, signore..." mormorò debolmente Cal.

"Niente è mai stato toccato," terminai per lui.

Ed era così, infatti. Tavole e sedie stavano intorno a noi co- me spettrali guardiani, polverosi, deformati dagli estremi sbalzi di temperatura per i quali il clima del New England è noto, ma a parte questo perfetti: come se aspettassero, da echeggianti e silenti decenni, che coloro da tempo scomparsi entrassero, ancora una volta, a ordinare una pinta o un bicchierino, a gio- care a carte e ad accendere pipe d'argilla. Un piccolo specchio quadrato era appeso accanto alle norme della taverna, *intatto*. Comprendi che cosa significa, Bones? I ragazzini sono famosi per l'esplorazione e il vandalismo; non c'è casa "stregata" che rimanga con le finestre intatte, non importa quanto temibili si dice che siano i suoi misteriosi abitanti; non c'è cimitero om- broso senza almeno una pietra tombale ribaltata da giovani birbanti. Senza dubbio a Preacher's Corners, che da Jerusa- lem's Lot dista meno di due miglia, di giovani birbanti ce ne saranno almeno una ventina. Eppure lo specchio del taverniere (che doveva essergli costato una discreta somma) era intatto, proprio come gli altri oggetti fragili che trovammo nel nostro rovistare. I soli danni, a Jerusalem's Lot, sono stati fatti dall'impersonale Natura. Il significato implicito è ovvio: Jerusalem's Lot è una città sfuggita. Perché? Un sospetto l'avrei, ma prima ancora di osare accennarvi, devo procedere fino alla sconcertante conclusione della nostra visita.

Salimmo nelle stanze da letto e trovammo letti rifatti, brocche per l'acqua in peltro posate ordinatamente accanto. La cucina era allo stesso modo intatta, salvo la polvere degli anni e quell'orribile, insito tanfo di decomposizione. La sola taverna rappresentava un paradiso dell'antiquario; il solo fornello della cucina, meravigliosamente strano, avrebbe riscosso un prezzo notevole a un'asta di Boston.

"Che cosa ne pensi, Cal?" domandai, quando emergemmo di nuovo nella luce incerta.

"Penso che sia un brutto affare, signor Boone," mi rispose, col suo fare afflitto, "e che dobbiamo vedere di più per saperne di più."

Dedicammo scarsa attenzione alle altre botteghe: c'era una locanda con borse di cuoio che si sbriciolavano ancora appese ai chiodi arrugginiti, una bottega di candelaio, un deposito con legna di pino e di quercia ancora accatastata, una fucina.

Entrammo in due case, mentre ci dirigevamo verso la chiesa, al centro del villaggio. Entrambe erano di stile perfettamente puritano, zeppe di oggetti per i quali un collezionista avrebbe dato un braccio, entrambe abbandonate e sature dello stesso odore di marciume.

Niente sembrava vivere o muoversi in tutto questo, salvo noi due. Non vedevamo insetti né uccelli, e neppure una ragnatela tessuta nell'angolo di una finestra. Soltanto polvere.

Finalmente, arrivammo alla chiesa. S'innalzava sopra di noi, cupa, gelida, per nulla invitante. Le sue finestre apparivano nere per l'oscurità all'interno, e qualsiasi presenza divina o santità l'aveva disertata chissà da quanto tempo. Di questo sono sicuro. Salimmo i gradini e io posai la mano sul grosso pomolo di ferro della porta. Uno sguardo cupo e deciso passò da me a Cal e viceversa. Spinsi il portale. Da quanto tempo quella porta non era stata toccata? Direi senza tema di smentita che io ero il primo ad aprirla dopo una cinquantina d'anni, se non di più. Cardini induriti dalla ruggine stridettero acutamente, quando l'aprii. Il lezzo di marciume e di decomposizione che ci soffocò era quasi palpabile. Cal mandò una sorta di gorgo-

glio dalla gola e girò involontariamente la testa in là, in cerca
d'aria.

"Signore," chiese, "è proprio sicuro di poter...?"

"Sto benissimo," assicurai, con calma. Ma non mi sentivo
affatto calmo, Bones, non più di quanto lo sia ora. Credo, come il nostro Hanson (quand'è d'*umore* filosofico) che vi siano
luoghi spirituali nocivi, edifici dove il latte del cosmo è diventato acido e rancido. Quella chiesa è un posto così; lo giurerei.

Entrammo in un lungo vestibolo equipaggiato di polverosi
attaccapanni e di innarî sistemati su scaffali. Era senza finestre.
Qua e là, entro nicchie, c'erano dei lumi a petrolio. Un ambiente che non ha niente di eccezionale, pensai, finché non
sentii Calvin trattenere il respiro e non vidi quello che lui aveva
già notato.

Era un'oscenità.

Non oso descriverti quel quadro riccamente incorniciato al
di là di così: era stato eseguito a imitazione dello stile carnoso
di Rubens; raffigurava la grottesca parodia di una madonna con
bambino; strane creature mezzo in ombra strisciavano e si sol-
lazzavano nello sfondo.

"Signore Iddio!" mormorai.

"Non c'è il Signore, qui," disse Calvin, e le sue parole
parvero rimanere sospese nell'aria. Aprii la porta che immette-
va nella chiesa vera e propria, e l'odore divenne un miasma.

Nella mezza luce baluginante del pomeriggio i banchi si
stendevano spettrali fino all'altare. Sopra di essi c'era un alto
pulpito di quercia e un nartece semisommerso dall'ombra da
cui luccicava dell'oro.

Con un mezzo singhiozzo Calvin, da protestante devoto, si
fece il segno della croce, e io lo imitai. Perché quell'oro era appunto una grande croce, di splendida fattura... ma pendeva
capovolta, simbolo della messa di Satana.

"Dobbiamo essere calmi," mi accorsi di dire. "Dobbiamo
essere calmi, Calvin. Dobbiamo essere calmi."

Ma un'ombra mi aveva sfiorato il cuore, ed ero in preda a
un timore mai provato. Ho camminato sotto l'ombrello della
morte e pensavo che non ce ne fossero di più opprimenti. Ma
ce n'è. Ce n'è.

Percorremmo la navata e i nostri passi echeggiavano in alto
e attorno a noi. Lasciavamo orme nella polvere. E all'altare c'e-
rano altri tenebrosi *objets d'art*. Non voglio, non posso lasciare
indugiare la mente su di essi.

Cominciai a salire i gradini del pulpito.

"No, signor Boone!" gridò improvvisamente Calvin. "Ho paura..."

Ma ero salito, ormai. Un librone stava aperto sul leggio, scritto a un tempo in latino e in rune illeggibili che, al mio occhio non esercitato, apparivano druidiche o preceltiche. Accludo un cartoncino con diversi di quei simboli, che ho ritracciato a memoria.

Chiusi il libro e guardai le parole impresse nel cuoio: *De Vermis Mysteriis*. Il mio latino è arrugginito, ma utile quanto basta per tradurre: *I Misteri del Verme*.

Come toccai il volume, quella chiesa maledetta e la faccia pallida, levata verso l'alto, di Calvin parvero ondeggiare davanti a me. Mi sembrò di udire voci basse e cantilenanti, cariche di un timore che era orrore e ansia al tempo stesso; e, al disotto di quel suono, un altro, che riempiva le viscere della terra. Un'allucinazione, non ne dubito... ma, nello stesso momento, la chiesa si riempì di un suono molto reale, che posso descrivere soltanto come un tremendo e macabro *rivoltarsi* sotto di me. Il pulpito tremò sotto le mie dita. La croce sconsacrata tremò sulla parete.

Uscimmo insieme, Cal e io, lasciando il luogo alla sua stessa tenebra, e nessuno dei due osò voltarsi se non dopo avere attraversato le rozze tavole che andavano da una riva all'altra del torrente. Non dirò che disonorammo i millenovecento anni che l'uomo ha speso a elevarsi da selvaggio superstizioso che era, mettendoci a correre; ma sarei un bugiardo se dicessi che camminavamo senza fretta.

Questo è il mio racconto. Non devi turbare la tua convalescenza col temere che la febbre mi àbbia nuovamente assalito: Cal può testimoniare sul contenuto di queste pagine, *rumore* orrendo compreso.

Chiudo, perciò, aggiungendo soltanto che vorrei tanto vederti (sapendo che molto del mio sgomento sparirebbe immediatamente), e che sono il tuo amico e ammiratore,

CHARLES

17 ottobre 1850

EGREGI SIGNORI,

Nell'edizione più recente del loro catalogo di generi per la casa (Estate, 1850), ho notato una preparazione chiamata Veleno per topi. Desidererei acquistare una (1) lattina da 5 libbre di tale preparato al prezzo indicato di trenta centesimi (30). Accludo l'affrancatura per la risposta. Prego indirizzare a: Calvin McCann, Chapelwaite, Preacher's Corners, Contea di Cumberland, Maine.

Grazie per l'attenzione.

Ossequi e distinti saluti
CALVIN McCANN

19 ottobre 1850

CARO BONES,

Sviluppi di inquietante natura.

I rumori nella casa si sono intensificati, e mi convinco sempre più che i topi non sono la sola cosa che si muove al di là delle nostre pareti. Calvin e io ci siamo dedicati a un'altra infruttuosa ricerca di aperture nascoste o di passaggi, ma senza trovare niente. Quanto miseramente figureremmo in uno dei romanzi della signora Radcliffe! Cal afferma, tuttavia, che gran parte del rumore proviene dalla cantina, ed è là che intendiamo esplorare domani. Non mi mette certo più a mio agio sapere che là la sorella del cugino Stephen trovò la sua disgraziata fine.

Il suo ritratto, tra parentesi, è appeso nella galleria del piano di sopra. Marcella Boone era un cosino malinconicamente grazioso, se l'artista ha saputo coglierla a dovere, e so che non si è mai sposata. A volte penso che la signora Cloris abbia ragione, e che questa *sia* una casa malvagia. Certo è che non ha avuto in serbo altro che tristezza, per i suoi abitanti del passato.

Ma ho altro da dirti sulla temibile signora Cloris, perché ho avuto quest'oggi un secondo colloquio con lei. Poiché è la persona più equilibrata di Corners da me incontrata finora, nel pomeriggio sono andato a cercarla, dopo uno spiacevole episodio che ora riferirò.

La legna doveva essere consegnata questa mattina e, poiché mezzogiorno era ormai passato e della legna non c'era traccia, avevo deciso di andare fino in paese, per la mia passeggiata quotidiana. Il mio scopo era di far visita a Thompson, l'uomo con il quale Cal aveva trattato.

La giornata era bella, con quel che di frizzante di un autunno soleggiato, e quando giunsi in vista della casa di Thompson (Cal, che era rimasto a casa per frugare ulteriormente nella biblioteca del cugino Stephen, mi aveva dato tutte le indicazioni necessarie) mi sentivo di ottimo umore, come non mi capitava da alcuni giorni, e del tutto disposto a perdonare la poca puntualità di Thompson.

Il posto era un vero intrico di erbacce e di edifici malconci e bisognosi di una mano di tinta; a sinistra del granaio un grosso maiale, pronto per essere macellato a novembre, grugniva e si rotolava in un recinto fangoso, e nella corte maltenuta tra la casa e gli edifici esterni una donna dal lacero vestito di cotonina gettava il mangime ai polli, prendendolo dal grembiule. Quando la chiamai, girò verso di me la faccia pallida e insulsa.

L'improvviso mutamento d'espressione, dal vuoto ottuso, assoluto, a una luce di terrore folle, fu per me fonte di immensa meraviglia. Posso soltanto pensare che mi avesse scambiato per lo stesso Stephen, perché la vidi levare la mano in un segno di scongiuro contro il malocchio e cacciare un urlo. Il mangime finì sparpagliato al suolo e il pollame si disperse, starnazzando e sbattendo le ali.

Prima che potessi emettere un suono, la tozza e massiccia figura di un uomo vestito soltanto di lunghi mutandoni uscì a passi pesanti dalla casa con un fucile per gli scoiattoli in una mano e una brocca nell'altra. Dai suoi occhi accesi e dal passo malfermo, giudicai che dovesse trattarsi di Thompson il taglialegna in persona.

"Un Boone!" tuonò. "Via, maledetto!" Lasciò cadere la brocca e fece a sua volta lo scongiuro.

"Sono venuto," dissi con tutta l'equanimità possibile date le circostanze, "perché la legna non si è vista. Secondo gli accordi che lei aveva preso con il mio domestico..."

"Maledetto anche lui!" E per la prima volta mi accorsi che, sotto quei modi da smargiasso, era mezzo morto di paura. Cominciavo a domandarmi seriamente se, agitato com'era, non m'avrebbe scaricato addosso il fucile.

Con prudenza, ritentai: "Come gesto di cortesia, potrebbe..."

"All'inferno la cortesia!"

"Benissimo, allora," dissi, con tutta la dignità che mi fu possibile mostrare. "Le auguro buona giornata fino a che avrà ritrovato un poco il controllo di sé." E, detto questo, voltai le spalle e mi avviai lungo la strada che portava in paese.

"Non torni più qui!" mi urlò dietro. "Resti lassù con il

suo demonio! Maledetto! Maledetto! Maledetto!" Mi scagliò u-
na pietra, che mi colpì a una spalla. Non volli dargli la soddisfazione di scansarmi.

Così andai in cerca della signora Cloris, ben deciso a risol-
vere il mistero dell'ostilità di Thompson, se non altro. È una
vedova (e non cominciare con le tue manie da paraninfo, Bones; avrà di sicuro quindici anni più di me, e io i quaranta li
ho passati da un pezzo) e vive sola in un piccolo, delizioso cot-
tage proprio in riva all'oceano. La trovai intenta a stendere il
bucato, e sembrava sinceramente contenta di vedermi. Questo
mi fu di grande sollievo: è oltremodo irritante essere marchiato
come paria senza una ragione comprensibile.

"Signor Boone," disse lei, accennando un inchino, "se è
venuto per il bucato, è un lavoro che non accetto più a fine
settembre. I reumatismi mi affliggono al punto che stento già a
occuparmi del mio."

"Magari fosse la biancheria da lavare l'oggetto della mia visita! Sono venuto a cercare aiuto, signora Cloris. Devo sapere
tutto quello che lei può dirmi su Chapelwaite e Jerusalem's
Lot, e sul perché la gente del paese mi guarda con tanta paura
e sospetto."

"Jerusalem's Lot. Lei sa di *quello*, allora."

"Sì," risposi, "e l'ho visitato con il mio compagno una
settimana fa."

"Dio!" Si fece bianca come un lenzuolo, e vacillò. Allungai una mano per sostenerla. Gli occhi le si arrovesciarono in
modo orribile e, per un attimo, ebbi la certezza che stesse per
svenire.

"Signora Cloris, mi dispiace se ho detto qualcosa che..."

"Venga dentro," disse lei. "È giusto che sappia. Gesù
mio, i giorni del demonio sono tornati!"

Non volle aggiungere altro se non dopo avere preparato del
tè ben forte nella sua soleggiata cucina. Poi, con il tè davanti a
noi, rimase per un poco a fissare pensosamente verso l'oceano.
Inevitabilmente, i suoi occhi e i miei erano attirati dal ciglio
sporgente di Chapelwaite Head, dove la casa si affacciava sul-
l'acqua. La grande finestra ad arco luccicava come un diamante
ai raggi del sole al tramonto. La vista era bella ma stranamente
inquietante. Tutt'a un tratto, lei si rivolse a me e dichiarò, con
veemenza: "Signor Boone, lei deve lasciare Chapelwaite immediatamente!"

Ero allibito.

"Si avverte un alito maligno nell'aria da quando lei vi ha preso residenza. Durante la scorsa settimana — da che lei ha messo piede in questo posto maledetto — ci sono stati cattivi presagi e portenti. Un velo sopra la faccia della luna; stormi di caprimulghi che pernottano nei cimiteri; una nascita innaturale. Lei deve andarsene!"

Quando ritrovai la favella, parlai il più gentilmente possibile. "Signora Cloris, queste sono superstizioni. Lei dovrebbe saperlo."

"È una superstizione che Barbara Brown abbia dato alla luce un bambino senza occhi? O che Clifton Brockett abbia trovato nei boschi al di là di Chapelwaite una traccia larga un metro e mezzo, dove tutto ciò che era stato schiacciato e appiattito appariva completamente secco e calcificato? E può lei, che ha visitato Jerusalem's Lot, asserire in tutta onestà che là non ci sia più niente di vivo?"

Non potei rispondere: la scena di quell'orribile chiesa mi si parava dinanzi agli occhi.

Lei serrava una contro l'altra le mani artritiche, nel tentativo di calmarsi. "So di queste cose soltanto da mia madre e, prima di lei, da sua madre. Conosce la storia della sua famiglia, per quel che riguarda Chapelwaite?"

"Vagamente," risposi. "La casa è stata la dimora dei discendenti di Philip Boone fin dal 1780; suo fratello Robert, mio nonno, si stabilì nel Massachusetts dopo una lite a proposito di documenti rubati. Del ramo di Philip so ben poco, salvo che una specie di malasorte lo colpì, estendendosi dal padre al figlio ai nipoti: Marcella morì in un tragico incidente e Stephen precipitò dall'alto, trovando la morte. Era desiderio di Stephen che Chapelwaite divenisse mio e dei miei discendenti, e che la frattura nella famiglia venisse così sanata."

"Non si sanerà mai," bisbigliò lei. "Sa niente della lite originale?"

"Robert Boone venne sorpreso a frugare nella scrivania del fratello."

"Philip Boone era pazzo," disse lei. "Un uomo che trafficava con cose empie. Quello che Robert Boone *tentò* di rimuovere era una Bibbia profana scritta nelle lingue antiche: latino, druidico e altre. Un libro infernale."

"*De Vermis Mysteriis.*"

Si ritrasse, come colpita. "Lei sa di quel libro?"

"L'ho visto... toccato." Sembrò di nuovo che dovesse svenire e si portò una mano alla bocca, come per soffocare un grido.

"Sì, a Jerusalem's Lot. Sul pulpito di una chiesa corrotta e dissacrata."

"È ancora là, ancora là, allora." Si dondolò avanti e indietro sulla sedia. "Avevo sperato che Dio, nella sua saggezza, l'avesse precipitato nel fondo dell'inferno."

"Che rapporto c'era tra Philip Boone e Jerusalem's Lot?"

"Un rapporto di sangue," fu l'oscura risposta di lei. "Si portava addosso il marchio del lupo, sebbene si aggirasse nei panni dell'agnello. E la notte del 31 ottobre 1789, Philip Boone scomparve... e con lui tutta la plebaglia di quel maledetto villaggio."

Aggiunse ben poco; anzi, sembrava non sapesse altro. Si limitò a reiterare le sue suppliche perché partissi, adducendo come motivo qualcosa a proposito di "sangue che chiama sangue" e borbottando di "coloro che *guardano* e coloro che *stanno a guardia*". Via via che il crepuscolo avanzava, lei sembrava divenire più agitata che mai, e per placarla le promisi che i suoi desideri sarebbero stati tenuti in grande considerazione.

Tornai verso casa attraverso ombre che si allungavano tetre, il buonumore completamente dissipato e la testa che mi girava, tanti erano gli interrogativi che ancora mi assillano. Cal mi accolse con la notizia che i rumori nelle pareti erano ulteriormente peggiorati: come io stesso posso testimoniare, in questo momento. Cerco di dire a me stesso che sono soltanto dei topi, ma poi vedo la faccia angosciata e atterrita della signora Cloris.

La luna si è levata sul mare, una luna piena, enorme, color sangue, macchiando l'oceano di riflessi sinistri. La mia mente torna di nuovo a quella chiesa e

(qui una riga è cancellata)

Ma tu questo non devi vederlo, Bones. È troppo folle. È meglio che io dorma. I miei pensieri vanno a te.

Saluti,
CHARLES

(Quanto segue è tolto dal diario di Calvin McCann.)

20 ottobre 1850

Presa la libertà stamattina di forzare la serratura che tiene chiuso il libro; questo prima che il signor Boone si alzasse. Inutile;

è tutto in cifra. Un cifrario semplice, sono convinto. Forse potrò forzarlo con la stessa facilità con cui ho forzato la serratura. Un diario, ne sono certo, e la grafia è stranamente simile a quella del signor Boone. Un diario di chi, così riposto nell'angolo più oscuro di questa biblioteca e munito di chiusura? Sembra antico, ma come stabilirlo? Le sue pagine sono state ben protette dall'aria. Più tardi, se avrò tempo; il signor Boone sembra deciso a visitare la cantina. Temo che questi eventi orribili siano troppo per la sua precaria salute. Devo cercare di convincerlo...

Ma eccolo che viene.

20 ottobre 1850

BONES,

Non posso scrivere. Non posso ancora (sic) scrivere. Io... io...

(Dal diario di Calvin McCann.)

20 ottobre 1850

Come temevo, la sua salute è crollata...

Caro Signore, Padre nostro che sei nei cieli!

Non posso pensarci; eppure è piantato nella mia mente, impresso come un marchio indelebile; quell'orrore in cantina!

Sono solo, ora; le otto e mezzo; la casa è silenziosa ma...

L'ho trovato svenuto sopra il suo scrittoio; dorme ancora; pure, per quei pochi momenti, quanto nobilmente si è comportato mentre io ero paralizzato e a pezzi!

La sua fronte è cerea, fredda. Non ha più febbre, grazie a Dio. Non oso muoverlo né allontanarmi per andare in paese. E se andassi, chi tornerebbe con me per aiutarlo? Chi vorrebbe venire in questa maledetta casa?

La cantina! Le cose in cantina che hanno stregato le nostre pareti!

22 ottobre 1850

CARO BONES,

Sono tornato in me, sebbene debole, dopo trentasei ore di incoscienza: di nuovo me stesso... Sembra uno scherzo truce e amaro! Non sarò mai più me stesso, mai più. Mi sono trovato a faccia a faccia con qualcosa di insano e di orrido al di là dei limiti dell'espressione umana. E non siamo ancora alla fine.

Se non fosse per Cal, credo che porrei fine alla mia vita in questo stesso istante. È la sola isola di equilibrio, in tutta questa follia. Saprai tutto.

Ci eravamo muniti di candele per la nostra esplorazione della cantina, e infatti mandavano un forte chiarore, del tutto adeguato: infernalmente adeguato! Calvin cercava di dissuadermi, ricordandomi la mia infermità recente, dicendomi che al massimo avremmo trovato qualche robusto topo da avvelenare.

Tuttavia, non mi lasciai smuovere; e Calvin, con un sospiro, si rassegnò: "Faccia come vuole, allora, signor Boone."

Alla cantina si accede per mezzo di una botola nel pavimento della cucina (che Cal mi assicura d'avere ora chiuso con solide travi), e noi la sollevammo non senza una quantità di considerevoli sforzi.

Un fetido, asfissiante tanfo saliva dall'oscurità, non dissimile da quello che pervade la città abbandonata sull'altra sponda del fiume Royal. La candela che io avevo in mano spandeva il suo chiarore su una ripida rampa di scalini che scendevano in quelle tenebre. Erano in uno stato di terribile abbandono: in un punto, l'alzata mancava completamente, lasciando soltanto un buco nero, ed era facile vedere come la sfortunata Marcella avesse trovato là la sua morte.

"Stia attento, signor Boone!" raccomandò Cal. Gli risposi che non avevo alcuna intenzione di distrarmi, e cominciammo a scendere.

Il pavimento era di terra battuta, le pareti di solido granito, e quasi completamente asciutte. La cantina non sembrava affatto un paradiso per i topi, poiché non c'era nessuna delle cose nelle quali ai topi piace fare il nido, come vecchie casse, mobili fuori uso, mucchi di cartacce e così via. Reggevamo alte le nostre candele, ottenendo un piccolo cerchio di luce, ma riuscivamo ugualmente a vedere ben poco. Il pavimento seguiva un graduale pendio che sembrava correre al disotto del salotto principale e della sala da pranzo: ossia, verso ovest. Fu in quella direzione che ci avviammo. Regnava il più assoluto silenzio. Il lezzo nell'aria si faceva sempre più intenso, e il buio attorno a noi sembrava denso come lana, quasi geloso della luce che veniva temporaneamente a spodestarlo dopo tanti anni di dominio indiscusso.

All'altra estremità, le pareti di granito cedevano il posto a un legno levigato che sembrava totalmente nero e totalmente opaco. Lì la cantina terminava, formando quella che sembrava una nicchia adiacente al vano principale. La nicchia era in posizione tale che ispezionarla era impossibile senza aggirare l'angolo.

Calvin e io l'aggirammo.

Fu come se lo spettro del sinistro passato di questa dimora si levasse dinanzi a noi. C'era una sedia in quella nicchia, e al disopra di quella, assicurato a un uncino in una delle solide travi in alto, c'era un cappio di fune ormai marcita.

"Allora è qui dove s'impiccò," mormorò Cal. "Dio!"

"Sì... con il cadavere della figlia steso ai piedi di quegli scalini dietro di lui."

Cal stava per parlare; poi, vidi il suo sguardo spostarsi bruscamente verso un punto alle mie spalle; infine, le sue parole divennero un urlo.

Come, Bones, come posso descrivere lo spettacolo che si presentò ai nostri occhi? Come posso parlarti degli orrendi inquilini che albergano entro le nostre mura?

La parete in fondo si era aperta come un battente e da quell'oscurità sogghignava una faccia: una faccia dagli occhi d'un nero ebano quanto lo stesso Stige. La bocca sbadigliava in un ghigno tormentato e sdentato; una mano gialla e scarna si stendeva verso di noi. L'essere emise una sorta di agghiacciante miagolio e mosse un passo barcollante in avanti. La luce della mia candela lo illuminò...

E vidi il segno livido della fune intorno al suo collo!

Alle sue spalle qualcos'altro si muoveva, qualcosa che sognerò fino al giorno in cui tutti i sogni cessano: una ragazza con un volto pallido e semidecomposto e un sogghigno da teschio; una ragazza il cui capo penzolava stranamente da un lato.

Volevano noi; lo so. E so che ci avrebbero attirati in quelle tenebre, impadronendosi di noi, se non avessi io scagliato la mia candela direttamente contro lo strano essere, facendo seguire a quella la sedia al disotto del cappio.

Dopo di che, tutto è oscurità e confusione. La mia mente ha calato un sipario. Mi svegliai, come ho detto, nella mia camera con Cal accanto a me.

Se potessi andarmene, fuggirei da questa casa d'orrore così come mi trovo, in camicia da notte. Ma non posso. Sono di-

ventato una pedina in un dramma più cupo e più profondo.
Non domandarmi come lo so; lo so e basta. La signora Cloris
aveva ragione quando diceva che sangue chiama sangue; e
quanto era orribilmente nel vero quando parlava di coloro che
guardano e coloro che *stanno a guardia*! Temo d'avere destato
una Forza che da mezzo secolo dormiva nel tenebroso villaggio
di Jerusalem's Lot, una Forza che ha ucciso i miei antenati e li
ha tratti in empia schiavitù come *nosferatu*: non-morti. E ho
timori anche più grandi di questi, Bones, ma per ora vedo soltanto in parte. Se io sapessi... se soltanto sapessi tutto!

CHARLES

P.S.: E scrivo questo soltanto per me, naturalmente. Siamo isolati da Preacher's Corners. Non oso, contaminato come sono,
recarmi là per imbucare questa lettera, e Calvin non vuole lasciarmi solo. Forse, se Dio è buono, essa ti arriverà, in un modo o nell'altro.

C.

(Dal diario di Calvin McCann.)

23 ottobre 1850

Oggi è più in forze; abbiamo parlato brevemente delle *appari-
zioni* in cantina; convenuto che non fossero né allucinazioni,
né di origine *ectoplasmica*, ma *reali*. Sospetta come me, il signor Boone, che se ne siano andati? Forse. I rumori tacciono;
tuttavia tutto è sinistro per ora, come sovrastato da un drappo
funebre. Sembra di aspettare nell'ingannevole occhio del ciclone...

   Ho trovato un pacco di carte in una delle camere di sopra,
nel cassetto di un vecchio scrittoio con alzata avvolgibile. Alcune fatture e della corrispondenza mi inducono a ritenere che la
camera fosse quella di Robert Boone. Ma il documento più interessante è costituito da alcuni appunti sul retro del volantino
pubblicitario di un cappellaio. In alto c'è scritto:

Beati i mansueti.

Sotto, è scritto quanto segue, apparentemente senza senso:

b g a u i l m d n a u s t r
m e c t o i r a h s v e z i

Ritengo sia la chiave di lettura del libro sigillato e cifrato della biblioteca. Il cifrario di cui sopra è certamente quello usato nella Guerra di indipendenza e noto come *siepe-di-cinta*. Una volta eliminate le lettere "nulle" dal secondo frammento di scrittura, si ottiene quanto segue:

b a i m n u t
e t i a s e i

Basta leggere in su e in giù invece che da sinistra a destra, e il risultato è la citazione originale dalle *Beatitudini*.

Prima di osare di mostrare questo al signor Boone, devo essere certo del contenuto del libro...

24 ottobre 1850

CARO BONES,

Un avvenimento straordinario: Cal, sempre riservato finché non è ben sicuro di sé (qualità umana rara e ammirevole!), ha trovato il diario di mio nonno Robert. Il documento era in un codice che lo stesso Cal ha decifrato. Dichiara modestamente che la scoperta è stata accidentale, ma io sospetto che essa dipenda piuttosto da perseveranza e da duro lavoro.

A ogni modo, quale cupa luce esso spande sui misteri di questo luogo!

La prima annotazione è datata 1 giugno 1789, l'ultima 27 ottobre 1789: quattro giorni prima della cataclismica sparizione di cui parlava la signora Cloris. Narra una storia di ossessione crescente — anzi, no, di follia — e rende orrendamente chiaro il rapporto tra il prozio Philip, la città di Jerusalem's Lot, e il libro che sta in quella chiesa sconsacrata.

La città in sé, secondo Robert Boone, è più antica di Chapelwaite (costruita nel 1782) e di Preacher's Corners (nota a quei tempi come Preacher's Rest e fondata nel 1741); venne fondata da un gruppo scissionista di puritani nel 1710, una setta capeggiata da un cocciuto fanatico religioso di nome James Boon. Quale sussulto mi ha dato quel nome! Che questo Boon fosse imparentato con la mia famiglia non può essere messo in dubbio, ritengo. La signora Cloris non potrebbe essere più nel vero di com'è, nel suo superstizioso convincimento che la genealogia della famiglia sia di importanza cruciale in questa faccenda; e ricordo con terrore la sua risposta alla mia domanda su Philip e sul *suo* rapporto con 'Salem's Lot. "Rapporto di sangue," ha detto, e temo che sia così.

La città divenne una comunità di coloni costruita attorno alla chiesa in cui Boon predicava... o teneva corte. Mio nonno insinua che avesse anche commercio con un certo numero di donne della città, alle quali assicurava che quello era l'intendimento e il volere di Dio. Come risultato, la città divenne un'anomalia che sarebbe potuta esistere soltanto in quei tempi strani e isolati in cui si credeva a un tempo nelle streghe e nell'Immacolata Concezione: un villaggio di religiosi piuttosto degenerati e incrociati tra loro, controllati da un predicatore mezzo pazzo i cui due vangeli gemelli erano la Bibbia e il sinistro *Luoghi di residenza dei demoni* di de Goudge; una comunità in cui si tenevano regolarmente riti di esorcismo; una comunità incestuosa, di squilibri mentali e di difetti fisici che così spesso si accompagnano a tale peccato. Ho il sospetto (e penso l'avesse anche Robert Boone) che uno dei rampolli bastardi di Boon debba essere partito (o sarà stato portato via) da Jerusalem's Lot per andare in cerca di fortuna al Sud, e abbia così fondato il nostro attuale lignaggio. Mi risulta infatti, dai calcoli della mia famiglia, che il nostro clan ebbe probabilmente origine in quella parte del Massachusetts che ultimamente è diventata questo stato sovrano del Maine. Il mio bisnonno, Kenneth Boone, divenne ricco grazie all'allora fiorente commercio delle pellicce. Fu con il suo denaro, aumentato dal tempo e dal saggio investimento, che venne costruita questa casa ancestrale molto tempo dopo la sua morte, nel 1763. I suoi figli, Philip e Robert, costruirono Chapelwaite. *Sangue chiama sangue*, diceva la signora Cloris. Possibile mai che Kenneth fosse nato da James Boon, e fosse poi fuggito dalla follia del padre, e della città paterna, soltanto per dar modo ai suoi figli, ignari di tutto, di costruire la casa dei Boone *a meno di due miglia dall'esordio di Boon*? Se questo è vero, non ti dà l'impressione che una Mano enorme e invisibile ci abbia guidati?

Secondo il diario di Robert, James Boon era vecchissimo nel 1789... e non poteva non esserlo. Ammettendo che avesse venticinque anni nell'anno in cui fondò la città, doveva avere centoquattro anni, un'età prodigiosa. Cito quanto segue direttamente dal diario di Robert Boone:

4 agosto 1789

Oggi per la prima volta ho incontrato l'Uomo dal quale mio fratello sembra dominato in modo così insano; devo ammet-

tere che quel Boon emana uno strano magnetismo, che mi
sconvolge enormemente. È un autentico vegliardo, dalla
barba bianca, e veste una tonaca nera che mi è sembrata
non so perché qualcosa di osceno. Ancora più sconvolgente
era il fatto che fosse circondato di donne, come un sultano
sarebbe circondato dal suo harem; e P. mi assicura che è ancora attivo, sebbene come minimo ottuagenario...
Quanto al villaggio l'avevo visitato una sola volta, e non lo
visiterò più; le sue strade sono silenziose e sature della paura
che il vecchio ispira dal suo pulpito; temo inoltre che simile
si sia accoppiato a simile, poiché tante sono le facce somi-
glianti. Da qualunque parte mi voltassi, mi sembrava di
contemplare il volto del vecchio... sono tutti così pallidi;
sembrano opachi, come risucchiati di ogni vitalità. Vedevo
bambini senza occhi e senza naso, donne che piangevano,
farfugliavano e indicavano il cielo senza ragione, e confon-
devano parole delle Scritture con discorsi di demoni...
P. desiderava che restassi per la funzione, ma il pensiero di
quel sinistro vegliardo sul pulpito davanti a un pubblico
formato dalla popolazione incestuosa di questa città mi ri-
pugnava, e ho trovato una scusa...

Le annotazioni prima e dopo di questa parlano del fascino
crescente esercitato su Philip da James Boon. Il 1° settembre
1789, Philip veniva battezzato nella chiesa di Boon. Il fratello
commenta: "Sono allibito per lo stupore e l'orrore. Mio fratello è cambiato sotto i miei occhi. Sembra perfino assomigliare
sempre più all'esecrabile vecchio."
   Il primo accenno al libro si verifica il 23 luglio. Il diario di
Robert ne parla brevemente: "P. questa sera è tornato dal piccolo villaggio con un viso, m'è sembrato, piuttosto stravolto.
Non ha pronunciato parola fino all'ora di coricarsi, quando ha
detto che Boon vorrebbe notizie di un libro intitolato *Misteri
del Verme*. Per fare contento P. ho promesso di scrivere una
lettera a Johns & Goodfellow per informazioni; P. quasi servil-
mente grato."
   Il 12 agosto, questa annotazione: "Ricevute due lettere con
la posta, oggi... una di Johns & Goodfellow, da Boston. Hanno preso nota del tomo per il quale P. ha espresso interesse.
Soltanto cinque copie esistenti in questo paese. La lettera è
piuttosto fredda; davvero strano. Conosco Henry Goodfellow
da anni."

P. follemente eccitato dalla lettera di Goodfellow; rifiuta di dire perché. Ha detto soltanto che Boon è *incredibilmente ansioso* di ottenerne una copia. Non so capire perché, dato che dal titolo sembra soltanto un innocuo trattato di giardinaggio...

Sono preoccupato per Philip; diventa di giorno in giorno più strano con me. Preferirei che fossimo tornati a Chapelwaite. L'estate è torrida, opprimente, e piena di presagi...

Soltanto altre due volte è fatta menzione del libro infame, nel diario di Robert (egli non sembra essersi reso conto della sua vera importanza, nemmeno alla fine). Dall'annotazione del 4 settembre:

Ho incaricato Goodfellow di agire come agente di P. nella questione dell'acquisto, sebbene il mio buon senso si ribelli. Ma a che scopo fare obiezione? P. non ha forse denaro suo, qualora mi rifiutassi? E in cambio gli ho strappato la promessa di ritrattare quel disgustoso battesimo... e tuttavia egli è così agitato; quasi febbricitante; non mi fido di lui. Sono disperatamente in alto mare, in questa situazione...

Infine, 16 settembre:

Il libro è arrivato oggi, con un biglietto di Goodfellow in cui egli mi comunica che non desidera altri incarichi da me... P. appariva eccitato a un grado innaturale; mi ha addirittura strappato il libro dalle mani.. È scritto in latino scorretto e in caratteri runici che non riesco a decifrare... L'Oggetto sembrava quasi caldo al tatto, e perfino vibrare tra le mie mani, come se contenesse un immenso potere... Ho rammentato a P. la sua promessa di ritrattare e si è limitato a ridere in modo truce, folle, agitandomi il libro sulla faccia e gridando ripetutamente: "L'abbiamo! L'abbiamo! Il Verme! Il segreto del Verme!" Ora è corso via, suppongo dal suo pazzo benefattore, e da stamane non l'ho più visto...

Del libro non c'è altro, ma ho fatto alcune deduzioni che sembrano per lo meno probabili. Prima di tutto, che quel libro fu, come ha detto la signora Cloris, la causa della rottura tra Robert e Philip; in secondo luogo, che in esso è custodito il segreto di un incantesimo empio, possibilmente di origine druidica (molti dei sanguinari riti druidici vennero conservati per iscritto dai conquistatori romani della Britannia in nome della cultura, e molti di questi infernali ricettari sono tra la letteratura proibita del mondo); infine, che Boon e Philip intendessero usare il libro per i loro scopi personali. Forse, sia pure in maniera contorta, le loro intenzioni erano buone, ma non lo credo. Sono convinto che già da tempo si fossero consacrati a ignoti poteri senza volto che esistono oltre i confini dell'universo; poteri che potrebbero esistere al di là del tessuto stesso del tempo. Le ultime annotazioni del diario di Robert prestano una fioca luce di approvazione a queste speculazioni, e lascio perciò che parlino da sole.

26 ottobre 1789

Preacher's Corners in gran fermento, oggi; Frawley, il fabbro, mi ha afferrato per un braccio e pretendeva di sapere "cosa combinano vostro fratello e quel pazzo anticristo, laggiù". Goody Randall afferma che ci sono stati nel cielo *segni di grande catastrofe imminente*. Una mucca è nata con due teste.
Quanto a me, che cosa ci sovrasti non lo so; forse è la pazzia di mio fratello. I suoi capelli sono diventati grigi dalla sera alla mattina, o quasi, i suoi occhi sono grandi cerchi iniettati di sangue dai quali la serena luce dell'equilibrio sembra essersi dileguata. Sogghigna e bisbiglia e, per qualche sua ragione personale, ha cominciato a frequentare la nostra cantina, quando non è a Jerusalem's Lot.
I caprimulghi si radunano attorno alla casa e sul prato; dalla bruma, il loro combinato richiamo si mescola con la voce del mare in un grido arcano, che preclude ogni possibilità di sonno.

27 ottobre 1789

Ho seguito P. questa sera quando si è diretto a Jerusalem's Lot, tenendomi a prudente distanza per non essere scoperto.

I maledetti caprimulghi si chiamano l'un l'altro attraverso i boschi, riempiendo tutto del loro micidiale canto psicopompico. Non osavo attraversare il ponte; la città era tutta buia salvo la chiesa, illuminata da una spettrale luce rossa che sembrava trasformare le alte finestre a punta negli occhi dell'inferno. Voci salivano e calavano di tono in una litania diabolica, a volte ridenti, a volte singhiozzanti. Il terreno stesso sembrava gonfiarsi e gemere sotto di me, come se reggesse un peso orribile, e io fuggii, sbalordito e pieno di terrore, le strida acute e infernali dei caprimulghi risonanti nelle mie orecchie mentre correvo attraverso quei boschi grevi di ombre.

Tutto tende alla fase culminante, tuttavia imprevista. Non oso dormire, tali sogni mi vengono, e neppure rimanere sveglio, esposto a chissà quali terrori folli. La notte è piena di suoni orribili e ho paura...

Al tempo stesso, sento il bisogno di andare di nuovo, di osservare, di *vedere*. Sembra che Philip stesso mi chiami, e il Vecchio.

Gli uccelli

maledetti maledetti maledetti

Qui il diario di Robert Boone termina.

Tuttavia ti prego di notare, Bones, verso la conclusione, che lo stesso Philip, com'egli afferma, sembra chiamarlo. La mia conclusione finale è formata da queste poche righe, dai discorsi della signora Cloris e degli altri, ma soprattutto da quelle terrificanti figure in cantina, morte oppure vive. La nostra discendenza è sfortunata, Bones. C'è una maledizione sopra di noi che rifiuta d'essere sepolta; vive una orrenda esistenza-ombra in questa casa e in quella città. E il culmine del cielo si sta nuovamente avvicinando. Io sono l'ultimo dei Boone. Temo che qualcosa lo sappia, e che io sia al nesso di uno sforzo diabolico al di là di ogni sana comprensione. L'anniversario cadrà oggi a otto, vigilia di Ognissanti.

Come dovrò procedere? Se soltanto tu fossi qui a consigliarmi, ad aiutarmi! Se soltanto tu fossi qui!

Devo sapere tutto; devo ritornare nella città sfuggita da tutto e da tutti. Possa Iddio sostenermi!

CHARLES

(Dal diario di Calvin McCann.)

25 ottobre 1850

Il signor Boone ha dormito per quasi tutta la giornata. La sua faccia è pallida e molto smagrita. Temo che un ritorno della febbre sia inevitabile.

Mentre gli cambiavo l'acqua nella brocca, ho scorto due lettere non impostate per il signor Granson, in Florida. Ha in animo di tornare a Jerusalem's Lot; sarà la sua fine, se glielo permetterò. Posso osare di allontanarmi per andare a Preacher's Corners, a noleggiare un calesse? Devo, ma che accadrà se lui si sveglia? Se dovessi, al mio ritorno, non trovarlo più in casa?

I rumori nelle pareti sono ricominciati. Grazie a Dio lui dorme sempre! La mia mente vacilla pensando a ciò che quei rumori significano!

Più tardi

Gli ho portato il pranzo su un vassoio. Pensa di alzarsi, dopo, e nonostante le sue reticenze, so che cosa ha in programma; tuttavia, andrò a Preacher's Corners. Tra le mie cose c'erano ancora diverse delle polverine per dormire prescrittegli durante la malattia; senza saperlo, ne ha ingerito una con il tè. Dorme di nuovo.

Lasciarlo con le Cose che si agitano dietro le nostre pareti mi atterrisce; lasciare che rimanga sia pure per un altro giorno soltanto tra queste mura, mi atterrisce ancora di più. L'ho chiuso dentro.

Dio voglia ch'egli sia ancora là, addormentato e al sicuro, quando ritornerò con il calesse!

Ancora più tardi

Lapidato! Lapidato come un cane selvaggio e rabbioso! Mostri, belve! E costoro sarebbero *uomini*! Siamo prigionieri qui...

Gli uccelli, i caprimulghi, hanno cominciato a radunarsi.

26 ottobre 1850

CARO BONES,

È quasi sera, e io mi sono appena svegliato, dopo aver dormito per quasi ventiquattr'ore di seguito. Sebbene lui non ne

abbia fatto parola, ho il sospetto che Cal m'abbia versato qualche polverina nel tè, avendo indovinato le mie intenzioni. È un
bravo e fedele amico, che agisce soltanto per il meglio, e non
dirò niente.

Tuttavia, la mia decisione è presa. Oggi è il giorno. Sono
calmo, risoluto, ma mi sembra anche di risentire un leggero attacco di febbre. Se è così, *dovrà* essere domani. Forse stasera
sarebbe ancora meglio; d'altra parte nemmeno i fuochi dell'inferno potrebbero indurmi a mettere piede in quel villaggio al
calar del buio.

Se non dovessi più scriverti, Bones, possa Iddio benedirti e
conservarti,

CHARLES

P.S. Gli uccelli tornano a levare il loro grido, e gli orribili rumori striscianti sono ricominciati. Cal crede che io non li senta,
ma sento.

C.

(Dal diario di Calvin McCann.)

27 ottobre 1850
ore 5

Impossibile persuaderlo. Benissimo. Vado con lui.

4 novembre 1850

CARO BONES,
Debole, ma lucido. Non sono sicuro della data, eppure il
mio almanacco mi assicura, in base alla marea e al tramonto,
che dev'essere esatta. Siedo al mio scrittoio, dove sedevo quando ti scrissi per la prima volta da Chapelwaite, e guardo verso il
mare scuro sul quale l'ultima luce sta rapidamente svanendo.
Non vedrò altro. Questa notte è la mia notte; la lascio per
chissà quali altre ombre.

Come si abbatte contro gli scogli, questo mare! Getta nuvole di spuma verso il cielo che annotta, sembrano stendardi, e
fa tremare il pavimento sotto di me. Nei vetri vedo riflessa la
mia immagine, pallida come quella di un vampiro. Sono senza
nutrimento dal ventisette di ottobre, e sarei stato anche sen-
z'acqua, se Calvin non avesse lasciato, quel giorno, una brocca
accanto al mio letto.

Oh, Cal! Non c'è più, Bones. Se n'è andato al posto mio, al posto di questo sventurato dalle braccia scarne e dalla faccia da teschio che vedo riflessa nel vetro. E tuttavia potrebb'essere il più fortunato; poiché non lo tormentano i sogni, come hanno tormentato me in questi ultimi giorni: forme contorte che si annidano nei corridoi d'incubo del delirio. Perfino ora le mani mi tremano; ho macchiato la pagina d'inchiostro.

Calvin mi si piantò davanti, quel mattino, proprio mentre stavo per sgattaiolare via... e io che pensavo d'essere stato così astuto! Gli avevo detto d'avere deciso che dovevamo partire, e gli domandai se voleva andare a Tandrell, distante una decina di miglia, dove non eravamo tanto conosciuti, a noleggiare un calesse. Acconsentì a fare la strada a piedi e io lo guardai allontanarsi lungo la strada del mare. Non appena scomparve, rapidamente mi preparai, indossando pastrano e sciarpa (poiché il tempo si era fatto gelido: nell'aria tagliente di quel mattino c'era il primo tocco dell'inverno imminente). Per un attimo desiderai d'avere una pistola, poi risi di me per quel desiderio. A che valgono le armi in una questione del genere?

Uscii di casa dalla porta della dispensa, soffermandomi per un'ultima occhiata al cielo e al mare; per sentire il profumo dell'aria fresca contro la putrescenza che sapevo di dover ben presto respirare; per contemplare un gabbiano in cerca di cibo, che volteggiava al disotto delle nuvole.

Mi voltai... e vidi Calvin McCann.

"Da solo non andrà," disse; e la sua faccia era truce come mai l'ho vista.

"Ma, Calvin..." cominciai a dire.

"No, non una parola! Andiamo insieme e facciamo quello che dobbiamo fare, altrimenti la riporto in casa di peso. Lei non sta bene. Non deve andare solo."

È impossibile descrivere le emozioni contrastanti che mi investirono: confusione, dispetto, gratitudine... ma la più grande di tutte era l'affetto.

Ci incamminammo in silenzio oltre il padiglione e la meridiana, lungo il margine coperto d'erbacce e poi nei boschi. Tutto era immobile: non un uccello cantava, non un insetto ronzava. Il mondo sembrava avvolto in un silenzioso sudario. C'era soltanto l'odore onnipresente del salmastro e, in distanza, l'aroma lieve del fumo di legna. I boschi erano tutto un tumulto di colori ma, all'occhio mio, sembrava predominare il rosso.

Ben presto l'effluvio del salmastro passò e un altro odore, più sinistro, prese il suo posto; quel marciume di cui ho parlato. Quando arrivammo allo sgangherato ponte attraverso il Royal, mi aspettavo che Cal mi chiedesse ancora una volta di desistere, ma non lo fece. Si fermò, guardò la fosca guglia della chiesa che sembrava schernire il cielo azzurro, poi guardò me. Proseguimmo.

Procedemmo con passo rapido eppure timoroso fino alla chiesa di James Boon. La porta era ancora socchiusa dopo la nostra recente uscita, e l'oscurità interna sembrava fissarci, sogghignante. Mentre salivamo gli scalini, il mio cuore parve farsi di piombo; la mano mi tremava nel toccare la maniglia e tirarla. Il tanfo all'interno era più forte, più nocivo che mai.

Entrammo nell'anticamera in penombra poi, senza fermarci, nell'ambiente principale.

Era in uno stato indescrivibile.

Qualcosa di enorme era stato all'opera là dentro, e una tremenda distruzione aveva avuto luogo. I banchi erano capovolti e ammucchiati come fantocci di paglia. La malvagia croce giaceva a terra contro la parete di destra, e un buco frastagliato nell'intonaco, poco più sopra, testimoniava della forza con cui era stata scagliata. Le lampade erano state strappate dai loro supporti in alto, e il puzzo di olio di balena si mescolava all'orribile tanfo che pervadeva la città. E lungo la navata, simile a un macabro tappeto nuziale, c'era una traccia di siero nerastro, misto a sinistri viticci di sangue. I nostri occhi la seguirono fino al pulpito: la sola cosa rimasta intatta. Lassù, a fissarci con occhi vitrei da sopra quel libro blasfemo, c'era la carcassa macellata di un agnello.

"Dio!" bisbigliò Calvin.

Ci avvicinammo, badando a non calpestare la melma sul pavimento. La chiesa echeggiava dei nostri passi e sembrava tramutarli nel suono di una gigantesca risata.

Salimmo insieme il nartece. L'agnello non era stato sgozzato o azzannato; sembrava, piuttosto, che fosse stato *strizzato* fino a che i suoi vasi sanguigni si erano rotti. Il sangue formava pozze dense sullo stesso leggio e alla base del leggio stesso... *e tuttavia sul libro era trasparente, e le rune indecifrabili si potevano leggere ugualmente, come attraverso un vetro colorato!*

"Dobbiamo toccarlo?" chiese Calvin, impassibile.

"Sì. Io devo toccarlo."

"Che cosa intende fare?"

"Quello che si sarebbe dovuto fare sessant'anni fa. Intendo distruggerlo."

Spingemmo via dal libro la carcassa dell'agnello; finì a terra con un tonfo molle, agghiacciante. Le pagine macchiate di sangue parvero allora animarsi di un loro chiarore rossastro.

Le mie orecchie cominciarono a risuonare e a ronzare; un canto roco sembrava emanare dalle stesse pareti. Dall'espressione stravolta sulla faccia di Calvin capivo che anche lui sentiva. Il pavimento sotto di noi tremò, come se lo spettro che abitava quella chiesa venisse ora contro di noi, per proteggere ciò che gli apparteneva. Il tessuto dello spazio normale e del tempo pareva torcersi e spaccarsi; la chiesa sembrava popolarsi di fantasmi e illuminarsi del chiarore infernale di un freddo fuoco eterno. Mi sembrò di vedere James Boon, orrendo e deformato, danzare attorno al corpo di una donna supina, e il mio prozio Philip dietro di lui, accolito incappucciato e intonacato di nero, che brandiva un coltello e una coppa.

"*Deum vobiscum magna vermis...*"

Le parole rabbrividivano e si torcevano sulla pagina davanti a me, imbevute del sangue del sacrificio, premio di un essere che si trascina al di là delle stelle...

Una cieca, incestuosa congregazione ondeggiante nella lode insensata e demoniaca; facce deformi, piene di un'attesa famelica e indefinibile...

Poi il latino venne sostituito da un idioma più vecchio, già antico quando l'Egitto era giovane e le piramidi non ancora costruite, antico quando la Terra era ancora sospesa in un ribollente e informe firmamento di gas: "*Gyyagin vardar Yogsoggoth! Verminis! Gyyagin! Gyyagin! Gyyagin!*"

Il pulpito prese a fendersi e a spaccarsi, come spinto verso l'alto...

Calvin mandò un urlo e sollevò un braccio per ripararsi la faccia. Il nartece era scosso da un moto immenso e tenebroso, come una nave in balia della tempesta. Afferrai il libro e lo tenni lontano da me; parve riempirsi del calore del sole e sentivo che m'avrebbe incenerito, accecato.

"Fuggiamo!" urlava Calvin. "Fuggiamo!"

Ma io rimanevo là, impietrito, e la presenza aliena mi riempiva come un antico recipiente che abbia aspettato per anni: per generazioni!

"Gyyagin vardar!" gridai. "Servo di Yogsoggoth, il Senza Nome! Il Verme da oltre lo Spazio! Colui che divora le Stelle!

Che acceca il Tempo! Verminis! Ora giunge l'Ora della Saturazione, il Tempo dell'Esecuzione! Verminis! Alyah! Alyah! Gyyagin!''

Calvin mi diede una spinta e io barcollai, mentre la chiesa turbinava davanti a me, e finii al suolo. La mia testa batté con violenza contro lo spigolo di un banco rovesciato, e un fuoco rosso riempì la mia mente... e tuttavia sembrò schiarirla.

Brancolai alla ricerca degli zolfanelli che avevo portato con me.

Un tuono sotterraneo riempì il luogo. Piovve intonaco. La campana arrugginita, lassù nella torre, vibrava, facendo udire il suo roco e demoniaco carillon.

Il mio fiammifero si accese. Lo accostai al libro proprio mentre il pulpito esplodeva verso l'alto in un fragore di legno che si frantumava. Un enorme gozzo nero si spalancò al disotto; sull'orlo barcollava Cal, le mani tese davanti a sé, la faccia distesa in un urlo senza parole che udrò in eterno.

E poi fu come un'improvvisa, gigantesca montata di carne grigia e vibrante. L'odore divenne una marea d'incubo. Era un immane traboccare di gelatina pustolosa e viscida, qualcosa di immenso e di orrendo che sembrava schizzare fuori dalle viscere stesse del suolo. E tuttavia, con una comprensione subitanea e orribile che nessuno può avere mai sperimentato, intuii *che era soltanto un anello, un segmento di un mostruoso verme che esisteva cieco, da anni, nell'oscurità al disotto di quell'abominata chiesa!*

Il libro prese fuoco tra le mie mani, e la Cosa parve urlare senza voce al disopra di me. Calvin venne colpito di striscio e scagliato via per tutta la lunghezza della chiesa, come una bambola dal collo spezzato.

Ricadde: sì, la cosa ricadde, lasciando soltanto una buca enorme e devastata, circondata di nero limo, e un tremendo suono urlante, miagolante, che sembrava perdersi attraverso distanze colossali, finché svanì.

Abbassai lo sguardo. Il libro era cenere.

Cominciai a ridere, poi a ululare come una belva colpita.

Qualsiasi forma di equilibrio mentale mi lasciò, e rimasi seduto là in terra, con il sangue che mi sgorgava dalla tempia, a urlare e a farneticare in quelle tenebre sconsacrate mentre Calvin, lungo disteso nell'angolo opposto, mi fissava con occhi vitrei e dilatati dall'orrore.

Non ho idea di quanto tempo rimasi in quello stato. Im-

possibile dirlo. Ma quando ritrovai le mie facoltà, le ombre a-
vevano tracciato lunghi sentieri intorno a me ed era il crepuscolo. Un movimento aveva attirato il mio sguardo, un movimento che proveniva dalla buca devastata nel pàvimento del nartece.

Una mano si protendeva, brancolando, sopra le travi divel-
te.

La risata folle mi morì in gola. L'isterismo cui ero in preda
si sciolse in una sorta di agghiacciato torpore.

Con terribile, vendicativa lentezza, una figura semidecom-
posta si tirò su dall'oscurità, un teschio mezzo rosicchiato mi
scrutò. Insetti strisciavano sopra la fronte senza carne. Una tonaca marcita aderiva agli incavi sbilenchi delle clavicole corrose.
Soltanto gli occhi erano vivi: rossi, pozzi di qualcosa di più folle della follia, che mi incenerivano; che ardevano della vuota
vita delle distese senza sentieri oltre gli orli dell'Universo.

Veniva per trascinarmi giù nelle tenebre.

Fu allora che fuggii, urlante, lasciando il cadavere del mio
amico di sempre abbandonato in quel luogo d'orrore. Corsi
finché l'aria parve esplodere come magma nei miei polmoni e
nel mio cervello. Corsi fino a riguadagnare questa casa stregata
e dominata dagli spiriti, e la mia stanza, dove crollai e sono rimasto a giacere come morto fino a oggi. Corsi perché perfino
nel mio stato di pazzia, e nella devastata rovina di quella forma morta eppure animata, *avevo visto la rassomiglianza di famiglia*. Tuttavia non di Philip o di Robert, i cui ritratti erano
appesi nella galleria del piano superiore. *Quel volto decompo-
sto apparteneva a James Boon, Custode del Verme!*

Egli vive ancora in qualche punto dei meandri contorti e
senza luce al disotto di Jerusalem's Lot e di Chapelwaite: *Esso*
vive tuttora. L'incendio del libro *Lo* ha contrariato, ma ce ne
sono altre copie.

Tuttavia, io sono la porta, la via d'accesso, e sono l'ultimo
del sangue dei Boone. Per il bene di tutta l'umanità debbo
morire... e spezzare la catena per sempre.

Scendo al mare ora, Bones. Il mio viaggio, come la mia storia, è alla fine. Possa Dio darti riposo e accordare la pace a tutti
voi.

CHARLES

La strana serie di lettere di cui sopra venne alla fine ricevuta
dal signor Everett Granson, al quale erano state indirizzate. Si

ritiene che un ritorno della malaugurata febbre cerebrale che lo
aveva colpito una prima volta in seguito alla morte della moglie, nel 1848, avesse provocato in Charles Boone la perdita
della sanità mentale e l'avesse spinto ad assassinare il compagno e amico di lunga data, Calvin McCann.

Le annotazioni nel diario di McCann sono un affascinante
esempio di falso, senza dubbio perpetrato da Charles Boone
nel tentativo di rafforzare le proprie fissazioni di paranoico.

In almeno due particolari, a ogni modo, è risultato che
Charles Boone aveva torto. Primo: quando la città di Jerusalem's Lot venne "riscoperta" (uso il termine in senso storico,
naturalmente), il pavimento del nartece, sebbene marcito, non
mostrava tracce di esplosione o di gravi danni. Sebbene gli antichi scranni *fossero* capovolti e diverse finestre infrante, si può
presumere che questo fosse opera di vandali venuti dalle città
vicine nel corso degli anni. Tra i residenti più anziani di Preacher's Corners e di Tandrell circola ancora qualche voce oziosa
su Jerusalem's Lot (forse, a suo tempo, fu questo genere di in-
nocua leggenda popolare ad avviare la mente di Charles Boone
sul suo corso fatale); ma sono voci di scarsa rilevanza.

Secondo: Charles Boone non era l'ultimo della sua discendenza. Suo nonno, Robert Boone, procreò almeno due bastardi. Uno morì durante l'infanzia. L'altro prese il nome Boone e
si stabilì nella cittadina di Central Falls, Rhode Island. Io sono
l'ultimo discendente di questo germoglio del ramo Boone; sono secondo cugino di Charles, distante da lui tre generazioni.
Queste carte si trovano in mano mia da dieci anni. Le offro,
perché siano pubblicate, in occasione della mia permanenza
nella casa avita dei Boone, Chapelwaite, nella speranza che il
lettore provi comprensione, in cuor suo, per il povero, sconsi-
derato Charles Boone. Per quello che posso dire io, aveva ragione soltanto su una cosa: questo posto ha terribilmente bisogno
dei servigi di uno sterminatore.

Devono esserci dei topi enormi nelle mura, a giudicare dal
rumore.

Firmato,
James Robert Boone
2 ottobre 1971

Secondo turno di notte

Ore 2, venerdì.

Quando Warwick salì, Hall era seduto sulla panca vicino all'ascensore, unico posto lì al terzo piano dove un povero lavoratore potesse farsi una fumatina. Hall non era certo felice di vedere Warwick. Non era previsto che il caposquadra salisse al terzo, durante il secondo turno di notte. Era previsto che se ne rimanesse nel suo ufficio giù nello scantinato, a bere caffè dal bricco che stava sull'angolo della sua scrivania. Per di più, faceva un caldo da morire.

Era il giugno più torrido mai registrato a Gates Falls, e il termometro — réclame di una bibita — che stava proprio vicino all'ascensore, una volta si era fermato sui trentaquattro gradi, alle tre del mattino. Dio solo sapeva che specie di buca dell'inferno era la filanda durante il turno dalle tre alle undici.

Hall lavorava alla sfilacciatrice, un congegno recalcitrante fabbricato nel 1934 da una ditta ormai defunta di Cleveland. Era stato assunto alla filanda soltanto in aprile, il che voleva dire che prendeva ancora il minimo, 1,78 dollari all'ora, ma gli andava bene ugualmente. Niente moglie, niente ragazza fissa, niente alimenti. Era un individuo alla deriva, e durante gli ultimi tre anni, sempre con l'autostop, si era spostato da Berkeley (studente universitario) al Lago Tahoe (aiutocameriere) a Galvestone (stivatore) a Miami (cuoco in una tavola calda) a Wheeling (conducente di taxi e lavapiatti) a Gates Falls, nel Maine (operaio addetto alla sfilacciatrice). Non aveva in programma di spostarsi di nuovo, prima dell'inverno. Era un solitario e gli piacevano le ore dalle undici alle sette, quando le pulsazioni del grande stabilimento tessile calavano al loro livello minimo, per non parlare della temperatura.

La sola cosa che non gli piaceva erano i topi.

Il terzo piano era lungo e deserto, rischiarato soltanto dal chiarore tremulo delle lampade fluorescenti. A differenza degli altri piani dello stabilimento, era relativamente silenzioso e disabitato: per lo meno dagli umani. I topi erano un altro paio di maniche. L'unica macchina, al terzo, era la sfilacciatrice; il resto del piano fungeva da magazzino per i sacchi di fibra (da cinquanta chili l'uno) che doveva essere ancora selezionata dalla lunga macchina dentata di Hall. Erano ammonticchiati in lunghe file come tante salsicce, alcuni vecchi di anni (quelli di melton, per esempio, tessuto per il quale mancavano le ordinazioni) e grigi di sudiciume. Costituivano ottimi nidi per i topi, animali grossi e panciuti dagli occhi rabbiosi e dai corpi sussultanti a causa dei pidocchi e dei parassiti.

Hall aveva preso l'abitudine di raccogliere un piccolo arsenale di barattoli vuoti che prendeva dal bidone della spazzatura durante l'intervallo. Li tirava contro i topi nei periodi in cui il lavoro rallentava, recuperandoli poi con suo comodo. Solo che stavolta il signor caposquadra l'aveva colto sul fatto, venendo su dalle scale invece di usare l'ascensore, da quel subdolo figlio di cane che era, a detta di tutti.

"Che cosa stai combinando, Hall?"

"I topi," rispose Hall, rendendosi conto di come doveva suonare fiacca la sua risposta ora che i topi erano di nuovo rannicchiati al sicuro nelle loro tane. "Li prendo di mira con i barattoli, quando li vedo."

Warwick assentì, brevemente. Era un omone bovino, con i capelli a spazzola. Aveva le maniche della camicia arrotolate e la cravatta allentata. Guardò fisso Hall. "Non ti paghiamo per tirare barattoli ai topi, amico. Nemmeno se dopo vai a raccattarli."

"Sono venti minuti che Harry non manda giù un ordine," rispose Hall, pensando: *all'inferno, ma non potevi rimanertene dov'eri, a bere caffè?* "Non posso certo passare alla sfilacciatrice quello che non ho."

Warwick assentì come se l'argomento non lo interessasse più.

"Forse farò un salto su da Wisconsky," disse. "Mi gioco il collo che starà leggendo una rivista, mentre la roba gli si ammucchia dentro i bidoni."

Hall non disse niente.

Warwick improvvisamente indicò. "Là ce n'è uno! Prendilo, quel maledetto!"

Con un movimento velocissimo dall'alto in basso, Hall

62

sparò il barattolo di birra che aveva in mano. Il topo, che li stava osservando da una delle balle di fibra con i suoi vividi occhi a palla, fuggì con un lieve squittio. Warwick gettò indietro la testa e rise, mentre Hall andava a riprendere il barattolo.

"Ero venuto a parlarti di un'altra cosa," riprese Warwick.

"Ah, sì?"

"La settimana prossima è la settimana del Quattro Luglio." Hall assentì. Lo stabilimento sarebbe rimasto chiuso dal lunedì al sabato: settimana di vacanza per chi aveva fatto almeno un anno di lavoro. Settimana di sospensione per quelli che erano stati assunti da meno di un anno. "Ti va di lavorare?"

Hall alzò le spalle. "A che cosa?"

"Vogliamo sgomberare l'intero piano delle cantine. Sono dodici anni che nessuno ci mette mano. Chissà che cosa c'è. Useremo gli idranti."

"Il comitato di quartiere l'ha spuntata contro il consiglio direttivo?"

Warwick guardò fisso Hall. "Vuoi farlo o no? Due all'ora, paga doppia il giorno quattro. Lavoreremo durante il turno di notte, perché farà più fresco."

Hall calcolò. Dedotte le tasse, poteva cavarne all'incirca settantacinque dollari. Meglio dello zero assoluto che aveva previsto.

"D'accordo."

"Presentati al reparto tintoria lunedì prossimo."

Hall, mentre l'altro si avviava verso le scale, lo seguì con lo sguardo. A mezza strada, Warwick si fermò e si girò a guardare Hall. "Tu una volta eri uno studente universitario, vero?"

Hall assentì.

"Va bene, studente universitario, lo terrò presente."

Se ne andò. Hall sedette e accese un'altra sigaretta, tenendo un barattolo di birra in mano, pronto a mirare qualche topo. Poteva benissimo immaginare che cosa dovesse esserci nello scantinato. Nel sottoscantinato, anzi, un piano più giù del reparto tintoria. Buio, umidità, ragni dappertutto, cascami marciti e limo del fiume... e sorci. Forse perfino pipistrelli, l'aviazione della famiglia dei roditori. *Bah*.

Lanciò con forza il barattolo, poi sorrise appena, tra sé, perché il suono della voce di Warwick arrivava indebolito attraverso i condotti in alto, richiamando all'ordine Harry Wisconsky.

Va bene, studente universitario, lo terrò presente.

Hall smise bruscamente di sorridere e schiacciò il mozzicone. Pochi istanti dopo, Wisconsky cominciò a mandar giù nylon grezzo attraverso i tubi pneumatici, e Hall si mise al lavoro. E dopo un po' i topi uscirono e, seduti sopra le balle di fibra, in fondo al lungo stanzone, rimasero a osservarlo con i loro occhi immobili. Sembravano una giuria.

Ore 23, lunedì.

C'erano circa trentasei uomini in attesa quando Warwick arrivò con indosso un paio di vecchi jeans ficcati dentro alti stivali di gomma. Hall era stato ad ascoltare Harry Wisconsky, che era enormemente grasso, enormemente pigro ed enormemente tetro.

"Chissà che schifo," diceva Wisconsky quando il caposquadra entrò. "Aspettate e vedrete, torneremo tutti a casa più neri della mezzanotte in Persia."

"Allora!" esclamò Warwick. "Abbiamo sistemato una fila di sessanta lampadine, laggiù, perciò dovrebbe esserci abbastanza chiaro perché possiate vedere quello che fate. Voialtri..." indicava un gruppo di uomini che se ne stavano addossati ai rulli di essiccazione, "dovete agganciare gli idranti laggiù al condotto principale dell'acqua, vicino alla tromba delle scale. Potete srotolarli giù per i gradini. Abbiamo circa ottanta metri per ciascun uomo, e dovrebbe essere sufficiente. Non spruzzate qualcuno dei vostri compagni, per fare i furbi, o lo manderete all'ospedale. Con uno sgrugnone così c'è da stare freschi."

"Qualcuno si farà male," predisse Wisconsky, con acredine. "Vedrete se ho torto!"

"Voialtri, invece," disse Warwick, indicando il gruppo di cui facevano parte Hall e Wisconsky, "sarete la squadra addetta alla rimozione. Andrete a due a due, con un vagoncino elettrico per ogni coppia di operai. Ci sono vecchi mobili d'ufficio, balle di tessuto, pezzi di macchinario fuori uso, chi più ne ha più ne metta. Ammucchieremo tutto accanto al pozzo di ventilazione, all'estremità occidentale. C'è qualcuno che non sa come si manovra un vagoncino?"

Nessuno alzava la mano. I vagoncini elettrici erano aggeggi a batteria simili ad autocarri con cassone ribaltabile in miniatura. Dopo un po' che andavano, spandevano un puzzo nauseante che ricordava a Hall quello di un cavo elettrico bruciato.

"Bene," riprese Warwick. "Abbiamo diviso la cantina in

sezioni, e per giovedì avremo finito. Venerdì formeremo una
catena per portare fuori le cianfrusaglie. Qualche domanda?"

Non ce ne furono. Hall studiava attentamente la faccia del
caposquadra, ed ebbe l'improvvisa premonizione che stesse per
accadere qualcosa di strano. L'idea gli sorrideva. Warwick non
gli era molto simpatico.

"Benissimo," concluse Warwick. "Diamoci da fare."

Ore 2, martedì.

Hall era sfinito e non ne poteva più di ascoltare la continua
tiritera di bestemmie e di lamentele di Wisconsky. Si domandava se sarebbe servito a qualcosa mollargli un pugno. Pensava
di no. Sarebbe servito soltanto a dare a Wisconsky un altro
motivo per inveire.

Hall se l'era immaginato che sarebbe stato un lavoraccio,
ma non fino a quel punto. Per prima cosa, non aveva previsto
il tanfo. Il fetore inquinato del fiume si mescolava all'odore di
tessuti marciti, di muri corrosi, di sostanze vegetali. Nell'angolo più distante, dove avevano cominciato, Hall aveva scoperto
una colonia di enormi funghi velenosi bianchicci che facevano
capolino attraverso il cemento sgretolato. Li aveva toccati inavvertitamente mentre cercava di liberare un ingranaggio arrugge-
nito rimasto impigliato, e li aveva sentiti caldi e gonfi, come la
carne di un uomo affetto da idropisia.

Le lampadine non riuscivano a disperdere l'oscurità più che
decennale; potevano soltanto respingerla un po' più indietro e
gettare un chiarore giallo e malaticcio sopra quell'ira di Dio.
Quel posto faceva pensare alla navata in rovina di una chiesa
dissacrata, con il suo alto soffitto e i mastodontici macchinari in
disuso che loro non sarebbero mai riusciti a smuovere, con le
sue pareti umide ricoperte di gialle chiazze di muffa, e il coro
atonale degli idranti, ovvero l'acqua che scorreva entro la rete
fognaria mezzo intasata e, alla fine, si scaricava nel fiume sottostante.

E i sorci: così enormi da far sembrare nani quelli su al terzo
piano. Dio solo sapeva che cosa mangiassero, laggiù. Loro non
facevano che rivoltare assi e balle di merce e scovare sempre
nuovi nidi fatti con brandelli di giornali vecchi, guardando con
atavico ribrezzo i piccoli che correvano a rifugiarsi nelle crepe e
nelle fessure, gli occhi grandi e ciechi per la continua oscurità.

"Fermiamoci a fumare una sigaretta," disse Wisconsky.

Sembrava senza fiato, e Hall non capiva perché; non aveva fatto altro che lo scansafatiche. D'altra parte, una sosta ci voleva, e nessuno da lì poteva vederli.

"D'accordo." Si appoggiò al vagoncino elettrico e accese una sigaretta.

"Non avrei mai dovuto lasciarmi convincere da Warwick," disse Wisconsky, disperato. "Non è lavoro per un essere umano, questo. Ma era talmente fuori di sé l'altra sera, quando mi ha sorpreso a rigirare i pollici, su al quarto. Cristo, se se l'è presa."

Hall non parlava. Stava pensando a Warwick e ai topi. Strano, come le due cose sembrassero collegarsi. I topi si comportavano come se avessero dimenticato tutto sugli uomini, nella loro lunga permanenza sotto la filanda; erano impudenti e non avevano nemmeno paura. Uno di loro era rimasto a sedere sulle zampe posteriori come uno scoiattolo, fino a che Hall non si era avvicinato abbastanza da poter mollare un calcio, poi gli si era lanciato contro la scarpa, addentandone il cuoio. Ce n'erano a centinaia, forse migliaia. Hall si domandava quante malattie si portassero attorno, in quella nera fogna. E Warwick. Qualcosa in lui...

"Perché a me servono i soldi," diceva Wisconsky. "Ma Cristo, amico, non è lavoro per un uomo, questo. Quei topi..." Si guardò attorno, con paura. "Sembra quasi che pensino. Ti viene mai fatto di domandarti come sarebbe, se noi fossimo piccoli e loro grossi..."

"Oh, piantala!" esclamò Hall.

Wisconsky lo fissò, ferito. "Scusa tanto, amico. È solo che..." Non finì. "Gesù, che puzza!" gridò. "Non è proprio *lavoro per un essere umano*, questo!" Un ragno strisciò fuori dal vagoncino e gli si arrampicò su per il braccio. Lui lo spazzò via con un grido soffocato di ribrezzo.

"Coraggio," riprese Hall, spegnendo la sigaretta. "Se ci diamo da fare, finiamo prima."

"Sarà," disse Wisconsky, avvilito. "Sarà."

Ore 4, martedì.

Intervallo di colazione.

Hall e Wisconsky sedevano insieme ad altri tre o quattro operai, mangiando panini con mani così nere che neppure il detersivo industriale riusciva a pulirle. Hall mangiava guardando

nell'ufficetto a vetri del caposquadra. Warwick beveva caffè e
mangiava di gusto hamburger freddi.

"Ray Upson ha dovuto andarsene a casa," disse Charlie
Brochu.

"Ha vomitato?" chiese un altro. "Io, c'è mancato poco."

"Naah! Ray mangerebbe sterco di vacca, prima di vomitare.
L'ha morsicato un topo."

Hall smise di esaminare Warwick e guardò in su, con aria
pensosa. "Sul serio?"

"Sì!" Brochu scuoteva la testa. "Ero in coppia con lui. La
scena più spaventosa che abbia mai visto. È schizzato fuori da
un buco in una di quelle vecchie balle di tessuto. Era grande di
sicuro come un gatto. Lo ha afferrato a una mano e ha cominciato a mordere."

"Diiiio!" mormorò uno degli uomini, verde dalla paura.

"Eh, sì," continuò Brochu. "Ray urlava proprio come una
donna, e non so dargli torto. Sanguinava come un maiale. E
credete che quella bestiaccia mollasse la presa? Nossignore! Ho
dovuto colpirlo tre o quattro volte con una tavola, prima che si
staccasse. Ray sembrava un pazzo. Ha continuato a calpestarlo
fino a ridurlo una poltiglia pelosa. Mai vista una scena più orrenda di così. Warwick lo ha medicato e lo ha mandato a casa.
Gli ha detto di andare dal dottore, domani."

"Un vero sforzo, da parte di quel figlio di cane," mormorò
qualcuno.

Come se avesse sentito, Warwick si alzò, nel suo ufficio, si
stirò, poi si fece sulla porta. "È ora di tornare al lavoro," co-
municò.

Gli uomini si rialzarono lentamente, perdendo quanto più
tempo era possibile a riporre i contenitori del pasto, a procurarsi bibite fresche e tavolette di cioccolata. Poi cominciarono a
scendere, e i loro tacchi risuonavano senza entusiasmo sul metallo degli scalini.

Warwick, nel passare vicino a Hall, gli diede una manata
sulla spalla. "Come andiamo, studente universitario?" Non a-
spettò la risposta.

"Dài, sbrigati," disse pazientemente Hall a Wisconsky, che
si stava allacciando una scarpa. Scesero.

Ore 7, martedì.

Hall e Wisconsky uscirono insieme; Hall aveva l'impressione

d'avere in un certo senso ereditato quel grassone polacco. Wisconsky era sudicio in maniera quasi comica, la sua faccia di luna piena era sporca come quella di un ragazzino che fosse stato appena malmenato dal bullo del quartiere.

Non si sentivano le solite battute salaci da parte degli altri, gli scherzi pesanti, le spiritosaggini su chi scaldava il letto alla moglie di Tony tra l'una e le quattro del mattino. Nient'altro che silenzio e un occasionale suono raschiante quando qualcuno sputava sul pavimento sudicio.

"Vuoi un passaggio?" gli chiese Wisconsky, dopo un attimo di esitazione.

"Grazie."

Non dissero una parola mentre percorrevano Mill Street e attraversavano il ponte. Scambiarono appena un breve saluto quando Wisconsky lo lasciò davanti a casa.

Hall andò direttamente alla doccia, sempre pensando a Warwick, cercando di stabilire che cosa lo attirasse, nel caposquadra, facendogli sentire che, in qualche modo, tra loro si era creato un legame.

Si addormentò nell'attimo stesso in cui posò la testa sul cuscino, ma fu un sonno frammentario e irrequieto: sognò topi.

Ore 1, mercoledì.

Era meglio essere addetti agli idranti.

Non potevano entrare se prima le squadre addette alla rimozione non avevano sgomberato un settore, e molto spesso finivano di lavorare con i getti prima che il settore successivo fosse sgombro, il che significava avere il tempo per fumare una sigaretta. Hall azionava il getto di uno dei lunghi tubi, e Wisconsky zampettava avanti e indietro, liberando lunghezze di tubo, aprendo e chiudendo l'acqua, rimuovendo ostruzioni.

Warwick era irritato perché il lavoro procedeva lentamente. A quel passo, non avrebbero finito di certo entro giovedì.

Ora stavano lavorando a un'accozzaglia disordinata di ottocentesche attrezzature per uffici che erano state ammucchiate in un angolo: scrivanie con alzata avvolgibile, muffosi libri mastri, risme di fatture, sedie con il sedile sfondato. Per i topi era un paradiso. A decine squittivano e correvano attraverso gli oscuri e imprevedibili passaggi che costellavano il mucchio di cavità come un alveare; e dopo che due degli uomini erano stati morsicati, gli altri si rifiutarono di lavorare finché Warwick non mandò qualcuno di sopra a procurare pesanti guanti di gomma, di quelli riservati in genere al personale del reparto tintoria, che doveva lavorare con gli acidi.

Hall e Wisconsky erano in attesa di entrare in azione con i loro idranti quando Carmichael, un pezzo d'omaccione con i capelli stopposi, cominciò a urlare imprecazioni e a indietreggiare, battendosi forte il petto con le mani protette dai guanti.

Un topo enorme, con il pelo grigio striato e occhi rabbiosi, cattivi, gli aveva addentato la camicia e stava appeso là, squittendo e scalciando contro lo stomaco di Carmichael con le zampe posteriori. Con un pugno, Carmichael riuscì alla fine a farlo cadere, ma c'era un gran foro nella sua camicia, e un sottile filo di sangue sgocciolava da una ferita poco sopra il capezzolo. Sulla sua faccia la collera si stava spegnendo; poi, l'omone si girò in là e diede di stomaco.

Hall rivolse il getto contro il topo, che era vecchio e si muoveva lentamente, un brandello della camicia di Carmichael ancora tra i denti. La pressione lo sospinse contro la parete, dove rimase spiaccicato e inerte.

Warwick si avvicinò, uno strano, forzato sorriso sulle labbra. Batté sulla spalla di Hall. "Molto meglio che tirare barattoli vuoti a quei piccoli mostri, eh, studente?"

"Chiamalo piccolo," borbottò Wisconsky. "È lungo trenta centimetri."

"Punta l'idrante da quella parte." Warwick indicava la catasta di mobili d'ufficio. "Voialtri, levatevi di mezzo!"

"Con piacere," mormorò qualcuno.

Carmichael venne verso Warwick come un toro infuriato, la faccia sofferente e stravolta. "Voglio un compenso per quel che è successo! Voglio..."

"Sicuro," disse Warwick, sorridendo. "Sei stato morsicato a una tettina. Togliti di mezzo, prima di rimanere spiaccicato dalla forza dell'acqua."

Hall puntò la bocchetta dell'idrante e lasciò partire il getto. Con una bianca esplosione di spuma, l'acqua investì la catasta, rovesciando una scrivania e fracassando un paio di sedie. I topi correvano in tutte le direzioni, e Hall non ne aveva mai visti di così grossi. Sentiva gli altri operai gridare di disgusto e d'orrore mentre quelli fuggivano, mostruosità dagli occhi enormi e dai corpi lustri e grassocci. Ne scorse uno che sembrava grande quanto un bel cucciolo sano di sei settimane. Continuò a manovrare l'idrante finché non ne vide più, poi chiuse il getto.

"Bene!" gridò Warwick. "Ora cominciamo a sbaraccare."

"Io non mi sono arruolato come sterminatore!" protestò con fare ribelle Cy Ippeston. Hall era uscito con lui a bere qualcosa, la settimana prima. Era un giovanotto, portava un berrettino da baseball macchiato di fuliggine e una maglietta.

"Sei tu, Ippeston?" chiese bonariamente Warwick.

Ippeston parve incerto, ma si fece avanti. "Sì, io. Non voglio più saperne di questi topi. Sono stato ingaggiato per sgomberare una cantina, non per rischiare di prendermi la rabbia o il tifo o che so io. Sarà meglio che mi cancelli."

Dagli altri si levò un mormorio di consenso. Wisconsky scoccò un'occhiata a Hall, ma Hall stava esaminando la bocchetta dell'idrante, che aveva un foro come una calibro 45 e probabilmente poteva scaraventare un uomo a sei metri di distanza.

"Insomma, Cy, stai dicendo che vuoi timbrare il cartellino?"

"Ho una gran voglia di farlo," rispose Ippeston.

Warwick assentì. "Sta bene. Tu e chiunque altro che lo voglia. Ma qui non c'è nessun sindacato a dettare legge, non c'è mai stato. Se ora timbrate il cartellino d'uscita, quello d'entrata non lo timbrerete più. Parola di Warwick."

"Non so se mi spiego," mormorò Hall.

Warwick si girò di scatto. "Hai detto qualcosa, studente?"

Hall lo contemplò con aria candida. "Mi stavo soltanto schiarendo la gola, signor caposquadra."

Warwick sorrise. "Qualcosa t'è andato di traverso?"

Hall non rispose.

"Bene, cominciamo a sbaraccare!" berciò Warwick.

Si rimisero al lavoro.

Ore 2, giovedì.

Hall e Wisconsky stavano lavorando di nuovo con i vagoncini, per sgomberare le cianfrusaglie. La pila presso il pozzo di aerazione ovest aveva raggiunto proporzioni stupefacenti, eppure non si era neppure a metà dell'operazione.

"Buon Quattro Luglio," disse Wisconsky, quando sostarono per farsi una fumata. Stavano lavorando vicino alla parete nord, ben distante dalle scale. La luce era incredibilmente fioca, e per qualche scherzo dell'acustica gli altri sembravano lontanissimi.

"Grazie." Hall tirò un'altra boccata. "Non si sono visti molti topi, stasera."

"Nessuno ne ha visti," rispose Wisconsky. "Si saranno fatti furbi."

Erano fermi all'estremità di uno strano vicolo a zig-zag formato da vecchi libri mastri e pacchi di fatture, balle di tessuto ammuffite e due enormi telai piatti di antica data. "*Bah*," disse Wisconsky, sputando. "Quel Warwick..."

"Dove pensi che siano andati, tutti quei topi?" chiese Hall, parlando più che altro a se stesso. "Nelle pareti non credo..." Guardava l'opera in muratura, umida e cadente, che circondava le grosse pietre delle fondamenta. "Annegherebbero. Il fiume ha saturato tutto."

Qualcosa di nero e di svolazzante si gettò all'improvviso in picchiata sopra di loro. Wisconsky mandò un grido e si riparò la testa con le mani.

"Un pipistrello," disse Hall, osservandolo che si allontanava, mentre Wisconsky si tirava su.

"Un pipistrello! Un pipistrello!" smaniava Wisconsky. "Che cosa ci fa un pipistrello in cantina? I pipistrelli stanno negli alberi, sotto le grondaie..."

"Era grosso," mormorò Hall. "E che cos'è un pipistrello, se non un topo con le ali?"

"Gesù," gemette Wisconsky. "Come avrà fatto...?"

"A entrare? Forse dalla stessa via da cui sono usciti i topi."

"Che cosa succede là in mezzo?" gridò Warwick da un punto alle loro spalle. "Dove siete?"

"Sta' zitto," mormorò Hall. I suoi occhi luccicavano nel buio.

"Sei stato tu a gridare, studente?" gridò ancora Warwick. Sembrava più vicino, ora.

"Niente, niente!" replicò Hall. "Ho picchiato uno stinco."

Si udì la risata breve di Warwick, simile a un latrato. "Vuoi una medaglia?"

Wisconsky guardava Hall. "Perché hai risposto così?"

"Guarda." Hall s'inginocchiò e accese un fiammifero. C'era un riquadro nel mezzo del cemento umido, tutto crepe. "Battici su."

Wisconsky provò. "È legno."

Hall assentì. "È la cima di un supporto. Ne ho visti altri, qua intorno. C'è un altro livello, sotto questo scantinato."

"Dio!" mormorò Wisconsky, con indicibile ripugnanza.

Ore 3.30, giovedì.

Erano nell'angolo più a nord, e dietro di loro c'erano Ippeston e Brochu, con uno degli idranti, quando Hall si fermò e indicò il pavimento. "Eccola, sapevo che l'avremmo trovata."

C'era una botola di legno con un anello di ferro arrugginito sistemato quasi al centro.

Hall tornò verso Ippeston e disse: "Ferma un momento." Aspettò che il getto fosse ridotto a uno sgocciolio, poi alzò la voce e chiamò: "Ehi! Ehi, Warwick! Venga qui un momento!"

Warwick si avvicinò sguazzando. Fissava Hall con il solito sorriso duro negli occhi. "Ti si è slacciata una scarpa, studente?"

"Guardi," disse Hall. Batté con il piede sulla botola. "Giù c'è un'altra cantina."

"E con questo?" chiese Warwick. "Non siamo nell'intervallo, stu..."

"È là che sono scomparsi i topi," lo interruppe Hall. "Fanno razza là sotto. Prima, Wisconsky e io abbiamo visto perfino un pipistrello."

Altri operai si erano avvicinati e osservavano la botola.

"Tanto piacere," rispose Warwick. "L'incarico riguardava lo scantinato, non..."

"Serviranno almeno venti sterminatori, bene addestrati," stava dicendo Hall. "Alla direzione verranno a costare un occhio. Che guaio, eh?"

Qualcuno rise. "Sì, campa cavallo."

Warwick guardava Hall come se fosse stato un insetto sotto vetro. "Sei un fenomeno, parola mia," disse, in tono affascinato. "Credi che m'importi un corno di quanti topi ci sono là sotto?"

"Sono andato in biblioteca, oggi pomeriggio e ieri," disse Hall. "Ha fatto bene, lei, a ricordarmi di continuo che un tempo ero all'università. Ho letto il regolamento comunale, Warwick: le ordinanze erano state emanate nel 1911, prima che questo stabilimento diventasse abbastanza grande da eleggere l'assessore all'urbanistica. Sa che cos'ho scoperto?"

Warwick aveva uno sguardo di gelo. "Vattene a spasso, studente. Sei licenziato!"

"Ho scoperto," continuò imperterrito Hall, come se non avesse sentito, "che a Gates Falls c'è una legge comunale sui parassiti. Devo dirglielo io, che cosa significa? Significa contro animali nocivi che diffondono pestilenze, come pipistrelli, cani randagi e topi... soprattutto topi. I topi sono menzionati quattordici volte in due paragrafi, signor caposquadra. Perciò, tenga presente che, nell'attimo in cui uscirò di qui, andrò dritto dritto dal questore a raccontargli qual è la situazione qui sotto."

Tacque, godendosi la faccia congestionata dall'odio di Warwick. "Penso che tra lui, me e gli altri consiglieri comunali, riusciremo a far emettere un'ingiunzione contro lo stabilimento. Rimarrete chiusi un bel pezzo, non solo fino a sabato, signor caposquadra. E ho un'idea abbastanza chiara di quello che dirà il *suo* principale, quando tornerà. Mi auguro che la sua polizza contro la disoccupazione sia pagata, Warwick."

Le mani di Warwick erano contratte come artigli. "Maledetto ficcanaso, dovrei..." Abbassò lo sguardo sulla botola, e improvvisamente ricominciò a sorridere. "Considerati riassunto, studente."

"Lo dicevo, io, che avrebbe prevalso il buon senso."

Warwick assentì, sempre con lo stesso sogghigno. "Sei davvero molto in gamba. Penso che forse dovresti scendere tu, Hall, così avremmo una persona istruita a darci il suo informato parere: Tu e Wisconsky..."

"Io?" esclamò Wisconsky. "Io no, io..."

Warwick lo guardò. "Tu cosa?"

Wisconsky ammutolì.

"Bene," disse allegramente Hall. "Avremo bisogno di tre torce elettriche. Sbaglio, o ce n'è un'intera serie di quelle grandi, a sei pile, nell'ufficio principale?"

"Vuoi portare anche qualcun altro?" chiese Warwick, espansivo. "Certo, scegli pure il tuo uomo."

"Lei," rispose gentilmente Hall. Aveva un'espressione strana. "Tutto sommato, è giusto che qualcuno rappresenti la direzione, non le pare? Tanto per evitare che Wisconsky e io vediamo troppi topi, laggiù."

Qualcuno (sembrava Ippeston) rise sguaiatamente.

Warwick guardava attentamente gli uomini, tutti intenti a studiarsi le punte delle scarpe. Alla fine, indicò Brochu. "Brochu, sali su in ufficio e prendi tre torce. Di' al custode che ho detto io di lasciarti entrare."

"Perché hai tirato dentro me in questa storia?" si lamentò Wisconsky, rivolto a Hall. "Sai che detesto quegli schifosi..."

"Non sono stato io," rispose Hall, e guardò Warwick.

Warwick lo fissò a sua volta, e nessuno dei due era disposto ad abbassare lo sguardo.

Ore 4, giovedì.

Brochu ritornò con le torce. Ne diede una a Hall, una a Wisconsky, una a Warwick.

"Ippeston! Dai l'idrante a Wisconsky." Ippeston obbedì. La bocchetta tremava leggermente tra le mani del polacco.

"Bene," disse Warwick a Wisconsky. "Tu sei nel mezzo. Se ci sono topi, usa il getto."

Certo, pensò Hall. E se i topi ci sono, Warwick non li vedrà, e nemmeno Wisconsky, dopo che avrà trovato dieci dollari in più nella busta paga.

Warwick fece cenno a due degli uomini. "Aprite!"

Uno dei due si chinò sull'anello e tirò. Per un momento, Hall pensò che il coperchio della botola non avrebbe ceduto; invece, cedette con uno strattone violento e un curioso, secco scricchiolio. L'altro uomo infilò le dita al disotto per aiutare a sollevarlo, poi le ritirò con un grido. Le sue mani erano coperte di enormi scarafaggi che si muovevano alla cieca.

Con una sorta di grugnito convulso, l'uomo che teneva l'anello tirò il coperchio all'indietro e lo lasciò cadere. La parte inferiore era annerita da strani funghi che Hall non aveva mai visto. Gli scarafaggi ricaddero giù nell'oscurità o cercarono scampo attraverso il pavimento, dove venivano schiacciati.

C'era un paletto arrugginito, e ora spezzato, dalla parte interna della botola. "Ma non dovrebbe essere sotto," disse Warwick. "Dovrebbe essere sopra. Perché mai..."

"Per una quantità di ragioni," rispose Hall. "Forse perché nessuno da questa parte potesse aprire... per lo meno quando il paletto era nuovo. O forse perché niente, dall'altro lato, potesse venir su."

"Ma chi l'ha chiuso?" chiese Wisconsky.

"Ah!" disse Hall in tono beffardo, guardando Warwick. "È un mistero."

"Ascoltate," bisbigliò Brochu.

"Oh, Dio!" singhiozzò Wisconsky. "Io non ci scendo, laggiù!"

Era un suono sommesso, quasi fremente; lo stropiccio di migliaia di zampette, lo squittio dei topi.

"Potrebbero essere rane," disse Warwick.

Hall rise forte.

Warwick proiettò verso il basso il raggio della sua torcia. Una rampa di pericolanti scalini di legno scendeva fino alle nere pietre dell'impiantito sottostante. Topi non se ne vedevano.

"Quei gradini non ci reggeranno," sentenziò Warwick, come se questo tagliasse la testa al toro.

Brochu fece due passi avanti e saltò su e giù sul primo scalino, che cigolò ma non diede alcun segno di voler cedere.

"Nessuno t'aveva chiesto di farlo," disse Warwick.

"Lei non c'era quando quel topo ha morsicato Ray," replicò a denti stretti Brochu.

"Andiamo," disse Hall.

Warwick gettò un'ultima occhiata sardonica agli uomini che l'attorniavano, poi si portò fino all'orlo con Hall. Wisconsky avanzava a malincuore in mezzo a loro. Scesero uno alla volta. Hall, poi Wisconsky, poi Warwick. I raggi delle loro torce danzavano per tutto il pavimento, che era deformato e sollevato, così da formare un centinaio di assurde collinette. L'idrante sobbalzava dietro Wisconsky come un goffo serpente.

Arrivati in fondo, Warwick proiettò tutt'attorno la luce della torcia, che illuminò alcune casse marcite, qualche barile, quasi nient'altro. L'acqua che filtrava dal fiume formava pozze in cui i loro scarponi affondavano fino all'altezza della caviglia.

"Non si sentono più," bisbigliò Warwick.

Si allontanarono lentamente dalla botola, sguazzando nella melma. Hall si fermò e illuminò con la torcia un gran cassone di legno con una scritta a lettere bianche. "Elias Varney," lesse, "1841. C'era già la filanda, allora?"

"No," rispose Warwick, "è stata costruita soltanto nel 1897. Che differenza fa?"

Hall non rispose. Continuarono ad avanzare. La sottocantina era più lunga del dovuto, almeno così sembrava. Il tanfo era più forte, un odore di putridume, di decomposizione e di cose sepolte. E tuttavia l'unico suono era ancora il lieve gocciolio da caverna dell'acqua.

"Quello che cos'è?" chiese Hall, puntando la torcia verso una sporgenza di cemento che si proiettava di circa sessanta centimetri nella cantina. Al di là, l'oscurità continuava, e Hall ora aveva l'impressione di sentire dei suoni, più avanti, stranamente furtivi.

Warwick scrutò la sporgenza. "È... no, non è possibile."

"Il muro esterno della filanda, vero? E più avanti..."

"Io torno indietro," disse Warwick, girando improvvisamente su se stesso.

Hall lo afferrò rudemente per il collo. "Lei non va in nessun posto, signor caposquadra."

Warwick lo fissò, e il suo sorriso beffardo parve stagliarsi nelle tenebre. "Tu sei pazzo, studente. Vero che lo sei? Pazzo da legare."

"Fai male a sfottere la gente, amico, Cammina."

"Hall..." gemette Wisconsky.

"Dai qua a me." Hall agguantò l'idrante. Lasciò andare Warwick e gli puntò l'idrante alla testa. Wisconsky si voltò bruscamente e fuggì a rotta di collo in direzione della botola. Hall non si girò neppure. "Dopo di lei, signor caposquadra."

Warwick riprese ad avanzare, oltrepassando il punto dove l'edificio della filanda terminava, sopra di loro. Hall proiettò la sua luce attorno e provò una gelida soddisfazione: la premonizione si era avverata. I topi ora li accerchiavano da ogni parte, in un silenzio di morte. Si affollavano, file su file. Migliaia di occhi lo fissavano avidamente. In ranghi serrati fino alla parete, alcuni alti addirittura quanto lo stinco di un uomo.

Warwick li vide un istante più tardi, e si arrestò. "Sono tutt'intorno a noi, studente."

"Sì," rispose Hall. "Continui a camminare."

Avanzarono oltre, trascinando l'idrante dietro di loro. Hall gettò uno sguardo dietro di sé e vide che i topi avevano chiuso il corridoio alle sue spalle e stavano rosicchiando il pesante rivestimento di canapa del tubo. Uno guardò in sù e parve quasi sorridergli, prima di riabbassare la testa. Ora vedeva anche i pipistrelli. Pendevano dall'alto, enormi, grossi come corvi o cornacchie.

"Guarda!" disse Warwick, centrando il suo raggio circa un metro e mezzo più avanti.

Un teschio, verdastro di muffa, li fissava come se ridesse. Più in là Hall poteva scorgere un'ulna, metà di un osso pelvico, parte di una cassa toracica. "Vada avanti." Sentiva qualcosa esplodere dentro di sé, qualcosa di folle e di oscuro, con dei colori. *Dovrai cedere prima di me, signor caposquadra, perciò che Dio mi aiuti.*

Proseguirono oltre le ossa. I topi non si avvicinavano; sembravano mantenersi a una distanza costante. Più avanti, Hall ne vide uno attraversare il loro percorso. Le ombre lo inghiottirono, ma lui fece in tempo a scorgere una coda rosea e vibrante, spessa.

Più avanti il pavimento saliva bruscamente, poi tornava a sprofondare. Hall udiva ora un suono frusciante e furtivo, più intenso. Qualcosa che forse nessun uomo vivente aveva mai visto. Passò per la mente di Hall che forse lui aveva cercato qualcosa del genere, durante il suo assurdo peregrinare.

I topi si avvicinavano, ora, strisciando sul ventre, costringendolo ad avanzare. "Guarda," disse con voce gelida Warwick.

Hall aveva già visto. Era accaduto qualcosa ai topi, là sotto, qualche mutazione orrenda che mai sarebbe potuta sopravvivere sotto l'occhio del sole; la natura l'avrebbe proibito. Ma, laggiù, la natura aveva assunto un'altra macabra faccia.

I topi erano giganteschi, alcuni alti fino a novanta centimetri; ma le loro zampe posteriori erano scomparse ed erano ciechi come talpe, o come i loro cugini volanti. Si trascinavano in avanti con orrido impegno.

Warwick si girò a guardare Hall, il sorriso di sghimbescio, tenuto su dalla forza bruta della volontà. Hall non poteva fare a meno di ammirarlo. "Non possiamo continuare, Hall. Lo vedi anche tu."

"I topi la preoccupano, forse?" chiese Hall.

Warwick ora faceva fatica a controllarsi. "Per favore!" implorò. "Ti prego."

Hall sorrise. "Vada avanti!"

Warwick stava guardando al di là di Hall. "Stanno rosicchiando l'idrante. Quando saranno riusciti a bucarlo, non sarà più possibile tornare."

"Lo so. Cammina."

"Sei completamente pazzo..." Un topo passò di corsa sopra un piede di Warwick, che mandò un urlo. Hall sorrise, accennò con la torcia. Erano tutt'intorno, i più vicini a meno di trenta centimetri.

Warwick ricominciò a camminare. I topi si ritrassero.

Arrivarono in cima alla piccola collina, di là guardarono giù. Warwick ci arrivò per primo e Hall lo vide farsi bianco come la carta. Un filo di saliva gli scorreva lungo il mento. "Oh, mio Dio. Gesù mio!"

E si voltò, per fuggire.

Hall aprì la bocchetta dell'idrante e il getto ad alta pressione investì Warwick in pieno petto, scaraventandolo all'indietro e facendolo sparire. Si levò un lungo urlo che risuonò al disopra del fragore dell'acqua. Poi, rumori di qualcuno che si dibatteva.

"*Hall!*" Grugniti. Un enorme, tenebroso squittio che parve riempire il mondo.

"HALL, PER AMOR DI DIO..."

Un rumore improvviso, umido, di cosa lacerata. Un altro grido, più debole. Qualcosa di enorme si mosse, si voltò. Ben distintamente, Hall sentì il rumore che produce un osso, fratturandosi.

Un topo senza gambe, guidato da qualche bastarda forma di sonar, gli si avventò contro, mordendolo. Aveva il corpo caldo e flaccido. Quasi distrattamente Hall gli puntò addosso il getto, scaraventandolo in là. L'idrante non aveva più la pressione di prima.

Hall si avvicinò al ciglio della collina di terra umida e guardò in giù.

Il topo riempiva l'intero vuoto al di là di quella tomba. Era un grigiore enorme e pulsante, senza occhi e totalmente privo di zampe. Quando la torcia di Hall lo illuminò, mandò una sorta di orrendo lamento miagolante. La loro regina, dunque, la *magna mater*. Una cosa immensa e senza nome la cui progenie poteva un giorno sviluppare le ali. Sembrava far apparire più piccolo ciò che rimaneva di Warwick, ma probabilmente era soltanto un'illusione ottica. Era lo choc di vedere un topo grande come un vitello.

"Addio, Warwick," disse Hall. Il topo stava gelosamente accucciato sopra i resti del caposquadra, lacerando con i denti un braccio inerte.

Hall voltò le spalle e ritornò rapidamente sui suoi passi, tenendo a bada i topi con l'idrante, la cui potenza continuava a diminuire. Alcuni di loro, incuranti del getto, si gettavano contro le sue gambe, tentando di addentarle al disopra degli scarponi. Uno gli si aggrappò ostinatamente a una coscia, lacerando la stoffa dei calzoni di velluto a coste. Hall levò il pugno e riuscì a scaraventarlo via.

Era quasi a tre quarti del percorso di ritorno quando lo spaventoso ronzio riempì l'oscurità. Lui guardò in su e la gigantesca forma volante lo investì in piena faccia.

I pipistrelli creati dalla mutazione non avevano ancora perso la coda. Essa si attorcigliava ora intorno al collo di Hall in una riluttante spirale, stringendo, mentre i denti cercavano il punto più vulnerabile alla base del collo. Le ali membranose si agitavano e sbattevano, cercando di aderire alla camicia di Hall, per fare presa.

Come un cieco, Hall, brandendo la bocchetta dell'idrante, colpì a più riprese quel corpo cedevole; corpo che alla fine cadde, e che egli calpestò sotto i suoi piedi, solo confusamente consapevole di urlare come un dannato. I topi ora gli si precipitavano sui piedi come una cascata, per poi montare su per le gambe.

Tentò di lanciarsi in una corsa barcollante, scuotendone via alcuni. Gli altri ora gli mordevano il ventre, il petto. Uno gli corse fin sulla spalla e premette il muso fin dentro il suo orecchio.

Hall s'imbatté nel secondo pipistrello. Gli si appollaiò per un attimo sulla testa, squittendo, poi gli strappò un pezzo di cute dal cranio.

Hall sentiva il suo corpo intorpidirsi sempre più. Le strida e lo squittire dei topi gli riempivano le orecchie. Diede un ultimo scrollone, inciampò sopra corpi pelosi, cadde sulle ginocchia. Cominciò a ridere, con un suono acuto, urlante.

Ore 5, giovedì.

"Qualcuno dovrebbe scendere a vedere," azzardò timidamente Brochu.

"Io no," bisbigliò Wisconsky. "Ah, io no."

"No, tu no, fifone," disse Ippeston con disprezzo.

"*Be', andiamo noi,*" disse Brogan, armandosi di un altro idrante. "Io, Ippeston, Dangerfield, Nedau. Stevenson, fa' un salto su in ufficio e fatti dare qualche altra torcia."

Ippeston scrutò giù nell'oscurità. "Forse si sono fermati a fumare una sigaretta," disse. "Che diamine, per qualche topo!"

Stevenson ritornò con le torce; alcuni istanti dopo, cominciarono a scendere.

Risacca notturna

Dopo, quando ormai quel tale era morto e il puzzo della sua carne bruciata si era disperso nell'aria, tornammo tutti giù alla spiaggia. Corey aveva la radio con sé, uno di quegli aggeggi a transistor grandi come una valigia che funzionano con una quarantina di batterie e che hanno il magnetofono incorporato. La riproduzione del suono non si poteva dire un gran che, ma baccano ne faceva. Corey era stato un benestante prima dell'A6, ma simili particolari non avevano più importanza. Perfino il suo grande apparecchio radio-registratore era poco più di una cianfrusaglia di bell'aspetto. C'erano rimaste due stazioni sole sulle quali potevamo sintonizzarci. Una era la WKDM di Portsmouth: un *disc-jockey* di provincia, che s'era fatto prendere dal pallino della religione. Metteva su un disco di Perry Como, diceva una preghiera, piagnucolava, faceva suonare un disco di Johnny Ray, leggeva dei Salmi (proprio come James Dean in *East of Eden*), poi ricominciava a piagnucolare. Tutta roba allegra di quel genere. Un giorno s'era messo a cantare *Bringing in the Sheaves* con una voce gracchiante e ammuffita che aveva fatto venire un attacco isterico a me e a Needles.

La stazione del Massachusetts era un po' meglio, ma riuscivamo a prenderla soltanto di sera. Era tenuta da un gruppo di ragazzi. Credo si fossero impossessati delle installazioni della WRKO o della WBZ, dopo che tutti se n'erano andati o erano morti. Scherzavano, nel dare inizio alle trasmissioni, dando sigle fasulle tipo WA6 oppure CUL e cose del genere. Buffo, intendiamoci: a volte c'era da morir dal ridere. Così era quella la stazione che stavamo ascoltando nel tornare alla spiaggia. Io mi tenevo per mano con Susie; Kelly e Joan camminavano davanti a noi e Needles era già oltre il ciglio del piccolo promontorio e perciò scomparso alla nostra vista. Corey veniva in coda, facendo dondolare la radio. Gli Stones stavano cantando *Angie*.

"Mi ami?" mi chiese Susie. "È la sola cosa che voglio sapere. Mi ami, sì o no?" Susie aveva sempre bisogno d'essere rassicurata.

"No," risposi. Stava ingrassando, e se fosse vissuta abbastanza a lungo, il che non era affatto probabile, sarebbe diventata una vera grassona. Aveva già il fare matronale.

"Sei una carogna," disse lei, e si mise una mano sulla faccia. Le sue unghie laccate lucevano fiocamente nel chiarore della mezzaluna che si era levata circa un'ora prima.

"Ora non ricomincerai a piangere, spero!"

"Piantala!" Dal tono, si capiva che stava per piangere di nuovo.

Arrivammo in cima al crinale e io mi fermai. Devo sempre fermarmi. Prima dell'A6, quella era stata una spiaggia pubblica. Turisti, gente che andava a fare un picnic, bambini mocciosi e nonne grasse e sformate con le braccia abbronzate solo fino al gomito. Sulla sabbia, carte di caramelle e bastoncini di leccalecca, gente giovane e bella che amoreggiava stesa sui teli di spugna colorata, miscuglio di odori tra alghe, tanfo di benzina dei vicini parcheggi, olio di noce.

Ma ora tutte le cartacce e tutto il bailamme erano scomparsi. L'oceano aveva divorato tutto, con la stessa indifferenza con cui uno di noi potrebbe divorare una manciata di noccioline. Non c'era gente pronta a tornare là e a insozzare tutto di nuovo. Soltanto noi, e noi non eravamo sufficienti per lasciare molta sozzura. E poi, amavamo la spiaggia, credo: non le avevamo appena offerto una specie di sacrificio? Perfino Susie l'amava, Susie la sgualdrinella, col sedere grosso e i calzoni a campana color fragola.

La sabbia era una bianca serie di dune, segnata soltanto dalla linea della battigia: ritorte matasse d'alghe, sassolini, detriti vari portati dall'alta marea. Attraverso il tutto, il chiaro di luna ricamava nere ombre e pieghe. La torre di guardia del bagnino, abbandonata, si ergeva bianca e scheletrica a una cinquantina di metri dallo stabilimento balneare, puntata verso il cielo come un indice scarno.

E poi la risacca, la risacca notturna, che levava verso l'alto grandi scoppi di spuma, che si frangeva contro le rocce fin dove l'occhio riusciva a spaziare in una serie interminabile di attacchi. Forse quell'acqua era arrivata quasi a metà strada tra noi e l'Inghilterra, la sera prima.

"*Angie*. Cantano gli Stones," annunciò tra le scariche, la

voce che arrivava dalla radio di Corey. "Sono andato a ripescarlo per farvelo ascoltare, un vero gas dorato da un passato ormai trapassato, dei *matadores* ormai *matados*. Io sono Bobby. Questa sera doveva esserci Fred, ma Fred ha preso l'influenza. È tutto gonfio." Susie rise a questo punto, con le lacrime di prima ancora tremolanti sulle ciglia. Presi a scendere verso la spiaggia un po' più alla svelta, per farla stare zitta.

"Aspetta!" mi gridò dietro Corey. "Bernie? Ehi, Bernie, aspettami!"

Quel tale alla radio stava leggendo alcune strofette a doppio senso, e intanto una voce di ragazza nello sfondo domandava dov'era la birra. Lui le rispose qualcosa, ma nel frattempo Susie e io eravamo arrivati sulla spiaggia. Mi voltai per vedere come se la cavasse Corey. Sdrucciolava giù seduto, come sempre, ed era talmente comico che quasi mi faceva pena.

"Corri con me," proposi a Susie.

"Perché?"

Le appioppai una sculacciata e lei strillò. "Così, per il gusto di correre."

Corremmo. Lei rimase indietro, ansando come un cavallo e gridandomi di rallentare, ma io già non pensavo più a lei. Il vento frusciava oltre le mie orecchie e mi spazzava i capelli dalla fronte. Sentivo nell'aria la salsedine, acuta e pungente. La risacca si abbatteva con fragore, le ondate erano come vetro nero incoronato di spuma. Gettai via i sandali di gomma e continuai a correre a piedi nudi, incurante delle dolorose fitte di qualche conchiglia occasionale. Il mio sangue rombava.

Ed ecco che ero arrivato alla tettoia, con Needles già nell'interno e Kelly e Joan fermi proprio lì accanto, a tenersi per mano e a contemplare l'acqua. Mi gettai in terra, rotolando in avanti, sentendo la sabbia penetrarmi sotto la camicia e andando a fermarmi contro le gambe di Kelly. Lui mi cadde addosso e mi sfregò la faccia nella sabbia, mentre Joan rideva.

Ci rialzammo, sorridenti. Susie aveva rinunciato a correre e avanzava caracollando verso di noi. Corey l'aveva quasi raggiunta.

"Un bel falò," disse Kelly.

"Credi davvero che fosse arrivato fin qui da New York, come diceva?" chiese Joan.

"Non lo so." Non capivo che importanza avesse, del resto. Era al volante di una grossa Lincoln, quando l'avevamo trovato, semincosciente e in delirio. La testa gli si era ingrossata come

un pallone da football e il suo collo sembrava un'enorme sal-
siccia. Aveva l'A6, garantito, e non ne aveva ancora per molto.
Così l'avevamo portato fino alla punta che sovrasta la spiaggia
e gli avevamo dato fuoco. Aveva detto di chiamarsi Alvin
Sackheim. Continuava a invocare sua nonna. Credeva che Susie
fosse sua nonna. La cosa l'aveva molto divertita, Dio sa perché.
Susie trovava divertenti le cose più strane.

Era stata di Corey l'idea di bruciarlo, ma tutto era cominciato come uno scherzo. Lui aveva letto una quantità di libri
sulla stregoneria e la magia nera, al college, e continuava a
sogghignare, nel buio accanto alla Lincoln di Alvin Sackheim, e
a dirci che, se avessimo offerto un sacrificio agli dei delle tenebre, forse gli spiriti avrebbero continuato a proteggerci contro
l'A6.

Nessuno di noi credeva davvero a quelle frottole, naturalmente, ma il discorso si faceva sempre più serio. Era una cosa
nuova per noi, e alla fine ci eravamo decisi e l'avevamo fatta.
Lo avevamo legato a quella specie di cannocchiale che c'era lassù: ci mettevi dentro una moneta e, nelle giornate limpide,
potevi vedere fino al faro di Portland. L'avevamo legato con le
nostre cinture, poi eravamo andati attorno alla ricerca di rami
secchi e altri detriti da ardere, come ragazzini che giocassero a
nascondersi o a qualcosa di analogo. Mentre noi facevamo queste cose, Alvin Sackheim se ne stava addossato là, a biascicare
di sua nonna. Susie aveva gli occhi molto lucenti e ansava. La
cosa la stava eccitando terribilmente. Mentre eravamo giù nel
burrone dall'altra parte del promontorio roccioso, si era gettata
addosso a me, per baciarmi. Ma si era messa troppo rossetto ed
era come baciare un piatto unto.

L'avevo respinta ed era stato allora che aveva cominciato a
mettere il broncio.

Eravamo risaliti, tutti quanti, e avevamo ammucchiato rami
secchi e sterpaglia attorno ad Alvin Sackheim. Gli arrivavano
fino alla vita. Needles aveva dato fuoco alla pira con il suo accendino, e il fuoco aveva attecchito in fretta. Alla fine, poco
prima che cominciassero ad ardergli i capelli, lui aveva cominciato a urlare. C'era un odore come di porchetta alla cinese.

"Hai una sigaretta, Bernie?" chiese ora Needles.

"Ce ne sono una cinquantina di cartoni, proprio dietro di
te."

Sorrise e ammazzò una zanzara che gli si era posata sul
braccio. "Non ho voglia di muovermi."

Gli diedi da fumare e sedetti. Susie e io avevamo incontrato Needles a Portland. Era seduto sul gradino del marciapiede davanti allo State Theater, e suonava motivi di Leadbelly su una grande, vecchia chitarra Gibson che aveva rubato chissà dove. Il suono echeggiava in su e in giù per Congress Street, come se lui stesse producendosi in una sala di concerto.

Susie si fermò davanti a noi, ancora senza fiato. "Sei proprio una carogna, Bernie."

"Andiamo, Sue. Volta quel disco. Da questo lato è una lagna."

"Disgraziato. Stupido. Un vero figlio di puttana, ecco che cosa sei. Verme!"

"Vattene, Susie," dissi, "o ti arriva un pugno in un occhio. Vedrai se non lo faccio."

Ricominciò a piangere. Era la sua specialità. Corey si avvicinò e tentò di metterle un braccio intorno alla vita. Lei gli mollò una gomitata al basso ventre e lui le sputò in faccia.

"Ti ammazzo!". Susie lo investì, urlando, piangendo e agitando furiosamente le mani. Corey indietreggiò, per poco non cadde, poi fece dietro front e corse via. Susie lo inseguì, urlandogli oscenità isteriche. Needles gettò indietro la testa e rise. Il suono della radio di Corey ci arrivava debolmente.

Kelly e Joan si erano allontanati per conto loro. Potevo vederli, in riva all'acqua, camminare e tenersi allacciati per la vita. Sembravano tolti da una vignetta pubblicitaria esposta nella vetrina di un'agenzia di viaggi: *Vola verso la splendida St. Lorca*. Niente di male. Tra loro due, era una cosa bella.

"Bernie?"

"Sì?" Seduto là, fumavo e pensavo a Needles che faceva scattare la chiusura del suo accendino, azionandone la rotella, facendo scaturire il fuoco con la pietra focaia e il ferro, come un uomo delle caverne.

"L'ho presa anch'io," disse Needles.

"Sì?" Lo guardai. "Sei sicuro?"

"Sicurissimo. Ho mal di testa, mal di stomaco, sento dolore a urinare."

"Forse è soltanto l'influenza di Hong Kong. Susie ha avuto quella. Voleva giurarlo sulla Bibbia." Risi. Era stato mentre eravamo ancora all'Università, circa una settimana prima che la chiudessero definitivamente, un mese prima che cominciassero a portar via i cadaveri ammucchiati sui camion e a seppellirli nelle fosse comuni.

"Guarda." Accese un fiammifero e lo tenne al disotto della mascella. Potei vedere le prime macchie triangolari, il primo accenno di gonfiore. Era l'A6, senza dubbio.

"Bene," dissi.

"Non mi sento molto male," disse lui. "Mentalmente, intendo dire. Tu, piuttosto. Tu ci pensi di continuo, e si vede."

"No, ti sbagli." Bugia.

"Sì, invece. Come quel tizio, stasera. Pensi molto anche a lui. Probabilmente, se ci rifletti bene, gli abbiamo fatto un favore. Credo che non capisse nemmeno quello che stava succedendo."

"Capiva, sì."

Alzò le spalle, si girò da un lato. "Che importanza ha?"

Fumavano in silenzio, ora, e io guardavo la risacca andare e tornare. Needles aveva l'A6. Questo rendeva tutto di nuovo reale. Era già fine agosto, e tra un paio di settimane sarebbero cominciati i primi freddi dell'autunno. Tempo di trasferirsi al coperto, da qualche parte. Invano. Morti prima di Natale, forse, tutti noi. Nel soggiorno di chissà chi, con il costoso apparecchio radio-registratore di Corey appoggiato in cima a uno scaffale pieno di Condensati di Selezione del Libro e il debole sole invernale che si posava sul tappeto in riquadri luminosi senza significato.

La visione era così nitida da darmi un brivido. Nessuno dovrebbe pensare all'inverno, in agosto. È come un presagio di morte.

Needles rise. "Vedi? Ci pensi, e come!"

Che cosa potevo rispondere? Mi alzai. "Vado a cercare Susie."

"Forse siamo le ultime persone rimaste sulla terra, Bernie. Ci avevi mai pensato?" Nel debole chiarore lunare, sembrava già mezzo morto, con i cerchi sotto gli occhi e le dita pallide, rigide come matite.

Mi spinsi fino all'acqua e mi fermai a guardare l'oceano. Non c'era niente da vedere salvo le gibbosità in continuo movimento delle onde, sormontate da delicati riccioli di schiuma. Il tuono dei frangenti era tremendo, lì, più grande del mondo. Era come stare dentro un ciclone. Chiusi gli occhi e mi dondolai sui piedi nudi. Forse eravamo le ultime persone rimaste sulla terra... e con ciò? Il mondo sarebbe andato avanti finché ci fosse stata una luna a influire sulla marea.

Susie e Corey erano più in là, sulla spiaggia. Susie stava cavalcandolo come se lui fosse stato un cavallo selvaggio sgroppante, che scuoteva la testa nella schiuma ribollente dell'acqua. Corey agitava le braccia, sollevando alti spruzzi. Erano entrambi inzuppati. Mi avvicinai e, con un piede, la spinsi giù. Corey continuò a sguazzare a quattro zampe, schizzando acqua e facendo il buffone.

"Ti odio!" mi urlò Susie. La sua bocca era una buia mezzaluna sogghignante. Faceva pensare all'entrata di un baraccone. Quand'ero bambino, mia madre ci portava all'Harrison State Park e c'era un baraccone, tra gli altri della fiera, con un'enorme faccia di clown sulla facciata, e si entrava attraverso la bocca.

"Vieni, Susie. Su, Fido." Le tendevo la mano. La prese, dubbiosa, e si alzò. Aveva grumi di sabbia umida sulla camicetta e sulla pelle.

"Non avevi nessun diritto di darmi quella spinta, Bernie. Guai a te se..."

"Vieni, dài." Non era come un jukebox; non c'era mai bisogno di mettere dentro una moneta e non capitava mai che le si staccasse la spina.

Ci incamminammo lungo la spiaggia, verso la palazzina principale dello stabilimento balneare. L'uomo che un tempo lo gestiva aveva un piccolo alloggio al piano di sopra. C'era un letto. Non che lei meritasse un letto, in verità, ma su questo Needles aveva ragione. Che importanza aveva, ormai? Nessuno si preoccupava più di segnare i punti.

Le scale salivano lungo un lato dell'edificio, ma io mi fermai per qualche istante a guardare, dentro la vetrina rossa, le merci polverose esposte all'interno che nessuno si era mai curato di rubare: pile di magliette, braccialetti lucenti che dopo un giorno avrebbero cominciato a lasciare il verde sul polso, luccicanti orecchini falsi, palloni da spiaggia, cartoline pornografiche, madonne malamente dipinte su ceramica, vomito di plastica (*così realistico! provatene l'effetto su vostra moglie!*), petardi del Quattro Luglio per un Quattro Luglio che non sarebbe più venuto, lenzuolini da spiaggia con una voluttuosa ragazza in bikini ritta in mezzo ai nomi di cento famose località balneari, bandierine (*souvenir di Anson Beach*), palloncini, costumi da bagno. C'era uno snack bar, sul davanti, con un grande cartello che diceva PROVATE IL NOSTRO PASTICCIO DI VONGOLE.

Venivo spesso ad Anson Beach quando ero ancora al liceo.

Questo, sette anni prima dell'A6, quando filavo con una ragazza di nome Maureen. Era una ragazzona. Aveva un costume da bagno a quadretti bianchi e rossi. Le dicevo, ricordo, che sembrava una tovaglia. Insieme avevamo camminato, a piedi nudi, lungo la pedana di legno davanti allo stabilimento, le assi roventi e ruvide di sabbia sotto i calcagni. Non avevamo mai assaggiato il pasticcio di vongole.

"Che cosa guardi?"

"Niente. Vieni via."

Tutto in sudore, feci sogni orribili su Alvin Sackheim. Era appoggiato al volante della sua lucente Lincoln gialla e parlava di sua nonna. Non era altro che una testa gonfia e annerita e uno scheletro carbonizzato. Mandava puzzo di bruciato. Parlava, parlava, e dopo un po' io non riuscivo ad afferrare neppure una parola. Mi svegliai, ansando penosamente.

Susie era tutta buttata addosso a me, pallida e sfatta. Il mio orologio segnava le tre e mezzo, ma si era fermato. Fuori era ancora buio. La risacca si abbatteva, rumoreggiando. Alta marea. Dovevano essere le quattro e un quarto, più o meno. Tra poco sarebbe stato giorno. Scesi dal letto e arrivai fino alla porta. La brezza salmastra era gradevole, sul mio corpo in sudore. Nonostante tutto, non volevo morire.

Andai nell'angolo e aggantai una birra. C'erano tre o quattro casse di birra in barattolo, ammonticchiate contro la parete. Era calda, perché mancava l'elettricità. Non ci bado io, come certi, anche se la birra è calda. Fa soltanto un po' più schiuma. La birra è birra. Tornai sul ballatoio, mi misi a sedere, tirai l'anello che apriva il barattolo e bevvi.

Così, eccoci qui, pensavo, con l'intera razza umana spazzata via, non dalle armi atomiche o dalla guerra batteriologica o dall'inquinamento, o da qualcosa di altrettanto *grandioso*. *Ma da una banale influenza*. Mi sarebbe piaciuto collocare una enorme targa da qualche parte, una targa di bronzo, con chilometri e chilometri di lato. E in grandi lettere in rilievo, a beneficio di eventuali visitatori extraterrestri, ci avrei scritto: UNA BANALE INFLUENZA.

Gettai il barattolo vuoto oltre la ringhiera. Atterrò con un clangore metallico sul vialetto di cemento che girava attorno all'edificio. Il capannone era un nero triangolo sulla sabbia. Mi domandavo se Needles fosse sveglio.

"Bernie?"

Lei era là sulla soglia, con indosso una delle mie camicie. La cosa mi dava sui nervi. Suda sempre come un maiale.

"Non ti piaccio più tanto, vero, Bernie?"

Non dissi niente. C'erano momenti in cui riuscivo ancora a provare pena per tutto e tutti. Susie non si meritava me come io non mi meritavo lei.

"Posso sedermi vicino a te?"

"Non credo che ci sia spazio sufficiente per tutti e due."

Con una specie di singhiozzo soffocato, fece per rientrare.

"Needles ha l'A6," dissi.

Si fermò, mi fissò. La sua faccia era assolutamente immobile. "Non scherzare, Bernie."

Accesi una sigaretta.

"Non è possibile! Aveva avuto..."

"Già, aveva avuto l'A2. Quella di Hong Kong. Proprio come te, me, Corey, Kelly e Joan."

"Ma questo vorrebbe dire che non è..."

"Immune."

"Sì. Allora potremmo prenderla anche noi."

"Forse mentiva quando ci disse che aveva avuto l'A2," dissi. "Mentiva perché così l'avremmo preso con noi."

Il sollievo le si diffondeva sulla faccia, ora. "Certo, dev'essere così. Anch'io avrei mentito, al posto suo. A nessuno piace di rimanere solo, vero?" Esitò. "Torni a letto?"

"Non subito."

Rientrò. Non avevo alcun bisogno di dirle che l'A2 non era affatto una garanzia contro l'A6. Lo sapeva. L'aveva soltanto cancellato dalla mente. Seduto là, guardavo la risacca. La marea era alta. Anni fa, Anson era l'unico punto adatto dello stato per fare del surfing. La Punta era una gibbosità buia e sporgente, stagliata contro il cielo. Mi sembrava di scorgere la colonnina che sosteneva il cannocchiale, al punto di osservazione, ma probabilmente era uno scherzo della fantasia. A volte Kelly portava Joan lassù sulla punta. Non pensavo che fossero andati là, quella notte.

Mi presi la faccia tra le mani e la strinsi, tastandone la pelle, la grana e il tessuto. Tutto si restringeva così rapidamente, ed era tutto così meschino: non c'era dignità, per niente.

La risacca avanzava, avanzava, avanzava. Senza limiti. Pulita e profonda. Eravamo venuti lì d'estate, Maureen e io, l'estate dopo la maturità, l'estate prima dell'università, della realtà, e dell'A6 che arrivava dal Sudest asiatico e ricopriva il mondo come un sudario, ed era luglio, avevamo mangiato una pizza e ascoltato la radiolina di lei, e io le avevo unto d'olio la schiena, lei aveva unto d'olio la mia, l'aria era infuocata, la sabbia brillava, il sole sembrava vetro incandescente.

Io sono la porta

Seduti sotto il portico della mia casa, Richard e io guardavamo oltre le dune, verso il golfo. Il fumo del suo sigaro si levava dolcemente nell'aria, tenendo a distanza le zanzare. Il mare era color acquamarina, il cielo di un azzurro più profondo e più intenso. Un accostamento gradevole.

"Tu sei la porta," ripeté pensosamente Richard. "Sei sicuro di avere ucciso il ragazzo? Non l'hai semplicemente sognato?"

"Non l'ho sognato. E non sono stato io a ucciderlo: te l'ho già detto. Loro, sono stati. Io sono la porta."

Richard sospirò. "L'hai sepolto?"

"Sì."

"Ricordi dove?"

"Sì." Dal taschino della camicia, tirai fuori una sigaretta. Le mie mani erano impacciate dalle bende che le ricoprivano. Mi prudevano in maniera abominevole. "Se vuoi vederlo, dovrai tirar fuori il gatto delle dune. Non si può spingere questa," indicavo la mia poltrona a rotelle, "attraverso la sabbia." Il gatto delle dune di Richard era una Volkswagen del 1959 con gomme speciali. Lui se ne serviva per raccogliere legname portato a riva dalla corrente. Fin da quando si era ritirato dall'attività di agente immobiliare, nel Maryland, era venuto a vivere lì a Key Caroline, e con quel legname creava sculture che vendeva poi d'inverno, ai turisti, a prezzi sfacciati.

Tirò una boccata dal sigaro, sempre fissando il golfo. "Sì, ma aspetta. Vuoi raccontarmi tutto ancora una volta?"

Mandai un sospiro, mentre armeggiavo per accendere la sigaretta. Mi tolse i fiammiferi di mano e provvide a porgermi il fuoco. Tirai un paio di boccate, aspirando profondamente. Il prurito alle dita mi faceva impazzire.

"Va bene," risposi. "Ieri sera a quest'ora ero qui fuori, a

fumare e a contemplare il golfo, proprio come adesso, e..."

"Risali più indietro nel tempo," mi esortò.

"Più indietro?"

"Parlami del volo."

Scossi la testa. "Richard, ci siamo tornati su fino alla nausea. Non c'è niente..."

La sua faccia tutta rughe e solchi era enigmatica come le sculture lignee che faceva. "Potresti ricordare," insistette. "Ora, forse, potresti ricordare."

"Credi?"

"È possibile. E, quando avrai finito, andremo a cercare la tomba."

"La tomba," ripetei. Suonava vuoto, orribile, più buio di qualsiasi altra cosa, perfino di quell'oceano terribile che Cory e io avevamo attraversato cinque anni prima. Buio, buio, buio.

Sotto le bende, i miei nuovi occhi fissavano ciecamente nell'oscurità alla quale quelle bende li condannavano. Prudevano.

Cory e io venimmo lanciati in orbita dal Saturno 16, quello che tutti i commentatori chiamavano l'Empire State Building. Era un bestione, in effetti. Al confronto, il vecchio Saturno 1-B sembrava un giocattolo. Decollava da un bunker profondo sessanta metri: era necessario, per impedire che si trascinasse dietro mezzo Cape Kennedy.

Girammo intorno alla terra, verificando tutti i nostri impianti, poi mettemmo in azione i propulsori. Eravamo diretti su Venere. Ci lasciavamo alle spalle un Senato diviso e in lotta sugli stanziamenti da destinare a ulteriori esplorazioni spaziali e un gruppo di gente della NASA che pregava affinché trovassimo qualcosa, qualsiasi cosa.

"Non ha importanza quel che sarà," amava ripetere Don Lowinger, l'apprendista stregone del Progetto Zeus, quando aveva alzato un po' il gomito. "Avete tutto l'armamentario, più cinque telecamere corredate di annessi e connessi e un gioiellino di telescopio con lenti e filtri a non finire. Trovate un po' d'oro o di platino. Meglio ancora, trovate un po' di stupidi omini verdi, così che si possa studiarli, sfruttarli e sentirci superiori a loro. Qualsiasi cosa. Perfino il fantasma di mia nonna in carriola sarebbe già un inizio."

Cory e io eravamo ansiosi di accontentarlo, potendo. Niente aveva funzionato per i programmi spaziali. Da Borman, Anders e Lovell, che nel sessantotto avevano orbitato intorno alla luna e trovato un mondo deserto e inospitale in tutto simile a un'arida distesa di sabbia, a Markhan e Jacks, che undici anni dopo avevano dovuto constatare come anche Marte fosse un arido deserto di sabbia gelata con pochi, stentati licheni, il programma spaziale era stato un costosissimo buco nell'acqua. Senza contare le perdite umane: Pedersen e Lederer, in orbita attorno al sole per l'eternità perché, all'improvviso, niente aveva più funzionato durante il secondo e ultimo volo Apollo. John Davis, il cui piccolo osservatorio orbitante era stato forato da un corpo celeste simile a una meteora per uno di quegli incidenti che capitano una volta su mille. No, il programma spaziale non procedeva certo a gonfie vele. Da come si presentavano le cose, l'orbita di Venere poteva essere la nostra ultima occasione di dire: visto, che avevamo ragione noi?

Il volo durò sedici giorni (mangiavamo una quantità di concentrati, giocavamo interminabili partite a ramino e facevamo a turno ad attaccarci il raffreddore) e dal punto di vista tecnico fu una missione senza imprevisti. Il terzo giorno perdemmo un convertitore di umidità dell'aria, inserimmo l'impianto di riserva, e non accadde altro fino al rientro, salvo le solite inezie. Guardavamo Venere trasformarsi a poco a poco da una stella a una lattiginosa sfera di cristallo, scambiavamo battute scherzose con il controllo di Huntsville, ascoltavamo registrazioni di Wagner e dei Beatles, ci occupavamo di esperimenti automatici che avevano a che fare un po' con tutto, dalle misurazioni del vento solare alla navigazione nello spazio. Apportammo due correzioni alla rotta, entrambe infinitesimali, e al nono giorno di viaggio Cory uscì all'esterno e picchiò sul DESA rientrabile fino a che quello si decise a funzionare. Non accadde niente altro fuori dell'ordinario fino a che...

"DESA," ripeté Richard. "Che cos'è?"

"Un esperimento che non diede alcun frutto. Nel gergo della NASA, significa antenna spaziale: trasmettevamo con impulsi ad alta frequenza nel caso che ci fosse qualcuno in ascolto." Provai a sfregare le dita sui calzoni, ma non serviva a niente; semmai, il prurito aumentava. "L'idea è la stessa di quel radiotelescopio nella Virginia occidentale: sai, quello che ascolta le stelle. Soltanto, invece di ascoltare, noi trasmettevamo, soprattutto ai pianeti più distanti: Giove, Saturno, Urano. Se là fuori c'è qualche forma di vita intelligente, stava facendo un pisolino."

"Soltanto Cory uscì?"

"Sì. E si portò dentro qualche morbo interstellare, la telemetria non lo rivelò."

"Eppure..."

"Non ha importanza," scattai, stizzito. "Importa soltanto quello che accade qui, ora. Ieri sera hanno ucciso quel ragazzo, Richard. Non è stata una cosa piacevole a vedersi, o a sentirsi. La testa... è esplosa. Come se qualcuno l'avesse svuotata del cervello e avesse collocato una bomba a mano all'interno del cranio."

"Finisci la storia," disse lui.

Risi, senza allegria. "Che cos'altro c'è da dire?"

Entrammo in orbita attorno al pianeta, un'orbita eccentrica. Era radicale e in graduale indebolimento, trecentoventi miglia per settantasei. Questo al primo giro. Al secondo, il nostro apogeo era ancora più alto, il perigeo più basso. Avevamo un massimo di quattro orbite. Le completammo tutt'e quattro. Riuscimmo a dare una buona occhiata al pianeta. Più di seicento fotografie e Dio solo sa quanti metri di film.

La coltre di nuvole è composta in parti uguali di metano, ammoniaca, polvere e porcherie che volano. L'intero pianeta fa pensare al Grand Canyon in una galleria del vento. Cory calcolò che la velocità del vento fosse di circa 600 miglia all'ora, vicino alla superficie. La nostra sonda fece udire il suo *bip* per tutta la discesa e poi si spense, con una sorta di verso strano. Non vedevamo traccia di vegetazione né alcun segno di vita. Lo spettroscopio indicava soltanto tracce di minerali preziosi. E quella era Venere. Niente di niente... salvo che mi atterriva. Era come girare, in pieno spazio, attorno a una casa stregata. So bene quanto poco scientifico ti suonerà quello che dico, ma io ero in preda a un terrore indicibile, finché non venimmo via di là. Credo che, se i nostri razzi non si fossero accesi, piuttosto che atterrare di lì mi sarei tagliato la gola. Non è come la luna. La luna è desolata ma, in un certo senso, asettica. Il mondo che vedevamo era invece totalmente dissimile da qualsiasi cosa che l'occhio umano possa avere contemplato finora. Forse è una buona cosa, la presenza di quella coltre di nuvole. Sembrava di vedere un cranio che fosse stato rosicchiato fino all'osso: è la descrizione più esatta che mi venga alla mente.

Durante il tragitto di ritorno, sentimmo che il Senato aveva dato voto favorevole perché i fondi per l'esplorazione dello spazio venissero dimezzati. Cory disse qualcosa come: "Sembra che dobbiamo ripiegare di nuovo sui satelliti meteorologici, Artie." Ma io ero quasi contento. Forse, noi non apparteniamo allo spazio.

Dodici giorni dopo Cory era morto e io reso storpio per tutta la vita. I guai si verificarono tutti durante il rientro e l'atterraggio. Il paracadute non si aprì. Che te ne pare, come ironia della sorte? Eravamo rimasti nello spazio per più di un mese, ci eravamo spinti più in là di qualsiasi altro essere umano, e tutto finì nel modo com'è finito perché qualcuno aveva fretta di andare a bere un caffè e lasciò che si imbrogliassero alcuni cavi.

Non ci fu l'atterraggio morbido. Un tale che era su uno degli elicotteri disse che gli sembrò di vedere un gigantesco neonato piovere giù dal cielo, con la placenta che gli svolazzava dietro, come uno strascico. Al momento dell'urto, persi i sensi.

Rinvenni mentre mi trasportavano attraverso il ponte della *Portland*. Non avevano avuto neppure il tempo di tirare via il tappeto rosso sul quale avremmo dovuto camminare Cory e io. Perdevo sangue. Sanguinavo e venivo trasportato di corsa all'infermeria sopra un tappeto rosso che non era neppure lontanamente rosso quanto me...

"...rimasi ricoverato a Bethesda per due anni. Mi diedero la Medaglia d'Onore, un mucchio di soldi e questa poltrona a rotelle. L'anno successivo, venni a stare qui. Mi piace assistere al decollo dei razzi."

"Lo so," disse Richard. Una pausa, poi: "Fammi vedere le mani."

"No." Mi uscì immediato e categorico. "Non posso fartele vedere. Te l'ho già detto."

"Sono passati cinque anni, Arthur," disse Richard. "Perché proprio ora? Puoi spiegarmelo, questo?"

"Non lo so. Non lo so! Forse la cosa, qualsiasi cosa sia, ha un lungo periodo di gestazione. E poi, chi può dire che me lo sia preso là nello spazio? Qualsiasi cosa sia, potrebbe essere entrato in me a Fort Lauderdale. O addirittura qui sotto questo portico, per quello che ne so."

Richard sospirò e guardò verso l'acqua, ora un po' arrossata dal sole del tardo pomeriggio. "Vado a tentoni, Arthur. Non voglio pensare che tu stia impazzendo."

"Se proprio sarà necessario, ti farò vedere le mani." Mi costò uno sforzo, dirlo. "Ma soltanto se sarà indispensabile."

Richard si alzò e cercò il suo bastone. Appariva vecchio e
fragile. "Vado a prendere il gatto delle dune. Andremo a cercare il ragazzo."

"Grazie, Richard."

S'incamminò verso il sentiero tutto solchi che portava alla
sua casetta: potevo scorgerne il tetto sporgere al disopra della
Duna Grande, quella che corre quasi per l'intera lunghezza di
Key Caroline. Laggiù verso il capo, il cielo si era fatto di un sinistro color prugna, e il brontolio del tuono arrivava debolmente alle mie orecchie.

Non sapevo che nome avesse, il ragazzo. Di tanto in tanto lo
vedevo passare lungo la spiaggia, al tramonto, con il suo setaccio. Era abbronzato al punto da sembrare un negro, e il solo
indumento che gli avessi mai visto addosso era un paio di logori calzoni di tela, alla pescatora. Sull'altro lato di Key Caroline
c'è una spiaggia pubblica, e un giovanotto intraprendente può
mettere insieme forse fino a cinque dollari in una buona giornata, setacciando con pazienza la sabbia per cercarvi monetine
finite in mezzo alla rena. Qualche volta lo salutavo con il braccio e lui restituiva il saluto, entrambi con gesto vago, estranei e
al tempo stesso fratelli, gente che viveva lì tutto l'anno a differenza dei turisti chiassosi, che viaggiavano in Cadillac e spen-
devano un mare di quattrini. Immaginavo che abitasse nel piccolo villaggio raggruppato attorno all'ufficio postale, meno di
un chilometro più in là.

Quando era passato di là, quella sera, io ero sotto il portico
già da un'ora, immobile, a osservare. Mi ero tolto le bende: il
prurito era stato intollerabile, ed era sempre un po' meglio
quando essi potevano guardare attraverso i loro occhi.

Era una sensazione diversa da ogni altra al mondo: come se
io fossi una porta lievemente socchiusa attraverso la quale essi
scrutavano un mondo che odiavano e temevano. Ma la parte
peggiore era che potevo vedere anch'io, in un certo senso. Provate a immaginare il vostro corpo trasportato nel corpo di una
mosca, una mosca che stia fissando la vostra stessa faccia con un
migliaio di occhi. Così, forse, potrete cominciare a comprendere perché tenevo le mani fasciate anche quando non c'era nessuno che potesse vederle.

Era cominciato a Miami. Mi trovavo là per vedere un certo
Cresswell, un investigatore del dipartimento della Marina. Mi
sottopone a un controllo una volta all'anno: per un certo periodo, ero stato continuamente a contatto con tutto il materiale
segretissimo del nostro programma spaziale. Che cosa lui cerchi
esattamente, non lo so; un luccichio subdolo nello sguardo,
forse, o chissà, una lettera scarlatta sulla mia fronte. Dio solo sa
perché. La mia pensione è talmente cospicua da essere quasi
imbarazzante.

Cresswell e io eravamo seduti sulla terrazza della sua stanza
d'albergo, a sorseggiare bibite e a discutere sul futuro del programma spaziale americano. Erano circa le tre e un quarto. Le
dita avevano cominciato a prudermi. La cosa non era stata per
niente graduale. Il prurito si era acceso, come la corrente elettrica. L'avevo accennato, con Cresswell.

"E bravo," aveva commentato lui, sorridendo. "Avrà certo
toccato qualche rampicante velenoso su quello scrofoloso iso-
lotto."

"L'unico fogliame esistente a Key Caroline è rappresentato
da qualche striminzito palmetto," avevo risposto. "Ma sarà il
prurito del settimo anno." Mi ero guardato le mani. Mani perfettamente normali. Ma prudevano.

Più tardi, quel pomeriggio, avevo firmato il solito documento ("Giuro solennemente di non avere né ricevuto né rivelato e divulgato informazioni che potrebbero...") e, in macchina, ero tornato a casa. Ho una vecchia Ford, equipaggiata di
freno e acceleratore azionabili a mano. Ci tengo molto: mi fa
sentire autosufficiente.

È un viaggio non tanto breve, lungo la Statale 1, e quando
finalmente imboccai la rampa d'uscita per Key Caroline, mi
sentivo letteralmente impazzire, tale era il prurito che avvertivo
alle mani. Se ne avete mai sofferto, durante il cicatrizzarsi di
un taglio profondo o di un'incisione chirurgica, avete forse
un'idea del genere di prurito al quale alludo. Sembrava che esseri viventi strisciassero nella mia carne, perforandola.

Il sole era quasi scomparso e io mi ero esaminato le mani
attentamente, alla luce del cruscotto. Le punte delle dita erano
rosse, ora, perché minuscoli cerchi perfetti si erano formati proprio al disopra del polpastrello, nel punto dove, se uno suona
la chitarra, si forma il callo. C'erano rossi cerchi di infezione
anche nello spazio tra la prima e la seconda giuntura di ciascun
dito, e sulla pelle tra la seconda giuntura e la nocca. Mi ero

premuto le dita della destra sulle labbra, e all'istante le avevo
allontanate, con un senso di ripugnanza. Nei punti dov'erano
apparse le macchie rosse, la carne scottava come di febbre, e
per il resto era molle e gelida, come la polpa di una mela marcita.

Per tutto il percorso, cercai di persuadere me stesso che avevo effettivamente contratto una forma di orticaria. Ma in fondo
alla mia mente c'era un altro dubbio atroce. Avevo avuto una
zia, durante l'infanzia, che aveva trascorso gli ultimi dieci anni
della sua vita isolata dal mondo, chiusa in una camera del piano di sopra. Mia madre le portava su i pasti, ed era proibito
perfino pronunciare il suo nome. In seguito avevo scoperto che
era affetta dal morbo di Hansen: la lebbra.

Arrivato a casa, avevo telefonato al dottor Flanders, sulla
terraferma. Mi aveva risposto il servizio di segreteria. Il dottor
Flanders era andato a pesca d'altura ma, se era urgente, il dottor Ballanger...

"Quando sarà di ritorno il dottor Flanders?"

"Domani pomeriggio al più tardi. È sufficiente che...?"

"Sì, certo."

Avevo riagganciato lentamente, poi avevo telefonato a Richard. Avevo lasciato squillare una decina di volte, prima di
riabbassare il ricevitore. Poi, ero rimasto un poco a riflettere,
indeciso. Il prurito non faceva che aumentare. Sembrava emanare dalla carne stessa.

Con la poltrona a rotelle, mi ero spinto fino alla libreria e
avevo tirato giù la sconquassata enciclopedia medica che posse-
devo da anni. Il libro era disperatamente vago. Poteva trattarsi
di qualsiasi cosa, come di niente.

Mi ero lasciato andare contro lo schienale, a occhi chiusi.
Sentivo il vecchio orologio ticchettare sulla mensola dall'altra
parte della stanza. C'era l'acuto, sottile ronzio di un jet diretto
a Miami. C'era il lieve bisbiglio del mio stesso respiro.

Stavo ancora fissando il libro.

Quella scoperta si faceva strada in me a poco a poco, per
poi andare a segno in modo improvviso e agghiacciante. Avevo
gli occhi chiusi, eppure stavo ancora guardando il libro. Ciò
che vedevo era impreciso di contorni e mostruoso, la distorta,
quadridimensionale immagine di un libro, e tuttavia inconfondibile, nonostante tutto.

E non ero il solo a osservarla.

Avevo riaperto bruscamente gli occhi, avvertendo un senso

di costrizione nel petto. La sensazione si era calmata un poco, ma non del tutto. Stavo guardando il libro, ne vedevo la stampa e i diagrammi con i miei propri occhi, esperienza d'ogni giorno e perfettamente normale, e lo vedevo anche da un'angolazione diversa e più bassa, e con altri occhi. E non vedevo un libro ma una cosa aliena, di forma mostruosa e d'intento sinistro.

Lentamente, mi ero portato le mani alla faccia, captando una visione arcana del mio soggiorno trasformato in una casa degli orrori.

Avevo mandato un urlo.

C'erano occhi che mi spiavano attraverso minuscoli tagli nella carne delle mie dita. E sotto il mio stesso sguardo vedevo la carne dilatarsi, ritrarsi, mentre essi si sforzavano via via di affiorare alla superficie.

Ma non era stato questo a farmi urlare. Avevo guardato il mio stesso volto e avevo visto un mostro.

Il gatto delle dune sbucò dalla salita e Richard frenò un attimo dopo, proprio di fianco al portico. Il motore tossicchiava e rombava. Spinsi la mia poltrona a rotelle giù per lo scivolo alla destra dei normali scalini e Richard mi aiutò a montare accanto a lui.

"Bene, Arthur," disse. "Sei tu che guidi la spedizione. Dove dobbiamo andare?"

Indicai verso l'acqua, dove la Duna Grande comincia finalmente a digradare e a rastremarsi. Richard assentì. Le ruote posteriori sollevarono sabbia e partimmo. Di solito trovavo il tempo di canzonare Richard sul suo modo di guidare, ma quella sera avevo altro per la testa. Troppe erano le cose da pensare... e da dire: loro non volevano stare al buio, e potevo sentirli far forza per cercare di vedere attraverso le bende, sperando di indurmi a togliermele.

Il gatto delle dune sobbalzava e rombava attraverso la sabbia, verso l'acqua, e sembrava quasi che decollasse ogni volta dalla cima delle piccole dune. A sinistra, il sole stava scomparendo in una gloria sanguigna. Proprio di fronte, al di là della distesa d'acqua, le nuvole scure cariche di tempesta avanzavano inesorabili verso di noi. L'orizzonte era a tratti squarciato da lampi.

"Vai a destra," dissi. "Dove c'è quel capannone."

Richard andò a fermarsi, tra spruzzi di sabbia, accanto ai resti di una tettoia in rovina, poi si protese a frugare dietro i sedili e tirò fuori una zappa. Trasalii, nel vederla. "Dove?" chiese Richard, con faccia inespressiva.

"Proprio là." Indicai il punto.

Scese e si incamminò lentamente attraverso la sabbia; arrivato sul posto esitò un secondo, poi affondò la zappa nella rena. Sembrò che scavasse per un bel pezzo. La sabbia che gettava dietro di sé appariva umida, raggrumata. I nuvoloni erano più scuri, più alti, e l'acqua appariva rabbiosa e implacabile sotto la loro ombra e il rosseggiante riflesso del tramonto.

Capii, molto prima che smettesse di scavare, che non avrebbe trovato il ragazzo. L'avevano trasportato altrove. Non mi ero bendato le mani la sera prima, perciò essi potevano vedere... e agire. Se erano stati in grado di servirsi di me per uccidere il ragazzo, potevano avermi usato per rimuoverlo, perfino mentre dormivo.

"Qui non c'è niente, Arthur." Richard gettò la zappa sporca nel retro del veicolo e sedette al suo posto, con aria stanca. La tempesta imminente proiettava ombre a forma di mezzaluna lungo la sabbia. La brezza crescente faceva crepitare folate di sabbia contro la carrozzeria arrugginita del gatto delle dune. Le dita mi prudevano.

"Si sono serviti di me per trasportarlo altrove," dissi, avvilito. "Stanno prendendo il sopravvento, Richard. Un po' alla volta, stanno costringendo la loro porta ad aprirsi. Cento volte al giorno mi ritrovo ritto davanti a qualche oggetto perfettamente familiare, una spatola, un quadro, perfino un barattolo di fagioli, senza alcuna idea di come sono arrivato là, con le mani tese in avanti, intento a mostrarglielo, a vederlo così come lo vedono loro, come un'oscenità, qualcosa di contorto e di grottesco..."

"Arthur," disse lui. "Arthur, no. Non parlare così." Nella luce morente, la sua faccia era rattristata dalla compassione. "*Ritto* davanti a qualcosa, hai detto. E hai parlato di *trasportare* altrove il cadavere del ragazzo. *Ma tu non puoi camminare*, Arthur. Sei inerte dalla vita in giù."

Toccai il cruscotto della Volkswagen. "Anche questa macchina è inerte. Ma quando tu ci entri, puoi farla muovere. Potresti servirtene per uccidere. Non potrebbe impedirtelo, nemmeno se lo volesse." Sentivo la mia voce salire di tono, sempre più isterica. "Io sono la porta, lo capisci sì o no? Sono stati loro a uccidere il ragazzo, Richard! Loro a trasportarne altrove i resti."

"Penso che faresti meglio a consultare un medico," consigliò tranquillamente lui. "Torniamo, ora. Vediamo di..."

"Informati, allora! Cerca di sapere che fine ha fatto il ragazzo! Scopri se..."

"Hai detto che non sai nemmeno come si chiama."

"Ma veniva sicuramente dal villaggio. È un villaggio di poca gente. Domanda..."

"Ho parlato per telefono con Maud Harrington, quando sono andato a tirar fuori l'auto. Se ce n'è un'altra, in tutto lo Stato, più ficcanaso di lei, io non l'ho ancora trovata. Le ho domandato se per caso le risultava che un ragazzo mancasse da casa da ieri sera. Mi ha risposto di no."

"Ma è uno del posto! Per forza deve essere uno di qui!"

Allungò la mano per riaccendere il motore, ma io lo fermai. Si girò a guardarmi e io cominciai a sfasciarmi le mani.

Dal golfo, il tuono mormorava e brontolava.

Non ero andato dal dottore e non avevo ritelefonato a Richard. Per tre settimane, mi ero bendato le mani ogni volta che uscivo di casa. Tre settimane passate a sperare ciecamente che il prurito passasse. Non era un modo d'agire razionale, lo riconosco. Se fossi stato un uomo sano e non costretto a servirsi di una sedia a rotelle al posto delle gambe, o che avesse passato una vita normale in una normale occupazione, probabilmente sarei andato dal dottor Flanders o da Richard. E avrei ugualmente potuto farlo, se non fosse stato per il ricordo di mia zia, isolata, praticamente prigioniera, divorata viva dalla propria carne in decomposizione. Così, mantenevo un disperato silenzio e pregavo il cielo di potermi svegliare, una mattina, e scoprire che si era trattato di un brutto sogno.

E, a poco a poco, li sentivo. Loro. Un'intelligenza anonima. Non mi ero mai domandato concretamente che aspetto avessero o da che parte fossero venuti. Era puramente accademico. Io ero la loro porta, la loro finestra sul mondo. Il segnale di ritorno, chiamiamolo così, che ricevevo da loro era sufficiente a farmi sentire tutta la loro ripugnanza e il loro orrore, a farmi comprendere che il nostro mondo era molto diverso dal loro. Era sufficiente a farmi captare il loro odio cieco. Ma questo non impediva loro di stare a guardare. La loro carne era innestata nella mia. Cominciavo a rendermi conto che si servivano di me, che mi manipolavano, materialmente.

Quando il ragazzo era passato, levando una mano nel solito gesto vago di saluto, io avevo appena preso la decisione di mettermi in contatto con Cresswell, telefonandogli al dipartimento della Marina. Su una cosa Richard aveva visto giusto: era sicuro che, qualsiasi cosa si fosse impossessata di me, l'aveva fatto nello spazio, o mentre eravamo in orbita attorno a Venere. La Marina mi avrebbe studiato, ma se non altro là non mi avrebbero trasformato in un mostro. Non avrei più dovuto svegliarmi di soprassalto, nell'oscurità, e soffocare un grido nel sentire che loro guardavano, guardavano, guardavano.

Le mie mani si erano tese verso il ragazzo e mi ero reso conto che non le avevo bendate. Potevo scorgere gli occhi nella luce morente, intenti a osservare. Erano grandi, dilatati, dalle iridi dorate. Una volta ne avevo punzecchiato uno con la punta di una matita, e avevo sentito una fitta dolorosissima diffondersi su per il braccio. L'occhio era parso fissarmi con un odio incatenato, anche peggiore del dolore fisico. Non mi ero più azzardato a rifarlo.

E ora essi stavano osservando il ragazzo. Avevo sentito la mente scivolare via. Un istante dopo, avevo perso il controllo di me stesso. La porta era aperta. Mi ero lanciato verso di lui attraverso la sabbia, con gambe che si muovevano a forbice, come quelle di un automa. M'era parso che i miei veri occhi si chiudessero, e di vedere soltanto con quegli occhi alieni: vedevo un mostruoso paesaggio alabastrino sormontato da un cielo simile a una grande strada violacea, vedevo una capanna semidistrutta e sbilenca che poteva essere la carcassa di qualche ignoto carnivoro, vedevo un essere abominevole che si muoveva, respirava e trasportava sotto il braccio un congegno costruito con angoli retti geometricamente impossibili.

Mi domandavo ancora che cosa avesse pensato, quel povero, sconosciuto ragazzo con il suo bravo setaccio e le tasche appesantite da un disperato insieme di monetine sporche di sabbia; che cosa avesse pensato quando mi aveva visto scagliarmi contro di lui, come un direttore cieco che tendesse le mani verso un'orchestra impazzita; che cosa avesse pensato mentre l'ultima luce cadeva sulle mie mani, rosse, spaccate e splendenti del loro fardello di occhi; che cosa avesse pensato quando le mani avevano tracciato quell'improvviso, frenetico gesto nell'aria, un istante prima che la sua testa esplodesse.

Sapevo quello che io pensavo.

Pensavo di avere scrutato oltre l'orlo dell'universo, nei fuochi dell'inferno.

Il vento afferrava le bende, mentre io le svolgevo, e le trasformava in sottili nastri svolazzanti, simili a fruste. Le nuvole avevano oscurato i rossi resti del tramonto, e le dune apparivano cupe e invase dall'ombra. Nuvole che correvano e ribollivano sopra di noi.

"Devi promettermi una cosa, Richard," dissi, al disopra del vento sempre più forte. "Devi scappare di corsa, se sembra che io possa tentare... di farti del male. Capisci che cosa intendo?"

"Sì." La sua camicia aperta al collo sbatteva nel vento. La faccia era come irrigidita, gli occhi poco più che nere occhiaie nell'oscurità scesa prima del tempo.

Gli ultimi lembi delle bende caddero.

Guardavo Richard e anche loro guardavano Richard. Vedevo una faccia che conoscevo da cinque anni e che avevo finito per amare. Loro vedevano un distorto monolito vivente.

"Li vedi," dissi, rauco. "Li vedi, ora."

Involontariamente, indietreggiò. La sua faccia manifestava ora un terrore improvviso, incredulo. Una saetta squarciò il cielo. Il tuono camminava tra le nuvole e l'acqua era diventata nera come lo Stige.

"Arthur..."

Com'era orrendo! Come avevo fatto a stargli vicino, a parlargli? Non era un essere umano, ma una sorta di pestilenza. Era...

"Scappa! Scappa, Richard!"

E lui si mise a correre. Fuggiva, spiccando lunghi balzi. Diventava una specie d'impalcatura stagliata contro il cielo basso. Le mie mani si levarono verso l'alto, volarono al disopra della mia testa in un gesto che era simile a un grido, le dita protese verso la sola cosa familiare in quel mondo d'incubo: verso le nuvole.

E le nuvole risposero.

Ci fu un tremendo, accecante balenio biancoazzurro che parve per un attimo la fine del mondo. La folgore colpì Richard, lo avvolse. L'ultima cosa che ricordo è il puzzo elettrico di ozono e di carne bruciata.

Quando mi svegliai ero tranquillamente seduto sotto il portico, e guardavo verso la Duna Grande. La tempesta era passata e l'aria era piacevolmente fresca. C'era un sottile spicchio di luna. La sabbia appariva intatta: nessun segno di Richard o del gatto delle dune.

Mi guardai le mani. Gli occhi erano aperti ma velati. Loro erano sfiniti, evidentemente. Sonnecchiavano.

Sapevo fin troppo bene che cosa bisognava fare. Prima che la porta potesse essere spalancata ulteriormente, bisognava chiuderla a chiave. Per sempre. Già potevo notare i primi segni di un mutamento strutturale nelle mani stesse. Le dita stavano cominciando ad accorciarsi... e a cambiare.

C'era un caminetto, nel soggiorno, e nei mesi freddi avevo preso l'abitudine di accendere il fuoco per difendermi dall'umidità della Florida. Lo accesi, ora, cercando di far presto. Non avevo idea di quando potessero svegliarsi e scoprire quello che stavo facendo.

Quando cominciò ad ardere bene, tornai dove tenevo la provvista di petrolio e inzuppai entrambe le mani. All'istante loro si svegliarono, in preda a un'orribile tortura. Non so come ce la feci a ritornare in soggiorno e presso il caminetto.

Ma ci riuscii.

Questo accadeva sette anni fa.

Sono ancora qui, sempre intento a seguire il decollo dei razzi. Ne sono stati lanciati diversi, ultimamente. Quest'amministrazione sembra orientata verso le ricerche spaziali. Si è parlato di mandare una nuova serie di sonde verso Venere, con uomini a bordo.

Venni poi a saperlo, il nome del ragazzo. Non che abbia importanza. Era del villaggio, proprio come pensavo io. Ma quella sera la madre sapeva che si sarebbe fermato a passare la notte da un amico, sul continente, e così l'allarme non era stato dato fino al lunedì successivo. Richard... be', tutti pensavano che Richard fosse un tipo strano, in fondo. Sospettavano che fosse tornato nel Maryland, o che si fosse messo con una donna.

Quanto a me, sono tollerato, sebbene anch'io goda ampia fama di essere un tipo eccentrico. Alla fin fine, quanti sono gli astronauti che scrivono regolarmente ai loro rappresentanti eletti a Washington per ripetere che il denaro per le esplorazioni spaziali potrebbe essere speso meglio altrove?

Me la cavo abbastanza bene con questi uncini. Per il primo anno o poco più, ho sofferto dolori atroci, ma il corpo umano può assuefarsi a qualsiasi cosa, o quasi. Riesco a radermi, pensate, e perfino ad allacciarmi le scarpe. Come vedete, posso perfino battere a macchina, e bene, anche. Non credo che avrò difficoltà a infilarmi in bocca il fucile da caccia e a premere il grilletto. È ricominciato, capite, tre settimane fa.

Un cerchio perfetto di dodici occhi dorati, proprio qui sul petto.

Il compressore

L'agente Hunton arrivò alla lavanderia proprio mentre l'ambulanza stava partendo: lentamente, senza sirene né lampeggiatori. Brutto segno. Dentro, l'ufficio era pieno zeppo di gente silenziosa, inebetita. Alcuni piangevano. L'impianto era deserto; le grandi lavatrici automatiche, all'altra estremità dello stanzone, non erano state neppure spente. Questo metteva Hunton molto in guardia. Sarebbe stato logico che la folla fosse sul luogo dell'incidente, non nell'ufficio. Le cose andavano così, purtroppo: l'animale umano aveva un innato bisogno di contemplare i resti. Qualcosa di molto grave, allora. Hunton avvertì un crampo allo stomaco, come sempre gli capitava quando l'incidente era molto grave. Quattordici anni passati a ripulire dai resti umani le autostrade, le strade e i marciapiedi alla base di edifici molto alti non erano serviti a cancellare quel crampo, come se qualcosa di maligno si fosse installato là per sempre.

Un uomo in camicia bianca vide Hunton e gli andò incontro, a malincuore. Era un bestione d'uomo, con la testa incassata tra le spalle e sporta in avanti, il naso e le guance cosparsi di venuzze rotte, vuoi per la pressione troppo alta, vuoi per un eccesso di conversazioni con la bottiglia. Stava cercando di formulare delle frasi ma Hunton, dopo un paio di tentativi, tagliò corto con fare sbrigativo:

"È il proprietario, lei? Il signor Gartley?"

"No... no. Io sono Stanner. Il sovrintendente. Dio, questa..."

Hunton tirò fuori il suo taccuino. "Mi mostri per favore il luogo dell'incidente, signor Stanner, e mi dica com'è andata."

Stanner parve diventare ancora più pallido; le chiazze rosse sul naso e sulle guance spiccavano come altrettante voglie. "È p-proprio necessario?"

Hunton lo guardò meravigliato. "Temo di sì. La chiamata

che ho ricevuto diceva che l'incidente era grave."

"Grave..." Stanner sembrava avesse difficoltà a inghiottire; per un momento, il suo pomo d'Adamo andò su e giù disperatamente. "La signora Frawley è morta. Oh, Dio, quanto vorrei che Bill Gartley fosse qui!"

"Che cos'è successo?"

"È meglio che venga a vedere," concluse Stanner.

Condusse Hunton oltre una fila di presse azionate a mano, una piegacamicie, infine si fermò vicino a una macchina per mettere il marchio alla biancheria. Si passò una mano tremante sulla fronte. "Dovrà avvicinarsi da solo, agente. Io non posso guardare un'altra volta. Mi viene... non posso. Scusi."

Hunton girò intorno alla macchina, con un senso di lieve disprezzo per l'omone. Gestiscono un impianto poco sicuro, contravvengono alle norme, fanno passare vapore bollente attraverso tubi saldati alla bell'e meglio, lavorano con acidi pericolosi senza le precauzioni adeguate, e alla fine qualcuno si fa male. O ci lascia la pelle. Allora non possono guardare. Non possono...

Hunton vide.

La macchina era ancora in funzione. Nessuno l'aveva fermata. La macchina che, in seguito, egli avrebbe finito per conoscere intimamente: la Stiropiegatrice Rapida Hadley-Watson, modello 6. Un nome lungo e goffo. La gente che lavorava lì tra l'umidità e il vapore le aveva dato un nome più adatto: il compressore.

Hunton diede una lunga occhiata, come impietrito, poi fece una cosa che non aveva mai fatto nei suoi quattordici anni di carriera: si girò, si portò istintivamente una mano alla bocca e vomitò.

"Non hai mangiato molto," disse Jackson.

Le donne erano in casa, a rigovernare e a parlare di bambini, mentre John Hunton e Mark Jackson sedevano sulle poltroncine di tela vicino al barbecue. Hunton sorrise leggermente a quella considerazione. Non aveva mangiato niente.

"Oggi c'è stato un incidente spaventoso," disse. "Mai visto niente di peggio."

"Scontro d'auto?"

"No. Industriale."

"Un macello?"

Hunton non rispose subito, ma la faccia gli si contrasse in una smorfia involontaria. Tirò fuori una birra dalla valigetta termica posata in mezzo a loro, l'aprì, ne bevve una buona parte. "Immagino che voialtri professori universitari non sappiate niente di lavanderie industriali!"

Jackson rise. "Eccotene uno che sa. Da studente, ho passato un'estate a lavorare in una di quelle lavanderie."

"Allora conosci la macchina che chiamano stiropiegatrice rapida?"

Jackson assentì. "Certo. Ci fanno passare in mezzo roba umida e piatta, più che altro lenzuola e tovaglie. Un macchinone lungo."

"Precisamente," disse Hunton. "Alla lavanderia Nastro Azzurro, dall'altra parte della città, una certa Adelle Frawley è rimasta presa dentro. La macchina se l'è completamente risucchiata."

Jackson si fece all'istante pallidissimo. "Ma... ma non può succedere, Johnny. C'è una sbarra di sicurezza. Se una delle donne che infilano biancheria nella macchina mette inavvertitamente una mano sotto, la barra scatta e ferma la macchina. Almeno, per quel che ricordo io era così."

Hunton assentì. "Sì, sì, è per legge. Ma è successo."

Hunton chiuse gli occhi e, nell'oscurità, rivide la stiropiegatrice rapida Hadley-Watson, così come l'aveva vista quel pomeriggio. Aveva la forma di una lunga scatola rettangolare, un paio di metri per nove. All'estremità dove si inseriva la biancheria, un nastro trasportatore di canapa scorreva al disotto della barra di sicurezza, prima leggermente verso l'alto e poi all'ingiù. Il nastro trasportava i grandi teli umidi e stazzonati in un ciclo continuo, sopra e sotto sedici enormi cilindri rotanti che costituivano il corpo principale della macchina. Otto cilindri sotto e otto sopra, e i teli pressati nel mezzo come fettine di prosciutto tra due strati di pane surriscaldato. Il vapore che riscaldava i cilindri poteva essere portato fino a 300 gradi, per un'asciugatura totale. La pressione sui teli che viaggiavano sul nastro trasportatore era di 4 chili ogni 10 centimetri quadrati, così da far sparire anche la più piccola piegolina.

E la signora Frawley, non si sa come, era stata presa e trascinata là dentro. I cilindri di ferro rivestito di amianto si presentavano rossi come di vernice, e il vapore che si levava dalla macchina era impregnato dell'odore nauseabondo del sangue surriscaldato. Frammenti della camicetta bianca e dei calzoni

blu della povera donna, e perfino segmenti lacerati del reggise-
no e delle mutandine, erano stati strappati e sputati fuori dal-
l'altra estremità della macchina, nove metri più in là; i pezzi
più grandi degli indumenti piegati invece con grottesca e insanguinata precisione dalla piegatrice automatica. Ma non era
ancora questo, il peggio.

"Ha cercato di piegare tutto," disse a Jackson, mentre un
sapore di bile gli saliva fino in gola. "Ma una persona non è
un lenzuolo, Mark. Quello che ho visto... quello che era rimasto di lei..." Come Stanner, lo sfortunato sovrintendente,
Hunton non poté finire. "L'hanno portata via dentro un cesto," terminò, in un mormorio.

Jackson fischiò. "E chi ci andrà di mezzo? La tintoria o gli
ispettori addetti al controllo?"

"Ancora non si sa," rispose Hunton. La maligna immagine
era sempre davanti ai suoi occhi: l'immagine del compressore
che ansimava, batteva e sibilava, tra il sangue che colava in rivoli giù per i lati del rivestimento verde, e il tanfo di bruciato
di *lei*... "Dipende da chi ha dato il benestare per quella maledetta barra di sicurezza, e in quali circostanze."

"Se sono stati i responsabili dell'impresa, pensi che possano
cavarsela?"

Hunton sorrise, senza allegria. "La donna è morta, Mark.
Se Gartley e Stanner hanno cercato di ignorare le norme sulla
manutenzione della stiratrice, andranno in galera, per quanti
amici possano avere in consiglio comunale."

"Pensi che abbiano cercato di ignorarle?"

Hunton ripensò alla lavanderia Nastro Azzurro: illuminazione pessima, pavimenti umidi e viscidi, alcune delle macchine incredibilmente antiquate e malconce. "È probabile," rispose, calmo calmo.

Si alzarono e rientrarono in casa insieme. "Fammi sapere
come va avanti la faccenda, Johnny," disse Jackson. "Mi interessa."

Hunton si sbagliava sul compressore: era perfettamente in re-
gola.

Sei ispettori statali lo esaminarono prima dell'inchiesta,
pezzo per pezzo. Il risultato fu un bello zero. Il verdetto del-
l'inchiesta fu: morte accidentale.

Hunton, trasecolato, dopo l'udienza riuscì ad avvicinare

Roger Martin, uno degli ispettori. Martin era un individuo alto, con lenti spesse come fondi di bicchieri infrangibili. Giocherellava con la biro, sotto l'incalzare delle domande di Hunton.

"Niente? La macchina non aveva assolutamente nessun difetto?"

"Niente," confermò Martin. "Naturalmente, la barra di sicurezza era il nucleo di tutta la questione. È in perfetto ordine di funzionamento. Lei ha sentito la testimonianza della signora Gillian. La signora Frawley deve avere spinto la mano troppo in là. Certo, nessuno ha visto; ognuno era intento al proprio lavoro. La Frawley ha cominciato a urlare. La mano era già partita e la macchina stava prendendole il braccio. Invece di fermarla, hanno cercato di tirar fuori lei: effetti del panico. Un'altra donna, la signora Keene, ha detto di avere *tentato* di fermare la macchina, ma c'è da credere che, nella confusione, abbia schiacciato il tasto dell'avvio invece di quello per fermare. E ormai era troppo tardi."

"Allora la sbarra di sicurezza ha funzionato male," sentenziò Hunton. "A meno che lei non abbia passato la mano al disopra invece che al disotto."

"Impossibile. C'è una protezione in acciaio inossidabile al disopra della sbarra di sicurezza. E, quanto alla sbarra, non ha funzionato male. È collegata da un circuito alla macchina stessa. Se il dispositivo comincia a lampeggiare, la macchina si ferma."

"Allora com'è successo, santo Dio?"

"Non lo sappiamo. I miei colleghi e io siamo dell'opinione che il solo caso in cui la stiropiegatrice poteva uccidere la signora Frawley era se lei vi fosse caduta dentro dall'alto. E la donna aveva tutt'e due i piedi sul pavimento, quand'è successo. Questo possono testimoniarlo in tanti."

"Lei sta descrivendo un incidente impossibile!" esclamò Hunton.

"No. Soltanto un incidente incomprensibile." Fece una pausa, esitò, poi disse: "Le dirò una cosa, Hunton, dato che lei sembra avere preso questa cosa a cuore. Se ne farà parola con altri, negherò d'averlo detto. Ma a me quella macchina non piace. Sembrava quasi... sembrava quasi che si facesse gioco di noi. Ho ispezionato dieci o dodici di queste stiropiegatrici rapide, negli ultimi cinque anni, per i soliti controlli. Alcune sono in condizioni così mal ridotte che non permetterei a un cane senza guinzaglio di starci intorno: la legge, in queste cose, è poco severa, purtroppo. Ma alla fin fine erano soltanto macchine. Questa invece è... non so, ha qualcosa di diabolico. Non so dire perché, ma è così. Se avessi trovato un solo particolare fuori posto, sia pure un'inezia, avrei subito ordinato di metterla fuori uso. Assurdo, vero?''

"Provo la stessa impressione anch'io," disse Hunton.

"Lasci che le racconti una cosa capitata un paio d'anni fa a Milton," disse l'ispettore. Si tolse gli occhiali e cominciò a lucidarli lentamente contro il gilè. "Un tale aveva piazzato una vecchia ghiacciaia nel cortile dietro la casa. La donna che ci telefonò disse che il suo cagnolino era rimasto imprigionato dentro ed era morto soffocato. Incaricammo la polizia di stato della zona di informare quel tizio che la vecchia ghiacciaia doveva essere portata al deposito dei rifiuti della città. Era un brav'uomo, si addolorò tanto per il cane. Il mattino dopo caricò la ghiacciaia su un furgoncino e la portò al deposito. Quel pomeriggio, una donna del vicinato denunciò la scomparsa del suo bambino."

"Dio!" esclamò Hunton.

"La ghiacciaia era al deposito e il bambino era là dentro, morto. Un bambino intelligente, a sentire la madre. Non sarebbe mai entrato per gioco in una ghiacciaia vuota, diceva la madre, proprio come non sarebbe salito sull'auto di uno sconosciuto. Be', l'aveva fatto. Archiviammo il caso. Crede che sia finita lì?"

"Vorrei sperarlo," disse Hunton.

"No. Il custode del deposito, il giorno dopo, andò a staccare la portiera della ghiacciaia. Ordinanza Civica n. 58 sulla manutenzione dei depositi di rifiuti pubblici." Martin lo fissò, con aria inespressiva. "Dentro trovò sei uccelli morti. Gabbiani, passeri, un pettirosso. E raccontò che la portiera gli si era chiusa sul braccio, intanto che li spazzava fuori. Gli fece fare un salto per lo spavento. Quel compressore là alla lavanderia Nastro Azzurro mi fa lo stesso effetto, Hunton. Non mi piace."

Rimasero a fissarsi, senza parole, nell'aula ormai deserta dell'inchiesta, a circa sei isolati dal punto dove la Stiropiegatrice Rapida Hadley-Watson, modello 6, se ne stava nella lavanderia piena di personale affaccendato, a gettare sbuffi di vapore sopra le sue lenzuola.

Per una settimana il caso gli uscì di mente, scacciato dalle richieste di un lavoro di polizia più prosaico. Gli si ripresentò alla memoria quando lui e la moglie si recarono a casa di Mark Jackson per una seratina a base di ramino e di birra.

Jackson li accolse con le parole: "Johnny, ti sei mai domandato se quella stiratrice di cui mi parlavi non sia stregata, per caso?"

Hunton batté le palpebre, interdetto. "Come?"

"Parlo della stiratrice rapida della lavanderia Nastro Azzurro. Ho idea che tu non sappia niente dell'ultimo disastro."

"Quale disastro?" chiese Hunton, interessato.

Jackson gli passò il giornale della sera e gli indicò una notizia in fondo a pagina due. Alla lavanderia Nastro Azzurro, diceva l'articoletto di cronaca, era saltata una manichetta della stiratrice rapida grande. L'incidente si era verificato verso le quattro meno un quarto del pomeriggio ed era attribuito a un rialzo della pressione del vapore causato dalla caldaia. Una delle lavoranti, la signora Annette Gillian, era stata ricoverata all'ospedale con scottature di secondo grado.

"Strana coincidenza," disse Hunton, ma all'improvviso gli tornarono alla mente le parole pronunciate da Martin nell'aula deserta: *Ha qualcosa di diabolico*... E ricordò anche la storia del cane, del bambino e degli uccelli rimasti presi nel frigorifero fuori uso.

Giocò a carte malissimo, quella sera.

Quando Hunton entrò nella camera d'ospedale a quattro posti, la signora Gillian era seduta in mezzo al letto e leggeva. Un'abbondante fasciatura le copriva un braccio e buona parte del collo. L'altra occupante della stanza, una giovane donna molto pallida, dormiva.

La signora Gillian si meravigliò nel vedere l'uniforme blu, poi sorrise, incerta. "Se è qui per la signora Cherinikov, dovrà tornare più tardi. Le hanno appena fatto la medicazione."

"No, sono qui per lei, signora Gillian." Il sorriso della donna sbiadì un pochino. "Sono qui non in veste ufficiale: voglio dire, sono curioso a proposito di quell'incidente capitato alla lavanderia. Permette? John Hunton." Le tese la mano.

Era la mossa giusta. Con un sorriso brillante, ora, la signora Gillian ricambiò goffamente la stretta con la mano sana. "Prego, signor Hunton, se posso esserle utile... Dio, credevo che il mio Andy fosse di nuovo nei guai per la scuola.''

"Che cosa è successo, esattamente?''

"Stavamo facendo passare le lenzuola e la stiratrice all'improvviso è scoppiata... o così ci è parso. Stavo pensando che, appena a casa, avrei portato un po' a spasso i miei cani, quando c'è stato un tremendo scoppio, come di una bomba. C'era vapore dappertutto, e poi quel sibilo... orribile!'' Il sorriso vacillò, sul punto di estinguersi. "Proprio come se la stiratrice stesse respirando. Un drago, sembrava. E Alberta, la mia collega Alberta Keene, gridava che qualcosa stava per esplodere, e tutti correvano e urlavano. Poi Ginny Jason cominciò a gridare, perché si era scottata. Tentai anch'io di fuggire. Non sapevo d'avere avuto la peggio, fino a quel momento. E, Dio ne guardi, è andata fin troppo bene così. Quel vapore arriva a trecento gradi.''

"Il giornale diceva che una manichetta era saltata. Che cosa significa, di preciso?''

"Il tubo, dall'alto, scende dentro quella specie di raccordo flessibile che alimenta la macchina. George (il signor Stanner) diceva che doveva esserci stato uno sbuffo di pressione dal boiler, o qualcosa di simile. Il raccordo è completamente partito!''

Hunton non sapeva proprio quali altre domande fare. Stava per prendere congedo e andarsene quando lei osservò, come riflettendo: "Una volta non avevamo mai incidenti del genere, con quella macchina. Soltanto ultimamente. La rottura del raccordo flessibile. Quell'orribile, spaventoso incidente capitato alla signora Frawley, Dio l'abbia in gloria. E poi altre piccole cose. Come quel giorno che Essie rimase con l'abito impigliato in una delle catene della macchina. Poteva essere pericoloso, se lei non fosse stata svelta a dare un bello strappo. Bulloni e viti che vengono via. Ah, non ne parliamo di quanto ha tribolato Herb Diment, per quella macchina: è l'operaio addetto alle riparazioni. Le lenzuola rimangono impigliate nella stiratrice. George dice che succede perché nelle lavatrici mettono troppo candeggiante, ma prima non succedeva mai. Ora le ragazze hanno il terrore di usare quella macchina. Essie dice perfino che dentro ci sono ancora frammenti di Adelle Frawley, e che a usarla si commette un sacrilegio. Come se ci fosse una maledizione, su quella macchina. Ed è stato così fin da quando Sherry si tagliò la mano con uno dei morsetti.''

"Sherry?'' domandò Hunton.

"Sherry Ouelette. Una bella ragazzina, che ha finito da poco la scuola. Brava, lavoratrice, ma un po' sbadata, qualche volta. Lei sa come sono le ragazze giovani.''

"Si era tagliata la mano con qualcosa?"

"Sì, ma... niente di strano, in questo. Ci sono delle morse per tendere meglio il nastro di alimentazione. Sherry stava regolandole perché potessimo aumentare il carico, e probabilmente pensava a qualche ragazzo. Si tagliò un dito, e dopo c'era sangue dappertutto." La signora Gillian ora appariva perplessa. "Fu soltanto in seguito che cominciarono a saltar via i bulloni. Il fatto di Adelle, sapete... fu circa una settimana più tardi. Come se la macchina, avendo assaggiato il sangue, avesse scoperto che le piaceva. Vero che le donne a volte si fanno venire strane idee, agente Hinton?"

"Hunton," corresse distrattamente lui, fissando oltre la testa della donna, nel vuoto.

Per combinazione, Hunton aveva fatto la conoscenza di Mark Jackson in una lavanderia a gettoni nell'isolato che separava le loro case, ed era là che il poliziotto e il professore di lettere continuavano ad avere le loro conversazioni più interessanti.

Ora sedevano uno accanto all'altro sulle sedie di plastica, mentre i loro indumenti continuavano a girare dietro gli oblò di vetro delle due lavatrici automatiche. L'edizione economica delle opere di Milton giaceva ignorata accanto a Jackson, troppo interessato a farsi riferire da Hunton le cose dette dalla signora Gillian.

Quando Hunton ebbe finito, Jackson disse: "Ti ho domandato, una volta, se non ti fosse venuto il dubbio che quel compressore fosse stregato. Scherzavo, ma non del tutto. Ora torno a domandartelo."

"No," rispose Hunton, a disagio. "Non diciamo sciocchezze."

Assorto, Jackson seguiva il movimento rotatorio dei panni. "Stregato è una parola inesatta. Diciamo 'posseduto'. Ci sono quasi altrettanti incantesimi per attirare i demoni di quanti ce ne sono per scacciarli. *Golden Bough*, di Frazier, ne è zeppo. Le culture druidica e azteca ne contengono altri. E ce n'è di ancora più antichi, che risalgono all'Egitto. Ma quasi tutti possono essere ridotti a denominatori incredibilmente comuni. Il più comune di tutti, naturalmente, è il sangue di una vergine." Jackson fissava Hunton. "La signora Gillian dice che i guai sono cominciati dopo che quella Sherry Ouelette si è tagliata involontariamente."

"Oh, andiamo!" esclamò Hunton.

"Devi riconoscere che la ragazza fa pensare al tipo adatto," disse Jackson.

"Andrò subito a casa sua." Hunton sorrise. "Ti figuri la scena? 'Signorina Ouelette, sono l'agente John Hunton. Sto indagando su una stiropiegatrice per un brutto caso di possesso demoniaco, e desidererei sapere se lei è vergine.' Credi che mi lascerebbero il tempo di dire addio a Sandra e ai bambini, prima di legarmi e di rinchiudermi in manicomio?"

"Eppure sarei quasi pronto a scommettere che finirai davvero per dire qualcosa del genere," replicò Jackson, senza sorridere. "Parlo sul serio, Johnny. Quella macchina mi fa una paura d'inferno, e sì che non l'ho mai vista."

"A puro titolo di conversazione," riprese Hunton, "quali sarebbero gli altri cosiddetti denominatori comuni?"

Jackson accennò una stretta di spalle. "Difficile dirlo, senza studiarci un po' su. Quasi tutte le formule magiche anglosassoni specificano terra di camposanto oppure l'occhio di un rospo. Gli incantesimi europei nominano spesso la 'mano della gloria', il che si può interpretare come la mano vera e propria di un morto oppure uno degli allucinogeni usati per il Sabba delle Streghe: in genere la belladonna o qualche derivato della psilocibina. Potrebbero essercene altri."

"E tu pensi che tutte queste cose siano finite dentro la stiropiegatrice della lavanderia Nastro Azzurro? Andiamo, Mark, scommetto che non c'è un pizzico di belladonna nel raggio di cinquecento chilometri. Oppure pensi che qualcuno abbia tagliato la mano di suo zio Fred e l'abbia gettata dentro la piegatrice?"

"Se settecento monaci battessero a macchina per settecento anni..."

"Uno di loro tirerebbe fuori le opere di Shakespeare," finì in tono acre Hunton. "Ma va' a quel paese! Tocca a te andare nel negozio di fronte a procurare un po' di spiccioli per la centrifuga."

Fu molto strano il modo in cui George Stanner perse un braccio nel compressore.

Alle sette del lunedì mattina, nella lavanderia non c'era ancora nessuno, salvo Stanner e Herb Diment, l'operaio addetto alla manutenzione. Stavano eseguendo l'operazione semestrale di ingrassaggio degli ingranaggi del compressore. Il lavoro, alla lavanderia, sarebbe cominciato alle sette e mezzo. Diment era all'estremità opposta, intento a ungere i quattro cuscinetti secondari e a riflettere sul senso di repulsione che quella macchina gli ispirava da un po' di tempo, quando all'improvviso, con fragore, la macchina si mise in moto.

Lui stava tenendo, con le mani, quattro delle cinghie che fissavano all'uscita il telo di canapa, per poter accedere al motore sottostante, e all'improvviso quelle cinghie gli stavano scorrendo tra le mani, lacerandogli la carne del palmo e minacciando di trascinarlo con loro.

Si liberò con uno strattone convulso un istante prima che le cinghie attirassero le sue mani dentro la piegatrice.

"Che Cristo fai, George!" gridò. "Spegni 'sto maledetto bestione!"

George Stanner cominciò a urlare.

Era un grido acuto, gemente, atterrito, che riempiva la lavanderia, echeggiando contro le lamiere esterne delle lavatrici, le bocche sogghignanti delle presse a vapore, le occhiaie vuote delle centrifughe industriali. Stanner tirò un gran respiro simile a un ululato e urlò di nuovo: *"Oh Dio di Cristo sono preso dentro* SONO PRESO..."

I cilindri cominciarono a mandare folate di vapore. La piegatrice faceva udire cigolii e tonfi. Cuscinetti a sfere e motori sembravano esultare di misteriosa vita propria.

Diment corse all'altra estremità della macchina.

Il primo cilindro stava già diventando di un sinistro color rosso. Diment mandò un gemito che gli rimase in gola come un gorgoglio. Il compressore rombava, emetteva tonfi e sibili.

Un osservatore sordo avrebbe forse pensato, dapprima, che Stanner fosse semplicemente chino sulla macchina, in una posizione un po' strana. Poi, perfino un sordo avrebbe notato il rictus della faccia pallida, gli occhi sporgenti, la bocca storta e aperta in un urlo incessante. Il braccio stava scomparendo sotto la barra di sicurezza e al disotto del primo cilindro; il tessuto della camicia aveva ceduto alla cucitura della manica e la parte superiore del braccio si gonfiava in modo grottesco per il sangue che veniva spinto verso l'alto.

"Ferma tutto!" urlò Stanner. Seguì lo scatto orrendo del gomito che si spezzava.

Diment premette il bottone d'arresto.

Il compressore continuò a ronzare, a ringhiare e a far girare i rulli.

Incredulo, Diment schiacciò a più riprese il tasto: niente. La pelle del braccio di Stanner era diventata lucida e tesa. Ben presto si sarebbe rotta sotto la pressione che veniva esercitata dal rullo; e lui era tuttora in sé, e urlava. Diment ebbe per un attimo l'immagine davanti agli occhi, come in un fumetto dell'orrore, di un uomo appiattito dai rulli che, a poco a poco, lasciava soltanto un'ombra.

"Le valvole..." gridò Stanner, straziato. La sua testa veniva tirata in giù, e tutto il suo corpo trascinato in avanti.

Diment si girò di scatto e corse nel locale del boiler, inseguito dalle urla di Stanner come da fantasmi impazziti. Il puzzo misto di sangue e di vapore si levava nell'aria.

Sulla parete a sinistra c'erano tre grandi scatole grigie contenenti tutte le valvole dell'impianto elettrico della lavanderia. Diment le spalancò e cominciò a strappare, come un pazzo, le lunghe valvole di forma cilindrica, scagliandole via via dietro di sé. Le luci in alto si spensero; poi, il condizionatore d'aria; infine il boiler stesso, con una sorta di lamento morente.

E ancora il compressore funzionava. Le urla di Stanner si erano ridotte a gemiti gorgoglianti.

Poi, Diment posò lo sguardo sull'ascia antincendio dentro la sua brava nicchia protetta da un vetro. Con un piagnucolio incoerente, se ne impossessò e tornò di là di corsa. Il braccio di Stanner era perduto quasi fino alla spalla. Ancora pochi secondi e il collo chino e teso si sarebbe spezzato contro la barra di sicurezza.

"Non posso," farfugliò Diment, brandendo l'ascia. "Gesù, George, non posso, non posso, io..."

La macchina era un mattatoio, ormai. La piegatrice sputava fuori pezzi di manica di camicia, brandelli di carne, un dito. Stanner mandò un ultimo urlo ululante e Diment levò l'ascia e la calò, nella penombra spettrale della lavanderia. Due volte. E ancora.

Stanner cadde giù, privo di sensi e cianotico, col sangue che sgorgava dal moncherino poco al disotto della spalla. Il compressore risucchiò in sé quel poco che restava del braccio... e si spense.

Piangendo, Diment si sfilò la cintura per improvvisare un laccio emostatico.

Hunton stava parlando al telefono con Roger Martin, l'ispettore. Jackson lo osservava mentre, pazientemente, faceva rotolare una palla avanti e indietro perché la piccola Patty Hunton, di tre anni, la rincorresse.

"Ha strappato via *tutte* le valvole?" stava ripetendo Hunton. "Ah, il tasto d'arresto non aveva funzionato, hm?... La stiratrice è stata fermata per sempre?... Bene. Sì, benissimo. Come?... no, in via privata." Hunton aggrottò la fronte, poi lanciò a Jackson un'occhiata di sotto in su. "Le torna ancora in mente quella ghiacciaia, Martin?... Sì. Anche a me. Arrivederla."

Riagganciò il ricevitore e fissò Jackson. "Mark, andiamo a parlare con quella ragazza."

Lei aveva un alloggetto tutto suo (il modo esitante e al tempo stesso fiero con il quale li fece accomodare, dopo che Hunton le ebbe mostrato il distintivo, faceva venire il sospetto che non lo avesse da molto tempo), e ora sedeva a disagio di fronte a loro, nel soggiorno piccolissimo ma arredato con cura.

"Sono l'agente Hunton, e questo è il mio collega, signor Jackson. Siamo qui per quell'incidente alla lavanderia." Si sentiva tremendamente impacciato in presenza di quella brunetta graziosa e timida.

"Che orrore," mormorò Sherry Ouelette. "È il solo posto dove abbia mai lavorato, finora. Gartley è mio zio. Mi piaceva, perché mi permetteva di avere questa casina e di farmi delle amicizie. Ma ora... mi sembra un luogo così *sinistro*."

"La Commissione di Stato per la Tutela contro gli Infortuni ha ordinato che la stiratrice venga fermata finché non sarà fatta piena luce sull'incidente," disse Hunton. "Lo sapeva?"

"Certo." La ragazza sospirò, preoccupata. "Non so proprio come farò, ora..."

"Signorina Ouelette," la interruppe Jackson, "lei ha avuto un incidente con quella stiratrice, vero? Si è ferita a una mano con una delle morse, se non sbaglio."

"Sì, mi feci un brutto taglio a un dito." Improvvisamente, parve rannuvolarsi. "Fu il primo della serie, quello." Li guardava, ora, afflitta. "A volte ho come l'impressione che le altre non abbiano più tanta simpatia per me... quasi che la colpa fosse mia."

"Devo farle una domanda imbarazzante," disse Jackson.

"Una domanda che non le piacerà. Sembra assurdamente personale e del tutto fuori luogo, ma posso soltanto assicurarle che non lo è. La sua risposta non sarà assolutamente annotata nella pratica, del resto."

Sembrava spaventata, ora.

"Ho... fatto qualcosa che non va?"

Jackson sorrise e scosse la testa; lei si rasserenò. *Mark, Dio ti benedica*, pensava Hunton.

"Aggiungerò qualcosa, in compenso: la risposta potrà forse aiutarla a conservare il suo bell'appartamentino, a non perdere il lavoro e a riportare le cose, alla lavanderia, così com'erano una volta."

"Risponderei a qualsiasi cosa, perché fosse vero," assicurò lei.

"Sherry, lei è vergine?"

Sembrava incredibilmente sbalordita, anzi, disorientata e sgomenta, come se un prete le avesse dato la comunione e poi l'avesse schiaffeggiata. Alla fine sollevò la testa, accennò all'alloggetto lindo e funzionale, quasi a domandar loro come potessero supporre che quello fosse un luogo di convegni amorosi.

"Mi conservo per mio marito," disse, con semplicità.

Hunton e Jackson si guardarono in silenzio e, in quella frazione di secondo, Hunton si convinse che era tutto vero: un demone si era impossessato dei meccanismi inanimati del compressore, metallo, perni, ingranaggi, e aveva trasformato il tutto in qualcosa che viveva di vita propria.

"Grazie," disse tranquillamente Jackson.

"E ora che si fa?" chiese avvilito Hunton, durante il percorso di ritorno. "Cerchiamo un prete che faccia un esorcismo?"

Jackson fece una smorfia. "Dovresti farne, di strada, per trovarne uno che non ti metta in mano qualche trattato da leggere, intanto che lui va a telefonare al più vicino manicomio. No, dobbiamo cavarcela da soli, Johnny."

"Possiamo farlo?"

"Può darsi. Il problema è questo: sappiamo che nel compressore c'è qualcosa. Non sappiamo *cosa*." Hunton si sentì agghiacciare, come se fosse stato sfiorato da un dito incorporeo. "Demoni ce ne sono un'infinità. Chissà se quello col quale abbiamo a che fare è nella cerchia di Bubastis o di Pan? O di Baal? O della divinità cristiana che chiamiamo Satana? Non

sappiamo niente. Se il demone fosse stato evocato deliberatamente, avremmo migliori speranze. Ma pare che questo sia un
caso di possesso, anzi di *possessione* casuale.''

Jackson si passò le dita tra i capelli. ''Il sangue di una vergine, d'accordo. Ma questo restringe il campo per modo di dire. Dobbiamo essere sicuri. Sicurissimi.''

''Perché?'' chiese Hunton, in tono spavaldo. ''Perché non
mettere insieme un bel mazzo di formule per esorcizzare e pro-
varle tutte?''

Jackson assunse un'espressione gelida. ''Johnny, qui non si
tratta di giocare a guardia-e-ladri. Per amor del cielo, non credere che sia così. L'esorcismo è un rito spaventosamente pericoloso. In un certo senso, è un po' come la fissione nucleare con-
trollata. Potremmo commettere un errore e distruggere noi
stessi. Il demone è prigioniero dentro quel meccanismo. Ma
dagliene la possibilità e...''

''Potrebbe uscirne?''

''Sarebbe ben contento di uscirne,'' rispose Jackson, in tono truce. ''E gli piace uccidere.''

Quando Jackson arrivò, la sera seguente, Hunton aveva spedito
la moglie e la figlia al cinema. Avevano il soggiorno tutto per
loro, e questo dava a Hunton un senso di sollievo. Stentava ancora a credere d'essere andato a imbrogliarsi in una storia del
genere.

''Ho annullato tutte le lezioni,'' raccontò Jackson, ''e ho
passato la giornata immerso nei libri più strani. Nel pomeriggio, ho inserito nel calcolatore più di trenta ricette per evocare i
demoni. Ne ho ricavato un certo numero di elementi comuni.
Sorprendentemente pochi, in verità.''

Mostrò a Hunton l'elenco: sangue di vergine, terra di cimitero, belladonna, sangue di pipistrello, muschio notturno, zoccolo di cavallo, occhio di rospo.

Ce n'erano altri, ma tutti secondari.

''Zoccolo di cavallo,'' disse Hunton, pensosamente. ''Curioso...''

''Comunissimo. Anzi...''

''Ma queste cose, una o alcune, possono essere interpretate
anche... non proprio alla lettera?'' chiese Hunton.

''Vuoi dire, per esempio, se i licheni raccolti di notte potrebbero servire a sostituire il muschio?''

"Sì."

"È molto probabile," rispose Jackson. "Le formule magiche sono spesso ambigue ed elastiche. La negromanzia ha sempre lasciato molto spazio all'inventiva."

"Sostituiamo la gelatina allo zoccolo di cavallo," spiegò Hunton. "Sai quanta se ne trova, nei sacchetti con la colazione? Ho notato un piccolo contenitore sotto la piattaforma della stiropiegatrice, il giorno in cui morì la Frawley. La gelatina si fa con lo zoccolo di cavallo."

Jackson assentì. "C'è altro?"

"Sangue di pipistrello... be', la lavanderia è uno stanzone enorme. Hai voglia quanti recessi bui, ci sono, quante fessure. Niente di strano che ci siano dei pipistrelli, anche se la direzione non lo ammetterebbe mai, probabilmente. Uno potrebbe essere benissimo rimasto intrappolato tra gli ingranaggi del compressore."

Jackson abbandonò la testa all'indietro e si fregò gli occhi stanchi e arrossati. "Quadra... quadra tutto."

"Dici?"

"Sì. Possiamo tranquillamente escludere la mano-della-gloria, penso. Certo nessuno ha lasciato cadere una mano dentro la stiratrice *prima* della morte della signora Frawley, ed è chiaro che la belladonna non cresce nella zona."

"Terra di cimitero?"

"Mah. Tu che ne dici?"

"Dovrebbe trattarsi di una ben dannata coincidenza," affermò Hunton. "Il cimitero più vicino è Pleasant Hill, ed è a una decina di chilometri dalla Nastro Azzurro."

"Bene," intervenne Jackson. "Ho convinto l'addetto al calcolatore — il quale pensava che stessi preparandomi per la festa di Ognissanti — a fare un'analisi approfondita di tutti gli elementi della lista. Ad analizzare ogni possibile combinazione. Una ventina li ho scartati perché completamente privi di significato. Gli altri rientrano in categorie abbastanza ben definite. Gli elementi che abbiamo isolato noi rientrano appunto in una di esse."

"Quale sarebbe?"

Jackson sorrise. "Una piuttosto facile. I centri dei miti del Sudamerica con diramazioni nei Caraibi. Tutto riferito al voodoo. I testi che ho consultato considerano quelle divinità come qualcosa di molto alla buona, a paragone di altre veramente tremende, come Saddath o Colui-Che-Non-Si-Deve-Nominare.

La 'cosa' che sta in quella macchina se ne andrà con la coda tra le gambe, come il bullo del vicinato."

"Come facciamo?"

"Acqua santa e una particola per l'Eucarestia dovrebbero bastare. E possiamo leggere qualche passo dal Levitico. Pura magia bianca cristiana."

"Sei sicuro che non sia qualcosa di molto più grave?"

"Non vedo come potrebbe essere," rispose Jackson, pensoso. "Non ti nascondo che ero preoccupato per quella mano-della-gloria. È magia nerissima, quella. Autentica negromanzia."

"L'acqua santa non basterebbe?"

"Un demone evocato in congiunzione con la mano-della-gloria divorerebbe una pila di Bibbie a colazione. Ci troveremmo in guai seri, se ci azzardassimo ad affrontare qualcosa del genere. Meglio fare a pezzi la macchina."

"Bene, se sei proprio sicuro..."

"Non del tutto, ma abbastanza. Tutto sembra corrispondere."

"Quando?"

"Quanto più presto facciamo, tanto di guadagnato," disse Jackson. "Come entriamo, piuttosto? Sfondiamo una finestra?"

Hunton sorrise, si frugò in tasca, fece dondolare una chiave davanti al naso di Jackson.

"Chi te l'ha data? Garter?"

"No," disse Hunton. "Un ispettore addetto ai controlli, un certo Martin."

"Sa quello che vogliamo fare?"

"Credo che lo sospetti. Mi ha raccontato una strana storia, un paio di settimane fa."

"Sul compressore?"

"No, su una ghiacciaia. Andiamo."

Adelle Frawley era morta; ricucita insieme da un impresario di pompe funebri paziente, giaceva nella sua bara. Tuttavia, qualcosa del suo spirito era forse rimasto nella macchina; e, se era così, stava gridando invano. Lei avrebbe captato, sarebbe stata in grado di metterli in guardia. Aveva sofferto di cattiva digestione, e per quel malanno comune aveva preso delle banalissime pastiglie chiamate E-Z Gel, acquistabili per settantanove centesimi, senza ricetta, al banco di qualsiasi farmacia. C'era un'avvertenza, sulla scatoletta: chi era affetto da glaucoma non doveva ingerire l'E-Z Gel, poiché l'ingrediente attivo causava un aggravamento di tale condizione. Disgraziatamente, Adelle Frawley non aveva problemi del genere. Forse le sarebbe tornato alla memoria il giorno in cui, circa una settimana prima che Sherry Ouelette si ferisse a una mano, lei aveva lasciato cadere involontariamente nella stiratrice rapida una scatola ancora piena di pastiglie E-Z Gel. Ma era morta, e ignorava che l'ingrediente attivo così utile per calmare il bruciore di stomaco era un derivato chimico della belladonna, stranamente nota in alcuni paesi europei come la mano-della-gloria.

Nel silenzio spettrale della lavanderia Nastro Azzurro, ci fu un improvviso rumore strano, simile a un mostruoso rutto: un pipistrello svolazzò come impazzito verso la tana dov'era solito appollaiarsi, al disopra delle centrifughe, coprendosi poi con le ali gli occhi senza vista.

Era un rumore che assomigliava quasi a una risata.

Con un inaspettato sussulto, il compressore si mise in moto: cinghie che si affrettavano attraverso le tenebre, ingranaggi che s'incontravano, s'incastravano e trituravano, pesanti rulli polverizzatori che giravano incessantemente.

Si preparava ad accoglierli.

Quando Hunton entrò nell'area di parcheggio, era passata da poco la mezzanotte e la luna era nascosta dietro un banco di nuvole in movimento. Frenò e spense contemporaneamente i fari; per quell'arresto brusco, Jackson per poco non urtò con la fronte contro il cruscotto imbottito.

Poi Hunton spense anche il motore e subito il ritmico tonfo-sibilo-tonfo divenne più forte. "È il compressore," disse lentamente lui. "Si è messo in moto da sé. In piena notte."

Rimasero per un momento in silenzio: sentivano la paura strisciare su per le gambe.

"Coraggio," disse Hunton. "Muoviamoci."

Scesero e s'incamminarono verso l'edificio, mentre il rumore della stiratrice rapida si faceva più forte. Mentre infilava la chiave nella serratura della porta di servizio, Hunton pensò che effettivamente quella macchina sembrava viva: era come se stesse respirando in un ansito rovente e ragionando tra sé con mormorii sibilanti e sardonici.

"Tutt'a un tratto sono contento d'essere con un poliziotto," affermò Jackson. Spostò da un braccio all'altro il sacchetto che portava con sé. Dentro c'era un vasetto di gelatina riempito d'acqua santa e avvolto in carta oleata, delle cialde e una Bibbia.

Entrarono e Hunton fece scattare gli interruttori sistemati vicino alla porta. Le lampade fluorescenti presero ad ammiccare, poi a diffondere la loro luce fredda. Nello stesso istante, la stiratrice rapida si fermò.

Una membrana di vapore avvolgeva i suoi rulli. Nel suo nuovo, sinistro silenzio, sembrava in attesa di loro due.

"Dio, che marchingegno orribile," bisbigliò Jackson.

"Vieni, prima che ci passi il coraggio."

Si avvicinarono alla stiratrice. La barra di sicurezza era abbassata, come sempre, sopra il nastro che alimentava la macchina.

Hunton provò a tendere un braccio. "Siamo abbastanza vicini, Mark. Dammi quella roba e dimmi che cosa devo fare."

"Ma..."

"Niente discussioni."

Jackson porse il sacchetto e Hunton lo prese e lo appoggiò sul tavolo delle lenzuola da stirare, davanti alla macchina. La Bibbia la diede a Jackson.

"Allora io leggo," disse Jackson. "Quando ti faccio segno, spruzza l'acqua santa sulla macchina con le dita. Devi dire: in nome del Padre, del Figliuolo e dello Spirito Santo, vattene da questo luogo, o impuro. Capito?"

"Sì."

"La seconda volta che farò segno, spezza l'ostia e ripeti la formula."

"Come sapremo se funziona?"

"Lo saprai, sì. È probabile che 'la cosa' spacchi tutti i vetri delle finestre nell'uscire. Se non funziona la prima volta, ripeteremo il procedimento finché avrà effetto."

"Ho una fifa blu."

"In confidenza, anch'io."

"Se ci sbagliamo a proposito della mano-della-gloria..."

"No, non ci sbagliamo," disse Jackson. "Allora, si comincia."

Attaccò. La sua voce riempiva la lavanderia deserta di echi spettrali. "Non ti rivolgerai agli idoli, né fonderai tu stesso degli dei. Io sono il Signore Dio tuo..." Le parole cadevano come pietre in un silenzio che si era improvvisamente riempito di un gelo penetrante, di tomba. Il compressore rimaneva immobile e silenzioso sotto le lampade fluorescenti, e a Hunton sembrava che sogghignasse.

"... e la terra vi vomiterà per averla contaminata, come ha vomitato le nazioni prima di voi." Jackson rialzò lo sguardo, teso in volto, e indicò.

Hunton spruzzò acqua santa sul nastro alimentatore.

Ci fu un improvviso, sferragliante stridore di metallo torturato. Dalle cinghie di canapa dove era caduta acqua santa ora si levava del vapore che assumeva forme contorte e tinte di rosso. Inaspettatamente il compressore si mise in moto, con uno scossone.

"L'abbiamo snidato!" gridò Jackson al disopra del clamore crescente. "È in fuga!"

Ricominciò a leggere, levando la voce al disopra del baccano del macchinario. Fece di nuovo cenno a Hunton, e Hunton spezzò parte della cialda. Nel far questo, venne improvvisamente assalito da un terrore agghiacciante, dalla sensazione vivida, inaspettata, che tutto fosse andato storto, che la macchina fosse venuta a vedere il loro bluff... e si fosse rivelata la più forte.

La voce di Jackson continuava a salire, si avvicinava il momento cruciale.

Ora si sprigionavano scintille attraverso l'arco tra il motore principale e quello secondario; l'odore dell'ozono riempiva l'aria, come quello di rame del sangue bollente. Il motore principale aveva cominciato a far fumo; il compressore funzionava a una velocità folle, che confondeva i contorni dei rulli; sarebbe bastato sfiorare con un dito la cinghia centrale perché tutto il corpo venisse risucchiato e trasformato in uno straccio sanguinolento nel giro di pochi secondi. Il cemento sotto i loro piedi tremava e vibrava.

Qualcosa, nel congegno, esplose con una saetta di luce violacea, saturando l'aria gelida dell'odore delle tempeste, e ugualmente la stiratrice rapida funzionava, sempre più velocemente, cinghie, rulli e ingranaggi si muovevano a una velocità per cui sembrava che si mescolassero e si amalgamassero, cambiando, fondendo, tramutandosi...

Hunton, che era rimasto a fissare quasi ipnotizzato, mosse improvvisamente un passo indietro. "Allontaniamoci!" urlò, cercando di coprire il frastuono.

"Ce l'abbiamo quasi fatta!" urlò di rimando Jackson.
"Perché..."

Si sentì il rumore improvviso e indescrivibile di qualcosa
che si squarciava e una fessura, nel cemento dell'impiantito,
corse tutt'a un tratto verso di loro e oltre, allargandosi. Schegge
di cemento partirono verso l'alto e ricaddero, a cascata.

Jackson guardò il compressore e mandò un urlo.

Stava cercando di strapparsi via dal cemento, come un dinosauro che tentasse di estrarsi da un pozzo di catrame. E non
era più una macchina per stirare, esattamente. Stava ancora
cambiando, fondendosi. Sputando fuoco azzurro, il cavo a 550
volt cadde tra i cilindri e venne divorato. Per un attimo, due
palle di fuoco fissarono Hunton e Jackson come occhi splendenti, pieni di una tremenda e gelida fame.

Un altro cavo si spezzò. Il compressore si protendeva ora
verso di loro, quasi del tutto libero dagli ormeggi di cemento
che lo trattenevano. Li fissava, sogghignando; la barra di sicurezza era scattata verso l'alto, e Hunton vedeva ora una bocca
spalancata e famelica, riempita di vapore.

Si voltarono per fuggire, e un'altra crepa si aprì ai loro piedi. Dietro di loro, si levò un gran fragore acuto e stridente,
mentre il congegno si liberava del tutto. Hunton superò la crepa d'un balzo ma Jackson incespicò e cadde lungo disteso.

Hunton si girò per aiutarlo e un'ombra immensa, amorfa,
cadde sopra di lui, oscurandogli la luce delle lampade al neon.

L'ombra era china su Jackson, che giaceva supino, fissando
in su in un silenzioso rictus di terrore: il sacrificio perfetto.
Hunton ebbe soltanto un'impressione confusa di qualcosa di
nero e in movimento che torreggiava, enorme, al disopra di
entrambi, qualcosa con occhi ardenti ed elettrici, grandi come
palloni, e una bocca spalancata, entro la quale si muoveva una
lingua di canapa.

Fuggì, inseguito dalle urla di Jackson, ormai morente.

Quando Roger Martin si alzò finalmente dal letto per rispon-
re al campanello, era ancora mezzo addormentato; ma lo choc,
quando Hunton entrò, barcollante, lo fece tornare di colpo alla
realtà.

Hunton sembrava un pazzo. Gli occhi parevano schizzargli
dalle orbite mentre, con le mani ad artiglio, si aggrappava ai
risvolti della vestaglia di Martin. Un piccolo taglio, su una

guancia, gli sanguinava ancora, e la faccia era sporca di polvere di cemento. I capelli erano diventati completamente bianchi.

"Aiuto... per amor di Dio, mi aiuti. Mark è morto. Jackson, è morto."

"Si calmi," lo esortò Martin. "Venga di là, in soggiorno."

Hunton lo seguì, mandando una specie di lamentoso uggiolio, come un cane.

Martin gli versò una dose doppia di whisky e Hunton resse il bicchiere con tutt'e due le mani, ingollando il liquore liscio in un'unica, lunga sorsata. Poi il bicchiere finì sul tappeto e le mani di lui, come fantasmi vaganti, cercarono di nuovo il bavero di Martin.

"La macchina ha ucciso Mark Jackson. È... è... oh Dio, la cosa potrebbe uscire di là! Non possiamo permettere che esca! Non possiamo... noi... io..." Cominciò a urlare, ed era un lamento folle, una specie di ululato che saliva e ricadeva, frammisto a singhiozzi.

Martin tentò di farlo bere ancora, ma Hunton allontanò da sé il bicchiere. "Dobbiamo bruciarla," disse. "Darle fuoco prima che possa uscire. Come facciamo, se esce? Oh, Gesù mio, come facciamo..." D'improvviso gli occhi gli tremolarono, si velarono, si arrovesciarono all'indietro, mostrando il bianco, ed egli crollò sul tappeto, privo di sensi.

La signora Martin era sulla soglia, si stringeva la vestaglia alla gola. "Chi è, Roger? Un pazzo? Ho creduto che..." Rabbrividì.

"Non credo che sia pazzo." La signora si sentì improvvisamente agghiacciare, per la paura che ora leggeva sul volto del marito. "Dio, spero soltanto che sia venuto in tempo."

Martin andò al telefono, sollevò il ricevitore, s'impietrì.

Da un punto a est della casa, cioè dalla direzione da cui era arrivato Hunton, veniva un rumore ancora lontano, ma crescente. Uno sferragliare costante, che si faceva sempre più forte. La finestra del soggiorno era socchiusa e ora Martin avvertiva nella brezza notturna un odore strano. Un sentore come di ozono... o di sangue.

Rimase con la mano sul telefono inutile, mentre il rumore cresceva; mentre digrignava e fumava, per le strade, qualcosa di rovente, che mandava sbuffi di vapore. Il tanfo del sangue ora riempiva la stanza.

La mano gli scivolò via dall'apparecchio.

La cosa era già lì fuori.

Il baubau

"Sono venuto da lei perché voglio raccontarle la mia storia," stava dicendo l'uomo sul lettino del dottor Harper. Si chiamava Lester Billings, era di Waterbury, Connecticut. Secondo i dati annotati dall'infermiera Vickers, aveva ventotto anni, era impiegato presso una ditta industriale di New York, divorziato e padre di tre bambini. Tutti morti.

"Non posso andare da un prete perché non sono cattolico. Non posso andare da un avvocato perché non ho fatto niente per cui debba rivolgermi a un avvocato. Tutto quello che ho fatto è stato di uccidere i miei bambini. Uno alla volta. Di averli uccisi tutti."

Il dottor Harper mise in funzione il registratore.

Billings stava sdraiato rigido come un bastone sul lettino, senza abbandonargli un solo centimetro di sé. Le sue mani erano incrociate sul petto, come quelle di una salma. La faccia era inespressiva. I piedi sporgevano rigidi dove il lettino terminava. Era l'immagine di un uomo costretto a sopportare un'umiliazione necessaria. Fissava il soffitto bianco come se ci vedesse proiettate scene e immagini.

"Intende dire che li ha uccisi materialmente, oppure..."

"No." Gesto d'impazienza accennato con la mano. "Ma sono responsabile della loro fine. Denny nel 1967. Shirl nel 1971. E Andy quest'anno. Voglio raccontarle com'è andata."

Il dottor Harper taceva. Pensava che Billings gli appariva vecchio e indifeso. Aveva i capelli radi, la carnagione giallastra. I suoi occhi nascondevano tutti i miserabili segreti del whisky.

"Sono stati assassinati, capisce? Solo che nessuno ci crede. Se ci credessero, le cose andrebbero meglio."

"Meglio in che senso?"

"Perché..."

Billings s'interruppe e si sollevò di scatto sui gomiti, fissando attraverso la stanza: "Quella cos'è?" I suoi occhi erano due fessure nere.

"Cosa?"

"Quella porta."

"È lo sgabuzzino," rispose il dottor Harper. "Dove appendo il soprabito e lascio le soprascarpe."

"Apra. Voglio vedere."

In silenzio, il dottor Harper si alzò, attraversò la stanza e aprì lo sgabuzzino. Dentro, a una delle quattro o cinque grucce attaccate a un'asta trasversale, era appeso un impermeabile nocciola. In basso, un paio di soprascarpe di gomma. In una delle soprascarpe, piegato con cura, era infilato il *Times*. Non c'era altro.

"Contento?" chiese il dottor Harper.

"Sì, grazie." Billings smise di appoggiarsi ai gomiti e ritornò alla posizione di prima.

"Stava dicendo," riepilogò il dottor Harper, mentre tornava al suo posto, "che se l'uccisione dei suoi tre bambini potesse essere dimostrata, tutti i suoi guai finirebbero. Perché, poi?"

"Andrei in prigione," rispose immediatamente Billings. "Per tutta la vita. E in un carcere è possibile vedere dentro tutte le stanze. Tutte." Sorrideva, a niente in particolare.

"Come sono stati assassinati i suoi bambini?"

"Non cerchi di strapparmelo di bocca!" Billings girò la testa e fissò Harper con aria minacciosa. "Glielo ripeto, stia tranquillo. Non sono uno dei suoi matti che se ne vanno attorno tronfi tronfi, asserendo d'essere Napoleone, e neppure sono qui a dirle che sono diventato cocainomane perché mia madre non mi voleva bene. So che non mi crederà ma non fa niente. Non me ne importa. Il solo fatto di dirglielo sarà già sufficiente."

"D'accordo." Il dottor Harper tirò fuori la pipa.

"Sposai Rita nel 1965: io avevo ventun anni e lei diciotto. Era incinta. Aspettava Denny." Le sue labbra si torsero in un sogghigno viscido e agghiacciante, che in un attimo sparì. "Mi toccò lasciare l'università e cercarmi un impiego, ma non mi dispiacque. Li amavo, tutti e due. Eravamo molto felici.

"Rita rimase di nuovo incinta poco dopo la nascita di Denny, e Shirl arrivò nel dicembre del 1966. Andy nacque nell'estate del 1969, e a quell'epoca Denny era già morto. Andy fu un incidente. Così asseriva Rita. Diceva a volte che non sempre quello che si usa per il controllo delle nascite funziona. Secondo me, fu qualcosa di più di un incidente. I figli legano un uomo, capisce? Questo alle donne piace, specialmente quando l'uomo è più brillante di loro. Non trova che sia così?"

Harper mugugnò qualcosa, senza impegnarsi.

"Non ha importanza, in ogni caso. Io gli volevo bene ugualmente." Lo disse in tono quasi vendicativo, come se avesse amato il bambino per far dispetto alla moglie.

"Chi ha ucciso i bambini?" chiese Harper.

"Il baubau," rispose immediatamente Lester Billings. "È stato il baubau a ucciderli. È uscito dallo stanzino buio e li ha uccisi." Girò la testa da un lato e sorrise. "Lei pensa che sono pazzo, è logico. Ce l'ha scritto in faccia. Ma a me non importa. Tutto quello che voglio fare è dirglielo, e poi andarmene."

"La sto ascoltando," lo incoraggiò Harper.

"È cominciato quando Denny aveva quasi due anni e Shirl era ancora in fasce. Lui cominciava a piangere ogni volta che Rita lo metteva a letto. Avevamo una casa di due stanze, vede. Shirl dormiva nella culla in camera nostra. Da principio credevo che lui piangesse perché non aveva più il ciuccio in bocca. Rita diceva di non farne un dramma, di darglielo, tanto l'avrebbe lasciato cadere da sé. Ma è così che i bambini vengono su male. Diventi permissivo con loro, gli dai i vizi, e poi loro ti fanno morire di crepacuore. Magari violentano una ragazza, oppure cominciano a iniettarsi la droga. O diventano donnicciole. Se lo figura? Ti svegli una mattina e scopri che tuo figlio — un maschio — è una mezza cartuccia.

"Dopo un po' di tempo, in ogni caso, siccome non la smetteva, cominciai a metterlo a letto io stesso. E se non la piantava di piangere, gli allungavo uno scapaccione. Poi Rita mi disse che ripeteva 'luce', continuamente. Be', io non lo sapevo. Bambini così piccoli, come si fa a capire che cosa dicono? Soltanto una madre ci riesce.

"Rita voleva mettergli in camera un lumino notturno. Una di quelle minuscole lampadine elettriche con su Topolino, o Pluto o qualcos'altro. Non glielo permisi. Se un bambino non si abitua a superare la paura del buio finché è piccolo, poi non si abitua più.

"A ogni modo, Denny morì l'estate dopo che era nata Shirley. Lo misi a letto, quella sera, e lui cominciò subito a piangere. Quella volta sentii che cosa diceva. E indicava proprio l'armadio, nel dirlo. 'Baubau,' continuava a ripetere. 'Baubau, papà.

"Spensi la luce, andai nella nostra camera e domandai a

Rita come le era venuto in mente di insegnare al bambino una parola del genere. Avevo una gran voglia di prenderla a schiaffi, ma non lo feci. Lei disse che non gliel'aveva mai insegnata. Le diedi della maledetta bugiarda.

"Era una brutta estate per me, vede. Il solo lavoro che ero riuscito a trovare era di caricare camion in un magazzino della Pepsi-Cola, ed ero sempre stanchissimo. Tutte le notti Shirl si svegliava e piangeva e Rita la prendeva in braccio e continuava a tirar su col naso. Mi creda, certe volte mi veniva voglia di scaraventarle dalla finestra tutt'e due. Cristo, ci sono momenti in cui i bambini ti fanno diventare pazzo. Li uccideresti!

"Bene, la piccola mi svegliò alle tre del mattino, puntuale come sempre. Andai in bagno, sveglio per modo di dire, e Rita mi chiese di dare un'occhiata a Denny. Le risposi di farlo lei e me ne tornai a letto. Mi ero quasi riaddormentato quando lei cominciò a urlare.

"Mi alzai e andai di là. Il bambino era supino nel letto, morto. Bianco come la farina, era, salvo dove il sangue era... era precipitato. Dietro le gambe, la testa, il cu... le natiche. Aveva gli occhi aperti. Sa, era la cosa peggiore, quella. Spalancati e vitrei, come li hanno le teste d'alce che qualcuno monta sopra il caminetto. Come le foto che si vedono di quei bambini indigeni del Vietnam. Ma un bambino americano non dovrebbe avere un aspetto del genere. Morto, disteso supino. Con addosso il pannolino e le mutandine di gomma, perché da una quindicina di giorni aveva ricominciato a bagnare il letto. Una cosa orribile, io volevo bene a quel bambino."

Billings scosse lentamente la testa, poi tornò a mostrare il sorriso di prima, molle, spaventoso. "Rita stava urlando come una pazza. Tentò di prendere in braccio Denny e cullarlo, ma io non glielo permisi. I poliziotti si arrabbiano se si manomette qualche indizio. Lo so..."

"Sapeva, allora, che era stato il baubau?" chiese tranquillamente Harper.

"Oh, no. Allora no. Ma una cosa la notai. Al momento non significava niente per me, ma la mia mente la tenne in serbo."

"Cos'era?"

"La porta dello sgabuzzino era aperta. Non molto. Appena una fessura. Ma io, vede, sapevo d'averla chiusa. Ci sono i sacchetti di plastica, là dentro. Un bambino si mette a giocare con uno di quelli e addio! Muore asfissiato. Lo sapeva?"

"Sì. Poi, che cosa è successo?"

Billings alzò le spalle. "L'abbiamo seppellito." Si guardava morbosamente le mani, che avevano gettato terra su tre piccole bare.

"Ci fu un'inchiesta?"

"Certo." Gli occhi di Billings mandarono un luccichio sardonico. "Una testa di cavolo di medico con lo stetoscopio, una borsa nera piena di mentine e la laurea di qualche università fasulla. Morto nella culla, fu la sua diagnosi. Ha mai sentito una fesseria del genere, lei? Il bambino aveva tre anni!"

"Durante il primo anno di vita capita spesso di trovare un bambino morto nella culla," osservò prudentemente Harper, "ma è una diagnosi che si usa per i certificati di morte di bambini fino a cinque anni, in mancanza di..."

"*Balle!*" reagì con violenza Billings.

Harper riaccese la pipa.

"Un mese dopo il funerale, trasferimmo Shirl nella cameretta di Denny. Rita si opponeva con le unghie e con i denti, ma io ebbi l'ultima parola. Santo cielo, mi faceva piacere tenere la bambina con noi. Ma non bisogna diventare eccessivamente protettivi, altrimenti si rischia di rovinare un bambino e farne un povero infelice. Quand'ero bambino la mia mamma mi portava sempre alla spiaggia e poi si sgolava fino a diventare rauca. 'Non andare tanto in fuori! Non andare là! Ci sono i mulinelli! Hai mangiato soltanto da un'ora! Non mettere la testa sott'acqua!' Mi gridava perfino di stare attento ai pescecani, giuro davanti a Dio. E com'è finita? Ora non posso nemmeno avvicinarmi all'acqua. È la verità. Mi vengono i crampi, se metto piede su una spiaggia. Rita mi convinse a portare lei e i bambini a Savin Rock, una volta, quando Denny era ancora vivo. Stetti male da morire. Lo so per esperienza, capisce? Non bisogna eccedere nelle precauzioni. E neppure nel risparmiare timori a se stessi. La vita continua. Shirl venne trasferita nel lettino di Denny. Il vecchio materasso lo buttammo via, quello sì. Non volevo che la mia bambina prendesse qualche germe.

"Così, passa un anno. E una sera, mentre stavo mettendo a letto Shirl, lei comincia a piangere e a strillare. 'Baubau, papà! Baubau, baubau!'

"Mi venne un mezzo accidente. Tutto com'era stato per Denny. E cominciai a ricordare la faccenda dello sgabuzzino, appena un po' socchiuso, quando l'avevamo trovato. Avrei voluto portare la piccola nella nostra stanza, per quella notte."

"E non lo fece?"

"No." Billings si contemplò le mani e contrasse la faccia in una smorfia. "Come potevo andare da Rita e ammettere che avevo torto? Dovevo mostrarmi forte, con lei. Rita era una gelatina tale... pensi con quanta facilità era venuta a letto con me quando non eravamo ancora sposati."

"D'altro canto," disse Harper, "pensi con quanta disinvoltura *lei* se l'era portata a letto."

Billings si impietrì nell'atto di rimettere le mani come stavano e, lentamente, girò la testa per fissare Harper. "Sta cercando di fare il furbo?"

"Assolutamente no."

"Allora lasci che le dica le cose a modo mio," scattò Billings. "Sono venuto qui per levarmi questo peso dallo stomaco. Per raccontare la mia storia. Non intendo parlare della mia vita sessuale, se è questo che lei si aspetta. Rita e io avevamo una vita sessuale normalissima, senza tante sudicerie. Lo so che certi si elettrizzano a parlare di queste cose; ma io non sono uno di loro."

"D'accordo."

"D'accordo," fece eco Billings con impacciata arroganza. Sembrava che avesse perso il filo dei suoi pensieri, e i suoi occhi andavano inquieti alla porta dello sgabuzzino, che era ben chiusa.

"Preferisce che la lasci aperta?" chiese Harper.

"No!" urlò Billings, e diede in una risatina nervosa. "Cosa vuole che me ne importi di guardare le sue soprascarpe?"

Si passò una mano sulla fronte, come per riordinare i ricordi. "Il baubau si portò via anche la bambina," riprese. "Un mese più tardi. Prima, però, accadde qualcosa. Sentii un rumore di là, una notte. Poi, la bambina gridò. Mi precipitai ad aprire la porta, la luce del corridoio era accesa... lei era seduta in mezzo al lettino e... qualcosa *si muoveva*. Nell'ombra in fondo alla stanza, vicino allo sgabuzzino. Qualcosa *strisciava*."

"Era aperta, la porta dello sgabuzzino?"

"Un po'. Appena una fessura." Billings si passò la lingua sulle labbra. "Shirl gridava qualcosa del baubau. E diceva qualcos'altro, che suonava come 'artigli'. Solo che lo diceva in maniera storpiata. Si sa, i bambini piccoli stentano a pronunciare le parole. Rita arrivò su di corsa per sentire che cosa succedeva. Le dissi che Shirl era stata spaventata dalle ombre dei rami che si muovevano sul soffitto."

132

"Stanzino, no?"

"Come?"

"La bambina... Forse stava cercando di dire 'stanzino'."

"Può darsi," disse Billings. "Sì, sì, può darsi. Ma non credo. Per me diceva 'artigli'." I suoi occhi cercavano di nuovo la porta dello sgabuzzino. "Artigli, lunghi artigli." La sua voce era diventata un mormorio.

"Lei guardò nell'armadio a muro?"

"S-sì." Le mani di Billings erano strettamente intrecciate sul petto, intrecciate tanto strettamente che le nocche spiccavano, bianche.

"C'era niente, là dentro? Lei vide il..."

"*Non ho visto niente!*" Billings si mise a urlare, all'improvviso. E le parole presero a sgo_are, come se un tappo nero fosse stato strappato via dal fondo della sua anima. "Quando morì la trovai io, vede. Ed era nera. Tutta nera. Aveva inghiottito la sua stessa lingua, era nera da capo a piedi e mi fissava. Gli occhi, sembravano quelli di certi animali di pezza, lucenti e spaventosi, come biglie vive, e stavano dicendo: mi ha preso, papà, hai lasciato che mi prendesse, mi hai uccisa, l'hai aiutato a uccidermi..." La voce gli mancò. Un'unica lagrima, grande e silenziosa, gli rotolava lungo la guancia.

"Era una convulsione cerebrale, capisce? Vengono ai bambini, alle volte. Un cattivo segnale del cervello. Le fecero l'autopsia, naturalmente, e ci dissero che era stata soffocata dalla sua stessa lingua, durante la convulsione. E mi toccò tornare a casa da solo, perché Rita la trattennero, sotto l'effetto dei sedativi. Era come impazzita. Mi toccò tornare in quella casa tutto solo, e io lo so che non vengono le convulsioni a un bambino soltanto perché il cervello è andato a farsi fottere. Le convulsioni gli vengono per uno spavento. E io dovevo ritornare nella casa dove c'era... dove c'era..."

Abbassò la voce a un bisbiglio. "Dormii sul divano. Con la luce accesa."

"Accadde qualcosa?"

"Feci un sogno," rispose Billings. "Ero in una stanza buia e c'era qualcosa che non potevo... non potevo vedere bene, dentro lo sgabuzzino. Faceva un rumore... un rumore viscoso, molliccio. Mi tornava in mente un album di fumetti che leggevo sempre da bambino. *Racconti della cripta*. Se lo ricorda? Cristo! C'era un disegnatore di nome Graham Ingles; poteva disegnare tutte le cose più orribili di questo mondo... e perfino dell'altro mondo. A ogni modo, in quella particolare storia una donna annegava suo marito, sa? Gli legava dei blocchi di cemento ai piedi e lo gettava in uno stagno. Solo che lui tornava. Era tutto marcito e verdastro, i pesci gli avevano mangiato un occhio e aveva delle alghe nei capelli. Tornava e la uccideva. E quando io mi svegliavo, nel cuore della notte, mi pareva che stesse chinandosi sopra di me. Con gli artigli... dei lunghi artigli..."

Il dottor Harper guardò l'orologio inserito nel ripiano della sua scrivania. Lester Billings stava parlando da circa mezz'ora. "Quando sua moglie tornò a casa," chiese, "che atteggiamento aveva, verso di lei?"

"Mi amava ancora," disse Billings con orgoglio. "Voleva ancora fare quello che dicevo io. È quello il posto della donna, dico bene? Questa liberazione della donna crea soltanto delle infelici. La cosa più importante nella vita è che ognuno sappia stare al suo posto. Conosca il suo... la sua..."

"La sua condizione?"

"Ecco, sì!" Billings fece schioccare le dita. "Esatto! E una moglie dovrebbe seguire il marito. Oh, nei primi quattro o cinque mesi era incolore, diciamo così: si trascinava per casa, non cantava, non guardava la TV, non rideva. Sapevo che avrebbe superato la cosa. Quando sono così piccoli, non ci si attacca tanto a loro. Dopo un po', bisogna andare a prendere la fotografia dal cassettone, per ricordarsi esattamente che aspetto avevano.

"Lei voleva un altro bambino," aggiunse, in tono cupo. "Io le ripetevo che era una pessima idea. Oh, non per sempre, ma almeno per un po'. Le dicevo che era tempo, per noi, di dimenticare i dispiaceri e di cominciare a godercela un po', a stare insieme. Non avevamo mai avuto la possibilità di farlo, prima. Se volevi andare a un cinema, dovevi affannarti a cercare una babysitter. Non potevi mai andare in città a vedere la partita se non venivano i genitori di lei a prendersi i bambini, perché mia mamma non voleva avere niente a che fare con noi. Denny era nato poco tempo dopo che ci eravamo sposati, capisce? Troppo poco. Lei diceva che Rita era una vagabonda, una poco di buono di quelle che passeggiano all'angolo. Le chiamava sempre così, la mia mamma: quelle che passeggiano all'angolo. Come dà l'idea, vero? Mi fece sedere vicino a lei, una volta, e mi parlò delle malattie che si prendono se si andava con quelle che pas... con una prostituta. Di come un giorno ti trovi sul pisello... sul pene un cosino che fa un po' male, e il giorno dopo scopri che ti è diventato tutto marcio. Non volle venire neppure al matrimonio, lei.''

Billings tamburellava con le dita sul suo petto.

''Il ginecologo di Rita la convinse a usare una cosa chiamata spirale. Infallibile, diceva il dottore. La applica lui su per... internamente, ed è fatta. Quando dentro c'è qualcosa, l'uovo non può essere fecondato. E non ci si accorge neppure che c'è.'' Billings sorrise al soffitto con tetra dolcezza. ''Nessuno lo sa, se c'è o se non c'è. E di lì a un anno lei è di nuovo incinta. Infallibile, sì!''

''Nessun metodo per il controllo delle nascite è perfetto,'' disse Harper. ''La pillola è sicura soltanto al novantacinque per cento. La spirale può essere espulsa da crampi, da un forte flusso mestruale, e, in casi eccezionali, dall'evacuazione.''

''Già. Oppure, si può togliere.''

''Sì, è possibile.''

''E che succede, poi? Rieccola a sferruzzare golfini, a cantare sotto la doccia, e a ingozzarsi di sottaceti. Seduta sulle mie ginocchia, dice che dev'essere stata la volontà di Dio e altre fesserie del genere.''

''Il bambino è nato un anno dopo la morte di Shirl?''

''Precisamente. Un maschio. Lei lo aveva chiamato Andrew Lester Billings. Io, almeno da principio, non volevo averci niente a che fare. Il mio motto era: ha voluto fare la furba, che se lo goda lei. So che può suonare male, ma deve tenere presente quante ne avevo passate.

''Ma finii per affezionarmi a lui, lo sa? Tanto per cominciare, era l'unico della cucciolata che assomigliava a me. Denny era identico a sua madre e Shirl non assomigliava a nessuno, salvo forse a mia nonna Ann. Ma Andy era il mio ritratto, fatto e finito.

''Mi mettevo sempre a giocare con lui, nel suo recinto, quando rincasavo dal lavoro. Mi afferrava un dito e sorrideva, gorgogliando di gioia. A sole nove settimane, già faceva i sorrisetti al suo papà, ci crede?

''Poi una sera, ecco che mi ritrovo a uscire da un negozio con uno di quei giocattoli mobili da appendere sopra la culla di Andy. Io! I bambini non apprezzano i regali finché non sono in grado di dire grazie, è sempre stato il mio motto. Eppure, ecco che gli stavo comperando cianfrusaglie buffe, e così tutt'a un tratto mi rendo conto d'amarlo più di tutti quanti gli altri. Avevo trovato un altro posto, nel frattempo, un posto piuttosto buono: vendevo accessori per trapani da Cluett e Figli. Guadagnavo benino e, quando Andy aveva ormai un anno, ci trasferimmo a Waterbury. La vecchia casa aveva troppi brutti ricordi.

"E troppi sgabuzzini.

"L'anno successivo fu il migliore, per noi. Darei fino all'ultimo dito della mano destra per riviverlo. Sì, c'era ancora la guerra nel Vietnam, gli *hippies* continuavano ad andarsene in giro nudi e i negri facevano una cagnara infernale, ma niente di tutto questo ci toccava. Noi abitavamo in una strada tranquilla, tra vicini molto per bene. Eravamo felici," riassunse, con semplicità. "Una volta domandai a Rita se non era preoccupata. Sa com'è, la cattiva sorte, non c'è due senza tre, e così via. Mi rispose che non sarebbe stato così. Disse che Andy era speciale. Che Dio gli aveva tracciato un cerchio attorno."

Billings fissava il soffitto con un che di morboso nello sguardo.

"L'ultimo anno non fu altrettanto buono. Qualcosa nell'atmosfera della casa cambiò. Cominciai a tenere le scarpe in anticamera perché non osavo più aprire la porta dello sgabuzzino. Continuavo a pensare: Be', e se fosse lì dentro? Bene accucciato e pronto a balzar fuori nell'attimo in cui io apro la porta? E cominciavo a pensare di sentire rumori viscidi, come se qualcosa di nero, di verdastro e di fradicio d'acqua si muovesse ogni tanto dentro l'armadio a muro.

"Rita mi domandava se lavoravo troppo, e io avevo ricominciato a scattare contro di lei, proprio come una volta. Mi prendevano i crampi allo stomaco al pensiero di lasciarli soli in casa per andare al lavoro, ma ero contento di essere fuori di là. Dio mi perdoni, ne ero contento. Vede, ormai sentivo che la 'cosa' ci aveva persi solo per un po', mentre facevamo il trasloco. Aveva dovuto darci la caccia, strisciando lungo le strade, di notte, e magari infilandosi nelle fogne. Fiutando, per sentire dove eravamo. Ci aveva messo un anno, ma ci aveva trovati. È tornata. Vuole Andy e vuole me. Cominciavo a dirmi: forse, se pensi a lungo a una cosa, e ci credi, diventa reale. Forse tutti i mostri di cui avevamo paura da ragazzini, Frankenstein, il Lupo Mannaro, Mammona, forse erano tutti reali. Tanto veri e concreti da uccidere i bambini che si credeva fossero morti in fondo a una cava, o annegati nel lago, o che non erano stati trovati più... Forse..."

"Sta cercando di sfuggire a qualcosa, signor Billings?"

Billings rimase a lungo in silenzio: passarono due minuti, scanditi dall'orologio della scrivania. Poi riprese, bruscamente: "Andy morì in febbraio. Rita non c'era. Aveva ricevuto una telefonata da suo padre. Sua madre era rimasta coinvolta in un incidente d'auto, il giorno dopo Capodanno, ed era tra la vita e la morte. Lei andò là quella sera stessa, con l'autobus.

"Sua madre non morì, ma rimase in pericolo di vita per un bel pezzo: due mesi. Di giorno avevo una bravissima donna che faceva compagnia ad Andy. Di sera c'ero io. E le porte degli armadi continuàvano ad aprirsi."

Billings si leccò le labbra. "Il bambino dormiva in camera con me. Curiosa, anche questa. Rita una volta, quando lui aveva due anni, m'aveva domandato se volevo trasferirlo in un'altra stanza. Spock o qualcun altro quacchero come lui afferma che non sia bene per i bambini dormire con i genitori. Darebbe loro dei traumi per quello che riguarda il sesso e cose di questo genere. Ma noi stavamo attenti a fare l'amore soltanto quando il bambino dormiva. E io non volevo cambiarlo di stanza. Avevo paura di farlo, dopo Denny e Shirl."

"Però poi lo trasferì, vero?", chiese il dottor Harper.

"Sì," rispose Billings. Sorrise, di un sorriso malato, giallognolo. "Lo trasferii."

Di nuovo silenzio. Billings lottava con il silenzio.

"Dovetti farlo!" scattò alla fine, in una sorta di latrato. "Per forza! Tutto andava bene finché c'era stata Rita ma, ora che lei non c'era, il mostro cominciò a diventare più audace. Cominciò..." Girò gli occhi verso Harper e scoprì i denti in un sogghigno folle. "Oh, lei non mi crede. Lo so quello che pensa, un altro pazzo da aggiungere al suo schedario, lo so bene... Ma lei non era là, maledetto scrutacervelli presuntuoso.

"Una notte, tutte le porte della casa si spalancarono. Mi alzai, la mattina, e trovai una traccia di sudiciume e di fango che attraversava l'anticamera, dalla porta d'entrata all'armadio a muro. Una traccia che usciva? O che entrava? Non lo so! Davanti a Dio, proprio non lo so! Dappertutto tracce di fango, specchi rotti... e i rumori... i rumori..."

Billings si passò una mano tra i capelli. "Ti svegliavano alle tre del mattino e allora guardavi nell'oscurità e lì per lì pensavi: 'È soltanto l'orologio.' Ma sotto sotto, sentivi qualcosa che si muoveva in modo furtivo. Ma non troppo furtivo, perché voleva che lo sentissi. Un suono viscoso, melmoso, come di qualcosa che uscisse dallo scarico di cucina. Oppure un ticchettio, come di artigli che venissero trascinati leggermente su per la ringhiera delle scale. E allora chiudevi gli occhi, sapendo che se lo sentivi era già un guaio, ma se poi lo *vedevi*...

"E sempre rimanevi con la paura che i rumori cessassero per un poco, e poi vi sarebbe stata una risata proprio sopra di te e un alito come di cavolo andato a male sulla tua faccia, e poi mani che ti afferravano alla gola."

Billings era pallido, tremava.

"Così, lo cambiai di stanza. Capivo che la cosa avrebbe cercato di prendere lui, capisce? Perché era il più debole. E così fu. Quella stessa notte, la prima, lo sentii urlare, all'improvviso, e quando trovai il coraggio per andare a vedere, lo trovai in piedi in mezzo che al letto, che gridava. 'Il baubau, papà... il baubau... voio andale da papà, voio andale da papà.'" La voce di Billings si era fatta acuta e stridula, come quella di un bambino. I suoi occhi sembravano riempire l'intera faccia; sembrava rattrappirsi tutto, sul lettino.

"Ma non potevo," continuò a dire la vocetta affannosa e infantile, "non potevo. E un'ora più tardi vi fu un urlo. E capii fino a che punto lo amavo perché corsi di là, senza nemmeno accendere la luce, correvo, correvo, *correvo*, oh, Gesù e Maria, il mostro lo aveva preso; stava scrollandolo, scrollandolo come un cane che scuote uno straccio, e vedevo qualcosa di orribile con le spalle spioventi e una testa da spaventapasseri e sentivo un odore come di topo morto dentro una bottiglia di gazzosa e sentivo..." La frase si perse, poi la voce ritornò al suo tono da adulto. "Sentii quando il collo di Andy si spezzò." Ora la voce era fredda e spenta. "Fece un rumore come quando si pattina su uno stagno, d'inverno, e il ghiaccio si rompe."

"Poi che cosa accadde?"

"Oh, fuggii," spiegò Billings, sempre con la stessa voce fredda e spenta. "Andai in un bar aperto tutta la notte e mandai giù sei tazze di caffè. Poi tornai a casa. Era già l'alba. Telefonai alla polizia, prima ancora di salire da lui. Andy giaceva sul pavimento e mi fissava. Accusandomi. Un pochino di sangue gli era uscito da un orecchio. Appena una goccia, proprio. E la porta dell'armadio a muro era aperta... ma appena di una fessura."

La voce tacque. Harper guardò l'orologio. Erano passati cinquanta minuti.

"Prenda un appuntamento con l'infermiera," disse. "Anzi, ne prenda diversi. Va bene il martedì e il giovedì?''

"Sono venuto soltanto per raccontare la mia storia,'' disse Billings. "Per levarmi questo peso dal cuore. Ho mentito alla polizia, capisce? Ho detto che il bambino doveva avere tentato di saltar giù dalla culla, di notte, e... e loro l'hanno bevuta. Naturale che l'hanno bevuta. Sembra che si trattasse proprio di questo. Di un incidente, come per gli altri due. Ma Rita sapeva. Rita... alla fine... capì...''

Billings si coprì gli occhi con il braccio destro e cominciò a piangere.

"Signor Billings, ci sono tante cose di cui parlare,'' disse il dottor Harper dopo un attimo di silenzio. "Sono convinto che possiamo rimuovere parte della colpa che lei si porta dentro, ma prima di tutto bisogna che lei voglia sbarazzarsene.''

"Non crede che lo *voglia*?'' gridò Billings, allontanando il braccio dagli occhi. Erano rossi, gonfi, sofferenti.

"Non ancora,'' rispose tranquillamente Harper. "Martedì e giovedì?''

Dopo un lungo silenzio, Billings brontolò: "Maledetto aggiustacervelli. E va bene. Va bene.''

"Fissi l'appuntamento con l'infermiera, signor Billings. E passi una buona giornata.''

Billings rise, scioccamente, e uscì in fretta dallo studio, senza voltarsi.

La stanza dell'infermiera era deserta. Un cartellino sulla scrivania diceva: "Torno subito.''

Billings si voltò e rientrò nello studio. "Dottore, la sua infermiera è...''

La stanza era deserta.

Ma lo sgabuzzino era aperto. Appena appena socchiuso.

"Bene, bene,'' diceva la voce dallo sgabuzzino. "Bene, bene.'' Le parole suonavano proprio come se uscissero da una bocca piena di alghe.

Billings rimase inchiodato sul posto, mentre la porta dello sgabuzzino si spalancava. Sentiva confusamente un senso di calore all'inguine, perché si stava facendo la pipì addosso.

"Bene,'' ripeté il baubau, uscendo.

Aveva ancora la maschera da dottor Harper nella mano putrida, a forma di artiglio.

Materia grigia

Dall'inizio della settimana le previsioni annunciavano una perturbazione da nord e verso giovedì arrivò davvero, una buriana spaventosa che per le quattro del pomeriggio aveva già ammucchiato venti centimetri di neve e non accennava in nessun modo a calmarsi. Eravamo i soliti cinque o sei radunati attorno alla stufa del Nite-Owl di Henry, ossia l'unico piccolo emporio di questa parte di Bangor che rimanga aperto giorno e notte.

Henry non fa grandi affari (più che altro, il suo commercio si riduce a vendere vino e birra agli studenti) ma se la cava, ed è un posto dove noi vecchi commercianti ormai in pensione possiamo radunarci e parlare di chi è morto ultimamente e di come il mondo stia andando a rotoli.

Quel pomeriggio Henry era al banco; Bill Pelham, Bertie Connors, Carl Littlefield e io sedevamo attorno alla stufa. Fuori, non una macchina transitava per Ohio Street, e gli spazzaneve non avevano vita facile. Il vento ammucchiava cumuli di neve che sembravano la spina dorsale di un dinosauro.

Henry aveva avuto soltanto due clienti in tutto il pomeriggio: tre, se proprio vogliamo contare anche Eddie, il cieco. Eddie ha circa settant'anni, e non è completamente cieco. Va a sbattere contro le cose, più che altro. Viene in negozio una o due volte alla settimana, si ficca un bastone di pane sotto la giacca e se ne va con un'espressione tronfia, come se dicesse: *là, stupidi figli di cani, anche stavolta vi ho fatto fessi.*

Bertie un giorno aveva domandato a Henry perché non mettesse un freno a quella faccenda.

"Te lo dico subito," aveva risposto Henry. "Diversi anni fa, l'Aviazione voleva venti milioni di dollari per costruire il prototipo di un apparecchio che aveva progettato. Bene, venne a costarne settantacinque, di milioni, e poi ancora non volava. Questo succedeva dieci anni fa, quando Eddie e io eravamo

considerevolmente più giovani, e io avevo dato il voto a chi a-
veva patrocinato quella spesa. Eddie, invece, aveva votato contro. Da allora, mangia pane a spese mie.''

Bertie non aveva l'aria di avere capito bene, ma rimase in
silenzio, a meditarci su.

Ora la porta si riaprì, lasciando entrare una zaffata della gelida aria esterna, ed entrò un ragazzo, battendo gli scarponi per
scuoterne via la neve. Dopo un istante, lo riconobbi. Era il figlio di Richie Grenadine, e aveva tutta l'aria d'avere appena
ingoiato un boccone amaro. Il pomo d'Adamo gli andava su e
giù e la sua faccia era stranamente grigia.

''Signor Parmalee,'' disse a Henry, e gli occhi roteavano
nella faccia come cuscinetti a sfere, ''deve venire lei. Deve portargli la birra e venire con me. Non me la sento di ritornare là
da solo. Ho paura.''

''Dài, calmati,'' lo incoraggiò Henry, togliendosi il grembiule bianco da macellaio e uscendo da dietro il banco. ''Che
cosa succede? Il tuo papà si è ubriacato?''

Mi resi conto, quando lo disse, che Richie non si faceva vedere da un bel pezzo. Di solito passava di là almeno una volta
al giorno a prendere una cassetta di birra, della marca che al
momento costava meno; era un omone grasso con una faccia
porcina e braccia che sembravano prosciutti. Richie era sempre
stato un maiale per quel che riguardava la birra, ma in fondo
la reggeva bene, almeno finché aveva lavorato alla segheria di
Clifton. Poi, chissà cos'era successo (qualcuno, forse proprio lo
stesso Richie, aveva sistemato male un carico) e Richie era rimasto a casa dal lavoro, libero di non far niente, mentre la segheria gli pagava un indennizzo. Si era fatto qualcosa alla
schiena, non so, fatto sta che era ingrassato in modo spaventoso-
so. Non si faceva vedere, da un po' di tempo, sebbene ogni
tanto avessi visto suo figlio venire a prendere la solita cassetta.
Era un bravo ragazzo. Henry gliela dava, la birra, perché sapeva che era il padre a mandarlo.

''Si era ubriacato,'' spiegò il ragazzo, ''ma non è questo il
guaio. È... è... oh Signore, è *spaventoso!*''

Henry vide che stava per mettersi a piangere, così si affrettò
a dire: ''Carl, ti spiace badare un momento alla bottega?''

''Figurati!''

''Su, Timmy, vieni di là nel retro con me e raccontami bene di che cosa si tratta.''

Si portò via il ragazzo e Carl andò a mettersi dietro il bancone, prendendo posto sullo sgabello di Henry. Per un bel pezzo, nessuno disse niente. Li sentivamo, là dietro: il vocione lento e profondo di Henry e la vocetta più acuta di Timmy Grenadine, che parlava in fretta. Poi il ragazzo cominciò a piangere, e Bill Pelham si schiarì la gola e cominciò a riempirsi la pipa.

"Saranno un paio di mesi che non vedo Richie," dissi io.

"Non hai perso niente," borbottò Bill.

"È stato qui... boh, verso la fine di ottobre," intervenne Carl. "Poco prima di Ognissanti. Comperò una cassa di birra Schlitz. Stava diventando grasso in modo spaventoso."

Non c'era molto da dire. Il ragazzo stava ancora piangendo, ma contemporaneamente parlava. Fuori, il vento continuava a fischiare e a ululare e la radio annunciava che per l'indomani dovevamo aspettarci altri quindici centimetri di neve. Era la metà di gennaio, e mi veniva fatto di domandarmi se qualcuno avesse più visto Richie da ottobre in poi: salvo il suo ragazzo, si capisce.

Il colloquio, di là, andò avanti ancora per un po', ma alla fine Henry e Timmy riapparvero nella bottega. Il ragazzo si era tolto il pastrano, ma Henry aveva indossato il suo. Il ragazzo era scosso ogni tanto da un leggero singhiozzo, come capita in genere quando ormai il peggio è passato, ma aveva gli occhi rossi e, quando incontrava lo sguardo di qualcuno, si affrettava a guardare in terra.

Henry sembrava preoccupato. "Ho pensato di mandare Timmy su da mia moglie, perché gli prepari un panino col formaggio o qualcosa. Un paio di voi, invece, potrebbero venire con me fino a casa di Richie. Timmy dice che il padre vuole della birra. Mi ha già dato il denaro." Si sforzava di sorridere, ma proprio non gli riusciva e, alla fine, rinunciò.

"Certo," disse Bertie. "Che marca, la birra? Vado a prendertela io."

"Prendi della Supreme della Harrow," rispose Henry. "Ne abbiamo qualche cassa già aperta, nel retro."

Mi alzai anch'io. Dovevamo andare Bertie e io, con lui. L'artrite di Carl diventa a volte un tormento, in giornate come quella, e Billy Pelham ha perso quasi completamente l'uso del braccio destro.

Bertie portò quattro confezioni di Harrow da sei bottiglie e io le sistemai dentro uno scatolone, mentre Henry accompagnava il ragazzo su in casa, nell'alloggio sopra il negozio.

Bene. Affidato il ragazzo a sua moglie, lui tornò giù, guardando verso l'alto, nello scendere, per assicurarsi che la porta di sopra fosse chiusa. Billy, che non stava in sé dalla curiosità, lo investì: "Ma che cosa è successo? Forse Richie ha picchiato il ragazzo?"

"No," disse Henry. "Preferirei non dire niente, per adesso. Una cosa pazzesca. Vi mostrerò qualcosa, però. Il denaro che m'ha dato Timmy per pagare la birra." Tirò fuori dalla tasca quattro dollari, tenendoli per un angolino, e non gli do torto. Erano coperti di una sostanza grigiastra e viscida, che faceva pensare alla muffa sopra una conserva andata a male. Li posò sul banco con un sorriso strano e disse a Carl: "Non farli toccare da nessuno. Se quello che dice il ragazzo è vero sia pure in parte, meglio di no."

Poi andò al lavandino vicino al banco della carne e si lavò le mani.

Andai a infilarmi il giaccone e la sciarpa e mi abbottonai ben bene. Prendere l'auto era inutile; Richie abitava in uno stabile in fondo a Curve Street, che è tutto un su e giù, ed è l'ultimo posto dove arrivava lo spazzaneve.

Mentre uscivamo, Bill Pelham ci gridò dietro: "Attenti, mi raccomando."

Henry fece segno di sì e sistemò lo scatolone con le birre nel carrello apposito che tiene sempre accanto alla porta. Ci preparammo a uscire.

Il vento ci investì come una lama, e subito mi tirai la sciarpa fin sopra le orecchie. Poco al di là della soglia, ci fermammo un istante per dar tempo a Bertie di infilarsi i guanti. Aveva una smorfia dolorosa sulla faccia, e io sapevo come si sentiva. Fanno presto, i giovani, a restare tutta la giornata all'aperto, sciando, e poi a passare metà della serata su quelle dannate motorette da neve, fastidiose come vespe; ma quando si è superata la settantina senza poter fare un cambio dell'olio, un maestrale così te lo senti attorno al cuore.

"Non voglio spaventarvi, ragazzi," disse Henry, sempre con quel sorriso strano, un po' nauseato, "ma voglio mostrarvi una cosa. E voglio anche raccontarvi quello che Timmy ha detto a me mentre facciamo la strada... perché voglio che siate al corrente, come me!"

Tirò fuori dalla tasca del giaccone un revolver '45: l'arma che teneva carica e a portata di mano sotto il banco fin da quando, nel lontano 1958, aveva cominciato a stare aperto giorno e notte. Non ho idea di dove l'avesse presa, ma so che una volta l'aveva puntata contro un rapinatore, e quello al solo vederla aveva fatto dietrofront e aveva infilato la porta come un razzo. Henry aveva nervi d'acciaio, niente da dire. Una volta l'avevo visto buttar fuori uno studente che era entrato e pretendeva a tutti i costi di cambiare un assegno. Quel ragazzo se n'era andato di corsa, proprio come se avesse avuto il fuoco sotto il sedere.

Bene, vi dico questo solo perché Henry voleva far sapere a Bertie e a me che era deciso a tutto, e noi l'avevamo capito.

Così ci mettemmo in cammino, piegati contro il vento come lavandaie alla fonte, Henry tirandosi dietro il carrello e raccontandoci intanto quello che aveva detto il ragazzo. Il vento stava cercando di strappar via le parole prima che potessimo sentirle, ma buona parte ci arrivava... più di quanto desiderassimo, forse. Ero ben contento che Henry si fosse messo in tasca la sua spingarda.

Il ragazzo diceva che doveva essere stata la birra: si sa che, ogni tanto, capita di imbroccare un barattolo andato a male. Birra che non fa schiuma, o che ha un odore strano, o è verdognola come le macchie di urina sulle mutande di un irlandese. Un tale, una volta mi spiegò che basta un minuscolo forellino per lasciare entrare batteri che fanno cose maledettamente strane. Il forellino può essere talmente piccolo che la birra non riesce a venir fuori, ma i batteri riescono a entrare. E la birra è un nutrimento ottimo per quegli affarini lì.

A ogni modo, il ragazzo diceva che Richie era tornato con una cassetta di birra proprio come al solito, quella sera d'ottobre; e si era seduto per farla fuori a poco a poco, intanto che Timmy faceva i suoi compiti.

Timmy era ormai pronto per andare a letto quando sente Richie dire: "Oh, Cristo, era andata a male."

E Timmy chiese: "Che cosa, papà?"

"Quella birra," rispose Richie. "Dio, mai avuto in bocca uno schifo di sapore così."

Quasi tutti si domanderanno perché l'aveva bevuta, in nome di Dio, visto che aveva un sapore così cattivo; ma già, sono pochi quelli che hanno visto Richie Grenadine bere birra. Un pomeriggio, nel bar di Wally, avevo visto Richie vincere la più incredibile delle scommesse. Aveva scommesso, con un tale, di poter bere venti bicchieri di birra in un solo minuto. Di quelli da un quarto di dollaro. Nessuno del posto voleva credergli, ma quel viaggiatore di commercio, che era di Montpellier, aveva messo sul tavolo un biglietto da venti dollari, e Richie ne aveva aggiunti altri venti di tasca sua. Poi, aveva vuotato i venti bicchieri uno dopo l'altro, con sette secondi di margine: d'accordo che, quando era uscito di là, era ubriaco fradicio.

"Sento che sto per vomitare," dice Richie. "Attento!"

Ma nel tempo che impiega ad arrivare in bagno la nausea gli è passata, e la cosa finisce lì. Il ragazzo aveva raccontato a Henry di avere annusato il barattolo: dall'odore, avrebbe detto che qualcosa si fosse infilato là dentro, a morire e a imputridire. C'era anche una specie di schiuma grigiastra intorno all'orlo.

Due giorni dopo, il ragazzo torna a casa da scuola e trova Richie seduto davanti al televisore a guardare i programmi del pomeriggio, con tutte le avvolgibili dell'alloggio abbassate.

"Che cosa succede?" chiede Timmy, perché Richie non rientra mai in casa prima delle nove.

"Sto guardando la TV," dice Richie. "Oggi, non so perché, non mi va di uscire."

Timmy accende la lampadina sopra il lavello, e Richie gli urla: "E spegni quella maledetta luce!"

Così Timmy obbedisce, senza domandare come potrà fare i compiti al buio. Quando Richie è di quell'umore, meglio non domandargli niente.

"E va' a prendermi una cassetta di birra," dice ancora Richie. "I soldi sono sul tavolo."

Quando il ragazzino torna, papà è ancora seduto al buio, solo che ormai è buio anche fuori. E la TV è spenta. Il ragazzo comincia ad avere paura: chi non l'avrebbe, al posto suo? Nient'altro che un appartamento buio e papà seduto in un angolo, come un grosso sacco di patate.

Così lascia la birra sul tavolo, sapendo che a Richie non piace troppo fredda, e quando si avvicina al padre comincia a notare una specie di odore sgradevole, come di formaggio dimenticato fuori dal frigo. Non dice niente, però, anche perché il padre non è mai stato quello che si dice un fissato per la pulizia. Invece se ne va in camera sua, chiude la porta e si mette a fare i compiti, e dopo un po' sente che la TV è stata riaccesa e che Richie sta aprendo il primo barattolo della birra.

E per due settimane o giù di lì, le cose vanno avanti in quel modo. Il ragazzo si alza al mattino e va a scuola e, quando rincasa, Richie è seduto davanti alla televisione e il denaro per la birra è sul tavolo.

In casa, l'odore di rancido diventa sempre più forte. Richie non vuole che vengano alzate le avvolgibili, mai; e, verso la fine di novembre, dice a Timmy di smetterla di studiare in camera sua. Dice che non sopporta di veder filtrare la luce sotto la porta. Così, Timmy, dopo avere comperato la birra al padre, ora andava a studiare a casa di un compagno, poco distante da casa sua.

Poi, un giorno Timmy torna a casa dalla scuola — alle quattro era quasi buio, ormai — e Richie dice: "Accendi la luce."

Il ragazzino accende la luce sopra l'acquaio e... non ti vede Richie tutto avvolto dentro una coperta?

"Guarda," dice Richie, e una mano striscia fuori da sotto la coperta, solo che non è più una mano. "*È qualcosa di grigio*," è tutto quello che Timmy era riuscito a dire a Henry. "*Non sembrava più una mano. Sembrava una specie di gnocco grigio.*"

Bene, Timmy Grenadine è mezzo morto di paura, naturalmente. Dice: "Papà, ma che cosa ti sta succedendo?"

E Richie dice: "Be'... Ma non fa male. Anzi, è piacevole, direi."

Così, Timmy dice: "Vado a chiamare il dottor Westphail."

E la coperta comincia a tremare tutta quanta, come se qualcosa di orribile, là sotto, stesse tremando da capo a piedi. E Richie dice: "Non t'azzardare, sai? Se lo fai, ti tocco, e finirai conciato anche tu come me." E, per un attimo, lascia scivolare giù la coperta, scoprendo la faccia.

Nel frattempo, eravamo arrivati all'angolo tra Harlow e Curve Street, e io ero anche più freddo di quel che segnava il termometro dell'Aranciata Vattelapesca, nel negozio di Henry, quando eravamo usciti. Uno proprio non ci tiene a credere a certe cose, e d'altra parte ce ne sono tante di cose strane, al mondo.

Una volta conoscevo un tale di nome George Kelso, che lavorava per l'Assessorato dei Lavori Pubblici di Bangor. Per più di quindici anni non aveva fatto che aggiustare condutture dell'acqua, cavi dell'elettricità e via dicendo, e poi un giorno piantò tutto e non volle più saperne di lavorare, e gli mancavano due anni appena per la pensione. Frankie Haldeman, che lo conosceva bene, mi disse che George si era calato in una fognatura, in Essex, ridendo e scherzando come faceva sempre, ed era tornato su un quarto d'ora dopo con tutti i capelli bianchi e

gli occhi fissi, come se avesse appena guardato dentro una finestra dell'inferno. Era andato dritto dritto all'ALP, aveva tim-
brato il cartellino d'uscita, poi era andato fino da Wally e aveva cominciato a bere. Due anni dopo, moriva ucciso dall'al-
cool. Frankie mi disse che lui aveva cercato di farlo parlare, e
che una volta, in un momento in cui era ubriaco fradicio,
George aveva detto qualcosa. O meglio, si era girato sullo sgabello, e aveva domandato a Frankie se lui avesse mai visto un
ragno grande come un cane di grossa taglia, fermo al centro di
una ragnatela piena di gattini e altre bestiole completamente
avvolte dentro fili di seta. Be', che cosa poteva rispondere
Frankie? Io non dico che ci sia qualcosa di vero, in tutto questo; però, dico che ci sono cose, negli angoli bui del mondo,
che possono fare impazzire un uomo solo per averle guardate
bene in faccia.

Tornando a noi, sostammo un minuto su quell'angolo, nonostante il vento che minacciava di spazzarci via.

"E Timmy che cosa ha visto?" chiese Bertie.

"Ha detto che poteva ancora vedere suo padre," rispose
Henry, "ma come se fosse sepolto in una gelatina grigia... e
poi era come se fosse tutto rimestato insieme. I panni gli si appiccicavano dentro e fuori della pelle, come se si fossero fusi
con la persona."

"Dio benedetto!" mormorò Bertie.

"Poi Richie si è ricoperto e ha cominciato a urlare al ragazzo di spegnere la luce."

"Come se fosse un fungo," dissi io.

"Sì," confermò Henry. "Una cosa del genere."

"Tieni quella pistola a portata di mano," consigliò Bertie.

"Sì, credo proprio che lo farò." E, con questo, ci rimet-
temmo ad arrancare su per Curve Street.

Lo stabile dove Richie Grenadine aveva il suo alloggio era
quasi sulla cima del colle: uno di quegli enormi mostri vittoria-
ni che venivano costruiti dai baroni del legname e della carta
alla svolta del secolo. Ormai sono stati trasformati quasi tutti, e
divisi in appartamenti. Bertie, una volta riuscito a riprendere
fiato, ci disse che Richie stava al terzo piano, proprio sotto una
specie di frontone che sporgeva come un sopracciglio. Colsi
l'occasione per domandare a Henry se il ragazzo avesse raccontato altro.

Verso la terza settimana di novembre, un pomeriggio, nel
tornare a casa, il ragazzo trova che Richie non si limita più ad

abbassare le avvolgibili. Ora ha inchiodato coperte a tutte le finestre della casa. Il tanfo comincia a peggiorare, inoltre: è una specie di puzzo acre come quello che manda la frutta quando marcisce e comincia a fermentare.

Passa ancora più o meno una settimana, e Richie pretende che il ragazzo gli riscaldi la birra sulla stufa. Ve lo immaginate? Un ragazzo giovane tutto solo in quella casa, con il suo papà che sta diventando... be', si sta trasformando in qualcosa... e costretto a riscaldargli la birra e poi ad ascoltare mentre il padre... la "cosa"... beve con suoni orribili e rumorosi, come quando un vecchio sorbisce la minestra. Dico, ve lo immaginate?

E le cose erano andate avanti così fino a quel giorno, quando la scuola aveva fatto uscire i ragazzi più presto del solito a causa della tempesta di neve.

"Timmy dice d'essere andato subito a casa," ci riferì Henry. "Non c'è più la luce sul pianerottolo dell'ultimo piano — a sentire il ragazzo, suo padre dev'essere sgusciato fuori, di notte, per fracassare la lampadina — così gli è toccato quasi strisciare fino alla sua porta.

"Bene, Timmy sente qualcosa muoversi, nell'interno, e all'improvviso gli viene in mente che non sa che cosa fa Richie durante il giorno, quando lui è a scuola. Da quasi un mese non ha più visto suo padre muoversi da quella sedia, e un uomo deve pur dormire e andare in bagno, ogni tanto.

"C'è uno spioncino al centro della porta, che dovrebbe avere un chiavistello, all'interno dell'uscio, perché lo si possa chiudere; ma il chiavistello è sempre stato rotto, da quando loro abitano là. Così il ragazzo si avvicina alla porta in punta di piedi, spinge un po' in là lo sportellino scorrevole, inserendo l'unghia del pollice, e accosta l'occhio alla fessura."

Eravamo arrivati ai piedi degli scalini esterni, ormai, e la casa torreggiava sopra di noi come un faccione alto e bruno, con quelle finestre all'ultimo piano per occhi. Guardavo in su, e vedevo quelle due finestre nere come pozzi, proprio come se qualcuno vi avesse inchiodato delle coperte, per renderle completamente cieche.

"Gli è occorso un po' di tempo per assuefare gli occhi all'oscurità interna. Poi, ha visto un enorme ammasso di materia grigia, senza più niente che ricordasse un essere umano, strisciare sul pavimento, lasciando una traccia viscida dietro di sé. E a un tratto la 'cosa' ha tirato fuori un braccio — o qualcosa che sembrava un braccio — e ha staccato via un'asse dalla parete. E ha tirato fuori un gatto.'' Henry si interruppe per un istante. Bertie batteva le mani l'una contro l'altra e faceva un freddo tremendo là nella strada, ma nessuno di noi se la sentiva di entrare e salire, per ora. ''Un gatto morto,'' riprese Henry, ''che era andato in putrefazione. Diceva il ragazzo che l'animale si presentava tutto rigido e gonfio... e che c'erano piccole cose bianche che gli strisciavano addosso...''

''Smettila,'' disse Bertie. ''Per amor del cielo!''

''E poi il padre se l'è mangiato.''

Cercavo di deglutire, e qualcosa, nella mia gola, aveva un sapore strano.

''Timmy, a questo punto, ha richiuso lo spioncino,'' finì sottovoce Henry, ''ed è scappato.''

''Non credo di poter salire lassù,'' disse Bertie.

Henry non disse niente: guardava da Bertie a me e viceversa.

''Eppure è meglio che saliamo,'' dissi io. ''Abbiamo la birra per Richie.''

Bertie non replicò niente, così salimmo gli scalini esterni e varcammo il portone. Nell'atrio, il tanfo si sentiva subito.

Avete idea di che odore ha una distilleria di sidro durante l'estate? L'odore delle mele non passa mai, ma in autunno non dà fastidio perché è abbastanza aromatico e pungente da farsi respirare a piene narici. D'estate no, d'estate è pessimo, e lì dentro si sentiva un puzzo così, ma in peggio.

C'era una luce, nell'ingresso: una lampadina giallognola di vetro smerigliato che gettava un chiarore striminzito. E le scale, verso l'alto, si perdevano nell'oscurità.

Henry fermò il carrello trascinato fin lì e, mentre lui tirava fuori la cassetta di birra, io andai a premere il pulsante ai piedi degli scalini, pulsante che controllava la lampadina del piano di sopra. Ma evidentemente la lampada era rotta, come aveva raccontato il ragazzo.

''Porto io la birra,'' disse con voce tremante Bertie. ''Tu occupati soltanto della pistola.''

Henry non perse tempo a discutere. Consegnò la birra e cominciammo a salire, prima Henry, poi io, ultimo Bertie con la cassetta tra le braccia. Il tempo di arrivare al secondo piano, e il tanfo si era fatto molto più forte. Mele marce e fermentate e, sotto sotto, un lezzo ancora più orribile.

Un tempo, quando vivevo in Levante, avevo un cane — sì

chiamava Rex — ed era un bravo bastardone, ma non sapeva stare attento alle automobili. Venne investito, un pomeriggio, mentre io ero al lavoro, e strisciò sotto la casa, per andare a morire là. Cristo, che fetore! Alla fine, mi toccò infilarmi là sotto e veder di tirarlo fuori, con l'aiuto di un palo. Lì il fetore era uguale; infestato di uova di mosca, putrido, fetido da togliere il respiro.

Fino a quel momento m'era rimasto il dubbio che potesse trattarsi di una specie di scherzo, ma vedevo bene che non era così. "Dio, com'è che i vicini non hanno inscenato una protesta?"

"Quali vicini?" chiese Henry, e aveva di nuovo quello strano sorriso.

Mi guardai attorno e vidi che tutto aveva un aspetto polveroso, di abbandono, e che tutt'e tre le porte del secondo piano erano chiuse e sprangate.

"Chi è il padrone di casa?" chiese Bertie, appoggiando la cassetta sulla ringhiera per riprendere fiato. "Non è Gaiteau? Mi fa meraviglia che non l'abbia buttato fuori a calci."

"E chi sarebbe andato di sopra a prenderlo e scaraventarlo fuori?" ribatté Henry. "Tu?"

Bertie non disse più niente.

Subito dopo affrontammo la rampa successiva, che era anche più stretta e più ripida della precedente. E faceva sempre più caldo, tra l'altro. Sembrava che tutti i radiatori della casa stessero sibilando e mandando strani rumori metallici. Il lezzo era insopportabile e cominciavo ad avere l'impressione che qualcuno mi stesse rimescolando le budella con un bastoncino.

In cima alla rampa c'era un breve corridoio, e una porta con uno spioncino nel mezzo.

Bertie mandò un'esclamazione soffocata e bisbigliò: "Guardate su che cosa stiamo camminando!"

Guardai e vidi che il pavimento era coperto di una sostanza grigia e viscida, che formava piccole pozze. Sembrava che una volta, là, ci fosse stata una passatoia, ma la sostanza grigia aveva divorato tutto.

Henry avanzò fino alla porta e noi lo seguimmo. Non so Bertie, ma io tremavo come una foglia. Henry non ebbe un attimo di esitazione, in compenso: alzò la pistola e, con il calcio, batté contro l'uscio.

"Richie?" chiamò, e la sua voce non suonava minimamente spaventata, sebbene la sua faccia fosse mortalmente pallida.

"Sono Henry Parmalee, del Nite-Owl. Ti ho portato la birra."

Forse per un buon minuto, non vi fu risposta, poi una voce disse: "Dov'è Timmy? Dov'è il mio ragazzo?"

Per poco non scappai via. Quella non era una voce umana. Era strana, roca e farfugliante, come se qualcuno stesse parlando con la bocca piena di sugna.

"È al mio negozio," disse Henry, "sta facendo un pasto decente. È magro come un gatto randagio, Richie."

Non accadde niente, per un po', poi si udirono alcuni orribili rumori, come se un individuo in stivaloni di gomma stesse camminando nel fango più viscido. Infine, la voce decomposta parlò proprio al di là dell'uscio.

"Apri la porta e spingi dentro la birra," disse. "Solo che prima dovrai stapparmi tu i barattoli. Io non posso."

"Subito," disse Henry. "In che condizioni sei, Richie?"

"Non preoccuparti di questo," rispose la voce, ed era spaventosamente ansiosa. "Spingi dentro la birra e vattene!"

"Non hai più gatti morti da mangiare, vero?" chiese Henry, e lo disse quasi con tristezza. Non teneva più la pistola per la canna, ora; la impugnava nel modo giusto per fare fuoco.

E all'improvviso, come in un lampo di comprensione, feci il collegamento mentale che Henry aveva sicuramente fatto, forse già mentre ascoltava il racconto di Timmy. L'odore di decomposizione e di putridume parve raddoppiare, nelle mie narici, nell'attimo stesso in cui ricordai. Due ragazze giovanissime e un vecchio ubriacone erano scomparsi in città durante le ultime tre settimane, suppergiù. E tutti e tre dopo il buio.

"Mandamela dentro, o vengo fuori a prenderla."

Henry ci fece segno di allontanarci, e noi indietreggiammo di qualche passo.

"Sarà meglio, Richie." E si preparò a far fuoco.

Non accadde niente, per un lungo intervallo. Per dire la verità, cominciavo a pensare che fosse tutto già finito. Poi la porta si spalancò, in modo così improvviso e così violento che parve saltar via dai cardini, prima di andare a sbattere contro la parete. E dall'interno dell'alloggio uscì Richie.

Passò un secondo, un secondo solo, prima che Bertie e io ci precipitassimo giù per le scale come scolaretti, facendo i gradini a quattro a quattro per poi correre fuori nella neve.

Nello scendere, sentimmo Henry far fuoco tre volte, le detonazioni forti come granate nel chiuso di quella casa deserta e maledetta.

Quello che avevamo visto in quell'uno o due secondi, mi starà davanti agli occhi per una vita intera... o per quel tanto che me ne resta. Era come un'enorme, grigia onda di gelatina, una gelatina che sembrava un uomo, e che lasciava una traccia di viscidume dietro di sé.

Ma non era quello il peggio. Gli occhi erano piatti, gialli e feroci, senza più traccia di umanità. Ma non erano due. Erano quattro, e proprio lungo il centro delle cosa, tra un paio d'occhi e l'altro, c'era una linea bianchiccia e fibrosa attraverso la quale s'intravedeva una sorta di carne rosea e pulsante, come un taglio nella pancia di un maiale.

Si stava dividendo, capite? Si stava dividendo in due.

Bertie e io non ci siamo detti una parola, nel fare ritorno al negozio. Non so che cosa gli stia passando per la mente, a Bertie, ma so quello che passa per la mia: le tabelline. Due per due, quattro, due per quattro, otto, due per otto, sedici, due per sedici, trentadue...

Siamo tornati in negozio. Carl e Bill Pelham sono balzati in piedi e hanno cominciato a tempestarci di domande. Non potevamo rispondere, nessuno dei due. Ci siamo solo voltati per guardare fuori e vedere se Henry sarebbe riapparso attraverso la neve. Ho continuato a moltiplicare per due e sono arrivato a una cifra che significava la fine della razza umana. Così ci siamo seduti là, confortati da tutta quella birra, ad aspettare per vedere chi sarebbe tornato di loro, alla fine; e siamo ancora qui.

Spero che sia Henry, a tornare. Lo spero proprio.

Campo di battaglia

"Signor Renshaw?"

La voce del portiere lo colse a metà strada verso l'ascensore, e Renshaw si girò con impazienza, spostando la valigetta di tela da una mano all'altra. La busta dentro la tasca del suo soprabito, zeppa di banconote da cinquanta e da venti, scricchiolava a ogni movimento. Il lavoro era andato bene e la paga era stata eccellente, perfino una volta detratto il 15 per cento che l'Organizzazione tratteneva per sé. Ora, tutto quello che Renshaw desiderava era una doccia calda, un gin allungato e una dormita.

"Che cosa c'è?"

"Un pacco, signore. Le spiace firmare lo scontrino?"

Renshaw firmò e guardò con aria pensosa il pacco rettangolare. Il suo nome e indirizzo erano scritti sull'etichetta da una grafia appuntita, inclinata all'indietro, che aveva qualcosa di familiare. Provò a scuotere leggermente il pacco sul piano di finto marmo del banco, e qualcosa, all'interno, mandò un leggero rumore metallico.

"Vuole che glielo faccia mandar su, signor Renshaw?"

"No, non occorre." Il pacco misurava circa mezzo metro di lato ed era abbastanza maneggevole. Renshaw lo posò sul tappeto che copriva il pavimento dell'ascensore e inserì la chiave nella fessura corrispondente all'attico al disopra della regolare fila di bottoni. La cabina salì dolcemente e silenziosamente. Lui chiuse gli occhi e lasciò che le fasi dell'incarico si ripetessero sullo schermo buio della sua mente.

Prima, come sempre, una telefonata da parte di Cal Bates: "Sei disponibile, Johnny?"

Era disponibile due volte all'anno, tariffa minima 10.000 dollari. Era molto bravo, molto coscienzioso, ma la cosa che i suoi clienti pagavano, soprattutto, era il suo talento infallibile da animale da preda. John Renshaw era un falco umano, costruito a un tempo dalla genetica e dall'ambiente per fare superbamente due cose: uccidere e sopravvivere.

Dopo la telefonata di Bates, nella cassetta delle lettere di Renshaw era apparsa una busta marroncina. Conteneva un nome, un indirizzo, una fotografia. Il tutto da includere nella memoria; poi, busta e contenuto, ridotti in cenere, giù nella spazzatura.

Stavolta, la faccia era stata quella di un olivastro uomo d'affari di Miami di nome Hans Morris, fondatore e titolare della Morris Giocattoli. Qualcuno che desiderava togliere Morris di mezzo si era rivolto all'Organizzazione. L'Organizzazione, nella persona di Calvin Bates, aveva parlato con John Renshaw. *Là!* Non fiori ma opere di bene.

Le portine si aprirono, lui prese il pacco e uscì dall'ascensore. Aprì con la chiave la porta del suo appartamento ed entrò in casa. A quell'ora, poco più delle tre pomeridiane, il soggiorno spazioso era inondato dal sole d'aprile. Si soffermò un istante a goderselo, poi posò il pacco sul tavolino accanto alla porta d'entrata, ci lasciò cadere sopra la busta; infine, allentandosi la cravatta, andò verso la terrazza.

Aprì, spingendola da un lato, la vetrata scorrevole e uscì all'esterno. Faceva freddo e il vento tagliente penetrava attraverso il soprabito leggero. Ma lui rimase ugualmente là fuori, contemplando la città come un generale potrebbe prendere visione di un territorio conquistato. Nelle strade, il traffico faceva pensare a processioni di scarafaggi. In distanza, quasi sepolto nel riverbero del pomeriggio dorato, il Bay Bridge luccicava come il miraggio di un folle. Verso est, tutt'altro che nascosti dalle alture del centro cittadino, i casamenti sudici e affollati con le loro foreste in acciaio inossidabile di antenne televisive. Lassù si stava meglio. Molto meglio che in quei bassifondi.

Rientrò in casa, chiuse la vetrata scorrevole, poi andò in bagno per godersi una lunga doccia ben calda.

Quando, tre quarti d'ora più tardi, sedette con il bicchiere in mano a contemplare il suo pacco, le ombre avevano conquistato una buona metà della moquette color prugna e la parte migliore del pomeriggio era ormai passata.

Che sia una bomba?

Non lo era, naturalmente, ma bisognava procedere come se lo fosse. Era quello il modo sicuro di rimanere vivi e vegeti mentre tanti altri erano finiti nel grande ufficio di disoccupazione lassù in cielo.

Se era una bomba, non era a orologeria. Il pacco era quanto mai silenzioso; si presentava innocuo ed enigmatico. D'altronde, oggigiorno era assai più probabile una bomba al plastico. Il plastico era assai meno capriccioso dei congegni fabbricati da Westclox e Big Ben.

Renshaw guardò il timbro postale. Miami, 15 aprile. Cinque giorni fa. Allora la bomba non era a tempo, altrimenti sarebbe scoppiata dentro la cassaforte del residence.

Miami. Già. E quella grafia aguzza, pendente all'indietro. C'era una fotografia in cornice sulla scrivania dell'olivastro uomo d'affari, ed era la foto di un'ancor più olivastra vecchia befana che indossava un *babushka*. La dedica scritta in calce un po' di traverso diceva: "Con affetto dalla tua sforna-idee più geniale. Mamma."

Che specie di idea hai sfornato stavolta, Mamma? Uno sterminatore portatile?

Osservò il pacco con estrema concentrazione, restando immobile e senza toccarlo. Interrogativi estranei quali: come avrà fatto la sforna-idee più geniale di Morris ad avere il mio indirizzo? non gli si presentavano neppure. Tutte cose per dopo, cose che riguardavano Cal Bates. Secondarie, al momento.

Con una mossa improvvisa, quasi distratta, tolse dal portafoglio un calendarietto di celluloide e lo inserì abilmente sotto la funicella che s'incrociava attorno al pacco. Lo fece scivolare sotto il nastro adesivo che fermava ai due lati i lembi dell'involucro di carta bruna. L'adesivo si staccò, il lembo si rilassò contro la funicella.

Momento di pausa per osservare, poi avvicinarsi e annusare. Carta da pacco, *etichetta*, cordicella. Niente di più. Renshaw si portò dall'altra parte della scatola, sedette sui talloni, ripeté il procedimento dal lato opposto. Il crepuscolo stava invadendo l'alloggio con grigie dita d'ombra.

Uno dei lembi ripiegati si aprì, liberandosi della cordicella che lo tratteneva e mostrando, all'interno, una scatola di un verde spento. Metallica. Coperchio con cerniere. Renshaw estrasse di tasca un temperino e tagliò la funicella. Questa cadde e Renshaw, con precauzione e usando leggermente la punta del temperino, finì di svolgere l'involucro, mettendo a nudo la scatola.

Era verde con i profili in nero, e stampigliate sul davanti in lettere bianche c'erano le parole: BAULETTO VIETNAM. Più sotto: 20 Fanti, 10 Elicotteri; 2 Soldati armati di BAR (fucile automatico Browning); 2 Soldati addetti ai bazooka; 2 Medici; 4 jeep. Più sotto: 1 bandiera, decalcomania. Più sotto ancora, nell'angolo: Morris Giocattoli S.A., Miami, Florida.

Renshaw allungò una mano per toccarlo, poi la ritirò. Qualcosa nell'interno del bauletto si era mosso.

Si rialzò, senza fretta, e indietreggiò attraverso la stanza, verso la cucina e l'anticamera. Accese la luce.

Il Bauletto Vietnam ora oscillava, facendo frusciare il foglio di carta da pacco sul quale era posato. Improvvisamente perse l'equilibrio e cadde sulla moquette con un tonfo smorzato, atterrando su una delle estremità. Il coperchio a cerniere si aprì di uno spiraglio di circa cinque centimetri.

Soldatini alti circa quattro centimetri presero a strisciare fuori dalla scatola. Renshaw li osservava, senza battere ciglio. La sua mente non faceva alcuno sforzo per affrontare l'aspetto reale o irreale di ciò che lui stava guardando: era alle prese unicamente con le possibili conseguenze per la sopravvivenza.

I soldati indossavano uniformi da fatica, avevano caschi e zaini e portavano a spalla minuscole carabine. Due di loro guardarono brevemente verso Renshaw, attraverso la stanza. I loro occhi, non più grandi di punte di matita, luccicavano.

Cinque, dieci, dodici, poi tutti e venti. Uno di essi gesticolava, dando ordini agli altri. Si allinearono lungo l'apertura che la caduta aveva prodotto e cominciarono a spingere. L'apertura cominciò ad allargarsi.

Renshaw afferrò uno dei grandi cuscini del divano e cominciò a camminare verso i soldatini. L'ufficiale si voltò e fece un gesto. Gli altri si girarono di scatto, imbracciando le carabine. Vi fu una serie di lievissimi, quasi delicati scoppiettii, e Renshaw provò la sensazione improvvisa d'essere stato punto da api.

Scagliò il cuscino, che li colpì, mandandoli a gambe all'aria, poi urtò la scatola, aprendola del tutto. Come un nugolo di insetti, con un lieve, acuto ronzio, elicotteri in miniatura color verde giungla si alzarono dalla scatola.

Suoni leggerissimi, *ffft, ffft*, arrivarono alle orecchie di Renshaw, che vedeva bagliori di bocche da fuoco, simili a capocchie di spillo, uscire dallo sportello aperto degli elicotteri. Aghi gli punzecchiavano lo stomaco, il braccio destro, un lato del collo. Allungò una mano e afferrò un elicottero: subito sentì un dolore alle dita, che presero a sanguinare. Le pale del rotore gliele avevano ferite con tagli profondi e diagonali che arrivavano fino all'osso. Gli altri, ronzando, si misero fuori della sua portata, accerchiandⁿlo come mosche cavalline. L'elicottero colpito finì sul pavimento e giacque là immobile.

Un improvviso, lancinante dolore al piede gli strappò un grido. Uno dei soldatini gli si era arrampicato sulla scarpa e stava dandogli colpi di baionetta nella caviglia. L'infinitesimale faccia guardava in su, ansante e sogghignante.

Renshaw assestò un calcio al soldatino, e il minuscolo corpo volò attraverso la stanza per spiaccicarsi contro la parete. Non lasciò sangue ma una viscida macchia violacea.

Ci fu una piccola, tossicchiante esplosione e un dolore atroce gli si propagò per la coscia. Dall'armadietto era uscito uno degli uomini armati di bazooka. Un ricciolino di fumo si levava pigramente dalla sua arma. Renshaw si guardò la gamba e vide che aveva nei calzoni un foro annerito e fumante, grande come una monetina. La carne, al disotto, era carbonizzata.

Mi ha colpito, quel mostriciattolo!

Si voltò e corse in anticamera, poi in camera sua. Uno degli elicotteri passò rasente alla sua guancia, con il rotore che ronzava rabbiosamente. Un BAR fece udire il suo leggero balbettio. Poi, l'elicottero schizzò oltre.

La pistola che lui teneva sotto il cuscino era una '44 Magnum, grande abbastanza da aprire un foro grosso come due pugni attraverso tutto ciò che colpiva. Renshaw si girò, tenendo l'arma con tutt'e due le mani. Si rendeva freddamente conto che doveva mirare a un bersaglio mobile non più grande di una lampadina volante.

Due degli elicotteri erano in arrivo. Seduto sul letto, Renshaw fece fuoco una volta. Uno degli elicotteri esplose, dissolvendosi. E fanno due, pensò lui. Mirò al secondo... premette il grilletto...

L'ho mancato! Balla troppo, maledizione!

L'elicottero piombò verso di lui in un arco inaspettato e mortale, i rotori di prua e di poppa roteavano con velocità accecante. Renshaw fece in tempo a scorgere uno degli uomini armati di mitra appostato presso la portiera aperta, da dove lasciava partire raffiche brevi e micidiali; poi, si gettò a terra e rotolò su se stesso.

Gli occhi, quel bastardo mirava agli occhi!

Si rialzò con la schiena contro la parete in fondo, l'arma tenuta all'altezza del petto. Ma l'elicottero stava ritirandosi. Parve restare librato, per un attimo, poi abbassarsi come in riconoscimento della superiore potenza di fuoco di Renshaw. Infine si allontanò e scomparve in direzione del soggiorno.

Renshaw si rialzò, trasalendo nell'appoggiare il peso sulla gamba ferita, che sanguinava abbondantemente. Credo bene che sanguini! pensò, trucemente. Non capita a tutti di venire colpito all'improvviso da un proiettile di bazooka e di vivere per poterlo raccontare.

Così, Mamma era la collaboratrice Numero Uno di Morris, quella che "sfornava le idee", eh? Altroché se lo era! Questo e altro.

Tolse la federa a un guanciale e la lacerò a strisce per fasciarsi la gamba, poi prese dal cassettone lo specchio per radersi e andò fino alla porta che dava sul corridoio. Inginocchiatosi, appoggiò lo specchio sulla moquette e ne regolò l'inclinazione, scrutandovi dentro.

Stavano bivaccando presso il bauletto, quei maledetti! Soldati in miniatura si affannavano qua e là, piantando tende. Jeep alte cinque centimetri correvano attorno con importanza. Un medico si prodigava attorno al soldato che Renshaw aveva colpito con un calcio. Gli otto elicotteri superstiti stavano librati sopra in uno sciame protettivo, all'altezza del tavolino da tè.

Improvvisamente, si accorsero dello specchio, e tre dei soldati di fanteria, ginocchio a terra, aprirono il fuoco. Pochi secondi dopo, lo specchio era in frantumi. *Bene, bene, la vedremo!*

Renshaw tornò al cassettone e prese la pesante scatola di mogano che Linda gli aveva regalato per Natale. Provò a sollevarla, assentì tra sé, poi tornò sulla porta e attraversò d'un balzo il corridoio. Si raccolse su se stesso, poi scagliò la sua arma con l'impeto di un lanciatore sul campo di baseball. La scatola descrisse un velocissimo, autentico vettore e investì i soldatini in pieno. Una delle jeep rotolò due volte su se stessa. Renshaw si portò proprio sulla soglia del soggiorno, adocchiò uno dei soldati finiti a terra, gli sparò.

Diversi degli altri si erano riavuti. Alcuni erano già in posizione di tiro e facevano fuoco, altri si erano portati al riparo. Altri ancora, si erano ritirati dentro il bauletto.

Punture d'api cominciarono a sforacchiargli il petto e le gambe, ma nessuna arrivava più in su della sua cassa toracica. Forse la portata era troppo grande. Non aveva importanza; lui non aveva intenzione di lasciarsi mettere in fuga.

Mancò il prossimo colpo — erano così maledettamente piccoli — ma il successivo servì a eliminare un altro soldato.

Gli elicotteri ronzavano ferocemente verso di lui. Ora i minuscoli proiettili cominciavano a piovere sulla sua faccia, al disopra e al disotto degli occhi. Abbatté l'elicottero di testa, poi un secondo apparecchio. Striature di dolore inargentavano il suo campo visivo.

I rimanenti sei si divisero in due ali, ritirandosi. La sua faccia era bagnata di sangue ed egli se l'asciugò con l'avambraccio. Era pronto a riaprire il fuoco quando qualcosa lo indusse a fermarsi. I soldati che si erano ritirati all'interno del bauletto stavano spingendo fuori qualcosa. Qualcosa che sembrava...

Vi fu un accecante sfrigolio di fuoco giallo, e un improvviso zampillo di legno e di intonaco scaturì dalla parete alla sinistra di Renshaw.

...un lanciarazzi!

Tentò di colpirlo, lo mancò, girò sui tacchi e corse verso il bagno, all'altra estremità del corridoio. Sbatté la porta e si chiuse dentro a chiave. Dallo specchio del bagno, un indiano stava fissandolo con occhi inebetiti e atterriti, un indiano reso folle dalla battaglia, con sottili rivoli di tintura rossa sgorganti da fori non più grandi di granellini di pepe. Un lacero lembo di pelle gli penzolava da una guancia. Un proiettile gli aveva aperto un solco nel collo.

Sto perdendo!

Si passò tra i capelli la mano tremante. La porta d'entrata era tagliata fuori. Così pure il telefono e l'estensione telefonica in cucina. Gli altri disponevano di un lanciarazzi, maledizione, e un tiro diretto gli avrebbe fatto saltar via la testa.

All'inferno, non era nemmeno elencato sulla scatola!

Stava per tirare un lungo respiro, ma lo rimandò fuori in una specie di grugnito perché nella porta si era improvvisamente aperto un foro grosso come un pugno, mentre frammenti di legno carbonizzato volavano dappertutto. Minuscole fiamme arsero brevemente attorno agli orli frastagliati del foro, ed egli vide il lampo brillante di un altro razzo che veniva lanciato dal nemico. Altro legno esplose verso l'interno, spargendo schegge ardenti sul tappetino del bagno. Renshaw le spense, calpestandole, e intanto due degli elicotteri penetravano ronzando attraverso il foro. Minuscoli confetti di mitra gli punzecchiarono il petto.

Con un lagnoso gemito di rabbia, abbatté uno degli elicotteri con la mano nuda, riportando una serie di tagli profondi attraverso il palmo. Con improvvisa, disperata ispirazione, abbatté l'altro servendosi di un pesante asciugamano di spugna. L'apparecchio precipitò a terra, sussultante, ed egli lo finì calpestandolo. Il respiro gli usciva rauco e affannoso. Il sangue gli colava in un occhio, caldo e appiccicoso, ed egli se lo asciugò con il dorso della mano.

Là, maledetti! Là! Questo vi darà da pensare, spero.

In effetti, parve dar loro da pensare perché, per un buon quarto d'ora, non accadde niente. Renshaw sedeva sull'orlo della vasca, sforzandosi febbrilmente di riflettere. Doveva esserci un modo di uscire da quel vicolo cieco. *Doveva* esserci. Se soltanto fosse stato possibile aggirarli...

D'un tratto si voltò e guardò il finestrino sopra la vasca. C'era un modo. Sì, c'era.

I suoi occhi si posarono sul contenitore di benzina per l'accendino che stava sopra l'armadietto dei medicinali. Stava per prenderlo quando udì un lieve fruscio.

Subito si girò, puntando la Magnum... ma era soltanto un pezzetto di carta spinto sotto la fessura dell'uscio. Renshaw osservò tra sé, trucemente, che nemmeno *uno di loro* poteva passare attraverso la fessura, tanto era sottile.

Sul pezzetto di carta era scritta, in piccolo, una sola parola:

Arrenditi

Renshaw sorrise, torvo, e prese il contenitore, infilandoselo nel taschino della camicia. Accanto c'era un mozzicone di matita. Se ne servì per vergare rapidamente una parola sul foglio, che fece poi passare nuovamente sotto la porta. La parola era:

BALLE

Seguì un inaspettato, accecante fuoco di fila di razzi, e Renshaw indietreggiò. Penetravano attraverso il foro aperto nell'uscio e, descrivendo un arco, andavano a esplodere contro le piastrelle azzurrine al disopra del portasciugamani, trasformando l'elegante parete in un butterato paesaggio lunare. Renshaw si proteggeva gli occhi con una mano perché l'intonaco volava attorno in una pioggia rovente di shrapnel. Fori ardenti gli laceravano la camicia e la sua schiena era tutta bucherellata.

Quando lo sbarramento cessò, Renshaw si mosse. Si arrampicò sopra la vasca e aprì il finestrino. Stelle gelide lo fissarono dal cielo buio. Era un finestrino stretto, e al di là c'era uno stretto davanzale. Ma non c'era tempo di pensare a questo.

Si diede la spinta, issandosi, e l'aria fredda lo schiaffeggiò sulla faccia lacerata e sul collo, come una mano aperta. Stava sporto in avanti, tenendosi appoggiato sulle mani, e fissava giù. Quaranta piani più giù. Da quell'altezza la strada appariva non più larga della rotaia di un trenino. Le vivide luci ammiccanti della città luccicavano pazzamente sotto di lui come gioielli sparpagliati.

Con l'ingannevole disinvoltura di un addestrato ginnasta, Renshaw sollevò le ginocchia fino a puntarle sull'orlo inferiore del finestrino. Se uno di quegli elicotteri poco più grandi di una vespa fosse entrato ora attraverso quel foro nell'uscio, sarebbe bastata una mini-raffica a far precipitare Renshaw nel vuoto, urlando per tutti i quaranta piani.

Questo non accadde.

Renshaw si torse, spinse una gamba in fuori, poi allungò in fuori una mano e, a tentoni, trovò il cornicione in alto e vi si aggrappò. Un attimo dopo, era ritto sul davanzale all'esterno del finestrino.

Evitando deliberatamente di pensare all'orribile strapiombo che si apriva sotto i suoi talloni, ed evitando inoltre di pensare a quel che sarebbe accaduto se uno degli elicotteri lo avesse inseguito, ronzando, Renshaw cominciò a spostarsi verso l'angolo dell'edificio.

Quattro metri... tre... Là. Fece una pausa, il petto premuto contro il muro, le mani allargate ad abbracciare la superficie ruvida. Poteva sentire il contenitore dentro il taschino e il peso rassicurante della Magnum infilata nella cintura dei calzoni.

Ora si trattava di aggirare quel maledetto angolo.

Piano piano, spostò un piede attorno e trasferì su quello il peso della persona. Ora lo spigolo era conficcato come una lama nel suo petto e nelle sue viscere. Sulla ruvida pietra, proprio all'altezza dei suoi occhi, c'era una chiazza di guano lasciata da qualche uccello. Cristo, pensò lui, assurdamente. Non sapevo che volassero fino a quest'altezza.

Il piede sinistro gli scivolò.

Per un intervallo d'incubo senza tempo, barcollò al disopra dell'orlo, agitando disperatamente il braccio destro per ritrovare l'equilibrio, ma ecco che stava abbracciando i due lati dell'edificio in una stretta da amante, la faccia premuta contro lo spigolo, il respiro che entrava e usciva dai polmoni con molta fatica.

Un po' alla volta, riuscì a trasportare oltre l'angolo anche l'altro piede.

Una decina di metri più in là, sporgeva la terrazza del suo soggiorno.

Riuscì a poco a poco ad arrivare fin là, mentre il respiro gli si faceva sempre più corto e affannoso. Due volte fu costretto a fermarsi, perché brusche folate di vento minacciavano di strapparlo via dal cornicione.

Finalmente era arrivato, poteva aggrapparsi alla ringhiera di ferro.

La scavalcò senza fare rumore. Aveva lasciato le tende un po' aperte, all'interno della vetrata scorrevole, e ora poteva scrutar dentro, con precauzione. Erano proprio come lui li voleva: girati di spalle.

Quattro soldati e un elicottero erano stati lasciati a guardia del bauletto. Gli altri dovevano essere appostati fuori della porta del bagno, con i lanciarazzi.

Bene, ora irruzione attraverso la vetrata, di sorpresa. Spazzar via quelli attorno al bauletto, poi uscire velocemente di casa. Un taxi, e subito all'aeroporto. Partenza per Miami, in cerca della sforna-idee di Morris. Che soddisfazione poterle bruciare la faccia con un lanciafiamme, per esempio. Sarebbe stata la giusta ricompensa.

Si tolse la camicia e lacerò una lunga striscia di una manica. Lasciò cadere il resto ai suoi piedi, dove rimase a svolazzare mollemente e, con i denti, tolse il beccuccio di plastica al contenitore di benzina per l'accendino. Vi inserì un'estremità della striscia, la tirò fuori di nuovo, poi ficcò dentro l'altra estremità in modo che soltanto un tratto di quindici centimetri di tela bene imbevuta pendesse libero dal minuscolo bidone.

Si cercò in tasca l'accendino, respirò profondamente, poi fece scattare la fiammella. L'accostò al brandello di tessuto e, mentre quello s'infiammava, spinse violentemente in là la vetrata e irruppe nella stanza.

L'elicottero reagì all'istante, tuffandosi uso kamikaze verso di lui che caricava attraverso la moquette, lasciando cadere piccoli schizzi di liquido infiammato. Renshaw lo respinse a braccio teso, quasi non avvertendo la fitta dolorosissima che gli corse su per il braccio quando le pale del rotore gli aprirono tagli nella carne.

I soldatini attorno al bauletto si sparpagliarono.

Dopo di che, tutto accadde molto rapidamente.

Renshaw scagliò il contenitore-molotov. Questo esplose, trasformandosi in una palla di fuoco. L'istante dopo lui, con una fulminea inversione di marcia, stava precipitandosi verso la porta d'entrata.

Non seppe mai che cosa l'avesse colpito.

Fu come il tonfo che avrebbe prodotto una cassaforte lasciata cadere da una rispettabile altezza. Solo che quel tonfo si propagò all'intero grattacielo, facendone vibrare come un diapason la struttura metallica.

La porta dell'attico volò via dai cardini e andò a frantumarsi contro la parete opposta.

Una coppietta che camminava, mano nella mano, giù in strada guardò in su, in tempo per scorgere un'enorme vampata bianca, come se un centinaio di flash fossero esplosi tutti contemporaneamente.

"Qualcuno avrà provocato un cortocircuito," disse l'uomo. "Penso che..."

"E quella cos'è?" chiese la ragazza.

Qualcosa calava pigramente dall'alto, svolazzando verso di loro; lui l'afferrò con la mano tesa. "Oh, Dio, ma è una camicia da uomo. Tutta piena di forellini. E insanguinata, anche."

"Non mi piace questa storia, Ralph," disse lei, innervosita. "Chiama un taxi, vuoi? Se è successo qualcosa, lassù, ci toccherà parlare con i poliziotti, e sai bene che io non dovrei essere fuori con te."

"Sì, sì, certo."

L'uomo si guardò attorno, scorse un taxi, fischiò per fermarlo. Videro accendersi i fanalini rossi della vettura, che frenava, e si misero a correre, per salirvi.

Dietro di loro, non visto, un foglietto di carta scendeva fluttuando dall'alto. Andò ad atterrare vicino ai resti della camicia di Renshaw. Il testo, in grafia appuntita e inclinata all'indietro, diceva:

Ehi, bambini! Questo Bauletto Vietnam contiene
un'Offerta Speciale!
(soltanto per pochi giorni)
1 Lanciarazzi
20 Missili "Twister" Terra-aria
1 Arma Termonucleare, Modello in scala

Camion

L'uomo si chiamava Snodgrass e vedevo bene che era lì per reagire in maniera folle. Gli occhi gli si erano fatti più grandi e mostravano il bianco, come quelli di un cane che si stia preparando a una zuffa. I due ragazzi che, sbandando, erano finiti nel parcheggio con il loro sconquassato Fury, stavano cercando di calmarlo, ma dal modo come lui piegava la testa sembrava che stesse ascoltando altre voci. Aveva un po' di pancetta sotto l'abito di buon taglio, che stava diventando un po' lucido sul fondo dei calzoni. Era un commesso viaggiatore e teneva la borsa con il campionario vicina a sé, come un cagnolino che si fosse messo a dormire.

"Proviamo di nuovo a vedere se la radio funziona," disse il camionista vicino al banco.

Il gestore, con un'alzata di spalle, provò ad accendere. Fece scorrere l'asticciola attraverso tutto il quadrante e non ottenne altro che scariche.

"Troppo in fretta," protestò il camionista. "Magari qualcosa c'era e non abbiamo sentito."

"Diavolo!" esclamò il gestore. Era un negro anziano con un sorriso tutto denti d'oro e non stava guardando il camionista. Stava guardando l'area di parcheggio al di là della finestra panoramica lunga quanto il locale.

C'erano sette o otto pesanti camion là fuori, con i motori da cui si levavano sordi, pigri ruggiti che suonavano come fusa di gattoni enormi. C'erano un paio di Mack, un Hemingway e quattro o cinque Reo. Camion con rimorchio, TIR con una quantità di targhe e antenne CB a stilo sul retro.

Il Fury dei due ragazzi giaceva capovolto al termine dei segni lunghi e curvi lasciati dalla slittata nella ghiaia smossa del parcheggio. Era stato ridotto a un rottame informe. All'entrata della piazzola di manovra per i camion, c'era una Cadillac fracassata. Il suo propriet..rio fissava fuori del parabrezza in frantumi, e sembrava un pesce sventrato. Gli occhiali con la montatura di corno gli pendevano da un orecchio.

Poco più in là, verso la metà del parcheggio, giaceva il cadavere di una ragazza con un vestito rosa. Era saltata dalla Cadillac quando aveva visto che l'auto non ce l'avrebbe fatta. Poi si era messa a correre, ma inutilmente. Dei due, era quella che aveva avuto la peggio, sebbene giacesse a faccia in giù. Attorno a lei c'erano nugoli di mosche.

Dall'altra parte della strada una vecchia giardinetta Ford era stata scaraventata al di là del guardrail. Tutto questo era accaduto un'ora prima. Non era passato nessuno, da allora. Il casello dell'autostrada non si vedeva, dalla finestra, e il telefono era isolato.

"Troppo in fretta l'ha fatta girare," stava protestando il camionista. "Avrebbe dovuto..."

Fu allora che Snodgrass scattò. Nell'alzarsi rovesciò il tavolino, fracassando tazze di caffè e spargendo zucchero dappertutto. I suoi occhi erano più dilatati che mai, la bocca gli pendeva molle mentre biascicava: "Dobbiamo andar via di qui dobbiamo andare via di qui dobbiamandareviadiqui..."

Il ragazzo gridò e la sua compagna mandò un urlo.

Ero sullo sgabello più vicino alla porta e mi riuscì di agguantarlo per la camicia, ma lui con uno strattone si liberò. Era completamente impazzito. Sarebbe passato attraverso la porta di una camera blindata.

Spalancò l'uscio e un attimo dopo stava filando attraverso la ghiaia verso il fossato di scolo, sulla sinistra. Due dei camion balzarono in avanti per inseguirlo, soffiando contro il cielo, dai fumaioli, lo scarico nerastro dei diesel, levando sventagliate di ghiaia con le ruote posteriori.

Non poteva essere a più di cinque o sei passi dall'area di parcheggio quando si girò a guardare, la paura scritta sulla faccia. I suoi piedi inciamparono l'uno nell'altro ed egli barcollò e per poco non cadde. Ritrovò l'equilibrio, ma era troppo tardi.

Uno dei camion perse terreno e l'altro caricò, l'enorme griglia frontale luccicava nel sole di feroci barbagli. Snodgrass mandò un grido che risuonò acuto e sottile, quasi sommerso dal pesante rombare del motore diesel del Reo.

Non venne trascinato sotto. Visto come andarono le cose, sarebbe stato forse meglio. Invece, il camion lo sollevò in alto e poi in fuori, come un giocatore che dia un calcio a un pallone.

Per un attimo, l'uomo si stagliò contro il torrido cielo pomeridiano come uno spaventapasseri storpio, poi sparì nel fossato.

I freni del grosso camion sibilarono come l'alito di un drago, le ruote anteriori si bloccarono, scavando solchi nella pelle di ghiaia del parcheggio, e il bestione si arrestò a qualche centimetro dal precipitare dentro a sua volta. Il bastardo!

La ragazza seduta nel séparé mandò un grido. Si conficcava le mani nelle guance, tirandosi in giù la carne, trasformandole in una maschera da strega.

Rumore di vetro che si rompe. Girai la testa e vidi che il camionista aveva stretto così forte il suo bicchiere da mandarlo in frantumi. Non credo che se ne fosse accorto, ancora. Il latte scorreva sul banco misto a qualche goccia di sangue.

Il cuoco-barista negro era impietrito accanto alla radio, un panno asciugapiatti in mano, l'aria stupefatta. I suoi denti luccicavano. Per un momento non ci fu altro suono salvo il ronzio del Westclox e il rombo del motore del Reo che ritornava verso i suoi compagni. Poi, la ragazza cominciò a piangere e questo era un bene: o almeno, era già meglio.

Anche la mia auto, che avevo abbandonato oltre l'angolo, era ridotta un rottame. Era una Camaro del '71 e non avevo ancora finito di pagarla, ma probabilmente questo non aveva più importanza, ora.

Non c'era nessuno sui camion.

Il sole batteva e accendeva barbagli sulle cabine deserte. Le ruote giravano da sole. Ma non potevi pensarci su a lungo. Diventavi matto, se ci pensavi troppo. Come Snodgrass.

Passarono due ore. Il sole cominciò a calare. Fuori, i camion pattugliavano in cerchi lenti, tracciando una serie di otto. Anabbaglianti e luci di posizione si erano accesi.

Percorsi un paio di volte la lunghezza del bar, tanto per sgranchirmi le gambe, poi mi misi a sedere in uno dei séparé presso la lunga vetrata. Era un comune posto di ristoro per camionisti, vicino all'autostrada. Fuori, sul retro, c'era la stazione di servizio, con distributori di benzina e gasolio. I conducenti si fermavano lì per un caffè e un piatto caldo o freddo.

"Signore?" La voce era esitante.

Mi voltai. Erano i due ragazzi del Fury. Lui dimostrava circa diciannove anni. Aveva i capelli lunghi e una barba che da poco stava cercando di farsi crescere. La sua ragazza sembrava più giovane.

"Sì?"

"Che cosa è successo, a lei?"

Accennai una stretta di spalle. "Arrivo lungo l'autostrada, diretto a Pelson," risposi. "Un autocarro viaggiava dietro di me — lo vedevo nel retrovisore, ancora distante — a velocità molto sostenuta. Lo si sentiva rombare da quasi un chilometro di lontananza. Ha superato, aggirandolo, un Maggiolino Volkswagen, e l'ha letteralmente spazzato via dalla strada con la coda del rimorchio, proprio come si fa saltar via col dito una pallina di carta dal tavolo. Ho creduto che uscisse di strada anche il camion. Nessun autista sarebbe riuscito a tenerlo in strada, con il rimorchio che sbandava in quel modo. Ma non è uscito di carreggiata. La Volkswagen ha fatto cinque o sei capriole e alla fine è esplosa, e il camion ha preso di mira un'altra vettura e le ha fatto fare la stessa fine. Poi ha cercato di superare me, e io ho infilato a tutta birra la rampa d'uscita." Risi, ma senza nessuna allegria. "Dritto in un posto di ristoro per camionisti, sono venuto a finire. Dalla padella nella brace."

La ragazza deglutì. "Noi abbiamo visto un autobus della Greyhound che viaggiava contromano nella corsia diretta a sud. Stava... aprendosi un varco... in mezzo alle auto. Poi è esploso e ha preso fuoco ma prima ha fatto... un macello."

Un autobus della Greyhound. Questa era una novità. E brutta, anche.

Fuori, tutti gli abbaglianti si accesero all'unisono, immergendo il parcheggio in un chiarore innaturale e senza fondo. Ringhiando, quasi, i grossi automezzi andavano avanti e indietro. Gli abbaglianti sembravano dar loro gli occhi e, nel crepuscolo sempre più intenso, i neri scatoloni dei rimorchi facevano pensare a spalle enormi e un po' chine di giganti preistorici.

"Sarà prudente accendere la luce?" chiese il barista negro.

"Provi," risposi, "e vedremo."

Lui fece scattare gli interruttori e, in alto, si accese una serie di globi macchiati dalle mosche. Contemporaneamente, sopra l'entrata, un'insegna al neon s'illuminò un po' a singhiozzo: "Conant, Stazione di Servizio e Posto di Ristoro." Non accadde niente. I camion continuarono la loro ronda.

"Io non capisco," disse il camionista. Era sceso dal suo sgabello e stava aggirandosi per il locale, la mano avvolta in un fazzolettone rosso. "Non ho mai avuto problemi con il mio autocarro. Un po' vecchiotto, ma è sempre andato benone. Mi sono fermato qui poco dopo l'una, per mangiare un piatto di spaghetti, e guarda cosa va a succedere." Agitava le braccia, e il fazzolettone sventolava. "Ora c'è anche il mio mezzo là fuori, è quello con il fanalino di coda sinistro un po' debole. Sono sei anni che lo guido. Ma se ora uscissi da quella porta..."

"È soltanto l'inizio," affermò il negro. I suoi occhi, sotto le palpebre pesanti, erano di ossidiana. "Dev'essere grave se è partita anche la radio. È soltanto l'inizio, questo."

La ragazza era diventata bianca come il latte. "Lasciamo perdere," dissi, rivolto al negro. "Per ora non sappiamo."

"Che cosa sarà stata la causa?" Il camionista si preoccupava. "Tempeste elettriche nell'atmosfera? Una prova nucleare? Che cosa?"

"Forse," azzardai, "sono soltanto impazziti."

Verso le sette mi avvicinai al negro che stava al banco. "Come siamo sistemati, qui? Sì, dico, se dovessimo resistere per qualche tempo?"

Aggrottava la fronte. "Non tanto male. Ieri era giorno di consegna. Abbiamo qualche centinaio di hamburger surgelati, frutta e verdura in scatola, cereali... latte non ce n'è molto, ma c'è l'acqua del pozzo. Se necessario, noialtri cinque possiamo tirare avanti per un mese e più."

Il camionista si avvicinò a noi, strizzò un occhio. "Sono rimasto senza sigarette. Ora quella distributrice automatica..."

"Non è mia, la macchina," disse il negro. "Nossignore."

Il camionista aveva una sbarra di ferro che si era procurato nella dispensa sul retro. Si mise all'opera intorno alla macchina.

Il ragazzo andò verso il jukebox che ammiccava in un angolo e infilò una monetina. John Fogarty cominciò a cantare d'essere nato in riva al fiume.

Seduto vicino alla vetrata, provai a guardare fuori. Quasi subito vidi qualcosa che non mi piacque. Un camioncino Chevrolet si era unito alla pattuglia, come un pony in mezzo a un gruppo di stalloni. Guardai finché non lo vidi passare con indifferenza sul corpo della ragazza della Cadillac, poi distolsi lo sguardo.

"Li abbiamo *fatti* noi!" gridò la ragazza con disperazione improvvisa. "Non possono...!"

Il suo ragazzo le ordinò di stare buona. Il camionista era riuscito a forzare la macchina delle sigarette e si stava servendo di sette, otto pacchetti di Viceroy. Li sistemò in tasche diverse, poi lacerò un pacchetto. Dall'espressione intenta della sua faccia, non capivo bene se avesse intenzione di fumarle o di mangiarle.

Un altro disco stava ora suonando nel jukebox. Erano le otto.

Alle otto e mezzo, la corrente mancò.

Quando le luci si spensero, la ragazza mandò un grido, grido che s'interruppe bruscamente, come se il giovane le avesse messo una mano sulla bocca. Il jukebox si spense con un suono che si arrocchì, calando e poi cessando del tutto.

"Cristo, che cosa succede!" esclamò il camionista.

"Ehi," chiesi io, al negro, "ci sono candele?"

"Credo di sì. Aspetti... sì. Ce n'è qualcuna."

Mi alzai per avvicinarmi al banco. Le accendemmo e cominciammo a sistemarle in giro. "Facciamo attenzione," dissi. "Se diamo fuoco al locale, saranno grane a non finire."

Lui rise, cupamente. "Lo sa, eh?"

Finimmo di sistemare le candele, e ora il ragazzo e la sua amichetta erano seduti vicini, abbracciati, e il camionista era vicino all'uscita posteriore, a guardare altri sei pesanti autocarri che facevano una specie di slalom tra le due isole di cemento delle pompe. "Questo cambia le cose, vero?" chiesi.

"Le cambia sì, se la corrente se n'è andata definitivamente."

"È grave? Quanto?"

"Gli hamburger resisteranno al massimo tre giorni. Le altre cose deperibili se ne andranno altrettanto in fretta. Resisterà la roba in scatola, i cereali... Ma non è questo, il peggio. Senza la pompa, non avremo l'acqua."

"Quanto tempo?"

"Senza poter prendere l'acqua? Una settimana."

"Riempiamo tutte le brocche che ci sono. Riempiamole, finché siamo in tempo. Dove sono i gabinetti? C'è acqua buona dentro le cisterne."

"Quello per il personale è nel retro. Ma le altre sono all'esterno. Bisogna uscire per arrivarci."

"Attraversare fino alla stazione di servizio?" A questo non ero preparato. Non ancora.

"No. Fuori dalla porta laterale e poi un po' più in là."

"Mi dia un paio di secchi."

Procurò un paio di recipienti adatti. Il ragazzo si era avvicinato al banco.

"Che cosa state facendo?"

"Dobbiamo avere acqua. Tutta quella che possiamo trovare."

"Date un secchio anche a me."

Gliene porsi uno.

"Jerry!" gridò la ragazza. "Tu non..."

Lui la guardò e lei non aggiunse altro ma, afferrato un tovagliolo, cominciò a lacerarne gli angoli. Il camionista stava fumando un'altra sigaretta e fissava per terra. Non aprì bocca.

Andammo verso la porta laterale, da dove ero entrato io quel pomeriggio, e ci fermammo là un istante, a guardare le ombre che si facevano più nitide e più sfumate, a seconda del movimento dei camion in un senso o nell'altro.

"Ora?" chiese il ragazzo. Il suo braccio sfiorava il mio e i muscoli saltavano e vibravano come corde tese. Se qualcuno lo avesse urtato, sarebbe schizzato diritto in orbita.

"Calma," dissi.

Abbozzò un sorriso. Era un sorriso malato, ma meglio che niente.

"Forza, ora!"

Sgattaiolammo fuori.

L'aria della sera era un po' più fresca. I grilli cantavano tra l'erba e le rane saltavano e gracidavano nel fossato. Lì fuori il rombo dei camion era più forte, più minaccioso, come un ruggire di belve. Dall'interno, era come essere al cinema. Lì fuori era reale, c'era da lasciarci la pelle.

Strisciammo lungo la parete esterna, tutta piastrellata. Una piccola tettoia ci offriva un po' di riparo. La mia Camaro era accoccolata contro la rete di recinzione di fronte a noi, e un po' di luce che arrivava dall'insegna batteva sulle lamiere accartocciate e sulle pozze d'olio e di benzina.

"Lei vada nella toilette per signore," bisbigliai al giovane. "Riempia il secchio con l'acqua della cisterna e aspetti."

Rombare costante di motori diesel. C'era da confondersi; ti pareva che stessero avvicinandosi, ma erano soltanto echi rimbalzanti contro gli angoli irregolari dell'edificio. I metri da percorrere erano soltanto sei, ma sembravano molti di più.

Lui aprì la porta della toilette per signore e sparì all'interno. Io proseguii e qualche istante dopo ero in quella degli uomini. Sentivo i muscoli allentarsi, il respiro uscire come in un sibilo. Nella semioscurità scorsi la mia immagine nello specchio: una faccia bianca e tirata, occhi neri, fondi.

Tolsi il coperchio di porcellana e immersi il recipiente. Riversai dentro un po' di liquido perché non debordasse, poi andai alla porta. "Ehi!" chiamai.

"Sì," mormorò lui.

"Pronto?"

"Sì."

Uscimmo di nuovo. Avevamo fatto forse sei passi quando i fari ci investirono in pieno. Si era avvicinato silenziosamente, con le ruote enormi che giravano appena sulla ghiaia. Si era tenuto in attesa e ora balzava verso di noi, gli abbaglianti simili a due occhi inferociti, l'enorme griglia cromata quasi atteggiata a un sogghigno.

Il ragazzo era rimasto paralizzato, la faccia una maschera d'orrore, gli occhi inebetiti, le pupille dilatate. Gli diedi un tremendo spintone, facendogli versare una metà dell'acqua.

"*Va'!*"

Il tuono di quel motore diesel salì fino a uno strillo acuto. Mi protesi al di sopra della spalla del mio compagno, per spalancare la porta; ma, prima che potessi farlo, venne aperta dall'interno. Il ragazzo si ficcò dentro e io mi precipitai a imitarlo. Mi voltai e vidi il camion — un grosso Peterbilt — sfiorare il muro piastrellato all'esterno, facendo saltar via parte del rivestimento. Seguì un rumore stridente, che feriva le orecchie, come di dita gigantesche che grattassero una lavagna. Poi, il parafango destro e gli angoli della griglia si abbatterono contro la porta ancora aperta, provocando un getto di vetro in frantumi e strappando via i cardini di metallo della porta come fossero stati di carta. La porta volò nell'oscurità come qualcosa uscito da un quadro di Dalì e il camion accelerò in direzione del parcheggio antistante, il tossicchiare dello scappamento simile a una scarica di mitra. Era un suono rabbioso, di delusione.

Il ragazzo posò il secchio e crollò tra le braccia della sua bella, rabbrividendo.

Sentivo il cuore martellare pesantemente nel petto e i polpacci mi erano andati in acqua. A proposito di acqua, tra tutti e due avevamo riportato circa un secchio e un quarto. Non so se era valsa la pena.

"Voglio chiudere in qualche modo quella porta," dissi al negro. "Cosa si potrebbe usare?"

"Be'..."

Il camionista interloquì: "Perché? Sono camion enormi, di là non riuscirebbero a far passare neppure una ruota."

"Non è dei grossi camion che mi preoccupo."

Il camionista si accese un'altra sigaretta.

"Ci sono dei fogli di lamiera di là in magazzino," rispose il negro. "Il principale voleva tirare su una tettoia per tenerci le bombole di metano."

"Metteremo quelli attraverso l'apertura e li terremo su con i tavoli e le panchette dei séparé."

"Dovrebbe andar bene," disse il camionista.

Impiegammo circa un'ora e alla fine stavamo collaborando tutti, compresa la ragazza. Era un ripiego abbastanza solido. Naturalmente, per quanto solido non sarebbe stato sufficiente se qualcosa lo avesse investito a tutta velocità. Credo lo sapessimo tutti.

C'erano ancora tre séparé allineati lungo la grande finestra panoramica e andai a sedermi in uno di quelli. L'orologio dietro il banco si era fermato sulle 8.32, ma dovevano essere le dieci. Fuori, i camion rombavano, sempre andando su e giù. Qualcuno si allontanava, affrettandosi verso missioni ignote, altri arrivavano. C'erano tre camioncini, ora, che giravano con aria d'importanza in mezzo ai loro fratelli maggiori.

Stavo per appisolarmi, e invece di contare le pecore contavo i camion. Quanti nell'intero stato, quanti in tutta l'America? Camion a rimorchio, camioncini, autocarri, rimorchi ribaltabili, cisterne, autobetoniere, automezzi militari e così via, a decine di migliaia... e autobus. Visione d'incubo di un autobus cittadino, due ruote sulla strada e due sul marciapiede, che romba e atterra pedoni atterriti e urlanti, maciullandoli.

Cercai di scacciarla e caddi in un sonno leggero e poco tranquillo.

Doveva essere primo mattino quando Snodgrass cominciò a urlare. Uno spicchio di luna si era levato e splendeva gelido attraverso un alto velo di nuvolaglia. Una nuova nota ritmica e sferragliante si era aggiunta al rombo roco e monotono dei grandi automezzi. Guardai, per capire cosa fosse, e vidi una pressafieno girare in tondo vicino all'insegna spenta. Il chiaro di luna batteva sugli aculei aguzzi e in movimento dell'imballatrice.

Il grido si ripeté, ed era chiaro che proveniva dal fossato: "Aiutaaaatemi..."

"Cos'è stato?" Era la ragazza. Nell'ombra, i suoi occhi erano spalancati e apparve terribilmente impaurita.

"Niente," risposi.

"Aiuuuutoooo…"

"È vivo," bisbigliò lei. "Oh, Signore. È *vivo*."

Non avevo bisogno di vederlo. Potevo figurarmelo fin troppo bene. Snodgrass sicuramente giaceva mezzo dentro e mezzo fuori del fosso, schiena e gambe rotte, l'abito accuratamente stirato ora incrostato di fango, la faccia bianca e stravolta levata verso la luna indifferente…

"Io non sento niente," ripetei.

Mi fissava. "Come può? Come?"

"Se lei ora lo sveglia," dissi, accennando con il pollice al suo ragazzo, "può darsi che lui senta qualcosa. Può darsi che voglia uscire là fuori. Le farebbe piacere?"

La sua faccia cominciò a contrarsi e a fare smorfie, come punta da aghi invisibili. "Niente," bisbigliò. "Là fuori non c'è niente."

Tornò dal suo innamorato e abbandonò la testa sul petto di lui. Il ragazzo la circondò con le braccia, senza svegliarsi.

Nessun altro si svegliò. Snodgrass gridò, pianse e invocò aiuto per un bel pezzo, poi tacque del tutto.

L'alba.

Era arrivato un altro camion: una gigantesca bisarca, questo, per il trasporto delle auto. Mi faceva paura.

Il camionista mi si avvicinò e mi toccò un braccio. "Venga con me," bisbigliò, agitatissimo. "Venga a vedere."

Lo seguii di là, nel locale delle provviste. Una decina di camion sorvegliava le uscite da quella parte. Da principio, non vidi niente di nuovo.

"Vede?" disse lui, indicando. "Là!"

Capii, allora. Uno dei camion era fermo. Se ne stava là come un bestione inerte, e non aveva più niente di minaccioso.

"È rimasto a secco?"

"Proprio così, capisce? *E non possono pompare benzina o gasolio da soli*. La cosa si risolverà da sé. Non dobbiamo fare altro che aspettare." Sorrideva e armeggiava con il pacchetto delle sigarette.

Erano circa le nove e io stavo mangiando qualcosa di avanzato dal giorno prima, per fare colazione, quando cominciò il concerto: lunghi, assordanti colpi di clacson che ti scuotevano le ossa del cranio. Ci avvicinammo alle vetrate per guardare fuori. I camion erano tutti fermi, in folle. Un autocarro con rimorchio, un Reo enorme con la cabina rossa, era venuto a fermarsi quasi sulla sottile striscia di prato che separava il ristorante dall'area di parcheggio. Da quella distanza, la griglia quadrata appariva immensa e minacciosa. I pneumatici erano così alti da arrivarmi al petto.

Il clacson ricominciò ad assordarci; colpi duri, famelici, che viaggiavano in linea retta nell'aria e venivano rimandati dall'eco. Seguivano uno schema. Brevi e lunghi, con una sorta di ritmo.

"Ma è Morse!" esclamò all'improvviso Jerry, il ragazzo.

Il camionista lo guardò. "Come fai a saperlo?"

Il ragazzo arrossì un pochino. "L'ho imparato quando ero negli Scout."

"Tu?" disse il camionista. "*Sul serio?* Ma va'!" Scuoteva la testa.

"Non importa dove l'ha imparato," dissi. "Se lo ricorda abbastanza da..."

"Certo. Mi faccia ascoltare. Qualcuno ha una matita?"

Il negro gliela fornì, e il ragazzo cominciò a scrivere le lettere su un tovagliolo di carta. Dopo un po', smise di scrivere. "Ripete semplicemente 'Attenzione', di continuo. Aspettiamo."

Aspettammo. Il clacson batteva le sue lunghe e le sue brevi nell'aria immobile del mattino. Poi lo schema cambiò, e il ragazzo ricominciò a scrivere. Chini sopra la sua spalla, guardavamo il messaggio formarsi. "Qualcuno deve pompare carburante. Non gli verrà fatto del male. Tutto il carburante dev'essere pompato. Questo dovrà essere fatto subito. Qualcuno deve pompare subito la nafta."

I colpi di clacson continuavano, ma il ragazzo smise a un tratto di scrivere. "Ha ricominciato a ripetere 'Attenzione'," spiegò.

Il camion ripeteva il suo messaggio senza posa. Non mi piaceva l'aspetto delle parole, scritte a lettere maiuscole sul tovagliolo. Apparivano macchinali, spietate. Non ci sarebbe stato compromesso, con parole del genere. Facevi quello che dicevano o non lo facevi.

"Bene," disse il ragazzo, "che cosa facciamo?"

"Niente," rispose il camionista. Era tutto eccitato e si vedeva. "Non dobbiamo fare altro che aspettare. Stanno per esaurire il carburante. Uno dei camioncini, là sul retro, si è già fermato. Non dobbiamo fare altro che..."

Il clacson tacque. A marcia indietro, il grosso Reo andò a raggiungere i compagni. Ora aspettavano disposti a semicerchio, i fari puntati verso di noi.

"C'è un bulldozer, là fuori," dissi.

Jerry guardò me. "Crede che demoliranno la costruzione?"

"Sì."

Lui guardò il negro. "Non possono riuscirci, vero?"

L'altro si limitò a una stretta di spalle.

"Dovremmo mettere ai voti," propose il camionista. "Niente ricatto, maledizione. Non dobbiamo fare altro che aspettare." Era la terza volta che lo ripeteva, ormai. Sembrava una formula magica.

"D'accordo," dissi. "Votiamo."

"Aspettare," ripeté immediatamente il camionista.

"Io invece dico che dovremmo rifornirli. Possiamo aspettare un'occasione migliore per scappare di qua. Lei, barista?"

"Restare qui dentro," rispose il negro. "Vuole diventare il loro schiavo? Perché così finirà. Vuole passare il resto della sua vita a cambiare i filtri e l'olio ogni volta che uno di quei... *così* si metterà a strombazzare? Io no." Fissava torvo oltre i vetri. "Lasci che crepino di fame."

Guardai i due ragazzi.

"Per me ha ragione," disse lui. "È l'unico modo di fermarli. Se qualcuno poteva venire a soccorrerci, a quest'ora l'avrebbe fatto. Dio sa che cosa sta succedendo, negli altri posti." E la ragazza, con il ricordo di Snodgrass ancora negli occhi, assentì e si fece più vicina al compagno.

"È deciso, allora," dissi.

Mi avvicinai alla macchina delle sigarette e tirai fuori un pacchetto senza nemmeno badare alla marca. Avevo smesso di fumare un anno prima, ma quella sembrava una buona occasione per ricominciare. Il fumo, acre, mi fece tossire.

Venti minuti passarono lentamente. I camion là fuori aspettavano. Quelli sul retro, si stavano mettendo in fila vicino alle pompe.

"Io dico che era tutto un bluff," disse il camionista. "Solo per..."

Poi si udì una nota più tronca, ma anche più aspra e più rumorosa, il rombo di un motore che prendeva a girare e si fermava, poi riprendeva a girare... Il bulldozer.

Faceva pensare a un'enorme vespa, là nel sole: era un Caterpillar, dai rumorosi e sferraglianti cingoli metallici. Vomitava fumo nero dal corto fumaiolo mentre manovrava per portarsi di fronte a noi.

"Sta per caricarci!" urlò il camionista. Sulla sua faccia c'era un'espressione di sorpresa indicibile. "Ci carica, vi dico!"

"Indietro, tutti!" ordinai. "Dietro il bancone."

Il bulldozer stava ancora scaldando il motore. Le leve del cambio si muovevano da sole. Un tremolio di calore si formava al disopra della ciminiera fumante. Improvvisamente la lama si sollevò, pesante curva d'acciaio incrostata di fango rappreso. Poi, con un urlante crescendo di potenza, il bulldozer rombò diritto verso di noi.

"Il bancone!" Diedi una spinta al camionista, al che tutti si mossero.

C'era un piccolo rialzo di cemento tra l'area di parcheggio e l'erba. Il bulldozer lo superò con impeto, sollevando per un attimo la lama, poi si abbatté come un ariete contro la facciata del piccolo edificio. Le vetrate esplosero verso l'interno con un pesante e secco fragore, e l'intelaiatura in legno si frantumò in tante schegge. Uno dei globi della luce cadde dall'alto, sparando altro vetro all'intorno. Il vasellame precipitò dagli scaffali. La ragazza gridava ma l'urlo era quasi completamente sommerso dal rombare martellante e implacabile del motore del Caterpillar.

Inserita la retromarcia, il bulldozer indietreggiò attraverso la dilaniata striscia di prato, poi balzò di nuovo in avanti, mentre quel poco che restava dei séparé veniva travolto e divelto del tutto. La vetrinetta dei dolci cadde dal banco, mandando fette di torta a slittare attraverso il pavimento.

Il barista negro se ne stava accucciato a occhi chiusi, mentre il ragazzo teneva stretta a sé la sua bella. Il camionista aveva gli occhi fuori della testa per il terrore.

"Dobbiamo fermarlo," biascicava. "Gli dica che lo faremo, faremo qualsiasi cosa…"

"Un po' tardi, non crede?"

Il Caterpillar fece marcia indietro e si preparò a caricare di nuovo. Sotto il sole, la sua lama presentava nuove tacche, che luccicavano. Si gettò in avanti con un ruggito belluino e, stavolta, abbatté il sostegno principale a sinistra di quella che era stata la finestra. Quella sezione del tetto crollò con un fragore tremendo. Eravamo avvolti dalla polvere dell'intonaco.

Il bulldozer si liberò dalle macerie. Scorgevo, al di là, il gruppo dei camion in attesa.

Afferrai il negro. "Dove sono i bidoni di gasolio?" I fornelli andavano a bombole, ma doveva esserci un impianto di riscaldamento.

"Dietro," disse lui. "Nel magazzino."

Agguantai il ragazzo. "Andiamo."

Ci alzammo e corremmo nel magazzino. Il bulldozer colpì di nuovo, facendo tremare l'edificio. Due o tre botte così e sarebbe stato in grado di avvicinarsi al banco per ordinare un caffè.

C'erano due grossi barili da duecento litri muniti di alimentatori per la caldaia e di rubinetti. Vicino alla porta sul retro, c'era uno scatolone di bottiglie della salsa piccante, vuote. "Portale qui, Jerry," ordinai al ragazzo.

Mentre lui eseguiva, mi tolsi la camicia e la feci a pezzi. Il bulldozer continuava a colpire, e ogni botta era accompagnata dal crollo di altre macerie.

Riempii quattro delle bottiglie dai rubinetti dei barili, e lui via via le riempiva di stracci. "Giochi al basket?" gli chiesi.

"Giocavo, a scuola."

"Bene. Fa' come se dovessi andare a canestro."

Tornammo di là nel ristorante. L'intera facciata era ormai aperta al cielo. Frammenti di vetro sfavillavano come brillanti. Una pesante trave era crollata diagonalmente attraverso l'apertura. Il bulldozer stava indietreggiando per un ennesimo attacco e pensavo che stavolta avrebbe continuato ad avanzare, spazzando via gli sgabelli e poi demolendo lo stesso bancone.

Ci inginocchiammo e tendemmo le nostre molotov. "Forza, accenda," dissi al camionista.

Tirò fuori i fiammiferi, ma le mani gli tremavano talmente che li lasciò cadere. Il barista li raccolse, ne accese uno e i brandelli di camicia presero ad ardere con uno sfrigolio unto.

"Presto!" urlai.

Ci mettemmo a correre, Jerry un po' più avanti di me. Il vetro scricchiolava come ghiaia sotto i nostri passi. C'era un odore caldo e oleoso nell'aria. Tutto era molto chiassoso, molto luminoso.

Il bulldozer caricò.

Il ragazzo si chinò per passare sotto la trave e rimase stagliato contro quella pesante lama di acciaio temperato. Io corsi verso destra. Il primo lancio di Jerry riuscì troppo corto. Il se-

condo colpì la lama e la fiamma dilagò contro l'acciaio, inno-
cua.

Lui tentò di voltarsi, ma già il bulldozer gli era addosso,
colosso rotolante di ferro del peso di quattro tonnellate. Le mani del giovane si levarono verso l'alto, poi lo vidi sparire, risucchiato dai cingoli.

Girai su me stesso, allungandomi, e con tiri dal basso in alto mandai una bottiglia dentro la cabina deserta e l'altra nel
bel mezzo del meccanismo. Esplosero insieme, con una vistosa
fiammata.

Per un attimo, il motore del bulldozer levò un urlo quasi
umano di dolore e di rabbia. Poi l'enorme bestione impazzito
descrisse un semicerchio, svellendo l'angolo sinistro della costruzione, e rotolò come ubriaco verso il fossato.

I cingoli d'acciaio erano striati di sangue, e dove prima c'e-
ra il ragazzo ora c'era qualcosa che sembrava un panno cinci-
schiato.

Il bulldozer arrivò quasi fino al fossato, mentre lingue di
fuoco si levavano da sotto la cappottatura e dall'abitacolo, poi
esplose in un geyser.

Barcollai all'indietro, incespicando, e per poco non finii su
un mucchio di macerie. C'era un odore caldo che non era soltanto di gasolio. Erano capelli in fiamme. Prendevo fuoco.

Afferrai una tovaglia, me la calcai in testa, corsi dietro il
bancone e immersi la testa nel lavello, con tanta forza da rischiare di spaccarmela contro il fondo. La ragazza ripeteva, urlando, il nome di Jerry, in una litania folle e disperata.

Quando mi voltai, vidi che la grande bisarca avanzava lentamente verso la parte anteriore priva di difese del ristorante.

Il camionista gridò e si mise a correre verso la porta laterale.

"No!" gli gridò dietro il negro. "Non lo faccia..."

Ma l'altro era già fuori e stava correndo verso il fossato e i
campi aperti al di là.

Il furgone doveva essere rimasto di sentinella proprio al di
là di quella porta laterale, fuori dalla nostra vista: sulla fiancata
portava la scritta: "Lavanderia Wong". Prima ancora che ce ne
rendessimo conto, lo aveva già investito. Poi si allontanò e rimase soltanto il camionista là in terra, tutto contorto sulla
ghiaia. Aveva perso tutt'e due le scarpe.

La bisarca superò lentamente il bordo di cemento, avanzò
sull'erba, sui resti del ragazzo, e si fermò con il muso enorme
affacciato nel ristorante.

Poi, mandò un inaspettato, assordante colpo di clacson, seguito da un altro, e poi da un altro.

"Basta!" piagnucolava la ragazza. "Fatelo tacere, per carità..."

Ma il clacson continuò così per un pezzo. Ci bastò un minuto a captare il messaggio. Era lo stesso di prima. Voleva che qualcuno facesse il pieno a lei e agli altri.

"Vado io," dissi. "Sono aperte le pompe?"

Il negro assentì. Sembrava invecchiato di cinquant'anni.

"No!" gridò la ragazza. Si gettò addosso a me. "Deve fermarli! Li bruci, li rompa, li distrugga..." La voce le mancò, le si ruppe in un aspro raglio di disperazione e di dolore insopportabile.

Il negro le si avvicinò, la trattenne. Aggirai l'angolo del banco, attento a dove camminavo tra vetri e macerie, e uscii dalla porta del magazzino. Il cuore mi martellava dolorosamente nel petto mentre avanzavo nel sole caldo. Desideravo un'altra sigaretta, ma non si fuma attorno ai distributori.

I camion erano sempre lì in fila. Il furgone della lavanderia stava acquattato di fronte a me, al di là della ghiaia, come un cane da punta ringhiante e fremente. Una mossa sospetta e m'avrebbe travolto. Il sole gli batteva sul parabrezza, e io rabbrividii. Era come fissare la faccia di un ebete.

Misi in funzione la pompa e staccai il tubo dal gancio; svitai il primo tappo di serbatoio e cominciai a pompare carburante.

Di lì a mezz'ora avevo prosciugato la prima cisterna e mi trasferivo a un'altra pompa. Alternavo di continuo tra benzina e gasolio. I camion mi passavano davanti in una fila interminabile. Cominciavo a capire, ora. Cominciavo a intuire. La gente stava facendo questo in tutto il paese, oppure giaceva morta come il camionista, scaraventata fuori delle sue stesse scarpe e con le pesanti impronte dei battistrada impresse attraverso le viscere.

Rimase a secco anche la seconda cisterna e io mi trasferii alla terza. Il sole era come un maglio e la testa cominciava a dolermi per quei vapori. Tra il pollice e l'indice mi si erano formate delle vesciche. Ma questo loro non potevano saperlo. S'intendevano di guarnizioni, di candele, di giunti cardanici, ma non di vesciche, di colpi di sole e del bisogno di urlare. A loro interessava sapere una sola cosa sui loro ex padroni, e quella la sapevano: eravamo carne da macello.

Anche l'ultima cisterna era ormai a secco e io gettai il tubo della pompa a terra. Ma c'erano altri camion, e la fila spariva oltre l'angolo. Torsi il capo per alleviare un indolenzimento nel collo e rimasi a fissare, inebetito. La fila continuava oltre il parcheggio e lungo la strada e fuori vista, ed ora su due e su tre carreggiate. Sembrava un incubo sulla Superstrada di Los Angeles durante l'ora di punta. L'orizzonte tremolava e ballava per il calore degli scappamenti; nell'aria stagnava l'odore della carburazione.

"No," dissi. "Siamo a secco. Niente da fare, gente."

Ma ecco un rombo più pesante, una nota bassa che faceva tremare i denti. Si stava avvicinando un immenso camion argenteo, un'autocisterna. Sulla fiancata c'era scritto: "Fate il pieno con Phillips 66: il Carburante dei Jet".

Un pesante tubo si staccò da solo dal retro.

Mi avvicinai, lo raccolsi, poi sollevai la piastra di alimentazione della prima cisterna e attaccai il tubo. L'autocisterna cominciò a pompare. Il puzzo di petrolio mi abbrutiva: lo stesso tanfo che i dinosauri devono avere annusato, morendo, mentre precipitavano dentro i pozzi di catrame. Riempii le altre due cisterne, poi mi rimisi al lavoro.

La mia coscienza tendeva ad affievolirsi, al punto che finii per perdere la nozione del tempo e dei camion. Svitavo, ficcavo il beccuccio del tubo nel foro, pompavo finché il liquido greve debordava, poi riavvitavo il tappo. Le mie vesciche si ruppero, facendo scorrere siero lungo i polsi. La testa mi batteva come un dente cariato e il mio stomaco si contraeva disperatamente per il tanfo degli idrocarburi.

Stavo per perdere i sensi. Sarei svenuto e sarebbe stata la fine. Avrei continuato a pompare fino a crollare morto.

Poi sentii due mani sulle spalle, le mani scure del negro. "Vada dentro," mi disse. "Si riposi. Vado avanti io finché fa buio. Cerchi di dormire."

Gli affidai la pompa.

Ma non posso prendere sonno.

La ragazza dorme. È crollata là nell'angolo, con la testa su una tovaglia, e la sua faccia non smette di contrarsi neppure nel sonno. È una faccia senza età e senza tempo, la sua. Tra poco, la sveglierò. È quasi buio, e il negro è là fuori da cinque ore.

Continuano ad arrivare. Guardo fuori attraverso la finestra mezza demolita e i loro fari si stendono per un miglio e più, ammiccando come gemme giallastre nell'oscurità crescente. La coda deve arrivare fino al casello, credo, e forse anche più in là.

La ragazza dovrà fare il suo turno. Le mostrerò come deve fare. Dirà che non può, ma lo farà. Vuole vivere.

Vuole diventare il loro schiavo? aveva detto il cuoco-barista negro. *Vuole passare la vita a cambiare i filtri e l'olio ogni volta che uno di quei cosi si metterà a strombazzare?*

Potremmo metterci a correre, forse. Sarebbe facile per noi riuscire ad arrivare al fossato, ora, bloccati come sono là in coda. Correre attraverso i campi, attraverso le paludi dove i camion affonderebbero come mastodonti e tornare...

...tornare alle caverne.

Fare disegni a carboncino. Questo è il dio della luna. Questo è un albero. Questo è un Mack semi-articolato che sta per mettere sotto un cacciatore.

No, neppure questo. Troppa parte del mondo è pavimentata, ormai. Perfino i campi da gioco per i bambini. E per i campi, le paludi e i boschi ci sono fuoristrada, semicingolati, ribaltabili equipaggiati di laser, di maser, di radar. E, a poco a poco, possono trasformare tutto il mondo che piace a loro.

Vedo già grandi convogli di camion riempire di sabbia la Palude Okefenokee, i bulldozer spianare i parchi nazionali e le zone ancora vergini, appiattendo il terreno, livellandolo in un'unica, sterminata pianura. E poi arriveranno i mezzi per la pavimentazione stradale.

Ma sono macchine. Qualsiasi cosa sia accaduta, qualsiasi coscienza di massa abbiamo dato loro, *non possono riprodursi.* Tra cinquanta o sessant'anni, saranno soltanto ammassi di lamiere arrugginite, senza più niente di minaccioso; carcasse immobili che gli uomini liberi potranno prendere a sassate.

E se chiudo gli occhi posso vedere le linee di produzione di Detroit, di Dearbon, di Youngstown e di Mackinac, nuovi camion che vengono messi insieme da operai che non timbrano più nemmeno il cartellino ma crollano a terra e vengono sostituiti.

Vedo che il negro comincia a barcollare, ora. Non è più giovanotto, tra l'altro. Devo svegliare la ragazza.

Due aerei stanno lasciando scie argentee contro l'orizzonte sempre più buio, a oriente.

Mi piacerebbe poter credere che ci siano persone a bordo.

A volte ritornano

La moglie di Jim Norman lo stava aspettando dalle due e, quando vide l'auto fermarsi di fronte allo stabile dove abitavano, scese di corsa per andargli incontro. Era andata a fare la spesa e aveva preparato un pranzetto per festeggiare: un paio di bistecche, una bottiglia di vino buono, un bel cespo di lattuga e altre piccole cose. Ora, guardandolo scendere dalla macchina, si sorprese a sperare quasi con disperazione (e non per la prima volta, quel giorno) che ci fosse qualcosa da festeggiare.

Jim veniva su dal vialetto, la cartella nuova in una mano e quattro libri di testo nell'altra. Lei poté vedere il titolo di quello di sopra: *Introduzione alla grammatica*. Mise una mano sulla spalla del marito e domandò: "Com'è andata?"

E lui sorrise.

Ma quella notte Jim rifece il sogno per la prima volta dopo tanto tempo e si svegliò in sudore, con un grido dietro le labbra.

Il colloquio era stato condotto dal preside della Media superiore Harold Davis e dal professore di lettere più anziano. Si era parlato anche del suo esaurimento nervoso, cosa che del resto lui si aspettava.

Il preside, un uomo calvo e cadaverico di nome Fenton, si era lasciato andare contro la spalliera, fissando il soffitto. Simmons, il professore di lettere, aveva acceso la pipa.

"Ero sottoposto a una pressione tremenda, a quell'epoca," aveva detto Jim Norman. Le sue dita avrebbero voluto torcersi, in grembo, ma lui non le lasciava fare.

"Penso che possiamo capire," aveva detto Fenton, sorridendo. "Non è il caso di addentrarsi in fatti personali, ma siamo tutti d'accordo, penso, che l'insegnamento è un'occupazione massacrante, specie a livello di scuole superiori. Si sta in scena cinque ore di lezione su sette, e si recita davanti al pubblico più difficile del mondo. Ecco perché," aveva concluso con un certo orgoglio, "gli insegnanti hanno più ulcere di qualsiasi altro gruppo professionale, a eccezione dei controllori del traffico aereo."

"Le pressioni che mi portarono all'esaurimento furono... estreme," aveva spiegato Jim.

Fenton e Simmons avevano assentito in segno di incoraggiamento, senza commenti, e Simmons aveva fatto scattare l'accendino per riaccendere la pipa. Improvvisamente, l'ufficio era parso farsi molto stretto, molto soffocante. Jim provava la strana sensazione che qualcuno gli stesse dirigendo il calore di una lampada sulla nuca. Le sue dita avevano preso a torcersi in grembo, e lui le aveva fatte smettere.

"Facevo l'ultimo anno di università e il tirocinio di insegnamento. Mia madre era morta l'estate prima, di cancro, e nella mia ultima conversazione con lei mi aveva chiesto di continuare e finire. Mio fratello, mio fratello maggiore, era morto quand'eravamo ancora ragazzi. Sarebbe stata sua intenzione insegnare, e lei pensava che..."

Capiva dai loro occhi che stava divagando e aveva pensato: *Dio, sto facendo una pessima figura!*

"Feci come lei mi chiedeva," aveva concluso, lasciando a mezzo l'intricato rapporto tra sua madre, suo fratello Wayne — povero, assassinato Wayne — e se stesso. "Durante la seconda settimana del mio internato, la mia fidanzata venne coinvolta in un incidente d'auto. Investita da un pirata della strada, un ragazzo a bordo di un'auto rubata... non lo presero mai."

Simmons aveva fatto un lieve borbottio di incoraggiamento.

"Continuai il tirocinio. Non sembrava esserci altro da fare. Lei soffriva molto — una gamba rotta e quattro costole fratturate — ma non correva pericolo. Probabilmente non mi rendevo conto della pressione alla quale ero sottoposto."

Attento ora. Qui è dove il terreno si fa scivoloso.

"L'internato lo feci all'Istituto Professionale di Center Street," aveva concluso Jim.

"Punto fiorito della città," aveva commentato Fenton. "Coltelli a serramanico, stivaletti da motociclista, armi negli

armadietti, raket della protezione tanto per procurarsi un po'
di spiccioli, e un ragazzo su tre che vende la droga agli altri
due. Conosco quell'istituto.''

"C'era un ragazzo di nome Mack Zimmerman," aveva detto Jim. "Un ragazzo intelligente. Suonava la chitarra. L'avevo
in un corso di composizione, e aveva talento. Arrivo, una mattina, e due ragazzi lo stavano tenendo mentre un terzo gli fra-
cassava la chitarra contro il calorifero. Zimmerman urlava. Gridai loro di smetterla e di darmi la chitarra. Tentai di fermarli e
qualcuno mi colpì.'' Jim si era stretto nelle spalle. "È tutto.
Mi venne l'esaurimento. Niente attacchi di nervi o di ipocon-
dria, no... Solo, non potevo tornare in quella scuola. Come mi
avvicinavo all'istituto, mi si chiudeva il petto. Sudavo freddo,
non potevo respirare..."

"Succede anche a me," aveva osservato Fenton, amabilmente.

"Mi feci analizzare. Una terapia di gruppo. Non potevo
certo permettermi uno psichiatra. Mi fece bene. Sally e io siamo sposati, ora. Lei zoppica un pochino e ha una cicatrice ma,
a parte questo, è tornata come nuova.'' Li aveva fissati, con
freddezza. "Penso si possa dire lo stesso di me.''

"Se non sbaglio," aveva chiesto Fenton, "il suo periodo di
tirocinio lei lo finì, ma presso la Scuola Cortez.''

"Neppure quella è un letto di rose," aveva commentato
Simmons.

"Volevo una scuola dura," aveva risposto Jim. "Feci cambio con un altro, per ottenere la Cortez.''

"Approvazione piena da parte dell'ispettore scolastico," a-
veva commentato Fenton.

"Sì.''

"E centocinque di laurea. Un bellissimo voto.''

"Mi piaceva, l'università.''

Fenton e Simmons si erano guardati, poi si erano alzati. Si
era alzato anche Jim.

"Ci metteremo in contatto con lei, signor Norman," aveva
concluso Fenton. "Abbiamo ancora qualche candidato da in-
tervistare..."

"Sì, capisco.''

"...ma, per quanto mi riguarda, sono favorevolmente im-
pressionato dal suo passato accademico e dal suo candore personale.''

"Lei è davvero gentile.''

"Sim, forse il signor Norman gradirebbe un caffè, prima di andarsene."

Si erano stretti la mano.

Nel corridoio, Simmons aveva detto: "Credo che il posto sia suo, se lei lo vuole. Io non le ho detto niente, intesi?"

Jim aveva assentito. Erano tante, le cose che anche lui non aveva detto.

Il liceo Davis era una costruzione imponente che ospitava una scuola molto moderna: la sola ala di scienze aveva ricevuto fondi per un milione e mezzo nel bilancio dell'anno precedente. Le classi, dove si aggiravano ancora i fantasmi degli operai che le avevano costruite e dei ragazzi che per primi le avevano usate subito dopo la guerra, erano arredate con moderni tavolini e finissime lavagne. Gli studenti erano puliti, ben vestiti, vivaci, danarosi. Sei su dieci, tra quelli dell'ultimo anno, avevano la loro auto. Nel complesso, una buona scuola. Un'ottima scuola in cui insegnare durante i difficili anni settanta. Al confronto, la Professionale di Center Street era come il cuore dell'Africa.

Ma dopo che i ragazzi se n'erano andati, qualcosa di vecchio e di cupo sembrava calare sui corridoi e bisbigliare nelle aule deserte. Un mostro nero e maligno, che non si faceva mai vedere del tutto. A volte, quando percorreva il corridoio dell'Ala 4 con la cartella nuova in una mano, diretto al parcheggio, Jim Norman aveva quasi l'impressione di sentirlo respirare.

Rifece il sogno verso la fine di ottobre, e stavolta gridò. Risalì disperatamente alla realtà e trovò che Sally, seduta in mezzo al letto accanto a lui, gli scuoteva una spalla. Il cuore gli martellava nel petto.

"Dio!" mormorò, e si passò una mano sulla faccia.

"Va meglio?"

"Sì, sì. Ho urlato, vero?"

"Mamma mia, se hai urlato. Un incubo?"

"Sì."

"Qualcosa di quando quei ragazzi ruppero la chitarra a quel tale?"

"No," rispose lui. "Qualcosa di molto più antico. A volte mi torna, tutto qui. Non c'è da preoccuparsi."

"Sei sicuro?"

"Sì."

"Vuoi un bicchiere di latte?" Gli occhi di lei erano come ingranditi dall'ansia.

Lui le baciò la spalla. "No. Cerca di dormire."

Sally spense la luce e Jim rimase là, a fissare nel buio.

Aveva un orario discreto, per essere il nuovo insegnante. La prima ora era libera. La seconda e la terza erano tutt'e due di composizione, e una delle classi era scialba, mentre l'altra era in gamba. La quarta ora era la migliore: letteratura americana, corso per quelli della maturità, che si divertivano ad attaccare per un'ora al giorno i grandi autori del passato. La quinta era un'ora di "consultazione", durante la quale lui avrebbe dovuto ricevere gli studenti che avevano problemi personali o di studio. Erano pochi quelli che ne avevano (o che desideravano discuterne con lui), ed egli passava la maggior parte di quelle ore con un buon romanzo. La sesta era un'ora di grammatica, noiosissima.

La settima ora era la sua unica croce. Il corso si chiamava letteratura contemporanea, e si teneva in una stanza molto piccola del secondo piano. La stanza era afosa al principio dell'autunno e diventava sempre più fredda via via che l'inverno si avvicinava. Quanto alla classe, era formata di elementi che nella terminologia scolastica vengono definiti con un eufemismo "lenti nell'apprendere".

C'erano ventisette "lenti" nella classe di Jim, quasi tutti atleti della scuola. L'accusa più benevola che si sarebbe potuta far loro era di disinteresse, e alcuni avevano una vena di aperta malevolenza. Un giorno, entrando in aula, Jim trovò sulla lavagna un'oscena e crudele caricatura di sé, con sotto scritto, ed era superfluo, "il signor Norman". Cancellò la lavagna senza commenti e si mise a far lezione, incurante delle risatine di scherno.

Aveva preparato piani di studio appassionanti, e ordinato diversi testi di grande interesse e immediatezza: tutto inutilmente. L'umore della classe variava tra l'ilarità più sfrenata e il più tetro silenzio. All'inizio di novembre, scoppiò una lite tra due ragazzi durante una discussione su *Uomini e Topi*. Jim vi mise fine, mandando i due ragazzi dal preside. Quando riaprì il libro al punto in cui l'aveva lasciato, gli balzò in faccia la parola: "Mordilo!"

Si consigliò con Simmons, il quale si strinse nelle spalle e
accese la pipa. "Non ho una soluzione da offrirti, Jim. L'ultima ora è sempre una grana. E per alcuni di loro, un brutto voto nella tua materia significa niente più football o basket.
D'altra parte il tuo è un corso fondamentale, perciò devono
sorbirselo, non si scappa."

"Già, e anch'io," aggiunse Jim, avvilito.

Simmons assentì. "Mostra loro che fai sul serio, e abbasse-
ranno la cresta, non fosse che per mantenere la loro eligibilità
sportiva."

Ma la settima ora rimaneva una spina costante nel fianco di
Jim.

Uno degli elementi di maggior disturbo nel corso di letteratura contemporanea era un bestione di ragazzo lento e massiccio di nome Chip Osway. All'inizio di dicembre, durante il
breve iato tra il football americano e il basket (Osway li prati-
cava entrambi) Jim lo sorprese a copiare e lo cacciò dalla classe.

"Se mi bocci te la faremo pagare, stronzo," gli urlò Osway
dal fondo del buio corridoio del secondo piano. "Mi senti?"

"Risparmia il fiato," ribatté Jim.

"Te la faremo pagare, verme!"

Jim rientrò in aula. Gli altri lo guardarono, le facce ine-
spressive non tradivano niente. Lui sentì come un'ondata di ir-
realtà, la stessa sensazione da cui era stato sommerso prima
che... prima che...

Te la faremo pagare, verme.

Prese dalla scrivania il suo registro, lo aprì alla pagina corrispondente al corso di letteratura contemporanea e segnò con
cura un 4 nella colonnina dei voti d'esame, accanto al nome
Chip Osway.

Quella notte rifece il sogno.

Il sogno era sempre di una lentezza crudele. C'era tempo di
vedere e sentire tutto. E c'era in più l'orrore di rivivere eventi
che muovevano verso una conclusione nota, con l'impotenza di
chi sia legato dentro un'auto che sta per precipitare in un burrone.

Nel sogno, lui aveva nove anni e suo fratello Wayne dodici.
Stavano percorrendo Broad Street a Stratford, nel Connecticut,
diretti alla Biblioteca Civica. Jim era in ritardo di due giorni
nel riconsegnare i suoi volumi, e aveva pescato quattro centesi-

mi dalla ciotola sopra la credenza per pagare la multa. Era e-
state, tempo di vacanze. Si respirava l'odore dell'erba appena
tagliata. Da una finestra del primo piano arrivava la cronaca di
una partita, gli Yankees conducevano per sei a zero contro i
Red Sox nel corso dell'ottava ripresa, Ted Williams alla battuta. Si vedevano le ombre dei palazzi allungarsi attraverso la
strada mentre la serata si avviava lentamente verso l'oscurità.

Al di là del Teddy's Market e degli edifici della Burrets
Building Company c'era un cavalcavia ferroviario e, dall'altro
lato, un certo numero di perdigiorno locali oziava attorno a u-
na stazione di rifornimento chiusa: cinque o sei ragazzi in
giubbetto di pelle e jeans. Jim era atterrito all'idea di passare
di là. Si mettevano sempre a gridare, ehi quattr'occhi, ehi pi-
sciasotto, ce l'avete un nichelino, e una volta li avevano rincorsi
per mezzo isolato. Ma Wayne non voleva saperne di allungare
il giro. Sarebbe stato da fifoni.

Nel sogno, il cavalcavia torreggiava sempre più vicino, e co-
minciavi a sentire il terrore che ti si dibatteva in gola come un
grosso uccello nero. Vedevi tutto: l'insegna al neon della Burrets che cominciava allora a lampeggiare per accendersi; le scaglie di ruggine sul ferro verniciato di verde del cavalcavia; il
luccichio di vetri rotti in mezzo ai sassi della strada ferrata; un
cerchione di bicicletta rotto finito in un rigagnolo.

Cerchi di dire a Wayne che tutto questo l'hai già vissuto,
un centinaio di volte. I teppisti locali non sono attorno alla stazione di servizio, stavolta; sono nascosti nell'ombra sotto il
ponte. Ma le parole non ti escono. Sei impotente.

Poi sei là sotto, e alcune delle ombre si staccano dai muri e
un ragazzo alto con i capelli biondi cortissimi e il naso rotto
spinge Wayne contro i fuligginosi pilastri di calcestruzzo e dice:
Dacci dei soldi.

Lasciami stare.

Tu cerchi di correre, ma un grassone con i capelli neri e un-
ti ti agguanta e ti scaraventa contro il muro, accanto a tuo fratello. La palpebra sinistra gli va su e giù nervosamente, mentre
dice: *Avanti, piccolo, quanto hai?*

Qua-quattro centesimi.

Bugiardo schifoso.

Wayne cerca di divincolarsi e un tizio con degli strani capelli d'un rosso-arancione aiuta il biondo a tenerlo. Quello con
il tic alla palpebra all'improvviso ti sferra un pugno sulla bocca. Senti un'improvvisa pesantezza al basso ventre, e sui jeans

appare una chiazza scura.

Guarda, Vinnie, se l'è fatta addosso!

Ora Wayne si dibatte in modo frenetico, e quasi — non proprio — riesce a liberarsi. Un altro tizio, con i calzoni neri e una maglietta bianca, lo scaraventa indietro. Ha una piccola voglia di fragola sul mento. La gola di pietra del cavalcavia comincia a tremare. Le putrelle di ferro assumono una vibrazione sempre più forte. C'è un treno in arrivo.

Qualcuno ti fa volar via i libri dalle mani, e il ragazzo con la voglia di fragola li spinge con una pedata nel rigagnolo. Wayne tira improvvisamente un calcio con il piede destro, e colpisce in pieno, all'inguine, il ragazzo con il tic alla palpebra, che manda un urlo.

Vinnie, guarda che scappa!

Il ragazzo con il tic sta sempre urlando come un ossesso, ma perfino le sue grida si perdono nel fragore tonante, sempre più forte, del treno che si avvicina. Poi, è sopra di loro, e il suo rumore riempie il mondo.

La luce fa balenare i coltelli a serramanico. Uno ce l'ha in mano il biondo, l'altro ce l'ha Vogliadifragola. Non senti la voce di Wayne, ma le sue parole sono nel movimento delle sue labbra.

Corri Jim corri.

Scivoli sulle ginocchia e le mani che ti tengono non ci sono più, e sgusci via, passando in mezzo a un paio di gambe, come una rana. Una mano si abbatte sulla tua schiena, brancola per acchiapparti, non ce la fa. Poi stai correndo nella direzione dalla quale sei venuto, con tutta l'orribile, pesante lentezza dei sogni. Ti volti a guardare e vedi...

Jim si svegliò nel buio, accanto a Sally placidamente immersa nel sonno. Trattenne il grido e, quando l'ebbe strozzato, ricadde supino.

Quando si era voltato per guardare dietro di sé, nella sbadigliante oscurità del sottopassaggio, aveva visto il rag..zzo biondo e quello con la voglia di fragola conficcare i coltelli nel corpo di suo fratello: il Biondo al disotto dello sterno, Vogliadifragola nell'inguine.

Giacque nel buio, respirando affannosamente, in attesa che quel fantasma di nove anni si allontanasse, in attesa che un onesto sonno cancellasse il tutto.

Dopo un tempo indefinibile, si addormentò.

Nel distretto scolastico della città, l'intervallo a metà semestre si combinava con le feste di Natale, e la vacanza durava quasi un mese. Il sogno tornò due volte, al principio, poi non più. Lui e Sally andarono a trovare la sorella di lei, nel Vermont, e sciarono molto. Erano felici.

Là all'aperto, nell'aria cristallina, il problema rappresentato da letteratura contemporanea sembrava illogico e un po' sciocco. Jim tornò a scuola con una bella abbronzatura invernale. Si sentiva calmo e sicuro di sé.

Simmons lo fermò, mentre si avviava a far lezione, durante la seconda ora, e gli porse una cartelletta. "Hai un nuovo studente, all'ultima ora. Si chiama Robert Lawson. Viene da un'altra scuola."

"Ehi, Sim, ma ne ho già ventisette in classe. Sono sovraccarico."

"Saranno ventisette come prima. Bill Stearns è morto il martedì dopo Natale. Investito da un'auto. Un pirata della strada."

"*Billy?*"

L'immagine gli si fermò nella mente in bianco e nero, come una fotografia. William Stearns. Era stato uno dei pochi buoni elementi del corso di letteratura contemporanea. Tranquillo, prendeva sempre bei voti. Non era uno sgobbone, ma quand'era interrogato dava sempre risposte esatte, e anche condite da un certo humour gradevole. Morto? A quindici anni! La sua stessa mortalità gli bisbigliava all'improvviso nelle ossa, come una corrente gelida sotto una porta.

"Cristo, ma è orribile! Sanno com'è successo?"

"La polizia indaga. Era in città, a scambiare regali di Natale. Mentre attraversava Rampart Street, una vecchia berlina Ford l'ha investito. Nessuno ha preso il numero di targa, ma sulla portiera c'erano scritte le parole 'Occhi di Serpente'... sai, sicuramente era l'auto di un ragazzo."

"Cristo!" ripeté Jim.

"C'è la campana," lo avvertì Simmons.

Si affrettò verso la sua aula, fermandosi a disperdere una piccola folla di ragazzi attorno a una fontana. Anche Jim si avviò verso la sua aula, con un gran vuoto dentro di sé.

Durante l'ora libera, diede una scorsa all'incartamento di Robert Lawson. La prima pagina era un foglio verde della Milford, una scuola che Jim non aveva mai sentito nominare. Il secondo era un profilo della personalità dello studente. QI, 78. Alcune abilità manuali, non molte. Risposte antisociali al test della personalità Barnett-Hudson. Media attitudinale, bassissima. Jim pensò con amarezza che era proprio lo studente adatto per letteratura contemporanea.

La pagina successiva era in genere il foglio giallo, con tutta la storia disciplinare. Per la Milford, era invece bianco e listato di nero, ed era pieno zeppo in maniera deprimente. Lawson si era cacciato in guai d'ogni genere.

Jim voltò pagina, guardò di sfuggita la foto scolastica di Robert Lawson, poi tornò a guardarla. Un senso di terrore gli si insinuò improvvisamente alla bocca dello stomaco, e là rimase attorcigliato, caldo e sibilante.

Lawson fissava con uno sguardo di sfida l'obiettivo, come se posasse per una foto segnaletica della polizia, invece che per una foto scolastica. Aveva una piccola voglia di fragola sul mento.

Per la settima ora di lezione, Jim aveva chiamato a raccolta tutto il suo raziocinio. Ripeteva a se stesso che dovevano esserci migliaia di ragazzi con una voglia di fragola sul mento. Ripeteva a se stesso che il teppista che aveva accoltellato suo fratello, quel giorno di sedici anni prima, ora doveva avere come minimo trentadue anni.

Ma, nel salire al secondo piano, l'apprensione perdurava. E ora si accompagnava a una nuova paura: *È così che ti sentivi, quando stavi per avere il crollo.* Aveva in bocca il sapore ferrigno del panico.

Il solito gruppo di ragazzi sghignazzava attorno alla porta dell'Aula 32, e alcuni di loro entrarono, quando videro arrivare Jim. Altri rimasero nel corridoio, a chiacchierare sottovoce, ridacchiando. Lui vide il ragazzo nuovo fermo accanto a Chip Osway. Robert Lawson portava blue-jeans e pesanti scarponi gialli da campagnolo: l'ultimo grido, quell'anno.

"Chip, va' in classe."

"È un ordine?" Chip sorrideva ottusamente, fissando oltre la testa di Jim.

"Certo."

"Mi ha bocciato in quella prova?"

"Certo."

"Già, c'era..." Il resto si perse in un borbottio incomprensibile.

Jim si rivolse a Robert Lawson. "Tu sei nuovo," disse. "Volevo solo spiegarti come usiamo regolarci, in questa scuola."

"Certo, signor Norman." Il sopracciglio destro era spaccato da una piccola cicatrice, una cicatrice che Jim conosceva. Non c'era possibilità d'errore. Era assurdo, era follia, ma era anche un fatto. Sedici anni prima, quel ragazzo aveva accoltellato suo fratello.

Confusamente, come da una grande distanza, sentì se stesso cominciare a elencare le norme del regolamento di classe. Con i pollici infilati nel cinturone militare, Robert Lawson ascoltava, sorrideva, faceva di sì con la testa, come se fossero vecchi amici.

"Jim?"
    "Hmmm?"
    "Qualcosa non va?"
    "No."
    "Quei ragazzi di letteratura contemporanea continuano a farti tribolare?"
Nessuna risposta.
    "Jim?"
    "No."
    "Perché non vai a letto più presto, stasera?"
Ma lui non se la sentiva.

Il sogno fu terribile, quella notte. Quando il ragazzo con la voglia di fragola diede la coltellata a Wayne, gridò contemporaneamente a Jim: "Poi tocca a te, piccolo. Proprio nella pancia." Jim si svegliò, urlando.

Stava facendo lezione su *Il signore delle mosche*, quella settimana, e parlava di simbolismo, quando Lawson alzò la mano.

"Sì, Robert?" domandò, tranquillamente.

"Perché continua a fissarmi?" Jim batté le palpebre e sentì la bocca diventare secca.

"Vede qualcosa di verde? Ho forse la cerniera dei calzoni aperta?"

Risatina nervosa da parte della classe.

Jim rispose senza scomporsi: "Non ti stavo affatto fissando, Lawson. Sai dirci perché Ralph e Jack erano in disaccordo su..."

"Stava proprio *fissandomi*."

"Vuoi che andiamo a parlarne con il signor Fenton?"

Lawson parve pensarci su. "No."

"Bene. Ora puoi dirci perché Ralph e Jack..."

"Non l'ho letto. Lo trovo un libro stupido."

Jim sorrise, a denti stretti. "Davvero? Voglio ricordarti che, mentre tu emetti giudizi sul libro, il libro sta giudicando te. Allora, qualcun altro sa dirmi perché era in disaccordo sull'esistenza della bestia?"

Kathy Slavin alzò timidamente la mano, e Lawson la squadrò cinicamente da capo a piedi e disse qualcosa a Chip Osway. Le parole che le sue labbra formavano dovevano essere "belle tette". Chip assentì.

"Kathy?"

"Non è perché Jack voleva dare la caccia alla bestia?"

"Brava!" Jim si girò e cominciò a scrivere sulla lavagna. Nell'attimo stesso in cui voltò le spalle, un pompelmo si spiaccicò contro la lavagna, vicino alla sua testa.

Si ritrasse di scatto e si girò. Alcuni elementi della classe ridevano, ma Osway e Lawson si limitavano a fissare Jim con fare innocente.

Jim si chinò a raccattare il pompelmo. "Qualcuno," disse, guardando verso il fondo della stanza, "meriterebbe che questo gli venisse cacciato in gola."

Kathy Slavin trasalì.

Jim gettò il pompelmo nel cestino della carta e tornò a girarsi verso la lavagna.

Mentre beveva il caffè, spiegò il giornale del mattino e vide il titolo verso la metà della pagina. "Dio!" esclamò, troncando il flusso di chiacchiere mattutine in bocca a sua moglie. Gli pareva all'improvviso d'avere il ventre pieno di schegge...

"Diciassettenne precipita nel vuoto e muore: Katherine Slavin, studentessa del liceo Harold Davis, è caduta, forse in seguito a una spinta, dal tetto dello stabile dove abitava. Il fatto è accaduto nel tardo pomeriggio di ieri. Stando al racconto della madre, la ragazza, che teneva una piccionaia su in terrazza, era salita lassù con un sacco di mangime.

"La polizia ha detto che una donna del vicinato, di cui non sono note le generalità, ha visto tre ragazzi correre attraverso il tetto alle 6.45, qualche minuto dopo che il corpo della ragazza (continua a pagina 3)…"

"Jim, era una delle tue allieve?"

Ma lui poteva soltanto fissarla, incapace di rispondere.

Due settimane più tardi, Simmons gli andò incontro nel corridoio dopo l'intervallo di colazione. Aveva in mano una cartelletta, e Jim provò una specie di orribile crampo interno.

"Uno studente nuovo," disse con voce incolore a Simmons. "Lo avrò in classe a letteratura contemporanea."

Simmons inarcava la fronte. "Come fai a saperlo?"

Jim alzò le spalle e tese la mano per prendere la cartelletta.

"Devo scappare," disse Simmons. "C'è una riunione dei capidipartimento per la valutazione dei corsi. Mi sembri un po' a terra. Ti senti male?"

Precisamente, un po' a terra. Come Kathy Slavin.

"No, no," rispose.

"Be', in gamba," disse Simmons, e gli battè sulla spalla.

Rimasto solo, Jim aprì la cartelletta alla pagina con la fotografia, trasalendo in anticipo, come chi stia per essere colpito.

Ma la faccia non gli fu familiare, lì per lì. Era una faccia di ragazzo, come tante. Forse l'aveva già vista, forse no. Il ragazzo, David Garcia, era grosso, bruno, con labbra un po' negroidi e occhi neri, sfuggenti. La pagella diceva che veniva anche lui dalla Milford, e che aveva passato due anni nel riformatorio di Granville. Furto d'auto.

Jim chiuse l'incartamento con mani che tremavano leggermente.

"Sally?"

Lei, intenta a stirare, lo guardò. Jim seguiva una partita di pallacanestro alla TV, in realtà senza vederla.

"Niente," disse. "Non ricordo più quello che volevo dire."

"Allora sarà stata una bugia."

Con un sorriso meccanico, Jim ritornò a fissare lo schermo. L'aveva avuto sulla punta della lingua, di raccontare ogni cosa.

194

Ma come faceva? Era peggio che follia. Da dove cominciare?
Dal sogno? Dall'esaurimento nervoso? Dall'arrivo di Robert
Lawson?

No. Da Wayne... tuo fratello.

Ma di quello non aveva mai parlato, nemmeno durante le
sedute analitiche. I suoi pensieri tornarono a David Garcia e al
terrore d'incubo da cui si era sentito pervadere quando si erano
fissati a vicenda, nel corridoio. Naturalmente, nella foto gli era
apparso soltanto vagamente familiare. Le foto non si muovo-
no... non hanno tic nervosi.

Garcia era insieme a Lawson e a Chip Osway e quando, nel
sollevare lo sguardo, aveva visto Jim Norman, aveva sorriso e la
palpebra aveva preso ad andargli su e giù, mentre voci risona-
vano nella mente di Jim con infernale chiarezza:

Avanti, piccolo, quanto hai?

Quattro centesimi.

Bugiardo schifoso... Guarda, Vinnie, se l'è fatta addosso!

"Jim? Hai detto qualcosa?"

"No." Ma non era sicuro d'averlo fatto oppure no. Cominciava ad avere veramente paura.

Un pomeriggio dell'inizio di febbraio, dopo la scuola, bussaro-
no alla porta della sala insegnanti e, quando Jim andò ad aprire, sulla soglia c'era Chip Osway. Sembrava atterrito. Jim era
solo: erano le quattro e dieci e l'ultimo degli insegnanti era
andato via già da un'ora. Lui stava correggendo dei temi di letteratura americana.

"Sì, Chip?" chiese, calmo calmo.

Chip spostava il peso da un piede all'altro. "Potrei parlarle
un momento, signor Norman?"

"Certo. Se è per quel compito scritto, stai perdendo il..."

"Non è per quello. Scusi, posso fumare, qui?"

"Sì, prego."

Chip accese una sigaretta e la mano gli tremava leggermente. Forse per un minuto, non parlò. Sembrava che non potesse.
Le labbra gli tremavano, le mani si serravano, gli occhi tende-
vano a socchiudersi, come se un "io" interno stesse lottando
per riuscire a esprimersi.

All'improvviso, proruppe: "Se lo faranno, voglio farle sapere che io non c'entro! Non mi piacciono quei due! Sono tipi
loschi."

"Di chi parli, Chip?"

"Di Lawson e di quell'altro, Garcia."

"Hanno in mente di tendermi un tranello?" Si sentiva riprendere dall'antico terrore, e conosceva già la risposta.

"Da principio mi piacevano," disse Chip. "Uscivamo insieme, andavamo al bar. Ho cominciato a parlare di lei, dicendo che ce l'avevo a morte per quella prova scritta e che gliel'avrei fatta pagare. Ma erano solo chiacchiere! Lo giuro!"

"Poi, che cos'è successo?"

"Mi hanno preso in parola. Volevano sapere a che ora lei esce dalla scuola, che macchina guida, cose del genere. Ho detto, 'Ma che cosa avete contro di lui?' e mi hanno risposto che la conoscevano da tanto tempo... ehi, si sente male?"

"La sigaretta," disse Jim, con voce sorda. "Non mi sono mai abituato all'odore del fumo."

Chip la spense. "Ho cercato di sapere quando l'avevano conosciuta e Bob Lawson m'ha risposto che io, a quell'epoca, ero ancora in fasce. Ma hanno diciassette anni, la mia stessa età."

"Poi?"

"Be', Garcia si protende verso di me attraverso il tavolino e fa: parli di volergliela far pagare e poi non sai nemmeno a che ora lascia la scuola. Allora conti balle. Sentiamo, cos'è che vuoi fargli? Così ho detto che intendevo bucarle le gomme e lasciarla con tutt'e quattro a terra." Fissò Jim con occhi supplichevoli. "Non avevo nessuna intenzione di farlo. L'ho detto perché..."

"Avevi paura?" chiese tranquillamente Jim.

"Sì, e continuo ad averla. Una fifa bestiale."

"Che cosa ne pensavano della tua idea?"

Chip rabbrividì. "Bob Lawson mi fa: è tutto qui quello che vuoi fargli, cretino? Allora non vali niente. E io, cercando di fare il duro, dico: ma cos'è che vorresti fare, accopparlo? Allora Garcia — con quella palpebra che gli va su e giù — tira fuori qualcosa dalla tasca, lo fa scattare, ed è un coltello a serramanico. È stato lì che me la sono svignata."

"Quando è successo, Chip?"

"Ieri. Ora ho paura di sedere accanto a quei due, signor Norman."

"Va bene," disse Jim, "va bene." Fissava i compiti che non aveva ancora finito di correggere, senza vederli.

"Che cosa ha intenzione di fare?"

"Non lo so," rispose Jim. "Proprio non lo so."

Il lunedì mattina, ancora non aveva deciso niente. Il suo primo pensiero era stato di raccontare tutto a Sally, a cominciare dall'uccisione di suo fratello, sedici anni prima. Ma era impossibile. Lei si sarebbe mostrata comprensiva ma anche spaventata e incredula.

Simmons? Altrettanto impossibile. Simmons avrebbe pensato d'avere a che fare con un pazzo. E forse era vero. Un tale, in una seduta analitica di gruppo alla quale lui aveva partecipato, aveva detto che avere un esaurimento nervoso era un po' come rompere un vaso e poi riaggiustarlo con l'attaccatutto. Mai più potevi fidarti a maneggiare quel vaso con la certezza di non romperlo. Né potevi metterci dentro un fiore, perché i fiori hanno bisogno di acqua e l'acqua poteva sciogliere la colla.

Sono pazzo, allora?

Se lo era lui, bene, lo era anche Chip Osway. Quel pensiero gli venne mentre stava salendo in macchina, e fu per lui come un lampo improvviso di eccitazione.

Ma certo! Lawson e Garcia l'avevano minacciato in presenza di Chip Osway. La cosa poteva non reggere in tribunale, ma sarebbe bastata per farli sospendere, se gli fosse riuscito di indurre Chip a ripetere la sua storia nell'ufficio di Fenton. Ed era quasi certo di poterci riuscire. Chip aveva le sue buone ragioni per desiderare l'allontanamento dei due.

Stava manovrando per entrare nel parcheggio, quando si ricordò di ciò che era avvenuto a Billy Stearns e a Kathy Slavin.

Durante l'ora libera, salì in presidenza e si appoggiò alla scrivania della segretaria. Lei stava compilando la lista delle assenze.

"Chip Osway c'è, oggi?" le chiese con indifferenza.

"Chip...?" La segretaria lo guardava, dubbiosa.

"Charles Osway," si corresse Jim. "Chip è un soprannome."

Lei sfogliò una fila di tagliandi, si soffermò su uno, lo sfilò dal mazzo. "È assente, signor Norman."

"Potrei avere il suo numero di telefono?"

L'altra si infilò la matita nei capelli e disse: "Certo." Andò a cercarlo nello schedario e glielo diede. Jim provò a chiamare da un telefono della presidenza.

Il telefono squillò a vuoto una dozzina di volte e lui stava ormai per riagganciare quando una voce roca, impastata di sonno, disse: "Seeh?"

"Signor Osway?"

"Barry Osway è morto da sei anni. Sono Gary Denkinger."

"Il patrigno di Chip Osway?"

"Che cosa ha fatto?"

"Come, scusi?"

"È scappato di casa. Voglio sapere che cosa ha combinato."

"Finora niente, che io sappia. Volevo soltanto parlargli. Lei ha un'idea di dove possa essere?"

"No, lavoro di notte, io. Non conosco nessuno dei suoi amici."

"Proprio nessuna idea...?"

"No-o! Ha preso una vecchia valigia e cinquanta dollari che aveva messo da parte rubando pezzi d'auto e spacciando droga e cos'altro fanno questi ragazzi per fare soldi. Per quello che ne so io, sarà andato a San Francisco a fare l'hippie."

"Se per caso lo sente, vuole telefonarmi a scuola? Sono Jim Norman, del Dipartimento di lettere."

"Non mancherò."

Jim riabbassò il ricevitore. La segretaria rialzò la testa e abbozzò un fuggevole sorriso che non significava niente. Jim non lo ricambiò.

Due giorni dopo, le parole "ha lasciato la scuola" apparvero dopo il nome di Chip Osway sul foglio delle presenze del mattino. Jim cominciò ad aspettare che Simmons gli consegnasse un nuovo incartamento. Una settimana più tardi, accadde.

Jim guardò con scarso interesse la fotografia. Nessun dubbio stavolta. I capelli erano lunghi, non più a spazzola, ma sempre biondi. E la faccia era la stessa: Vincent Corey. Vinnie, per gli amici e gli intimi. Fissava Jim dalla foto, un sorriso insolente sulle labbra.

Mentre andava in classe per il corso dell'ultima ora, Jim sentiva il cuore che martellava pesantemente nel petto. Lawson, Garcia e Vinnie Corey erano fermi presso il quadro degli avvisi, fuori dell'aula: quando lo videro si fecero attenti.

Vinnie accennò uno dei suoi sorrisi insolenti, ma i suoi occhi erano gelidi e duri come ghiaccioli. "Lei dev'essere il signor Norman. Ciao, Norm."

Lawson e Garcia ridacchiavano.

"Sono il signor Norman," ripeté Jim, ignorando la mano che Vinnie aveva teso. "Te ne ricorderai?"

"Certo, me ne ricorderò. Come sta suo fratello?"

Jim s'impietrì. Sentì la vescica allentarsi e, come da molto distante, dal fondo di un lungo corridoio che si perdeva nei meandri del suo cranio, udì una voce spettrale: *Guarda, Vinnie, se l'è fatta addosso!*

"Che cosa c'entra mio fratello?" chiese con voce sorda.

"Niente," rispose Vinnie. "Niente o quasi." Gli sorridevano tutti e tre, con espressione fissa, pericolosa.

La campana suonò e i tre si mossero per entrare in classe.

Cabina telefonica di un bar, ore dieci di quella stessa sera.

"Signorina? Vorrei parlare con il posto di polizia di Stratford nel Connecticut. No, non conosco il numero."

Una serie di scatti lungo la linea. Voci di telefoniste.

Il poliziotto, a quel tempo, era un certo Nell. Jim se lo ricordava bianco di capelli, forse sui cinquantadue anni. È difficile dirlo, quando si è bambini. Il loro papà era morto e, non si sa come, il signor Nell l'aveva saputo.

Chiamatemi signor Nell, figlioli.

Jim e suo fratello si ritrovavano ogni giorno all'ora di colazione e andavano a consumare lo spuntino portato da casa in una latteria. La mamma dava loro un nichelino a testa per bere un bicchiere di latte. E qualche volta il signor Nell entrava, il cinturone di cuoio scricchiolante per il peso del suo stomaco e del revolver '38, e offriva a tutti e due un pasticcino à la mode.

Dov'era lei quando accoltellarono mio fratello, signor Nell?

Ecco, era in linea. L'apparecchio all'altro capo squillava.

"Sì? Polizia di Stratford."

"Pronto. Mi chiamo James Norman, agente. Chiamo da fuori." Disse il nome della città. "Voglio sapere se potete darmi qualche notizia di un poliziotto che era in servizio intorno al 1957."

"Resti un momento in linea, signor Norman."

Pausa, poi una voce nuova.

"Sono il sergente Morton Livingston, signor Norman. Chi sta cercando di rintracciare?"

"Be'," disse Jim, "noi ragazzini lo chiamavamo semplicemente signor Nell. Questo le…"

"Diavolo, sì! Don Nell. Ma è in pensione, ora. Deve avere settantatré o settantaquattro anni."

"E abita sempre a Stratford?"

"Sì, in Barnum Avenue. Vuole l'indirizzo esatto?"

"Sì, e il numero di telefono, se l'avete."

"Bene. Conosceva Don?"

"Ci comperava sempre un pasticcino à la mode, a me e al mio fratellino, nella latteria dove facevamo colazione."

"Cristo, e sì che già da dieci anni è in pensione. Aspetti un minuto." Tornò all'apparecchio, lesse un indirizzo e un numero di telefono. Jim se li annotò, ringraziò Livingston e tolse la comunicazione.

Richiamò il centralino, diede il numero, aspettò. Quando sentì che l'apparecchio cominciava a squillare, venne assalito da un'improvvisa tensione e si protese in avanti, voltando istintivamente le spalle al resto del locale, sebbene non ci fosse nessuno, in quel momento, salvo una ragazza grassoccia che leggeva una rivista.

Il ricevitore venne sollevato e una voce sonora e mascolina, che non sembrava di persona anziana, disse: "Pronto?" Bastò quella parola a mettere in moto una polverosa reazione a catena di ricordi e di stati d'animo, sorprendente quanto la reazione pavloviana che può essere provocata dall'ascolto di un vecchio disco alla radio.

"Il signor Nell? Donald Nell?"

"Sì."

"Mi chiamo James Norman, signor Nell. Si ricorda di me, per caso?"

"Sì," rispose immediatamente la voce. "Pasticcini à la mode. Suo fratello venne ucciso... accoltellato. Che cosa triste! Un così bel ragazzo."

Jim si afflosciò contro una delle pareti di vetro della cabina. L'improvviso dissolversi della tensione l'aveva lasciato molle come un giocattolo di pezza. Si sorprese sul punto di raccontare tutto, e trattenne disperatamente quell'impulso.

"Signor Nell, quei ragazzi non sono mai stati presi."

"No," disse Nell. "Avevamo dei sospetti. Se ben ricordo, facemmo anche una ricognizione giudiziaria, al posto di polizia di Bridgeport."

"Quei sospetti vennero identificati da me per nome?"

"No. Il procedimento, a una parata della polizia, era di rivolgersi ai partecipanti con un numero. Qual è ora il suo interesse in questa storia, signor Norman?"

"Lasci che le faccia dei nomi," disse Jim. "Voglio sapere se le ricordano qualcosa, sempre a proposito di quel caso."

"Figliolo, io non vorrei..."

"Proviamo!" Jim cominciava a sentirsi un tantino disperato. "Robert Lawson, David Garcia, Vincent Corey. Ce n'è qualcuno che..."

"Corey," lo interruppe Nell, senza esitare. "Me lo ricordo. Vinnie la Vipera. Sì, lo fermammo per quell'incidente. La madre gli fornì l'alibi. Robert Lawson invece non mi dice niente. Ma Garcia... mi ricorda qualcosa, non so bene perché. Diavolo. Sono vecchio." Lo disse in tono di disgusto.

"Signor Nell, non ha modo di controllare che fine abbiano fatto quei ragazzi?"

"Be', naturalmente, oggi non sarebbero più ragazzi."

Ah, davvero?

"Ascolti, Jimmy. Per caso qualcuno di loro si è rifatto vivo e ha ricominciato a perseguitarla?"

"Non lo so. Stanno succedendo strane cose. Cose collegate con l'uccisione di mio fratello."

"Quali cose?"

"Non posso dirglielo, ora, signor Nell. Lei mi prenderebbe per pazzo."

Risposta dell'altro, rapida, ferma, interessata: "Lo è?"

Jim fece una pausa. "No!"

"Bene, posso controllare quei nomi attraverso l'ufficio competente. Dove posso trovarla?"

Jim diede il suo numero di casa. "È più probabile che mi trovi in casa il martedì sera." C'era quasi tutte le sere, in realtà, ma al martedì Sally andava al corso di ceramica.

"Ora che cosa fa di bello, Jimmy?"

"L'insegnante."

"Bene. Forse ci vorrà qualche giorno, sa. Ora sono in pensione."

"A sentirla, sembra impossibile."

"Ah, ma se potesse vedermi!" Nell rise. "Le piacciono ancora i pasticcini à la mode, Jimmy?"

"Certo," rispose Jim. Era una bugia. Non li poteva soffrire.

"Mi fa piacere. Bene, se non c'è altro..."

"C'è ancora una cosa. Esiste, a Stratford, una scuola che si chiama Milford?"

"No, che io sappia."

"È quello che..."

"La sola cosa con il nome Milford, da queste parti, è il cimitero di Milford, un po' fuori città, lungo la Ash Heights Road. E là non s'è mai diplomato nessuno." Nell fece udire una risatina secca, che all'orecchio di Jim suonò come l'improvviso cozzare di ossa dentro una buca.

"Grazie, arrivederci."

Nell aveva riattaccato. La centralinista chiese a Jim di depositare sessanta centesimi, cosa che lui fece automaticamente. Poi si voltò e si trovò a fissare una faccia orrenda e schiacciata, incollata contro il vetro, incorniciata da due mani allargate, le dita a ventaglio appiattite contro il vetro fino ad apparire bianche, come la punta del naso.

Era Vinnie, che gli sorrideva.

Jim cacciò un urlo.

Di nuovo in classe.

Gli studenti di letteratura contemporanea stavano facendo un tema, e quasi tutti stavano affannosamente chini sui loro fogli, trucemente intenti a mettere i pensieri sulla pagina, come se spaccassero legna. Tutti tranne tre. Robert Lawson, seduto al posto di Billy Stearns, David Garcia a quello di Kathy Slavin, Vinnie Corey a quello di Chip Osway. Sedevano con i fogli bianchi davanti a loro e lo fissavano.

Un po' prima della campana, Jim disse sottovoce: "Dopo la lezione vorrei parlare un momento con te, Corey."

"Certo, Norm."

Lawson e Garcia ridacchiarono rumorosamente, ma il resto della classe se ne guardò bene. Quando squillò il campanello, tutti consegnarono i compiti e via via infilarono velocemente la porta. Lawson e Garcia indugiavano, e Jim provò un'improvvisa contrazione interna.

Accadrà ora?

Poi, Lawson fece un cenno a Vinnie. "Ci vediamo dopo."

"Sì."

Se ne andarono. Lawson chiuse la porta e, dal corridoio al di là del vetro smerigliato, David Garcia urlò improvvisamente con voce rauca: "*Norm se lo mangia!*" Vinnie guardò la porta, poi di nuovo verso Jim. Sorrideva.

"Cominciavo a domandarmi se me ne avresti mai parlato."

"Davvero?" disse Jim.

"Ti ho spaventato l'altra sera nella cabina telefonica, vero, paparino?"

"Oggi nessuno dice più paparino, Vinnie. È superato. Sono espressioni finite, morte."

"Io parlo come mi pare," disse Vinnie.

"Dov'è l'altro? Quello con quegli strani capelli rossi."

"Perso di vista." Ma sotto la studiata indifferenza di Vinnie, Jim avvertiva un senso di diffidenza.

"Lui è vivo, vero? Ecco perché non è qui. È vivo e ha trentadue o trentatré anni, come li avreste voialtri se..."

"Candeggina è sempre stato un peso morto. Non vale niente." Vinnie si era rimesso a sedere al suo tavolino, le mani allargate e appoggiate sui vecchi graffiti. Gli occhi gli luccicavano malevoli. "Mi ricordo ancora di te, a quella parata. Sembravi sul punto di pisciarti dentro i calzoncini di velluto a coste. Ti vedo mentre fissi me e Davie. Ti avevo stregato."

"Penso proprio di sì," confermò Jim. "Mi hai dato sedici anni di incubi. Non era abbastanza? Perché ora? Perché io?"

Vinnie sembrava perplesso, poi tornò a sorridere. "Perché sei un affare in sospeso, amico. Devi essere liquidato."

"Dov'eri?" chiese Jim. "Prima."

Vinnie serrò le labbra. "Non siamo qui per parlare di questo. La pianti?"

"T'avevano scavato una buca, vero, Vinnie? Profonda due metri. Nel cimitero di Milford. Due metri di..."

"*Piantala!*"

Era in piedi. Il tavolino era stato rovesciato e scaraventato in là.

"Non sarà una cosa da niente. Non ho nessuna intenzione di facilitarvi le cose."

"Ti uccideremo, paparino. Scoprirai tutto su quella buca."

"Esci di qui."

"Forse anche quella tua mogliettina."

"Maledetto delinquente, se la tocchi..." Jim si mosse in avanti quasi alla cieca, sentendosi violato e atterrito dalla menzione di Sally.

Vinnie sogghignò e si avviò alla porta. "Calma. Stai calmo, bello." Ridacchiò.

"Se tocchi mia moglie, ti uccido."

Il sorriso di Vinnie si allargò. "Uccidere me? Amico, credevo lo sapessi, io sono già morto."

Se ne andò. I suoi passi echeggiarono a lungo nel corridoio.

203

"Che cosa leggi, caro?"

Jim mostrò la costa del libro, *Come evocare i demoni*, perché Sally potesse leggere il titolo.

"Ohilà!" Lei tornò a girarsi verso lo specchio, per una controllatina ai capelli.

"Tornerai a casa in taxi?" le chiese.

"Sono soltanto quattro isolati. E poi, camminare mi fa bene, per la linea."

"Hanno aggredito una delle mie ragazze, in Summer Street," mentì lui. "È convinta che lo scopo fosse la violenza carnale."

"Davvero? Chi?"

"Dianne Snow," rispose Jim, inventando un nome a caso. "È una ragazzona con la testa sul collo. Offriti un taxi, d'accordo?"

"D'accordo." Si fermò vicino alla poltrona di lui, s'inginocchiò, gli prese la faccia tra le mani e lo fissò negli occhi. "Jim, che cosa c'è?"

"Niente."

"Sì. C'è qualcosa."

"Niente che non possa sistemare in qualche modo."

"È qualcosa... che riguarda tuo fratello?"

Una zaffata di terrore lo investì, come se una porta interna fosse stata spalancata. "Perché dici questo?"

"Stanotte invocavi il suo nome nel sonno. *Wayne, Wayne,* ripetevi. *Corri, Wayne.*"

"Non è niente."

Ma non era vero, e tutti e due lo sapevano. Lui l'accompagnò alla porta.

Nell chiamò alle otto e un quarto. "Non deve preoccuparsi per quei tali," disse. "Sono tutti morti."

"Ah, sì?" Mentre parlava Jim teneva il segno, con l'indice, in *Come evocare i demoni*.

"Incidente d'auto. Sei mesi dopo che suo fratello era stato assassinato. Un poliziotto li stava inseguendo. Si chiamava Frank Simon quell'agente, tanto per la cronaca. Ora lavora da Sikorsky. Probabilmente guadagna molto di più."

"E andarono a sbattere contro qualcosa?"

"La macchina uscì di strada a più di centosessanta all'ora e andò a sbattere contro uno dei pali principali dell'alta tensione. Quando si riuscì, alla fine, a togliere la corrente e a raschiarli via dalle lamiere, erano a metà cottura."

Jim chiuse gli occhi. "Ha visto il rapporto?"

"Sì, con i miei occhi."

"C'era niente sull'auto?"

"Era stata rubata."

"Nessuna descrizione?"

"Una berlina Ford nera, del 1954, con scritto sulla portiera *Occhi di serpente*. Gli si adattava mica male. Hanno fatto proprio una fine spaventosa."

"Ce n'era anche un altro, signor Nell. Il nome non me lo ricordo, ma lo chiamavano Candeggina."

"Doveva essere Charlie Sponder," disse senza esitare il signor Nell. "Una volta si era schiarito i capelli con il Clorex. Me lo ricordo. Gli erano diventati tutti striati di bianco, e lui tentò di tingerli per farli tornare come prima. Le strisce bianche diventarono arancioni."

"Ha idea di che cosa faccia, ora?"

"È militare di carriera. Si arruolò nel '58 o '59, dopo che aveva messo incinta una ragazza del luogo."

"Potrei mettermi in contatto con lui?"

"La madre vive a Stratford. Bisognerebbe domandare a lei."

"Può darmi il suo indirizzo?"

"Non glielo darò, Jimmy, se prima non mi dice che cos'è che la preoccupa."

"Non posso, signor Nell. Penserebbe che sono pazzo."

"Provi."

"Non posso."

"Come crede, figliolo."

"Vuole..." Ma la comunicazione era stata interrotta.

"Maledetto!" esclamò Jim, e mise giù il ricevitore. L'apparecchio squillò sotto la sua mano e lui si ritrasse di scatto come se, improvvisamente, l'avesse sentito scottare. Rimase a fissarlo, ansando penosamente. Lo squillo si ripeté tre volte, quattro. Lui riprese il ricevitore. Ascoltò. Chiuse gli occhi.

Un agente gli si avvicinò, mentre si dirigeva all'ospedale, poi lo precedette, a sirena spiegata. In sala d'emergenza c'era un giovane dottore con un paio di baffetti. Il dottorino guardò Jim con occhi scuri, indifferenti.

"Scusi, sono James Norman e..."

"Mi dispiace, signor Norman. È morta alle 9.04!"

Stava per svenire. Il mondo si allontanava, ondeggiando, e nelle sue orecchie c'era un acuto ronzio. I suoi occhi vagavano intorno senza scopo, vedendo pareti di piastrelle verdi, un lettino a ruote che luccicava sotto le lampade al neon, un'infermiera con la cuffietta di traverso. *Tempo di darsi una rinfrescata, pupa.* Un inserviente se ne stava addossato alla parete fuori della Sala d'Emergenza N.1. Indossava un sudicio camice bianco con alcune gocce di sangue secco sparse sul davanti. Si puliva le unghie con un coltello. L'inserviente guardò in su, fissò Jim negli occhi e sorrise. L'inserviente era David Garcia.

Jim svenne.

Il funerale. Come un balletto in tre tempi. La casa. La camera ardente. Il cimitero. Facce che uscivano dal nulla, si avvicinavano, ondeggiando, poi sempre ondeggiando venivano risucchiate nel buio. La madre di Sally, con le lacrime che sgorgavano dietro il velo nero. Il padre, che appariva scosso e invecchiato. Simmons. Altri. Si presentavano e gli stringevano la mano. Lui sentiva, incapace di ricordare i nomi. Alcune delle donne avevano portato cibi già cotti. Una signora aveva portato una torta di mele, qualcuno ne aveva mangiato una fetta e quando lui andò in cucina la vide là appoggiata sul mobile, già tagliata e sgocciolante nel piatto un succo simile a sangue ambrato. Pensò: *sopra ci vorrebbe un bel po' di gelato di vaniglia.*

Avvertiva un tremito nelle mani e nelle gambe, tale era il desiderio di afferrare la torta e scaraventarla contro il muro.

E infine se ne stavano andando e lui stava osservando se stesso, così come ci si osserva in un filmetto girato in casa, stringere mani, assentire e dire: grazie... sì, non mancherò... grazie... ne sono certo, poverina... grazie...

Quando se ne furono andati, la casa fu di nuovo sua. Si avvicinò al caminetto. La mensola era ingombra di souvenir del loro matrimonio. Un cane di pezza con gli occhi di vetro che lei aveva vinto a Coney Island durante la luna di miele. Due cartellette di pelle: i diplomi di laurea, di lui e di lei. Un gigantesco paio di dadi di plastica che lei gli aveva dato per scherzo dopo che lui aveva perso sedici dollari al poker, circa un anno prima. Una coppa di porcellana che Sally aveva comperato in un negozietto di Cleveland un anno prima. Nel centro della mensola, la loro fotografia di nozze. Jim la mise a faccia ingiù, poi andò a sedersi nella solita poltrona, e rimase a

fissare il televisore spento. Un'idea cominciava a formarsi in
fondo alla sua mente.

Un'ora più tardi il telefono squillò, strappandolo a un leggero
torpore. A tentoni, prese il ricevitore.

"Il prossimo sarai tu, Norm."

"Vinnie?"

"Lei era proprio come uno di quei piccioni di gesso nelle
gallerie di tiro. Bam! e vanno in pezzi."

"Stasera sarò a scuola, Vinnie. Aula 33. Lascerò le luci
spente. Sarà come quel giorno sotto il cavalcavia. Penso di poter fornire perfino il treno."

"Vuoi proprio farla finita, dico bene?"

"Benissimo," rispose Jim. "Voi sarete là."

"Può darsi."

"Ci sarete." Riagganciò.

Era quasi buio quando arrivò alla scuola. Parcheggiò al solito posto, aprì la porta sul retro con la sua chiave e salì prima di
tutto nell'ufficio del Dipartimento di Lettere, al primo piano.
Entrò, aprì l'armadietto dei dischi e cominciò a farli passare.
Verso la metà della fila si fermò, poi ne sfilò uno dal titolo *Effetti Sonori*. Lo girò. Il terzo brano dal lato A era *Treno Merci:
3.04*. Appoggiò l'album sopra lo stereo portatile del dipartimento ed estrasse *Come evocare i demoni* dalla tasca del soprabito. Aprì il libro a un passaggio segnato in precedenza, lesse
qualcosa, assentì. Poi spense la luce.

Aula 33.

Mise in funzione lo stereo, sistemando gli altoparlanti alla
distanza massima, poi mise sul piano il disco con il brano del
treno merci. Il suono parve gonfiarsi, dal nulla, fino a riempire
l'intera stanza dell'aspro clangore di motori diesel e di metallo
su metallo.

Se chiudeva gli occhi, poteva quasi credere d'essere sotto il
cavalcavia di Broad Street, costretto ad assistere, in ginocchio,
mentre il piccolo, feroce dramma si svolgeva fino alla sua conclusione inevitabile...

Aprì gli occhi, fermò il disco, lo fece ripartire. Sedette al
suo tavolo e aprì *Come evocare i demoni* a un capitolo intitolato *Spiriti malefici e come chiamarli*. Muoveva le labbra, nel

leggere, e ogni tanto si fermava per togliere oggetti dalle sue tasche e posarli sopra la scrivania.

Prima di tutto, una vecchia e spiegazzata istantanea sua e di suo fratello, scattata sul prato antistante lo stabile di Broad Street dove erano cresciuti. Entrambi portavano i capelli tagliati cortissimi, ed entrambi sorridevano timidamente, fissando nell'obiettivo. Poi, una boccetta di sangue. Aveva catturato un gatto randagio e gli aveva tagliato la gola con il temperino. Terzo, il temperino stesso. Per ultimo, un marrocchino strappato dalla fodera di un vecchio berrettino da baseball. Il berrettino di Wayne. Jim l'aveva conservato con la segreta speranza che un giorno lui e Sally avrebbero avuto un figlio.

Si alzò, andò alla finestra, guardò fuori. L'area di parcheggio era deserta.

Cominciò a spingere i tavolini verso le pareti, lasciando una sorta di cerchio libero al centro della stanza. Fatto questo, prese del gesso dal cassetto della scrivania e, seguendo esattamente il diagramma del libro, con l'aiuto di un righello tracciò sul pavimento un pentagramma.

Il respiro gli si era fatto un po' ansante, ora. Spense le luci, raccolse gli oggetti in una mano e cominciò a recitare.

"Padre delle tenebre, ascoltami per amore della mia anima. Sono colui che promette sacrificio. Sono colui che mendica un oscuro favore in cambio del sacrificio. Sono colui che cerca la vendetta della mano sinistra. Porto sangue in promessa di sacrificio."

Svitò il tappo del vasetto, che in origine aveva contenuto del burro d'arachidi, e versò il sangue all'interno del pentagramma.

Accadde qualcosa nella stanza buia. Non era possibile dire che cosa esattamente, ma l'aria divenne più pesante. C'era, nell'atmosfera, una densità che sembrava riempire la gola e il ventre di grigio metallo. Il silenzio profondo aumentava, gonfiato da qualcosa di invisibile.

Lui fece come gli antichi riti insegnavano.

Ora c'era nell'aria una presenza che ricordava a Jim la volta in cui aveva portato una classe a visitare un'importante centrale elettrica: la sensazione che l'aria stessa fosse satura e vibrante di potenziale elettrico. Ed ecco che una voce, curiosamente bassa e sgradevole, gli parlò.

"Che cosa chiedi?"

Non poteva dire se la sentisse realmente o se stesse soltanto immaginando di sentirla. Pronunciò due frasi.

"È un piccolo favore. Che cosa offri?"

Jim pronunciò due parole.

"Tutt'e due," bisbigliò la voce. "Destro e sinistro. Accetti?"

"Sì."

"Allora dammi ciò che mi appartiene."

Lui aprì il temperino, si girò verso la scrivania, vi appoggiò la mano destra, aperta e piatta, poi con quattro colpi decisi fece saltare via l'indice. Il sangue scorreva, formando scure chiazze sulla carta assorbente. L'operazione non faceva alcun male. Jim spinse in là il dito troncato e passò il temperino nella mano destra. Tagliarsi l'indice della sinistra gli riuscì più difficile. Sentiva la destra strana e inceppata, con quel dito mancante, e il coltellino continuava a sfuggirgli di mano. Alla fine, con un brontolio spazientito, gettò via il temperino, spezzò l'osso e finì di strappar via il dito. Li raccolse entrambi, come grissini, e li gettò entro il pentagramma. Vi fu un vivido e breve bagliore, simile al lampo al magnesio dei fotografi di una volta. Niente fumo, notò Jim. Nessun odore di zolfo.

"Quali oggetti hai portato?"

"Una fotografia. Una striscia di tessuto che è stata a contatto con il suo sudore."

"Il sudore è prezioso," commentò la voce, e c'era nel tono una gelida cupidigia che diede un brivido a Jim. "Dammeli."

Jim gettò la fotografia e il marrocchino del berretto nel pentagramma. Altro bagliore.

"È buono," disse la voce.

"Se vengono," disse Jim.

Non ci fu risposta. La voce era scomparsa: ammesso che ci fosse mai stata. Lui si avvicinò al pentagramma. La fotografia era ancora là, ma annerita e bruciacchiata. La striscia strappata dal berrettino era scomparsa.

Nella strada ora c'era un rumore, debole da principio, ma in aumento. Una vecchia auto dal motore truccato che, svoltata dapprima in Davis Street, ora si stava avvicinando. Jim tornò a sedersi, l'orecchio teso per sentire se l'auto proseguiva o se entrava nel parcheggio.

Entrava nel parcheggio.

Passi su per le scale, echeggianti.

La risata stridula di Robert Lawson, poi qualcuno che imponeva "Sssst!" e di nuovo la risatina di Lawson. I passi si facevano più vicini, perdevano la loro eco, ed ecco che la porta a vetri all'inizio de' corridoio veniva spalancata.

"Iu-huu, Normie?" gridava David Garcia, in falsetto.

"Ci sei, Normie?" bisbigliava Lawson, e poi rideva.

Vinnie non parlava ma, via via che avanzavano lungo il corridoio, Jim poteva vedere le loro ombre. Vinnie era il più alto dei tre, e in mano aveva qualcosa, un oggetto lungo. Ci fu un lievissimo scatto, e l'oggetto diventò ancora più lungo.

Ora si erano fermati sulla soglia, Vinnie nel mezzo. Tutti e tre erano armati di coltello.

"Siamo qui, amico," disse Vinnie. "Siamo qui per farti la festa."

Jim rimise in funzione il giradischi.

"Gesù!" esclamò Garcia, sussultando. "Che cosa è?"

Il merci si faceva sempre più vicino. Sembrava quasi di sentir vibrare le pareti.

Il suono non sembrava più arrivare dagli altoparlanti bensì dal fondo del corridoio, da rotaie che correvano chissà dove, lontane nel tempo, oltre che nello spazio.

"Questo non mi va, amico," disse Lawson.

"Troppo tardi, ormai," disse Vinnie. Si fece avanti e accennò un gesto con il coltello. "Dacci il tuo denaro, paparino."

...lasciateci andare...

Garcia indietreggiò. "Che diavolo..."

Ma Vinnie non esitava mai. Fece cenno agli altri di allargarsi, e la luce nei suoi occhi poteva anche essere di sollievo.

"Avanti, piccolo, quanto hai?" chiese improvvisamente Garcia.

"Quattro centesimi," disse Jim. Era vero. Li aveva presi dal vasetto delle monetine, nella stanza da letto. La data più recente era il 1956.

"Bugiardo schifoso."

...lascialo stare...

Lawson gettò un'occhiata dietro di sé e i suoi occhi si dilatarono. Le pareti erano diventate nebbiose, incorporee. Il merci sbuffava. La luce del lampione, giù nel parcheggio, si era fatta più rossa, come l'insegna al neon della Burretts Company, e tremolava contro il cielo buio.

Qualcosa stava uscendo dal pentagramma, qualcosa con la faccia di un ragazzino di circa dodici anni. Un ragazzino con i capelli a spazzola.

Garcia si gettò in avanti e colpì Jim sulla bocca, sferrandogli un pugno. Il suo alito sapeva di peperone e di aglio. Era tutto molto lento e penoso.

Jim avvertì un'improvvisa pesantezza al bassoventre, che gli si era fatto di piombo, poi la sua vescica non tenne più. Nell'abbassare lo sguardo, lui vide una macchia scura apparire e allargarsi sui suoi calzoni.

"Guarda, Vinnie, se l'è fatta addosso!" gridò Lawson. Il tono era giusto, ma l'espressione della faccia era di orrore: l'espressione di una marionetta che si sia animata soltanto per scoprire d'essere manovrata dai fili.

"Lascialo stare," disse la cosa-Wayne, ma la voce non era quella di Wayne: era la gelida, avida voce della cosa uscita dal pentagramma. "Scappa, Jimmy! Corri! Corri! Corri!"

Jim scivolò sulle ginocchia e una mano si abbatté sulla sua schiena, brancolò per acchiapparlo, non ci riuscì.

Guardò in su e vide Vinnie, la faccia trasformata in una caricatura dell'odio, conficcare il coltello nella cosa-Wayne, proprio al disotto dello sterno... e poi urlare, mentre la sua faccia si accartocciava su se stessa, si carbonizzava, si anneriva, diventava orrenda.

Ed ecco che era scomparso.

Garcia e Lawson colpirono un istante più tardi, si accartocciarono, carbonizzandosi, e scomparvero.

Jim giaceva a terra, ansando penosamente. Il rumore del merci svaniva a poco a poco.

Suo fratello lo stava fissando.

"Wayne?" ansimò Jim.

E la faccia cambiò. Parve fondersi e perdere i suoi connotati. Gli occhi diventarono gialli, e ora una presenza orribile e maligna stava fissandolo.

"Tornerò, Jim," bisbigliò la voce gelida.

E scomparve.

Lui si rialzò lentamente e, con la mano maciullata, fermò il giradischi. Si toccò la bocca. Sanguinava per il pugno di Garcia. Andò ad accendere la luce. La stanza era deserta. Guardò giù nell'area di parcheggio e anche quella era deserta, salvo per un coprimozzo che rifletteva la luna come per una pantomima idiota. Nella stanza, l'aria sapeva di vecchio e di stantio: un'atmosfera di tomba. Lui cancellò il pentagramma dal pavimento, poi cominciò a rimettere a posto i banchi per il supplente che il giorno dopo l'avrebbe sostituito. Le dita gli facevano molto male ...*quali dita*? Avrebbe dovuto consultare un medico. Chiuse la porta e scese lentamente le scale, premendosi le mani sul petto. A mezza strada, qualcosa — un'ombra, o forse soltanto un'intuizione — lo fece voltare di scatto.

Qualcosa di invisibile parve ritrarsi.

Jim ricordò l'ammonimento contenuto in *Come evocare i demoni*: il pericolo che l'operazione comportava. Potevi forse chiamarli, potevi forse indurli a lavorare per te, potevi perfino sbarazzartene.

Ma, a volte, essi tornano.

Ricominciò a scendere, chiedendosi se l'incubo fosse veramente finito.

Primavera da fragole

Springheel Jack...

Ho visto quelle due parole sul giornale di stamattina e, mio Dio, come m'hanno riportato indietro nel tempo! Tutto avveniva otto anni fa, quasi esatti. Una volta, mentre i fatti si svolgevano, vidi me stesso in un servizio della TV diffuso su tutte le reti: il programma di Walter Cronkite. Soltanto una faccia che s'intravedeva brevemente nello sfondo generale alle spalle del giornalista, ma i miei mi riconobbero subito. Mi chiamarono, con un'interurbana. Papà voleva da me un'analisi della situazione: era tutto giovialità e cordialità, da uomo-a-uomo. Mia madre voleva soltanto che tornassi a casa. Ma io non volevo tornare a casa. Ero come stregato.

Stregato da quella cupa e nebbiosa primavera da fragole, e dall'ombra di morte violenta che la percorreva, in quelle sere di otto anni fa. L'ombra di Springheel Jack.

Nel New England la chiamano così, primavera da fragole. Nessuno sa perché; è solo una frase che usano i vecchi. Dicono che si ripresenti una volta ogni otto, dieci anni. Ciò che accade al New Sharon Teachers' College quella particolare primavera da fragole... ci sarà magari un ciclo anche per questo ma, se anche qualcuno l'ha calcolato, non l'ha mai detto.

A New Sharon, la primavera da fragole cominciò il 16 marzo 1968. Quel giorno, l'inverno più freddo che ci fosse stato da vent'anni a quella parte si ruppe. Pioveva, e si sentiva l'odore del mare sebbene la spiaggia più vicina si trovasse a una trentina di chilometri. La neve, che in certi punti aveva raggiunto una altezza di novanta centimetri, cominciò a sciogliersi, e ora i viali del campus erano tutti una guazza. I pupazzi di neve che per due mesi si erano mantenuti nitidi e perfetti grazie alla temperatura sottozero, cominciarono finalmente ad afflosciarsi e a crollare. La caricatura di Lyndon Johnson davanti a uno degli edifici del college piangeva lacrime di disgelo. La colomba davanti a Prashner Hall perse le sue piume di ghiaccio, lasciando tristemente affiorare qua e là uno scheletro di abete.

Con il calar del buio, venne anche la nebbia, muovendosi silenziosa e bianca lungo viali e vialetti del campus. I pini del viale grande spuntavano attraverso quel candido vapore come dita e la si vedeva muoversi in volute, lenta come fumo di sigaretta, laggiù sotto il ponticello, vicino ai cannoni della Guerra civile. Rendeva ogni cosa irreale, strana, magica. L'ignaro passante usciva dalla confusione del Grinder, vividamente illuminato e con il chiasso del jukebox, convinto di ritrovarsi nel freddo, nitido stellato invernale... e invece si ritrovava improvvisamente immerso in un mondo silenzioso, ovattato di bianchi vapori, in cui l'unico suono era quello dei suoi passi, accompagnato dal lento sgocciolio dell'acqua dalle antiche grondaie. Quasi ti aspettavi di voltarti e scoprire che il Grinder era scomparso, svanito, sostituito da un brumoso panorama di brughiere e di tassi e magari da un cerchio druido e da uno sfavillante anello fatato.

Il jukebox suonava *Love is Blue*, quell'anno. Suonava *Hey, Jude* incessantemente. Suonava *La fiera di Scarborough*.

E alle undici e dieci di quella sera un ragazzo di nome John Dancey che stava rientrando al dormitorio cominciò a urlare nella nebbia, lasciando cadere i libri sopra le gambe allargate della ragazza morta che giaceva in un angolo buio del parcheggio di Scienze Animali, la gola tagliata da un orecchio all'altro ma gli occhi aperti che sembravano quasi brillare, quasi che lei avesse appena effettuato con successo lo scherzo più birbone della sua giovane vita... Dancey, studente di pedagogia, urlava, urlava e urlava.

Il giorno successivo era coperto e plumbeo, e noi andammo a lezione con le domande che ci urgevano in gola: chi? perché? quando pensate che lo prenderanno? E sempre la domanda conclusiva, carica d'emozione: la conoscevi, di'? La conoscevi?

Sì, frequentavamo insieme un corso d'arte.

Sì, un mio compagno di camera filava con lei, l'anno scorso.

Sì, una volta al Grinder mi aveva chiesto un fiammifero. Era al tavolino accanto.

Sì.

Sì, io

Sì... sì... oh sì, io

La conoscevamo tutti. Si chiamava Gale Cerman (pronunciato Cherr-man), e studiava storia dell'arte. Portava occhiali ottocenteschi e aveva una bella figura. Era molto simpatica ma le compagne di camera la odiavano. Non era una che uscisse molto sebbene fosse una delle ragazze più di manica larga del campus. Era racchia ma piaceva. Era stata una ragazza vivace che parlava poco e non sorrideva quasi mai. Era incinta e aveva la leucemia. Era lesbica ed era stata ammazzata dal suo bello. Era una primavera da fragole, e il mattino del diciassette marzo tutti noi conoscevamo Gale Cerman.

Cinque o sei auto della polizia di Stato avevano invaso la cittadella universitaria e quasi tutte erano parcheggiate davanti a Judith Franklin Hall, dove la Cerman aveva alloggiato. Nel passare di là, diretto alla mia lezione delle dieci, venni invitato a mostrare la mia tessera di studente. Ma io ero furbo. Mostrai quella senza le zanne da vampiro.

"Hai addosso un coltello?" mi chiese il poliziotto, con somma astuzia.

"È per quella storia di Gale Cerman?" chiesi a mia volta, dopo averlo informato che la cosa più letale sulla mia persona era il ciondolo portafortuna della catena delle chiavi.

Mi fu subito addosso. "Perché questa domanda?"

Arrivai a lezione con cinque minuti di ritardo.

Era una primavera da fragole e nessuno, quella sera, passeggiava da solo per il campus mezzo accademico, mezzo fatato. La nebbia era tornata, silenziosa e profonda, e sapeva di mare.

Verso le nove il mio compagno di stanza fece irruzione in camera nostra, dove io fin dalle sette mi stavo logorando le meningi sopra un saggio su Milton. "L'hanno preso," annunciò. "L'ho sentito dire al Grinder."

"Da chi?"

"Non so. Uno. È stato il suo ragazzo. Si chiama Carl Amalara."

Provai sollievo e delusione insieme. Con un nome come quello, doveva essere vero. Un sordido e meschino crimine passionale.

"Bene," dissi. "Meno male, allora."

Uscì dalla stanza per diffondere la notizia lungo il corridoio. Rilessi il mio saggio su Milton, non riuscii a capire che cosa stessi cercando di dire, stracciai tutto e ricominciai da capo.

Era sui giornali, il giorno dopo. C'era una foto di Amalara assurdamente tirato a pomice — probabilmente scattata in occasione della maturità — e mostrava un ragazzo dall'aria piuttosto malinconica, con la carnagione olivastra, occhi scuri e il naso un po' butterato. Il ragazzo non aveva ancora confessato, ma la prova contro di lui era grave. Lui e Gale Cerman non avevano fatto che baruffare, da circa un mese a quella parte, e da una settimana si erano piantati. Il compagno di stanza diceva che Amalara si era mostrato "scorbutico". In una cassettina sotto il suo letto la polizia aveva trovato un coltello da caccia lungo quindici centimetri e una foto della ragazza che sembrava essere stata tagliata a pezzi con un paio di cesoie.

Accanto alla foto di Amalara ce n'era una di Gale Cerman. Mostrava confusamente un cane e una biondina un po' stopposa, con gli occhiali. Un sorriso impacciato le voltava gli angoli delle labbra all'insù e gli occhi erano strabici. Una mano era sulla testa del cane. Era vero, allora. Doveva essere vero.

La nebbia tornò quella sera, non a piccoli passi furtivi ma in un dilagare improprio e scomposto. Uscii a passeggio, quella sera. Avevo mal di testa e camminavo per prendere aria, aspirando l'odore umido e nebbioso della primavera che stava lentamente spazzando via la neve riluttante ad andarsene, lasciando chiazze di erba dell'anno prima, ormai senza vita, nude e scoperte, come la testa di una vecchia nonna.

Per me, fu una delle serate più belle che io ricordi. Le persone che incontravo sotto i lampioni circondati da un alone erano ombre mormoranti, e sembrava che fossero tutti innamorati, che camminavano mano nella mano e occhi negli occhi. La neve, sciogliendosi, gocciolava e scorreva, gocciolava e scorreva, e da ogni buio canale per le acque piovane arrivava il rumore del mare, un cupo mare invernale ora tendente a calmarsi.

Camminai quasi fino a mezzanotte, fino a sentirmi intriso di guazza, e incontrai molte ombre, udii molti passi allontanarsi come in sogno lungo i lunghi e tortuosi sentieri. Chi può affermare che una di quelle ombre non fosse l'uomo o la cosa che finì poi per essere nota come Springheel Jack? Non io, perché di ombre io ne incontrai molte ma, nella nebbia, non vidi facce.

Il mattino dopo, il clamore nel corridoio mi svegliò. Uscii intontito per sentire chi avessero chiamato alle armi, lisciandomi i capelli con tutt'e due le mani e facendo scorrere lo strano bru-

216

co che aveva abilmente preso il posto della mia lingua contro l'arida curva del palato.

"Ne ha fatta fuori un'altra," mi informò qualcuno, la faccia pallida di eccitazione. "Hanno dovuto lasciarlo andare."

"Andare chi?"

"Amalara!" rispose qualcun altro, gongolando. "Era in prigione, lui, quando è successo."

"Quando è successo che cosa?" chiesi pazientemente. Presto o tardi ne sarei venuto a capo, ne ero sicuro.

"L'assassino ha ucciso un'altra ragazza ieri sera. E ora gli danno la caccia dappertutto."

La faccia pallida tornò a ondeggiare di fronte a me. "La testa. Quello che l'ha uccisa, si è portato via la testa."

New Sharon non è grande come scuola, ora, e allora era anche più piccola: il genere di istituto che quelli delle relazioni pubbliche chiamano bonariamente "college tipo comunità". Ed effettivamente era come una piccola comunità, almeno a quei tempi; tra te e i tuoi amici, probabilmente finivi per conoscere, non fosse che a livello di scambio di saluti, tutti gli altri e i loro amici. Gale Cerman era stata il tipo di ragazza cui si rivolge un cenno o un ciao, pensando vagamente d'averla già vista da qualche parte.

Ann Bray la conoscevamo tutti. L'anno prima era stata la seconda arrivata nell'elezione di Miss New England. Durante la sfilata il suo talento era consistito nel roteare un bastone al ritmo di *Ehi, guardatemi*. Ma era anche dotata di cervello; fino al momento della morte era stata redattrice del giornale della scuola (un settimanale con una quantità di vignette di politica e di lettere ampollose), membro dell'Associazione filodrammatica studentesca e presidentessa dell'Associazione studentesca femminile di New Sharon. Nell'ardente e fervido ribollire della mia giovinezza di matricola, avevo sottoposto al giornale l'idea di una rubrica e chiesto un appuntamento a lei: respinto, su tutta la linea.

E ora lei era morta... peggio che morta.

Mi incamminai verso le mie lezioni del pomeriggio come tutti gli altri, facendo cenni a persone che conoscevo e dicendo ciao con energia maggiore del solito, come se questo potesse compensare il modo in cui studiavo le loro facce. Che era poi il medesimo in cui loro studiavano la mia. C'era qualcosa di oscuro tra noi, oscuro come i sentieri che si dipartivano dal viale principale e si perdevano tra le querce secolari del cortile dietro la palestra. Truce come le sagome dei cannoni della Guerra civile viste attraverso una membrana di vapori di nebbia. Ci guardavamo in faccia l'un l'altro e cercavamo di individuare la tenebra dietro uno di quei volti.

Stavolta la polizia non arrestò nessuno. Le auto blu pattugliavano il campus incessantemente, durante le nebbiose serate della falsa primavera, e i riflettori frugavano nei recessi e negli angoli bui con zelo errante. L'amministrazione aveva imposto il coprifuoco per le nove. Una scriteriata coppietta sorpresa ad amoreggiare tra i cespugli a nord del Tate Alumni Building era stata portata al posto di polizia di New Sharon e sottoposta a tre ore di spietato interrogatorio. Questo nelle sere del diciotto, del diciannove e del venti.

Il venti, ci fu un isterico falso allarme quando un ragazzo venne trovato privo di sensi in quello stesso parcheggio dov'era stata trovata uccisa Gale Cerman. Un farfugliante poliziotto del campus lo aveva caricato sul sedile posteriore della sua auto di ronda e, copertagli la faccia con una mappa della contea, senza preoccuparsi di accertare se il polso batteva, si era diretto verso l'ospedale locale, attraversando a sirena spiegata il campus deserto.

A metà strada, il cadavere sul sedile posteriore si era tirato su e aveva domandato con voce sorda: "Dove diavolo sono?" L'agente aveva mandato un urlo ed era finito fuori strada. Era poi risultato che il cadavere era una matricola di nome Donald Morris. Da due giorni, Donald era a letto con una brutta influenza: cos'era, quell'anno, asiatica? Non mi ricordo. In ogni caso, era svenuto là nel parcheggio mentre tentava di arrivare al Grinder per una minestrina in brodo e qualche crostino.

Le giornate continuavano a essere calde e coperte. La gente si radunava in piccoli gruppi che avevano la tendenza a sciogliersi e a riformarsi con sorprendente rapidità. Se fissavi troppo a lungo la stessa serie di facce, alcune di esse, alla fine, ti facevano venire strane idee. E la rapidità con cui le voci andavano da un'estremità all'altra del campus cominciava ad avvicinarsi a quella della luce; un bravissimo professore di storia era stato sentito piangere e ridere laggiù presso il piccolo ponte; Gale Cerman aveva lasciato un misterioso messaggio di due parole scritte con il proprio sangue sull'asfalto del parcheggio di Scienze; i due omicidi erano stati entrambi crimini politici, uc-

218

cisioni rituali che erano state perpetrate da un gruppo dissidente dell'SDS per protestare contro la guerra. C'era davvero da ridere. L'SDS di New Sharon contava sette iscritti. Un ramo dissidente di proporzioni appena appena discrete sarebbe stato la bancarotta per l'intera organizzazione. Questo fatto diede origine a un abbellimento ancora più sinistro da parte dei conservatori del campus: agitatori politici. Così, durante quelle strane, afose giornate, tenevamo tutti gli occhi bene aperti per individuarli.

La stampa, sempre volubile, ignorò la forte somiglianza che il nostro assassino aveva con Jack lo Squartatore e andò a scavare più indietro: fino al 1819, addirittura. Ann Bray era stata trovata lungo un fangoso sentiero di terra battuta, a tre o quattro metri dal più vicino viale, eppure non c'erano impronte, neppure le sue. Un intraprendente giornalista del New Hampshire, con la passione dell'arcano, battezzò l'assassino Springheel Jack, ispirandosi al tristemente famoso dottor John Hawkins, di Bristol, che aveva fatto fuori cinque mogli con strani gingilli farmaceutici. E il nome, probabilmente a causa di quel terreno fangoso eppure privo di impronte, attecchì.

Il ventuno piovve di nuovo, e il viale e il cortile si trasformarono in pantani. La polizia annunciò che avrebbe introdotto nel campus agenti in borghese, uomini e donne, e tolto metà delle auto di ronda.

Il giornaletto del campus pubblicò un editoriale molto indignato, sebbene incoerente, per protestare contro l'iniziativa. Il succo sembrava essere che, con ogni sorta di poliziotti camuffati da studenti, sarebbe stato impossibile distinguere un vero agitatore esterno da uno falso.

Scese il crepuscolo e, con esso, la nebbia, che lentamente, quasi pensosamente, avanzava lungo i viali alberati, cancellando gli edifici uno per uno. Era una sostanza soffice e incorporea ma, nello stesso tempo, implacabile e agghiacciante. Springheel Jack era un uomo, su questo nessuno sembrava avere dubbi, ma la nebbia era sua complice, ed era femmina... o a me tale sembrava. Era come se la nostra piccola scuola fosse rimasta presa in mezzo a loro, schiacciata da un amplesso di amanti folli, parte di un matrimonio che era stato consumato nel sangue. Seduto a fumare e a guardare le luci accendersi nell'oscurità crescente, mi domandavo se fosse tutto finito oppure no. Entrò il mio compagno di stanza e chiuse piano la porta dietro di sé.

"Tra poco nevicherà," annunciò.

Mi girai e lo guardai. "L'ha detto la radio?"

"No," mi rispose. "C'è forse bisogno di un meteorologo? Hai mai sentito parlare della primavera da fragole?"

"Forse," dissi. "Ma tanto tempo fa. Cose di cui parlavano le nostre nonne, vero?"

In piedi accanto a me, fissava il buio che aumentava.

"La primavera da fragole è come l'estate indiana," spiegò, "ma è molto più rara. Dalle nostre parti, una buona estate indiana viene ogni due o tre anni. Un periodo di falsa primavera tipo quello che abbiamo ora si calcola che venga ogni otto, dieci anni. È, appunto, una primavera falsa, proprio come l'estate indiana è una falsa estate. La mia nonna diceva che una primavera da fragole significa che il peggio dell'inverno deve ancora arrivare: e più a lungo dura, più tremenda sarà la tormenta."

"Dicerie popolari," sentenziai. "Mai creduto una parola." Lo guardai. "Ma mi sento nervoso. Tu no?"

Sorrise bonariamente e rubò una delle mie sigarette dal pacchetto aperto appoggiato sul davanzale. "Sospetto di tutti tranne che di me e di te," disse, e subito il sorriso sbiadì un poco. "E qualche volta dubito perfino di te. Vuoi che andiamo a farci una partita a biliardo? Ti concedo un vantaggio, se ci stai."

"La settimana prossima devo dare trigonometria. Ora mi sistemo al tavolino con i miei appunti, altro che biliardo!"

Per un bel pezzo dopo che lui se n'era andato, non potei fare altro che fissare fuori della finestra. E perfino dopo che avevo aperto il libro e cominciato a studiare, parte di me era ancora là fuori, a passeggiare tra le ombre dove qualcosa di oscuro aveva ora il comando.

Quella sera venne uccisa Adelle Parkins. Sei auto della polizia e diciassette agenti in borghese mascherati da studenti (otto di loro erano donne fatte venire apposta da Boston) pattugliavano il campus. Ma Springheel Jack la uccise ugualmente, andando a colpo sicuro nell'individuare una delle nostre. La falsa primavera, la primavera bugiarda, lo aiutava e istigava: la uccise e la lasciò appoggiata al volante della sua Dodge 1964, affinché la trovassero il mattino dopo, e trovarono parte di lei sul sedile posteriore e parte di lei nel baule. E scritta con il sangue sul parabrezza — fatto, stavolta, non diceria — c'era una specie di sfida, o di risata: HA! HA!

Il campus impazzì leggermente, in seguito a questo; tutti noi e nessuno di noi avevamo conosciuto Adelle Parkins. Era una di quelle donne indaffarate e senza nome che fanno il massacrante turno, al Grinder, dalle sei alle undici di sera, affrontando orde di studenti affamati di hamburger che arrivano dalla biblioteca di fronte per concedersi una pausa durante lo studio. Doveva avere avuto una vita relativamente facile, durante quelle ultime tre sere di nebbia della sua vita: il coprifuoco veniva osservato rigorosamente, e dopo le nove i soli clienti del Grinder erano poliziotti affamati e bidelli di buonumore: gli edifici deserti avevano migliorato considerevolmente il loro caratteraccio abituale.

Resta poco da dire. La polizia, vittima dell'isterismo come chiunque altro di noi e ridotta con le spalle al muro, arrestò un innocuo omosessuale laureando in sociologia di nome Hanson Grey, il quale dichiarava di "non riuscire a ricordare" dove avesse passato diverse delle sere fatali. Lo accusarono, lo rinviarono a giudizio e lo lasciarono libero di tornarsene in fretta e furia nella sua città natale del New Hampshire dopo l'ultima, indescrivibile notte di primavera da fragole in cui Marsha Curran venne trucidata sul viale.

Perché fosse andata in giro sola non lo si saprà mai: era una cosuccia grassottella e malinconicamente graziosa che abitava in un appartamento, in città, insieme ad altre tre ragazze. Si era intrufolata nel campus silenziosa e inosservata come lo stesso Springheel Jack. Che cosa l'aveva portata là? Forse un impulso profondo e ingovernabile come quello del suo assassino, e altrettanto al di là della comprensione. Forse il bisogno di un disperato e appassionato idillio con la serata calda, la nebbia ovattata, l'odore del mare e il gelo della lama.

Questo accadeva il ventitré. Il ventiquattro, il preside del college annunciò che la pausa primaverile sarebbe stata anticipata di una settimana, e ci disperdemmo, non gioiosamente, ma come pecore spaventate prima del temporale, lasciando il campus deserto come una casa degli spiriti e abitato soltanto dalla polizia e da un unico, pauroso spettro.

Avevo la mia auto, lì al campus, e cercai altri sei che facevano la mia stessa strada, il loro bagaglio ficcato dentro alla meglio. Non fu un viaggio piacevole. Per quello che ne sapevamo, Springheel Jack poteva essere lì in macchina con noi.

Quella sera il termometro calò di quindici gradi, e l'intera parte settentrionale del New England venne investita da una tormenta urlante che cominciò con pioggia e nevischio e terminò con trenta centimetri di neve. Il solito numero di vecchi malandati se ne andò in seguito a una crisi cardiaca: poi, come per magia, ci ritrovammo in aprile. Acquazzoni che lavavano l'aria e notti stellate.

La chiamavano primavera da fragole, Dio sa perché, ed è un periodo menzognero e maligno che capita una volta ogni otto, dieci anni. Springheel Jack se ne andò con la nebbia e, al principio di giugno, la conversazione al campus era ormai incentrata su una serie di proteste contro il reclutamento e su un sit-in da tenere nell'edificio dove un ben noto fabbricante di napalm intervistava laureandi nell'intento di assumerli. In giugno, l'argomento Springheel Jack era quasi unanimemente evitato: almeno a voce alta. Ho il sospetto che fossero molti quelli che, in cuor loro, non facevano che esaminarlo, cercando quell'unica crepa, nell'uovo di follia apparentemente intatto, che avrebbe dato un senso a tutta la faccenda.

Quello fu l'anno in cui io mi laureai, e l'anno successivo mi sposai. Avevo trovato un buon impiego in una casa editrice locale. Nel 1971 ci nacque un bambino, che ormai ha quasi l'età per andare a scuola. Un bel bambino molto sveglio, con i miei occhi e la bocca di sua madre.

Poi, il giornale di oggi.

Naturalmente sapevo che era arrivata. L'avevo capito già ieri mattina quando, appena alzato, ho sentito il suono misterioso della neve che, sciogliendosi, scorreva dentro i tombini, e ho respirato l'odore salmastro dell'oceano dal portico di casa nostra, a quindici chilometri di distanza dalla spiaggia più vicina. Ho capito che la primavera da fragole era tornata quando, nel rincasare dal lavoro, ieri sera, ho dovuto accendere i fari contro la nebbia che già cominciava ad alzarsi dai campi, confondendo le sagome degli edifici e mettendo aloni fatati attorno ai lampioni.

Il giornale di stamattina dice che una ragazza è stata uccisa nel campus di New Sharon, vicino ai cannoni della Guerra civile. È stata uccisa durante la notte e trovata in un mucchio di neve marcia. Non era... non era tutta là.

Mia moglie è sconvolta. Vuole sapere dov'ero, ieri sera. Non posso dirglielo perché non me ne ricordo. Ricordo d'essermi messo in viaggio verso casa dopo l'ufficio, e ricordo d'avere acceso i fari per trovare la strada nella nebbia che si faceva sempre più fitta, ma poi non so altro.

Continuo a pensare a quella serata di nebbia in cui avevo mal di testa; ricordo che andai a passeggio per prendere aria e incontrai tutte quelle belle ombre senza alcuna forma o sostanza. E penso anche al baule della mia auto e mi domando perché mai dovrei avere paura di aprirlo.

Mentre scrivo, sento che mia moglie, nella stanza accanto, sta piangendo. Pensa che io sia stato con un'altra donna, ieri sera.

E, oh povero me, lo penso anch'io!

Il cornicione

"Coraggio," disse Cressner, "guardi dentro la borsa."

Eravamo nel suo appartamento, un attico al quarantatreesimo piano. La moquette era soffice e foltissima, color arancione scuro. Al centro, tra la poltroncina di canapa dove sedeva Cressner e il divano di vero cuoio dove non sedeva nessuno, c'era una comune borsa per la spesa.

"Se è una somma per liquidarmi, se lo scordi," replicai. "Io amo Marcia."

"È denaro, ma non per liquidarla. Coraggio. Guardi." Stava fumando una sigaretta turca infilata in un bocchino d'onice. Il sistema di aerazione mi concedeva appena un secco sbuffo dell'aroma, e subito lo scacciava. Cressner indossava una vestaglia di seta su cui era ricamato un drago. I suoi occhi erano calmi e intelligenti dietro gli occhiali. Appariva esattamente quello che era: una carogna fatta e finita di quelle numero uno, a 500 carati. Amavo sua moglie, e lei mi amava. Mi ero aspettato difficoltà da lui, e sapevo che quello era un tranello, ma ancora non sapevo di che marca fosse.

Mi avvicinai alla borsa per la spesa e la urtai. Si rovesciò e fasci di biglietti di banca legati in mazzette tutte uguali finirono sul tappeto. Tutti biglietti da venti. Presi in mano una delle mazzette e contai. Dieci biglietti per mazzetta. E le mazzette erano tante.

"Ventimila dollari," precisò lui, e tirò una boccata di fumo.

Mi rialzai. "Bene."

"Sono per lei."

"Non li voglio."

"Oltre quelli, mia moglie."

Non dissi niente. Marcia mi aveva avvisato di come sarebbe andata. È come un gatto, aveva detto. Un vecchio gatto pieno di malignità. Cercherà di fare di te un topo.

"Così lei è un tennista di professione," disse Cressner. "Non credo d'averne mai visto uno, prima d'ora."

"Vuol dire che i suoi investigatori non hanno scattato fotografie?"

"Oh, sì!" Agitò con negligenza il bocchino. "Perfino un film di voi due in quel Motel Bayside. C'era una cinepresa dietro lo specchio. Ma una foto non è come dal vivo, vero?"

"Se lo dice lei."

Continuerà a cambiare tattica, aveva detto Marcia. È il suo modo di mettere la gente sulla difensiva. In breve ti indurrà a colpire il punto dove penserai che stia per andare, e invece lui ti attaccherà da tutt'altra parte. Di' il meno possibile, Stan. E ricordati che ti amo.

"L'ho invitata quassù perché pensavo che fosse giusto fare due chiacchiere da uomo a uomo, signor Norris. Solo una piacevole conversazione tra due persone civili, tra esseri umani, uno dei quali se la intende con la moglie dell'altro."

Stavo per replicare ma poi preferii astenermene.

"Le è piaciuto San Quintino?" chiese Cressner, fumando pigramente.

"Non in modo particolare."

"Ci ha passato tre anni, se non sbaglio. Un'accusa di effrazione e violazione di domicilio, credo."

"Marcia lo sa." E immediatamente mi pentii d'avere parlato. Stavo facendo il suo gioco, proprio la cosa contro la quale Marcia mi aveva messo in guardia. Colpivo a vuoto perché lui potesse meglio attaccarmi.

"Mi sono preso la libertà di far spostare la sua auto," disse lui, guardando fuori della finestra all'altra estremità della stanza. In realtà non era affatto una finestra: l'intera parete era di vetro. Nel mezzo, c'era una porta scorrevole, sempre di vetro. Al di là, un balconcino grande come un francobollo. Oltre quello, il vuoto. C'era qualcosa di strano in quella porta. Non riuscivo a individuare che cosa fosse.

"Questo è un palazzo simpaticissimo," continuò Cressner. "Massima sorveglianza. TV a circuito chiuso e via dicendo. Quando ho sentito che lei era nell'atrio, ho fatto una telefonata. Un mio dipendente, allora, ha messo in moto la sua auto, facendo a meno della chiave, e l'ha spostata dall'area di parcheggio a un posteggio pubblico, diversi isolati più in là." Guardò l'orologio di forma un po' eccentrica che stava sopra il divano. Segnava le 0.05. "Alle 8.20 quello stesso dipendente telefonerà alla polizia da una cabina pubblica, a proposito della sua auto. Per le 8.30 al massimo, i servi della legge avranno scoperto quasi duecento grammi di eroina nascosti dentro la gomma di scorta che c'è nel baule. Lei verrà ansiosamente ricercato, signor Norris."

Mi aveva sistemato. Avevo tentato di coprirmi le spalle come meglio potevo, ma alla fine avevo rappresentato un gioco da bambini, per lui.

"Queste cose accadranno a meno che io non richiami il mio dipendente e gli dica di lasciar perdere quella telefonata."

"E io non devo fare altro che dirle dov'è Marcia, vero? Niente da fare, Cressner. Non lo so. Abbiamo preferito fare in questo modo proprio per lei."

"I miei uomini l'avranno seguita."

"Penso di no. Ho idea che li abbiamo seminati, all'aeroporto."

Cressner sospirò, tolse dal bocchino la sigaretta ormai al termine e la lasciò cadere dentro un portacenere con il coperchio a molla. Semplice e sbrigativo. La sigaretta usata e Stan Norris erano stati eliminati con la stessa disinvoltura.

"In verità," ammise, "lei ha ragione. Il vecchio trucco della toilette per signore. I miei agenti erano inconsolabili d'essere stati giocati da un trucco così antidiluviano. Penso che, proprio perché è così scontato, non se lo aspettassero."

Non dissi niente. Dopo che Marcia aveva seminato i giannizzeri di Cressner all'aeroporto, era tornata in città con la navetta e poi si era diretta alla stazione degli autobus; era quello il nostro piano. Aveva con sé duecento dollari, il denaro che costituiva tutti i miei risparmi. Duecento dollari e un autobus della Greyhound potevano portarti in qualsiasi parte del paese.

"Lei è sempre così poco comunicativo?" chiese Cressner, e sembrava sinceramente interessato.

"Me l'ha consigliato Marcia."

In tono un po' più tagliente, disse: "Allora immagino che saprà far valere i suoi diritti quando la polizia l'arresterà. E la prossima volta che vedrà mia moglie sarà forse quando Marcia sarà una nonnina su una sedia a dondolo. È riuscito a ficcarselo in testa? Mi risulta che il possesso di sei once di eroina potrebbe farle prendere quarant'anni."

"Questo non le restituirà Marcia."

Sorrise, a bocca chiusa. "E questo sarebbe il nocciolo, vero?

Debbo riesaminare la situazione? Tra lei e mia moglie c'è stato un colpo di fulmine. Avete avuto una relazione... se si può chiamare relazione una serie di incontri in un motel da quattro soldi. Tuttavia, io ho in mano lei. E lei si trova, come si suol dire, in un vicolo cieco. Le pare un riassunto esauriente?"

"Posso capire perché sua moglie si è stancata di lei."

Con mia sorpresa, gettò indietro la testa e rise. "Sa, signor Norris, lei mi è quasi simpatico. È volgare ed è uno speculatore, ma in fondo ha spirito. Marcia lo diceva, ma io ne dubitavo. Non mi fido affatto del suo giudizio. Lei però ha una certa... verve. Ed è per questo che ho sistemato le cose in un certo modo. Senza dubbio Marcia le avrà detto che sono appassionato di scommesse."

"Sì." Ora capivo che cosa non andava nella porta che si apriva a metà della vetrata. Eravamo nel cuore dell'inverno e nessuno poteva desiderare di prendere il tè su un balcone del quarantatreesimo piano. Sul balcone, le sedie erano state tolte. Ma era stato tolto anche lo schermo di protezione dalla porta. Ora, perché mai Cressner aveva fatto una cosa del genere?

"Non tengo molto a mia moglie," riprese Cressner, infilando con cura un'altra sigaretta nel bocchino. "Non è un segreto, del resto. Sono sicuro che Marcia gliel'avrà detto. E sono sicuro che un uomo della sua... esperienza sa che le mogli soddisfatte non vanno a letto con il maestro di tennis appena quello fa un cenno con la racchetta. Secondo me, Marcia è una smorfiosa, una piccola puritana esangue, una lagnosa, una piagnona, una pettegola, una..."

"Adesso basta!" esclamai.

Sorrise, gelidamente. "Chiedo scusa. Continuo a dimenticare che stiamo parlando della sua amata. Sono le 8.16. È sulle spine?"

Alzai le spalle.

"Duro fino in fondo," disse lui, e accese la sigaretta. "A ogni modo, forse si domanderà perché, se Marcia mi è così insopportabile, non mi limito a darle la sua libertà e..."

"No, non me lo domando affatto."

Mi guardò, aggrottando la fronte.

"Lei è un figlio di puttana egocentrico, taccagno, egoista. Ecco perché. Nessuno può portare via quello che è suo. Nemmeno se si tratta di qualcosa che lei non vuole più."

Diventò rosso, poi rise. "Un punto a suo favore, signor Norris. Bravissimo."

Tornai ad alzare le spalle.

"Intendo offrirle una scommessa. Se vince, se ne andrà di qui con il denaro, la donna e la sua libertà. D'altro canto, se perde, ci rimetterà la vita."

Guardai l'orologio. Non potei farne a meno. Le 8.19.

"Va bene." Cos'altro potevo dire? Serviva a guadagnare tempo, per lo meno. Tempo perché potessi trovare un modo di squagliarmela di lì, con o senza il denaro.

Cressner sollevò il ricevitore del telefono lì accanto e formò un numero.

"Tony? Piano numero due. Sì." Riattaccò.

"Che cos'è il piano numero due?" chiesi.

"Tra quindici minuti richiamerò Tony e lui toglierà la... sostanza proibita dal baule della sua auto, che riporterà qui sotto. Se invece non chiamo, si metterà in contatto con la polizia."

"Lei non è uno che si fida, vero?"

"Ragioni, signor Norris. Ci sono ventimila dollari qui in terra, in mezzo a noi. In questa città c'è stato perfino chi ha ucciso per venti centesimi."

"Che cosa ci giochiamo?"

Sembrava davvero che il mio tono l'affliggesse. "La prego, signor Norris. Tra gentiluomini si scommette, non 'ci si gioca' qualcosa. Non usiamo espressioni da gente volgare."

"Come preferisce."

"Ah, bene. Ho visto che osservava il mio balcone."

"Lo schermo della porta è stato tolto."

"Sì. L'ho fatto togliere questo pomeriggio. Ciò che io propongo è questo: lei fa un giro attorno al palazzo, camminando sul cornicione che sporge poco al disotto del livello dell'attico. Se compie con successo la circumnavigazione dell'edificio, il montepremi è suo."

"Lei è pazzo."

"Al contrario. Ho proposto sei volte questa scommessa a sei persone diverse, da quando abito in questa casa, e saranno circa dodici anni. Tre dei sei erano atleti professionisti, come lei: uno era un noto giocatore di basket più famoso per i suoi caroselli alla TV che per i suoi canestri; un altro era un giocatore di baseball; un terzo era un fantino piuttosto conosciuto, che guadagnava un mucchio di soldi ma era anche afflitto da un problema di alimenti. Gli altri tre erano cittadini meno in vista e con professioni diverse ma con due cose in comune: un gran bisogno di denaro e una certa agilità fisica." Aspirò pensosamente una boccata di fumo e continuò: "La scommessa venne respinta cinque volte su sei. In una sola occasione, venne accettata. I termini erano ventimila dollari contro sei mesi di servizio ai miei ordini. Vinsi io. Quel tale diede una sola occhiata dal balcone e per poco non svenne." Cressner sembrava divertito e sprezzante. "Disse che tutto, là in basso, sembrava così piccolo. Fu questo a farlo perdere di coraggio."

"Che cosa le fa pensare..."

M'interruppe con un gesto annoiato della mano. "Non stia a seccarmi, signor Norris. Penso che lei lo farà perché non ha altra scelta. Lei ha in una mano la scommessa con me, nell'altra quarant'anni a San Quintino. Il denaro e mia moglie sono soltanto aggiunte a mo' di incoraggiamento, che stanno a dimostrare la mia bontà d'animo."

"Quali garanzie ho che non mi imbroglierà? Potrei compiere lo sforzo e scoprire che ha telefonato a Tony e gli ha detto di procedere come se niente fosse."

Sospirò. "Lei è un caso di paranoia ambulante, signor Norris. Io non amo mia moglie. Averla intorno non è affatto un bene per il mio io. Ventimila dollari per me sono una miseria. Pago quattro volte tanto ogni settimana come contributo per le vedove e gli orfani della polizia. Quanto alla scommessa in sé..." Gli occhi gli luccicavano. "Quella è al di là di qualsiasi prezzo."

Ci pensai su, e lui me ne lasciò il tempo. Sapeva, immagino, che la vera vittima designata riesce sempre a convincere se stessa. Ero un maestro di tennis di trentasei anni, e il circolo dove lavoravo stava pensando di disfarsi di me quando Marcia aveva fatto pressioni, sia pure con molto garbo. Il tennis era la sola professione che conoscessi e, senza di quello, perfino trovare lavoro come uomo di fatica mi sarebbe stato difficile: specie poi con un precedente penale. Era stata una ragazzata, ma i datori di lavoro non guardano per il sottile.

E lo strano era che amavo davvero Marcia Cressner. Erano bastate due lezioni di tennis perché m'innamorassi di lei, e lei s'era presa una cotta altrettanto forte. Era un tipico esempio della fortuna di Stan Norris. Dopo trentasei anni di felice vita da scapolo, m'ero innamorato come un collegiale della moglie di un capo supremo dell'Organizzazione.

Il vecchio gattaccio seduto là a fumare la sua sigaretta turca d'importazione sapeva tutto questo, naturalmente. E sapeva anche un'altra cosa, altrettanto bene. Non avevo nessuna garanzia che non m'avrebbe denunciato alla polizia, quand'anche avessi accettato la sua scommessa e vinto, mentre io sapevo benissimo che, se non avessi accettato, per le dieci sarei stato al fresco. E la prossima volta che avrei potuto circolare liberamente sarebbe stato alla svolta del secolo.

"Voglio sapere una cosa," dissi.

"Ma che cosa sarà mai, signor Norris?"

"Mi guardi bene in faccia e mi dica se lei è uno che bara oppure no."

Mi fissò dritto negli occhi. "Signor Norris," dichiarò tranquillamente, "io non baro mai."

"Va bene," conclusi. Che cosa potevo fare?

Si alzò, raggiante. "A meraviglia! Proprio a meraviglia! Venga con me vicino alla porta che dà sul balcone, signor Norris."

Ci muovemmo insieme. Aveva l'espressione di chi, avendo sognato quella scena centinaia di volte, si godeva ora fino in fondo il suo avverarsi.

"Il cornicione è largo tredici centimetri," precisò con fare sognante. "L'ho misurato io stesso. Anzi, ho provato a starci ritto, tenendomi aggrappato al balcone, s'intende. Lei non deve fare altro che calarsi al di là della ringhiera di ferro battuto, e il balcone le arriverà all'altezza del petto. Ma, naturalmente, al di là della ringhiera non ci sono più appigli. Dovrà procedere con la massima lentezza, stando bene attento a non perdere l'equilibrio."

I miei occhi si erano fissati su qualcos'altro, fuori della finestra... qualcosa che fece calare di diversi gradi la temperatura del mio sangue. Era un anemometro. L'appartamento di Cressner era vicinissimo al lago, ed era abbastanza alto perché non ci fossero stabili ancora più alti a proteggerlo dal vento. Un vento che sarebbe stato gelido, e che avrebbe tagliato come un coltello. L'ago oscillava intorno al dieci, abbastanza stazionario, ma a tratti una folata lo faceva spostare per pochi secondi sui venticinque, prima di lasciarlo ricadere.

"Ah, vedo che ha notato il mio anemometro," disse Cressner in tono gioviale. "In realtà, è il lato opposto quello più investito dal vento; perciò, da quella parte la brezza potrebbe essere un po' più tesa. Ma nel complesso questa è una serata piuttosto calma. Ho visto sere in cui l'ago si spostava addirittura verso l'ottantacinque... in quei casi si sente materialmente oscillare lo stabile. Un po' come essere a bordo di una nave, su in coffa. E non fa neppure tanto freddo, per essere questa stagione.''

Indicò e, verso sinistra, vidi un quadro luminoso in cima al grattacielo di una banca. Dava anche la temperatura: sei gradi. Ma, con il vento, era come dire che eravamo sotto lo zero.

"Ce l'ha un cappotto?'' chiesi. Indossavo una giacca piuttosto leggera.

"Ahimè, no.'' Sul quadro luminoso sopra la banca, la cifra che indicava i minuti scattò: erano le 8.32. "E penso che farebbe bene a cominciare, signor Norris; devo telefonare a Tony e mandare a effetto il piano numero tre. Tony è un buon ragazzo ma a volte è un po' impulsivo. Lei capisce.''

Capivo, sì. Benissimo.

Ma il pensiero d'essere con Marcia, libero dai tentacoli di Cressner e con denaro sufficiente per iniziare un'attività mi diede la forza di spingere in là la porta scorrevole e uscire sul balcone. Fuori era freddo e umido; il vento mi arruffava i capelli, e me li buttava negli occhi.

"Bonsoir,'' disse Cressner dietro di me. Non mi voltai neppure. Mi avvicinai alla ringhiera, senza guardare giù. Non ancora. Cominciai a fare esercizi di respirazione.

In realtà non era un esercizio ma una forma di autoipnosi. A ogni profondo respiro, si allontana una distrazione dalla mente, finché non resta altro che la partita che devi giocare. Al primo respiro mi liberai del pensiero del denaro, con altri due di quello di Cressner. Marcia richiese più tempo: il suo viso continuava ad apparirmi davanti, a dirmi di non essere stupido, di non stare al gioco di Cressner, il quale forse non barava mai, ma in compenso era come un'anguilla. Non l'ascoltavo. Non potevo permettermelo. Se avessi perso quell'incontro, non si trattava di pagare da bere e sorbirsi le frecciate degli amici; sarei stato una chiazza di poltiglia rossa spiaccicata lungo un isolato di Deakman Street, e in entrambe le direzioni.

Quando mi sembrò d'essere pronto, guardai in giù.

Lo stabile fuggiva via come una liscia rupe di gesso fino alla strada sottostante. Le auto in sosta laggiù sembravano quei modelli formato scatola di fiammiferi che si possono acquistare nei grandi magazzini. Quelle che passavano erano soltanto minuscoli puntini di luce. Se cadevi da quell'altezza, avevi tutto il tempo di renderti conto di quello che stava accadendo, di vedere il vento che ti gonfiava i panni addosso mentre la terra ti attirava sempre più velocemente. Avevi tutto il tempo di mandare un urlo lunghissimo. E il rumore che avresti fatto nell'atterrare sull'asfalto sarebbe stato simile a quello di un melone troppo maturo.

Capivo benissimo perché quell'altro tizio si fosse scoraggiato. Ma lui aveva avuto soltanto sei mesi di cui preoccuparsi. Io stavo fissando in faccia la bellezza di quarant'anni, lunghi, grigi e senza Marcia.

Guardai il cornicione. Sembrava piccolo, non avevo mai visto tredici centimetri assomigliare tanto a cinque. Meno male che il palazzo era abbastanza nuovo: se non altro non si sarebbe sbriciolato sotto i miei piedi.

Me l'auguravo.

Scavalcai la ringhiera e, con prudenza, mi calai fino a ritrovarmi ritto sul cornicione. I miei talloni sporgevano al disopra del vuoto. Il pavimento del balcone mi arrivava circa all'altezza del petto e stavo guardando dentro l'attico di Cressner attraverso le sbarre ornamentali in ferro battuto.

Lui era in piedi all'interno della porta, e fumava, osservandomi come uno scienziato che osservi una cavia per vedere quale sarà l'effetto dell'ultima iniezione.

"Telefoni," dissi, tenendomi bene aggrappato alla ringhiera.

"Come?"

"Chiami Tony. Non mi muovo se non telefona."

Andò verso il fondo del soggiorno — l'interno appariva straordinariamente caldo, sicuro, accogliente — e sollevò il ricevitore. Era un gesto inutile, in fondo. Con il vento, non potevo sentire che cosa lui stesse dicendo. Poi Cressner lasciò il telefono e ritornò. "Tutto fatto, signor Norris."

"Lo spero bene."

"Arrivederla, signor Norris. A più tardi... forse."

Bisognava agire. Le chiacchiere erano finite. Mi concessi di pensare a Marcia un'ultima volta, ai suoi capelli castano chiaro, ai suoi grandi occhi grigi, al suo bel corpo, poi la estromisi con decisione dalla mente. Bastava guardare giù, inoltre: troppo facile rimanere paralizzati fino a perdere poi l'equilibrio, o semplicemente svenire dalla paura. Bisognava restringere il campo visivo, concentrarsi unicamente su: piede sinistro, piede destro...

Cominciai a muovermi verso destra, rimanendo aggrappato alla ringhiera finché mi fu possibile. Non mi ci volle molto per rendermi conto che avrei avuto bisogno di tutti i muscoli da tennista che le mie caviglie possedevano. Con i tacchi al di là dell'orlo, il mio peso avrebbe gravato tutto su quei poveri tendini.

Arrivai al termine del balcone e lì per lì pensai che non avrei mai trovato il coraggio di lasciar andare quell'ancora di salvezza. Mi costrinsi a farlo. Tredici centimetri, che diavolo, sono tanti. Se il cornicione fosse a soli trenta centimetri da terra, invece che a più di cento metri, mi dicevo, potrei fare il giro di questo stabile in quattro minuti esatti. Perciò, fingi che lo sia.

Già! Ma se cadi da un cornicione a trenta centimetri dal suolo ti limiti a tirare un moccolo e ricominci. Quassù, non ti è permesso rifare la prova.

Feci scivolare il piede destro più in là, poi gli accostai il sinistro. Lasciai andare la ringhiera. Tenevo le mani aperte e alzate, in modo che il palmo si appoggiasse contro la ruvida superficie dell'edificio. Accarezzavo la pietra. L'avrei quasi baciata.

Una zaffata di vento m'investì, facendo sbattere il colletto del vestito contro la faccia, facendo ondeggiare tutto il mio corpo là sul cornicione. Il cuore mi balzò in gola e rimase là finché il vento non si fu calmato. Una folata di forza sufficiente avrebbe potuto strapparmi dal mio trespolo e farmi volar via nella notte. E il vento dall'altro lato sarebbe stato più forte.

Girai la testa verso sinistra, premendo la guancia contro la pietra. Cressner si sporgeva dal balcone, per osservarmi.

"Si diverte?" chiese, affabile.

Indossava un cappotto di cammello color avana.

"Mi sembrava che non l'avesse, un cappotto," dissi.

"Ho mentito," rispose, con franchezza. "Mento su una quantità di cose."

"Che cosa vorrebbe dire, questo?"

"Niente... proprio niente. O forse qualcosa significa. Una piccola guerra dei nervi, eh, signor Norris? Le consiglierei di non indugiare troppo. Le caviglie si stancano, e se dovessero cedere..." Tirò fuori una mela dalla tasca, le diede un morso, poi la scagliò oltre la ringhiera. Per un bel pezzo, non si udì alcun rumore. Poi, un lieve e agghiacciante "plop". Cressner rise piano.

Aveva interrotto la mia concentrazione, e potevo sentire il panico rosicchiare gli orli della mia mente con denti d'acciaio. Un torrente di terrore tentava di travolgermi e annegarmi. Girai la testa dalla parte opposta e ricominciai a respirare a fondo. Fissavo il quadro luminoso sopra la banca: segnava le 8.46.

Quando le cifre si cambiarono in 8.49, capii d'avere ritrovato il controllo di me stesso. Cressner s'era probabilmente messo in mente che fossi congelato, e quando ripresi a strisciare cautamente verso l'angolo dell'edificio, accennò un sardonico scroscio d'applausi.

Il freddo si faceva sentire. Il lago aveva inumidito il vento; la sua greve umidità mi mordeva la pelle come un succhiello. La giacca troppo leggera si gonfiava dietro di me mentre continuavo a spostarmi. Mi muovevo lentamente, nonostante il freddo. Se volevo farcela, dovevo procedere con deliberata lentezza. Se avessi cercato di affrettare i tempi, sarei caduto.

L'orologio della banca segnava le 8.52 quando arrivai all'angolo. Non sembrava che lo spigolo presentasse problemi — il cornicione girava tutt'attorno, formando un angolo retto — ma la mia mano destra mi diceva che c'era vento di traverso. Se mi fossi fatto sorprendere a pencolare dalla parte sbagliata, avrei coperto un lungo percorso a velocità supersonica.

Aspettai che il vento calasse, ma per un bel pezzo rifiutò di farlo, quasi fosse l'alleato volontario di Cressner. Mi aggrediva con dita perfide e invisibili, frugando, intrufolandosi e solleticando. Alla fine, dopo che una folata particolarmente forte m'aveva fatto dondolare sulle punte dei piedi, capii che se anche avessi aspettato in eterno il vento non sarebbe mai caduto del tutto.

Così, non appena si calmò un pochino, spinsi attorno all'angolo il piede destro e, aggrappandomi a tutt'e due le facciate con le mani, compii la svolta. Il vento ora mi spingeva da due parti contemporaneamente, e io barcollavo. Per un secondo, ebbi l'agghiacciante certezza che Cressner avesse vinto la scommessa. Poi, scivolai in là di un altro passo e mi premetti con forza contro la nuova facciata, mentre un respiro trattenuto mi sfuggiva dalla gola arida.

Fu in quell'istante che la pernacchia risuonò, quasi al mio orecchio.

Spaventato, indietreggiai istintivamente fino all'orlo stesso dell'equilibrio. Le mie mani persero la presa e si agitarono follemente per riuscire a tenermi in bilico. Credo che se una delle due avesse urtato contro la superficie di pietra dell'edificio, sarei precipitato. Ma dopo un tempo che sembrò un'eternità, la gravità decise di lasciarmi tornare verso la facciata invece di spingermi verso il marciapiede, quarantatré piani più giù.

Il respiro mi sfuggiva ora dai polmoni in un sibilo penoso. Le gambe erano di gomma. I tendini delle mie caviglie vibravano come fili dell'alta tensione. Non mi ero mai sentito tanto mortale. L'uomo con la falce mi stava così vicino da chinarsi sulla mia spalla.

Torsi il collo, guardai in su, ed ecco là Cressner, che si sporgeva dalla finestra della sua camera, un metro e rotti sopra di me. Sorrideva e, nella destra, teneva una di quelle trombette che danno ai veglioni.

"Tanto perché non si addormenti," disse.

Non sprecai il fiato. Del resto, avrei potuto emettere al massimo un verso gracchiante. Il cuore mi martellava nel petto fino a scoppiare. Mi spostai di un altro paio di metri, chissà mai che Cressner stesse pensando di spenzolarsi e darmi una buona spinta. Poi mi fermai, chiusi gli occhi, e ricominciai la respirazione fino a tornare di nuovo padrone di me.

Ero sul lato più corto dell'edificio, ora. Alla mia destra, soltanto le torri più alte della città si levavano al disopra di me. A sinistra, vedevo il cerchio scuro del lago, con pochi puntini di luce che galleggiavano qua e là. Il vento ululava e gemeva.

Il vento di traverso, al secondo angolo, era un po' meno traditore, e riuscii a compiere la svolta senza difficoltà. Poi, qualcosa mi morsicò.

Trasalii, con un'esclamazione soffocata. Lo spostamento di equilibrio mi spaventò, e mi premetti con forza contro il palazzo. Venni morsicato di nuovo. No... non morsicato ma beccato. Guardai in giù.

C'era un piccione là vicino a me, e guardava in su con occhi vividi e carichi di odio.

Ci si abitua ai piccioni, in città; sono comuni quanto i conducenti di taxi che non hanno mai il resto quando gli date un biglietto da dieci. Non amano volare, e cedono il passo a malincuore, come se i marciapiedi fossero loro per diritto di conquista. Oh, sì, e per te è normale trovare il loro biglietto da visita sul tetto della tua auto. Ma in fondo non ci fai molto caso. Possono essere a volte irritanti, sono degli intrusi nel nostro mondo.

Ma io mi trovavo nel suo, ed ero quasi impotente, e lui sembrava saperlo. Tornò a beccare la mia stanca caviglia destra, mandandomi su per la gamba un dolore acuto.

"Via!" gli ringhiai. "Vattene."

Il piccione si limitò a beccarmi di nuovo. Ero evidentemente capitato in quella che considerava casa sua; quel tratto di cornicione era coperto di escrementi, vecchi e nuovi.

Un pigolio smorzato dall'alto.

Contrassi il collo all'indietro fin dove era possibile e guardai in su. Un becco si scagliò contro la mia faccia, e per poco non indietreggiai. Se l'avessi fatto, sarei stato forse il primo incidente mortale della città provocato dai piccioni. Era Mamma Piccione, che proteggeva una covata di piccioncini proprio sotto la breve sporgenza del tetto. Troppo in alto per beccarmi sulla testa, grazie a Dio.

Il marito tornò a beccarmi, e ora usciva il sangue. Lo sentivo benissimo. Ricominciai a spostarmi adagio adagio, sperando di spaventare il piccione e farlo volare via. Niente da fare. I piccioni non si spaventano, per lo meno non quelli di città. Se un camioncino in movimento riesce soltanto a fargli affrettare un po' l'andatura, un uomo abbarbicato in cima a un cornicione non li sconvolge neppure un po'.

Il piccione indietreggiava via via che io strisciavo in avanti, gli occhietti vividi non si staccavano dalla mia faccia se non quando il becco aguzzo affondava per un attimo nella mia caviglia. L'uccello stava beccandomi la carne viva... e mangiandola, per quel che ne sapevo io.

Gli allungai un calcio con il piede destro. Era un calcio debole, il solo che potessi concedermi. Il piccione si limitò a battere un po' le ali e subito ritornò all'attacco. Io, d'altro canto, per poco non volai giù dalla facciata.

Il piccione continuava a beccarmi ripetutamente. Una gelida raffica di vento m'investì, facendomi dondolare al limite dell'equilibrio; i miei polpastrelli raschiarono la pietra e, alla fine, mi ritrovai con la guancia sinistra premuta contro la facciata, respirando affannosamente.

Cressner non avrebbe potuto concepire una tortura peggiore nemmeno se l'avesse progettata per dieci anni. Una beccata non era la fine del mondo. Due o tre si potevano sopportare. Ma quel maledetto uccello deve avermi beccato almeno una sessantina di volte, prima che arrivassi alla ringhiera di ferro battuto dell'attico di faccia a quello di Cressner.

Arrivare a toccare quella ringhiera fu come veder spalancare le porte del paradiso. Le mie mani si chiusero dolcemente attorno a quelle sbarre gelide, serrandole come se non volessero più lasciarle andare.

Pic!

Il piccione mi fissava di sotto in su con i suoi occhietti vivi-di e sembrava quasi tronfio, sicuro della mia impotenza e della propria invulnerabilità. Mi tornava in mente l'espressione di Cressner quando m'aveva fatto uscire sul balcone, sull'altro lato del palazzo.

Tenendomi ancora più stretto alle sbarre, mollai un bel calcio deciso e presi il piccione proprio in pieno. Emise un verso del tutto soddisfacente e si levò nell'aria, agitando le ali. Alcune piume grigiastre si posarono sul cornicione o scomparvero lentamente giù nell'oscurità, veleggiando avanti e indietro sull'aria.

Boccheggiante, mi issai sul balcone, scavalcai la ringhiera e là crollai. Nonostante il freddo, ero in un bagno di sudore. Non so quanto tempo rimasi là, a recuperare le forze. L'edificio mi nascondeva il riquadro luminoso della banca, e non porto mai l'orologio.

Mi tirai su, prima che i muscoli potessero irrigidirsi e, con precauzione, provai ad arrotolare il calzino. La caviglia destra era lacerata e sanguinante, ma la ferita sembrava superficiale. Tuttavia, avrei fatto bene a curarla e disinfettarla, se mai fossi uscito vivo da quell'avventura. Dio sa quali germi i piccioni si portano addosso. Pensai di fasciare in qualche modo la ferita, poi decisi di non farlo. Con una fasciatura di fortuna, avrei corso il rischio di inciampare. Più tardi, avrei avuto tutto il tempo di pensarci: sarei stato in grado di offrirmi ventimila dollari di cerotti medicati.

Mi alzai e guardai bramosamente dentro l'attico buio opposto a quello di Cressner. Spoglio, vuoto, disabitato. Lì, sulla porta che si apriva nella vetrata, il pesante schermo di protezione c'era. Probabilmente sarei riuscito ugualmente a entrare, ma avrei rischiato di compromettere la scommessa. E avevo molto da perdere, non solo il denaro.

Quando non potei più rimandare oltre, scavalcai di nuovo la ringhiera e ritornai sul cornicione. Il colombo, con qualche piuma di meno, stava appollaiato sotto il nido della sua compagna, dove il guano era più spesso, e mi osservava con occhio minaccioso. Ma non pensavo che avrebbe ricominciato a darmi fastidi, specie ora che mi allontanavo.

Mi fu molto difficile ricominciare a muovermi: molto più difficile di quanto non fosse stato abbandonare il balcone di Cressner. La mia mente sapeva che dovevo farlo, ma il mio corpo, e in particolare le caviglie, urlavano che sarebbe stata follia lasciare quel rifugio sicuro. Ma lo lasciai, mentre il viso di Marcia, dal buio, mi esortava a farmi coraggio.

Arrivai al secondo lato breve, aggirai l'angolo, e strisciai lentamente per tutta la lunghezza dell'edificio. Ora che stavo avvicinandomi alla meta, provavo l'impulso quasi ingovernabile di affrettarmi, di farla finita. Ma, se mi fossi affrettato, sarei morto. Così, costringevo me stesso ad andare piano.

Il vento di traverso per poco non ebbe la meglio, sul quarto angolo, e riuscii a girare grazie alla fortuna, più che all'abilità. Riposai, addossato all'edificio, per riprendere fiato. Ma, per la prima volta, sapevo che stavo per farcela, che stavo per vincere. Sentivo le mani come bistecche semicongelate, le caviglie mi facevano un male d'inferno (specie la destra torturata dal piccione), il sudore continuava a gocciolarmi negli occhi, ma sapevo che ce l'avrei fatta. A mezza via lungo la facciata dell'edificio, una calda luce gialla si riversava sul balcone di Cressner. Al di là, in distanza, potevo vedere il quadro luminoso della banca splendere come un segnale di benvenuto. Erano le 10.48 ma mi sembrava d'avere passato l'intera mia vita su quei tredici centimetri di cornicione.

E che Dio avesse pietà di Cressner, se avesse tentato di imbrogliare. L'impulso di affrettarsi era passato. Mi attardavo, quasi. Erano le 11.09 quando posai la mano destra sulla ringhiera di ferro battuto del balcone, e subito dopo anche la sinistra. Mi tirai su, scavalcai alla meglio la ringhiera, mi lasciai cadere con gratitudine sul pavimento... e sentii contro la tempia la gelida bocca d'acciaio di una 45.

Guardai in su e vidi uno scimmione talmente brutto da fare arrestare, per lo spavento, perfino il meccanismo del Big Ben. Sorrideva.

"Eccellente!" disse dall'interno la voce di Cressner. "L'applaudo, Norris!" E passò dalle parole ai fatti. "Portalo dentro, Tony."

Tony mi sollevò di peso e mi rimise in piedi, così all'improvviso che le mie deboli caviglie per poco non cedettero. Nell'entrare, dovetti appoggiarmi alla porta del balcone, per non cadere.

Cressner era in piedi vicino al caminetto del soggiorno, sorseggiava brandy da un calice delle dimensioni di una boccia di vetro per i pesci. Il denaro era stato rimesso dentro la borsa per la spesa, che stava tuttora al centro della moquette arancione.

Mi scorsi per un attimo nel piccolo specchio dall'altra parte della stanza. I capelli erano scarmigliati, la faccia pallida salvo due accese chiazze di colore sulle guance. Gli occhi avevano una luce di follia.

Fu una visione fuggevole, perché l'istante dopo stavo volando attraverso la stanza. Urtai nella poltroncina di canapa e ci caddi sopra, trascinandola a terra con me e rimanendo là, senza fiato.

Quando lo recuperai in parte, mi tirai su e riuscii a spiccicare: "Baro schifoso! Era già tutto preparato."

"Effettivamente è vero," confermò Cressner, posando con cura il suo brandy sulla mensola del caminetto. "Ma non sono un baro, signor Norris. Assolutamente no: soltanto uno che non sa perdere. Tony è qui per assicurarsi che lei non faccia niente di... sconsigliato." Si passò le dita sul mento e rise, sotto i baffi. Non aveva affatto l'aria di chi non sa perdere. Sembrava piuttosto un gatto con qualche piuma di canarino sul muso. Mi rialzai, sentendomi all'improvviso più atterrito di quanto non lo fossi là sul cornicione.

"Lei mi ha imbrogliato," ripetei. "Non so come, ma ha barato."

"Niente affatto. L'eroina è stata tolta dalla sua macchina. La macchina è stata riportata nell'area di parcheggio qui sotto. Il denaro è là. È padronissimo di prenderlo e andarsene."

"Bene!"

Tony se ne stava presso la porta del balcone, sempre simile a un relitto della festa di Ognissanti. Aveva in mano la '45. Mi avvicinai alla borsa per la spesa, la presi, e m'incamminai verso la porta sulle mie doloranti caviglie, aspettandomi, da un momento all'altro, una pallottola nella schiena. Ma quando aprii la porta, cominciai a provare la stessa sensazione che avevo provato là sul cornicione dopo avere aggirato il quarto angolo: stavo per farcela.

La voce di Cressner, pigra e divertita, mi fermò.

"Non penserà sul serio che quel vecchio trucco della ritirata per signore abbia ingannato qualcuno, vero?"

Mi voltai lentamente, la borsa per la spesa tra le braccia. "Che cosa intende dire?"

"Le ho detto che non baro mai, e infatti è così. Lei ha vinto tre cose, signor Norris. Il denaro, la sua libertà, mia moglie. Le prime due le ha. La terza può passare a ritirarla all'obitorio."

Lo fissavo, incapace di'muovermi, impietrito in un tuono di choc privo di suono.

"Davvero s'illudeva che gliel'avrei ceduta?" chiese lui, in tono di compatimento. "Oh, no! Il denaro, sì, La sua libertà, sì. Ma non Marcia. Tuttavia, io non baro. E dopo che l'avrà seppellita..."

Non mi avvicinai a lui. Non ancora. Lui era per dopo. Andai verso Tony, che parve lievemente sorpreso finché Cressner non disse, con voce annoiata: "Sparagli, per piacere."

Lanciai la borsa di denaro. Lo colpì in pieno sulla mano che impugnava la pistola, e con molta forza. Non avevo usato braccia e polsi, là fuori, e sono la parte migliore di qualsiasi giocatore di tennis. Il proiettile finì nella moquette arancione scuro, poi Tony fu mio.

La faccia era la cosa più dura, in lui. Gli strappai l'arma di mano e, con la canna, lo colpii sul ponte del naso. Andò giù con un singolo, esausto grugnito e somigliava tutto a Rondo Hatton.

Cressner era quasi arrivato alla porta quando sparai un colpo al di sopra della sua spalla e intimai: "Fermati lì, o sei morto."

Ci pensò su e si fermò. Quando si girò, la sua posa da uomo di mondo consumato e cosmopolita si era un tantino sbriciolata. Si sbriciolò più che mai alla vista di Tony lungo disteso, che rischiava di venire soffocato dal suo stesso sangue.

"Non è morta," si affrettò ad assicurare. "Dovevo pur rifarmi in qualche modo, non le pare?" Mi elargiva un sorriso fisso, artefatto.

"Sono un credulone," dissi, "ma non fino a questo punto." La mia voce suonava spenta, senza vita. Vi pare strano? Marcia rappresentava tutta la mia vita, e quell'uomo l'aveva messa su una lastra di marmo.

Con un dito che tremava leggermente, Cressner indicò il denaro ruzzolato attorno ai piedi di Tony. "Quello," disse, "è soltanto un'inezia. Posso dargliene centomila. O cinquecento. O che cosa ne dice di un milione, su un conto di banca in Svizzera? Allora, che cosa ne dice? Che cosa..."

"Le propongo una scommessa," dissi, lentamente.

Guardò dalla canna della pistola alla mia faccia. "Una..."

"Una scommessa," ripetei. "Ci giochiamo tutto, come si usa dire in un linguaggio più alla buona. Scommetto che lei non può fare il giro di questo palazzo sul cornicione là fuori."

Diventò bianco come un cencio. Per un attimo, pensai che stesse per svenire. "Lei non..." bisbigliò.

"Se ce la fa," dissi con la voce spenta, "la lascio andare. La posta è questa. Ci sta?"

"No," bisbigliò. I suoi occhi erano fissi, enormi.

"Pazienza," dissi, e puntai la pistola.

"No!" urlò lui, tendendo le mani, come per fermarmi. "No! Aspetti! Io... va bene." Si passò la lingua sulle labbra.

Feci un gesto con l'arma, e lui mi precedette fuori, sul balcone. "Perché trema?" gli chiesi. "Questo le renderà tutto più difficile."

"Due milioni," disse lui, e non poteva alzare la voce al di sopra di un gemito rauco. "Due milioni in contanti, biglietti non segnati."

"No. Nemmeno per dieci milioni. Ma se ce la fa, sarà libero. Dico sul serio."

Un minuto dopo era ritto sul cornicione. Era più basso di me; si vedevano soltanto gli occhi, al di sopra dell'orlo, spalancati e supplichevoli, e le nocche bianche che stringevano l'inferriata come avrebbero stretto le sbarre di una prigione.

"La prego," bisbigliò. "Qualsiasi cosa."

"Sta sprecando tempo," dissi. "Ne risentono le caviglie."

Ma non voleva muoversi, e dovetti puntargli la canna della pistola contro la fronte. Poi cominciò a spostarsi verso destra, lamentandosi. Guardai l'orologio della banca: faceva le 11.29.

Pensavo che non sarebbe arrivato neppure al primo angolo. Non voleva proprio muoversi e, quando lo faceva, si muoveva a scatti, mettendo a rischio il suo centro di gravità, mentre la vestaglia si gonfiava al vento nel buio.

È sparito oltre l'angolo, e fuori della mia vista, alle 12.01, quasi quaranta minuti fa. Ho teso l'orecchio per sentire l'urlo perdersi nel buio, mentre veniva investito dal vento di traverso, ma non si è sentito. Forse il vento era caduto. Ricordo d'avere pensato, mentre stavo là fuori, che il vento era suo alleato. O forse è stato soltanto fortunato. Forse è là sull'altro balcone, ora, a tremare ammucchiato per terra, senza il coraggio di continuare.

Ma probabilmente sa che, se lo sorprenderò là quando farò irruzione nell'altro attico, lo ammazzerò come un cane. E, a proposito dell'altro lato dell'edificio, chissà che effetto gli farà quel piccione.

Che cosa è stato, un urlo? Non lo so. Potrebbe essere stato

il vento. Non importa. L'orologio della banca segna le 12.44. Tra poco farò irruzione nell'altro appartamento e controllerò il balcone, ma per ora me ne sto seduto qui sul balcone di Cressner, con la 45 di Tony in mano. Non si sa mai che Cressner sbuchi da quell'ultimo angolo con la vestaglia che si gonfia dietro di lui, nel vento.

Cressner diceva di non avere mai barato su una scommessa. Nel caso mio, non posso dire altrettanto.

La falciatrice

In anni precedenti, Harold Parkette aveva sempre tenuto molto al suo prato. Aveva posseduto una grande, argentea Lawnboy, e dava cinque dollari a taglio a un ragazzo del vicinato che veniva ad azionarla. Harold Parkette, in quegli anni, aveva seguito i Red Sox di Boston alla radio con una birra in mano e con la certezza che Dio fosse in cielo e che tutto andasse bene sulla terra, compreso il suo prato. Ma l'anno precedente, verso la metà di ottobre, il destino aveva giocato a Harold Parkette un tiro birbone. Mentre il ragazzo falciava l'erba per l'ultima volta prima dell'inverno, il cane dei Castonmeyer aveva rincorso il gatto degli Smith fin sotto la falciatrice.

La figlia di Harold aveva vomitato, sporcandosi tutto il golfino nuovo, e la moglie aveva sofferto di incubi per una settimana, dopo l'incidente. Sebbene fosse tornata a casa dopo il fatto, era arrivata in tempo per vedere Harold che, con l'aiuto del ragazzo verde in faccia, stava ripulendo le lame. La figlia di Harold e la signora Smith osservavano l'operazione, piangendo, sebbene Alicia avesse trovato il tempo di cambiarsi e infilare un paio di blue-jeans e uno di quei disgustosi maglioni informi. Aveva una cotta per il ragazzo che veniva a falciare il prato.

Dopo una settimana passata ad ascoltare la moglie che gemeva e si lamentava nel letto accanto, Harold aveva deciso di sbarazzarsi della Lawnboy. In fondo non aveva bisogno di una falciatrice. Quell'anno, aveva ingaggiato un ragazzo; l'anno prossimo avrebbe ingaggiato un ragazzo e preso a nolo una falciatrice. E forse Carla l'avrebbe smessa di gemere nel sonno. Chissà, forse sarebbe riuscito perfino a farsi una scopata, finalmente.

Così riportò l'argentea Lawnboy al negozio di Phil, e lui e Phil stettero un po' a mercanteggiare. Harold venne via con un pneumatico nuovo di zecca e il pieno di super, e Phil mise la

Lawnboy bene in vista vicino a uno dei distributori di benzina, con un cartello, VENDESI, scritto a mano.

Ma Harold, quell'anno, continuava a rinviare di prendere gli accordi necessari per il noleggio. Quando si decise a telefonare al solito ragazzo, seppe dalla madre che Frank era partito per frequentare l'università. Harold scosse la testa, meravigliato, e andò a prendere una birra in frigorifero. Il tempo volava, vero? Mio Dio, proprio così.

Passò maggio, poi giugno, ma lui continuava a rimandare le ricerche di un altro ragazzo, e intanto i Red Sox erano sempre impantanati al quarto posto. Lui se ne stava seduto sotto il portico, durante il weekend, e osservava immusonito mentre una progressione senza fine di giovanottelli che lui non aveva mai visto gli borbottava un rapido "buongiorno" prima di portarsi via la sua pettoruta figlia per scortarla fino alla locale discoteca. E l'erba cresceva e prosperava in maniera meravigliosa. Era una buona estate, per l'erba; tre giorni di sole seguiti da una pioggerella fine fine, con regolarità quasi cronometrica.

Verso la metà di luglio, il prato assomigliava più a un campo che a un giardino di villetta periferica, e Jack Castonmeyer aveva cominciato a buttar là una serie di battute quanto mai poco spiritose riguardanti il prezzo del fieno e dell'erba medica. E la figlia di Don Smith, che aveva quattro anni, aveva imparato a nascondersi là in mezzo quando c'erano pappa d'avena per prima colazione o spinaci per cena.

Un giorno di fine luglio, Harold uscì nel patio durante un intervallo della partita e vide una marmotta americana seduta con aria impudente sul vialetto coperto di erbacce. Decise allora che non si poteva aspettare oltre. Spense la radio, prese il giornale e cercò tra gli annunci economici. E verso la metà della rubrica *Collaboratori a mezzo servizio* trovò questa inserzione: Prati falciatura. Prezzi modici. 776-2390.

Formò il numero, aspettandosi che una massaia intenta a passare l'aspirapolvere si mettesse a chiamare a gran voce il figlio. Invece, una voce sbrigativa e professionale disse: "Pastoral, Manutenzione Prati e Giardini... sì, prego?"

In tono guardingo, Harold disse alla voce come la Pastoral Manutenzione poteva levarlo d'impiccio. Si era arrivati a questo, dunque? I tagliaerba stavano avviando ditte commerciali e ingaggiando personale d'ufficio? Chiese alla voce i prezzi, e la voce citò una cifra ragionevole.

Harold riattaccò con un vago senso di inquietudine e tornò

sotto il portico. Sedette, riaccese la radio e rimase a fissare le
nuvole che si muovevano lentamente attraverso il cielo, al disco-
pra del suo prato incolto. Carla e Alicia erano da sua suocera e
la casa era tutta sua. Sarebbe stata una sorpresa piacevole, per
loro, se il ragazzo che stava per venire a tagliare l'erba avesse
finito prima del loro rientro.

Aprì un barattolo di birra e sospirò, mentre Dick Drago gli
dava un'ennesima delusione durante il settimo inning. Una
leggera brezza penetrava a tratti sotto il portico. I grilli frinive-
no sottovoce nell'erba alta. Harold mugugnò qualcosa di scor-
tese sul conto di Dick Drago, poi si appisolò.

Venne ridestato bruscamente da una scampanellata, una
mezz'ora più tardi. Nell'alzarsi per aprire, rovesciò la birra.

Un uomo in tuta da operaio macchiata d'erba era là sulla
soglia e masticava uno stuzzicadenti. Era grasso. La curva del
suo ventre spingeva a tal punto in fuori la tuta blu scolorita da
dare ad Harold il sospetto che l'uomo avesse ingoiato un pallone da basket.

"Sì?" chiese Harold Parkette, ancora mezzo assonnato.

L'uomo sorrise, spostò lo stuzzicadenti da un angolo della
bocca all'altro, si assestò i calzoni sul dietro, poi spinse un po'
più sulla nuca il berrettino verde da baseball. C'era una macchia d'olio di macchina fresca fresca, sulla visiera del berrettino. Piantato là, olezzante d'erba, di terra e di morchia, l'omone sorrideva ad Harold Parkette. "Mi manda la Pastoral," annunciò in tono gioviale, grattandosi. "Ha telefonato lei, vero?
Giusto, amico?" Sorrideva in continuazione.

"Ah! Il prato. Lei?" Harold lo fissava, come instupidito.

"Già, io." L'uomo che falciava l'erba esplose in una nuova
risata sulla faccia gonfia di sonno di Harold.

Harold si fece da parte, senza riuscire a parlare, e l'uomo
che falciava l'erba gli passò davanti e lo precedette lungo il
corridoio, attraverso il soggiorno e la cucina, e infine sul portico dietro la casa. Ora Harold aveva individuato il tipo, e tutto
era tornato alla normalità. Aveva già visto individui così lavorare per l'ufficio d'igiene o nelle squadre addette alla manutenzione stradale. Sempre con un minuto da perdere per appoggiarsi alla vanga e fumarsi una Lucky Strike o una Camel, fis-
sandoti come se loro fossero il sale della terra, capaci di scucirti
cinque dollari o di portarsi a letto tua moglie se per caso gliene
saltava il ticchio. Harold aveva sempre avuto un po' di paura
degli uomini così; erano sempre molto abbronzati, avevano

sempre una rete di rughe attorno agli occhi e sapevano sempre
che cosa fare.

"Il vero lavoro è quel prato dietro casa," disse all'uomo,
cercando inconsciamente di darsi una voce baritonale. "È quadrato e non ci sono ostruzioni di sorta, ma l'erba è cresciuta
parecchio." La sua voce esitò, ritornò al registro normale; poi,
egli si sorprese a scusarsi: "Temo d'averlo proprio lasciato andare."

"Niente di grave, amico. Niente paura. Benone, benone."
L'uomo che tagliava l'erba gli sorrideva con mille barzellette da
commesso viaggiatore negli occhi. "Più alta è, tanto meglio.
Terreno buono, ecco che cosa avete qui, per Circe. È quello che
dico sempre."

Per Circe?

L'uomo che tagliava l'erba piegò la testa da un lato e guardò la radio. "Tifoso dei Red Sox? Io no, io tengo per gli
Yankees." Rientrò a passi pesanti in casa e la riattraversò, fino
all'anticamera. Harold lo seguì con lo sguardo, amareggiato.

Si rimise a sedere e fissò per un attimo con aria d'accusa la
pozza di birra sotto il tavolo, con il barattolo rovesciato al centro. Pensò d'andare a prendere uno straccio in cucina, poi si
disse che non c'era fretta.

Niente di grave. Niente paura.

Aprì il giornale alla pagina finanziaria e diede un'occhiata
accorta alle quotazioni di chiusura dei titoli. Da buon repub-
blicano, considerava i dirigenti di Wall Street a dir poco dei se-
midei...

(Per Circe?)

...e molte volte aveva deplorato di non poter meglio comprendere il Verbo, che dall'alto del monte veniva dato non su
tavole di pietra ma in abbreviazioni enigmatiche tipo pct. e in
numeri misteriosi come 3,28 a 2/3. Una volta aveva oculata-
mente acquistato tre azioni di una società, la Midwest Bison-
burgers, Inc., che nel 1968 era fallita. Ci aveva rimesso tutti i
settantacinque dollari del suo investimento. Ora, gli risultava, i
bisonburger, o hamburger di bisonte, erano l'ultimo ritrovato.
La risorsa del futuro. Ne aveva discusso diverse volte con Sonny, il barista del Goldfish Bowl. Secondo Sonny, il guaio di
Harold era d'essere in anticipo di cinque anni sul futuro, per
cui...

Un improvviso, assordante rumore lo strappò al nuovo pisolino nel quale era appena scivolato.

Harold balzò in piedi, rovesciando la poltroncina e guardandosi attorno con occhi sbarrati.

"Quella è una falciatrice?" domandò Harold Parkette alla cucina. "Mio Dio, è una falciatrice?"

Si precipitò attraverso la casa e fissò fuori della porta d'entrata. Non c'era niente, là, salvo uno sgangherato furgoncino verde con le parole PASTORAL GIARDINAGGIO, INC. dipinte sulla fiancata. Ora il fragore assordante veniva dal retro. Harold si precipitò di nuovo attraverso la casa, irruppe nel portico posteriore e rimase come impietrito.

Era osceno.

Era una farsa.

La falciatrice a motore, rossa e antiquata, che il grassone aveva portato nel suo furgoncino, andava da sola. Nessuno la spingeva; anzi, non c'era nessuno intorno, per una distanza di un metro e mezzo. Andava a tutta birra, facendo scempio della povera erba del prato di Harold Parkette come un rosso e vendicativo demonio piovuto dall'inferno. Urlava e ruggiva ed emetteva un fumo bluastro e oleoso in una sorta di assurda, meccanica follia che incuteva ad Harold un terrore tale da farlo star male. L'odore fin troppo intenso di erba tagliata gravava nell'aria come vino acre.

Ma era l'uomo della falciatrice l'oscenità autentica.

L'uomo della falciatrice si era tolto gli indumenti: fino all'ultimo capo di vestiario. Erano ordinatamente piegati dentro la piccola vasca vuota al centro del prato. Nudo e sporco d'erba, strisciava dietro la falciatrice a una distanza di un metro e mezzo, mangiando l'erba tagliata. Succo verde gli scorreva giù per il mento, sgocciolando sul pendulo ventre. E ogni volta che la falciatrice girava attorno a un angolo, lui si alzava e faceva uno strano balzo, prima di prostrarsi di nuovo.

"Alt!" urlò Harold Parkette. "Basta!"

Ma l'uomo della falciatrice non badava a lui, e la sua rumorosa compagna rosso fuoco non accennava a rallentare. Se mai, sembrava aumentare di velocità. La sua griglia d'acciaio parve sorridere faticosamente ad Harold, nel passargli davanti, infuriando.

Poi, Harold vide la talpa. Doveva essersi tenuta nascosta, inebetita dal terrore. Era proprio davanti alla falciatrice e stava per essere massacrata. Poi, attraverso la fascia di prato già tagliata, schizzò verso il portico, verso la salvezza, bruna saetta in preda al panico.

La falciatrice sterzò.

Sbattendo e ululando, ruggì al disopra della talpa e la sputò fuori in una sorta di cordone di pelo e frattaglie che rammentò ad Harold il gatto degli Smith. Distrutta la talpa, la falciatrice si affiettò a riprendere il suo compito principale.

L'uomo della falciatrice strisciò rapidamente oltre, mangiando erba. Harold stava là, paralizzato dall'orrore, azioni, titoli e bisonburger completamente dimenticati. Poteva materialmente vedere quel ventre enorme e pendulo espandersi. *L'uomo della falciatrice diede una specie di sterzata e mangiò la talpa.*

A questo punto, Harold Parkette si sporse dalla porta di rete metallica e vomitò tra le zinnie. Il mondo diventò grigio, e improvvisamente lui si rese conto che stava per svenire, che era già svenuto. Si affiosciò sotto il portico, inerte, e chiuse gli occhi...

Qualcuno lo stava scrollando. Carla lo stava scrollando. Non aveva lavato i piatti, o buttato la spazzatura, e Carla gliene avrebbe dette di tutti i colori, ma questo per lui andava benissimo. Finché lei veniva a svegliarlo, e toglierlo dal sogno orribile che stava facendo per riportarlo nel mondo normale, cara, normale Carla con la sua guaina Playtex e i suoi denti in fuori...

Denti in fuori, sì. Ma non quelli di Carla. Carla aveva dei denti in fuori piuttosto deboli, da coniglio. Ma questi erano denti...

Pelosi.

Dentoni sporgenti sui quali cresceva della peluria verde. Sembrava quasi...

Erba?

"Oh mio Dio!" disse Harold.

"È svenuto, eh, amico?" L'uomo della falciatrice era chino sopra di lui, e scopriva nel sorriso i denti pelosi. Anche le labbra e il mento erano pelosi. Era tutto peloso. E verde. Il patio sapeva d'erba, di vapori e di un silenzio troppo improvviso.

Harold si tirò a sedere di scatto e fissò la falciatrice spenta. L'erba era stata ordinatamente tagliata, tutta. E, come Harold osservò in cuor suo con un senso di malessere, non vi sarebbe stato bisogno di rastrellare. Se l'uomo della falciatrice si era lasciato scappare un solo filo d'erba, lui non riusciva a scorgerlo. Guardò di sotto in su l'uomo della falciatrice e trasalì. Era ancora nudo, ancora grasso, ancora terrificante. Rivoli di succo verde gli sgocciolavano agli angoli della bocca.

"Ma che cos'è?" supplicò Harold.

L'uomo agitò il braccio, indicando benignamente il prato. "Questo? Be', una cosa nuova che il principale sta provando. Funziona bene, amico. Proprio bene. Stiamo prendendo due piccioni con una fava. Continuiamo a portarci avanti verso la fase finale, e facciamo soldi per finanziare le altre nostre operazioni. Capito cosa voglio dire? Naturalmente, di tanto in tanto ci imbattiamo in un cliente che non capisce — certa gente non ha nessun rispetto per l'efficienza, dico bene? — ma il principale è sempre d'accordo per un sacrificio. Serve a tenere oliati gli ingranaggi, non so se mi spiego."

Harold non parlava. Una parola continuava a echeggiare come un rintocco funebre dentro di lui, ed era la parola "sacrificio". Con l'occhio della mente, rivedeva la talpa che veniva sputata fuori da sotto la vecchia falciatrice rossa.

Si rialzò lentamente, come un vecchio paralitico. "Certo, certo," disse, e poté soltanto aggiungere un verso di uno dei dischi di folk-rock di Alicia. "Dio benedica l'erba."

L'uomo della falciatrice si batté su una coscia color mela matura. "Questa è buona, amico. Anzi, buonissima. Vedo che ha afferrato lo spirito della cosa. Ha niente in contrario se me la scrivo? Potrebbe significare una promozione."

"Certo, certo," ripeté Harold, ritirandosi verso la porta di servizio e sforzandosi di mantenere il sorriso che gli si stava spegnendo. "Coraggio, allora, finisca. Io intanto farò un sonnellino..."

"Certo, amico," disse l'uomo della falciatrice, rialzandosi poderosamente da terra. Harold notò la fenditura insolitamente profonda dopo gli alluci, come se i piedi fossero... sì, ecco, e-quini.

"Fa un effetto tremendo a tutti, da principio," disse l'uomo della falciatrice. "Poi ci si abitua." Squadrò con occhio esperto la figura corpulenta di Harold. "Anzi, lei potrebbe perfino avere voglia di provare. Il principale ha sempre un occhio attento per i nuovi talenti."

"Il principale?" ripeté con un filo di voce Harold.

L'uomo della falciatrice si fermò in fondo ai gradini e, con fare tollerante, sbirciò in su, verso Harold Parkette. "Be', ma dico... credevo che avesse capito, ormai. Dio benedica l'erba, e via dicendo."

Harold scosse adagio la testa e l'uomo della falciatrice rise:

"Pan. È Pan il principale." Con un movimento mezzo saltellante, mezzo strascicato si gettò sull'erba tagliata di fresco e la falciatrice si rimise in moto, urlando, e cominciò a rotolare attorno alla casa.

"I vicini..." cominciò a dire Harold, ma l'uomo della falciatrice si limitò a un allegro cenno di saluto e scomparve.

Sul prato antistante, ora la falciatrice batteva velocemente e ululava. Harold Parkette si rifiutò di guardare, come se rifiutando potesse negare il grottesco spettacolo che i Castonmeyer e gli Smith — tutti miserabili democratici — stavano probabilmente bevendosi con occhi inorriditi, sì, ma che esprimevano senza dubbio un "te-lo-dicevo-io" pieno di sussiego.

Invece di guardare, Harold andò al telefono, afferrò il ricevitore e formò il numero della centrale di polizia che c'era sull'etichetta con i numeri di emergenza appiccicati proprio sulla cornetta.

"Sergente Hall," disse la voce all'altro capo della linea.

Harold si tappò con un dito l'orecchio libero e disse: "Mi chiamo Harold Parkette. Il mio indirizzo è 1421 East Endicott Street. Vorrei denunciare..." Cosa? Che cosa voleva denunciare? Un uomo sta violentando e assassinando il mio prato, lavora per un tale di nome Pan e ha il piede equino?

"Sì, signor Parkette?"

Un'ispirazione lo colpì. "Vorrei denunciare un caso di esibizionismo."

"Esibizionismo," ripeté il sergente Hall.

"Un uomo sta falciando il mio prato. È... ecco, in costume adamitico."

"È nudo, intende dire?" chiese il sergente Hall, cortesemente incredulo.

"Nudo!" confermò Harold, aggrappandosi disperatamente ai logori lembi della sua sanità mentale. "Svestito. Biotto. Col culo di fuori. Sul prato davanti a casa mia. Ora, potete mandare qualcuno qui d'urgenza?"

"L'indirizzo è 1421 Endicott Ovest?" chiese disorientato il sergente Hall.

"Est!" urlò Harold. "Per amor di Dio..."

"Ed è assolutamente nudo, ha detto? Lei è in grado di osservarne, hmmm, i genitali e così via?"

Harold tentò di parlare ma riusciva soltanto a emettere un gorgoglio. Il baccano della falciatrice folle sembrava farsi sempre più forte, fino a sommergere l'intero universo. Lui sentiva la gola chiudersi.

"Può parlare più forte?" chiese il sergente Hall. "La linea è terribilmente disturbata, dalla parte sua, c'è un rumore di fondo e..."

La porta d'entrata si spalancò, fragorosamente.

Harold si guardò attorno e vide la parente meccanica dell'uomo con la falciatrice avanzare attraverso la soglia. Dietro veniva l'uomo della falciatrice in persona, ancora completamente nudo. Con la sensazione d'essere sull'orlo dell'autentica follia, Harold vide che i peli pubici dell'uomo erano di un verde intenso e rigoglioso. L'uomo faceva roteare su un dito il berrettino da baseball.

"È stato un errore, amico," disse in tono di rimprovero l'uomo della falciatrice. "Ti conveniva attenerti al Dio benedica l'erba."

"Pronto? Pronto, signor Parkette..."

Il ricevitore cadde dalle dita senza forza di Harold mentre la falciatrice cominciava ad avanzare verso di lui, tagliando attraverso il pelo del nuovo tappeto Mohawk di Carla e sputando fuori via via ciuffi di fibra marrone.

Harold la fissava affascinato, come avviene tra l'uccello e il serpente, finché la falciatrice non arrivò al tavolino da tè. Come la macchina spinse in là il mobile, tranciandogli una gamba e riducendola in segatura e schegge, lui si arrampicò sopra la spalliera della sua sedia, poi cominciò a ritirarsi verso la cucina, trascinando la sedia davanti a sé.

"Non servirà a niente, amico," spiegò gentilmente l'uomo della falciatrice. "Anzi, sarà un macello. Ora, se volessi mostrarmi dove tieni il tuo coltello da cucina più affilato, potremmo sbrigare questa faccenda del sacrificio nel modo più indolore... penso che quella vasca in mezzo al prato andrebbe bene... dopo di che..."

Harold spinse la sedia contro la falciatrice, che lo aveva astutamente aggirato intanto che l'uomo attirava la sua attenzione, e infilò la porta come una saetta. La falciatrice ruggì attorno alla sedia, emettendo vapori dallo scappamento, e Harold, nello spalancare con violenza la porta del portico e gettarsi giù per gli scalini, la udì — l'annusò, la sentì — proprio alle sue calcagna.

La falciatrice rombò oltre lo scalino in alto come uno sciatore che salti da un trampolino. Harold spiccò la corsa attraverso il prato falciato di fresco, ma c'erano state troppe birre, troppi sonnellini pomeridiani. La sentiva farsi sempre più vicina, poi si girò a guardare dietro di sé, ma inciampò e cadde.

L'ultima cosa che Harold Parkette vide fu la sogghignante griglia della falciatrice lanciata alla carica, che si sollevava per mostrare le sue lame lucenti e macchiate di verde, e al disopra di quella il grasso faccione dell'uomo della falciatrice, che scuoteva la testa con fare di bonario rimprovero.

"Un fatto davvero infernale," disse il tenente Goodwin, mentre venivano scattate le ultime fotografie. Fece un cenno ai due uomini in bianco, e quelli avanzarono con il loro cesto attraverso il prato. "Nemmeno due ore fa, aveva denunciato la presenza di un uomo nudo sul suo prato."

"Ed era vero?" chiese l'agente Cooley.

"Sì. Ha telefonato anche uno dei vicini. Un certo Castonmeyer. Credeva che fosse lo stesso Parkette. E magari lo era, Cooley. Magari lo era davvero."

"Dice, signore?"

"Impazzito per il caldo," disse in tono grave il tenente Goodwin, battendosi sulla tempia. "Schizo-fotti-frenia."

"Sì, signore," fece rispettosamente Cooley.

"Il resto di lui dov'è?" chiese uno degli inservienti in bianco.

"Dentro quella piccola vasca in mezzo al prato. La vaschetta per gli uccellini," rispose Goodwin. Fissava lo sguardo nella profondità del cielo.

"Ha detto la vaschetta per gli uccellini?" chiese l'inserviente.

"Sì, proprio così," confermò il tenente Goodwin. L'agente Cooley guardò la vaschetta e perse improvvisamente gran parte della sua abbronzatura.

"Un maniaco sessuale," disse il tenente Goodwin. "Doveva esserlo."

"Impronte?" chiese con voce sorda l'agente Cooley.

"Tanto varrebbe cercare delle orme," rispose Goodwin. Accennava all'erba tagliata di fresco.

L'agente Cooley fece con la gola un verso strozzato.

Il tenente Goodwin sprofondò le mani nelle tasche e prese a dondolare sui talloni. "Il mondo," disse in tono grave, "è pieno di matti. Non dimenticarlo mai, Cooley. Schizofrenici. I ragazzi del laboratorio dicono che qualcuno ha rincorso Parkette attraverso il soggiorno con una falciatrice. Puoi figurartela una cosa del genere?"

"No, signore."

Goodwin guardò verso il tosatissimo prato di Harold Parkette. "Bene. Come disse quel tale, vedendo uno svedese con i capelli neri, eccone uno di un altro colore."

Goodwin s'incamminò per fare un giro attorno alla casa e Cooley lo seguì. Dietro di loro, l'odore dell'erba appena tagliata stagnava gradevolmente nell'aria.

Quitters, Inc.

Morrison stava aspettando un tale rimasto bloccato in un ingorgo di traffico aereo sopra l'Aeroporto Kennedy, quando scorse una faccia familiare all'altra estremità del bar e si avviò verso quel tizio.

"Jimmy? Jimmy McCann?"

Era lui. Un po' più in carne di quando Morrison l'aveva visto all'Esposizione di Atlanta, l'anno precedente, ma a parte questo in gran forma. Da studente, era stato un fumatore accanito, pallido e gracile, sepolto dietro enormi occhiali cerchiati di corno. Evidentemente, era passato alle lenti a contatto.

"Dick Morrison?"

"Sì. Hai un aspetto magnifico!" Scambiarono una stretta di mano.

"Anche tu," disse McCann, ma Morrison sapeva che era una bugia. Aveva lavorato troppo, ecceduto nel mangiare e fumato come un turco. "Che cosa bevi?"

"Bourbon e birra amara," rispose Morrison. Si sistemò su uno degli sgabelli del bar e accese una sigaretta. "Aspetti qualcuno, Jimmy?"

"No. Sto andando a Miami per una riunione. Un grosso cliente. Sei milioni di fatturato. Bisogna che vada a tenergli la mano perché lanceremo una campagna speciale, la primavera prossima."

"Sei sempre con Crager e Barton?"

"Sono un dirigente, ora."

"Un VIP? Fantastico! Congratulazioni! Quando è successo?" Cercava di dire a se stesso che quel piccolo tarlo di gelosia, nello stomaco, era solo un po' di acido dovuto a indigestione. Tirò fuori un tubetto di pillole antiacido e ne mise una in bocca.

"L'agosto scorso. È accaduto qualcosa che ha cambiato la

mia vita." McCann guardò pensosamente Morrison e sorseggiò la sua bibita. "Potrebbe interessare anche a te."

Mio Dio, pensò Morrison con un interno sussulto. Jimmy McCann si è dato alla religione.

"Sentiamo," disse, e mandò giù una buona sorsata della sua bibita.

"Non ero molto in forma," raccontò McCann. "Problemi personali con Sharon, la morte di mio padre — collasso cardiaco — e per di più avevo una tosse da spaccare il petto. Bobby Crager passa dal mio ufficio, un giorno, e mi tiene un predicozzo tra il pepato e il paterno. Te li ricordi, vero, quei due?"

"Sì, sì." Morrison aveva lavorato da Crager e Barton per un anno e mezzo, prima di entrare alla Morton Agency. "O ingrani la marcia o infili la porta."

McCann rise. "Sai tutto. Bene, come ultima goccia, il medico mi dice che ho un principio di ulcera. E mi ordina di smettere di fumare." McCann fece una smorfia. "Tanto valeva dirmi di smettere di respirare."

Morrison assentì, con assoluta comprensione. I non fumatori potevano permettersi di mostrarsi superiori. Guardò con disgusto la sigaretta e la spense, sapendo che di lì a cinque minuti ne avrebbe accesa un'altra.

"E hai smesso?" domandò.

"Sì, ho smesso. Da principio non credevo che ci sarei riuscito: baravo a tutto spiano. Poi, incontrai un tale che mi parlò di una organizzazione, nella Quarantaseiesima Strada. Specialisti. Dissi: tanto che cosa ci rimetto, e andai a sentire. Da quel momento non ho più fumato."

Morrison sgranò tanto d'occhi. "Che cosa ti hanno fatto? T'avranno riempito di droga."

"No." McCann aveva tirato fuori il portafoglio e stava rovistando tra le carte. "Ah, eccolo. Sapevo di averne uno con me." Posò sul bar, in mezzo a loro due, un cartoncino bianco, molto semplice:

QUITTERS, INC.
Smettetela di andare in fumo!
237, 46ª Strada Est
Si riceve per appuntamento

"Tienilo, se vuoi," disse McCann. "Ti fanno smettere. È garantito."

"Come?"

"Non posso dirtelo."

"Eh? Perché no?"

"Fa parte del contratto che ti fanno firmare. A ogni modo, ti spiegano come funziona quando vai là per un colloquio."

"Hai firmato un contratto?"

McCann fece segno di sì.

"E sulla base di quello..."

"Già." McCann sorrideva a Morrison, che pensò: Be', è successo. Jim McCann è andato a ingrossare le file di quei maledetti che non fumano.

"Perché tanta segretezza, visto che i risultati sono così fantastici? Com'è che non ho mai visto nessuna pubblicità alla TV, nessun cartellone, nessuna réclame sulle riviste..."

"Hanno più clienti di quanti ne possono curare, senza bisogno di pubblicità."

"Tu sei un pubblicitario, Jimmy. Non puoi credere a una cosa del genere."

"Invece sì," disse McCann. "Hanno un indice di successi del novantotto per cento."

"Aspetta un istante," riprese Morrison. Fece segno che gli portassero un'altra birra e accese una sigaretta. "Dimmi, forse ti legano con le cinghie e ti fanno fumare fino a che vomiti?"

"No."

"Ti danno qualcosa che ti fa star male ogni volta che accendi..."

"No, niente di tutto questo. Vacci e vedrai da te." Accennò alla sigaretta di Morrison. "In fondo, non è che ti piaccia, vero?"

"Nooo, ma..."

"Smettere ha veramente cambiato le cose, per me," disse McCann. "Non so se sia così per tutti, forse no, ma per me è stato come far cadere una maschera. Mi sentivo meglio e i miei rapporti con Sharon miglioravano. Avevo più energia e il mio rendimento nel lavoro aumentava a vista d'occhio."

"Senti, mi hai davvero incuriosito. Non potresti almeno..."

"Mi dispiace, Dick. Proprio non posso parlarne." La voce di McCann era ferma.

"E sei ingrassato?"

Per un attimo, Morrison ebbe l'impressione che l'amico assumesse un'aria truce. "Sì. Un po' troppo, anzi. Ma poi ho perso i chili in più. Ora sono giusto. Prima ero pelle e ossa."

"I passeggeri del Volo 206 sono attesi al Cancello 9," annunciò l'altoparlante.

"È il mio," disse McCann, alzandosi. Gettò un biglietto da
cinque sul banco. "Bevine un altro, se ti va. E pensa a quello
che ti ho detto, Dick. Dico sul serio." Un attimo dopo era già
lontano, e si faceva largo tra la folla, verso la scala mobile.
Morrison prese in mano il cartoncino, lo guardò con aria pensosa, poi lo mise nel portafoglio e non ci pensò più.

Un mese più tardi, il biglietto scivolò fuori dal portafoglio sul
piano di un altro bar. Lui era venuto via dall'ufficio presto ed
era entrato lì per ammazzare, bevendo, il resto del pomeriggio.
Le cose non andavano tanto bene, alla Morton Agency. Anzi,
le cose andavano spaventosamente a rotoli.

Diede un biglietto da dieci al barista per pagare il conto,
poi prese in mano il cartoncino e lo rilesse. Il 237 della Quarantaseiesima Est era a un paio di isolati soltanto da lì; fuori e-
ra una fresca, soleggiata giornata di ottobre, e magari, tanto
per farsi una risata...

Quando il barista gli portò il resto, lui finì di bere e poi
andò a fare due passi.

La Quitters, Inc. era in un palazzo nuovo dove l'affitto mensi-
le per dei locali uso ufficio era probabilmente vicino alla somma che Morrison percepiva per un anno di stipendio. Dal quadro indicativo giù nell'atrio, si fece l'idea che quegli uffici
prendessero un intero piano, e questo significava quattrini. Denaro a profusione.

Salì con l'ascensore, uscì in un foyer con tanto di moquette
alta così e di là passò in una sala d'aspetto arredata con gusto.
Un'ampia finestra si affacciava sul traffico caotico che, da lassù,
sembrava composto da insetti. Tre uomini e una donna sedevano nelle poltrone lungo le pareti, sfogliando riviste. Gente
d'affari, si vedeva lontano un miglio. Morrison si avvicinò alla
scrivania.

"Un amico mi ha dato questo," disse, consegnando il cartoncino all'impiegata. "Immagino si possa dire che è un vostro
alunno."

Lei sorrise e infilò un modulo nella macchina da scrivere.
"Il suo nome, signore?"

"Richard Morrison."

Clac-clacheti-clac. Ma clac quanto mai smorzati; la macchina da scrivere era un'IBM.

"Il suo indirizzo?"

"29 Maple Lane, Clinton, New York."

"Sposato?"

"Sì."

"Figli?"

"Uno." Pensò ad Alvin e aggrottò un poco la fronte. "Uno" non era proprio esatto. "Mezzo", sarebbe stato più rispondente al vero. Suo figlio era un ritardato mentale e viveva in un istituto speciale, nel New Jersey.

"Chi le ha fatto il nostro nome, signor Morrison?"

"Un vecchio compagno di scuola. James McCann."

"Benissimo. Vuole accomodarsi? È stata una giornata piuttosto intensa."

"Bene."

Si mise a sedere tra la donna, che indossava un severo vestito blu, e un giovane con l'aria del dirigente che sfoggiava un completo a spina di pesce e un accenno di basettoni. Tirò fuori il pacchetto delle sigarette, si guardò intorno, vide che non c'erano portaceneri.

Rimise via il pacchetto. Niente di male. Sarebbe stato al gioco fino in fondo, poi avrebbe acceso al momento di venire via. Magari avrebbe lasciato cadere un po' di cenere su quel prezioso tappeto orientale, se l'avessero fatto aspettare troppo a lungo. Prese dal tavolino una copia del *Times* e cominciò a sfogliarla.

Venne chiamato un quarto d'ora più tardi, dopo la donna in blu. Il suo centro-nicotina cominciava a farsi sentire a gran voce, ora. Un uomo che era entrato dopo di lui tirò fuori un portasigarette, lo aprì, vide che non c'erano portaceneri e lo rimise via... con fare un po' colpevole, pensò Morrison. Si sentì subito meglio.

Finalmente, l'impiegata gli rivolse un sorriso radioso e disse: "Si accomodi, prego, signor Morrison."

Morrison infilò la porta al di là della scrivania di lei e si ritrovò in un corridoio dall'illuminazione indiretta. Un uomo massiccio con i capelli bianchi che avevano un che di artificiale gli strinse la mano, gli sorrise affabilmente e disse: "Mi segua, signor Morrison."

Fece strada oltre un certo numero di porte chiuse, poi ne aprì una verso la metà del corridoio, usando la sua chiave. Al di là della porta c'era un'austera stanzetta tappezzata a pannelli di sughero bianco. L'arredamento era costituito da un tavolino, con una sedia di qua e una di là. Sembrava ci fosse una finestrella rettangolare, nella parete dietro il tavolino, ma era coperta da una specie di tendina verde. Sulla parete alla sinistra di Morrison, c'era un ritratto: un uomo alto, con i capelli brizzolati. In una mano teneva un foglio di carta. Aveva un aspetto vagamente familiare.

"Sono Vic Donatti," disse l'uomo massiccio. "Se decide di andare avanti nel nostro programma, mi occuperò io del suo caso."

"Piacere di conoscerla," disse Morrison. Moriva dalla voglia di fumare una sigaretta.

"Si sieda, prego."

Donatti posò sul tavolo il modulo riempito dall'impiegata, poi ne prese un altro dal cassetto. Fissò Morrison proprio negli occhi. "Lei vuole smettere di fumare?"

Morrison si schiarì la gola, accavallò le gambe, cercò di pensare a un modo di giocare sull'equivoco. Impossibile. "Sì," rispose.

"Vuole firmare questo?" L'altro gli diede il modulo. Morrison lo scorse in fretta. Il firmatario s'impegnava a non divulgare i metodi o le tecniche, eccetera eccetera...

"Certo." Donatti gli mise in mano una penna. Scarabocchiò il suo nome, e Donatti controfirmò. Un attimo dopo, il foglio era scomparso nel cassetto del tavolino. Bene, pensò lui, con ironia, mi sono impegnato. L'aveva già fatto altre volte. Una volta, l'impegno era durato per ben due giorni.

"Bene," disse Donatti, "noi non perdiamo tempo con la propaganda, qui, signor Morrison. In questioni di salute, di spesa, o altro. Non c'interessa il perché lei vuole smettere di fumare. Siamo pragmatisti."

"Bene," disse Morrison, non sapendo che altro dire.

"Non facciamo uso di farmaci. Non reclutiamo gente che le faccia delle prediche. Non raccomandiamo alcuna dieta speciale. E non ci facciamo pagare finché non sarà passato un anno da che lei avrà smesso."

"Mio Dio!"

"Il signor McCann non gliel'aveva detto?"

"No."

"Come sta il signor McCann, a proposito? Bene?"

"Benissimo."

"Eccellente. A meraviglia. Allora... soltanto qualche domanda, signor Morrison. Saranno di natura un po' personale, ma le assicuro che le sue risposte saranno tenute nella massima confidenza."

"Sì?" disse Morrison, senza compromettersi.

"Sua moglie come si chiama?"

"Lucinda Morrison. Da ragazza si chiamava Ramsey."

"Lei l'ama?"

Morrison rialzò bruscamente lo sguardo, ma Donatti lo stava fissando placidamente. "Sì, certo," rispose.

"Ha mai avuto problemi coniugali? Non so, una separazione?"

"Che cosa c'entra questo con l'intenzione di non fumare più?" chiese Morrison. Suonava più irritato di quanto realmente fosse, ma voleva — diavolo, *aveva urgenza* — di una sigaretta.

"C'entra e come," rispose Donatti. "Porti pazienza e vedrà."

"Niente. Niente del genere." Sebbene i rapporti fossero stati un po' tesi, ultimamente.

"Avete un unico figlio?"

"Sì. Alvin. È in una scuola privata."

"E che scuola è?"

"Questo," rispose con decisione Morrison, "non intendo dirlo."

"Come crede," disse cortesemente Donatti. Guardò Morrison con un sorriso disarmante. "Tutte le sue domande riceveranno risposta domani, durante la prima seduta."

"Ah, bene!" rispose Morrison, e si alzò.

"Un'ultima domanda," disse Donatti. "Lei non fuma da più di un'ora. Come si sente?"

"Bene," mentì Morrison. "Benissimo."

"Buon per lei!" esclamò Donatti. Fece il giro del tavolino e andò ad aprire la porta. "Se la goda, stasera. Da domani in poi, non fumerà mai più."

"Ne è sicuro?"

"È garantito, signor Morrison," rispose solennemente Donatti.

Il giorno dopo, alle tre in punto, era seduto nella sala d'aspetto della Quitters, Inc. Aveva passato gran parte della giornata

incerto se mancare all'appuntamento che l'impiegata gli aveva
fissato, prima di venir via di là, o se andarci con uno spirito di
testarda cooperazione: *Vediamo se la spunti anche con me, a-
mico.*

Alla fine, qualcosa che Jimmy McCann aveva detto l'aveva
convinto a tener fede all'appuntamento: *Ha cambiato tutta la
mia vita.* Il cielo sapeva se anche nella sua vita c'era bisogno di
qualche cambiamento. E poi, era spinto dalla sua stessa curiosità. Prima di salire con l'ascensore, fumò una sigaretta fino al
filtro. Peccato davvero se è l'ultima, pensò. Aveva un gusto orribile.

La sosta in sala d'aspetto fu più breve, stavolta. Quando
l'impiegata gli disse che poteva accomodarsi, Donatti lo stava
già aspettando. Gli tese la mano, gli sorrise, e a Morrison sembrò che in quel sorriso ci fosse qualcosa di sinistro. Cominciò a
sentirsi un po' teso, e questo gli faceva desiderare una sigaretta.

"Venga con me," disse Donatti, e fece strada verso la solita
stanzetta. Sedette di nuovo alla scrivania, e Morrison prese l'altra sedia.

"Sono molto contento che sia venuto," disse Donatti. "Un
buon numero di potenziali clienti non si fa vedere più, dopo il
colloquio preliminare. Scoprono che il loro desiderio di smettere non era affatto forte come pensavano. Sarà un vero piacere
lavorare con lei a quest'impresa."

"La cura quando comincia?" Ipnosi, stava pensando Morrison. Deve trattarsi di ipnosi.

"Oh, è già cominciata. Ha avuto inizio quando ci siamo
stretti la mano, in corridoio. Ha con sé delle sigarette, signor
Morrison?"

"Sì."

"Vuole darmele, per favore?"

Con una stretta di spalle, Morrison porse il pacchetto a Donatti. Tanto, dentro ce n'erano rimaste soltanto due o tre.

Donatti posò il pacchetto sulla scrivania. Poi, sorridendo e
fissando Morrison negli occhi, serrò la destra a pugno e cominciò a martellare di colpi il pacchetto delle sigarette, che si ap-
piattiva e si cincischiava. L'estremità di una sigaretta si ruppe e
volò fuori. Sul piano del tavolino c'erano frammenti di tabacco. Il rumore fatto dal pugno di Donatti era molto forte, nella
stanza chiusa. Il sorriso rimaneva sulla faccia dell'uomo, nonostante la violenza dei colpi, e Morrison ne era agghiacciato.

Probabilmente è proprio l'effetto che intendono raggiungere, pensò poi.

Alla fine, Donatti smise di martellare. Prese in mano il pacchetto, un rudere informe e contorto. "Lei non crederebbe al piacere che provo," disse, e gettò il pacchetto nel cestino dei rifiuti. "Sono tre anni che faccio questo mestiere, eppure provo la stessa soddisfazione."

"Come cura, lascia qualcosa a desiderare," si permise di osservare Morrison. "C'è un'edicola, giù nell'atrio di questo stesso palazzo. Vendono sigarette di tutte le marche."

"Sì, lo so." Donatti intrecciò le dita. "Suo figlio, Alvin Dawes Morrison, è all'Istituto Paterson, una scuola per bambini handicappati. Trauma cerebrale dovuto a malformazione congenita. Quoziente di intelligenza accertato, 46. Non rientra del tutto nella categoria di ritardati educabili. Sua moglie..."

"Come l'avete scoperto?" scattò Morrison. Era sorpreso e furente. "Non avevate il diritto di ficcare il naso nelle mie..."

"Sappiamo molte cose di lei, signor Morrison," lo interruppe placidamente Donatti. "Ma, come ho detto, saranno tenute nella massima riservatezza."

"Basta, io me ne vado," disse a denti stretti Morrison. E si alzò.

"Rimanga ancora un momento."

Morrison guardò attentamente l'altro. Donatti non sembrava sconvolto. Anzi sembrava lievemente divertito. La sua era l'espressione di chi ha assistito a quella reazione decine di volte; forse centinaia.

"Va bene. Ma spero che la spiegazione mi convinca."

"Oh, vedrà!" Donatti si appoggiò alla spalliera. "Le ho detto che siamo pragmatisti. Come tali, dobbiamo cominciare col renderci conto di quanto è difficile curare questo tipo di tossicomania. Il tasso di ricaduta è quasi dell'ottantacinque per cento. L'indice di ricaduta per chi ha il vizio dell'eroina è più basso di così. È un problema straordinario. Assolutamente fuori del normale."

Morrison gettò un'occhiata dentro il cestino. Una delle sigarette, sebbene tutta contorta, appariva ancora fumabile. Donatti rise bonariamente, si chinò verso il cestino e la sbriciolò tra le dita.

"A volte le legislature degli Stati sentono avanzare la richiesta che i sistemi carcerari aboliscano la razione di sigarette settimanali. Tale proposte vengono invariabilmente respinte. Nei

262

pochi casi in cui sono state accolte, nelle carceri ci sono state rivolte feroci. *Sommosse*, signor Morrison. Pensi!"

"A me," constatò Morrison, "non fa nessuna meraviglia."

"Ma rifletta un momento su ciò che questo implica. Quando lei mette un uomo in prigione gli toglie ogni possibilità di una vita sessuale normale, gli toglie i liquori, la politica, la libertà di movimento. Nessuna rivolta: o poche, in confronto al numero delle carceri. Ma quando lei prova a togliergli le *sigarette*... wham! Bam!" Donatti calò il pugno sul tavolo.

"Durante la Prima guerra mondiale, quando nessuno, in Germania, riusciva a procurarsi delle sigarette, la vista di aristocratici tedeschi che raccattavano cicche per la strada era cosa di ordinaria amministrazione. Durante la Seconda guerra mondiale, molte donne americane, non riuscendo a trovare le sigarette, si convertirono alla pipa. Il problema è affascinante per un vero pragmatista, signor Morrison."

"Potremmo passare alla cura?"

"Sì, un momento. Venga qui vicino, per favore." Donatti si era alzato e ora stava in piedi presso le tende verdi che Morrison aveva notato il giorno innanzi. Donatti tirò le tende, scoprendo una finestra rettangolare che guardava in una stanza deserta e spoglia. No, non del tutto deserta. C'era un coniglio, sul pavimento, mangiava certe pallottoline da un piatto.

"Che bel coniglietto," commentò Morrison.

"Già. Lo osservi." Donatti premette un bottone presso il davanzale della finestra. Il coniglietto smise di mangiare e cominciò a saltellare follemente. Sembrava balzare più in alto ogni volta che le sue zampette toccavano terra. Il pelo gli si rizzava in tutte le direzioni. Gli occhi erano sgranati, impauriti.

"La smetta! Lo farà morire fulminato!"

Donatti lasciò andare il pulsante. "Tutt'altro. Nel pavimento passa una corrente a bassissima tensione. Osservi il coniglio, signor Morrison!"

La bestiola era accucciata a circa tre metri dal piatto di cibo. Arricciava il naso. All'improvviso, con un balzo andò a rifugiarsi in un angolo.

"Se il coniglio prende la scossa abbastanza spesso, mentre sta mangiando," disse Donatti, "non metterà molto ad associare le due cose. Mangiare causa sofferenza. Ragione per cui, si asterrà dal mangiare. Ancora qualche scarica, e il coniglio morirà di fame davanti al suo cibo. Si chiama addestramento all'avversione."

Nella testa di Morrison, si fece luce.

"No, grazie tante." Si diresse alla porta.

"Aspetti, la prego, signor Morrison."

Morrison non si fermò. Afferrò la maniglia... e sentì che non cedeva affatto sotto la sua mano. "Apra immediatamente."

"Signor Morrison, se vuole sedersi e..."

"Apra questa porta o la denuncerò alla polizia prima che abbia il tempo di dire Marlboro."

"*Segga*." La voce era gelida come ghiaccio tritato.

Morrison guardò Donatti. Gli occhi castani dell'uomo erano torbidi e agghiaccianti. Mio Dio, pensò, sono chiuso qui dentro con uno psicopatico. Si passò la lingua sulle labbra. In vita sua, non aveva mai sentito tanto forte il bisogno di una sigaretta.

"Lasci che le spieghi la cura con maggiori particolari."

"Forse non ha capito," replicò Morrison, con simulata pazienza. "Non voglio farla, la cura. Ho deciso di lasciar perdere."

"No, signor Morrison. È lei, quello che non capisce. Non ha più scelta, ormai. Quando le ho detto che la cura era già cominciata, dicevo la pura verità. Pensavo che ci fosse arrivato, ormai."

"Lei è pazzo!" esclamò Morrison, stupito.

"No. Soltanto un pragmatista. Lasci che le dica tutto sul metodo di cura."

"Faccia pure," acconsentì Morrison. "Purché sia chiaro che, appena uscirò di qui, comprerò cinque pacchetti di sigarette e le fumerò tutte intanto che vado al commissariato di polizia." Si rese improvvisamente conto che si stava mordendo il pollice, succhiandoselo, e s'impose di smettere.

"Come crede. Ma penso che cambierà idea, quando avrà visto l'intero quadro."

Morrison non disse niente. Tornò a sedersi e intrecciò le dita.

"Durante il primo mese di cura, i nostri agenti la terranno sotto costante controllo," spiegò Donatti. "Sarà in grado di individuarne alcuni. Non tutti. Ma saranno sempre con lei. *Sempre*. Se la vedranno fumare una sigaretta, io riceverò una telefonata."

"E immagino che mi farà trascinare qui, dove riceverò lo stesso trattamento del coniglio," disse Morrison. Tentava di ostentare un tono freddo e sarcastico, ma improvvisamente si sentiva atterrito, terrorizzato. Quello era un incubo.

"Oh, no!" disse Donatti. "Sua moglie riceverà il trattamento del coniglio, non lei."

Morrison lo fissava, ammutolito.

Donatti sorrise. "Lei," disse, "starà a guardare."

Dopo che Donatti l'ebbe lasciato uscire, Morrison camminò per
più di due ore in preda allo sbalordimento più totale. Era
un'altra bella giornata, ma lui non se ne accorgeva neppure. La
mostruosità della faccia sorridente di Donatti cancellava qualsiasi altra cosa.

"Vede," gli aveva spiegato Donatti, "un problema
pragmatico richiede soluzioni pragmatiche. Deve rendersi conto
che noi abbiamo a cuore i suoi interessi."

La Quitters, Inc., a sentire Donatti, era una specie di fon-
dazione: un'organizzazione senza fini di lucro nata per volontà
dell'uomo del ritratto. Quel signore aveva avuto un enorme
successo in diverse attività di famiglia: tra queste, macchinette
a gettoni, saloni per "massaggi", lotterie clandestine e un attivo (anche se clandestino) commercio tra New York e la Tur-
chia. Mort "Tre Dita" Minelli era stato un fumatore accanito:
sulla media dei tre pacchetti al giorno. Il foglio che aveva in
mano nel ritratto era una diagnosi medica: cancro al polmone.
Mort era morto nel 1970, dopo avere fondato la Quitters, Inc.,
con i fondi di famiglia.

"Cerchiamo di mantenere il bilancio in pareggio fin dove è
possibile," aveva detto Donatti. "Ma ci interessa soprattutto
aiutare un nostro simile. E poi, si sa, ci sono le tasse."

La cura era di una semplicità raggelante. Un primo sgarro e
Cindy sarebbe stata portata in quella che Donatti chiamava "la
stanza del coniglio". Un secondo, e la stessa cosa sarebbe toccata a Morrison. Al terzo passo falso, entrambi sarebbero stati
portati là, insieme. Un quarto sgarro avrebbe mostrato gravi
problemi di cooperazione, e avrebbe richiesto misure più seve-
re. Un agente sarebbe stato mandato alla scuola di Alvin, per
farla pagare al bambino.

"Provi a immaginare," aveva detto Donatti, sorridendo,
"quanto sarebbe orribile per il piccolo. Non capirebbe, nemmeno se qualcuno tentasse di dargli spiegazioni. Saprebbe soltanto che qualcuno gli sta facendo del male perché papà ha
fatto il cattivo. Ne sarebbe terrorizzato."

"Carogna!" aveva mormorato Morrison, sentendosi impotente. Era lì lì per piangere. "Sporco, lurido verme."

"Cerchi di non fraintendere," aveva raccomandato Donatti. Sorrideva, comprensivo. "Ho la certezza che non accadrà. Il quaranta per cento dei nostri clienti non ha mai avuto bisogno di essere richiamato all'ordine, e soltanto un dieci per cento cade in disgrazia più di tre volte. Sono cifre rassicuranti, non le pare?"

Morrison non le trovava rassicuranti. Le trovava agghiaccianti.

"Naturalmente, se poi trasgredisce una quinta volta..."

"Che cosa intende dire?"

Donatti aveva sorriso, quasi divertito. "La stanza per lei e per sua moglie, una seconda battuta per il bambino, e una battuta per sua moglie."

Morrison, spinto al di là di qualsiasi considerazione razionale, s'era scagliato contro Donatti, dall'altro lato della scrivania. Donatti, che in apparenza sembrava completamente rilassato, s'era mosso con rapidità sorprendente. Spinta indietro la sedia, aveva sollevato entrambi i piedi al disopra della scrivania e li aveva piantati nello stomaco di Morrison. Boccheggiante e senza fiato, Morrison era indietreggiato, barcollando.

"Si metta a sedere, Morrison," aveva detto benignamente Donatti. "Vediamo di parlarne da individui razionali."

Quando era riuscito a ritrovare il respiro, Morrison aveva fatto come gli veniva ordinato. Gli incubi dovevano pur finire a un certo punto, vero?

La Quitters, Inc., aveva spiegato ulteriormente Donatti, operava su una scala di punizione da uno a dieci. Gli scalini sei, sette e otto erano costituiti da ulteriori soste nella stanza del coniglio (con aumenti di voltaggio) e da percosse più gravi. Al nono scalino, ad Alvin sarebbero state spezzate entrambe le braccia.

"E al decimo?" aveva domandato Morrison, con la gola secca.

Donatti aveva scosso la testa, con tristezza. "Al decimo ci diamo per vinti, signor Morrison. Lei diventa parte di quel due per cento di irrecuperabili."

"E rinunciate del tutto?"

"In un certo senso." Donatti aveva aperto uno dei cassetti

della scrivania e posato sul ripiano una 45 con silenziatore. Poi, aveva sorriso, fissando Morrison proprio negli occhi. "Ma perfino quel due per cento di irrecuperabili non fuma più. È garantito."

Al film del venerdì sera, alla TV, Cindy difficilmente rinunciava; ma, dopo un'ora di brontolii e di sospiri da parte di Morrison, quasi non riusciva più a stare attenta.

"Ma che cosa c'è?" chiese, durante un intervallo pubblicitario.

"Niente... tutto," brontolò lui. "Ho deciso di smettere di fumare."

Lei rise. "Quando? Cinque minuti fa?"

"Dalle tre di questo pomeriggio."

"Davvero non hai fumato neppure una sigaretta, dalle tre di oggi?"

"Davvero," disse lui, e cominciò a rosicchiarsi l'unghia del pollice. Era ridotta in condizioni pietose.

"Ma è splendido! Come mai hai deciso di smettere?"

"L'ho fatto per te," disse lui. "E per... per Alvin."

Lei spalancò gli occhi e, quando sullo schermo ricominciò la proiezione del film, neppure se ne accorse. Dick nominava raramente il loro bambino ritardato. Gli si avvicinò, guardò il portacenere vuoto lì accanto, poi fissò il marito negli occhi. "Davvero stai cercando di smettere, Dick?"

"Davvero," confermò lui. E se andassi alla polizia, Cindy, aggiunse mentalmente, piomberebbe qui la squadra di gorilla locale a cambiarti i connotati.

"Sono contenta. E se anche non dovessi farcela, ti siamo grati tutti e due per il pensiero, sai, Dick?"

"Oh, credo che ce la farò," disse lui, pensando allo sguardo torbido e omicida che Donatti aveva negli occhi mentre gli sferrava quel calcio allo stomaco.

Dormì malissimo quella notte, appisolandosi e svegliandosi di continuo. Verso le tre, si ritrovò completamente sveglio. La smania di fumare era come una febbre, in lui. Scese e andò nel suo studio. La stanza era un vano ricavato al centro della casa. Niente finestre. Tirò a sé il cassetto di sopra della scrivania e sbirciò nell'interno, affascinato dalla scatola delle sigarette. Si guardò attorno e si passò la lingua sulle labbra.

Osservazione costante durante il primo mese, aveva detto Donatti. Diciotto ore al giorno nel corso dei due successivi: ma lui non avrebbe mai saputo quali diciotto ore. Durante il quarto mese, quello in cui la maggior parte dei clienti tendeva alle ricadute, il "servizio" sarebbe tornato alle ventiquattr'ore su ventiquattro. Poi, dodici ore di sorveglianza saltuaria al giorno per il resto dell'anno. E dopo? Sorveglianza a caso, per il resto della vita del cliente.

Per il resto della sua vita.

"L'ispezione potrebbe avere luogo un mese sì e uno no," aveva precisato Donatti. "Oppure a giorni alterni. O costantemente per una settimana di seguito nel corso dei prossimi due anni. L'essenziale è che lei non lo saprà. Se fuma, avrà l'impressione di giocare d'azzardo con dadi di dinamite. Chissà se mi stanno osservando? Chissà se in questo stesso istante non stanno andando a prendere mia moglie, o non stanno mandando qualcuno a torturare mio figlio. Bello, vero? E, se ce la farà a farsi una fumatina di nascosto, il gusto sarà orribile. Avrà il sapore del sangue di suo figlio."

Ma era impossibile che lo stessero sorvegliando ora, nel cuore della notte, nel suo stesso studio. La casa era silenziosa come una tomba.

Guardò le sigarette dentro la scatola per quasi due minuti, incapace di distogliere lo sguardo. Poi andò sulla porta dello studio, scrutò nel corridoio deserto, e tornò a contemplare le sigarette ancora per un po'. Un quadro orribile gli si formava davanti agli occhi: la sua vita si stendeva davanti a lui senza una sola sigaretta, neppure per sbaglio. Come gli sarebbe mai stato possibile, in nome di Dio, affrontare un'altra difficile presentazione a un cliente duro da convincere senza una sigaretta accesa, da tenere con disinvoltura tra le dita mentre si preparava a spiegare diagrammi e disegni? Come avrebbe fatto per sopportare le innumerevoli mostre di fiori alle quali lo trascinava Cindy, senza poter fumare? Dove avrebbe trovato la forza di alzarsi, al mattino, senza una sigaretta da gustare mentre beveva il caffè e leggeva il giornale?

Malediceva se stesso, per essersi cacciato in quell'avventura. Malediceva Donatti. E, soprattutto, malediceva Jimmy McCann. Come aveva potuto fargli uno scherzo simile? E sì che lui *sapeva*, carogna che non era altro! Le mani gli tremavano per il desiderio di afferrare Jimmy Giuda McCann e strangolarlo.

Furtivamente, tornò a guardarsi attorno. Infilò una mano nella scatola e prese una sigaretta. L'accarezzò, coccolandola. Come diceva quel vecchio slogan? *Così rotonda, così soda, così ricca di promesse.* Parole più vere non erano mai state dette. Si mise in bocca la sigaretta poi esitò. Si mise in ascolto, tendendo l'orecchio.

Non era venuto un lievissimo scricchiolio dall'armadio a muro? Un movimento impercettibile? Sicuramente no. Eppure...

Un'altra immagine mentale: il coniglio che spiccava salti folli per sottrarsi alla scossa elettrica. Il pensiero di Cindy in quella stanza...

Ascoltava, disperato, e non sentiva niente. Diceva a se stesso che non doveva fare altro che andare alla porta dell'armadio a muro e spalancarla. Ma aveva troppa paura di quello che poteva trovare. Se ne tornò a letto ma, per un bel pezzo, non riuscì a prendere sonno.

Nonostante si sentisse uno straccio, il mattino dopo, la colazione gli sembrò ottima. Dopo un attimo di esitazione, alla solita scodella di fiocchi di granturco fece seguire due uova strapazzate. Stava lavando con aria immusonita la padella quando Cindy arrivò da basso, in vestaglia.

"Richard! Sarà da quando Ettore era un cucciolo che non ti vedevo mangiare uova al mattino."

Morrison si limitò a un brontolio. Considerava *da quando Ettore era un cucciolo* uno dei modi di dire più stupidi di Cindy, da fare il paio con *bacerei un maiale.*

"Non hai ancora fumato?" chiese lei, versandosi del succo d'arancia.

"No."

"Scommetto che riprenderai prima di mezzogiorno," proclamò Cindy, con noncuranza.

"Bell'aiuto mi dai, maledizione!" imprecò lui, voltandosi di scatto. "Tu e tutti quelli che non fumano, credete che sia... Oh, lasciamo perdere."

Si aspettava che la moglie si arrabbiasse, invece lei lo stava guardando con una sorta di meraviglia. "Ma tu fai sul serio!" esclamò. "Fai proprio sul serio."

"Puoi scommetterci." *Non saprai mai* fino a che punto *sono serio, spero.*

"Poverino," disse lei, avvicinandoglisi. "Sembri un morto riscaldato. Ma sono molto fiera di te."

Morrison la strinse a sé, forte forte.

Scene dalla vita di Richard Morrison, ottobre-novembre:

Morrison e un vecchio amico della Larkin Studios al bar di Jack Dempsey. L'amico offre una sigaretta. Morrison serra un po' più forte il suo bicchiere e dice: *Ho deciso di smettere.* L'amico ride e dice: *Ti do tempo una settimana.*

Morrison, in attesa del treno del mattino, sbircia da dietro il *Times* un giovanotto vestito di blu. Vede quel giovane quasi tutte le mattine, ora, e a volte anche in altri luoghi. Al ristorante, dove lui è in attesa di un cliente. Intento a guardare dei "45 giri" da Sam Goody, dove Morrison sta cercando un album di Sam Cooke. Un'altra volta tra i quattro giocatori che seguono il gruppo di Morrison, al locale circolo del golf.

Morrison che si ubriaca a una festa, per la voglia di una sigaretta: ma non si ubriaca abbastanza da accettarne una.

Morrison che va a trovare il suo bambino, e gli porta una grossa palla che, a schiacciarla, fa un verso buffo. Il bacio baoso ed estasiato del bambino. Chissà perché, non più ripugnante come una volta. Morrison che stringe a sé il bambino, rendendosi conto di quello che Donatti e soci hanno cinicamente scoperto prima di lui: l'amore è la più perniciosa di tutte le droghe. Lasciate che i romantici discutano sulla sua esistenza. I pragmatisti l'accettano e se ne servono.

Morrison che sta perdendo a poco a poco il bisogno fisico di fumare, ma stenta a perdere il desiderio psicologico, o la necessità di mettere qualcosa in bocca: mentine, caramelle, uno stuzzicadenti. Poveri surrogati, tutti.

Infine, Morrison preso in un colossale ingorgo di traffico, nel Midtown Tunnel. Oscurità. Clacson che strombettano. Aria soffocante. Traffico ingarbugliato al di là di ogni speranza... E, all'improvviso, Morrison aprì lo sportellino del cruscotto e fissò il pacchetto mezzo vuoto rimasto là dentro. Continuò a guardarlo per qualche istante, poi afferrò una sigaretta e l'accese con l'accendino del cruscotto. Se succede qualcosa, la colpa è di Cindy, disse a se stesso con aria di sfida. Gliel'avevo detto di far sparire tutte le maledette sigarette.

La prima boccata lo fece tossire furiosamente. La seconda, gli fece lacrimare gli occhi. La terza gli diede uno strano senso di languore e di capogiro. È pessima, pensò.

E, subito dopo: Mio Dio, che cosa sto facendo?

Clacson strombettarono con impazienza dietro di lui. Davanti, il traffico aveva cominciato a muoversi di nuovo. Schiacciò la sigaretta nel portacenere, aprì entrambi i finestrini anteriori, mise in funzione il ventilatore, poi prese a sventolare l'aria, inutilmente, come un ragazzino che abbia appena fatto sparire giù per il water la sua prima cicca.

Si unì al flusso ancora un po' irregolare del traffico, e guidò fino a casa.

"Cindy?" chiamò. "Sono a casa."

Nessuna risposta.

"Cindy? Tesoro, dove sei?"

Il telefono squillò e lui si precipitò a rispondere. "Pronto? Cindy?"

"Pronto, signor Morrison," disse Donatti. Aveva un tono amabilmente sbrigativo. "Pare che abbiamo una piccola questione da sistemare. Le va bene per le cinque?"

"Mia moglie è in mano sua?"

Risatina indulgente di Donatti. "Bravo. Ha indovinato."

"Senta, la lasci andare," farfugliò Morrison. "Non succederà più. È stato un lapsus, una semplice distrazione, nient'altro. Ho tirato appena tre boccate e, per amor del cielo, *non è stato neppure gradevole!*"

"Peccato. Conto d'averla qui per le cinque, intesi?"

"La prego," disse Morrison, vicino alle lacrime. "La prego…" Stava parlando a un telefono muto.

Alle cinque del pomeriggio la sala d'aspetto era deserta, salvo la solita impiegata, che gli rivolse un sorriso malizioso, fingendo di ignorare il pallore e l'aspetto stravolto di Morrison. "Signor Donatti?" chiamò, nel telefono interno. "C'è qui il signor Morrison che desidera vederla." Rivolse un cenno a Morrison. "Prego, si accomodi."

Donatti aspettava fuori della solita stanza insieme a un tale che indossava una maglietta di cotone e aveva in mano una 38. Un tale che aveva la corporatura di un gorilla.

"Senta," disse Morrison a Donatti. "Possiamo studiare una via d'uscita, vero? La compenserò. Le…"

"Zitto!" intimò l'uomo con la 38.

"Lieto di vederla," disse Donatti. "Peccato che l'incontro debba avvenire in circostanze così avverse. Vuole seguirmi? Vedremo di far presto. Posso assicurarle che sua moglie non riporterà alcun danno... per questa volta."

Morrison fece l'atto di scagliarsi contro Donatti.

"Andiamo, andiamo," disse Donatti, con aria seccata. "Se fa così, Junk sarà costretto a stordirla con il calcio della pistola e per sua moglie non cambierà niente lo stesso. Mi sa dire che cosa ci guadagna?"

"Le auguro di marcire all'inferno," disse Morrison a Donatti.

Donatti sospirò. "Se avessi un soldo per ogni volta che qualcuno ha espresso un sentimento analogo, potrei ritirarmi dagli affari. Le sia di lezione, signor Morrison. Quando un romantico cerca di fare una cosa buona e fallisce, gli danno una medaglia. Quando un pragmatista ci riesce, gli augurano di finire all'inferno. Vogliamo andare?"

Junk fece cenno con la pistola.

Morrison li precedette dentro la stanza. Si sentiva come intorpidito. Le tendine verdi erano state aperte. Junk tornò a sollecitarlo con la pistola. Ecco che effetto deve fare trovarsi tra i testimoni della camera a gas, pensò.

Guardò dentro. Cindy era là e si guardava attorno disorientata.

"Cindy!" gridò Morrison, disperato. "Cindy..."

"Non può né vederla né sentirla," disse Donatti. "Il vetro è a senso unico. Bene, vediamo di sbrigarci in fretta. Effettivamente è stato un piccolo lapsus. Ritengo che trenta secondi possano bastare. Junk?"

Junk premette il bottone con una mano mentre, con l'altra, teneva la pistola fermamente conficcata nelle reni di Morrison.

Furono i trenta secondi più lunghi della sua vita.

Quando tutto finì, Donatti mise una mano sulla spalla di Morrison. "Le viene da rimettere?"

"No," rispose debolmente Morrison. Premeva la fronte contro il vetro. Le sue gambe sembravano di gelatina. "Non mi pare." Si girò e vide che Junk era scomparso.

"Venga con me," disse Donatti.

"Dove?" chiese Morrison, con apatia.

"Penso che abbia qualche spiegazione da dare, non crede?"

"Come posso affrontarla? Come posso dirle che io... io..."
"Ho idea che rimarrà sorpreso."

La stanza era vuota, c'era soltanto un divano. E sopra c'era
Cindy, che singhiozzava disperatamente.
"Cindy?" chiamò dolcemente lui.
Lei guardò in su, gli occhi apparivano ingranditi dalle lagri-
me. "Dick?" bisbigliò. "Oh... Oh Dio..." Morrison la tenne
stretta a sé. "Due uomini," raccontò Cindy, contro il petto di
lui. "In casa, e da principio ho creduto che fossero ladri ma
poi ho pensato che volessero usarmi violenza... e poi loro mi
hanno portata da qualche parte con una benda sugli occhi e...
e... *oh che cosa orribile...*"
"Buona," disse lui. "Su, calmati."
"Ma perché?" chiese Cindy, guardandolo. "Perché mi a-
vranno..."
"Per colpa mia," interruppe lui. "Devo raccontarti una
storia, Cindy..."

Quando ebbe finito, rimase un momento in silenzio, poi disse:
"Immagino che mi odierai. Non posso darti torto."
Stava fissando il pavimento, e lei gli prese la faccia tra le
mani e la girò verso di sé. "No," disse. "Non ti odio."
Morrison la fissava, ammutolito e sorpreso.
"Valeva la pena," aggiunse lei. "Dio benedica questa gen-
te. Ti hanno liberato da una schiavitù."
"Dici sul serio?"
"Sì," rispose lei, e lo baciò. "Possiamo andare a casa, ora?
Mi sento molto meglio. Sì, molto meglio."

Il telefono squillò, una sera della settimana successiva, e quan-
do Morrison riconobbe la voce di Donatti protestò: "I suoi ra-
gazzi devono aver preso un granchio. Non mi sono neppure
avvicinato a una sigaretta."
"Lo sappiamo. C'è un'ultima cosa di cui dobbiamo parlare.
Può passare domani pomeriggio?"
"È..."
"Niente di grave, stia tranquillo. Ordinaria amministrazione.
A proposito, congratulazioni. So che è stato promosso."

"Lei come lo sa?"

"Ci teniamo al corrente," spiegò Donatti senza troppo precisare e riattaccò.

Quando entrarono nella solita stanzetta, Donatti disse: "Non sia così nervoso. Nessuno ha intenzione di morderla. Salga su questa, per favore."

Morrison vide una comunissima bilancia da bagno. "Senta, ho acquistato un po' di peso, ma..."

"Sì, al settantatré per cento dei nostri clienti succede così. Salga, per favore."

Morrison ubbidì, e fece spostare l'ago della bilancia sui settantanove chili.

"Sì, bene. Può scendere. Quanto è alto, signor Morrison?"

"Uno e settantotto."

"Allora, vediamo un po'." Donatti estrasse dal taschino una scheda laminata in plastica. "Be', non andiamo poi tanto male. Ora le prescriverò delle pillole dietetiche del tutto illegali. Ne faccia un uso molto discreto, attenendosi alle istruzioni. Stabilirà il suo peso massimo sui... vediamo..." Consultò di nuovo la scheda. "Ottantadue chili, va bene? E dato che oggi è il primo di dicembre, l'aspetterò il primo di ogni mese per un controllo. Nessun problema se per caso non le è possibile, basta che ci avverta in anticipo."

"E che succede se per caso supero gli ottantadue chili?"

Donatti sorrise. "Manderemo qualcuno a casa sua per tagliare il mignolo a sua moglie," rispose. "Esca pure da questa parte, signor Morrison. E buona giornata."

Otto mesi più tardi:

Morrison s'imbatte nell'amico che lavora alla Larkin Studios, nel bar di Dempsey. Morrison è sceso a quello che Cindy chiama orgogliosamente il suo peso forma: settantacinque chili. Fa ginnastica tre volte alla settimana e ha un aspetto agile e scattante. L'amico della Larkin, al confronto, sembra una porcheriola portata in casa dal gatto.

Amico: Dio, ma tu come hai fatto a smettere? Io sono assolutamente prigioniero di questo maledetto vizio. Poi l'amico schiaccia la sigaretta con autentico disgusto e finisce d'un fiato il suo scotch.

Morrison lo guarda con aria pensosa, poi tira fuori un cartoncino bianco dal portafoglio. Lo posa sul banco, in mezzo a loro. Sai, dice, questa gente ha cambiato la mia vita da così a così.

Dodici mesi più tardi:
Morrison trova un conto da pagare, tra la posta: il conto dice:

QUITTERS, INC.
237, 46ª Strada Est
New York, N.Y. 10017

1 Trattamento	$ 2500,00
Consigliere (Vic Donatti)	$ 2500,00
Elettricità	$ 50
TOTALE	$ 5000,50

Figli di cani! Prorompe. Mi hanno messo in conto l'elettricità che hanno usato per... per...
Paga, caro, dice lei, e lo bacia.

Venti mesi più tardi:
Per puro caso, Morrison e sua moglie incontrano i coniugi McCann a teatro. Vengono fatte le presentazioni. Jimmy sembra altrettanto in forma, se non di più, di come appariva quel giorno al terminal dell'aeroporto, tanto tempo fa. Morrison non ha mai avuto occasione di conoscere la moglie di McCann. È carina specie perché ha quell'aspetto radioso che hanno a volte le ragazze insignificanti quando sono molto, molto felici.
Offre la mano a Morrison, che gliela stringe. C'è qualcosa di strano nella stretta di lei e, verso la metà del secondo atto, Morrison si rende conto del perché. Le manca il mignolo della mano destra.

So di che cosa hai bisogno

"So di che cosa hai bisogno."

Elizabeth alzò gli occhi dal testo di sociologia, con un sussulto, e vide un giovanotto piuttosto insignificante con una giacca verde, da militare. Per un attimo le sembrò vagamente familiare, come se si conoscessero già; la sensazione era quella che si prova davanti a qualcosa di già visto. Poi l'impressione scomparve. Lui era suppergiù della sua statura, magro e... guizzante. Era la parola giusta. Non si muoveva, ma sembrava guizzare all'interno della propria pelle, era qualcosa che si vedeva e non si vedeva. Aveva capelli neri e incolti. Portava spesse lenti che gli ingrandivano gli occhi castano scuro, e le lenti erano sporche. No, era sicurissima di non averlo mai visto.

"Ah, sì?" rispose. "Ne dubito."

"Hai bisogno di un gelato, un cono alla fragola. Giusto?"

Lei lo guardò, battendo le palpebre, sinceramente sorpresa. In fondo alla sua mente, già da un po' si agitava il pensiero di fare una pausa per andare a prendere un gelato. Stava studiando per dare gli ultimi esami su nella biblioteca dell'Unione studentesca, al terzo piano, e aveva ancora tanto da fare.

"Giusto?" ripeté lui, e sorrise. Il sorriso gli trasformava la faccia da qualcosa di troppo intenso e quasi repellente in qualcos'altro di stranamente accattivante. Le passò per la mente la parola "carino", e non era la più adatta con cui affliggere un ragazzo; ma quello, quando sorrideva, lo era davvero. Si ritrovò a ricambiare il sorriso prima di riuscire a trattenersi dal farlo. Questo sì non le serviva, dover perdere il tempo a levarsi di torno un tipo strambo che aveva pensato bene di scegliere il peggior momento dell'anno per fare colpo su una ragazza. Aveva ancora sedici capitoli di *Introduzione alla Sociologia* da affrontare e digerire.

"No, grazie," disse.

"Coraggio, se continui a sforzarti in quel modo ti verrà il mal di testa. Sono due ore che ci dai dentro senza un attimo di respiro."

"Tu come lo sai?"

"Ti osservavo," rispose immediatamente lui, ma stavolta il sorriso da monello andò perduto, per Elizabeth. Lei lo aveva già, il mal di testa.

"Be', allora smettila," replicò, in tono più brusco di quanto avrebbe voluto. "Non mi piace che la gente stia lì a fissarmi."

"Scusa." Lei ora provava un po' di pena, proprio come a volte provava compassione per i cani randagi. Sembrava navigare, dentro quella giacca di tela verde e... sì, aveva i calzini scompagnati. Uno nero, uno marrone. Sentì che stava per sorridergli di nuovo e si trattenne dal farlo.

"Sono gli ultimi esami," spiegò, gentilmente.

"Sì, sì," disse lui. "Come non detto."

Elizabeth lo seguì per un attimo con lo sguardo, pensosamente. Poi, riportò l'attenzione sui libri, ma le restò impresso qualcosa di quell'incontro: *un cono alla fragola.*

Quando fece ritorno al dormitorio erano le undici e un quarto e Alice era distesa sul letto, ad ascoltare Neil Diamond e a leggere *La storia d'O.*

"Non sapevo che facesse parte del programma," scherzò Elizabeth.

Alice si tirò su. "Sto allargando i miei orizzonti, carissima. Distendo le ali del mio intelletto. Innalzo... Liz?"

"Hmmm?"

"Hai sentito quello che ho detto?"

"No, scusa, ero..."

"Che cos'hai? Mi sembri completamente rintronata."

"Ho conosciuto un tizio, stasera. Un tipo stranissimo."

"Davvero? Dev'essere qualcosa di eccezionale se è riuscito a separare la grande Rogan dai suoi beneamati libri di testo."

"Si chiama Edward Jackson Hamner. Junior, nientemeno. Piccoletto, magrissimo. Ha l'aria di non lavarsi i capelli da un secolo almeno. Ah, e aveva i calzini scompagnati. Uno nero, uno marrone."

"Non direi che sia il tipo adatto a te."

"Ma no, che c'entra, Alice? Senti, stavo studiando su al terzo piano, all'Unione — nel Pensatoio, sai? — e lui è venuto a invitarmi giù al Grinder per mangiare un cono di gelato. Gli ho detto di no e lui se n'è andato, buono buono. Ma una volta che, per causa sua, m'era venuta l'idea del gelato, non ho saputo più resistere. Avevo appena deciso di piantar lì un momento e fare una piccola pausa, quando te lo rivedo là, con un enorme gelato di fragola in ciascuna mano.''

"Tremo all'idea di apprendere gli sviluppi.''

Elizabeth alzò le spalle. "Mica potevo dire di no, ti pare? Così si è messo a sedere, ed è saltato fuori che l'anno scorso aveva seguito sociologia con il professor Branner.''

"Oh, numi, quale meraviglia…''

"No, sta' a sentire, perché è straordinario. Sai, no, quanto ho sudato per quel corso?''

"Come no! Ne parli anche nel sonno, si può dire.''

"Ho la media del ventuno. Mi serve il ventiquattro, per conservare la borsa di studio, il che significa che devo prendere almeno un ventisette, nell'ultimo esame. Bene, quell'Ed Hamner dice che Branner usa tutti gli anni lo stesso compito d'esame, praticamente. Ed è un eidetico.''

"Vuoi dire che ha la come si chiama… la memoria fotografica?''

"Sì. Guarda qui.'' Liz aprì il testo di sociologia e tirò fuori tre fogli di quaderno tutti scritti a mano.

Alice li prese. "Sembra qualcosa che riguarda la scelta multipla.''

"Infatti. Ed dice che è il compito dato da Branner l'anno scorso, *parola per parola.*''

"Non ci credo,'' dichiarò Alice, senza tante cerimonie.

"Ma copre tutta la materia!''

"Non ci credo lo stesso.'' Alice restituì i fogli. "Solo perché quel mostriciattolo…''

"Non è un mostriciattolo. Non chiamarlo così.''

"Come vuoi. Ma quel tizio non t'avrà per caso messo in testa di imparare quella roba a memoria e lasciar lì di studiare, vero?''

"Ma no,'' protestò l'altra, a disagio.

"E quand'anche l'esame fosse proprio su questo, non mi dirai che sia una cosa onesta, vero?''

La collera colse Liz di sorpresa e la fece reagire prima di potersi dominare. "Senti chi parla! Sei sulla Lista del Decano tutti i semestri, e i tuoi che ti finanziano fino all'ultimo soldo. Non sei la più… Oh, scusami. Non so perché ho parlato così.''

Alice alzò le spalle e riaprì il suo romanzo, con faccia accuratamente neutra. "No, hai ragione. Non mi riguarda. Ma perché non ti studi anche il testo... tanto per essere tranquilla?"

"S'intende che studierò."

Ma soprattutto studiò gli appunti per l'esame che le aveva fornito Edward Jackson Hamner, Jr.

Quando Liz uscì dall'aula, dopo l'esame, lui era seduto nell'atrio, sempre navigante dentro la giacca di tela verde. Le sorrise con aria titubante e si alzò. "Com'è andata?"

Impulsivamente, lei lo baciò su una guancia. Non ricordava d'avere mai provato un così meraviglioso senso di sollievo. "Credo d'avere fatto un esame da trenta e lode."

"Davvero? Magnifico! Ti va un panino?"

"Volentieri," rispose distrattamente lei. Aveva ancora il pensiero rivolto all'esame. Il compito era quello che le aveva fornito Ed, quasi parola per parola, e lei l'aveva svolto senza la minima difficoltà.

Mentre mangiavano, Liz s'informò di come andavano le prove finali di lui.

"Non ne ho. Ho una media altissima, e non sono tenuto a sostenerle, a meno che non sia io a volerle fare. Ma non ne vedo la ragione."

"Come mai, allora, sei ancora qui?"

"Dovevo sapere come saresti andata tu, ti pare?"

"Ed, non dovevi. Sei molto caro ma..." Lo sguardo scoperto negli occhi di lui la turbava. Lo aveva già visto. Era una ragazza molto carina.

"Sì," mormorò lui. "Sì, invece, dovevo farlo."

"Ed, io ti sono grata. Tu mi hai salvato la borsa di studio. Tanto, ti sono grata. Ma ho un ragazzo, non so se lo sai."

"È una cosa seria?" chiese lui, con un malriuscito tentativo di mantenere un tono leggero.

"Molto," rispose lei, nello stesso tono. "Siamo quasi fidanzati."

"Lo sa quant'è fortunato? Lo sa, di', quanto è fortunato?"

"Anch'io, sono fortunata," rispose lei, pensando a Tony Lombard.

"Beth," disse improvvisamente Ed.

"Come?" chiese Liz, disorientata.

"Nessuno ti chiama così, vero?"

"Be', no. No... nessuno."

"Nemmeno quel tuo tizio?"

"No..." Tony la chiamava Liz. Qualche volta Lizzie, che era anche peggio.

Lui si protese attraverso il tavolino. "Ma è Beth il diminutivo che preferisci, vero?"

Lei rise, per nascondere la sua confusione. "Ma come diavolo..."

"Lascia perdere." Le rivolse il suo sorriso da monello. "Io ti chiamerò Beth. Così va meglio. Su, mangia ora."

Ed ecco che il corso era terminato e lei stava dicendo arrivederci ad Alice. C'era un po' di freddezza tra loro, e a Elizabeth dispiaceva. Riteneva che la colpa fosse sua; si era gloriata un po' troppo del suo compito d'esame di sociologia, quando erano stati affissi i voti. Aveva preso ventinove: il voto più alto di tutti.

Bene, rifletteva tra sé all'aeroporto, mentre aspettava che venisse annunciato il suo volo, in fondo non era più immorale dell'imbottimento del cranio cui si era rassegnata là nel suo bugigattolo al terzo piano. Imbottirsi il cranio non era affatto studiare; era un mandare a memoria, meccanico, che poi svaniva non appena l'esame era stato dato.

Accarezzò con le dita la busta che sporgeva dalla sua borsetta. L'avviso della borsa di studio completa che le era stata assegnata per l'anno successivo: duemila dollari. Quell'estate, lei e Tony avrebbero lavorato insieme a Boothbay, nel Maine, e il denaro che lei avrebbe guadagnato là le avrebbe permesso di arrivare senza problemi a laurearsi. Grazie a Ed Hamner, sarebbe stata un'estate bellissima. Tutto sarebbe andato a gonfie vele.

Ma fu l'estate più triste di tutta la sua vita.

Giugno fu molto piovoso, la scarsità di benzina scoraggiava il turismo; le mance, al Boothbay Inn, erano mediocri. Ad aggravare la situazione, Tony le faceva pressioni riguardo al matrimonio. Poteva trovare lavoro in un campus vicino, le diceva, e lei, grazie alla borsa di studio, avrebbe potuto laurearsi ugualmente, e a pieni voti. La meravigliava scoprire che l'idea, invece di piacerle, la spaventava.

Qualcosa non andava.

Non sapeva dire che cosa fosse, ma qualcosa mancava, era fuori fase, fuori centro. Una sera di fine luglio, spaventò se stessa quando si lasciò andare a un'isterica crisi di pianto. Il solo lato positivo era che la sua coabitante, una ragazza insignificante di nome Sandra Ackerman, aveva un appuntamento ed era uscita.

L'incubo le venne ai primi di agosto. Sognò d'essere distesa sul fondo di una tomba aperta, incapace di muoversi. Dal cielo bianco, la pioggia cadeva sulla sua faccia rivolta verso l'alto. Poi, Tony torreggiava sopra di lei, e sulla testa portava il casco giallo, da costruttore.

"Sposami, Liz," diceva, guardando giù con faccia inespressiva. "Sposami o guai a te."

Lei tentava di parlare, di acconsentire; avrebbe fatto qualsiasi cosa se soltanto lui l'avesse tirata fuori da quell'orribile buca fangosa. Ma era paralizzata.

"Ho capito," diceva lui. "Bene, peggio per te."

Si allontanava. Lei si dibatteva per uscire da quello stato di paralisi, ma non ci riusciva.

Poi, sentiva il bulldozer.

Un momento dopo lo vedeva, enorme mostro giallo dalla lama lucente che spingeva innanzi a sé un mucchio di terra umida. La faccia spietata di Tony guardava in giù dalla cabina del mezzo.

Stava per seppellirla viva.

Intrappolata nel suo corpo privo di voce e di movimento, lei poteva soltanto guardare, inorridita. Rivoli di terra già cominciavano a scorrere lungo i lati della buca...

Una voce familiare gridava: "Vattene! Lasciala stare! Vattene!"

Tony scendeva a precipizio dal bulldozer e fuggiva.

Un indicibile sollievo si abbatteva su Elizabeth, che avrebbe pianto, se ne fosse stata capace. Ed ecco che il suo salvatore appariva, rimaneva là ai piedi della tomba, come un becchino. Era Ed Hamner, fluttuante dentro la giacca verde, i capelli scarmigliati, gli occhiali cerchiati di corno scivolati giù giù sulla punta del naso. Le porgeva la mano.

"Alzati," le diceva gentilmente. "Io lo so di che cosa hai bisogno. Alzati, Beth."

E lei poteva alzarsi. Singhiozzava per il sollievo. Tentava di ringraziarlo; le parole le uscivano precipitose, alla rinfusa. Ed si limitava a sorridere gentilmente e a fare segno di sì. Lei si aggrappava alla sua mano e guardava in giù per vedere dove mettere il piede per salire. E quando guardava di nuovo in su, stava stringendo la zampa di un enorme lupo bavoso, con gli occhi rossi e grandi zanne aguzze, pronte a mordere.

Elizabeth si svegliò e si rizzò a sedere in mezzo al letto, la camicia da notte intrisa di sudore. Tremava da capo a piedi, senza potersi frenare. E perfino dopo una doccia tiepida e un bicchiere di latte, non riuscì a trovare il coraggio di rimanere al buio. Dormì con la luce accesa.

Una settimana più tardi, Tony era morto.

Andò ad aprire in vestaglia, aspettandosi di vedere Tony, ma era Danny Kilmer, uno degli uomini che lavoravano con lui. Danny era un tipo divertente; lei e Tony erano usciti con lui e con la sua ragazza, un paio di volte. Ma ora, fermo là sulla soglia dell'alloggio di Elizabeth, Danny non era soltanto serio, era pallido.

"Danny!" esclamò lei. "Ma che cosa..."

"Liz... Liz, devi essere molto forte. Devi... *oh, Dio!*" Il giovane cominciò a picchiare sullo stipite con la grossa mano sporca di terra, e lei vide che stava piangendo.

"Danny, si tratta di Tony? È successo qualcosa..."

"Tony è morto," rispose Danny. "Era..." Ma stava parlando al vento. Liz era svenuta.

La settimana che seguì passò in una specie di sogno. La storia si delineò a poco a poco dal resoconto dolorosamente breve del giornale e da quello che Danny le aveva riferito mentre bevevano una birra, all'Harbor Inn.

Si stavano riparando dei canali di scolo lungo la Statale 16. Parte della strada era stata buttata all'aria, e Tony era addetto alle segnalazioni per il traffico. Un ragazzo con una Fiat rossa stava arrivando giù dalla discesa. Tony gli aveva fatto segno di fermarsi, ma il ragazzo non aveva neppure rallentato. Tony era fermo accanto a un autocarro, e non c'era posto per potersi tirare in disparte. Il ragazzo della Fiat aveva riportato ferite alla testa e la frattura di un braccio; era isterico ma anche perfettamente sobrio. La polizia aveva riscontrato diversi fori nel circuito frenante, come se si fosse surriscaldato e poi fuso. I suoi pre-

cedenti di automobilistà erano ottimi; si era semplicemente
trovato nell'impossibilità di frenare. Tony era rimasto vittima
della più rara tra le disavventure automobilistiche: un onesto
incidente.

In lei, lo choc e l'avvilimento erano aggravati dal senso di
colpa. Il destino le aveva tolto di mano la decisione che riguardava Tony. E una segreta, malata parte di lei si rallegrava che
fosse andata così. Perché in fondo non desiderava sposare Tony:
non più, dopo il sogno di quella notte.

Il crollo di nervi le venne il giorno prima di ritornare a casa.

Se ne stava seduta, sola soletta, su una sporgenza rocciosa, e
dopo un'ora all'incirca, arrivarono le lacrime. La sorpresero per
la loro violenza. Pianse fino ad avere i crampi allo stomaco e il
mal di testa e, quando le lacrime cessarono, non si sentì meglio, ma se non altro era come vuota e sfinita.

E fu in quel momento che Ed Hamner disse: "Beth?"

Si voltò di scatto, con in bocca ancora il sapore amaro delle
lacrime, quasi aspettandosi di vedere il lupo ringhiante del suo
sogno. Ma era soltanto Ed Hamner, che appariva abbronzato e
stranamente indifeso senza i soliti blue-jeans e la giacca verde
da fatica. Indossava dei calzoni corti rossi che si fermavano proprio sopra le ginocchia ossute, una maglietta bianca che gli si
gonfiava sul petto scarno come una vela sciolta nella brezza
dell'oceano, e sandali di gomma. Non sorrideva e il sole che gli
batteva sugli occhiali rendeva impossibile vedere i suoi occhi.

"Ed?" disse lei, incerta, in parte convinta che si trattasse di
una sorta di allucinazione. "Sei proprio..."

"Sì, sono io."

"Come..."

"Ero andato a lavorare al Lakewood Theater di Skowhegan.
Mi sono imbattuto nella tua compagna di stanza... Alice, si
chiama così?"

"Sì."

"Mi ha raccontato che cosa era successo. Sono venuto subito. Povera Beth." Mosse la testa, di appena un grado o poco
più, ma bastò perché il riverbero del sole scivolasse via dalle
lenti e lei non vide niente di minaccioso, niente di rapace, ma
soltanto una calma, calda simpatia.

Cenarono al Silent Woman di Waterville, che distava una quarantina di chilometri; forse la distanza esatta che ci voleva per
lei. Andarono con la macchina di Ed, una Corvette nuova, e
lui guidava bene: senza eccedere né in spavalderia né in precauzione, come lei del resto si aspettava. Non desiderava parlare e neppure essere tirata su di morale. Lui sembrava saperlo, e
teneva la radio accesa, cercando musica tranquilla e quasi in
sordina.

E ordinò senza consultarla: una cena a base di pesce. Lei
pensava di non avere appetito, ma quando il cibo arrivò ci si
buttò sopra avidamente.

Quando rialzò la testa, il piatto era vuoto e lei rise, nervosamente. Ed la osservava, fumando una sigaretta.

"La fanciulla in gramaglie ha divorato il suo pasto," disse.
"Devo sembrarti un essere orribile."

"No," rispose lui. "Hai sofferto molto e hai bisogno di riprendere le forze. È come uscire da una malattia, vero?"

"Sì. Proprio così."

Lui le prese la mano attraverso la tavola, gliela strinse per
un attimo, poi la lasciò andare. "Ma ora è tempo di recupero,
Beth."

"Lo è? Lo è davvero?"

"Sì," rispose lui. "Su, raccontami. Che progetti hai?"

"Domani ritorno a casa. Poi, non lo so."

"Tornerai a scuola, vero?"

"Proprio non lo so. Dopo quello che è successo, sembra
tutto così... così insignificante. Gran parte dello scopo è andato
perduto, direi. E tutto l'entusiasmo."

"Tornerà. Ora ti è difficile crederlo, ma è così. Prova per
un paio di mesi e vedrai. Non hai niente di meglio da fare."
Quell'ultima frase sembrava una domanda.

"Questo è vero, credo. Ma... Mi dai una sigaretta?"

"Certo. Sono al mentolo, però. Mi spiace."

Lei ne prese una. "Come fai a sapere che non mi piacciono
le sigarette al mentolo?"

Lui accennò una stretta di spalle. "Chissà, non hai l'aria di
una persona alla quale piacciono, forse."

Lei sorrise. "Sei divertente, lo sai?"

Anche Ed sorrise, con fare neutro.

"No, dico sul serio. Di tante persone che conosco, rivedere
proprio te... Pensavo di non voler vedere nessuno, ma sono
proprio contenta che sia stato tu a cercarmi, Ed."

"A volte fa piacere stare con una persona con la quale non ci sono legami."

"Sì, sarà per questo." Lei fece una pausa. "Chi sei, Ed, oltre a essere il mio angelo custode? Chi sei, veramente?" Era improvvisamente importante, per lei, saperlo.

Lui alzò le spalle. "Uno che non conta molto. Uno di quei soliti individui dall'aspetto un po' buffo che vedi aggirarsi per il campus con una pila di libri sotto il braccio..."

"Ed, tu non hai affatto un aspetto buffo."

"Sì che ce l'ho," disse lui, e sorrise. "Non sono mai riuscito a liberarmi completamente dell'acne degli anni di liceo, non ho mai fatto veramente parte di una ghenga studentesca, non ho mai contato molto neppure nell'ambito sociale. Un semplice topo di biblioteca che accumula bei voti, tutto qui. La primavera prossima, quando le grandi società e i grandi complessi verranno al campus a tenere i colloqui per le assunzioni, probabilmente firmerò un contratto con una di loro e lo studente Ed Hamner sparirà senza lasciare traccia."

"Sarebbe un vero peccato," disse gentilmente lei.

Lui sorrise, ed era un sorriso stranissimo, quasi amaro.

"E la tua famiglia?" chiese Elizabeth. "Dove vivi, che cosa ti piace fare..."

"Un'altra volta. Ora voglio riportarti a casa. Domani dovrai affrontare un lungo volo in aereo, e avrai una quantità di piccole cose da fare."

Per la prima volta dopo la morte di Tony, passò una serata rilassante, senza quella sensazione che, dentro di lei, una molla fosse stata caricata al punto da minacciare di saltare. Era sicura che il sonno sarebbe venuto facilmente, ma non fu così.

Piccoli interrogativi l'assillavano.

Alice mi ha raccontato... povera Beth.

Ma Alice stava passando l'estate a Kittery, a più di cento chilometri da Skowhegan. Forse era andata a Lakewood per assistere a uno spettacolo.

La Corvette, nuova di zecca. Un'auto di valore. Un lavoro estivo come aiuto in un teatro di provincia non pagava certo una macchina come quella. Forse i genitori di Ed erano ricchi?

Aveva ordinato proprio quello che lei stessa avrebbe ordinato. Forse l'unica cosa del menù che le avrebbe permesso di scoprire che aveva fame.

Le sigarette al mentolo, il modo come l'aveva baciata nell'augurarle la buonanotte, esattamente come lei avrebbe voluto essere baciata. E...

Domani dovrai affrontare un lungo volo in aereo.

Ed sapeva, perché lei stessa glielo aveva detto, che lei era in partenza per ritornare a casa. Ma come aveva saputo che sarebbe partita in aereo? O che si trattava di un viaggio lungo?

Tutto questo la impensieriva. La impensieriva perché era sulla buona strada per innamorarsi di Ed Hamner.

So di che cosa hai bisogno.

Come la voce del comandante di un sommergibile *tolling off fathoms*, le prime parole che lui le aveva rivolto la seguirono nel sonno.

Lui non era al piccolo aeroporto di Augusta per vederla partire, ed Elizabeth, in attesa dell'aereo, si meravigliò del suo stesso disappunto. Rifletteva su quanto inavvertitamente si possa finire per dipendere da una persona, quasi come un tossicomane dagli stupefacenti. Il drogato s'illude di poter prendere la droga o non prenderla, quando in realtà...

"Elizabeth Rogan," chiamò l'altoparlante, "è desiderata al telefono."

Si affrettò a rispondere. E la voce di Ed disse: "Beth?"

"Ed! Che piacere sentirti! Credevo che..."

"Che sarei venuto a salutarti?" Lui rise. "Non hai bisogno di me per partire. Sei una ragazzona in gamba. Bella, anche. Puoi cavartela da te. Ti rivedrò a scuola?"

"Be'... sì, penso di sì."

"Bene." Seguì un attimo di silenzio. Poi lui disse: "Perché io ti amo. L'ho sentito dal primo momento che ti ho vista."

Lei si sentiva come paralizzata. Non poteva parlare. Mille pensieri le turbinavano per la mente.

Ed rise di nuovo, con dolcezza. "No, non dire niente. Non ora. Ti rivedrò. Ci sarà tutto il tempo, allora. Tutto il tempo del mondo. Buon viaggio, Beth. A presto."

E aveva riattaccato, lasciandola con il ricevitore in mano e in preda ai propri caotici pensieri e dubbi.

Settembre.

Elizabeth riprese il consueto avvicendarsi di lezioni e di ore di studio come una donna che sia stata interrotta mentre lavorava a maglia. Divideva di nuovo la stanza con Alice, naturalmente; erano insieme da quando erano matricole, quando a metterle nella stessa stanza era stato il cervello elettronico dell'amministrazione universitaria. Erano andate sempre d'accordo, nonostante le differenze di interessi e di personalità. Alice, laureanda in chimica, con un ottimo curriculum, era la più studiosa. Elizabeth era più portata ai rapporti mondani, meno "secchiona", ma anche lei piuttosto portata alle scienze esatte.

Andavano ancora d'accordo, ma tra loro, durante l'estate, sembrava essersi insinuata una certa freddezza. Elizabeth l'attribuiva alla differenza d'opinione a proposito del suo esame di sociologia, e non voleva parlarne.

Gli eventi dell'estate cominciavano ad assumere un che di irreale. A volte, cosa strana, le sembrava che Tony fosse stato soltanto un ragazzo che lei aveva conosciuto al liceo. Le faceva ancora male pensare a lui, ed evitava l'argomento con Alice, ma quel dolore era l'indolenzimento di un vecchio livido, non lo strazio acuto di una ferita aperta.

Quello che soprattutto la faceva soffrire era il fatto che Ed Hamner non l'avesse più cercata.

Passò il tempo, una settimana, poi due, e venne ottobre. Lei si procurò un indirizzario all'Unione Studentesca e cercò il suo nome. Le servì a poco; dopo il nome, c'era scritto soltanto "Mill Street", e Mill Street era una strada lunghissima. Così continuò ad aspettare, e quando qualcuno la invitava a uscire — il che succedeva spesso — rifiutava regolarmente. Alice aggrottava la fronte ma si asteneva dal fare commenti; era letteralmente sepolta nel materiale per la tesi di laurea e passava la maggior parte delle sue serate in biblioteca. Elizabeth aveva notato le lunghe buste bianche che la compagna riceveva tra la corrispondenza una o due volte alla settimana, ma non gli aveva dato nessuna importanza. L'agenzia investigativa era discreta: non usava buste intestate.

Quando il citofono ronzò, Alice studiava. "Rispondi tu, Liz. Probabilmente è per te."

Elizabeth andò a rispondere. "Sì?"

"Un visitatore per te, Liz."

Oh, Signore Iddio!

"Chi è?" chiese lei, annoiata, e già passava in rassegna la

sua scorta di deboli scuse. Mal di testa? Quella settimana, non l'aveva ancora usata.

La ragazza dell'atrio, divertita, disse: "Si chiama Edward Jackson Hamner. *Junior*, nientemeno." Poi, sottovoce: "Ha i calzini scompagnati."

Subito Elizabeth si portò la mano al bavero della vestaglia. "Oh Dio! Digli che scendo subito. No, digli che ci metterò un minuto. Anzi, qualche minuto, va bene?"

"Certo," disse l'altra, con voce dubbiosa. "Non farti scoppiare una vena."

Elizabeth tirò fuori un paio di calzoni dall'armadio. Prese anche un camiciotto di tela. Si ricordò di avere i bigodini nei capelli e mandò un gemito. Cominciò a strapparseli via.

Alice osservava tutto questo con calma, senza parlare; ma, dopo che Elizabeth era uscita, rimase per un bel pezzo a fissare impensierita la porta.

Era sempre lo stesso; non era cambiato per niente. Indossava la vecchia giacca verde di tela militare, che continuava a sembrare troppo larga per lui. Una delle stanghette degli occhiali cerchiati di corno era stata aggiustata con del nastro isolante. I suoi jeans sembravano nuovi e rigidi, ben lontani da quell'aspetto morbido e sbiadito, così disinvolto, che subito prendevano addosso a Tony. Un calzino era marrone, l'altro verde.

E lei comprese di amarlo.

"Perché non ti sei fatto vivo prima?" gli chiese, andandogli incontro.

Lui, le mani sprofondate nelle tasche della giacca, sorrideva timidamente. "Ho pensato di darti il tempo di ambientarti un po'. Di conoscere un po' di facce nuove. Di capire bene quello che volevi."

"Credo di saperlo già."

"Bene. Ti andrebbe di andare al cinema?"

"Qualsiasi cosa," rispose lei. "Per me va tutto benissimo."

A mano a mano che i giorni passavano, si rendeva conto di non avere mai conosciuto nessuno, uomo o donna, capace di comprendere i suoi stati d'animo e le sue necessità in modo così discreto e così totale. I loro gusti coincidevano. Mentre a Tony erano piaciuti i film violenti, tipo *Il padrino*, Ed sembrava più portato al genere leggero o drammatico ma non violento. Una sera in cui lei si sentiva un po' depressa l'aveva portata al circo, e si erano divertiti molto. Gli appuntamenti di studio erano veri appuntamenti di studio, non un pretesto per perdere tempo su al terzo piano dell'Unione Studentesca. Ed la portava a ballare e sembrava particolarmente bravo nei balli di una volta, che a lei piacevano. A un ballo studentesco, avevano vinto perfino un trofeo. Cosa ancora più importante, lui capiva al volo quando lei era in vena di tenerezze. Non la forzava né le metteva fretta; con lui non provava mai la sensazione che le avevano dato altri ragazzi con i quali c'era stato del tenero: che ci fosse una specie di orario stabilito per il sesso, che cominciava con un bacio della buonanotte all'Appuntamento n. 1 e si concludeva con una notte nell'appartamento avuto in prestito da un amico, suppergiù all'Appuntamento n. 10. L'alloggio di Mill Street era di proprietà esclusiva di Ed, terzo piano senza ascensore. Ci andavano spesso, ed Elizabeth non aveva l'impressione di entrare nell'alcova segreta di un Don Giovanni di Serie C. Lui non l'assillava mai. Sembrava desiderare sinceramente quello che lei voleva e quando lei lo voleva. E le cose progredivano.

Quando la scuola riprese, dopo l'intervallo alla fine del semestre, Alice sembrava stranamente preoccupata. Diverse volte, un pomeriggio, prima che Ed venisse a prenderla — dovevano cenare fuori — Elizabeth, nel rialzare lo sguardo, sorprese la compagna di stanza a fissare accigliata una grossa busta commerciale in bella vista sulla sua scrivania. A un certo punto, Elizabeth fu lì lì per informarsi, ma poi decise di lasciar perdere. Materiale per la famosa tesi, probabilmente.

Nevicava, quando Ed la riaccompagnò al dormitorio.

"Domani?" chiese lui. "A casa mia?"

"D'accordo," rispose lei. "Preparerò del popcorn."

"Splendido," disse Ed, e la baciò. "Ti amo, Beth."

"Anch'io ti amo."

"Ti farebbe piacere rimanere da me?" chiese Ed, dolcemente. "Domani sera?"

"D'accordo, Ed." Lei lo guardò negli occhi. "Come vuoi tu."

"Bene," mormorò lui, tranquillamente. "Buonanotte, piccola."

"Buonanotte."

Lei si aspettava che Alice dormisse già, ed entrò in camera senza fare rumore, ma Alice era alzata e sedeva alla scrivania.

"Alice, non hai sonno?"

"Devo parlarti, Liz. Si tratta di Ed."

"Che cosa devi dirmi?"

"Penso che quando avrò finito di parlare, noi non saremo più amiche," precisò lentamente Alice. "Per me, significa rinunciare a una cosa importante, perciò desidero che mi ascolti con molta attenzione."

"Forse è meglio che non dici niente, allora."

"Devo tentare."

Elizabeth sentì che la curiosità iniziale si trasformava in collera. "Ti sei permessa di curiosare sul conto di Ed?"

Alice si limitò a fissarla.

"Eri gelosa di noi?"

"No. Se fossi stata gelosa di te e dei tuoi corteggiatori, avrei cambiato stanza già da un paio d'anni."

Elizabeth la guardò, perplessa. Sapeva che quanto Alice diceva era la verità. E, improvvisamente, provò un senso di paura.

"Due cose mi impensierivano sul conto di Ed Hamner," cominciò Alice. "La prima è che tu mi avevi scritto, dicendomi della morte di Tony e aggiungendo che era stata una fortuna il fatto che io avessi visto Ed al teatro di Lakewood... di come lui era venuto subito a Boothbay e ti era stato tanto d'aiuto. Ma io non l'ho mai incontrato Liz. Io non sono mai stata dalle parti di Lakewood, durante l'estate."

"Ma..."

"Ma come faceva lui a sapere che Tony era morto? Non ne ho idea. So soltanto che da me non l'aveva saputo di certo. L'altra cosa era quella storia della sua memoria eidetica. Mio Dio, Liz, non ricorda nemmeno quale calzino si è messo."

"Che c'entra, è una cosa tutta diversa," protestò in tono rigido Liz. "È..."

"Ed Hamner era a Las Vegas, quest'estate," continuò Alice. "È tornato verso la metà di luglio e ha fissato una stanza in un motel di Pemaquid. È un posto proprio alla periferia di Boothbay Harbor. Quasi come se stesse aspettando che tu avessi bisogno di lui."

"Ma è assurdo! E poi come sai che Ed era a Las Vegas?"

"Ho incontrato Shirley D'Antonio, poco prima che ricominciasse la scuola. Lavorava al Pines Restaurant, che è proprio di fronte al teatro. Mi ha detto di non avere mai visto nessuno che assomigliasse a Ed Hamner. Così, ho capito che lui aveva mentito, con te, su diverse cose. Allora sono andata da mio padre, gli ho esposto i miei dubbi e lui mi ha autorizzata ad agire."

"E a far che?" chiese Elizabeth, disorientata.

"Ad assumere un investigatore privato."

Elizabeth era in piedi. "Non dire altro, Alice. Basta così." Avrebbe preso l'autobus per andare in città, avrebbe passato la notte a casa di Ed. In fondo, stava soltanto aspettando che lui glielo chiedesse, ma non desiderava altro.

"Ascolta, almeno. Poi sarai padronissima di decidere come vuoi."

"Non ho bisogno di ascoltare un bel niente. Io so soltanto che è gentile, buono, e che..."

"L'amore è cieco, eh?" ironizzò Alice, e sorrise con fare un po' amaro. "Be', caso vuole che anch'io ti voglia bene, Liz. Ci avevi mai pensato?"

Elizabeth si girò e fissò l'amica a lungo, in silenzio. "Se è vero, hai uno strano modo di dimostrarmelo," disse. "Coraggio, allora. Forse hai ragione. Forse ti devo almeno questo. Su, parla."

"Tu lo conoscevi già, anche se è passato tanto tempo," disse calma calma Alice.

"Eh? Ma cosa dici?"

"Scuola Pubblica 119, a Bridgeport, Connecticut."

Elizabeth era ammutolita per la sorpresa. Lei e i suoi genitori avevano vissuto a Bridgeport per sei anni, e si erano trasferiti nella casa dove abitavano ora un anno dopo che lei aveva finito la seconda. Effettivamente lei era andata alla S.P. 119, ma...

"Alice, ne sei sicura?"

"Te lo ricordi?"

"No, non me lo ricordo affatto!" Ma ricordava la sensazione provata la prima volta che aveva visto Ed: l'impressione di rivivere qualcosa di già vissuto.

"Le belle bambine non si ricordano mai dei brutti anatroccoli, naturalmente. Forse lui aveva una cotta infantile per te. Eri in prima con lui, Liz. Forse era seduto nell'ultimo banco e ti... ti guardava. Oppure ti osservava durante l'intervallo. Un povero bambino insignificante che portava già gli occhiali e probabilmente la molletta sui denti, e tu neppure ti ricordavi di lui, ma scommetto che lui si ricorda di te.''

''C'è altro?'' chiese Elizabeth.

''L'agenzia l'ha rintracciato attraverso le impronte digitali dell'archivio scolastico. Dopo di che, si è trattato soltanto di trovare le varie persone e parlare con loro. L'agente incaricato del caso diceva di non riuscire a spiegarsi alcune delle cose che era venuto a sapere. Nemmeno io ci riesco. C'è qualcosa di impressionante, non so.''

''Augurati che sia davvero come dici tu,'' disse Elizabeth, truce.

''Ed Hamner Senior era un giocatore incallito. Lavorava per un'importante agenzia pubblicitaria di New York, ma poi si trasferì a Bridgeport, o meglio cercò scampo là. L'agente dice che era conosciuto in tutte le principali bische clandestine della città, e che doveva soldi a tutti.''

Elizabeth chiuse gli occhi. ''Questa gente si preoccupa che uno riceva una buona dose di fango in cambio del denaro che spende, vero?''

''Può darsi. In ogni caso, a Bridgeport il padre di Ed si cacciò in un altro guaio. C'era sempre di mezzo il gioco d'azzardo, ma stavolta era andato a impegolarsi con uno strozzino senza scrupoli. Così, si ritrovò con un braccio e una gamba rotti. Dice l'uomo dell'agenzia che secondo lui non si trattò affatto di un incidente.''

''Nient'altro?'' chiese Elizabeth. ''Maltrattamenti ai bambini? Appropriazione indebita?''

''Nel sessantuno, trovò lavoro presso una ditta di pubblicità di Los Angeles. Ma Los Angeles era un po' troppo vicina a Las Vegas. Cominciò a trascorrere il fine settimana là, giocando molto... e perdendo. Poi, cominciò a portarsi dietro Ed Junior. E cominciò a vincere.''

''Tutto questo te lo stai inventando. Non c'è altra spiegazione.''

Alice batté sul rapporto che aveva davanti. ''Qui c'è scritto tutto, Liz. Non tutto reggerebbe in tribunale, è logico, ma l'agente assicura che nessuna delle persone con cui ha parlato aveva qualche ragione per mentire. Il padre di Ed chiama Ed il suo 'talismano'. Da principio, nessuno si oppose alla presenza del ragazzo, sebbene non fosse legale entrare a quell'età nelle case da gioco. Il padre era un giocatore che di soldi ne lasciava tanti. Poi, però, il padre cominciò a giocare solamente alla roulette, limitandosi a puntare sul pari e dispari o sul rosso e nero. Verso la fine dell'anno, al ragazzo era stato proibito l'ingresso in tutte le case da gioco della città. E suo padre si diede a un nuovo genere di gioco d'azzardo."

"Quale?"

"La borsa. Quando gli Hamner erano arrivati a Los Angeles, verso la metà del sessantuno, vivevano in un buchetto da novanta dollari al mese e il signor Hamner guidava una Chevrolet del cinquantadue. Verso la fine del sessantadue, dopo appena sedici mesi, lui si era licenziato dall'impiego e ora vivevano in una casa di loro proprietà a San José. Il signor Hamner viaggiava con una Thunderbird nuova fiammante e la signora Hamner aveva una Volkswagen. Certo, la legge non permette che un ragazzino bazzichi le case da gioco del Nevada, ma nessuno potrebbe mai levargli di mano la pagina delle quotazioni di borsa."

"Vorresti insinuare che Ed... che poteva... Alice, tu sei pazza!"

"Non insinuo niente. A meno che, forse sapeva soltanto di che cosa il suo paparino aveva bisogno."

So di che cosa hai bisogno.

Fu quasi come se quelle parole fossero state pronunciate al suo orecchio e lei rabbrividì.

"I sei anni successivi la signora Hamner li passò in svariate case di cura per malattie mentali, un po' dentro e un po' fuori. In teoria, per disturbi nervosi, ma l'agente ha parlato con un infermiere, il quale ha detto che, praticamente, si trattava di una psicopatica. Asseriva che suo figlio fosse il servo del demonio. Nel sessantaquattro, lo colpì con un paio di forbici. Tentò di ucciderlo. Lo... Liz? Liz, cos'hai?"

"La cicatrice," mormorò lei. "Una sera, circa un mese fa, siamo andati a nuotare in piscina. Lui aveva una cicatrice rotonda e molto profonda su una spalla... qui." Si toccò un po' al disopra del seno, a sinistra. "Disse che..." Sentì un'ondata di nausea salirle alla gola e dovette aspettare che passasse, per poter continuare. "Disse che, da bambino, era caduto su un paletto di ferro appuntito."

"Vuoi che continui?"

"Finisci, perché no? Che male può fare, ormai?"

"Nel sessantotto, la madre venne dimessa da un ricovero

per malattie mentali di San Joaquin Valley. Un posto di gran lusso. Partirono tutti e tre per una vacanza. Si fermarono per fare un picnic lungo la Statale 101. Il ragazzo stava raccogliendo legna da ardere quando lei mise in moto l'auto e la lanciò oltre l'orlo del precipizio, a picco sull'oceano, e sull'auto c'era anche il marito. Forse era stato un tentativo di travolgere Ed, che nel frattempo era arrivato quasi a diciotto anni. Il padre gli lasciò titoli per un milione di dollari. Un anno e mezzo più tardi Ed venne all'Est e continuò gli studi qui. E questo è tutto.''

''Nessun altro scheletro nell'armadio?''

''Liz, non ti pare che basti?''

Lei si alzò. ''Ora capisco perché non vuole mai parlare della sua famiglia. Ma tu non potevi fare a meno di riportare a galla i cadaveri, vero?''

''Tu sei cieca,'' rispose Alice. Elizabeth si stava infilando il cappotto. ''Immagino che ora andrai da lui.''

''Certo.''

''Perché lo ami.''

''Certo.''

Alice attraversò la stanza e afferrò l'amica per un braccio. ''Vuoi toglierti un momento dalla faccia quell'espressione imbronciata e petulante e *riflettere*? Ed Hamner è in grado di fare cose che il resto di noi neppure si sogna di fare. Ha fatto in modo che il padre si rifacesse, alla roulette, e poi lo ha reso ricco con il gioco in borsa. Sembra sia in grado di vincere a volontà. Forse è una specie di sensitivo. Forse ha il dono della precognizione. Non lo so. Ci sono persone che sembrano dotate di particolari poteri. Liz, non ti è mai passato per la mente che ti abbia costretta ad amarlo?''

Liz si girò lentamente verso l'amica. ''In vita mia, non ho mai sentito niente di più ridicolo.''

''Davvero? Ti diede quel test di sociologia proprio come dava a suo padre la possibilità di imbroccare il rosso o il nero alla roulette! Non si era mai iscritto a nessun corso di sociologia, capisci? Ho controllato. L'ha fatto perché era il solo modo per indurti a prenderlo sul serio!''

''Smettila!'' gridò Liz. Si era messa le mani sulle orecchie.

''Conosceva il compito d'esame, sapeva che Tony era morto in un incidente e sapeva che tu stavi per partire con l'aereo! Conosceva perfino il momento psicologico adatto per riapparire nella tua vita, lo scorso ottobre.''

Elizabeth si liberò dal braccio di Alice e corse ad aprire la porta.

"Ti prego," implorò Alice. "Ti prego, Liz, ascoltami. Non so come possa farle, queste cose. Forse nemmeno lui lo sa con esattezza. Potrebbe anche non avere nessuna intenzione di farti del male, ma te ne ha già fatto. Ti ha indotto ad amarlo, servendoti di ogni cosa segreta che tu vuoi e di cui hai bisogno, e questo non è affatto amore. È plagio."

Elizabeth sbatté la porta e scese le scale di corsa.

Prese l'ultimo autobus della sera diretto in città. Nevicava più che mai, e l'autobus procedeva come un insetto ferito attraverso i monticelli di neve che il vento accumulava ai lati della strada. Elizabeth sedeva in fondo; c'erano altri sei o sette passeggeri, e nella sua mente i pensieri erano migliaia.

Sigarette al mentolo. Titoli di borsa. Il fatto che Ed sapeva senza che lei lo dicesse che in famiglia sua madre veniva chiamata Deedee. Un bimbetto che sedeva in fondo all'aula, in prima elementare, facendo gli occhi di triglia e una bimbetta troppo piccola per comprendere...

So di che cosa hai bisogno.

No. No. No. Io l'amo davvero!

Davvero? O era semplicemente lusingata di trovarsi con uno che ordinava sempre la cosa giusta, che la portava a vedere il film di suo gradimento, e che non voleva andare in nessun posto o fare nessuna cosa che non piacesse anche a lei? Ed Hamner era dunque soltanto una specie di specchio psichico, che le mostrava quello che lei voleva vedere? I regali che le portava erano sempre regali azzeccati. Quando il tempo si era fatto più freddo e lei aveva provato il desiderio di un asciugacapelli, chi gliene aveva regalato uno? Ed Hamner, naturalmente. Per caso ne aveva visto uno in offerta speciale, aveva detto. Lei, naturalmente, era andata in brodo di giuggiole.

Questo non è affatto amore. È plagio.

Il vento l'aggredì, quando scese dall'autobus all'angolo tra la Main e la Mill. Trasalì, rabbrividendo, mentre l'autobus si allontanava con un sordo brontolio del motore diesel. I fanalini di coda ammiccarono brevemente nella notte nevosa e scomparvero.

Non si era mai sentita tanto sola in vita sua.

Lui non c'era.

Elizabeth stava là, fuori della porta, dopo aver bussato invano per cinque minuti, senza saper che fare. Le venne in mente che non aveva idea di che cosa Ed facesse o chi vedesse quando non era con lei. L'argomento non era mai stato affrontato.

Forse sta guadagnandosi i soldi per un altro asciugacapelli in qualche partita di poker.

Con decisione improvvisa, si allungò sulla punta dei piedi e tastò al disopra dello stipite, in alto, dove sapeva che lui teneva una chiave di scorta. Le sue dita la urtarono, la sentì cadere a terra con un tintinnio.

La raccolse e la inserì nella serratura.

L'appartamento appariva diverso, ora che Ed non c'era: artificiale, come una scena di teatro. Spesso l'aveva divertita il fatto che un giovane, pur badando così poco al proprio aspetto fisico, avesse un domicilio impeccabile, da libro illustrato. Quasi come se l'avesse arredato per lei e non per sé. Ma questo naturalmente era assurdo. Ma era poi assurdo?

Di nuovo le tornò alla mente, come per la prima volta, quanto le piaceva la poltroncina su cui sedeva quando studiavano o guardavano la TV. Era proprio fatta per lei, non troppo rigida, non troppo soffice. Perfetta. Come ogni altra cosa che lei metteva in rapporto con Ed.

Due porte si aprivano nel soggiorno. Una andava nella piccola cucina, l'altra nella stanza da letto.

Fuori il vento imperversava, producendo rumori e scricchiolii nell'edificio un po' vecchiotto.

In camera, rimase a fissare il letto di ottone. Era perfetto, né troppo duro né troppo soffice. Una voce insidiosa mormorava beffarda dentro di lei: *Fin troppo perfetto, vero?*

Andò alla libreria e lasciò scorrere l'occhio sui titoli, oziosamente. Uno le balzò agli occhi e lei prese in mano il volume: *Il ballo negli anni cinquanta.* Il libro si apriva da sé a un punto verso i tre quarti del volume. Un paragrafo intitolato "Il Liscio" era stato circondato con un pesante segno in matita rossa e, in margine, la parola BETH era stata scritta in caratteri grandi, quasi accusatori.

Farei bene ad andarmene subito, disse a se stessa. Posso ancora salvare qualcosa. Se tornasse ora, non potrei mai più guardarlo in faccia, e Alice avrebbe partita vinta. Allora sì potrebbe dire di non avere speso invano il suo denaro.

Ma non poteva fermarsi, e lo sapeva. Le cose si erano spinte troppo in là.

Si avvicinò all'armadio a muro e provò ad aprirlo, ma la porta non cedeva. Era chiuso a chiave.

Tanto per non arrendersi, tornò a sollevarsi sulle punte dei piedi e a far scorrere le dita al disopra dello stipite. E le sue dita incontrarono una chiave. La tirò giù e intanto, dentro di lei, una voce scandiva nitidamente: *Non farlo*. Pensò alla moglie di Barbablù, e a quello che aveva trovato quando aveva aperto una certa porta. Ma era proprio troppo tardi; se non fosse andata fino in fondo, sarebbe rimasta per sempre nel dubbio. Aprì l'armadio.

E subito l'assalì la sensazione stranissima che il vero Ed Hamner Jr. non avesse fatto che nascondersi.

L'armadio era in condizioni indescrivibili: una confusione infernale di indumenti, libri, una racchetta da tennis con le corde spezzate, un paio di scarpe da tennis quasi a brandelli, vecchi quaderni e appunti gettati dentro alla rinfusa, un pacchetto di tabacco da pipa rotto, che aveva versato in parte il contenuto. La giacca di tela verde era gettata in un angolo.

Prese in mano uno dei libri e fissò il titolo, disorientata. *Il ramo d'oro*. Un altro. *Antichi riti, moderni misteri*. Un altro ancora. *Il voodoo haitiano*. E in ultimo, rilegato in pelle antica e screpolata, il titolo quasi cancellato dalla costa per il continuo rimaneggiare, e un vago odore di pesce marcio che si sprigionava dalle pagine ingiallite: *Necronomicon*. Lo aprì a caso, trattenne il fiato, lo scaraventò in là, l'immagine oscena ancora davanti agli occhi.

Più che altro per ritrovare la padronanza di sé, si protese per raccattare la giacca di tela verde, senza voler ammettere che intendeva rovistare nelle tasche. Ma, nel sollevarla, vide qualcos'altro. Una scatoletta di latta...

Incuriosita, la prese e la rigirò tra le mani, sentendo qualcosa far rumore all'interno. Era il tipo di scatola in cui un ragazzino chiude in genere i suoi tesori. In lettere in rilievo, sul fondo di latta, si leggevano le parole "Bridgeport Candy, Co." Elizabeth l'aprì.

La bambola era in cima a tutto. La bambola Elizabeth.

Lei la guardò e si sentì assalire dal tremito.

La bambola era vestita con un brandello di nylon rosso, parte di una sciarpa che lei aveva perduto due o tre mesi prima, quand'era stata al cinema con Ed. Le braccia erano nettapipa rivestiti di una sostanza che sembrava musco. C'erano dei capelli, sulla testa della bambola, ma non proprio come i suoi. Erano finissimi, biondo chiaro, fissati con lo scotch alla testa della bambola fatta con una gomma per cancellare. I suoi capelli erano biondo cenere e più ruvidi. Un tempo li aveva avuti così, da...

Da bambina!

Deglutì e le costò uno sforzo riuscirci. In prima elementare, non erano state distribuite a tutti delle forbici, forbicine dalla lama arrotondata, adatte per la mano di un bambino? Possibile che quel bimbetto di tanto tempo fa si fosse avvicinato a lei furtivamente, magari durante l'ora della siesta, e...

Elizabeth mise da parte la bambola e guardò di nuovo dentro la scatola. C'era un gettone da poker azzurro con sopra uno strano disegno geometrico a sei lati tracciato con l'inchiostro rosso. Un annuncio mortuario staccato da un giornale: il signor Edward Hamner e la sua consorte. I due sorridevano inespressivi dalla foto riprodotta accanto, e lei vide che sulle due facce era stato tracciato lo stesso strano disegno, stavolta in inchiostro nero, come un drappo funebre. Altre due bamboline, un maschio e una femmina. La somiglianza con le facce della foto del necrologio era orrenda, inconfondibile.

E qualcos'altro.

Elizabeth pescò dentro la scatola, e le dita le tremavano al punto che per poco non si lasciò sfuggire l'oggetto di mano. Le sfuggì un'esclamazione soffocata.

Era un modellino d'auto, di quelli che i bambini comprano dai cartolai e poi montano con l'adesivo. Questo era di una Fiat. Era stato dipinto di rosso. E un pezzo di qualcosa che assomigliava a una delle camicie di Tony era stato fissato con lo scotch al davanti della vettura.

Provò a capovolgere il modellino. Qualcuno, forse con un martello, aveva ridotto la parte di sotto in frammenti.

"Così hai scoperto tutto, ingrata maledetta."

Lei mandò un grido e lasciò cadere la macchina e la scatola. I macabri tesori di lui si sparpagliarono al suolo.

Ed, fermo sulla soglia, la fissava. Liz non aveva mai visto uno sguardo d'odio come quello, su una faccia umana.

"Hai ucciso Tony," disse.

Lui accennò un sorriso sgradevole. "Pensi di poterlo provare?"

"Non ha importanza," gli rispose, sorpresa dalla fermezza

della propria voce. "Lo so io. E non voglio più rivederti, Ed. E se farai... qualcosa... a qualcun altro... lo saprò. E ti ripagherò, in qualche modo."

La faccia di lui era contratta, ora. "Questo è il ringraziamento che ricevo. Ti ho dato tutto quello che volevi. Cose che nessun altro ti avrebbe dato. Ammettilo. Ti ho resa perfettamente felice."

"*Hai ucciso Tony!*" gli urlò in faccia.

Ed avanzò di un passo nella stanza. "Sì, e l'ho fatto per te. E tu che cosa sei, Beth? Tu non sai che cosa è l'amore. Io ti ho amata dal primo istante che ti ho vista, più di diciassette anni fa. Tony poteva forse dire altrettanto? Per te non è mai stato difficile. Sei *carina*, tu. Non sai che cosa sia il bisogno d'affetto o la solitudine. Non hai mai dovuto cercare... altri mezzi per ottenere le cose che volevi. C'era sempre un Tony a dartele. Non dovevi fare altro che sorridere e chiedere per favore." La sua voce era un po' salita di tono. "Io, quello che volevo, non l'ho mai ottenuto così. Non credi che abbia tentato? Con mio padre non serviva a niente. Non mi aveva mai abbracciato, mai dato il bacio della buonanotte, finché non lo resi ricco. E mia madre era così anche lei. Le avevo restituito il suo matrimonio, ma credi forse che le bastasse? Mi odiava! Non voleva neppure venirmi vicino! Diceva che ero contronatura! Le davo tante cose belle ma... Beth, non farlo! No... *noooo*..."

Lei aveva messo il piede sulla bambola Elizabeth e ora la frantumava, schiacciandola sotto il tacco. Qualcosa dentro di lei divampò come un senso di angoscia torturante, ma poi svanì. Ora non aveva più paura di lui. Era soltanto un bambino piccolo e rachitico dentro un corpo da uomo. E aveva i calzini scompagnati.

"Credo che tu non possa farmi più niente, ora, Ed," gli disse. "Ora non più. Ho torto?"

Lui le voltò le spalle. "Vattene," disse, debolmente. "Esci di qui. Ma lasciami la mia scatola. Lasciami almeno quella."

"Ti lascerò la scatola. Ma non le cose che c'erano dentro." Gli passò accanto. Lui ebbe un sussulto, come se stesse per voltarsi di scatto e afferrarla, ma poi parve accasciarsi.

Quando Elizabeth era arrivata al piano di sotto, Ed si affacciò dal pianerottolo e le gridò dietro con voce stridula: "Vattene pure! Ma nessun uomo riuscirà mai più a soddisfarti! E quando non sarai più bella e gli uomini smetteranno di offrirti tutto quello che vuoi, desidererai me!"

Liz continuò a scendere e uscì all'aperto, nella neve. Il gelo esterno era gradevole contro le guance. C'erano quasi tre chilometri per ritornare al campus, ma non gliene importava. Desiderava camminare, sentire il freddo. Desiderava che l'aria della notte la purificasse.

In modo strano e contorto provava compassione per lui: un bambino con un enorme potere rinchiuso entro un corpo nano e deforme. Un bambino che tentava di costringere gli esseri umani a comportarsi come soldatini di piombo e poi li calpestava, in preda alla collera, quando se ne accorgevano o si ribellavano.

E lei, che cos'era? Benedetta da tutte le cose che erano state negate a lui, sebbene senza colpa dell'uno né merito dell'altra. Si ricordò della sua reazione con Alice, cercando ciecamente e gelosamente di rimanere aggrappata a qualcosa che era comodo, più che bello, sorda a tutto, a tutto.

Quando non sarai più bella e gli uomini smetteranno di offrirti quello che vuoi, desidererai me!... Io so di che cosa hai bisogno.

Ma era davvero così meschina da avere bisogno di così poco?

Ti prego, Signore Iddio, no.

Sul ponte tra il campus e la città si fermò e gettò oltre la sponda, uno per uno, tutti i brandelli delle stregonerie di Ed Hamner. La Fiat dipinta di rosso volò giù per ultima, rotolando a precipizio sulla neve accumulata al disotto del ponte, finché sparì. Poi Elizabeth si rimise in cammino.

I figli del grano

Burt accese la radio. Il volume era troppo alto, ma non lo abbassò perché erano lì lì per litigare di nuovo e lui non voleva che accadesse. Disperatamente desiderava che non accadesse.

Vicky disse qualcosa.

"Come?" gridò lui.

"Abbassala! Hai deciso di rompermi i timpani?"

Lui fece uno sforzo per trattenere quello che poteva uscire dalle sue labbra e abbassò il volume.

Vicky si fece vento con la sciarpa, sebbene la T-Bird fosse ad aria condizionata. "Dove siamo, si può sapere?"

"Nel Nebraska."

Lei gli lanciò un'occhiata fredda, indifferente. "Sì, Burt. Lo so che siamo nel Nebraska, Burt. Ma *dove diavolo* siamo?"

"Ce l'hai tu la cartina, no? Cerca. Non sai leggere?"

"Spiritoso. Per questo abbiamo lasciato l'autostrada, al casello. Per poter contemplare cinquecento chilometri tutti coltivati a grano. E godere dell'arguzia e della saggezza di Burt Robeson."

Lui stringeva il volante con tanta forza che le nocche gli diventavano bianche. Si disse che lo stringeva così perché se avesse allentato la presa, chissà, una di quelle mani poteva volare via all'improvviso e colpire proprio sul grugno l'ex Reginetta di Bellezza seduta accanto a lui. Stiamo cercando di salvare il nostro matrimonio, disse a se stesso. Già. Stiamo procedendo nello stesso modo in cui, durante la guerra, noialtri militari cercavamo di salvare i villaggi.

"Vicky," disse, cercando di dominarsi, "ho guidato per più di duemila chilometri d'autostrada da quando siamo partiti da Boston. Ho guidato sempre io, perché tu ti sei rifiutata di farlo. Poi..."

"Non mi sono rifiutata!" scattò lei. "Solo mi viene mal di

testa quando viaggio in macchina per troppo tempo..."

"Poi, quando ti ho pregato di seguire la mappa per me lungo una delle strade secondarie, hai detto: 'Certo, Burt.' Sono state le tue parole esatte. Certo, Burt. Poi..."

"A volte mi domando come ho fatto a sposarti."

"Dicendo una semplice parolina."

Lei lo fissò per un momento, con le labbra contratte, poi prese la cartina e cominciò a voltare rabbiosamente le pagine.

Era stato un errore lasciare l'autostrada. Burt se lo rimproverava, cupamente. Ed era un vero peccato, perché fino a quel momento erano andati abbastanza bene, si erano trattati quasi come due esseri umani. A tratti era sembrato che quel viaggio verso la costa, ufficialmente per andare a trovare il fratello e la cognata di Vicky, in realtà un ultimo, disperato tentativo per rimettere insieme il loro matrimonio, stesse per dare buoni frutti.

Ma da quando avevano lasciato l'autostrada, tutto era andato male. Molto male? Be', sì, proprio a rotoli.

"L'autostrada l'abbiamo lasciata ad Hamburg, vero?"

"Esatto."

"Non c'è niente fino a Gatlin," spiegò lei. "Trenta chilometri. C'è un posto di ristoro lungo la strada. Pensi che potremmo fermarci là, per mangiare qualcosa? O il tuo onnipotente orario dice che dobbiamo continuare a viaggiare fino alle due, come abbiamo fatto ieri?"

Lui distolse gli occhi dalla strada per guardare la moglie. "Ne ho abbastanza, Vicky. Per quanto mi riguarda, possiamo addirittura girare la macchina, ritornare a casa e vedere quell'avvocato con il quale volevi parlare. Perché questa idea non è servita a niente e..."

Lei fissava di nuovo davanti a sé con espressione dura, impietrita. Improvvisamente, l'espressione cambiò, divenne di sorpresa e di paura. "*Burt, guarda dove vai...*"

Burt riportò l'attenzione sulla strada appena in tempo per vedere qualcosa sparire sotto il paraurti della T-Bird. Un istante dopo, mentre lui stava ancora spostando il piede dall'acceleratore al freno, si avvertì come un tonfo agghiacciante sotto le ruote, prima quelle anteriori e poi quelle posteriori. Vennero proiettati in avanti mentre l'auto frenava lungo la linea al centro della strada, decelerando da settanta all'ora a zero e lasciando due tracce nere sull'asfalto.

"Un cane," disse Burt. "Dimmi che era un cane, Vicky."

Il volto di lei era pallido come la ricotta. "Un ragazzo. Un bambino. È uscito correndo dal grano e... congratulazioni."

Dopo avere armeggiato con la maniglia della portiera, lei si sporse dalla macchina e vomitò.

Burt sedeva rigido al volante, che le sue mani continuavano a stringere. Per un bel pezzo, non si rese conto d'altro che di un intenso, acuto odore di fertilizzante.

Poi, vide che Vicky si era allontanata e, nel guardare nello specchio esterno, la vide incespicare goffamente verso un fagotto ammucchiato che faceva pensare a una pila di stracci. Di solito era una donna aggraziata ma ora tutta la sua grazia era scomparsa, come rubata.

È omicidio colposo. Ecco come lo chiameranno. Avevo distolto gli occhi dalla strada.

Spense il motore e scese. Il vento frusciava dolcemente attraverso il grano arrivato quasi ad altezza d'uomo, producendo un suono strano, simile a un respiro. Vicky era china sul fagotto di cenci, ora, e lui la sentiva singhiozzare.

Era a mezza strada tra la macchina e il punto dove stava lei quando qualcosa, sulla sinistra, attirò la sua attenzione: una vistosa chiazza di colore tra il verde, vivida come vernice rossa.

Si fermò, guardando direttamente in mezzo al grano. Si sorprese a pensare (qualsiasi cosa pur di distrarsi da quegli stracci che non erano stracci) che per il grano doveva essere stata una stagione ottima. Cresceva fitto fitto, e le spighe pesavano. Se ti avventuravi in mezzo a quelle file ordinate e ombrose rischiavi di perdere una giornata a trovare la via per uscirne. Ma in quel punto l'ordine era distrutto. Diverse di quelle alte spighe erano state spezzate e pendevano di traverso. E che cosa c'era ancora più in dentro, tra l'ombra?

"Burt!" gli urlò Vicky. "Non vuoi venire a vedere? Così potrai raccontare a tutti i tuoi amici del poker che cosa hai combinato nel Nebraska! Non ti degni..." Ma il resto si perse, soffocato da nuovi singhiozzi. L'ombra di lei era come una nitida pozza scura tutto intorno ai piedi. Era quasi mezzogiorno.

Una specie di frescura si chiuse intorno a lui mentre si addentrava tra il grano. La vernice rossa in realtà era sangue. Si udiva un fioco ronzio di mosche che si posavano, assaggiavano, volavano via... forse per dirlo ad altre. E c'era altro sangue sulle foglie, più nell'interno. Possibile mai che fosse schizzato a tanta distanza? Poi, si ritrovò chino sull'oggetto che aveva scorto dalla strada. Lo raccolse.

L'ordine delle spighe era disturbato, in quel punto. Diversi steli crollavano da una parte, come ubriachi, e due erano stati spezzati di netto. La terra presentava dei solchi. C'era altro sangue. Il grano frusciava. Con un brivido, Burt ritornò sulla strada.

Vicky era in preda a una crisi isterica, urlava parole incomprensibili contro di lui, piangeva, rideva. Chi avrebbe mai pensato che potesse finire in modo così teatrale? La guardò e comprese che la sua non era una crisi di identità o un momento difficile, di transizione, o altra cosa del genere. La odiava. La schiaffeggiò con forza, sulla faccia.

Lei smise di smaniare e si portò una mano alla guancia, dove già il segno delle dita di lui si arrossava. "Andrai in galera, Burt," annunciò solenne.

"Non credo," disse lui, e le posò ai piedi la valigia che aveva trovato in mezzo al grano.

"Cosa...?"

"Non lo so. Immagino che appartenesse a lui." Burt indicava il ragazzo che giaceva sulla strada, a faccia in giù. Non più di tredici anni, a giudicare dall'aspetto.

La valigia era vecchia. Il cuoio marrone era spellato e ammaccato. Due pezzi di corda da stendere erano stati avvolti attorno e legati in nodi grandi e malfatti. Vicky si chinò per disfarne uno, vide il sangue rappreso dentro il nodo e si ritirò.

Burt s'inginocchiò e, con garbo, girò il corpo del ragazzo.

"Non voglio guardare," disse Vicky, abbassando lo sguardo, suo malgrado. E quando la faccia dagli occhi fissi e senza sguardo venne girata all'insù, come a contemplarli, lei mandò un altro grido. La faccia del ragazzo era sporca di terra, l'espressione era una smorfia di terrore. La gola era tagliata.

Burt si rialzò e circondò con le braccia Vicky, che barcollava. "Non svenire," le ordinò, con molta calma. "Mi senti, Vicky? Non svenire."

Glielo ripeté più e più volte e alla fine lei cominciò a riprendere il controllo di sé e si strinse a lui, forte. Sembrava che stessero ballando, là in mezzo alla strada infuocata dal sole di mezzogiorno, con il cadavere del ragazzo ai loro piedi.

"Vicky?"

"Cosa?" La voce era smorzata, contro il petto di lui.

"Torna fino alla macchina e mettiti le chiavi in tasca. Prendi la coperta del sedile di dietro e anche il mio fucile. Porta tutto qui."

"Il fucile?"

"Qualcuno gli ha tagliato la gola. Forse ci stanno spiando."

Lei sollevò la testa di scatto e, con occhi sgranati, fissò verso il grano. Si stendeva a perdita d'occhio, con ondulazioni lievi dovute a piccoli rialzi e avvallamenti del terreno.

"Se ne sarà andato, immagino. Ma perché correre rischi? Coraggio. Fa' come ti dico."

Vicky s'incamminò a passi rigidi per tornare alla macchina, seguita dalla sua ombra, scuro portafortuna che aderiva vicinissimo a quell'ora del giorno. Mentre frugava sul sedile posteriore, Burt si chinò accanto al ragazzo. Maschio, bianco, nessun segno caratteristico. Investito, sì, ma non era stata la T-Bird a tagliargli la gola. Era stata tagliata in maniera incerta e inefficiente — nessun sergente dell'esercito aveva mostrato all'assassino le sottigliezze dell'uccisione corpo-a-corpo — ma il risultato era stato ugualmente mortale. Il ragazzo aveva corso oppure era stato spinto attraverso gli ultimi dieci metri tra il grano, già morto o ferito a morte. E Burt Robeson se l'era trovato all'improvviso sotto le ruote. Se il ragazzo era ancora in vita quando l'auto l'aveva investito, la sua esistenza era stata accorciata di una trentina di secondi al massimo.

Vicky gli batté sulla spalla ed egli trasalì.

Gli era accanto con la bruna coperta militare gettata sul braccio sinistro, l'astuccio con il fucile nella destra, la faccia girata in là. Lui prese la coperta e la distese sulla strada. Vi fece rotolare sopra il morto. Vicky si lasciò sfuggire un gemito disperato.

"Vicky?" Burt guardò in su. "Come ti senti?"

"Bene," rispose lei, con voce strozzata.

Lui ripiegò i lembi della coperta sopra il cadavere e prese su il tutto, pur detestandone il volume, e il peso morto, che tentava di formare una U tra le sue braccia e di scivolare via. Serrò più forte il fardello e insieme alla moglie si incamminò per ritornare alla macchina.

"Apri il baule," borbottò.

Il baule era pieno di cose varie, valigie e ricordi di viaggio. Vicky trasferì gran parte di quelle cose sul sedile di dietro e Burt, fatto scivolare il morto in quello spazio, richiuse con un colpo secco il coperchio. Si lasciò sfuggire un sospiro di sollievo.

Vicky era ferma presso la portiera dal lato della guida, e reggeva ancora in mano il fucile.

"Metti dietro anche quello e sali."

Burt guardò l'orologio e vide che erano passati soltanto quindici minuti. Sembravano ore.

"E la valigia?" chiese lei.

Lui rifece lemme lemme il percorso fin dove l'aveva lasciata, sulla linea bianca, come il punto focale di un dipinto impressionista. La raccolse, prendendola per la maniglia rotta e si fermò un istante. Aveva la netta sensazione di essere osservato. Era un'impressione della quale aveva letto nei libri, in genere romanzi da quattro soldi, e aveva sempre dubitato che esistesse davvero. Ora non ne dubitava più. Era come se ci fossero delle persone tra il grano, forse molte persone, intente a valutare con freddezza se la donna sarebbe stata in grado di estrarre il fucile dalla custodia e sparare prima che loro potessero aguantare l'uomo, trascinarlo in mezzo a quelle file ombrose, tagliargli la gola...

Il cuore prese a battergli sordamente, tornò di corsa alla macchina, sfilò le chiavi dal coperchio del baule e salì.

Vicky piangeva di nuovo. Burt mise in moto e, prima che un minuto fosse trascorso, non era già più in grado di individuare il punto dov'era accaduto il fatto.

"Come hai detto che si chiama il paese più vicino?" chiese.

"Oh!" Lei tornò a chinarsi sulla cartina. "Gatlin. Dovremmo arrivarci tra una decina di minuti."

"Ti sembra abbastanza grande perché ci sia un posto di polizia?"

"No. È soltanto un puntino."

"Forse ci sarà un poliziotto locale."

Viaggiarono per un po' in silenzio. Oltrepassarono un silo, sulla sinistra. Nient'altro che grano, là intorno. Dalla direzione opposta non veniva nessuno, nemmeno un trattore.

"Abbiamo mai superato altre macchine da quando abbiamo lasciato l'autostrada?"

Lei ci pensò su. "Sì, un'auto e un trattore. A quell'incrocio."

"No, dico da quando siamo su questa strada. La Strada 17."

"No. Non mi sembra." In altri momenti, quella risposta sarebbe stata forse la prefazione a qualche commento tagliente. Ora, lei si limitava a fissare la strada che si svolgeva come un nastro e l'interminabile linea bianca tratteggiata.

"Vicky? Potresti aprire quella valigia?"

"Credi che sia importante?"

"Non lo so. Può darsi."

Mentre lei trafficava con i nodi (la sua faccia aveva quell'espressione particolarissima, inespressiva e insieme contratta, che Burt ricordava d'avere visto a sua madre quando era intenta a estrarre le interiora dal pollo), Burt riaccese la radio.

La stazione che prima stavano ascoltando era quasi cancellata dalle scariche e Burt provò a cambiare, facendo scorrere lentamente l'indicatore rosso lungo il quadrante. Notiziario dell'agricoltura. Buck Owens. Tammy Wynette. Tutto molto distante, quasi distorto dal sovrapporsi di altre voci. Poi, verso la fine del quadrante, una singola parola uscì stentorea dall'altoparlante, forte e chiara come se le labbra che l'avevano pronunciata fossero state direttamente al disotto della griglia dell'altoparlante del cruscotto.

"ESPIAZIONE!" tuonò la voce.

Burt mandò un brontolio di sorpresa. Vicky sobbalzò.

"SOLTANTO DAL SANGUE DELL'AGNELLO SAREMO SALVATI!" ruggiva la voce, e Burt si affrettò ad abbassare il volume. La stazione era vicina, evidentemente. Così vicina che... sì, eccola là. Dal grano, lungo l'orizzonte, un rosso e sottile treppiede s'innalzava contro l'azzurro. L'antenna radio.

"Espiazione è la parola, fratelli e sorelle," riprese la voce, calando a un tono più colloquiale. Sullo sfondo, lontano dal microfono, delle voci mormorarono amen. "C'è chi pensa che sia bene uscire e andare per il mondo, come se si potesse lavorare e passeggiare per il mondo senza rimanerne insudiciati. Ora, è questo che la parola di Dio ci insegna?"

Sullo sfondo ma ben scandito: "No!"

"SANTO GESÙ!" urlò l'evangelista, e ora le parole arrivavano in una potente, ossessiva cadenza, trascinante quasi quanto un ritmo di rock-and-roll. "Quando essi comprenderanno che la vita è la morte? Quando capiranno che il salario del mondo viene pagato dall'altra parte? Eh? Eh? Il Signore ha detto che ci sono molte dimore nella Sua casa. Ma non c'è posto per i fornicatori. Non c'è posto per la concupiscenza. Non c'è posto per i profanatori del grano. Non c'è posto per gli omosessuali. Non c'è posto..."

Vicky spense la radio. "Mi fa star male, quel fanatico."

"Che cosa ha detto?" chiese Burt. "Che cosa ha detto a proposito del grano?"

"Non ho sentito." Lei stava armeggiando con la fune.

"Ha detto qualcosa sul grano. Ne sono sicuro."

"Fatto!" disse Vicky, e la valigia le cadde in grembo, a-prendosi. Stavano oltrepassando un cartello che diceva: GA-TLIN, Km. 7. GUIDATE CON PRUDENZA. PROTEGGETE I NOSTRI BAMBINI. Il cartello appariva bucherellato da fori di proiettile 22.

"Calzini," disse Vicky. "Due paia di mutande... una camicia... una cintura... una cravatta a cordoncino con un..." Prese in mano il cordone, per mostrare al marito la chiusura dorata. "Chi è questo?"

Burt gettò un'occhiata a quella specie di medaglione. "Hopalong Cassidy, credo."

"Ah!" Lei rimise il cravattino nella valigia. Piangeva di nuovo.

Dopo un attimo di silenzio, Burt chiese: "Non è sembrato anche a te che ci fosse qualcosa di strano, in quel sermone?"

"No. Da bambina ne ho sentita talmente tanta di quella solfa da bastarmi per sempre. Te ne ho parlato, no?"

"Non ti è sembrato che fosse molto giovane? Parlo del predicatore."

Lei si lasciò sfuggire una risatina senz'allegria. "Un adolescente, forse, e con questo? È soprattutto questa, la cosa mostruosa. Cercano di adescarli finché le loro menti sono ancora cera molle. Sanno come metterci dentro tutti i controlli emotivi. Avresti dovuto esserci a qualcuno dei raduni all'aperto dove mi trascinavano mio padre e mia madre... qualcuno di quelli dove venivo 'salvata'.

"Fammi pensare. C'era Baby Hortense, la Meraviglia Canora. Aveva otto anni. Arrivava e cantava *Leaning on the Everlasting Arms* mentre il suo papà girava con il piatto, dicendo a tutti 'siate generosi, avanti, non deludete questa piccola figlia di Dio.' Poi c'era Norman Staunton. Predicava fuoco e fiamme dell'inferno con il suo bell'abitino da Piccolo Lord. Aveva appena sette anni."

Assentì, allo sguardo d'incredulità di lui.

"E non erano i soli. Sapessi quanti ce n'erano. Facevano ottimamente da *esca*." Pronunciò la parola con disprezzo. "Ruby Stampnell. Era una guaritrice di dieci anni. Le Sorelle Grace. Si presentavano sempre con un'aureola di stagnola sulla testa e... *oh*!"

"Che cosa c'è?" Burt si girò di scatto per guardare, lei e quello che lei aveva in mano. Vicky fissava l'oggetto, come rapita. Mentre parlava, le sue mani l'avevano pescato sul fondo della valigia e l'avevano portato alla luce. Burt fermò la macchina, per guardare meglio. Lei glielo consegnò, senza una parola.

Era un crocifisso che era stato ricavato da una pannocchia di granturco. I chicchi erano stati in gran parte rimossi, probabilmente fatti saltar via uno alla volta, con un temperino. Quelli rimasti formavano una rozza figura cruciforme, un giallastro bassorilievo. Occhi di chicchi di grano, ciascuno inciso in modo da dare l'idea della pupilla. Braccia stese di chicchi, gambe unite, terminanti in una rozza indicazione di piedi nudi. In alto, quattro lettere intagliate nella pannocchia bianca come osso: INRI.

"È un fantastico esempio d'artigianato," disse lui.

"È orrendo," ribatté lei, con voce tesa e alterata. "Buttalo via!"

"Vicky, forse la polizia vorrà vederlo."

"Perché?"

"Be', non lo so il perché. Forse…"

"Buttalo via, fammi questo favore. Non ce lo voglio, qui in macchina."

"Lo metterò dietro. E, appena avremo parlato con quelli della polizia, ce ne sbarazzeremo in un modo o nell'altro. Promesso. Contenta?"

"Oh, fanne quello che vuoi!" scattò lei. "Tanto, fai sempre come vuoi tu."

Turbato, lui gettò dietro di sé l'oggetto, che andò ad atterrare su un mucchio di indumenti. Gli occhi di chicchi di grano rimasero a fissare il soffitto della T-Bird. Burt rimise in moto, e le ruote sollevarono un getto di ghiaia.

"Consegneremo il cadavere e tutto quello che c'era nella valigia alla polizia," promise Burt. "Poi, non ci penseremo più."

Vicky non rispose. Si guardava le mani.

Circa un chilometro più avanti, la distesa di granturco si scostava dalla strada, mostrando case coloniche e fienili. In un cortile, videro dei sudici polli becchettare svogliatamente in terra. Sui tetti dei granai c'erano manifesti pubblicitari sbiaditi. Oltrepassarono un alto cartellone che diceva: SOLTANTO IN GESÙ È LA SALVEZZA. Poi oltrepassarono un caffè, con una piccola stazione di rifornimento della Conoco, ma Burt decise di proseguire verso il centro del paese, ammesso che esistesse.

Altrimenti, sarebbero tornati in quel caffè. Gli venne in mente soltanto dopo averlo oltrepassato che l'area di parcheggio era deserta: c'era solo un vecchio camioncino sudicio e sgangherato che aveva l'aria di avere due gomme a terra.

Vicky cominciò improvvisamente a ridere, un riso acuto e sussultante che a Burt sembrò il pericoloso preludio a un attacco di isterismo.

"Che cosa c'è di tanto buffo?"

"I cartelli," disse lei, sempre in preda alle risa. "Non li hai letti? È chiaro che non scherzavano, quando chiamavano questa zona la Cintura della Bibbia. Oh, Signore, eccone degli altri." Un altro scoppio di risa isteriche, mentre lei si portava tutt'e due le mani alla bocca.

Ciascun cartello recava una sola parola. Erano fissati su paletti imbiancati a calce che, a giudicare dall'aspetto, dovevano essere stati impiantati nella spalletta di terreno sabbioso tanto tempo prima; la calce era tutta sporca e veniva via a scaglie. Erano distanziati di una ventina di metri uno dall'altro e Burt lesse:

UNA... NUVOLA... DI... GIORNO... UN... PILASTRO... DI... FUOCO... LA... NOTTE

"Hanno dimenticato soltanto una cosa," disse Vicky, sempre ridendo senza riuscire a frenarsi.

"Cosa?" chiese Burt, aggrottando la fronte.

"Il nome del prodotto." Lei si teneva il pugno contro la bocca aperta per trattenere il riso, ma quell'ilarità semisterica sgorgava ugualmente, un po' come la spuma della birra.

"Vicky, ti senti bene?"

"Benissimo. Starò anche meglio quando saremo a un migliaio di chilometri da qui, nella soleggiata e peccaminosa California, con le Montagne Rocciose tra noi e il Nebraska."

Apparve un altro gruppo di cartelli, che lessero in silenzio.

PRENDETE... E... MANGIATE... DISSE... IL... SIGNORE

Chissà perché, pensò Burt, mi viene fatto di associare questa frase con il granturco? Non è la frase che dicono quando ti danno la Comunione? Era passato tanto tempo dall'ultima volta che era andato in chiesa che proprio non se ne ricordava. Non si sarebbe meravigliato se, da quelle parti, al posto della particola avessero usato del pane di granturco. Stava già per dirlo a Vicky, ma poi ci ripensò.

Superarono una lieve altura e, sotto di loro, apparve Gatlin:

un paesetto di circa tre isolati, con tutta l'aria di un set per un film sulla Crisi del ventinove.

"Ci sarà bene un agente," disse Burt, e si chiese perché mai la vista di quella borgata agricola sonnecchiante nel sole gli facesse salire un groppo di sgomento alla gola.

Oltrepassarono un cartello stradale che ordinava di non superare i quaranta all'ora, e un altro, piuttosto arrugginito, che diceva: STATE PER ARRIVARE A GATLIN, LA PIÙ BELLA CITTADINA DEL NEBRASKA... E DEL MONDO! POP. 5431.

Olmi polverosi crescevano ai due lati della strada, ma la maggior parte erano morti. Oltrepassarono la segheria di Gatlin e una stazione di servizio, dove i cartelli dei prezzi dondolavano lentamente nella torrida brezza del mezzogiorno: Normale 35,9 Super 38,9. Un altro cartello avvertiva: GASOLIO SUL RETRO.

Attraversarono Elm Street, poi Burch Street e arrivarono nella piazza. Le case che si allineavano lungo le strade erano di legno, con portici schermati di rete metallica. Angolose e funzionali. I prati erano gialli e mesti. Un cane bastardo trotterellava lentamente lungo il centro di Maple Street; si fermò un istante a guardarli, poi si sdraiò in mezzo alla strada e appoggiò il muso sulle zampe.

"Fermati," disse Vicky. "Fermati qui."

Burt, compiacente, si fermò lungo il marciapiede.

"Volta, ora. Portiamo quel povero ragazzo a Grand Island. Non è molto lontano, vero? Dammi retta."

"Vicky, che cosa ti prende?"

"Come sarebbe, che cosa mi prende?" chiese lei, con voce più alta e più stridula. "Il paese è deserto, Burt. Non c'è nessuno, qui, tranne noi. Non te ne sei accorto?"

Era sembrato anche a lui, infatti, e continuava ad avere quell'impressione. Ma...

"Sì, sembra deserto, in effetti," confermò. "Ma è un posto molto piccolo. Probabilmente saranno tutti da qualche parte, ci sarà una lotteria o una festa paesana."

"*Non c'è proprio nessuno, qui!*" Parlò con un'enfasi strana, forzata. "Non l'hai vista quella stazione di rifornimento?"

"Certo, vicino alla segheria. E allora?" Lui aveva la mente altrove, distratta dal roco ronzio di una cicala che cantava su uno degli olmi lì vicino. Sentiva odore di grano, di rose appassite e di fertilizzante. Per la prima volta, da quando avevano la-

sciato l'autostrada, si trovavano in un paese. Un paesetto di u-
no stato dove lui non era mai stato prima (sebbene l'avesse sor-
volato, di tanto in tanto, con i 747 dell'United Airlines) e in
un certo senso aveva l'impressione che tutto andasse bene, anche se non sembrava. Prima o poi, più avanti, avrebbe trovato
una farmacia con annesso un piccolo bar, un cinema chiamato
Bijou, una scuola dedicata a JF Kennedy.

"Burt, i prezzi parlavano di trentacinque e nove per la normale e di trentotto e nove per la super. Quanto tempo è passato da quando la benzina costava così?"

"Almeno quattro anni," ammise lui. "Ma, Vicky..."

"Siamo in pieno paese, Burt, e non c'è una macchina!
Nemmeno una!"

"Grand Island è a più di cento chilometri. Sembrerebbe
strano se lo portassimo là."

"Non me ne importa niente."

"Senti, arriviamo fino al municipio e..."

"No!"

Là, maledizione, là! Perché il nostro matrimonio sta andando a rotoli. Ho detto no ed è no. E tratterrò il fiato fino a
scoppiare, se non mi lasci fare a modo mio.

"Vicky," disse lui.

"Voglio andare via di qui, Burt."

"Vicky, ascoltami."

"Metti in moto. Andiamocene."

"Vicky, vuoi smetterla un momento?"

"La smetterò quando saremo in marcia nella direzione opposta. Su, andiamo."

"*Abbiamo il cadavere di un ragazzo nel baule dell'auto!*"
le urlò lui, e provò un senso di piacere nel vedere come lei tra-
saliva, come contraeva la faccia. A voce un po' più bassa, continuò: "Gli hanno tagliato la gola, l'hanno spinto in mezzo alla strada e io gli sono passato sopra con l'auto. Ora intendo
andare al municipio, o a cos'altro hanno qui, e fare la mia brava denuncia. Se tu vuoi cominciare a incamminarti a piedi verso l'autostrada, fai pure. Ti raggiungerò tra poco. Ma non dirmi di tornare indietro e fare più di cento chilometri fino a
Grand Island come se non avessimo altro, nel baule, che un
sacchetto di rifiuti. È un figlio di mamma anche lui, poverino,
e intendo denunciare l'accaduto prima che l'assassino abbia il
tempo di darsi alla macchia e far perdere le sue tracce."

"Maledetto," gridò lei. "Che cosa ci faccio qui con te?"

"Non lo so," rispose lui. "Non lo so più. Ma è una situazione alla quale si può rimediare ora, Vicky."

Burt rimise in moto. Il cane sollevò la testa al breve stridere delle gomme, poi tornò ad abbassarla sulle zampe.

Percorsero l'isolato che ancora li separava dalla piazza. All'angolo tra la Main e la Pleasant, Main Street si divideva in due. C'era effettivamente una piazza quadrata, un gran prato con il palco della banda nel mezzo. Dall'altra parte, dove la Main Street si ricongiungeva, c'erano due edifici dall'aspetto ufficiale. Su uno dei due, Burt riuscì a leggere la scritta: CENTRO MUNICIPALE DI GATLIN.

"È là," disse. Vicky non fece commenti.

Verso la metà della piazza, Burt si fermò di nuovo. C'era un piccolo ristorante, il Gatlin Bar e Grill.

"Dove vai?" chiese allarmata Vicky, vedendo che lui apriva la portiera.

"A sentire se c'è qualcuno. Il cartello in vetrina dice 'aperto'."

"Non vorrai lasciarmi qui sola."

"Vieni anche tu. Chi te lo impedisce?"

Lei aprì lo sportello e scese, mentre lui passava davanti alla macchina. Poi Burt si accorse di quanto la moglie fosse pallida. Per un istante provò un po' di compassione. Ma era tutto inutile.

"Senti?" chiese lei, mentre si avviavano.

"Che cosa dovrei sentire?"

"Il silenzio. Niente auto. Niente persone. Niente trattori. Nessuno."

E poi, da una certa distanza, arrivò un acuto e gioioso scroscio di risa infantili.

"Sento voci di bambini," disse lui. "Tu no?"

Lei lo guardò, turbata.

Burt spinse la porta del ristorante e avanzò in un calore secco e antisettico. Il pavimento era coperto di polvere. La lucentezza delle cromature appariva spenta. Le pale di legno del ventilatore erano immobili. Tavoli deserti. Sgabelli vuoti. Ma lo specchio dietro il banco era stato fracassato e c'era qualcos'altro... Burt, dopo un momento, lo notò. Tutti gli zipoli della birra alla spina erano stati spezzati. Giacevano lungo il banco, sparpagliati.

La voce di Vicky era acuta e prossima a spezzarsi. "Certo. Domanda a qualcuno. Scusi, signore, saprebbe dirmi..."

"Oh, finiscila!" Ma anche quella di lui era priva di energia, opaca. Erano fermi in un'asta di sole che penetrava attraverso la grande vetrata del locale e di nuovo lui provava la strana sensazione d'essere osservato. Pensava al ragazzo che avevano dentro il baule e a quelle acute risa di bambini. Senza una ragione, gli venne alla mente una frase che aveva letto o sentito, e che ora si ripeteva come una litania dentro di lui: *Presenze invisibili, presenze invisibili, presenze invisibili.*

Il suo sguardo vagava sui fogli ingialliti fissati con le puntine da disegno al di là del bancone: TORTA DI FORMAGGIO 35 cent. MEDAGLIONI DI CARNE 25 cent. PIATTO SPECIALE DEL GIORNO: ARROSTO DI MAIALE CON PUREA DI PATATE 80 cent.

Quanto tempo era passato da quando si poteva mangiare con prezzi del genere?

L'aveva Vicky, la risposta. "Guarda qui," disse, con voce stridula. Indicava un calendario appeso alla parete. "È da dodici anni che vanno avanti con quell'arrosto, a quanto pare." Mandò una risata stridente.

Lui si avvicinò. L'illustrazione del calendario mostrava due ragazzetti che nuotavano in uno stagno mentre un vispo cagnetto si portava via i loro indumenti. Più sotto, la didascalia diceva: GATLIN UTENSILI E LEGNAME. Il calendario era aperto al mese di agosto del 1964.

"Non capisco," balbettò Burt. "Eppure sono sicuro…"

"Sei sicuro!" gridò lei, con voce isterica. "Certo, tu sei sicuro! Fa parte dei tuoi difetti, Burt, hai passato tutta la vita a essere sicuro!"

Lui si girò per andare verso la porta e lei lo seguì.

"Dove vai?"

"In municipio."

"Burt, perché sei sempre così ostinato? Lo sai che c'è qualcosa di strano, qui. Perché non vuoi ammetterlo?"

"Non sono ostinato. Voglio soltanto liberarmi di quello che c'è nel baule."

Uscirono sul marciapiede, e Burt rimase nuovamente colpito dal silenzio della città, e dall'odore di fertilizzante. Certo, non pensavi mai a quell'odore quando imburravi una pannocchia abbrustolita, la spruzzavi di sale e l'addentavi. Con tanti auguri da parte del sole, della pioggia, di fosfati d'ogni genere e di una buona e salutare dose di sterco di vacca. Ma questo odore, chissà perché, era diverso da quello in mezzo al quale lui era cresciuto da ragazzo, in campagna. Si poteva dire quello che si voleva del fertilizzante organico, ma c'era qualcosa di quasi fragrante nel concime che veniva sparso un tempo nei campi. Si sa, non era un profumo francese, questo no; ma quando, in primavera, la brezza lo raccoglieva e lo trasportava attraverso la terra appena smossa dei campi, quell'odore evocava pensieri rassicuranti. Voleva dire che l'inverno era ormai veramente passato. Voleva dire che di lì a sei o sette settimane le porte della scuola si sarebbero chiuse e tutti si sarebbero riversati nell'allegria dell'estate. Era un odore che, nella sua mente, si legava in modo irrevocabile ad altri che *erano* profumi: trifoglio, terra bagnata, malvarosa, sanguinella.

Ma chissà che cosa usano da queste parti, pensò. L'odore si sentiva ma era completamente diverso. Aveva una specie di fondo dolciastro, quasi un odore di morte. Come soldato di sanità, nel Vietnam, aveva imparato a conoscerlo bene, quell'odore.

Vicky sedeva tranquillamente in macchina, tenendo in grembo il crocifisso di granturco e fissandolo con un'espressione affascinata che a Burt non piacque.

"Metti via quel coso."

"No," rispose lei, senza rialzare lo sguardo. "Tu hai i tuoi capricci e io ho i miei."

Lui ingranò la marcia e guidò fino all'angolo. Un semaforo fuori uso era appeso, in alto, e dondolava nella leggera brezza. A sinistra c'era una chiesetta bianca. L'erba era tagliata. Nelle aiuole ben tenute che fiancheggiavano il vialetto d'ingresso crescevano i fiori. Burt si fermò.

"E adesso che cosa fai?"

"Voglio andare a dare un'occhiata," disse lui. "È l'unico posto del paese che ha l'aria di non essere sepolto sotto la polvere di dieci anni. E guarda il quadro del sermone."

Lei guardò. Sotto il vetro, le lettere bianche fissate con cura al quadro, si leggeva: LA POTENZA E LA GRAZIA DI COLUI CHE CAMMINA DIETRO I FILARI. La data era il 24 luglio 1976, ossia la domenica precedente.

"Colui Che Cammina Dietro I Filari," ripeté Burt, spegnendo il motore. "Uno dei novemila nomi di Dio, usato soltanto nel Nebraska, scommetto. Vieni?"

Lei non sorrideva. "Non ci vengo, con te."

"Bene. Come vuoi."

"Non sono più entrata in chiesa da quando sono venuta via

da casa, Burt, e non mi va di entrare in quella chiesa come non mi va di restare in questo paese. Ho una paura folle. Non potremmo andare via di qui?"

"Faccio in un attimo."

"Ho le mie chiavi dell'auto, Burt. Se tra cinque minuti non sarai di ritorno, me ne vado e ti pianto qui."

"Ehi, dico, non facciamo scherzi!"

"È quello che farò, ti avverto. A meno che tu non voglia aggredirmi come un bandito da strada e portarmi via le chiavi. Immagino che ne saresti capacissimo."

"Ma non pensi affatto che lo farò."

"No."

La borsetta di lei era sul sedile, in mezzo a loro. Lui l'afferrò. Lei, con un grido, tentò di afferrare la cinghia della tracolla, ma Burt riuscì a sottrargliela e, senza perdere tempo a frugare, si limitò a capovolgere la borsetta e a farne scivolare fuori il contenuto. L'anello delle chiavi luccicava tra fazzoletti di carta, cosmetici, spiccioli e vecchie liste della spesa. Lei cercò di impossessarsene ma ancora una volta Burt la precedette e si mise in tasca le chiavi.

"Non dovevi farlo," disse lei, piangendo. "Dammele."

"No." Le rivolse un sorriso duro e assente. "Niente da fare."

"*Ti prego, Burt! Ho paura!*" Lei tendeva la mano, e si era fatta supplichevole.

"Aspetteresti due minuti appena e poi diresti che è abbastanza."

"Non lo farei..."

"E te ne andresti, ridendo e dicendo a te stessa: 'Così Burt impara a non contrariarmi, quando voglio qualcosa.' Non è sempre stato il tuo motto, durante la nostra vita matrimoniale? Così Burt impara a non contrariarmi?"

Scese dall'auto.

"Ti prego, Burt!" gridò lei, slittando attraverso il sedile. "Ascolta... lo so che... arriveremo fino a un telefono, lungo la strada e chiameremo da lì. Ho tutti gli spiccioli che vuoi. Mi basta che tu... *non lasciarmi qui sola, Burt, non lasciarmi sola qui fuori.*"

Lui sbatté lo sportello, per non sentirla più, e si appoggiò per un attimo contro la macchina, premendosi i pollici sugli occhi chiusi. Lei continuava a chiamarlo, bussando contro il vetro dal lato della guida. Avrebbe fatto un'impressione meravi-

316

gliosa quando lui fosse riuscito finalmente a trovare qualcuno autorizzato a prendere in custodia il cadavere del ragazzo. Oh, sì.

Burt si voltò e s'incamminò lungo il vialetto lastricato che portava fino alla porta della chiesa. Due o tre minuti, il tempo di guardarsi intorno, e sarebbe tornato. Probabilmente, la porta non era nemmeno aperta.

Ma lo era e girava facilmente sui cardini silenziosi e ben o-liati (oliati con riverenza, pensò lui, e senza motivo quel pensiero gli sembrò divertente) ed egli avanzò in un vestibolo così fresco da sembrare quasi gelido. Ebbe bisogno di qualche i-stante per abituare gli occhi all'oscurità.

La prima cosa che notò fu un mucchietto di lettere di legno nell'angolo in fondo, polverose e gettate insieme alla rinfusa. Apparivano vecchie e dimenticate come quel calendario nel bar-ristorante, a differenza del resto dell'atrio, che era ben spazzato e ordinatissimo. Erano lettere alte circa sessanta centi-metri, evidentemente facevano parte di una serie. Provò ad al-largarle sul tappeto — ce n'erano venticinque — e ad allinear-le, spostandole, come negli anagrammi. Riuscì quasi subito a formare la parola CHIESA, ma con il resto non otteneva che cose senza senso. Che idiota! Stava lì a giocare ai rebus con un mucchio di lettere quando Vicky, là in macchina, stava moren-do d'angoscia. Stava per alzarsi, quando ebbe un'intuizione. Formò BATTISTA, poi, dopo qualche altro tentativo la scritta andò a posto: DELLA GRAZIA. Le lettere dovevano spiccare un tempo sulla facciata. Erano state tirate giù e gettate con in-differenza in un angolo, e la facciata era stata ridipinta, affin-ché della scritta non rimanesse neppure la traccia.

Perché?

Non era più la Chiesa Battista della Grazia, ecco perché. E che specie di chiesa era? Chissà perché, quella domanda gli provocò un senso di paura. Si rialzò in fretta, spolverandosi le dita. E va bene, avevano tirato giù un po' di lettere, e con ciò? Forse aveva cambiato il nome in Chiesa di Quel Che Sta Succe-dendo Ora.

Ma che cos'era successo allora?

Si strappò di là, con impazienza, e oltrepassò le porte inter-ne. Ora si trovava in fondo alla chiesa stessa e, nel guardare verso la navata, si sentì stringere il cuore da un senso di vera paura. Tratteneva il respiro, tale era il silenzio che incombeva in quel luogo.

Lo spazio dietro il pulpito sembrava dominato da un gigantesco ritratto di Cristo, e Burt pensò: se non ci fosse nient'altro, in questo posto, a mandare fuori di sé Vicky, basterebbe questo.

Il Cristo era sogghignante, volpino. I suoi occhi erano grandi e fissi, e a Burt, con un senso di disagio, veniva istintivamente da pensare a Lon Chaney ne *Il fantasma dell'Opera*. In ciascuna delle larghe pupille nere qualcuno (un peccatore, probabilmente) stava annegando in un lago di fuoco. Ma la cosa più strana era che quel Cristo aveva i capelli verdi... capelli che, a un più attento esame, si rivelavano una massa intrecciata di verde grano non ancora maturo. Il quadro era eseguito rozzamente ma era efficace. Sembrava un fumetto murale eseguito da un ragazzino molto dotato: era un Cristo da Vecchio Testamento, o un Cristo pagano che macellasse le sue pecore in olocausto, invece di guidarle.

In fondo alla fila di banchi di sinistra c'era un organo, e Burt lì per lì non capiva che cosa avesse di strano. S'incamminò lungo la navata, a sinistra e, con orrore crescente, vide che i tasti erano stati strappati via, e così i registri... e che le canne stesse erano state riempite di barbe di granoturco. Al disopra dello strumento, un cartello a grosse lettere diceva: NON FATE MUSICA SE NON CON LA LINGUA UMANA DICE IL SIGNORE IDDIO.

Vicky aveva ragione. C'era qualcosa di terribilmente strano, lì. Era quasi tentato di tornare da Vicky senza esplorare ulteriormente; di salire in macchina e allontanarsi da lì il più in fretta possibile, e al diavolo anche il Municipio. Ma gli seccava. Di' la verità, pensò. Vuoi superare quei cinque minuti dell'ultimatum prima di tornare da lei e ammettere che aveva visto giusto fin dal primo momento.

Ancora un minuto o due, e sarebbe tornato alla macchina.

Andò verso il pulpito, pensando: di gente da Gatlin deve passarne di continuo. Ci saranno persone nei paesi dei dintorni che hanno qui amici e parenti. La Polizia stradale del Nebraska ci passerà bene, di tanto in tanto. E la compagnia elettrica? Il semaforo non funzionava. Sicuramente, qualcuno doveva pur saperlo se la corrente non veniva usata da dodici lunghi anni. Conclusione: ciò che sembrava essere successo a Gatlin era impossibile.

Eppure, lui aveva la pelle d'oca.

Salì i quattro gradini coperti da una passatoia che portavano al pulpito e guardò al disopra dei banchi deserti, che si profilavano nella penombra. Gli sembrava di sentire il peso di quegli occhi orribili, così poco cristiani, come se gli trapassassero il dorso.

C'era una Bibbia sul leggio, aperta al trentottesimo capitolo di Giobbe. Burt guardò e lesse: "Poi il Signore rispose a Giobbe in un turbine di vento, e disse: 'Chi è costui che oscura il consiglio con parole prive di conoscenza?... Dov'eri tu quando io ponevo le fondamenta della terra? dichiaralo, se hai capacità di comprendere.'" Il Signore. Colui Che Cammina Dietro I Filari. Dichiaralo se hai capacità di comprendere.

Burt fece scorrere le pagine della Bibbia, che facevano un secco fruscio nella quiete: il suono che forse manderebbero gli spettri, se davvero esistessero cose del genere. E in un posto così uno arrivava quasi a crederci, agli spettri. Alcune parti della Bibbia erano state tagliate via. Quasi tutto il Nuovo Testamento, anzi. Qualcuno, armato di un paio di forbici, si era assunto il compito di correggere il buon Re Giacomo.

Ma il Vecchio Testamento era intatto.

Stava per lasciare il pulpito quando vide un altro libro su uno scaffale più basso. Lo prese, pensando che potesse essere un registro, con i matrimoni, i battesimi e le sepolture.

Lesse con una smorfia le parole sulla copertina, tracciate in oro da mano inesperta: CHE GLI INIQUI SIANO FALCIATI AFFINCHÉ IL TERRENO POSSA ESSERE DI NUOVO FERTILE DICE IL SIGNORE DIO DELLE MOLTITUDINI.

Sembrava esserci un unico treno di pensiero, da quelle parti, e a Burt non piaceva molto il binario sul quale viaggiava.

Aprì il libro al primo foglio, largo e rigato. La scrittura era infantile, lui se ne accorse subito. In alcuni punti, era stata usata la gomma di penna e, sebbene non ci fossero errori d'ortografia, le lettere erano grandi e incerte, tracciate più che scritte. La prima colonna diceva:

Amos Deigan (Richard), n. 4 Sett. 1945   4 Sett. 1964
Isaac Renfrew (William), n. 19 Sett. 1945   19 Sett. 1964
Zepeniah Kirk (George), n. 14 Ottobre 1945   14 Ott. 1964
Maria Wells (Roberta), n. 12 Nov. 1945   12 Nov. 1964
Yemen Hollis (Edward), n. 5 Gennaio 1964   5 Genn. 1965

Burt, aggrottando la fronte, continuò a voltare le pagine. Verso i tre quarti del volume, le doppie colonne terminavano bruscamente:

Rachel Stigman (Donna), n. 21 Giu-   21 Giugno 1976
gno 1957
Moses Richardson (Henry), n. 29 Luglio
1957
Malachia Boardman (Craig), n. 15 Agosto 1957

L'ultima annotazione del libro era per Ruth Clawson (Sandra), n. 30 Aprile 1961. Burt guardò sullo scaffale dove aveva trovato quel registro e vide che ce n'erano altri due. Il primo aveva la stessa dicitura CHE GLI INIQUI SIANO FALCIATI, e continuava con le stesse annotazioni, una singola colonna in cui si leggevano le date di nascita e di morte. All'inizio di settembre del 1964, trovò Giobbe Gilman (Clayton) il n. 16 Settembre, e l'annotazione successiva era per Eva Tobin, il n. 16 Giugno 1965. Niente secondo nome tra parentesi.

Il terzo volume, infine, era intonso.

In piedi dietro il pulpito, Burt rifletteva.

Era accaduto qualcosa nel 1964. Qualcosa che aveva a che fare con la religione, con il grano... e con i ragazzi.

Invochiamo, Signore, la tua benedizione sul raccolto. Per amore di Gesù, amen.

E il coltello veniva levato per sacrificare l'agnello... ma era stato davvero un agnello? Forse, erano stati presi da mania religiosa collettiva. Soli, completamente soli, isolati dal resto del mondo da centinaia di chilometri quadrati di granturco frusciante e segreto. Soli sotto settanta milioni di acri di cielo azzurro. Soli sotto l'occhio vigile di Dio, ora uno strano Dio verde, un Dio di grano, divenuto vecchio, strano e affamato. Colui Che Cammina Dietro I Filari.

Burt venne assalito da un brivido.

Vicky, lascia che ti racconti una storia. Parla di Amos Deigan, che era nato Richard Deigan il 4 settembre del 1945. Nel 1964 assunse il nome di Amos, un bel nome da Vecchio Testamento, uno dei profeti minori. Bene, Vicky, sai che cosa accadde? Non ridere, ti prego. Accadde che Dick Deigan e i suoi amici, Billy Renfrew, George Kirk, Roberta Wells e Eddie Hollis, tra gli altri, vennero presi da fanatismo religioso e ucci-

sero i loro genitori. Tutti. Capisci? Gli spararono durante il
sonno, li accoltellarono nella vasca da bagno, gli avvelenarono
il cibo, li impiccarono o li sventrarono, per quello che ne so io.
Perché? Il grano. Forse stava morendo. Forse chissà, si misero in mente che il grano moriva perché si commettevano troppi
peccati. Non si facevano abbastanza sacrifici. Penso che l'abbiano fatto nel grano, tra i filari di spighe.
E non si sa come, Vicky, stabilirono, ne sono certissimo,
stabilirono che diciannove anni fosse il massimo al quale uno
poteva arrivare, come età. Richard "Amos" Deigan, il protagonista della nostra storiella, compiva diciannove anni il 4 settembre 1964: la data segnata nel registro. Penso che forse lo
uccisero. Lo sacrificarono tra il grano. Che storia assurda, vero?
Ma vediamo ora Rachel Stigman, che fino al 1964 si chiamava Donna Stigman. Compiva 19 anni il 21 giugno, circa un
mese fa. Moses Richardson è nato il 29 luglio: compirà 19 anni
di qui a tre giorni. Hai un'idea di quello che capiterà a Moses
il giorno ventinove?
Io sì.
Burt si passò la lingua sulle labbra, che sentiva aride.
Un'altra cosa, Vicky. Guarda qui. Abbiamo Giobbe Gilman (Clayton) nato il 6 settembre 1964. Nessun'altra nascita
fino al 16 giugno 1965. Un intervallo di dieci mesi. Sai che cosa penso? Uccisero tutti i genitori, comprese le madri incinte,
ecco che cosa penso. E una di loro rimase incinta nell'ottobre
del 1964 e diede i natali a Eva. Una di loro, una ragazza di sedici o diciassette anni. *Eva. La prima donna.*
Prese febbrilmente a voltare le pagine all'indietro e trovò
l'annotazione riguardante Eva Tobin. Più sotto: "Adamo
Greenlaw, n. 11 luglio 1965."
Devono avere undici anni, ora, pensò. E di nuovo si sentì
accapponare la pelle. E magari saranno qua intorno. Da qualche parte.
Ma come poteva rimanere segreta una cosa del genere? Come poteva continuare?
Come, a meno che il Dio in questione non l'approvasse?
"Oh, Gesù!" esclamò Burt nel silenzio, e fu allora che il
clacson della T-Bird cominciò a echeggiare nel meriggio, con
un lungo suono continuato.
Burt saltò giù dal pulpito e corse lungo la navata centrale.
Spalancò la porta del vestibolo esterno, lasciando entrare il sole
torrido e abbagliante. Vicky stava rigida ed eretta dietro il vo-

lante, entrambe le mani premute sul clacson, e girava disperatamente la testa di qua e di là. Arrivavano ragazzi e bambini da tutte le direzioni. Brandivano coltelli, asce, tubi, pietre, martelli. Una bambina di circa otto anni, con splendidi e lunghi capelli biondi, brandiva un cric. Armi rurali. Non un fucile, tra tutti. Burt provò il bisogno assurdo di mettersi a urlare: *Chi di voi è Adamo ed Eva? Chi sono le madri? Chi sono le figlie? I padri? I figli?*

Dichiaratelo, se avete capacità di intendere.

Arrivavano dalle strade laterali, dai giardini, dal cancello che si apriva nella siepe attorno al cortile della scuola, un isolato più in là. Alcuni di loro guardavano con indifferenza Burt, immobile e come impietrito sugli scalini della chiesa, altri si davano di gomito, indicavano e sorridevano... del sorriso dolcissimo dei bambini.

Le ragazze indossavano lunghe vesti di lana scura e cappelli a cuffia, scoloriti. I ragazzi, come tanti quaccheri, erano in nero e portavano cappellucci rotondi dalla falda piatta. Sciamavano attraverso la piazza, verso la macchina, attraverso il prato centrale, qualcuno perfino attraverso lo spiazzo antistante quella che, fino al 1964, era stata la Chiesa Battista della Grazia. Uno o due di loro passarono così vicino a Burt da sfiorarlo, quasi.

"Il fucile!" urlò Burt. "Vicky, prendi il fucile!"

Ma lei era paralizzata dal panico, lui lo vedeva benissimo anche da lontano. Forse non aveva nemmeno sentito, perché i finestrini erano chiusi.

Convergevano sulla Thunderbird. Asce, scuri e pezzi di tubo cominciarono a sollevarsi e a ricadere. Mio Dio, ma è vero quello che vedo? pensava Burt, raggelato. Una delle frecce cromate lungo la fiancata dell'auto cadde. L'ornamento del cofano venne scaraventato lontano. Coltelli penetravano a spirale attraverso i lati dei pneumatici, finché la macchina si abbassò, tutta a terra. Il clacson continuava a suonare. Parabrezza e finestrini laterali divennero opachi e solcati da crepe sotto il massacro... finché il vetro infrangibile si polverizzò, scoppiando verso l'interno, ed egli riuscì a vedere di nuovo. Vicky stava tutta accucciata, una sola mano sul volante, ora, l'altra levata a proteggersi il volto. Mani giovani e avide si protesero dentro la vettura, armeggiando per trovare il bottone che apriva la portiera. Lei tentava di scacciarle, dando colpi alla cieca. Il clacson divenne intermittente e poi si fermò del tutto.

La portiera ammaccata e semisfondata dalla parte del gui-

datore venne finalmente aperta. Ora stavano tentando di trascinare fuori Vicky, ma le mani di lei erano avvinghiate al volante. Poi uno di loro si protese nell'interno, con il coltello in mano, e...

La paralisi si dissolse e Burt si buttò giù per gli scalini, a rischio di cadere, e corse lungo il selciato del vialetto, verso la
macchina. Uno di loro, un ragazzo di circa sedici anni con dei
lunghi capelli rossi che sfuggivano dal cappelluccio tondo, si
girò verso di lui, quasi con indifferenza e qualcosa guizzò attraverso l'aria. Burt sentì il braccio sinistro che veniva spinto al-
l'indietro, e per un attimo rimase con l'impressione assurda
d'essere stato punto. Poi subentrò il dolore, così acuto e improvviso che il mondo diventò grigiastro.

Si esaminò il braccio con una specie di sciocca meraviglia.
Un coltello a serramanico da un dollaro e cinquanta sporgeva
dal muscolo come uno strano tumore. La manica della sua ca-
miciola sportiva si stava arrossando. Guardò per un tempo che
gli sembrò eterno, cercando di capire come avesse potuto farsi
spuntare un coltello dalle carni... era mai possibile?

Quando rialzò lo sguardo, il ragazzo con i capelli rossi gli
era quasi addosso. Sorrideva, sicuro di sé.

"Ehi, delinquente," esclamò Burt. La sua voce era stravolta, scossa.

"Raccomanda l'anima a Dio, perché starai momentanea-
mente davanti al Suo trono," proclamò il ragazzo con i capelli
rossi, e fece per gettarsi su Burt e cavargli gli occhi.

Burt indietreggiò, estrasse il coltello dalla ferita e lo conficcò
nella gola del ragazzo dai capelli rossi. Il fiotto di sangue fu
immediato, gigantesco. Il rosso cominciò a gorgogliare e a camminare in un largo cerchio. Burt lo guardava, a bocca aperta.
Niente di tutto questo stava accadendo davvero. Era un sogno.
Il rosso gorgogliava e camminava. Ora quel suono era l'unico,
nel torrido pomeriggio. Tutti gli altri guardavano, inebetiti.

Questa parte non c'era nel copione, pensò vagamente Burt.
Vicky e io, eravamo nel copione. E il ragazzo in mezzo al grano, che stava cercando di fuggire. Ma non uno dei loro. Li fissava con occhi dilatati, desiderando di mettersi a urlare: *Allora,
che cosa ne pensate?*

Con un ultimo, debole gorgoglio, il ragazzo dai capelli rossi
crollò in ginocchio. Fissò per un attimo Burt, poi le sue mani
ricaddero dall'impugnatura del coltello ed egli stramazzò del
tutto.

Un suono simile a un lieve sospiro venne dai ragazzi riuniti attorno alla Thunderbird. Tutti fissavano Burt. Burt li fissava a sua volta, affascinato... e fu allora che si accorse che Vicky non c'era più.

"Dov'è?" domandò. "Dove l'avete portata?"

Uno dei maschi levò un coltello da caccia sporco di sangue e finse il gesto di tagliarsi la gola. Rideva. Quella fu l'unica risposta.

Da un punto imprecisato, la voce di un ragazzo più grande si levò, sorda: "Prendetelo."

I maschi cominciarono ad avanzare verso di lui. Burt indietreggiò. Avanzavano sempre più in fretta. Burt indietreggiava più rapidamente. Il fucile, il suo dannato fucile da caccia! Impossibile prenderlo. Il sole stagliava le loro ombre nitide sul verde prato della chiesa... Poi Burt si ritrovò sul marciapiede. Si voltò e si mise a correre.

"*Uccidiamolo!*" urlò qualcuno, e tutti si gettarono all'inseguimento.

Lui correva, ma non proprio alla cieca. Aggirò il Palazzo Municipale — inutile cercare aiuto là, lo avrebbero circondato e ammazzato come un cane — e continuò a lungo la Main Street, che due isolati più in là si apriva e diventava di nuovo la strada maestra. Lui e Vicky sarebbero stati in viaggio lungo quella strada e già lontani ormai, se soltanto le avesse dato ascolto.

Le sue scarpe battevano con violenza il marciapiede. Davanti a sé, vedeva alcuni altri edifici e negozi, tra cui la Gelateria Gatlin e, manco a dirlo, il Cinema Bijou. Al di là dell'ultimo incrocio, una stazione di servizio segnava il confine della cittadina. Al di là di quella, il grano, che ricominciava a crescere ai due lati della strada. Una verde distesa di granturco.

Burt correva. Era già senza fiato e la ferita nel braccio gli faceva sempre più male. Dietro di sé, lasciava una traccia di sangue. Mentre correva, si sfilò il fazzoletto dalla tasca e lo infilò, uso tampone, sotto la manica della camicia.

Correva. Le sue scarpe battevano sull'asfalto screpolato del marciapiede, il suo respiro sfuggiva dalla gola sempre più aspro e più caldo. Il braccio gli pulsava dolorosamente. Una parte caustica del suo cervello tentava di domandare se davvero s'illudeva di poter fare tutta la strada di corsa fino alla città più vicina, di poter coprire di corsa trenta chilometri di strada asfaltata a due corsie.

Correva. Poteva sentirli, dietro di sé, guadagnare terreno, tutti più giovani e più veloci di lui di quindici anni almeno. I loro passi risuonavano sull'asfalto. Gridavano e si lanciavano richiami ed esortazioni l'uno con l'altro. Si stanno divertendo un mondo, pensò Burt, che cominciava a non connettere. Ne parleranno per anni.

Burt correva.

Sempre di corsa, oltrepassò la stazione di servizio che segnava il limite estremo dell'abitato. Il respiro era un ansito rauco, nel suo petto. Il marciapiede all'improvviso terminò. E ormai non c'era che una cosa da fare, soltanto una speranza di batterli in astuzia e riuscire a salvare la vita. Le case erano finite, l'abitato scomparso. Il grano tornava a lambire come una turgida onda verde gli orli della strada. Le verdi foglie, simili a spade, frusciavano dolcemente. La quiete doveva essere profonda là in mezzo, profonda e fresca, ombrosa tra i filari che arrivavano ad altezza d'uomo.

Oltrepassò sempre di corsa un cartello che diceva: STATE PER LASCIARE GATLIN, LA PIÙ BELLA CITTADINA DEL NEBRASKA... E DEL MONDO. TORNATE PRESTO!

Sì, come no! pensò vagamente Burt.

Corse oltre il cancello come un atleta che si avvicini al nastro e, bruscamente, sterzò verso sinistra, attraverso la strada, e gettò via le scarpe. L'istante dopo era nel grano, che si chiuse sopra e dietro di lui come le ondate di un mare verde, accogliendolo in sé. Nascondendolo. Si sentì invadere da un sollievo improvviso e del tutto inaspettato, e in quello stesso momento ritrovò la calma e il respiro. I suoi polmoni, che un istante prima erano in fiamme, parvero dilatarsi e restituirgli nuovo fiato.

Corse diritto davanti a sé lungo il primo corridoio dove si era infilato, e le sue larghe spalle sfioravano le foglie, facendole tremolare. Venti metri più in dentro voltò a destra, di nuovo parallelo alla strada, e continuò a correre, tenendosi basso perché gli altri non vedessero la sua testa bruna ballonzolare in mezzo alle gialle barbe del grano. Ripiegò verso la strada per alcuni istanti, attraversò altre file, poi voltò le spalle alla strada e saltò a caso di filare in filare, immergendosi sempre più a fondo tra il grano.

Alla fine, si lasciò cadere in ginocchio e appoggiò la fronte al suolo. Sentiva soltanto il suo respiro ormai lacero, e il pensiero che echeggiava di continuo nella sua mente era: *Grazie a*

Dio avevo smesso di fumare, grazie a Dio avevo smesso di fumare, grazie a Dio...

Poi, poté sentirli lanciarsi richiami l'un l'altro: "Ehi, questa è la mia fila!", e quel suono lo rincuorò. Erano alla sua sinistra, ma molto distanti e, a giudicare da tutto l'insieme, molto disorganizzati.

Sfilò il fazzoletto da sotto la mezza manica, lo piegò meglio, lo rimise a posto dopo avere esaminato la ferita. L'emorragia sembrava essere cessata, nonostante lo sforzo.

Si concesse ancora qualche momento di riposo, e improvvisamente ebbe la consapevolezza di sentirsi *bene*, fisicamente meglio di come si era sentito da anni... a parte il dolore nel braccio. Si sentiva in forma, e tutt'a un tratto alle prese con un problema ben definito (per quanto assurdo) dopo che per due anni aveva cercato di tenere testa alle beghe nevrotiche che stavano inaridendo il suo matrimonio.

Si disse che non era giusto sentirsi così. Era in pericolo mortale e sua moglie era stata trascinata via. Forse a quest'ora era già morta. Cercò di richiamare alla mente la faccia di Vicky e, così facendo, disperdere parte di quel benessere; ma la faccia di lei non voleva tornargli in mente. Quello che invece gli appariva era il ragazzo dai capelli rossi con il coltello conficcato in gola.

Era consapevole ora della fragranza del grano, ne sentiva l'odore tutt'intorno a sé. Il vento attraverso le cime delle piante creava suoni che sembravano voci. Lo cullava. Qualsiasi cosa fosse stata compiuta in suo nome, quel grano era adesso il suo protettore.

Ma gli altri si avvicinavano.

Tenendosi basso, si rimise a correre lungo il filare in cui si trovava, attraversò lateralmente, tornò sui suoi passi, attraversò altre file. Cercava di mantenere sempre le voci alla sua sinistra ma, via via che il pomeriggio avanzava, gli diventava sempre più difficile. Le voci si erano fatte fioche, e spesso il rumore frusciante del grano le copriva completamente. Lui correva, tendeva l'orecchio, riprendeva a correre. La terra era soda, e i suoi piedi coperti delle sole calze non lasciavano orme.

Quando si fermò, molto più tardi, il sole stava sospeso al disopra dei campi alla sua destra, rosso e infuocato, e quando guardò l'orologio vide che erano già le sette e un quarto. Il sole aveva inondato le cime delle spighe di oro rossastro, ma lì in mezzo l'ombra era scura e intensa. Piegò la testa da un lato e rimase in ascolto. Con il tramonto, il vento era caduto del tutto e il grano stava immobile, esalando l'aroma della sua crescita nell'aria calda. Se gli altri erano ancora in mezzo al grano, dovevano essere lontani, oppure immobili e in ascolto. Ma Burt era del parere che un branco di ragazzini, sia pure folli, non potesse rimanere in silenzio così a lungo. Aveva il sospetto che avessero fatto la cosa più logica per dei ragazzi, a dispetto delle possibili conseguenze: che avessero rinunciato e fossero tornati a casa.

Si girò verso il sole morente, che all'orizzonte calava sempre più tra due banchi di nuvole, e cominciò a camminare. Se avesse tagliato in senso diagonale attraverso le spighe, sempre mantenendo il sole calante dinanzi a sé, presto o tardi sarebbe sbucato per forza di cose sulla Statale 17.

Il dolore nel braccio si era calmato, era calato a un pulsare sordo che gli riusciva quasi gradevole, e la sensazione di benessere continuava a pervaderlo. Decise che, finché sarebbe rimasto là in mezzo, avrebbe lasciato che quel benessere durasse, in lui, senza provare rimorso. Il senso di colpa sarebbe tornato al momento di affrontare le autorità e rendere conto di quanto era accaduto a Gatlin. Ma c'era tempo, per questo.

Si spinse avanti attraverso il grano, riflettendo sul fatto che i suoi sensi non erano mai stati tanto svegli. Un quarto d'ora dopo, il sole era soltanto un emisfero che faceva capolino dall'orizzonte ed egli si fermò di nuovo, mentre quella nuova, acuta consapevolezza andava assumendo uno schema che poco gli piaceva. Era vagamente... be', vagamente atterrito, non sapeva perché.

Rimase in ascolto. Il grano frusciava.

Burt ne era consapevole già da un po' di tempo, ma soltanto adesso ci rifletteva. Il vento era caduto. Com'era possibile, allora?

Si guardava attorno circospetto, già aspettandosi di vedere i ragazzi, sorridenti nei loro panni da quaccheri, sbucare furtivamente dal grano, brandendo i coltelli. Niente del genere. E il fruscio perdurava. Un po' più in là, verso sinistra.

Cominciò a camminare in quella direzione, non avendo più bisogno di farsi largo tra le spighe. Il filare stesso lo stava conducendo, naturalmente, verso il punto dove voleva andare. Un filare che terminava, poco più avanti. Terminava? No. Si allargava in una specie di radura. Il fruscio veniva di là.

Si fermò, improvvisamente impaurito.

Il profumo del grano era talmente forte da stordire. Le file di spighe trattenevano il calore del sole e lui si rendeva improvvisamente conto d'essere coperto di sudore, di paglia e di filamenti di barbe di grano sottili come ragnatele. Strano che non si ritrovasse addosso anche degli insetti... invece no, non ce n'erano.

Rimaneva là immobile, fissando verso il punto dove il grano si apriva su quello che sembrava come un ampio cerchio di terra nuda.

Non c'erano né zanzare né moscerini là in mezzo, e neppure mosche: quelli che a volte disturbavano lui e Vicky al tempo in cui erano ancora fidanzati. Burt si sorprese a pensarci con una nostalgia improvvisa e carica di tristezza. E non aveva visto neppure un corvo. Non era un fatto insolito, un campo sterminato di grano senza neppure un corvo?

Nell'ultima luce del giorno, scrutò attentamente al disopra del filare alla sua sinistra. E vide che ogni foglia e ogni stelo erano perfetti, il che non era assolutamente possibile. Neppure una macchiolina. Non una foglia lacera, non un uovo di bruco, niente tracce di insetti, niente...

Poi, sbarrò gli occhi.

Mio Dio, non ci sono neppure erbacce!

Non un solo filo d'erba. A intervalli di circa mezzo metro, le spighe sbucavano nitide dal terreno. Non c'era traccia di gramigna, erba strega o caprinella. Nulla.

Burt guardò in su, a occhi sgranati. A ovest, la luce si stava spegnendo del tutto. Le nuvole si erano addensate in un banco unico. Al disotto di quelle, il riverbero dorato si era fatto di un rosa e ocra sbiadito. Tra poco sarebbe stato buio.

Era tempo di spingersi fino alla radura e vedere che cosa c'era: non era quello il suo progetto? Per tutto il tempo in cui aveva creduto di ritornare verso la strada carrozzabile, in realtà era stato sospinto verso quel punto.

Con lo stomaco stretto da un senso di sgomento, proseguì lungo il filare e poi si fermò sull'orlo della radura. C'era ancora luce sufficiente perché lui potesse vedere quello che c'era là in mezzo. Non poté urlare. Sembrava non esserci rimasta aria sufficiente, nei suoi polmoni. Barcollò su gambe che adesso erano come stecche di legno scheggiato. Gli occhi gli schizzavano dalla faccia sudata.

"Vicky," bisbigliò. "Oh, Vicky, mio Dio..."

L'avevano montata su una specie di croce, come un macabro trofeo, le braccia legate ai polsi e le gambe alle caviglie con pezzi di comune filo spinato, settanta centesimi al metro in qualsiasi negozio di ferramenta del Nebraska. Le erano stati strappati gli occhi. Le occhiaie erano state riempite di barbe di grano. Le sue mascelle erano spalancate in un grido silente, la bocca era stata riempita di foglie di pannocchia.

Alla sua sinistra, c'era uno scheletro con indosso una cotta a brandelli. Le mandibole nude sogghignavano. Le occhiaie sembravano fissare Burt scherzosamente, come se colui che era stato un tempo il ministro della Chiesa Battista della Grazia stesse dicendo: *Non è poi tanto male, essere sacrificati da giovani demoni pagani in mezzo al grano non è poi tanto male sentirsi strappare gli occhi dal cranio secondo le Leggi di Mosè non è poi tanto male...*

A sinistra dello scheletro in abiti talari c'era un secondo scheletro, questo in uniforme semimarcita di panno blu. Un berretto gli stava di sghimbescio sul teschio, nascondendogli gli occhi, e sopra la visiera c'era un distintivo ormai verdognolo con la dicitura CAPO DI POLIZIA.

Fu allora che Burt sentì qualcosa avvicinarsi: non i ragazzi ma qualcosa di molto più grande, che si muoveva attraverso il grano e veniva verso la radura. Non erano i ragazzi, no. I ragazzi non si sarebbero avventurati in mezzo al grano, col buio. Quello era un luogo sacro, il luogo di Colui Che Cammina Dietro I Filari.

Malfermo sulle gambe, Burt tentò di fuggire. Il corridoio tra due filari, lungo il quale era arrivato alla radura, era scomparso. Si era chiuso. Tutte le file si erano chiuse. La cosa era più vicina, ora, e lui la sentiva respirare. Venne colto da un'estasi di terrore superstizioso. Ecco, stava arrivando. Il grano sul lato opposto della radura si era improvvisamente oscurato, come cancellato da un'ombra gigantesca.

Si avvicinava.

Colui Che Cammina Dietro I Filari.

Ecco che avanzava nella radura. Burt vide qualcosa di enorme, qualcosa la cui mole arrivava al cielo... qualcosa di verde, con terribili occhi rossi grandi come due palloni.

Qualcosa che odorava di pannocchie messe a seccare in qualche oscuro granaio.

Cominciò a urlare. Ma non urlò per molto.

Poco più tardi, una gonfia luna arancione prese a salire nel cielo.

I figli del grano si riunirono nella radura a mezzogiorno, per
contemplare i due scheletri crocifissi e i due cadaveri... i cadaveri non erano ancora scheletri, ma lo sarebbero diventati. Col
tempo. E lì, nel cuore del Nebraska, tra il grano, non c'era
nient'altro che il tempo.

Tutti, perfino Malachia, si girarono a guardare Isacco con
timore e con meraviglia. Isacco aveva soltanto nove anni, ma e-
ra il Veggente fin da quando il grano si era portato via Davide,
un anno prima. Davide, che aveva compiuto diciannove anni,
il giorno del suo compleanno si era incamminato tra il grano,
proprio mentre il crepuscolo era calato sopra i filari di spighe.

Ora, il faccino solenne sotto il cappelluccio rotondo, Isacco
continuò: "E nel mio sogno il Signore era un'ombra che camminava tra le spighe, ed egli mi parlava con le parole che aveva
usato con i nostri fratelli maggiori, anni fa. È molto dispiaciuto
di questo sacrificio."

Mandarono una specie di doloroso sospiro e guardarono la
muraglia di verde che li circondava.

"E il Signore ha detto: Non vi ho forse dato un luogo per
uccidere, affinché possiate compiere là i sacrifici? E non vi ho
forse mostrato il mio favore? Ma quest'uomo è stato blasfemo,
e ho completato io stesso il sacrificio. Come con l'Uomo blu e
con il falso ministro che tentarono di fuggire tanti anni fa."

"L'Uomo blu... il falso ministro," bisbigliarono tutti in
coro, e si guardarono l'un l'altro, a disagio.

"Così ora l'Età del Favore viene abbassata da diciannove
raccolti a diciotto," continuò spietatamente Isacco. "Tuttavia
siate fertili e moltiplicatevi come si moltiplica il grano, che il
mio favore vi sia mostrato e sia su di voi."

Isacco tacque.

Gli occhi si rivolsero a Malachia e a Giuseppe, i soli due del
gruppo ad avere diciotto anni. Ce n'erano altri, in città, forse
una ventina in tutto.

Aspettarono di sentire che cosa avrebbe detto Malachia,
Malachia che aveva guidato la caccia contro Japhet, il quale sarebbe stato ricordato per sempre come Ahaz, maledetto da
Dio. Malachia aveva tagliato la gola di Ahaz e aveva gettato il
suo corpo fuori del campo di grano, affinché quel sozzo cadavere non avvelenasse o inquinasse le spighe.

"Obbedisco alla parola di Dio," mormorò Malachia.

Il grano parve bisbigliare d'approvazione.

Nelle settimane a venire, le ragazze avrebbero fatto molti

crocifissi di pannocchie, per allontanare altri mali.

E quella sera tutti coloro ormai al di là dell'Età del Favore si incamminarono silenziosamente tra il grano e si avviarono alla radura, per conquistarsi il favore ininterrotto di Colui Che Cammina Dietro i Filari.

"Addio, Malachia," gridò Ruth. E lo salutò sconsolatamente da lontano. Il suo ventre era gonfio del figlio di Malachia e le lacrime le scorrevano silenziosamente giù per le guance. Malachia non si voltò. Camminava rigido. Il grano lo inghiottì.

Ruth si voltò in là, ancora piangente. Aveva concepito un odio segreto per il grano e talvolta sognava di camminare là in mezzo con una torcia in ciascuna mano, quando arrivava il secco mese di settembre e le spighe erano morte ed esplosivamente combustibili. Ma ne aveva anche paura. Là fuori, nella notte, si aggirava qualcosa, e vedeva tutto... perfino i segreti custoditi nei cuori umani.

Il crepuscolo si approfondì, divenne tenebra. Attorno a Gatlin il grano frusciava e bisbigliava segretamente. Era molto soddisfatto.

L'ultimo piolo

Ho ricevuto la lettera di Katrina ieri, meno di una settimana
dopo che mio padre e io siamo tornati da Los Angeles. Era stata mandata a Wilmington, nel Delaware, e da allora io mi sono trasferito altre due volte. La gente si sposta di continuo, o-
ra, ed è strano come quegli indirizzi cancellati e quelle etichette del cambio di indirizzo possano sembrare altrettante accuse.
La lettera era macchiata e stazzonata, uno degli angoli tutto
piegato a forza di passare di mano in mano. Ho letto quello
che c'era scritto, poi ricordo solo di essermi ritrovato in soggiorno con la mano sul telefono, in procinto di chiamare mio
padre. Ho messo giù il telefono con un senso di orrore. Papà è
vecchio, ha già avuto due attacchi di cuore. Potevo mai chiamarlo e dirgli della lettera di Katrina subito dopo che eravamo
stati a Los Angeles? Fare una cosa simile sarebbe stato come
ucciderlo.

Così non ho telefonato. E non ho nessuno a cui dirlo... una
lettera così è una cosa troppo personale per poterne parlare a
qualcuno che non sia una moglie o un amico molto intimo.
Non mi sono fatto molti amici in questi ultimi anni, e Helen e
io siamo divorziati dal settantuno. Ormai ci scambiamo soltanto auguri di Natale. Come stai? Come va il lavoro? Ti auguro
Buon Anno.

Sono rimasto sveglio tutta la notte, a causa della lettera di
Katrina. C'era una sola frase, al disotto del "Caro Larry". Sarebbe bastata una cartolina, a contenerla. Ma una frase può significare molto. Può fare molto.

Ripensavo a papà sull'aereo, alla sua faccia così vecchia e
devastata nella luce aspra dell'altitudine mentre, da New York,
eravamo in volo verso Ovest. Avevamo appena oltrepassato
Omaha, a sentire il pilota, e papà aveva detto: "È molto più
lontano di quello che sembra, Larry." C'era una tristezza greve

nella sua voce, che mi metteva a disagio, perché non riuscivo a comprenderla. La capivo meglio, ora, dopo avere ricevuto la lettera di Katrina.

Eravamo cresciuti a un centinaio di chilometri da Omaha, in una località chiamata Hemingford Home: papà, mamma, mia sorella Katrina e io. Io avevo due anni più di Katrina, che tutti chiamavano Kitty. Era una bella bambina e poi una bella donna: perfino a otto anni, l'anno dell'incidente nel granaio, già si capiva che i suoi capelli color del grano non si sarebbero mai scuriti e che quegli occhi sarebbero rimasti sempre di un azzurro cupo, scandinavo. Uno sguardo di quegli occhi e un uomo si sarebbe innamorato perdutamente.

Diciamo pure che eravamo cresciuti come dei contadini. Mio padre aveva trecento acri di terra piatta e fertile; coltivava granoturco e allevava bestiame. Per indicare dove stavamo, dicevamo semplicemente "la nostra fattoria". A quei tempi tutte le strade erano di terra battuta, tranne la Interstate 80 e la Nebraska Route 96, e una gita in città era qualcosa che si cominciava a progettare con tre giorni di anticipo.

Oggi io sono uno dei migliori civilisti d'America, così mi dicono: e, per amore della sincerità, devo ammettere che hanno ragione. Il presidente di una importante società mi presentò una volta al suo consiglio d'amministrazione come la sua arma segreta. Indosso abiti costosi e scarpe finissime. Ho tre sostituti alle dipendenze del mio studio e se occorre posso chiamarne un'altra dozzina. Ma a quei tempi percorrevo una strada di campagna per frequentare una scuola formata da un'unica stanza, con i libri legati da una cinghia che poi mi gettavo sulla spalla e Katrina al mio fianco camminava con me. A volte, in primavera, andavamo scalzi. Questo prima dei tempi in cui, se non avevi le scarpe, non potevi entrare né in un negozio né in un ristorante, perché non ti servivano.

In seguito, mia madre morì (Katrina e io facevamo le superiori a Columbia City, a quell'epoca) e due anni dopo mio padre perse la fattoria e andò a lavorare, vendendo trattori. Era la fine della famiglia, sebbene al momento non avessimo quell'impressione. Papà se la cavava molto bene nel suo lavoro, finì per diventare socio della ditta e, circa nove anni fa, gli venne offerta una posizione di dirigente. Io avevo vinto una borsa di studio grazie ai miei meriti sportivi, all'Università del Nebraska, e tutto sommato riuscii a imparare qualcosa, oltre a tirare calci a una palla.

E Katrina? Ma è di lei che voglio parlarvi.

Accadde, l'incidente del granaio, un sabato dei primi di novembre. Per dire la verità, non riesco a ricordare l'anno esatto, ma Ike era ancora presidente. Mamma era andata a Columbia City per una fiera gastronomica e papà era andato dal nostro vicino (che stava a dieci chilometri di distanza) per aiutarlo ad aggiustare una rastrelliera della stalla. Alla fattoria sarebbe dovuto rimanere l'uomo a giornata, ma quel giorno non si era fatto vedere, e papà un mese dopo lo licenziò.

Papà mi aveva lasciato un elenco di cose da fare (e ce n'erano anche per Kitty, naturalmente) e ci aveva detto di non andare a giocare se prima non avessimo terminato tutto. Ma non ci avevamo messo molto. Era novembre, e in quella stagione dell'anno l'epoca del lavoro massacrante era passata. Ce l'avevamo fatta anche quell'anno. Non sarebbe andata sempre così.

Ricordo quel giorno con molta chiarezza. Il cielo era coperto e, sebbene non facesse freddo, si sentiva che *voleva* far freddo, che voleva mettersi a fare sul serio, con gelo, brina, nevischio e neve. I campi erano spogli. Gli animali, tardi e malinconici. In casa si sentivano tanti piccoli spifferi che prima non c'erano.

In una giornata come quella, il solo posto veramente gradevole era il granaio. Era caldo, vi stagnava un odore piacevole, misto di fieno, di bestiame e di concime, e c'era il misterioso, tubante verso dei rondoni su in alto. Se tiravi bene il collo, potevi scorgere la bianca luce di novembre che filtrava attraverso le connessure del tetto e tentare di formare il tuo nome con quei trattini luminosi. Era un gioco che ci divertiva soltanto nelle giornate coperte dell'autunno.

C'era una scala a pioli inchiodata a una trave trasversale del terzo fienile, una scala che arrivava direttamente al piano principale del granaio. Ci era proibito arrampicarci su quella scala, perché era vecchia e traballante. Mille volte papà aveva promesso a mamma di tirarla giù e di sistemarne un'altra, più solida, ma quando era il momento c'era sempre qualcos'altro da fare... aiutare un vicino a riparare una rastrelliera, per esempio E l'uomo a giornata non combinava mai niente.

Se ti arrampicavi su per quella scala traballante (c'erano esattamente quarantatré pioli, Kitty e io li avevamo contati un'infinità di volte) arrivavi su una trave che era a venti metri di altezza dall'impiantito disseminato di paglia del fienile. E se poi ti avventuravi lungo quella trave per poco più di tre metri, le ginocchia tremanti, le giunture delle caviglie scricchiolanti per la tensione, la gola secca e uno strano sapore in bocca, ti ritrovavi al disopra del fieno ammucchiato. Allora potevi saltar giù dalla trave e lasciarti cadere da un'altezza di venti metri, con un volo spaventoso e divertentissimo, sopra un enorme e soffice letto di fieno lussureggiante. Ha un odore dolce, il fieno, e quando atterravi in mezzo a quel profumo di estate rinata, con lo stomaco rimasto ancora lassù a mezz'aria, ti sentivi... be', come doveva essersi sentito Lazzaro. Eri precipitato verso la morte ed eri vissuto per poterlo raccontare.

Era uno sport proibito, naturalmente. Se fossimo stati sorpresi sul fatto, mia madre avrebbe fatto strilli a non finire e papà avrebbe messo mano alla cinghia, sebbene fossimo ormai grandicelli. Un po' per la scala pericolante, un po' perché, se per caso perdevi l'equilibrio e precipitavi dalla trave prima d'esserti portato al disopra di quelle braccia di fieno sciolto e ammucchiato, avresti trovato la morte sul duro impiantito del granaio.

Ma la tentazione era troppo grande. Quando la gatta non c'è... si sa come dice il proverbio.

Quel giorno cominciò come tutti gli altri, con un delizioso senso di sgomento misto all'attesa. Fermi ai piedi della scala a pioli, Kitty e io ci guardavamo. Kitty aveva le guance accese, gli occhi erano più azzurri e più lucenti che mai.

"Ti sfido," dissi.

E lei, subito: "Chi sfida sale per primo."

Al che, io: "Le ragazze passano avanti ai maschi."

"Non quando è pericoloso," ribatté lei, abbassando lo sguardo con aria compunta, come se non lo sapessero tutti che era il maschiaccio numero due di Hemingford. Ma era fatta così. Sarebbe salita, ma non sarebbe salita per prima.

"Bene," dissi. "Io salgo, allora."

Avevo dieci anni, ricordo, ed ero magro come un chiodo, pesavo pochissimo. Kitty ne aveva otto, ed era molto più leggera di me. La scala ci aveva sempre sorretti, perciò pensavamo che potesse continuare a farlo, ed è una filosofia che, di tanto in tanto, trascina nei guai uomini e nazioni.

Potevo sentirla, quel giorno, cominciare a vibrare un pochino nell'aria polverosa del granaio mentre io mi arrampicavo sempre più in alto. Come sempre, arrivato a mezza scala, avevo davanti agli occhi la visione di quello che mi sarebbe successo se la scala avesse ceduto e fosse crollata. Ma continuai a salire, finché fui in grado di afferrarmi con le mani alla grossa trave, issarmi e guardare giù.

La faccia di Kitty, rivolta verso l'alto per osservarmi, era un piccolo ovale bianco. Nei calzoni di tela blu e camicia a scacchi scolorita, sembrava una bambola. Ancora più in alto sopra di me, nei recessi polverosi della grondaia, le rondini pigolavano dolcemente. Di nuovo, macchinalmente: "Salve, laggiù!" gridai, e la mia voce fluttuava fino a lei su bruscoli di paglia.

"Salve, lassù!"

Mi misi in piedi, oscillando un pochino. Come sempre, all'improvviso sembravano esserci nell'aria strane correnti che là in basso non esistevano. Sentivo i battiti del mio cuore mentre cominciavo ad avanzare lentamente, a piccoli passi, le braccia stese in fuori per mantenermi in equilibrio. Una volta, una rondine mi era svolazzata vicino alla testa durante quella parte dell'avventura e nel ritrarmi per poco non avevo perso l'equilibrio. Vivevo nel timore che si ripetesse la stessa cosa.

Ma stavolta non accadde. Alla fine mi ritrovai al disopra della sicurezza offerta dal fieno. Ora, guardare giù non era tanto agghiacciante quanto sensuale. Per un attimo, pregustai il volo. Poi, mi lasciai andare nel vuoto, tenendomi il naso per drammatizzare il gesto e, come sempre, la morsa improvvisa della gravità, trascinandomi giù brutalmente, facendomi cadere a picco, mi fece venir voglia di urlare: *Oh, no, ho sbagliato, fammi ritornar su!*

Poi atterrai sul fieno, sparato nel mucchio come un proiettile, e il suo odore dolce e polveroso si gonfiava intorno a me che stavo ancora sprofondando, come dentro un'acqua pesante fino a fermarmi lentamente, sepolto dall'erba. Come sempre, sentivo uno starnuto formarmisi al naso, e udivo qualche atterrito topolino di campo fuggire in cerca di una zona meno disturbata del mucchio di fieno. E avevo una sensazione strana, come di essere rinato. Kitty m'aveva detto una volta, ricordo, che dopo essersi tuffata nel fieno si sentiva fresca e nuova, come un bebè. Al momento non le avevo dato molta soddisfazione (capivo e non capivo quello che lei voleva dire) ma da quando ho ricevuto la sua lettera penso molto anche a questo.

Mi trascinai fuori del mucchio, nuotando nel fieno in un certo senso, finché potei riapprodare sul pavimento del granaio. Avevo fieno nei calzoni e sul didietro della camicia. Ne avevo sulle scarpe di corda e mi stava appiccicato ai gomiti. E nei capelli? Anche.

Lei nel frattempo era già arrivata a metà della scala, con le trecce d'oro che le battevano sulle spalle, e continuava a salire attraverso un'asta di luce tutta pulviscolo. In altri momenti quella luce poteva essere luminosa come i suoi capelli, ma quel giorno niente poteva competere con le sue trecce: erano la cosa più colorata, lassù.

Ricordo d'avere pensato che non mi piaceva il modo come la scala oscillava avanti e indietro. Sembrava che non fosse mai stata così ballerina.

Poi lei si issò sulla trave, in alto sopra di me: ora ero io il piccolo dei due, la mia faccia era il minuscolo ovale bianco rivolto verso l'alto mentre la sua voce fluttuava giù su pagliuzze erranti fatte volare dal mio balzo.

"Salve, laggiù!"

"Salve, lassù!"

Lei cominciò ad avanzare lungo la trave e il cuore mi si allentò un poco nel petto quando giudicai che fosse al sicuro al disopra del fieno. Mi succedeva sempre, sebbene lei fosse molto più aggraziata di me... e molto più atletica, molto più agile, se non suona troppo strano dire una cosa del genere della propria sorellina.

Stava immobile, levata sulle punte dei piedi, le mani tese in avanti. Poi, si tuffò. Si parla tanto di cose che non si possono dimenticare, che non si possono descrivere. Bene, io posso descriverle... in un certo senso. Ma non nel modo che potrebbe farvi capire fino a che punto era bella, e perfetta: una delle poche cose in vita mia che sembravano incredibilmente reali, incredibilmente vere. No, non posso dirvelo come vorrei. Non ne ho l'abilità, né con la penna, né con la lingua.

Per un attimo Kitty parve rimanere sospesa nell'aria, come nata da una di quelle misteriose correnti d'aria che esistevano soltanto nel terzo fienile, rondine luminosa dal piumaggio dorato quale il Nebraska non ha più visto da allora. Era Kitty, mia sorella, le braccia tese dietro di sé e la schiena ad arco, e come l'amavo, per quella frazione di secondo!

Poi lei arrivò giù, affondò nel fieno e scomparve. Un'esplosione di frammenti d'erba e di risa si levò dalla buca che aveva fatto. Avevo dimenticato quanto era parsa ballerina la scala con lei sopra e, nel tempo che Kitty impiegò per uscire dal fieno, io avevo già ricominciato a salire.

Tentai a mia volta di fare il cigno, ma la paura mi afferrò come faceva sempre, e il mio cigno si trasformò in una palla di cannone. Sapevo che il fieno era là, ma forse non riuscivo mai a crederci con la stessa fiducia di Kitty.

Quanto tempo andò avanti, quel gioco? Difficile dirlo. Ma guardai in su, dieci o dodici tuffi più tardi, e vidi che la luce era cambiata. Papà e mamma stavano per tornare, e noi eravamo coperti di fieno da capo a piedi... il che equivaleva a una confessione. Convenimmo di fare un ultimo salto a testa.

Nell'andare su per il primo, sentii la scala muoversi sotto di me e potevo udire, debolissimo, un cigolio strano di vecchi chiodi che si allentavano nel legno. Per la prima volta, mi sentivo realmente, materialmente spaventato. Credo che, se fossi stato un po' più vicino alla base, sarei tornato giù e tutto sarebbe finito lì, ma la trave era più vicina e sembrava la cosa più sicura. A tre pioli dalla cima il gemito dei chiodi che cedevano divenne più forte e mi ritrovai improvvisamente raggelato dal terrore, con la certezza d'essere andato troppo oltre.

Poi sentii sotto le mani la trave scheggiata, che mi permetteva di togliere il mio peso dalla scala, ed era un sudore freddo e sgradevole quello che incollava i fili di fieno alla mia fronte. Il divertimento del gioco era scomparso.

Mi affrettai verso il fieno e mi lasciai cadere. Perfino la parte gradevole del tuffo era andata perduta. Nel venire giù, immaginavo quello che avrei provato se a venirmi incontro fosse stato il solido pavimento del granaio, invece dell'elastica cedevolezza del fieno.

Sbucai dal mucchio in tempo per vedere Kitty che si affrettava su per la scala a pioli. "Ehi," le gridai, "torna giù! La scala non è più sicura!"

"Ce la farà a reggermi!" rispose lei, fiduciosa. "Sono più leggera di te."

"Kitty..."

Ma non potei finire la frase. Perché proprio in quel momento la scala cedette.

Si spezzò con un rumore di legno marcito che va in frantumi. Mandai un grido d'allarme e Kitty urlò. Era più o meno nel punto dove mi trovavo io quando mi ero convinto d'avere tirato la fortuna per i capelli.

Il piolo sul quale era ferma cedette, poi entrambi i lati della scala si spaccarono. Per un attimo, la scala sotto di lei, che ormai era completamente sganciata, sembrò un gigantesco insetto, una mantide religiosa, che avesse appena deciso di mettersi in cammino.

Poi, si abbatté sul pavimento del granaio, con un fragore secco che sollevò polvere e fece muggire le mucche, spaventate. Una di esse cominciò a scalciare contro la porta della stalla.

Kitty emise un grido acuto, lacerante.

"Larry! Larry! Aiuto!"

Sapevo quello che bisognava fare, lo capii subito. Ero terribilmente spaventato ma non al punto da perdere la testa. Lei era a più di diciotto metri sopra di me, le sue gambe inguainate nei blue-jeans scalciavano disperatamente nell'aria, mentre le rondini, sopra di lei, facevano udire il loro verso dolce. Ero atterrito, ve lo assicuro. E ancora oggi non posso assistere a un numero di trapezisti, neppure alla televisione. Mi prende subito un crampo allo stomaco.

Ma sapevo quello che bisognava fare.

"Kitty!" le ordinai urlando. "Sta' ferma! *Sta' ferma!"*

Mi ubbidì all'istante. Smise di agitare le gambe e rimase appesa là, diritta, le manine aggrappate all'ultimo piolo dell'estremità spaccata della scala, come un acrobata il cui trapezio si sia fermato.

Corsi al mucchio di fieno, afferrai un'enorme bracciata, tornai indietro di corsa, la lasciai cadere. Tornai di nuovo al mucchio. E poi ancora, e ancora.

Davvero non ricordo i particolari, tranne che il fieno mi andava su per il naso e mi costringeva a starnutire senza poter smettere. Correvo avanti e indietro, costruendo un pagliaio nel punto dove prima arrivava la scala. Guardandolo, poi guardando lei appesa là in alto, veniva forse da pensare a uno di quei fumetti dove il personaggio si tuffa da un centinaio di metri dentro un bicchiere d'acqua.

Avanti e indietro. Avanti e indietro.

"Larry, non ce la faccio più!" La sua voce era acuta, disperata.

"Kitty, devi resistere! Devi rimanere aggrappata!"

Avanti e indietro. Fieno dentro la camicia. Avanti e indietro. Il mucchio mi arrivava al mento, ora, ma quello in cui usavamo tuffarci era alto sette, otto metri. Pensavo che se si fosse soltanto rotta le gambe se la sarebbe già cavata bene. E sapevo che, se avesse mancato completamente il fieno, si sarebbe ammazzata. Avanti e indietro.

"Larry! Il piolo! Sta per rompersi!"

Sentivo anch'io il gemito continuo e simile a un raschiare del piolo che si staccava sotto il suo peso. Lei ricominciò a muovere le gambe, per il panico ma, se si fosse agitata in quel modo, sicuramente avrebbe mancato il letto di fieno.

"No!" urlai. "No! Smettila di fare così! Lasciati andare! Lasciati andare, Kitty!" Era ormai troppo tardi perché potessi ammucchiare altro fieno. Troppo tardi per tutto, se non per sperare, ciecamente.

Si lasciò andare e piombò giù nel momento stesso in cui gliel'ordinai. Cadde diritta come una lama. Mi sembrò che dovesse precipitare in eterno, gli occhi chiusi, la faccia pallida come la porcellana. Non gridò. Teneva le mani serrate davanti alle labbra, come se stesse pregando.

E atterrò proprio nel centro del mucchio. Vi sparì dentro, affondando: il fieno volò tutt'attorno, come se fosse atterrato un obice e sentii il tonfo del suo corpo che veniva in contatto con il pavimento. Il suono, forte e sordo, produsse in me un senso di gelo mortale. Era stato troppo forte, troppo forte! Ma dovevo vedere.

Scoppiando in pianto, balzai sul fieno e presi a separarlo, gettandolo in grandi manciate sopra di me. Una gamba ricoperta di tela blu venne alla luce, poi una camicia a quadri... e poi la faccia di Kitty. Era di un pallore di morte e gli occhi erano chiusi. Era morta, lo capii nell'attimo in cui la vidi. Il mondo diventò grigio intorno a me, di un grigiore di novembre. La sola cosa che avesse un colore erano le trecce di lei, bionde come l'oro.

E poi, vidi l'azzurro profondo delle sue iridi, perché aveva aperto gli occhi.

"Kitty?" La mia voce era rauca, roca, incredula. Avevo la gola coperta di polvere di fieno.

"Larry?" chiese, disorientata. "Sono viva?"

La tirai fuori dal fieno, abbracciandola forte, e lei mise le braccia intorno al mio collo, ricambiando la stretta.

"Sei viva," ripetevo. "Sei viva, sei viva."

Si era rotta la caviglia sinistra, nient'altro. Quando il dottor Pedersen, un medico di Columbia City, venne nel granaio con mio padre e con me, rimase un bel pezzo a fissare in su, nell'ombra là in alto. L'ultimo piolo della scala era ancora appeso là, di sghimbescio, tenuto da un solo chiodo.

Guardò, come dicevo, per un bel pezzo. "Un miracolo," disse, rivolto a mio padre, poi tirò sdegnosamente un calcio al fieno che avevo ammucchiato. Uscì, andò alla sua polverosa De Soto e partì senza aggiungere altro.

Sentii sulla spalla la mano di mio padre. "Ora andremo nel capanno della legna, Larry," disse lui, con voce molto calma. "Penso che tu sappia che cosa avverrà là dentro."

"Sì, papà," mormorai.

"A ogni cinghiata, Larry, voglio che tu ringrazi Iddio perché tua sorella è ancora viva."

"Sì, papà."

Poi, andammo. Mi frustò a lungo, così a lungo che dovetti mangiare stando in piedi per una settimana e poi, per altri quindici giorni, non potei sedermi senza un cuscino. E ogni volta che sentivo calare la sua grossa mano rossa e callosa, ringraziavo Dio.

A voce alta, altissima. Arrivato agli ultimi due o tre colpi, avevo quasi la certezza che Lui mi sentisse.

Mi permisero di vederla poco prima dell'ora di andare a letto. C'era un uccelletto fuori della sua finestra, me ne ricordo benissimo. Il piede di Kitty, tutto fasciato, era appoggiato su un'assicella.

Mi fissò così a lungo e così affettuosamente da farmi sentire a disagio. Poi disse: "Il fieno. Avevi messo giù il fieno."

"Per forza," proruppi. "Cos'altro potevo fare? Ormai che la scala si era rotta, non c'era più modo di arrivare lassù."

"Io non sapevo quello che stavi facendo," disse lei.

"Dovevi saperlo per forza, santo cielo! Ero proprio sotto di te."

"Non osavo guardare giù," disse lei. "Ero troppo terrorizzata. Ho tenuto gli occhi chiusi per tutto il tempo."

La fissavo, esterrefatto.

"Non lo sapevi? Non sapevi quello che stavo facendo?"

Fece segno di no.

"E quando ti ho detto di lasciarti andare... *l'hai fatto*?"

Assentì.

"Kitty, come hai potuto farlo?"

Mi guardava con i suoi profondi occhi azzurri. "Sapevo che stavi facendo sicuramente qualcosa per salvarmi," spiegò. "Sei mio fratello maggiore. Sapevo che ti saresti preso cura di me."

"Oh, Kitty, tu non sai il rischio che hai corso!"

Mi ero messo le mani sulla faccia. Lei si tirò su e me le pre-

se, scostandomele dal volto. Mi baciò sulla guancia. "No,"
disse. "Ma sapevo che eri laggiù. Povera me, che sonno. Ci vediamo domani, Larry. Il dottor Pedersen dice che dovranno in-
gessarmi."

Tenne l'ingessatura per circa un mese, e tutte le sue compagne di scuola firmarono il gesso: Kitty volle che lo firmassi
perfino io. E, quando glielo tolsero, dell'incidente del granaio
non si parlò più. Mio padre sostituì la scala che portava al terzo
fienile con un'altra molto più solida, ma io non mi arrampicai
mai più fino alla trave per poi tuffarmi nel fieno. Per quanto
ne so, non lo fece più nemmeno Kitty.

Fu la fine di quell'incidente ma, in un certo senso, non
proprio la fine. Diciamo che non si concluse mai fino a nove
giorni fa, quando Kitty si buttò dall'ultimo piano di un palazzo di Los Angeles. Ho nel portafoglio il ritaglio del *Times* di
L.A. Credo che lo porterò sempre con me, non come uno si
porta appresso l'istantanea di qualcuno che si desidera ricordare, o il biglietto di teatro di un gran bello spettacolo, o parte
del programma di un campionato mondiale. Porto quel ritaglio
come si porta qualcosa di pesante, perché è nostro dovere por-
tarlo. Il titolo dice: RAGAZZA SQUILLO SPICCA IL SALTO
VERSO LA MORTE.

Crescemmo. È tutto quello che so, a parte altri fatti che non
significano niente. Kitty doveva iscriversi all'università, a
Omaha, ma nell'estate dopo il diploma vinse una gara di bellezza e sposò uno dei giudici. Sembra un brutto scherzo, vero?
La mia Kitty.

Mentre studiavo legge lei divorziò e mi scrisse una lunga
lettera, dieci pagine e più, raccontandomi com'era andata, che
disastro era stato, e come tutto sarebbe sicuramente andato
meglio se lei avesse potuto avere un bambino. Mi pregava di
andare da lei, se mi era possibile. Ma perdere una settimana
nella facoltà che frequentavo era come perdere un intero anno
scolastico al liceo. È un po' come essere dei levrieri in corsa. Se
perdi di vista il piccolo coniglio meccanico, addio, è andato per
sempre.

Kitty si trasferì a Los Angeles e si risposò. Quando quel secondo matrimonio si ruppe, io ero ormai laureato. Ci fu un'altra lettera, più breve, più amara. Non aveva nessuna intenzione di rimanere su quella giostra, mi scriveva Kitty. Era tutto un

imbroglio. Il solo modo in cui potevi afferrare l'anello di ottone era di cadere dal cavallo e romperti l'osso del collo. Se quello era il prezzo per poter fare un giro, chi mai voleva pagarlo? PS. Puoi venire, Larry? È tanto che non ci vediamo.

Le risposi, dicendole che mi sarebbe piaciuto tanto rivederla, ma non mi era possibile. Ero stato assunto in una ditta dove la competizione era spietata, ero quello più in basso sul palo della cuccagna, mi toccava tutto il lavoro e neppure una briciola del credito. Se mai potevo farcela a salire, dovevo riuscirci quell'anno. Fu la *mia* lunga lettera, ed era tutta sulla mia carriera.

Rispondevo a tutte le sue lettere. Ma non riuscivo mai a convincermi veramente che a scriverle fosse Kitty, capite? proprio come non potevo mai credere del tutto che sotto ci fosse il fieno... finché il mucchio non frenava la mia caduta in fondo al precipizio e mi salvava la vita. Non riuscivo a convincermi che mia sorella e la donna sconfitta che firmava ''Kitty'' dentro un cerchio, in calce alle lettere, fossero realmente la stessa persona. Mia sorella era una ragazzina con le trecce, ancora senza seno.

Fu lei quella che smise di scrivere. Ricevevo auguri di Natale, o di compleanno e mia moglie li ricambiava. Poi divorziai, mi trasferii e dimenticai, semplicemente. Il Natale seguente e il compleanno successivo gli auguri arrivarono rispediti al nuovo indirizzo. Il primo. E io continuavo a pensare: accipicchia, bisogna che scriva a Kitty e la informi che mi sono trasferito. Ma non lo facevo mai.

Ma questi, ve l'ho detto, sono fatti che non significano niente. Le sole cose che contano sono che ci facemmo grandi e che lei si gettò dall'alto di quello stabile, e che era Kitty, di noi due, a non dubitare mai che sotto ci fosse il fieno. Era Kitty quella che aveva detto: ''Sapevo che stavi sicuramente facendo qualcosa per salvarmi.'' Queste sono le cose che contano. E la lettera di Kitty.

La gente cambia casa di continuo, oggi, ed è strano come quegli indirizzi cancellati e quelle etichette per il cambio di indirizzo possano apparire come accuse. Lei aveva scritto l'indirizzo del mittente a stampatello, nell'angolo della busta: quello dove aveva alloggiato fino al momento del salto nel vuoto. Uno stabile d'abitazione molto rispettabile, in Van Nuys. Papà

e io eravamo andati là a ritirare le sue cose. La padrona di casa
era stata gentile. Kitty le era simpatica.

Il timbro postale della lettera risaliva a due settimane prima
che lei morisse. La lettera mi sarebbe arrivata molto tempo prima, se non avesse dovuto essere inoltrata da un nuovo indirizzo
all'altro. Kitty doveva essersi stancata di aspettare.

Caro Larry,
  Ci ho pensato molto, ultimamente... e ho deciso che sareb-
be stato molto meglio per me se quell'ultimo piolo si fosse rot-
to prima che tu avessi il tempo di ammucchiare il fieno.

Tua
Kitty.

Sì, penso che debba essersi stancata di aspettare. Preferisco
credere questo piuttosto che pensare che si fosse convinta d'essere stata dimenticata. Non vorrei che avesse pensato questo,
perché quell'unica frase era forse la sola cosa che m'avrebbe
fatto precipitare da lei senza perdere un istante.

Ma non è neppure questa la ragione per cui il sonno tarda
tanto a venire. Quando chiudo gli occhi e comincio ad appisolarmi, la vedo venir giù dal terzo fienile, gli occhi spalancati e
d'un azzurro intenso, il corpo ad arco, le braccia tese dietro di
lei come ali.

Era lei quella che sapeva sempre con certezza che sotto ci
sarebbe stato il fieno.

L'uomo che amava i fiori

In un tardo pomeriggio del maggio 1963, un giovanotto con la mano in tasca camminava spedito lungo la Terza Strada, a New York. L'aria era dolce e gradevole, il cielo si andava oscurando a poco a poco dall'azzurro al calmo e splendido viola del tramonto. Ci sono persone che amano la città, e quella era appunto una serata che induceva ad amarla. Sembrava che tutti coloro che sostavano sulla soglia delle rosticcerie, delle tintorie o dei ristoranti sorridessero. Una vecchia signora che spingeva una vecchia carrozzina da neonato con dentro due borse della spesa sorrise al giovanotto e lo apostrofò: "Ciao, bello!" Il giovanotto le rivolse un mezzo sorriso poi agitò la mano in un saluto.

Lei passò oltre, pensando: è innamorato.

Lui dava quell'impressione, infatti. Indossava un vestito grigio chiaro, la cravatta un poco allentata, il colletto della camicia sbottonato. I capelli scuri erano tagliati corti. La carnagione era chiara, gli occhi celesti. Una faccia che non aveva niente di straordinario, ma in quella dolce serata primaverile, lungo quel viale, nel maggio del 1963, il giovane *era* bello, e la vecchia, in un momento di dolce nostalgia, si ritrovò a pensare che in primavera chiunque può essere bello... se si affretta incontro alla persona dei suoi sogni, per andare a cena e poi magari a ballare. La primavera è l'unica stagione in cui sembrava che la nostalgia non diventi mai amara, e lei continuò per la strada, contenta d'avergli rivolto la parola e contenta che lui avesse ricambiato il complimento, alzando la mano in un mezzo saluto.

Il giovane attraversò la Sessantatreesima, camminando con un che di elastico nel passo e sempre con quel mezzo sorriso sulle labbra. Verso la metà dell'isolato, un vecchio stava accanto a un carrettino verde carico di fiori: il colore predominante era il giallo, quello febbrile della giunchiglie e dei crocus tardivi. Il vecchio aveva anche dei garofani e alcune rose tea di serra, anche quelle gialline. Sgranocchiava un pretzel e ascoltava una radiolina a transistor posata su un angolo della bancarella.

La radio riversava cattive notizie che nessuno ascoltava: un assassino armato di martello era tuttora latitante; JFK aveva dichiarato che la situazione nel Vietnam, una nazione asiatica, richiedeva una vigile attenzione; una donna non identificata era stata ripescata dall'East River; una giuria non aveva condannato un re del crimine nella guerra che l'amministrazione civica stava conducendo contro la droga; i russi avevano fatto esplodere un ordigno nucleare. Niente di tutto questo sembrava reale, niente sembrava importante. L'aria era dolce e profumata. Due panciuti bevitori di birra sostavano davanti a un negozio di fornaio, lanciando monetine e scambiandosi frecciate. La primavera tremolava sull'orlo dell'estate e, in città, l'estate è la stagione dei sogni.

Il giovanotto oltrepassò il fioraio e il suono della radio si affievolì. Lui esitò, si voltò e parve ripensarci. Rimise la mano nella tasca della giacca e stette un poco a giocherellare con qualcosa. Per un momento la sua faccia sembrò perplessa, solitaria, quasi tormentata; poi, mentre la mano usciva dalla tasca, ritrovò l'espressione di ansiosa attesa.

Il giovane si girò verso il carrettino del fioraio, sorridendo. Le avrebbe portato dei fiori, e questo l'avrebbe fatta contenta. Amava vedere che gli occhi le si illuminavano per la sorpresa e per la gioia quando le faceva un'improvvisata: piccole cose, perché era tutt'altro che ricco. Una scatola di cioccolatini. Un braccialetto. Una volta, soltanto un sacchetto di arance di Valencia, perché sapeva che erano le preferite di Norma.

"Mio giovane amico," disse il fioraio, vedendo che il giovane vestito di grigio tornava sui suoi passi, facendo scorrere lo sguardo sulla merce esposta. Il venditore di fiori era sui sessantotto anni, indossava un vecchio maglione grigio e portava un basco, nonostante il tepore della serata. La sua faccia era una mappa di rughe, i suoi occhi affondavano nelle borse e una sigaretta gli ballonzolava tra le dita. Ma ricordava anche lui che cosa voleva dire essere giovani in primavera: giovani e così innamorati da camminare quasi senza toccare terra. Di solito la faccia di quel fioraio era acida, ma ora l'uomo sorrideva un poco, proprio come aveva sorriso la vecchietta con le borse della spesa, perché quel giovanotto era un caso che dava nell'occhio.

Si scosse via qualche briciola di pretzel dal maglione sformato e
pensò: se l'amore fosse una malattia, questo figliolo l'avrebbero già ricoverato d'urgenza.

"Quanto vengono, questi fiori?" chiese il giovanotto.

"Le farò un bel bouquet per un dollaro. Quelle rose tea,
invece, sono di serra. Costano un po' di più, settanta centesimi
l'una. Posso dargliene sei per tre dollari e cinquanta."

"Un po' care," disse il giovane.

"Le cose belle si pagano, mio giovane amico. Non gliel'ha
insegnato sua madre?"

Il giovanotto sorrise. "Sì, può darsi che me l'abbia accennato."

"Certo. È sicuro che l'ha fatto. Gliene darò mezza dozzina,
due rosse, due bianche e due gialle. Che cosa potrei fare, più
di così? Ci metterò anche un po' di capelvenere — a loro piace, sa — e magari un po' di felce, per riempire. Bene. Oppure
può prendere il bouquet, per un dollaro."

"A loro?" chiese il giovane, sempre sorridendo.

"Mio giovane amico," rispose il venditore di fiori, gettando
il mozzicone sul marciapiede e ricambiando il sorriso, "nessuno
compera fiori per sé, in maggio. È come una legge nazionale,
capito che cosa voglio dire?"

Il giovanotto pensò a Norma, ai suoi occhi felici e sorpresi,
al suo sorriso dolce, e piegò un poco la testa. "Sì, credo di sì,"
rispose.

"Ha capito e come! Allora, che cosa decide?"

"Be', lei che cosa ne pensa?"

"Glielo dico subito, quello che penso. Ehi! Il consiglio è
gratis, vero?"

Il giovane sorrise: "Credo sia la sola cosa che ancora lo
sia."

"Dice proprio bene, purtroppo," replicò il fioraio. "Bene,
mio giovane amico. Se i fiori sono per sua madre, le porti il
bouquet. Qualche giunchiglia, qualche croco, qualche altro
fiorellino di campo. Lei non rovinerà tutto, dicendo: 'Oh, caro,
che belli, quanto costano, ma sei matto a buttare via i soldi in
quel modo?'"

Il giovane gettò indietro la testa e rise.

"Ma se sono per la sua ragazza," continuò il venditore,
"allora la cosa è diversa, figlio mio, e lei lo sa. Le porti le rose
e vedrà che non si trasforma in un contabile, capito quello che
voglio dire? Le butterà le braccia al collo, invece..."

"Prendo le rose," decise il giovanotto, e stavolta fu il fioraio a scoppiare a ridere. I due uomini che stavano giocando sul marciapiede guardarono verso il carrettino e sorrisero.

"Ehi, figliolo!" gridò uno dei due. "Vuoi comprare un anello matrimoniale per pochi soldi? Ti vendo il mio... io non lo voglio più."

Il giovanotto sorrise e arrossì fino alla radice dei capelli.

Il fioraio scelse sei rose, tagliò a ciascuna un pezzo di gambo, le spruzzò d'acqua e le avvolse in un foglio messo a spirale.

"Stasera il tempo è proprio come lo vorremmo sempre," diceva la radio. "Bello e dolce, temperatura sui ventitré gradi, perfetto per salire a contemplare le stelle dal tetto di casa, per chi è romantico."

Il fioraio fermò con lo scotch l'ultimo angolino del foglio e raccomandò al giovanotto di dire alla sua bella che un po' di zucchero aggiunto all'acqua del vaso le avrebbe fatte durare più a lungo.

"Glielo dirò," promise il giovane. Porse un biglietto da cinque dollari. "Grazie."

"Faccio solo il mio mestiere, mio giovane amico," rispose il fioraio, dandogli un dollaro e mezzo di resto. Il suo sorriso divenne un po' triste. "Le dia un bacio da parte mia."

Alla radio, il complesso Quattro Stagioni cominciò a cantare *Sherry*. Il giovanotto si mise in tasca il resto e proseguì lungo la strada, gli occhi grandi, attenti e ansiosi, guardando non tanto intorno a sé e alla vita che montava e rifluiva come una marea lungo la Terza Strada quanto internamente e nell'immediato futuro, pregustando il momento. Ma c'erano particolari che interferivano: una mamma che spingeva il suo piccolo dentro un passeggino, la faccia del piccolo comicamente sporca di gelato; una bimbetta che saltava la corda a tempo con una filastrocca. "Ab-barabbà-cicci-cocò, tre civette sul comò..." Due donne ferme sulla porta di una lavanderia fumavano e paragonavano gravidanze. Un gruppo di uomini stava guardando, nella vetrina di un negozio di elettrodomestici, un gigantesco televisore a colori dal prezzo vertiginoso: alla TV trasmettevano una partita di baseball e tutte le facce dei giocatori apparivano verdi. Il campo di gioco era di un vago color fragola, e i Metropolitani di New York vincevano contro i Phillier per sei a uno.

Il giovane continuava a camminare, con i fiori in mano, ignaro che le due donne fuori della lavanderia avessero smesso per un attimo di chiacchierare e l'avessero guardato malinconi

camente, mentre passava con il suo fascio di rose; i giorni in
cui loro due ricevevano fiori erano passati da un pezzo. Né si
accorse che un giovane vigile aveva fermato il traffico con un
colpo di fischietto, all'incrocio tra la Terza e la Sessantanovesi-
ma, per dargli il tempo di attraversare; il vigile era a sua volta
fidanzato e riconosceva l'espressione sognante sulla faccia del
giovane per averla vista molto spesso nello specchio, ultimamente, quando si faceva la barba.

Arrivato alla Settantatreesima si fermò e svoltò a destra.
Quella via era un poco più buia, vi si allineavano palazzine
d'abitazione e ristoranti dai nomi italiani. Tre isolati più in
giù, era in atto una partita di pallone, in un prato, nella luce
morente. Il giovane non si spinse tanto in là; percorse un mezzo isolato e svoltò in uno stretto viottolo.

Ora le stelle erano apparse, con un luccichio tenue, e il
viottolo era buio e pieno d'ombre; spiccavano qua e là le forme
vaghe dei bidoni della spazzatura. Il giovane era solo, ora:
cioè, no, non del tutto. Un gemito incerto si levava nella penombra sfumata di viola, e il giovane aggrottò la fronte. Era la
serenata di un gatto in amore e non c'era niente di gradevole
in quei versacci.

Si mise a camminare più lentamente, guardando l'orologio.
Mancava un quarto alle otto e Norma doveva essere ormai...

Poi la scorse, che avanzava verso di lui dal cortile, con indosso calzoni di tela blu e una camicetta alla marinara che gli
diede quasi una stretta al cuore. Era sempre una sorpresa vederla per la prima volta, era sempre un dolcissimo choc: sembrava così *giovane*.

Ora il sorriso gli si allargò, divenne radioso... ed egli affrettò il passo.

''Norma!'' disse.

Lei guardò in su e sorrise... ma, come furono più vicini, il
sorriso sbiadì.

Quello di lui tremolò un poco, ed egli avvertì un attimo di
inquietudine. La faccia al disopra della camicetta alla marinara
parve sbiadire, cancellarsi. Stava diventando buio, ora... possibile che lui si fosse sbagliato? No, sicuramente. *Era* Norma.

''Ti ho comperato dei fiori,'' disse, con un felice senso di
sollievo, e le porse il mazzo avvolto nella carta oleata.

Lei guardò i fiori per un attimo, sorrise... e li restituì.

''Grazie, ma si sbaglia,'' disse. ''Io mi chiamo...''

''Norma,'' bisbigliò lui, ed estrasse il martello a manico

corto dalla tasca della giacca, dove l'aveva tenuto fino a quel
momento. "Sono per te, Norma... è stato sempre per te... tutto per te."

Lei indietreggiò, la faccia una macchia bianca e rotonda, la
bocca un nero e spalancato O di terrore, e non era Norma,
Norma era morta, morta da dieci anni, ormai, e non aveva importanza perché lei ora stava per urlare ed egli calò il martello
per fermare l'urlo, per uccidere l'urlo, e nel calare il martello il
mazzo di rose gli sfuggì di mano, il foglio si ruppe e si aprì,
lasciando cadere rose rosse, bianche e gialle accanto agli ammaccati bidoni dell'immondizia dove i gatti facevano l'amore
nel buio, gridando in amore, gridando, gridando.

Calò il martello e lei non urlò, ma avrebbe potuto urlare
perché non era Norma, nessuna di loro era Norma, ed egli calava il martello, calava il martello, calava il martello. Non era
Norma e così lui vibrava colpi, come aveva fatto altre cinque
volte.

Qualche indefinibile tempo dopo, fece scivolare il martello
nella tasca interna della giacca e indietreggiò dall'ombra scura
riversa sui ciottoli, dalle rose finite come pattume accanto ai
bidoni. Si voltò e lasciò lo stretto viottolo. Era completamente
buio, ormai. I ragazzi che giocavano a palla se n'erano andati.
Se c'erano macchie di sangue sul suo vestito, non avrebbero
dato nell'occhio, nel buio, nel buio dolce di quella primavera
avanzata, e il nome di lei non era stato Norma, ma lui sapeva
qual era il suo nome. Era... era...

Amore.

Il suo nome era amore, e lui camminava per quelle strade
buie perché Norma lo stava aspettando. E lui l'avrebbe trovata.
Un giorno o l'altro, presto.

Ricominciò a sorridere. Il passo gli ritornò elastico ed egli
continuò a camminare lungo la Settantatreesima Strada. Una
coppia di coniugi di mezz'età sedeva sui gradini di casa, all'esterno. Lo guardarono passare, la testa un po' piegata da un lato,
lo sguardo perduto nella distanza, un mezzo sorriso sulle
labbra. Dopo che era passato, la donna disse: "Com'è che tu
non l'hai più quell'aria lì?"

"Eh?"

"Niente," disse lei, ma rimase a guardare il giovane vestito
di grigio sparire nella tenebra della notte ormai fonda e intanto
pensava che, se c'era qualcosa di più bello della primavera, era
l'amore giovane.

Il bicchiere della staffa

Erano le dieci e un quarto ed Herb Tooklander stava pensando di chiudere per la notte quando l'uomo dal cappotto elegantissimo e dalla faccia bianca e stravolta fece irruzione nel Tookey's Bar, che si trova nella parte settentrionale di Falmouth. Era il dieci gennaio, suppergiù l'epoca in cui la maggior parte della gente impara a infischiarsene allegramente di tutte le buone risoluzioni che ha preso per l'Anno Nuovo, e fuori tirava un vento di nordest a dir poco infernale. Prima che facesse notte si era già formato uno strato di quindici centimetri di neve, e aveva continuato a nevicare a larghe falde per tutta la sera. Due volte avevamo visto Billy Larribee passare chiuso lassù dentro la cabina dello spazzaneve, e la seconda volta Tookey era corso fuori a portargli una birra: un atto di autentica carità, l'avrebbe definito mia madre, e Dio sa se lei ne aveva bevuta, ai suoi tempi, della birra di Tookey. Billy gli aveva detto che finora erano riusciti a tenere sgombra la strada principale, ma tutte le secondarie erano impraticabili e lo sarebbero rimaste fino al mattino dopo. La radio, a Portland, prevedeva altri trenta centimetri di neve e un vento di sessanta chilometri all'ora.

C'eravamo soltanto Tookey e io nel bar, ad ascoltare il vento che ululava attorno alle grondaie e a guardare la fiamma che danzava nel caminetto. "Ti verso il bicchiere della staffa, Booth," disse Tookey, "così poi chiudo bottega."

Riempì il mio bicchiere, versò per sé e, in quel preciso istante, la porta si spalancò e lo sconosciuto entrò barcollando, le spalle e i capelli coperti di neve, come se si fosse rotolato dentro lo zucchero. Il vento spinse dentro una spolverata di neve fine come sabbia, dietro di lui.

"Chiuda la porta!" gli urlò Tookey. "È nato in un fienile, lei?"

Non avevo mai visto un uomo più stravolto. Sembrava un

cavallo che avesse passato il pomeriggio a mangiare ortiche. Roteò gli occhi in direzione di Tookey e disse: "Mia moglie... mia figlia..." poi si afflosciò al suolo svenuto.

"Santo cielo," disse Tookey. "Chiudi tu la porta, Booth, per favore."

Andai a chiudere, e spingere l'uscio contro il vento non era impresa da poco. Tookey, ginocchio a terra, stava sorreggendo la testa dell'uomo e intanto gli batteva su una guancia. Mi avvicinai e vidi subito che la faccenda era seria. Aveva la faccia paonazza, ma qua e là c'erano chiazze grigiastre, e quando si è vissuti d'inverno nel Maine fin dal tempo in cui era presidente Woodrow Wilson, come me, si sa che quelle chiazze grigiastre significano principio di congelamento.

"È svenuto," disse Tookey. "Prendi il brandy là dietro il bar, per favore."

Andai a prenderlo e tornai. Tookey aveva sbottonato il cappotto allo sconosciuto, che dava segni di riaversi un po'; aveva gli occhi mezzo aperti e biascicava qualcosa che non si capiva.

"Versagliene un dito," disse Tookey.

"Soltanto un dito?"

"Quella è dinamite," spiegò Tookey. "Non è necessario intasargli il carburatore."

Versai un dito e guardai Tookey. Assentì. "Ora versaglielo in gola."

Versai. Era una scena piuttosto strana da osservare. L'uomo tremò da capo a piedi e cominciò a tossire. Diventò ancora più rosso in faccia. Le palpebre, un istante prima a mezz'asta, volarono in su come persiane. Ero un po' allarmato, ma Tookey si limitò a metterlo seduto, come un enorme poppante, e a battergli sulla schiena.

L'uomo sembrava sul punto di vomitare, e Tookey batté con più forza.

"Cerchi di tenerlo giù," disse. "Costa caro, quel brandy."

L'altro continuava a tossire, ma a poco a poco l'accesso si calmava. Lo guardai bene per la prima volta. Uno di città, senza dubbio, e a occhio e croce doveva venire da qualche località a sud di Boston. Portava guanti di capretto, costosi ma sottili. Doveva avere chiazze grigiastre anche sulle mani, probabilmente, e avrebbe potuto dirsi fortunato di non rimetterci un dito o due. Il cappotto era di lusso, niente da dire; un capo da trecento dollari, come ne avevo visti pochi. Portava scarponcini troppo leggeri che gli arrivavano appena alla caviglia.

"Va meglio," disse.

"Bene," replicò Tookey. "Se la sente di venire accanto al fuoco?"

"Mia moglie e mia figlia," disse lui. "Sono là fuori... nella tempesta."

"Dal modo come lei è entrato, non ho pensato certo che fossero a casa a guardare la televisione," disse Tookey. "Può dircelo accanto al fuoco molto meglio che qui sul pavimento. Tiriamolo su, Booth."

L'uomo si rimise in piedi, ma gli sfuggì un piccolo gemito e la sua bocca si torse in una smorfia di dolore. Mi preoccupai di nuovo delle condizioni dei suoi poveri piedi, e mi domandai perché il Signore avesse sentito il bisogno di creare degli imbecilli che, da New York, tentavano di girare in auto per il Maine meridionale nel bel mezzo di una tormenta di nordest. E mi domandai anche se la moglie e la figlia avessero indumenti un po' più pesanti dei suoi.

Lo sostenemmo fino al caminetto e lo sistemammo sulla sedia a dondolo, dove usava sedersi sempre la signora Tookey fino a che non era morta, nel settantaquattro. Era stata la moglie di Tookey quella che aveva dato il tono al locale, che era stato descritto sul *Down East* e sul *Sunday Telegram*, e una volta perfino sul supplemento domenicale del *Globe* di Boston. È in effetti più una locanda che un bar, con il suo ampio pavimento di legno, a incastro invece che inchiodato, il bancone di acero, l'antico soffitto a cassettoni, e il camino di pietra addirittura mostruoso, tanto è imponente. La signora Tookey cominciò a farsi venire idee di grandiosità dopo che era uscito quell'articolo sul *Down East*, s'era messa addirittura in mente di ribattezzare il locale Tookey's Inn o Tookey's Rest, e ammetto che suonano bene, hanno un che di coloniale, ma preferisco il vecchio. Altro è darsi arie d'estate, quando lo stato è pieno di turisti, altro è farlo d'inverno, quando non c'è che passarsela tra vicini. E ce n'erano state di sere d'inverno, come quella, che Tookey e io avevamo passato insieme, soli soletti, a bere whisky allungato con acqua o a farci qualche birra. La mia povera Victoria era mancata nel settantatré e il bar di Tookey era proprio il posto dove andare e dove c'erano abbastanza voci da zittire il ticchettio dell'orologio nel silenzio. Se anche c'eravamo soltanto Tookey e io, era già sufficiente. Non ci sarei andato altrettanto volentieri se il posto si fosse chiamato Tookey's Rest. Lo so che sembra sciocco, ma è così.

Sistemammo quel tizio accanto al fuoco e lui cominciò a tremare più forte che mai. Si abbracciava le ginocchia, batteva i denti e qualche goccia di muco liquido gli cadeva dal naso. Credo stesse cominciando a rendersi conto che se fosse rimasto un altro quarto d'ora là fuori ci avrebbe rimesso la pelle. Non è la neve, è il gelo del vento. Ti ruba tutto il calore.

"Dove ha perso la strada?" chiese Tookey.

"Una d-d-decina di c-chilometri più a sud."

Tookey e io ci guardammo, e tutt'a un tratto io mi sentii gelare da capo a piedi.

"Ma è sicuro?" chiese Tookey. "Ha fatto dieci chilometri con questa neve?"

Assentì. "Ho controllato l'odometro, quando abbiamo attraversato la città. Seguivo indicazioni precise... stavamo andando a trovare la sorella di mia moglie... nel Cumberland... non c'eravamo mai stati... noi veniamo dal New Jersey..."

New Jersey. Se c'è qualcuno più sprovveduto di un newyorkese è uno che viene dal New Jersey.

"Dieci chilometri, ne è proprio sicuro?" tornò a chiedere Tookey.

"Sicurissimo, sì. Ho trovato la svolta ma siamo finiti in mezzo alla neve... era tutto..."

Tookey lo agguantò. Nel chiarore tremolante del fuoco, la sua faccia appariva pallida e tesa. Dimostrava molto più dei suoi sessantasei anni. "Avete svoltato a destra?"

"A destra, sì. Mia moglie..."

"C'era un cartello?"

"Un cartello?" L'altro guardò Tookey senza capire e intanto si asciugava la punta del naso. "Certo che c'era. Proprio come sulle mie istruzioni. Seguire Jointner Avenue attraverso Jerusalem's Lot fino alla rampa d'accesso alla 295." Guardò da Tookey a me, poi fissò di nuovo Tookey. Fuori, il vento fischiava, ululava e gemeva attraverso le grondaie. "Perché, non è la direzione giusta?"

"Jerusalem's Lot," mormorò Tookey, così piano che si stentava a udirlo. "Oh, mio Dio!"

"Che cosa c'è?" chiese l'uomo. Ora alzava la voce. "Non era giusto? Sì, certo, la strada sembrava ingombra di neve, ma pensavo... se qui c'è un paese, ci saranno in funzione gli spazzaneve e... e poi io..."

Non completò quello che voleva dire.

"Booth," mi disse Tookey, sottovoce. "Va' a telefonare."

Chiama lo sceriffo.''

"Certo," ribatté quell'idiota piovuto dal New Jersey, "buona idea. Ma insomma, si può sapere che cosa avete, voialtri? Sembra che abbiate visto un fantasma.''

"Non ci sono fantasmi a Jerusalem's Lot, signore," precisò Tookey. "Ha raccomandato che rimanessero in macchina?''

"Si capisce," rispose lui, e aveva il tono offeso. "Non sono mica matto.''

Be', questo restava da dimostrare, per conto mio.

"Come si chiama, lei?" chiesi. "Per dirlo allo sceriffo.''

"Lumley. Gerard Lumley.''

Si rimise a parlare con Tookey, e io mi allontanai verso il telefono. Staccai il ricevitore e non sentii altro che il più assoluto silenzio. Provai a battere un po' sui tasti in alto, ma inutilmente.

Tornai indietro. Tookey aveva versato a Gerard Lumley un'altra dose di brandy, e questa stava andando giù molto più facilmente.

"Era fuori?" domandò Tookey.

"Il telefono è isolato.''

"Porca miseria!" esclamò Tookey e di nuovo ci guardammo. Fuori, il vento aumentava di intensità, scaraventando neve contro le finestre.

Lumley guardò da Tookey a me e viceversa.

"Be', ma nessuno di voi due ha una macchina?" L'ansia era tornata, nella sua voce. "Quelle poverine devono tenere acceso il motore per avere il riscaldamento. Avevo il serbatoio pieno solo per un quarto, ormai, e ci ho messo un'ora e mezzo per... Insomma, volete *rispondermi*?" Poi si alzò di scatto e afferrò Tookey per la camicia.

"Signore," disse Tookey, "credo che la sua mano sia sfuggita al controllo del cervello.''

Lumley si guardò la mano, poi guardò Tookey e infine la lasciò ricadere. "Il Maine," sibilò. Lo disse come se stesse pronunciando un'ingiuria sanguinosa. "Sta bene," disse poi. "Dov'è la più vicina stazione di rifornimento? Avranno bene un carro attrezzi...''

"La più vicina è nel centro di Falmouth," risposi io. "È a quasi cinque chilometri da qui, lungo la strada.''

"Grazie," fece lui, un po' sarcastico, e si diresse verso la porta, abbottonandosi il cappotto.

"Non sarà aperta, però," aggiunsi.

Si girò lentamente e ci guardò.

"Che cosa ha detto, scusi?"

"Sta cercando di spiegarle che quella stazione di rifornimento appartiene a Billy Larribee e che Billy è in giro con lo
spazzaneve, idiota che non è altro," spiegò pazientemente
Tookey. "E adesso perché non torna a sedersi qui, prima che le
scoppi una vena?"

L'uomo tornò, allibito e spaventato. "Sta forse dicendo che
non può... che non c'è..."

"Non le sto dicendo niente," lo interruppe Tookey. "Dice
sempre tutto lei, e se volesse piantarla per un momento, potremmo cercare di riflettere."

"Che cos'è quel paese, Jerusalem's Lot?" chiese allora lui.
"Perché la strada era tutta coperta di neve? E come mai non si
vedeva neppure una luce accesa?"

"Jerusalem's Lot è stata distrutta da un incendio due anni
fa," spiegai.

"E non l'hanno più ricostruita?" Sembrava che non potesse
crederci.

"Pare di no," risposi, e guardai Tookey. "Allora, che cosa
facciamo?"

"Non possiamo lasciarle là," disse lui.

Gli andai più vicino. Lumley si era allontanato per andare a
guardare fuori della finestra.

"E se poi sono già state contaminate?" chiesi.

"Può darsi, ma non lo sappiamo con certezza," rispose
Tookey. "Ho la mia Bibbia, là sullo scaffale. Tu ce l'hai sempre la medaglia del Papa?"

Mi cercai il crocifisso, sotto la camicia, e glielo mostrai. La
maggior parte di noi che abitano nei dintorni di Jerusalem's
Lot porta qualcosa con sé: un crocifisso, la medaglia di San
Cristoforo, un rosario, qualcosa. Perché due anni fa, nell'arco
di un malinconico mese d'ottobre, accadde qualcosa, laggiù. A
volte, la sera tardi, quando i clienti fissi sono radunati attorno
al caminetto di Tookey, capitava di parlarne. Di girarci attorno
col discorso, per meglio dire. Vedete, la gente di quella località
cominciò a scomparire. Prima qualcuno, poi di più, poi in numero sempre maggiore. Le scuole chiusero. La cittadina rimase
deserta per più di un anno. Oh, qualcuno vi si trasferì (quasi
tutti deficienti venuti da qualche altro stato, come quel bell'e-
semplare di Lumley) attratto dal basso costo delle proprietà,
immagino. Ma non durarono a lungo. I più ripartirono un me-

se o due dopo essere arrivati. Gli altri... be', sparirono. Poi, la città venne distrutta dal fuoco. Accadde alla fine di un autunno lungo e secco. Si pensò che l'incendio fosse cominciato vicino a Marsten House, sulla collina da cui si domina Jointner Avenue, ma nessuno sa dire, ancora oggi, come scoppiò. In seguito, per qualche tempo, le cose andarono meglio. E poi, tornarono peggio di prima.

La parola "vampiri" l'ho sentita pronunciare una sola volta. Quella sera, nel locale di Tookey, c'era un certo Richie Messina, un camionista di Freeport, che aveva bevuto parecchio. "Oh, Gesù!" si mette a sghignazzare quel fanfarone, un pezzo d'omone in calzoni di lana, camicia scozzese e solide scarpe di cuoio. "Possibile che abbiate paura perfino di dirlo? Vampiri! Ecco a che cosa state pensando, vero? Ma per Gesù Cristo in carriola, mi sembrate una manica di ragazzini rimasti impressionati da un film di Dracula! Lo sapete che cosa c'è laggiù a 'Salem's Lot? Volete che ve lo dica? Volete che ve lo dica?"

"Diccelo, Richie," gli fa Tookey. Si era fatto un gran silenzio, nel bar. Si sentiva la legna scoppiettare nel camino e, fuori, la pioggia di novembre che veniva giù piano piano nel buio. "Hai tu la parola."

"Laggiù c'è soltanto qualche cane randagio," prosegue Richie Messina. "Ecco che cosa c'è. Qualche cane affamato e qualche vecchia befana che ha la passione delle storie di fantasmi. Per ottanta dollari sono disposto ad andarci e a passare la notte in quello che resta di quella casa stregata che vi preoccupa tanto. Allora, che cosa ne dite? C'è nessuno disposto ad accettare la scommessa?"

Ma nessuno voleva saperne. Richie era un rodomonte che quando beveva diventava cattivo, e nessuno di noi avrebbe versato lacrime al suo funerale; ma neppure eravamo disposti a lasciarlo andare a Jerusalem's Lot dopo il calar del buio.

"Siete un branco di fottuti," dice Richie. "Ho il mio fucile, nel baule della Chevrolet, e quello è sufficiente a fermare chiunque a Falmouth, a Cumberland o a Jerusalem's Lot. Ed è là che vado ora, potete giurarci."

Uscì, sbattendo la porta del bar, e per un bel pezzo nessuno disse una parola. Poi Lamont Henry fa, calmissimo: "Dio di misericordia. Questa è l'ultima volta che qualcuno ha visto Richie Messina." E Lamont, che era stato allevato nella chiesa metodista fin da bambino, si fece il segno della croce.

"Gli passerà la sbornia e cambierà idea," ci rassicurò Tookey, ma si capiva che era inquieto. "Tornerà verso l'ora di chiusura, e ci dirà che era soltanto uno scherzo."

Ma aveva ragione Lamont, quella volta, perché nessuno vide mai più Richie. La moglie disse a quelli della polizia che secondo lei il marito era andato in Florida per motivi di lavoro, ma la verità gliela si leggeva negli occhi: occhi atterriti, disperati. Poco tempo dopo, si trasferì a Rhode Island. Chissà, forse temeva che Richie tornasse a cercarla, in una notte buia. E non sarò certo io a dire che la cosa era impossibile.

Ora, Tookey mi stava guardando e io guardavo lui, intanto che rimettevo il crocifisso sotto la camicia. In vita mia non mi ero mai sentito così strano o così terrorizzato.

Tookey ripeté: "Non possiamo certo abbandonarle là fuori, Booth."

"Già. Lo so."

Restammo ancora un momento a fissarci, poi lui si protese e mi afferrò per la spalla. "Sei un brav'uomo, Booth." Era sufficiente a ridarmi un po' di coraggio. Sembra che, passati i settant'anni, la gente cominci a dimenticare che sei un uomo, o che lo sei stato.

Tookey si avvicinò a Lumley e disse: "Io ho una grossa fuoristrada. L'accompagnerò fin là."

"Per amor del cielo, e perché non l'ha detto subito?" Lumley si era girato di scatto dalla finestra e ora fissava rabbiosamente Tookey. "Che motivo c'era di perdere dieci minuti a fare chiacchiere inutili?"

"Stia zitto, lei," sibilò Tookey. "Tenga la bocca chiusa, e se per caso le viene voglia di aprirla, si ricordi chi è stato a svoltare in una strada dove non era passato lo spazzaneve nel pieno di una tormenta come questa."

L'altro fece per replicare, poi ci ripensò e tacque. Ma gli era salito il sangue alla testa e si vedeva. Tookey uscì per andare a tirare fuori il suo automezzo dal garage. Cercai sotto il bancone la fiaschetta metallica e la riempii di cognac. Pensavo che forse ne avremmo avuto bisogno, prima che si concludesse quell'avventura.

Una tempesta di neve nel Maine: vi ci siete mai trovati?

La neve viene giù turbinando talmente fitta e sottile che sembra sabbia, e manda un rumore di sabbia mentre batte sulle lamiere dell'auto o del camioncino. È impossibile usare gli abbaglianti perché mandano un riflesso tale, sulla neve, che non si riesce a vedere a tre metri di distanza. Con i fari da città, si riesce ad avere una visibilità di cinque o sei metri. Ma la neve non è ancora niente. È il vento quello che mi fa paura, quando prende forza e comincia a ululare, sollevando la neve e spingendola attorno in un'infinità di forme strane e facendo un verso che sembra la somma di tutto l'odio, la sofferenza e la paura del mondo. C'è la morte in una tempesta di neve e di vento, la morte bianca... e magari qualcosa al di là della morte. È un grido che fa già paura quando sei al calduccio nel tuo letto, con le coltri rimboccate, le imposte chiuse e le porte sprangate. Quando sei fuori, in macchina, è molto peggio. E noi eravamo fuori in macchina e stavamo andando a Jerusalem's Lot.

"Non si potrebbe accelerare un po'?" chiese Lumley.

"Per essere uno che è arrivato dentro semicongelato," risposi io, "lei ha proprio una gran premura di ritrovarsi di nuovo a piedi."

Mi lanciò un'occhiata tra la perplessità e il rancore, ma si guardò bene dal dire altro. Stavamo viaggiando lungo la strada carrozzabile a una velocità costante di circa trentacinque chilometri all'ora. Riusciva difficile credere che Billy Larribee fosse passato di là con lo spazzaneve un'ora prima; si era già formato uno strato di neve fresca di cinque centimetri buoni, e il vento ne accumulava altra. Le folate più violente scuotevano l'auto. Le luci dei fari mostravano un nulla bianco e turbinante, davanti a noi. Non avevamo incrociato neppure una macchina.

Una decina di minuti più tardi, Lumley trasalì: "Ehi! Che cosa è quello?"

Indicava fuori, dalla mia parte; ma io avevo continuato a guardare davanti. Mi voltai, ma era già troppo tardi. Mi sembrò di vedere una specie di forma afflosciata recedere, allontanandosi dall'auto e scomparendo tra la neve, ma poteva essere frutto della fantasia.

"Che cosa? Un cervo?"

"Credo di sì," rispose lui, un po' scosso. "Ma gli occhi... erano rossi." Mi guardava. "È così che appaiono gli occhi di un cervo nel buio?" Il tono era quasi di supplica.

"Be', sì, può darsi," risposi, pensando che poteva essere anche vero; ma ho visto una quantità di cervi, nel buio, da una quantità di macchine, e non mi è mai capitato di notare che gli occhi abbiano riflessi rossi.

Tookey non fece commenti.

Passò un altro quarto d'ora, circa, e arrivammo in un punto dove il mucchio di neve, a destra della strada, non era tanto alto, perché gli spazzaneve di solito sollevano un poco le lame, quando attraversano un incrocio.

"È qui, mi pare, dove abbiamo svoltato," disse Lumley, ma non sembrava del tutto sicuro. "Non vedo il cartello…"

"Sì, è qui," rispose Tookey. Aveva una voce che non era più la sua. "Il cartello c'è, ma spunta fuori soltanto la cima."

"Ah, sì, certo." Lumley sembrava sollevato. "Senta, signor Tooklander, mi dispiace d'essere stato così brusco, prima. Ero gelato, preoccupato, e mi stavo dando dell'imbecille in tutti i modi. Ma voglio ringraziarvi tutti e due…"

"Aspetti a ringraziarci finché non le avremo caricate su questa macchina," lo interruppe Tookey. Inserì la trazione su tutt'e quattro le ruote e cominciò ad aprirsi il passo attraverso il banco di neve e sulla Jointner Avenue, che passa da Jerusalem's Lot e sbocca poi sulla 295. La neve si levava in getti dai parafanghi. La fuoristrada tendeva ad affondare un po' nella parte posteriore, ma Tookey guidava nella neve da molti anni. Manovrava, parlava con l'auto come se volesse convincerla e si andava avanti. I fari captavano di tanto in tanto qualche traccia di altri pneumatici, quelle lasciate dall'auto di Lumley, che quasi subito sparivano. Lumley stava tutto proteso in avanti, sperando di avvistare la sua auto. E tutt'a un tratto Tookey parlò. "Signor Lumley."

"Che c'è?" L'altro si era girato a guardarlo.

"Da queste parti la gente è un po' superstiziosa, a proposito di Jerusalem's Lot," spiegò Tookey, riuscendo a darsi un tono abbastanza normale; ma io vedevo benissimo le rughe incise dalla tensione ai lati della sua bocca e il modo come i suoi occhi guardavano di qua e di là, continuamente. "Se la signora e la bambina sono in macchina, benissimo. Le carichiamo su, torniamo a casa mia e poi domani, appena si calmerà la tempesta, penserà Billy a tirar fuori la vostra auto dalla neve. Ma se non sono in macchina…"

"Non sono in macchina?" lo interruppe subito Lumley. "E perché non dovrebbero essere in macchina?"

"Se in macchina non ci sono," continuò Tookey, senza rispondergli, "noi facciamo dietro front, andiamo fino a Falmouth Centro e chiamiamo lo sceriffo. Non ha senso andare vagando alla cieca in piena tempesta di neve, dico bene!"

"Ma certo che saranno in macchina. Dove possono essere?"

"Un'altra cosa, signor Lumley," intervenni io. "Nel caso vedessimo qualcuno, noi non gli rivolgeremo la parola. Neppure se saranno gli altri a rivolgerla a noi. Ha capito bene?"

Molto lentamente, Lumley chiese: "Ma insomma, che cosa sono queste superstizioni?"

Prima che potessi dire qualcosa (Dio solo sa che cosa avrei detto) Tookey intervenne. "Ci siamo."

Ci stavamo avvicinando al baule di una grossa Mercedes. L'intero tetto dell'auto era sepolto sotto la neve accumulata dal vento, e altra se n'era ammucchiata contro tutta la fiancata sinistra della vettura. Ma i fanalini di coda erano accesi e vedevamo il vapore uscire dallo scappamento.

"Non sono rimaste senza benzina, se non altro!" esclamò Lumley.

Tookey frenò, poi tirò anche il freno a mano. "Si ricorda quello che ha detto Booth, signor Lumley?"

"Certo, certo." Ma non riusciva a pensare ad altro che alla moglie e alla figlia. Non vedo come si potesse dargli torto, del resto.

"Pronto, Booth?" mi chiese Tookey. I suoi occhi erano fissi nei miei, truci e grigi nella luce del cruscotto.

"Credo di sì," risposi.

Scendemmo tutti e il vento ci afferrò, gettandoci la neve in faccia. Lumley era il primo, avanzava chino nel vento, mentre il lussuoso cappotto gli si gonfiava, dietro, come una vela. Proiettava due ombre, una per la luce dei fari di Tookey, l'altra per i fanalini di coda della Mercedes. Io avanzavo dopo di lui e Tookey era un passo dietro di me. Quando arrivammo al baule della Mercedes, Tookey mi afferrò.

"Lascia che vada lui."

"Janey! Francie!" gridò Lumley. "Va tutto bene?" Aprì la portiera dalla parte del guidatore e si chinò verso l'interno. "Va tutto..."

Si fermò, come impietrito. Il vento gli strappò la pesante portiera di mano, spalancandola completamente.

"Dio benedetto, Booth!" esclamò Tookey, poco al disotto dell'urlo del vento, "credo che sia accaduto di nuovo."

Lumley si girò verso di noi. Aveva gli occhi fuori della testa, appariva atterrito e disorientato insieme. All'improvviso si slanciò verso di noi attraverso la neve, scivolando e andando a rischio di cadere. Mi spinse in là come se non avessi alcuna importanza e agguantò Tookey.

"Come faceva a saperlo?" lo investì. "Dove sono? Che cosa diavolo succede qui?"

Tookey si liberò della sua stretta e lo spinse in là, per passare. Lui e io guardammo dentro la Mercedes. C'era un bel calduccio, ma non sarebbe durato ancora per molto. La piccola luce color ambra era accesa, segno che si era ormai in riserva. La grande vettura era deserta. Sul tappetino, dalla parte del passeggero, c'era una bambola Barbie. E una giacca a vento da bambino era gettata sulla spalliera del sedile.

Tookey si coprì la faccia con le mani... e poi non lo vidi più. Lumley l'aveva afferrato e scaraventato in là, dritto nel banco di neve. Aveva la faccia pallida e stravolta. Muoveva la bocca come se avesse masticato qualcosa di amaro ma non gli riuscisse di sputare. Si chinò dentro l'auto e afferrò la giacca a vento.

"La giacca di Francie?" Lo disse quasi bisbigliando. Poi forte, urlando come un pazzo: *"La giacca di Francie!"* Si voltò, tenendola davanti a sé per il cappuccetto orlato di pelliccia. Fissava me, attonito e incredulo. "Non può essere in giro senza giacca a vento, signor Booth. Ma... ma... morirà di freddo."

"Signor Lumley..."

Mi piantò in asso e arrancò oltre, sempre reggendo la giacca a vento e chiamando: *"Francie! Janey! Dove siete? Dove sieteeee?"*

Diedi una mano a Tookey per aiutarlo a rimettersi in piedi. "Ti sei fatto...?"

"Non pensare a me," disse lui. "Dobbiamo assolutamente fermarlo, Booth."

Lo inseguimmo con tutta la rapidità possibile, che non era molta, dato che in certi punti affondavamo nella neve fino ai fianchi. Ma poi lui si fermò e potemmo raggiungerlo.

"Signor Lumley," cominciò a dire Tookey, posandogli una mano sulla spalla.

"Da questa parte," indicò Lumley. "Sono andate di qui. Guardate!"

Guardammo in giù. Eravamo in una specie di avvallamento, e il vento ora ci passava sopra la testa. In effetti si vedevano due serie di orme, una grande e una piccolina, che stavano riempiendosi di neve. Se fossimo arrivati cinque minuti più tardi, non le avremmo trovate più.

Lumley ricominciò ad allontanarsi, a testa china, ma Tookey lo afferrò, trattenendolo. "No! No, Lumley!"

Lumley girò la faccia disperata verso Tookey e mostrò il pugno. Stava per sferrarlo... ma qualcosa nell'espressione di Tookey lo fece esitare. Guardò da Tookey a me e viceversa.

"Morirà di freddo," disse, come se fossimo un paio di bambini stupidi. "Non lo capite? È senza giacca e ha soltanto sette anni..."

"Potrebbero essere ovunque," disse Tookey. "Non può seguire quelle orme. Tra pochi istanti la neve le cancellerà del tutto."

"Che cosa mi consiglia di fare, allora?" urlò Lumley, con voce stridula, isterica. "Se torniamo indietro per avvisare la polizia, la bambina morirà congelata. E anche mia moglie!"

"Potrebbero essere già congelate," spiegò Tookey. I suoi occhi si fissarono in quelli di Lumley. "Congelate, o qualcosa di peggio."

"Che cosa intende dire?" bisbigliò Lumley. "Si spieghi una buona volta, maledizione! Me lo dica!"

"Signor Lumley," disse Tookey, "c'è qualcosa, a Jerusalem's Lot..."

Ma fui io quello che vuotò il sacco, alla fine, pronunciando la parola che mai mi sarei aspettato di dire. "Vampiri, signor Lumley. Jerusalem's Lot è piena di vampiri. Immagino che le riuscirà difficile mandarla giù..."

Mi fissava come se fossi diventato tutto verde. "Pazzi," bisbigliò. "Siete due pazzi." Poi si girò in là, si portò le mani ai lati della bocca e urlò con quanto fiato aveva, "FRANCIE! JANEY!" Poi cercò di rimettersi in cammino. La neve gli arrivava all'orlo del bellissimo cappotto.

Guardai Tookey. "Che cosa facciamo, ora?"

"Seguiamolo." Tookey aveva i capelli incollati al cranio dalla neve, e sembrava veramente un po' pazzo. "Io non me la sento di lasciarlo qui, Booth. E tu?"

"No," risposi. "Nemmeno io."

Così ci mettemmo ad arrancare nella neve di fianco a Lumley, come meglio era possibile. Ma lui continuava a guadagnare terreno. Aveva la sua giovinezza da spendere, capite. Apriva il sentiero, passando attraverso la neve come un toro. La mia artrite cominciava a farsi sentire in modo drammatico, e cominciavo a guardarmi le gambe, dicendo a me stesso: ancora un po', soltanto un altro poco, continua a camminare, maledizione, resisti...

E andai a urtare contro Tookey, che si era fermato a gambe

larghe in mezzo alla neve. Stava a testa china e si premeva tut-
t'e due le mani sul petto.

"Tookey... ti senti male?"

"No, no, niente," disse lui, togliendo le mani di là. "Ri-
maniamo con lui, Booth, e quando non ne potrà più, dovrà
intendere ragione."

Superammo un'altura e giù in basso c'era Lumley, che cercava disperatamente altre orme. Pover'uomo, non aveva nessuna probabilità di trovarne. Il vento soffiava tesissimo, nel punto dove lui si trovava, e qualsiasi traccia sarebbe stata cancellata
dopo tre minuti, figuriamoci poi un paio d'ore.

Sollevò la testa e ricominciò a urlare nella notte: "FRAN-
CIE! JANEY! DIO, DOVE SIETEEE!" E si udiva la disperazione nella sua voce, il terrore e ispirava una gran compassione. La
sola risposta che riceveva era il fragore da treno merci del vento. Sembrava quasi deriderlo, come se dicesse: *Le ho prese io,
signor New Jersey dalla lussuosa macchina e dal cappotto di
cammello. Le ho prese io, e poi ho cancellato completamente
le orme, e per domattina le avrò congelate ben bene come due
fragole nel freezer...*

"Lumley!" Tookey cercò di farsi sentire al disopra del vento. "Mi ascolti, va bene che non crede ai vampiri e a cose del
genere, ma creda almeno a questo! Lei sta peggiorando le cose,
così. Dobbiamo andare dallo..."

E poi la risposta ci fu, ed era una voce che usciva dal buio
come un tintinnio argentino. Il mio cuore diventò gelido come
ghiaccio in una cisterna.

"Jerry... Jerry, sei tu?"

Lumley si girò di scatto, a quel suono. Poi, *lei* apparve, u-
scendo dall'ombra densa di un boschetto, come uno spettro.
Era una donna di città, si vedeva subito, e in quel momento
mi sembrò la donna più bella che avessi mai visto. Provavo il
bisogno di andare da lei e dirle quanto ero contento che fosse
sana e salva. Indossava una specie di pesante indumento di lana verde, un poncho, credo si chiami. Le fluttuava attorno, e i
capelli neri sembravano scorrere nel vento rabbioso come fa
l'acqua in un ruscello a dicembre, poco prima che il gelo del-
l'inverno la fermi e la blocchi.

Forse mossi un passo verso di lei, perché sentii la mano di
Tookey sulla spalla, ruvida e calda. E tuttavia... come posso dire?... bramavo di andare da lei, così bruna e bella con quel
poncho che le svolazzava attorno al collo e alle spalle, così eso-

tica e strana da far pensare a una bella donna uscita da una poesia di Walter de la Mare.

"Janey!" gridò Lumley. *"Janey!"* E cominciò ad arrancare attraverso la neve per andare da lei, a braccia aperte.

"No!" gridò Tookey. *"No, Lumley!"*

Lui neppure si voltò... ma lei sì. Guardò verso di noi e sorrise. E in quell'istante sentii il mio desiderio, la mia brama trasformarsi in orrore gelido come la tomba, bianco e silenzioso come ossa in un sudario. Perfino dall'altura potevamo vedere il luccichio rosso e torvo di quegli occhi. Erano meno umani di quelli di un lupo. E quando lei sorrideva si vedeva come le si erano allungati i denti. Non era più un essere umano. Era una cosa morta, tornata non si sa come alla vita in quella nera e urlante tempesta.

Tookey si fece il segno della croce, fissandola. Lei si ritrasse... e subito tornò a sorriderci. Eravamo troppo lontani, e forse troppo atterriti.

"Fermiamolo!" bisbigliai. "Non possiamo farlo?"

"Troppo tardi, Booth!" disse in tono truce Tookey.

Lumley le era arrivato accanto. Sembrava egli stesso un fantasma, ricoperto di neve com'era. Fece per abbracciarla... e subito cominciò a urlare. Udrò quel suono nei miei sogni, quell'uomo che urlava come un bambino in preda a un incubo. Tentò di indietreggiare, ma le braccia di lei, lunghe, scoperte e candide come la neve, sbucarono all'improvviso per afferrarlo e attirarlo. La vidi piegare la testa da un lato, poi spingerla in avanti...

"Booth!" disse con voce rauca Tookey. "Dobbiamo andarcene di qui!"

E ci mettemmo a correre. A fuggire come topi, direbbe qualcuno, ma lo direbbe perché non era là quella notte. Fuggivamo indietro e all'ingiù, ricalcando il nostro stesso percorso, cadendo, rialzandoci, scivolando e slittando. Continuavo a guardare dietro di me per vedere se quella donna ci inseguisse, con il suo sorriso infernale e i suoi occhi rossi.

Ritornammo alla macchina e Tookey si piegò su se stesso, tenendosi il petto. "Tookey!" dissi, terribilmente preoccupato. "Che cosa..."

"Il cuore," mormorò lui. "È malridotto, da più di cinque anni. Aiutami a salire ma guida tu, Booth, e portaci via da qui più presto che puoi."

Passai un braccio sotto il suo giaccone e presi a trascinarlo.

Come Dio volle, lo issai e lo sistemai sul sedile. Abbandonò la testa all'indietro e chiuse gli occhi. Aveva la pelle giallognola e cerea.

Rifeci di corsa il giro del veicolo, e per poco non andai a sbattere contro la bambina. Se ne stava là accanto alla portiera del guidatore, una bimbetta con due treccine, che addosso non aveva altro che un vestitino giallo.

"Signore," disse con voce acuta e chiara, dolce come la nebbia del mattino, "vuole aiutarmi a ritrovare la mia mamma? Se n'è andata e io ho tanto freddo..."

"Cara," dissi, "cara... è meglio che sali in macchina. La tua mamma..."

M'interruppi, e se mai vi è stato un momento nella mia vita in cui sono stato lì lì per svenire, fu quello. Era ritta là, capite, ma era in piedi *in cima* alla neve e non c'erano orme, in nessuna direzione.

Lei mi fissò, allora, la figlia di Lumley, Francie. Non poteva avere più di sette anni, e ne avrebbe avuti sempre sette, per un'eternità di notti. Il faccino era di un bianco cadaverico, gli occhi di un rosso argenteo, così profondi da poterci cadere dentro. E al disotto della sua mascella potevo scorgere due forellini poco più grandi di punture di spillo, dagli orli orribilmente maciullati.

Mi tese le braccia e sorrise. "Prendimi in braccio, signore," mormorò dolcemente. "Voglio darti un bacio. Poi mi porterai dalla mamma."

Non volevo, ma non potevo fare diversamente. Già mi protendevo in avanti, le braccia tese. Vedevo la sua bocca aprirsi, scorgevo le piccole zanne acute entro l'anello roseo delle sue labbra. Qualcosa le scivolava lungo il mento, qualcosa di liquido e di argenteo, e con un senso d'orrore vago, distante, confuso, mi rendevo conto che stava perdendo la bava.

Le sue manine si serrarono intorno al mio collo e io pensai: Be', forse non sarà tanto tremendo, non tanto, forse dopo un po' non sarà più così orribile... quando qualcosa di nero volò fuori dall'auto di Tookey e colpì la bambina sul petto. Ci fu uno sbuffo di fumo dall'odore strano, un lampo che l'attimo dopo si era già spento, ed ecco che lei indietreggiava, sibilando. La sua faccia era contratta in una maschera volpina di furore, odio e sofferenza. L'istante dopo, non era più là, era soltanto un contorto grumo di neve che conservava qualcosa della forma umana. Poi, il vento lo disperse attraverso i campi.

366

"Booth!" bisbigliò Tookey. "Fa' presto, ora!"

Mi mossi rapidamente. Ma non tanto da non avere il tempo di raccattare quello che lui aveva scagliato contro quella bambina venuta dall'inferno. Era la Bibbia di sua madre.

Questo accadeva diverso tempo fa. Sono un po' più vecchio, ora, e neppure allora ero un ragazzino. Herb Tooklander è morto due anni fa. Se n'è andato placidamente, una notte. Il bar c'è ancora, l'hanno rilevato un tale di Waterville e sua moglie, brave persone, che hanno mantenuto tutto più o meno com'era. Ma io non ci vado tanto spesso. Non so, è diverso, ora che Tookey non c'è più.

Le cose a Jerusalem's Lot continuano più o meno come sempre.

Il giorno dopo, lo sceriffo trovò la macchina di quel Lumley, senza benzina e con la batteria scarica. Né Tookey né io dicemmo niente, in proposito. A quale scopo? E di tanto in tanto un campeggiatore o un viandante scomparirà più o meno da quelle parti, su a Schoolyard Hill, o più in là, vicino al cimitero di Harmony Hill. Prima o poi si ritroverà lo zaino dello scomparso, oppure un libro tascabile, tutto gonfio e scolorito dalla pioggia e dalla neve, o qualche altra cosa del genere. Ma mai la persona.

Faccio ancora brutti sogni su quella notte di tempesta in cui ci avventurammo fin là. Non tanto sulla donna quanto sulla bambina, e sul modo come mi sorrideva mentre mi tendeva le braccia perché la prendessi in braccio. Per potermi dare un bacio. Ma sono un vecchio, io, e viene il momento in cui anche i sogni finiscono.

Forse avrete occasione di viaggiare anche voi nel Maine meridionale, un giorno o l'altro. È una zona piuttosto bella, indubbiamente. Chissà, forse vi capiterà perfino di fermarvi al bar di Tookey, per bere qualcosa. Un posticino simpatico. Gli hanno conservato anche il nome. Bevete pure ma, dopo, il consiglio che vi do è di proseguire dritto verso nord. In ogni caso, non imboccate la strada che passa da Jerusalem's Lot.

Specialmente dopo il calar del buio.

C'è una bambina che si aggira da quelle parti. E credo stia ancora aspettando di dare il bacio della buonanotte.

La donna nella stanza

Il problema è: Può farlo?

Non lo sa. Sa che lei le mastica qualche volta, facendo un po' di smorfie per l'orribile gusto di arancia e dalla bocca le esce un suono come di chi sgranocchi una caramella. Ma queste sono pillole diverse... capsule di gelatina. Sulla scatola c'è scritto DARVON COMPLEX. Le ha trovate nell'armadietto dei medicinali di lei e non ha fatto che rigirarle tra le mani, riflettendo. L'armadietto dei medicinali è zeppo di farmaci, ordinatamente allineati come rimedi di uno stregone. Sono stregonerie del mondo occidentale. FLEET SUPPOSTE. Lui non ha mai usato una supposta in vita sua e il pensiero di infilare nel retto una cosa simile a cera, perché si sciolga con il calore del corpo, lo fa star male. Non c'è dignità nel mettersi cose nel sedere. LATTE DI MAGNESIA PHILLIPS. PEPTO-BISMOL. E così via. Può ripercorrere il corso della malattia di lei attraverso i medicinali.

Ma queste pillole sono diverse. Sono uguali a quelle di Darvon nel senso che sono capsule grigie di gelatina. Ma sono più grandi; di quelle che suo padre, buonanima, chiamava pillole da cavallo. Sulla scatola c'è scritto Asp. grammi 350, Darvon grammi 100, e chissà, ammesso che lui gliele desse, se lei potrebbe masticarle? Lo farebbe? La casa è ancora in funzione; il frigorifero va e si ferma, la caldaia si spegne e si riaccende da sola, di tanto in tanto il cucù dell'orologio si affaccia, bisbetico, per annunciare l'ora e la mezz'ora. Probabilmente, una volta morta lei, toccherà a lui e a Kevin disfare la casa. Lei se n'è andata, ormai. L'intera casa lo dice. Lei

è al Central Maine Hospital, a Lewiston. Stanza 312. C'è andata quando i dolori erano arrivati al punto che non le era più possibile trascinarsi in cucina e farsi un caffè. A volte, quando lui andava a trovarla, lei piangeva senza saperlo.

L'ascensore cigola nel salire e lui si sorprende a esaminare il certificato di revisione affisso nella cabina. Il certificato attesta che l'ascensore è sicuro, a prescindere dal cigolio. Lei è lì da quasi tre settimane, ormai, e quel giorno le hanno fatto un intervento chiamato "cortotomia". Non è proprio sicuro che la parola sia esatta, ma è così che gli suona. Il dottore le ha spiegato che la *cortotomia* consiste nel conficcare un ago nel collo e poi nel cervello. Il dottore le ha anche spiegato che è un po' come conficcare uno spillo in un'arancia e infilzare un seme. Una volta che l'ago sia entrato nel centro nervoso del dolore, alla punta dell'ago verrà trasmesso un segnale radio e il centro nervoso verrà fatto saltare. Come staccare la spina di un televisore, in un certo senso. Poi, il tumore che lei ha nell'addome smetterà d'essere così tormentoso.

Il pensiero di quell'intervento gli dà un senso di disagio anche maggiore del pensiero delle supposte che si sciolgono nell'ano. Gli richiama alla mente un libro di Michael Crichton intitolato *Il terminale uomo*, che parla appunto di fili e di cavi inseriti nella testa della gente. Secondo Crichton può essere uno spettacolo orribile. C'è da credergli.

La porta dell'ascensore si apre al terzo piano, e lui esce dalla cabina. Quella è l'ala vecchia dell'ospedale, e c'è un odore dolciastro come di segatura cosparsa dove qualcuno ha vomitato, lo stesso odore che si sente nelle fiere di paese. Lui ha lasciato le capsule nello sportellino del cruscotto della sua auto. Non ha bevuto niente, prima di venire lì.

Le pareti, lassù, sono di due colori: marrone in basso e bianco in alto. Gli viene da pensare che la sola combinazione bicolore al mondo che potrebbe essere più deprimente del marrone e bianco sarebbe il nero e rosa.

Due corridoi s'incontrano a T di fronte all'ascensore, e c'è una fontanella dove lui si ferma sempre a bere per guadagnare un po' di tempo. Qua e là ci sono pezzi d'attrezzature ospedaliere, come strani giocattoli. Un lettino con i lati cromati e le ruote di gomma, di quelli che usano per trasportarti in sala operatoria quando sono pronti a farti la "cortotomia". C'è un largo oggetto circolare la cui funzione gli è sconosciuta. Fa pensare a quelle ruote che si vedono a volte nelle gabbie degli scoiattoli. C'è un alberello dal quale pendono due bottiglie capovolte, come una visione di tette di Salvador Dalí. In fondo a uno dei due corridoi c'è la stanza delle infermiere: risa e profumo di caffè arrivano fino a lui.

Lui beve un po' d'acqua poi si avvia verso la stanza. È un po' sgomento al pensiero di quello che potrebbe trovare e si augura che lei dorma. In tal caso, non la sveglierà.

Al disopra della porta di ogni stanza c'è una piccola lampada quadrata. Quando un paziente suona il campanello, quella lampada si accende, diventa rossa. Su e giù per il corridoio i pazienti camminano lentamente, con indosso malinconiche vestaglie d'ospedale sopra le camicie da notte da ospedale. Le camicie da notte addosso alle donne non fanno molto effetto ma addosso agli uomini appaiono decisamente strane, perché sono come vestiti da donna che arrivano fin sotto il ginocchio. Quasi tutti gli uomini portano ai piedi pianelle marroni di similpelle. Le donne preferiscono pantofole fatte ai ferri e guarnite di fiocchetti a palla. Anche sua madre ne ha un paio così.

I pazienti gli ricordano un film dell'orrore intitolato *La notte dei morti viventi*. Camminano tutti adagio adagio, quasi che qualcuno avesse svitato i tappi dei loro organi come si fa con i barattoli di maionese, e internamente i liquidi oscillassero, a rischio di andare versati. Alcuni di loro usano il bastone. La loro andatura lenta, mentre passeggiano su e giù per i corridoi, è agghiacciante ma anche dignitosa. È l'andatura di gente che non sta andando in nessun posto, un po' come gli studenti in tocco e toga che si avviano verso l'Aula Magna.

Musica ectoplasmica vaga per ogni dove, proveniente da radioline a transistor. Un sovrapporsi di voci. Si sentono i Black Oak Arkansas cantare *Jim Dandy* (Va' Jimmy Dandy, va' Jimmy Dandy! ripete gaiamente una voce in falsetto a chi passeggia lento nei corridoi). Si sente un partecipante a un dibattito parlare di Nixon in termini che sembrano immersi nell'acido. Si sente un motivetto cantato in francese: Lewiston è ancora una città dove si parla francese e dove tutti amano la danza così come amano farsi a fette l'un l'altro nei bar di Lisbon Street.

Fuori della stanza di sua madre si ferma e

in un certo senso aveva fatto in modo di arrivare lì ubriaco. Si vergognava di mostrarsi ubriaco di fronte a sua madre, anche se lei era troppo annebbiata dai farmaci e dall'Elavil per accorgersene. L'Elavil è un tranquillante che danno ai malati di cancro così non si accorgono che stanno per morire.

Ci riusciva in questo modo: nel pomeriggio acquistava due confezioni da sei di birra, al supermarket. Insieme ai bambini, seguiva i programmi dei ragazzi alla televisione. Tre birre durante *Sesame Street*, due durante *Mister Rogers*, una durante *Electric Company*. Poi, una durante la cena.

Le altre cinque birre le caricava in macchina. C'erano circa quaranta chilometri da Raymond a Lewiston, ed era possibile andare parecchio su di giri nel tempo necessario per arrivare all'ospedale, avanzando soltanto una o due birre. Portava sempre cose per sua madre che poi lasciava in macchina, così aveva una scusa per andare a prenderle e anche per bere un'altra mezza birra, in modo da rimanere su di giri.

Questo gli dava anche la scusa per urinare all'aperto, e in un certo senso quello era il meglio di tutta la malinconica faccenda. Lasciava sempre la macchina nel parcheggio laterale, di terra battuta e tutto solchi fangosi induriti dal freddo di novembre, e l'aria gelida della sera assicurava una piena contrazione della vescica. Urinare in uno dei gabinetti dell'ospedale assomigliava troppo a un'apoteosi dell'intera esperienza ospedaliera: il campanello per chiamare l'infermiera, la maniglia cromata bloccata a un angolo di quarantacinque gradi, la bottiglia di disinfettante rosa sopra il lavandino. Meglio lasciare perdere.

Il bisogno di bere, durante il viaggio di ritorno, svaniva del tutto. Così le birre avanzate venivano messe in frigorifero, a casa, e quando ce n'erano sei lui...

non sarebbe neppure venuto se avesse immaginato che fosse così terribile. Il primo pensiero che gli passa per la mente è *Lei non è un'arancia* e il secondo pensiero è *Ora sì che sta affrettandosi verso la morte*, quasi lei avesse un treno da prendere, là nel nulla. Lei si agita nel letto, non muove altro che gli occhi ma si agita internamente, è chiaro che dentro di lei qualcosa si muove. Le hanno macchiato tutto il collo di una sostanza rossastra che sembra mercurocromo, e c'è una medicazione sotto l'orecchio sinistro, dove un dottore ha inserito l'ago e le ha fatto saltare il sessanta per cento dei centri motori insieme con quello che presiede al dolore. Gli occhi di lei lo seguono in ogni movimento.

"Forse era meglio se non venivi a trovarmi stasera, Johnny. Non sto tanto bene. Forse starò meglio domani."

"Che cosa hai?"

"Prurito. Mi prude dappertutto. Sono unite le mie gambe?"

Non riesce a vedere se le gambe di lei sono unite. Sono una V rialzata sotto le dure lenzuola d'ospedale. Fa molto caldo, nella stanza. Non c'è nessuno nell'altro letto, ora. Lui pensa: le compagne di stanza vanno e vengono, ma la mia mamma rimane qui per sempre. Cristo!

"Sono unite, mamma."

"Tiramele giù un pochino, puoi, Johnny? Poi è meglio che tu vada. Non mi ero mai trovata in una condizione del genere. Non posso muovermi. Mi prude il naso. È una cosa tremenda, credimi: mi prude il naso ma non sono in grado di grattarmelo."

Lui le gratta il naso, poi le prende le caviglie attraverso il lenzuolo e le tira giù le gambe. Può metterle una mano attorno a entrambi i polpacci senza nessuna difficoltà, e sì che le sue mani non sono particolarmente grandi. Lei manda un lamento. Le lacrime le scorrono lungo le guance, fino alle orecchie.

"Mamma?"

"Puoi abbassarmi un po' le gambe?"

"L'ho appena fatto."

"Ah! Così va bene, allora. Sto piangendo, credo. Non volevo piangere davanti a te. Vorrei essere fuori da tutto questo. Farei qualsiasi cosa, per esserne fuori."

"Ti va di fumare?"

"Mi porteresti prima un po' d'acqua, Johnny? Ho la gola talmente secca…"

"Subito."

Prende il bicchiere di lei, con dentro la cannuccia flessibile, ed esce per andare alla fontanella, oltre l'angolo del corridoio. Un grassone con una fascia elastica attorno a una gamba naviga lentamente sulle piastrelle. Non indossa una delle vestaglie a righe e si tiene la camicia da notte chiusa dietro, con una mano.

Lui riempie il bicchiere alla fontanella e torna nella stanza 312. Lei ha smesso di piangere. Le sue labbra afferrano la cannuccia in un modo che gli ricorda i cammelli visti nei volantini di viaggi. La faccia è scarna. Il ricordo più vivido ch'egli ha di lei nella vita che ha vissuto come suo figlio è dell'epoca in cui lui aveva dodici anni. Lui, il fratello Kevin e quella donna si erano trasferiti nel Maine perché lei potesse prendersi cura dei suoi genitori. La nonna era vecchia e costretta a letto. L'arteriosclerosi l'aveva rimbambita e, per colmo di sventura, l'aveva resa cieca. Felice ottantaseiesimo compleanno. Che bell'età! E lei giaceva a letto tutto il giorno, cieca e rimbambita, portando grandi pannolini e mutande di gomma come i neonati, incapace di ricordare che cosa aveva mangiato a colazione ma in grado di recitare tutti i nomi dei presidenti su su fino a Ike. Così, le tre generazioni della famiglia avevano convissuto in quella casa dove lui aveva di recente trovato le capsule (sebbene entrambi i nonni siano ormai morti da un pezzo) e a dodici anni lui aveva cominciato a fare l'impertinente al tavolo della prima colazione, su che cosa non ricordava, ma su qualcosa, e sua madre stava lavando i pannolini intrisi di piscia della nonna per poi farli passare nella centrifuga della vecchia e antiquata lavatrice. Si era girata e l'aveva colpito con uno di quei panni, e il primo colpo dato con il pannolino bagnato e pesante aveva rovesciato la sua tazza di fiocchi di grano e l'aveva mandata a roteare attraverso la tavola come una trottola azzurra, e il secondo colpo gli aveva frustato la schiena, senza fargli male ma gelandogli l'impertinenza sulle labbra, e la donna che ora giaceva in quel letto l'aveva colpito a più riprese, dicendo: Tieni *chiusa* quella boccaccia, non c'è niente di grande in te per ora salvo la *bocca* perciò tienila chiusa finché non sarà cresciuto anche il *resto*, e ciascuna parola era accompagnata da una frustata data con il pannolino bagnato della nonna (SCIAC!) e ogni altra smargiassata che lui avrebbe potuto dire era semplicemente evaporata. Non c'era una sola possibilità di continuare a parlare come se niente fosse. Quel giorno, e per sempre, lui aveva scoperto che non c'è niente di così perfetto, per riportare nella giusta prospettiva l'impressione che un dodicenne ha del suo posto nell'ordine delle cose, dell'essere battuto ripetutamente sulla schiena con un pannolino bagnato della nonna. Aveva impiegato quattro anni per imparare di nuovo l'arte di darsi delle arie.

Lei si manda di traverso un po' d'acqua e questo lo spaventa, sebbene abbia pensato di darle le pillole. Le domanda di nuovo se desidera una sigaretta e lei risponde: "Se non ti disturba troppo. Poi è meglio che tu vada. Forse domani starò meglio."

Lui scuote uno dei pacchetti sparsi sul comodino, per farne uscire una sigaretta. L'accende. La tiene tra il pollice e l'indice della destra, e lei tira qualche boccata, stirando le labbra per afferrare il filtro. Aspira debolmente. Il fumo le sfugge via dalle labbra.

"Dovevo arrivare a sessant'anni per farmi reggere la sigaretta da mio figlio."

"Ma io lo faccio volentieri."

Lei aspira di nuovo e trattiene il filtro con le labbra così a lungo che lui distoglie lo sguardo dalla bocca per guardarle gli occhi e vede che sono chiusi.

"Mamma?"

Gli occhi si riaprono un po', lo sguardo è vago.

"'Johnny?"

"Sono qui."

"Da quanto tempo sei qui?"

"Non molto. Forse ora è meglio che vada. Ti lascio dormire."

"Hnnnnnn."

Lui schiaccia la sigaretta nel portacenere e sgattaiola via dalla stanza, pensando: voglio parlare con il medico. Porca miseria, voglio parlare con il medico che ha fatto l'intervento.

Nell'entrare nell'ascensore, pensa che la parola "medico" diventa sinonimo di "uomo" dopo che è stato raggiunto un certo grado di abilità nella professione, come se fosse previsto e scontato in partenza che i dottori debbano essere crudeli e conquistare così uno speciale grado di umanità. Ma

"Non credo che possa durare ancora per molto," spiega a suo fratello quella sera stessa, più tardi. Suo fratello sta ad Andover, centoventi chilometri più a ovest. Può andare a trovare la madre soltanto una o due volte alla settimana.

"Ma il dolore è diminuito?" chiede Kev.

"Dice che sente un gran prurito." Lui ha le pillole nella tasca del giaccone di lana. Sua moglie dorme, ormai. Le tira fuori, bottino rubato dalla casa vuota di sua madre, dove un tempo vivevano tutti, insieme ai nonni. Rigira la scatola nella mano, mentre parla, come fosse un talismano.

"Be', allora va già meglio." Per Kev tutto va sempre un po' meglio, come se la vita muovesse verso chissà quale vertice sublime. È un'opinione che il fratello più giovane non condivide.

"È paralizzata."

"Ha importanza, a questo punto?"

"Ma certo che ha importanza!" prorompe lui, pensando a quelle povere gambe sotto il lenzuolo bianco.

"John, è moribonda."

"Ma non è ancora morta." È questo che gli fa orrore. La conversazione continuerà a girare in tondo, da qui, a solo profitto della società dei telefoni, ma il nocciolo è questo. Non è ancora morta. Soltanto distesa in quella stanza con una targhetta d'ospedale al polso, ad ascoltare radio fantasma che si odono lungo i corridoi. E

dovrà venire a patti con il tempo, dice il dottore. È un pezzo d'uomo, con una barba rossiccia e stopposa. Sarà alto di sicuro uno e novanta, e le sue spalle sono eroiche. Il dottore lo conduce con tatto fuori in corridoio, quando lei comincia ad assopirsi.

Il dottore continua: "Vede, il danno motorio è inevitabile in un intervento come la 'cortotomia'. Sua madre conserva un po' di movimento nella mano sinistra, per ora. Può ragionevolmente aspettarsi di ritrovare l'uso della destra, in un tempo che va da due a quattro settimane."

"Potrà camminare di nuovo?"

Il dottore fissa prudentemente il rivestimento di sughero del soffitto del corridoio. La barba gli si estende quasi fino al colletto della camicia, e per qualche assurda ragione Johnny pensa ad Algernon Swinburne; perché, non saprebbe dirlo. Quell'uomo è l'opposto del povero Swinburne, in tutti i sensi.

"Direi di no. Ha perso troppo terreno."

"È condannata a letto per tutto il resto della sua vita?"

"Temo sia logico supporlo. Sì."

Lui comincia a provare dell'ammirazione per quest'uomo che aveva sperato di poter trovare odioso. A quel sentimento fa seguito il disgusto: deve accordare ammirazione per la semplice verità?

"Quanto tempo potrà vivere così?"

"Difficile dirlo. Il tumore le ha bloccato un rene. L'altro funziona bene. Quando il tumore le avrà bloccato l'altro, perderà conoscenza."

"Un coma uremico?"

"Sì," dice il dottore, ma con fare un po' più cauto. "Uremia" è un termine tecnopatologico, in genere proprietà dei soli medici e periti 'settori. Ma Johnny lo conosce perché sua nonna è morta della stessa cosa, sebbene lei non avesse il cancro. I reni avevano semplicemente smesso di funzionare ed era morta con l'urina che, internamente, la riempiva fino alla cassa toracica. Era morta nel suo letto, a casa, durante l'ora di cena. Johnny era stato il primo a sospettare che fosse veramente morta, quella volta, e non semplicemente immersa nel sonno comatoso, a bocca aperta, dei vecchi. Due lacrimucce gli erano sfuggite dagli occhi. La bocca sdentata di lei era tutta rientrata, gli ricordava un pomodoro che fosse stato svuotato, forse per essere riempito d'uova sode, e poi dimenticato e lasciato sulla mensola del lavandino per diversi giorni. Per un minuto le aveva tenuto accostato alla bocca uno specchietto rotondo, da borsetta, e siccome l'alito non appannava il vetro, nascondendo l'immagine di pomodoro vecchio della bocca, aveva chiamato sua madre.

Tutto ciò gli era sembrato giusto come ora gli appariva mostruoso.

"Dice che sente ancora dolore. E prurito, anche."

Il dottore si batté solennemente sulla tempia, come un vecchio scienziato dei fumetti.

"Il dolore lo *immagina*. Nello stesso tempo, è reale. Reale per lei. Ecco perché il tempo è così importante. Sua madre non può più contare il tempo in termini di secondi, di minuti e di ore. Deve ristrutturare quelle unità in giorni, settimane e mesi."

Si rende conto di quanto l'omone con la barba gli sta dicendo, e ne è sconvolto. Un campanello trilla in distanza. Non può continuare a parlare con quell'uomo. È un tecnico. Discorre tranquillamente di tempo, come se avesse afferrato il concetto con la stessa facilità con cui si afferra una canna da pesca. Forse è così.

"Può fare nient'altro, per lei?"

"Pochissimo."

Ma lo dice in tono sereno, come se tutto questo fosse logico. Alla fin fine, non "offre false speranze".

"Si rischia qualcosa di peggio del coma?"

"Sì, purtroppo. Non possiamo prevedere queste cose con un vero grado di precisione. È come avere uno squalo che si aggira per l'organismo. Potrebbe gonfiarsi."

"Gonfiarsi?"

"L'addome potrebbe gonfiarsi, poi calare, poi gonfiarsi di

nuovo. Ma perché soffermarsi su cose del genere, ora? Penso si
possa dire, con ragionevole sicurezza

che otterrebbero l'effetto, ma mettiamo che non lo ottenesse-
ro? Oppure, mettiamo che venissi scoperto? Non voglio certo
finire in tribunale con un'accusa di eutanasia. Nemmeno se
posso cavarmela. Pensa ai titoli di giornali che urlano MATRI-
CIDIO, e fa una smorfia.

Seduto là nel parcheggio, gira e rigira la scatoletta tra le
mani. DARVON COMPLEX. Il problema è sempre quello: *Se
la sente di farlo?* Deve farlo? Lei ha detto: *Vorrei essere fuori
da tutto questo. Non so che cosa darei per esserne fuori.* Kevin
parla di prepararle una stanza in casa sua, perché non debba
morire in ospedale. L'ospedale vuole dimetterla. Le hanno
somministrato certe pillole nuove e questo le ha provocato uno
stato di delirio. Questo, quattro giorni dopo la ''cortotomia''.
Vorrebbero che venisse trasferita altrove perché nessuno ha per-
fezionato un intervento veramente perfetto per asportare un
cancro. E poi, a questo punto, se dovessero levarglielo tutto
non le rimarrebbero che la testa e le gambe.

Non ha fatto che pensare a cosa dev'essere il tempo per lei:
qualcosa che è sfuggito al controllo, come un cestino per il cu-
cito pieno di rocchetti che si siano riversati sul pavimento dove
un grosso gattone possa giocarci. I giorni nella stanza 312. Le
notti nella stanza 312. Hanno collegato un filo al campanello e
gliel'hanno legato all'indice sinistro, perché lei non riesce più a
muovere la mano quel tanto che occorre per premere il pulsante, se per caso pensa di avere bisogno della padella.

Non che abbia molta importanza, perché lei non avverte
più nessuno stimolo; dalla vita in giù sarebbe lo stesso se avesse
un mucchio di segatura, invece di visceri. Scarica l'intestino e
fa pipì nel letto e se ne accorge soltanto dall'odore. È ridotta
quarantadue chili, prima ne pesava sessantasette, e i muscoli
del suo corpo sono talmente flosci da formare come una sacca
molle legata al cervello. Ci sarebbe qualcosa di diverso, se la
trasportassero da Kev?

Può, lui, commettere un omicidio? Che sia omicidio, lo sa.
Del peggiore genere, matricidio, quasi egli fosse un feto sen-
ziente di uno dei racconti dell'orrore di Ray Bradbury, deciso a
capovolgere la situazione e ad abortire l'animale che gli ha dato la vita. Forse è colpa sua quanto succede. È l'unico figlio ad

essere stato generato dentro di lei, un figlio della menopausa. Suo fratello era stato adottato quando un altro dottore sorridendo le aveva detto che non avrebbe mai potuto avere un bambino. E, naturalmente, il cancro che ora è in lei ha avuto origine nell'utero come un secondo figlio, truce gemello di lui, Johnny. La sua vita e la morte di lei hanno avuto inizio nello stesso punto. Non è forse giusto che egli faccia quello che l'altro sta già facendo, così lentamente e goffamente?

Le ha già dato dell'aspirina di nascosto, per il dolore che lei *immagina* di sentire. La madre la conserva dentro una scatoletta di saccarina, nel cassetto del tavolino d'ospedale, insieme con i biglietti di auguri e con gli occhiali per leggere che ormai non le servono più. La dentiera gliel'hanno tolta, perché temono che possa mandarsela in gola e morire soffocata, perciò ora lei si limita a succhiare l'aspirina fino a che la lingua le diventa biancastra.

Senza dubbio potrebbe somministragliele, quelle capsule; tre o quattro sarebbero sufficienti. Aspirina e Darvon somministrati in dose piuttosto massiccia a una donna il cui peso corporeo è diminuito in cinque mesi del 33%.

Nessuno sa che lui ha quelle capsule, neppure sua moglie, neppure Kevin. Pensa che forse avranno messo qualcun altro nell'altro letto della stanza 312, per cui non avrebbe più motivo di arrovellarsi. Sarebbe sicuro d'essere scoperto. Si domanda se non sarebbe la cosa migliore, in realtà. Con un'altra donna nella stanza, non gli rimarrebbe possibilità di scelta e potrebbe considerare il fatto come un segno della Provvidenza. Pensa che

"Stai molto meglio, stasera."

"Ti pare?"

"Certo. Come ti senti?"

"Ah, non tanto bene. Anzi, per niente."

"Fammi vedere come muovi la destra."

Lei la solleva dalla piega del lenzuolo. La mano inerte fluttua per un attimo a mezz'aria, poi ricade, con un tonfo. Lui sorride e la madre ricambia il sorriso.

Le chiede· "Hai visto il dottore, oggi?"

"Sì, è venuto un momento. È gentile a venire tutti i giorni. Mi daresti un po' d'acqua, Johnny?"

Lui l'aiuta a bere con la cannuccia flessibile.

"Sei caro a venire così spesso, John. Sei un bravo figlio."

Sta di nuovo piangendo. L'altro letto è vuoto, e lui sente quel vuoto come un'accusa. Di tanto in tanto, una vestaglia a righe bianche e azzurre passa lungo il corridoio, lenta come una vela. La porta è mezzo aperta. Lui sottrae pian pianino il bicchiere dell'acqua, pensando oziosamente: è mezzo pieno o è mezzo vuoto?

"E la mano sinistra come va?"

"Oh, benino."

"Vediamo."

Lei la solleva. È sempre stata la sua mano più abile, forse per questo si è ripresa meglio dagli effetti devastanti 'della "cortotomia". Lei la serra. La flette. Fa schioccare debolmente le dita. Poi, la lascia ricadere sulla piega del lenzuolo, a peso morto.

Si lamenta: "Ma non ho più la sensibilità."

"Fammi vedere una cosa."

Va all'armadio, lo apre, fruga dietro il cappotto con cui lei è venuta in ospedale, per cercare la borsetta. Lei la tiene là dentro perché è fissata a proposito dei furti; ha sentito dire che tra gli inservienti ci sono alcuni artisti del taccheggio pronti a impadronirsi di qualsiasi cosa capiti sotto le loro mani. Da una compagna di stanza, da tempo tornata a casa, ha saputo che una donna nell'ala nuova non ha trovato più cinquecento dollari che teneva dentro una scarpa. Sua madre è paranoica a proposito di una quantità di cose, da un po' di tempo, e una volta gli ha detto che un uomo si nasconde sotto il suo letto, di notte. In parte, dipende dall'effetto dei farmaci che stanno sperimentando su lei. C'è da scegliere, nell'armadietto chiuso a chiave che sta in fondo al corridoio, oltre la stanza delle infermiere. Tutta morte, forse, misericordiosa morte simile a una dolce coltre nera. Le meraviglie della scienza moderna.

Porta la borsa fino al letto di lei e la apre.

"Puoi prendere qualcosa da qui dentro?"

"Oh, Johnny, non lo so..."

Lui dice, in tono persuasivo: "Prova. Fallo per me."

La mano sinistra si solleva dal copriletto come un elicottero malconcio. Resta librata. Si tuffa. Esce dalla borsetta con un singolo, gualcito Kleenex.

Lui applaude. "Bene! Benissimo!"

Ma lei volta la faccia in là.

"L'anno scorso ero in grado di muovere chissà cosa, con queste mani."

Se c'è un momento adatto, è ora. Fa molto caldo nella stanza, ma il sudore della fronte di lui è gelido. Johnny pensa. Se non mi chiede l'aspirina, non faccio niente. Non questa sera. E sa che, se non sarà stasera, non sarà mai più. Bene.

Gli occhi di lei vanno furtivamente verso la porta mezzo aperta.

"Puoi darmi di nascosto un paio delle mie pillole, Johnny?"

È il modo in cui le chiede sempre. Non dovrebbe prendere farmaci di nessun genere, a parte quello che le prescrivono in ospedale, perché ha perso molto peso e si è sviluppata in lei quella che i compagni d'università di Johnny che avevano l'abitudine di scherzare con la droga, chiamavano "una tendenza notevole". L'immunità del fisico viene a volte stiracchiata fino al limite massimo. Una piccola dose in più e quel limite lo varchi. Dicono che sia capitato così anche a Marilyn Monroe.

"Ti ho portato qualcosa da casa."

"Ah, sì?"

"Un antidolorifico. Pare sia buono."

Le mostra la scatola. Lei può leggere soltanto molto da vicino. Aggrotta la fronte, nel leggere quello che è scritto in grande, poi dice: "L'avevo già preso, il Devon. Non mi faceva niente."

"Questo è più forte."

La madre alza gli occhi dalla scatola a quelli di lui. Oziosamente, domanda: "Dici?"

Può risponderle soltanto con un sorriso sciocco. Non può parlare. È come la prima volta che ha fatto l'amore, era successo sul sedile posteriore dell'auto di un amico, e quando era tornato a casa e la madre gli aveva chiesto se si fosse divertito, aveva potuto rispondere soltanto con quello stesso, melenso sorriso.

"Posso masticarle?"

"Non lo so. Potresti provare a prenderne una."

"Va bene. Non farti vedere da loro."

Lui apre la scatola, poi svita il coperchio di plastica dalla boccetta. Sfila il cotone dal collo della bottiglia. Potrebbe lei fare tutto questo con quell'elicottero malconcio di mano sinistra? Ci crederebbero? Non lo sa. Forse nemmeno loro saprebbero dirlo. Forse nemmeno si curerebbero di accertarlo.

Si fa cadere in mano sei di quelle capsule. Osserva lei che lo sta osservando. Sono fin troppe, perfino lei deve saperlo. Se

la madre dirà qualcosa, lui le rimetterà nella boccetta e si limi-
terà a darle una delle solite aspirine.

Un'infermiera passa silenziosa all'esterno e a lui trema la
mano, le capsule urtano una contro l'altra; ma l'infermiera non
guarda nella stanza per sentire come va "la nostra malatina".

Sua madre non dice niente, si limita a guardare le capsule
come se fossero pillole normalissime e innocue (ammesso che
ne esistano). Ma, d'altra parte, non è tipo da amare il cerimo-
niale; non spaccherebbe mai una bottiglia di champagne per
varare la propria barca.

"Ecco qua," dice lui con voce assolutamente naturale, e le
ficca in bocca la prima.

Lei la succhia pensosamente fino a che la gelatina si dissol-
ve, poi trasale.

"Ha un cattivo sapore? Non..."

"No, non tanto cattivo."

Lui gliene dà un'altra. E un'altra. Lei la succhia sempre con
quello stesso sguardo pensoso, assorto. Lui gliene dà una quarta. La madre gli sorride ed egli si accorge con orrore che ha la
lingua gialla. Forse, se la colpisse allo stomaco, lei le vomite-
rebbe. Ma non può. Non potrebbe mai percuotere sua madre.

"Vuoi vedere se le mie gambe sono unite?"

"Prendi queste, prima."

Gliene dà una quinta. E una sesta. Poi guarda se le gambe
sono unite. Lo sono.

Lei dice: "Credo che ora dormirò un po'."

"Bene. Io vado a bere un po' d'acqua."

"Sei sempre stato un buon figliolo, Johnny."

Lui mette la boccetta nella scatola e poi la scatola dentro la
borsetta di lei, lasciando sul bordo del lenzuolo il tappo di plastica. Le lascia accanto anche la borsetta aperta e pensa: *Ha
chiesto la borsetta. Gliel'ho portata e gliel'ho aperta poco prima di andarmene. Ha detto che così poteva prendere da dentro
quello che le serviva. Ha detto che avrebbe chiamato l'infermiera per far rimettere la borsa nell'armadio.*

Esce e va a bere. C'è uno specchio, sopra la fontana. Lui tira fuori la lingua e se la guarda.

Quando rientra nella stanza, lei sta dormendo con le mani
premute una contro l'altra. Le vene sono grosse, ramificate. Lui
si china a darle un bacio e lei muove gli occhi dietro le palpebre chiuse, ma non li apre.

Già.

Non si sente affatto diverso, né bene né male.

Si avvia per uscire dalla stanza e si ricorda di qualcos'altro. Ritorna accanto al letto, toglie la boccetta dalla scatola, la sfrega ben bene contro la camicia. Poi, preme sulla boccetta le dita inerti della mano sinistra di lei, che dorme. Infine, rimette la boccetta nella scatola ed esce dalla stanza in fretta, senza voltarsi.

Va a casa, aspetta che il telefono squilli e si pente di non averle dato un altro bacio. Mentre aspetta, guarda la televisione e beve tanta acqua.

Indice

Finito di stampare nel mese di febbraio 1997
presso il Nuovo Istituto Italiano d'Arti Grafiche - Bergamo

Printed in Italy

superPocket

Periodico settimanale, anno I, n. 5
Registrazione n. 707 del 30.11.1996 presso il Tribunale di Milano
Direttore responsabile: Mario Spagnol